T0285177

El candidato del Kremlin

JASON MATTHEWS

El candidato del Kremlin

Traducción de Irene Muñoz Serrulla

ALMUZARA

THE KREMLIN'S CANDIDATE

Primera edición en Almuzara: marzo de 2024

Editorial Almuzara • Colección Tapa Negra
Director editorial: Antonio Cuesta
Editor: Javier Ortega
Corrección y maquetación: Alejandro G. J. Peña

www.editorialalmuzara.com
pedidos@almuzaralibros.com - info@almuzaralibros.com

Editorial Almuzara
Parque Logístico de Córdoba. Ctra. Palma del Río, km 4
C/8, Nave L2, nº 3. 14005 - Córdoba

Imprime: Black Print
ISBN: 978-84-11313-06-3
Depósito Legal: CO-198-2024
Hecho e impreso en España - *Made and printed in Spain*

Para Zsu Zsa,
por pulsar todos los botones.

El ojo envidioso e intolerante del Kremlin solo puede distinguir, al final, entre vasallos y enemigos; los vecinos de Rusia, si no quieren ser lo uno, deben aceptar que son lo otro.

Por muy grande y poderosa que sea,
Rusia siempre se siente amenazada.

Incluso cuando se sienten débiles, fanfarronean e intimidan para ocultar su vulnerabilidad. En este sentido, las políticas y creencias de Putin son, en gran medida, coherentes con la historia rusa y el legado de los zares rusos.

George Kennan

Índice

PRÓLOGO
Hotel Metropol

Septiembre de 2005. A pesar del esplendor del Hotel Metropol, con sus tapices de terciopelo y sus decoraciones con pan de oro, el eterno olor a Moscú se aferraba a las cortinas y a la alfombra: aroma de aceite de fusel, repollo hervido y coños devastados.

La teniente Dominika Egorova, de veinticuatro años, del Sluzhba Vneshney Razvedki (SVR), el Servicio de Inteligencia Exterior ruso, se quedó en ropa interior (encaje negro de Wolford, en Viena) y miró a la mujer desnuda que estaba tumbada bocarriba en la cama, roncando, con un saliente y feroz incisivo visible en su boca abierta. La americana, que se llamaba Audrey, la había mordido. Dominika se miró en el espejo ahumado y dorado la marca del mordisco en forma de media luna morada que tenía en el hombro; en la marca se apreciaba con precisión la muesca irregular del diente de sierra de Audrey.

La cama del siglo XIX, que había pertenecido al palacio Oavlovsk de San Petersburgo, tenía un altísimo dosel rococó enmarcado con caídas de satén mohoso y cuerdas de seda descoloridas. Las sábanas, retorcidas bajo el cuerpo alto y huesudo de Audrey, estaban oscurecidas por la humedad en un amplio círculo. Además de los mordiscos, se habían oído gruñidos guturales más característicos de jabalíes en los matorrales de caza de Smolensk. Audrey era lo que en la Escuela de Gorriones llamaban una *khryuknut*: una gritona en la cama.

* * *

Ruidoso, pero nada que asustara a un *vorobey*, un gorrión, una meretriz entrenada por el Estado y enviada a la casa señorial con tejado a dos aguas sobre el río Volga, que era la secreta Escuela Estatal Cuatro, enviada para aprender el arte del sexpionaje —trampa sexual, chantaje carnal, compromiso moral—, todo con la finalidad de reclutar objetivos humanos susceptibles de convertirse en fuentes clandestinas de información, objetivos que habían sido manipulados en una intrincada *polovaya zapadnya*, una trampa de miel del SVR.

La rusa volvió a mirar el mordisco del caballo en su hombro, *Suka*, zorra. Cómo detestaba ser un gorrión. Qué bajo había caído. Dos años atrás, el mundo era suyo. Estaba en el Bolshói como futura primera bailarina, hasta que una rival le rompió el pie, lo que supuso el final abrupto de una carrera de ballet de casi veinte años y una pequeña y permanente alteración en su forma de andar. Tras el accidente, un año de pesadilla en el que cayó en la indigencia. Para mantener a su madre, viuda y enferma, en el apartamento que les proporcionaba el Estado, dejó que su tío —por entonces director adjunto del SVR— la obligara a acostarse con un hombre, un repugnante oligarca al que el presidente Putin quería eliminar.

Para mantenerla callada tras el asesinato, su tío Vanya la había admitido, por pura magnanimidad, en el Instituto Andropov, «El Bosque», la academia de espionaje extranjero del SVR, donde Dominika descubrió, no sin gran asombro, que tenía un don natural para el trabajo de espía y, en consecuencia, le esperaba un nuevo futuro sirviendo a la Rodina, su Madre Patria, como oficial de inteligencia. Su francés fluido y un inglés solvente, aprendidos en casa —una casa llena de libros y música—, sumaban a su favor. Tenía las aptitudes, las ideas, la imaginación y grandes expectativas para las operaciones en el extranjero.

Ah, qué *prostodushnyy*, qué ingenua, qué gran ingenua había sido. El Servicio, el Kremlin y *Novorossiya*, la Nueva Rusia de Putin, seguían siendo coto privado de hombres, es decir, de los *siloviki*, los mirmidones que rodeaban al nuevo zar de ojos azules, Vladímir Vladímirovich. Esas comadrejas habían saqueado el patrimonio de Rusia y extendido un manto de corrupción tan amplio sobre la tierra que, si no eras un multimillonario que se sacaba del bolsillo el monopolio energético Gazprom, entonces eras un simple moscovita que no podía permitirse comer carne más de tres días a la semana. Los *siloviki* eran los herederos de los cardenales grises, esos carcamales inadaptados, miembros del antiguo politburó soviético que habían matado de hambre a los rusos soviéticos durante setenta años con su ineptitud. Una conducta tan implacable como la de esta nueva chusma, que había estado matando de hambre a los rusos modernos durante los últimos veinte años por simple avaricia.

Tras graduarse con las mejores notas, Dominika Egorova se regodeaba por el logro de ser una *operuolnomochoperuenny*, una de las pocas mujeres oficiales de operaciones de la SVR. Pero el dulce sabor de ese espejismo se convirtió en cenizas en su boca cuando el tío Vanya la envió a la Escuela Estatal Cuatro, el Instituto Kon de Kazán, a orillas del Volga, también conocido como la Escuela de Gorriones, donde se enseñaba a las mujeres las incesantes, inexorables e ineludibles indignidades de aprender a ser una de las prostitutas de Putin. Parte de su alma murió en aquella Escuela; otras mujeres murieron, en el sentido literal. El suicidio entre las mujeres desamparadas no era algo fuera de lo normal. Las partes muertas dentro de ella fueron sustituidas por *beshenstvo*, una infinita furia blanca contra el sistema y un odio latente hacia los *podkhalimi*, los depredadores aduladores que rodeaban al siempre triste soberano.

Estaba decidida a triunfar. Después de la Escuela de Gorriones, ya de vuelta en Moscú, hizo sus deberes e identificó un objetivo de seducción por su cuenta: un apacible diplomático francés cuya esposa estaba ausente y cuya hija, mayor de edad, trabajaba en París en un departamento del Ministerio de Defensa francés que se encargaba de la supervisión de las armas nucleares del país. Dominika sabía que ese hombre se estaba enamorando de ella, y que le pediría a su hija que le contara al oído a papá cualquier secreto atómico que la joven rusa quisiera conocer. Era una seducción fácil y no del todo desagradable, se trataba de un hombre solitario y decente. La diferencia era que se trataba de una gran operación. El potencial logro de inteligencia para el SVR no tenía parangón.

Sin embargo, la tentadora seducción fue demasiado bien, y sus jefes barrigones sintieron envidia, así que, de forma voluntaria y con malicia, arruinaron la partida y ahuyentaron al francés, el cual informó de sus devaneos a su embajada y fue enviado a casa. El caso se echó a perder y Egorova, la advenediza de ojos azules y graduada en la Escuela, fue puesta en su lugar. El solícito tío Vanya se compadeció de ella y le anunció que iba a ofrecerle algo, una operación de verdad, algo importante, algo incluso más deseable, porque incluía ser destinada al extranjero, «A la glamurosa Finlandia», le dijo su tío. Esto será mejor, pensó ella. Una misión de verdad. Pero primero una pequeña misión; tres horas, le había dicho su tío: seducir a un americano en el Hotel Metropol. Un último coqueteo para el Servicio y después harás las maletas para tu misión en Helsinki. Una última vez, había pensado Egorova.

* * *

La teniente de navío estadounidense de grado medio Audrey Rowland llevaba una semana en Moscú con un grupo de estudiantes de último curso de la Escuela Nacional de Guerra, en un viaje para observar la «geopolítica bilateral» rusa, fuera lo que fuera lo que eso significaba. Como era habitual con cualquier visitante oficial a Rusia, al recibir las solicitudes de visado de los estudiantes meses antes, los objetivos del SVR comenzaron su investigación, peinaron bancos de datos de fuentes accesibles y pidieron a fuentes clandestinas del Pentágono historiales y evaluaciones de la docena de estudiantes de la Escuela de Guerra que llegarían a Moscú seis semanas más tarde. El rastreo era el procedimiento habitual: los buscadores del SVR eran como lobos pacientes en la ladera de la colina, vigilando a la *troika*, el trineo tirado por caballos y llena de *kulaks*, terratenientes borrachos, esperando a ver si alguien caía insensible del trineo en un banco de nieve, convirtiéndose en carne fresca.

El perfil único de la teniente general Rowland les llamó mucho la atención. El rastreo sobre ella señalaba que se había doctorado en física de partículas avanzada en Caltech, se había alistado en la Marina de los Estados Unidos y su paso por la Escuela de Aspirantes a Oficial, la OCS, había sido fulgurante. Tras la OCS, Audrey había sido destinada a la División de Electromagnetismo del NRL, el Laboratorio de Investigación Naval de Washington D. C.

En un boletín técnico confidencial del NRL, los rusos leyeron que, en los tres primeros meses de su nombramiento, Audrey Rowland había impresionado a científicos de alto nivel con una monografía sobre la difusión del calor en el cañón de riel naval experimental MJ64. Esta noticia despertó un gran interés en los círculos de inteligencia rusos: la tecnología estadounidense de cañones de riel era una de las principales necesidades de la Armada rusa. La amenaza de un proyectil de propulsión eléctrica, sin pólvora, con una velocidad de dos mil doscientos metros por segundo y una precisión infalible a distancias superiores a ciento cincuenta kilómetros, preocupaba al mando naval ruso. La Armada estadounidense lo había expresado de otro modo: un proyectil de cañón de riel disparado desde Nueva York alcanzaría un objetivo en Filadelfia en menos de treinta y siete segundos.

Dado que Rowland era, en potencia, un objetivo atractivo, se hizo un esfuerzo adicional para recopilar lo que en el mundo de los espías se denomina «biografía personal y estilo de vida». Se obtuvo más información de un ruso ilegal enterrado entre el personal administrativo de la Universidad de California, Irvine, que tenía acceso a ciertas bases de datos restringidas de la UC y a los sistemas de la policía local. Haciéndose pasar por un investigador laboral, el ilegal también entrevistó a vecinos, caseros y a un antiguo compañero de piso de Caltech. Los resultados obtenidos fueron interesantes: Rowland era solitaria, distante, tenía debilidad por el margarita y, después de beberse dos, tenía tendencia a caer desmayada. Bajo lo que parecía una fachada tímida, se escondía una naturaleza muy muy competitiva. Hubo historias poco halagüeñas sobre su comportamiento obsesivo en el aula y en el Laboratorio. Y por fin... el premio gordo: había tenido un padre maltratador —piloto de la Marina—, posibles abusos sexuales y una ausencia total de hombres durante sus años universitarios, los cuales acabaron con un incidente no especificado de violación en una cita, y del que no existía ningún registro oficial. ¿Vestal, andrógina o mujer que prefiere unas vacaciones en la isla egea de Lesbos? En este último caso, podría haber una oportunidad para un poco de lesbianismo durante su visita a Moscú. Los expertos señalaron que Rowland no habría sido admitida en la OCS ni en la Escuela Superior de Guerra, a pesar de las recientes políticas de liberalización de la Marina estadounidense, si se conocieran sus preferencias sexuales. Una vulnerabilidad secreta.

La teniente general Rowland iba a pasar una estancia de una semana en Moscú, alojándose en el Metropol con doce compañeros de clase y un profesor acompañante. Se corrió la voz hasta el Departamento de América del SVR; luego al FSB, *Federal'naya Sluzhba Bezopasnosti Rossiyskoy Federatsii*, el Servicio Federal de Seguridad; luego al GRU, *Glavnoye Razvedyavatel'noye Upravleniye*, el Servicio Militar de Inteligencia Exterior del Estado Mayor de la Federación Rusa. Las pueriles disputas habituales entre estas agencias por la primacía en el objetivo Rowland se calmaron cuando el Kremlin ordenó que cada organización tuviera un rol: el FSB controlaría a los otros estudiantes sin quitarles el ojo de encima, un agente del SVR sería la trampa sexual, y el GRU aprovecharía la captura. En cuanto a la campaña de reclutamiento, se presentaría a un especialista del Kremlin conocido como «doctor Anton». El doctor Anton era un gran problema.

* * *

Durante la semana de los estudiantes en Moscú, los vigilantes del FSB observaron con interés que la teniente general Rowland parecía disfrutar bebiendo varios vodkas después de cenar en el emperifollado

Chaliapin Bar del Metropol, despidiéndose con un buenas noches cada noche para, después, volver a hurtadillas y seguir bebiendo mucho más después de que sus compañeros de clase se retiraran. A Sergei, un apuesto *voronoy* entrenado por la SVR (un cuervo, la versión masculina de los gorriones), le fue asignada la tarea de conocer, seducir y, por último, acostarse con esa larguirucha mujer que vestía rebecas abotonadas hasta el cuello, medias gruesas y zapatos de tacón Jimmy Choo. Cuando, tras dos noches de seducciones almizcladas de Sergei, quedó claro que Rowland preferiría tener que sumergirse varias horas en el lago Veronica antes que estar con un hombre, los agentes ordenaron un cambio urgente. El tiempo apremiaba, y el SVR y el GRU estaban desesperados por si la teniente general se les terminaba escapando de entre las manos. El *delo formular* de la mujer, su expediente operativo, le fue entregado a Dominika en su desgastado escritorio metálico del cuartel general del SVR, en el distrito de Yasenevo, al suroeste de Moscú, por un jefe de sección verrugoso y desdeñoso. Le dijo que lo leyera, que se fuera a casa y se vistiera de manera adecuada, que se presentara en el Metropol a las nueve en punto y que fuera a por la americana. La mecha corta de la gorrión se quemó y le dijo al hombre regordete que fuera él mismo al Mitrol, ya que parecía que el objetivo prefería los coñitos (lo que en ruso era, sin lugar a dudas, de lo más soez).

Como si hubiera estado escuchando a través de un micrófono en su cubículo, el tío Vanya llamó cuatro minutos más tarde, asegurándole a su sobrina que esta sería la última misión de este tipo, y que a partir de ese momento sería una oficial de operaciones destinada a Helsinki, y cesarían los trabajos como gorrión. «Acepta esta misión, por favor, no me digas que no —había dicho Vanya, con la voz cada vez más tensa—. Tu madre te diría lo mismo». Lo que no significaba nada más que: sigue las órdenes o tu madre, con su artritis reumatoide y su estenosis espinal, estará de patitas en la calle cuando llegue el frío invernal de Moscú.

Cuatro horas más tarde, con una pastilla de Mogadon (un relajante benzodiacepínico suave) bajo la lengua, Dominika se sentaba en el Chaliapin junto a una Audrey Rowland ya cansada que miraba de reojo el antiguo collar otomano que la joven llevaba en su cuello, y cuyos dijes de plata repujada sonaban en el profundo pliegue de sus pechos.

—El servicio de este bar deja mucho que desear —dijo Audrey, asumiendo que la joven hablaba inglés—. Había entendido que este hotel era un cinco estrellas. —Su vaso estaba vacío.

La rusa se acercó y susurró en tono conspirativo:

—Los rusos a veces necesitan un poco de estímulo. Conozco a este camarero, en ocasiones puede ser un poco terco, nosotros decimos *upryamyy*, como una mula.

Audrey se rio y vio cómo la joven pedía dos vodkas helados que le sirvieron de inmediato y con gran devoción; ignoró al camarero, se bebió el vodka de un trago y observó a su recién estrenada compañera de bar con los ojos entrecerrados. No podía saber que el camarero y los otros tres clientes del bar pertenecían a la Línea KR, activos de contravigilancia ofreciendo una segura cobertura mientras se trabajaba a la americana. No había nadie más en el bar. Estaba desprotegida.

No tuvo que esforzarse demasiado. Bastó una sencilla tapadera como oficinista asalariada que en realidad no podía permitirse el Metropol más que una vez al mes. Contó chistes sobre hombres rusos, llevó la conversación con sutileza, tocando de vez en cuando la muñeca de su presa, estableciendo una relación física, siguiendo las instrucciones del manual del gorrión. No mostró interés por el trabajo de Audrey, ni por su carrera en la Marina. No necesitaba estimularla para que hablara, la americana estaba orgullosa de sí misma y se mostraba muy propensa a hablar de sí misma. Quizá sea algo narcisista; el ego podría ser un interruptor con ella, pensó Dominika. Le preguntó con los ojos muy abiertos y con gran interés cómo era su ciudad natal, San Diego. Su trofeo le contó que era la hija única de un aviador naval y de una discreta madre (información que figuraba en el expediente del SVR); luego hablo largo y tendido de que había crecido como una joven californiana de playa, ágil, surfista... Algo que la rusa intuía que no era cierto. Audrey era una *unmik*, una friki de la física, y su aspecto lo evidenciaba. Después del tercer vodka, la joven espía se puso seria y ladeo la cabeza hacia el camarero.

—Hombres rusos. Hay que tener cuidado con ellos. No solo son testarudos, también bastardos en su mayoría —dijo. Audrey sonsacó poco a poco la historia a una Dominika que se mostraba reacia a hablar.

Secándose los ojos con una servilleta con el logotipo «M» del hotel, acabó por contar su compromiso roto con un hombre que le había sido infiel acostándose con una cajera que trabajaba en los grandes almacenes GUM de la plaza Roja. Todo mentira.

—Era una pequeña ramera con el pelo teñido de morado, recién llegada de algún *oblast* rural, cómo decís vosotros... alguna provincia inimaginable. Estuvimos dos años prometidos, y se acabó en una noche. —Audrey palmeó la mano de la compungida joven, indignada con el prometido mujeriego sin nombre. El «gancho» siempre resultaba más creíble si se añadían detalles específicos incongruentes, como el pelo teñido (el n.º 87: «Los cuentos de Pushkin despiertan la imaginación», era la regla que venía al caso y una de las muchas que se memorizaban en la Escuela de Gorriones para representar los puntos teóricos del oficio).

Los ojos de Audrey buscaron los de Dominika, ahora expectantes y penetrantes. La historia la había conmovido algo menos que los atractivos pómulos y los labios carnosos de la belleza de pelo castaño que lloriqueaba a su lado. De acuerdo en que todos los hombres eran *svinya* y brindando por la hermandad eterna entre mujeres, Audrey le susurró con voz ronca que quería enseñarle su habitación. La falsa presa le dijo que en lugar de ir a su habitación podían colarse en la lujosa *suite* Yekaterina, en la cuarta planta: su prima era camarera en el hotel y tenía una llave maestra. La americana se estremeció y recogió su rebeca. Por desgracia para ella, sus conocimientos de física electromagnética no le sirvieron para advertir la cola curvada del escorpión que se alzaba sobre su cabeza.

La *suite* era magnífica, resplandecía con los colores oro y verde, un samovar rojo sobre una mesa de té ovalada de Fabergé en un rincón de la habitación. Miraron el mobiliario y se miraron la una a la otra. No dijeron ni una palabra. Dominika sabía que la dulce trampa estaba a punto de cerrarse sobre la americana. Fingió que miraba las pinturas del techo barroco abovedado cuando Audrey —transformada en macho buscando una hembra en época de apareamiento— se acercó a ella, le puso las manos en los pechos y besó su boca. Le devolvió el beso. Se separó con lentitud, sonrió y sirvió dos copas de champán de una cubitera que había junto al sofá (puso una pastilla de Mogadon en la copa de Audrey para aplacarla), le acercó una bandeja de plata con *pecheniya*, pastas de té rusas apiladas en una pirámide nevada con azúcar glas, y cogió una. No se percató de lo incongruente que era que la prima camarera de esa bonita mujer hubiera dejado en la *suite* un caro champán y unos dulces tan delicados, además de darle la llave maestra.

Para la científica era más de lo que podía procesar: ver a Dominika mordisquear los dulces con sus perfectos y uniformes dientes blancos. Estaba muy excitada. Con dedos temblorosos quitó el azúcar que había caído en el vestido negro de esa inocente joven y la llevó hasta el dormitorio cruzando todo el salón. Los siguientes treinta minutos fueron grabados por cuatro objetivos infrarrojos con cabezal remoto (y micrófonos COS-D11) ocultos en las molduras de acanto ornamentadas de cada esquina del techo, de veintinueve megapíxeles. La señal estaba siendo registrada en formato digital por un equipo técnico del SVR en una sala especial al final del pasillo. Sin apartar los ojos de los monitores, dos técnicos sudorosos comprimían y encriptaban las imágenes para enviarlas de inmediato para su revisión en tiempo real a las oficinas del Kremlin de unos cuantos ministros relevantes —todos antiguos compinches de inteligencia del presidente—, a medio kilómetro de distancia, al otro lado de la plaza Roja. Ver las imágenes en directo era mucho mejor que ver chicas brasileñas en la *National Geographic.*

Alta, con cara de hurón, todo huesos de las caderas al pecho, pelo castaño claro peinado con un corte de príncipe valiente que había visto por última vez en la película de cine mudo francés *La pasión de Juana de Arco*, de 1928; la ratoncita Audrey era un nudo gordiano de pasión culpable, torpe timidez y anorgasmia, con tendencia a mojar la cama mientras, en vano, perseguía su efímera liberación. Gracias a Dios, pensó Dominika, nada complicado para mí. Sin mucho esfuerzo, podía evitar la participación activa y en su lugar asumir un papel de *masajista* y llevar a ese espantapájaros huesudo a través de las cuatro fases corporales de la excitación —en la Escuela las llamaban Niebla, Brisa, Montaña y Ola— para sacar de ella lo que los instructores llamaban *malenkoye sushchestvo*, el pequeño duende, que es con exactitud lo que ocurrió treinta tambaleantes minutos después. El primer espasmo estremecedor desencadenado por la inesperada introducción del mango de goma estirado del cepillo para el pelo de Audrey (n.º 89: «Rezar en el altar del fondo de la catedral de San Basilio»).

Gimiendo y con los ojos muy abiertos, la americana salió de la cama como un vampiro sentado en un ataúd, rodeó el cuello de Dominika con los brazos, le hundió los dientes en el hombro y cabalgó sus sucesivos y estremecedores orgasmos como una bruja sobre una escoba: fuera del hotel por encima de los muros del Kremlin, pasando por delante de la ventana de la habitación del presidente Putin y rodeando la estrella de la aguja del Hotel Ukrania, a doscientos metros por encima de la ensenada Arbatsky.

Eso debería darle al reclutador del GRU material suficiente con el que trabajar, pensó la espía. Con aplomo técnico, mientras su presa se desplomaba sobre su espalda, suspirando, colocó una toalla sobre las temblorosas lumbares de la mujer.

La última vez, pensó, por fin podría dejar eso atrás. Helsinki iba a ser un sueño. No podía saber que estaría bien y mal a la vez.

* * *

Audrey estaba saliendo de su coma de cuatro clímax alimentado por la benzodiacepina, con la cabeza sorprendentemente despejada y los muslos pegajosos y temblorosos. De acuerdo con el procedimiento, el gorrión siempre se escabullía de la habitación cuando el reclutador entraba, y Dominika pasó a su lado ignorando su cortés inclinación de cabeza. La americana ni siquiera la vio salir, y no sabía que el rol de persuasión del gorrión ya había terminado. Para Audrey, como-se-llame, no sería más que un vago recuerdo —una Venus de ojos azules sosteniendo aquel cepillo—, aunque inmortalizado para siempre en una grabación de vídeo. Tampoco sabía que el reclutador del Kremlin era el reputado doctor Anton Gorelikov, el director cincuentón del misterioso *Sekretariat* de Putin, una oscura oficina del Kremlin con un único miembro —el propio Gorelikov— que se ocupaba de asuntos delicados y estratégicos de importancia, como el reclutamiento coercitivo de una joven de la Marina estadounidense. El tío Anton había cosechado grandes éxitos de reclutamiento a lo largo de los años. Hablando en un extraordinario y fluido inglés de Oxford, Gorelikov tenía varios asuntos que discutir después de que Audrey terminara de vestirse y saliera nerviosa del baño dorado, peinándose con el cepillo aún caliente. Rara vez recurría a las amenazas, en su lugar, prefería tratar de manera racional las ventajas de cooperar con la inteligencia rusa y, en este caso, ignorar el «malestar» que acababa de concluir.

Se sentaron en el salón, ella estaba recelosa y confusa. Eran las dos de la mañana.

—Es un placer conocerla, Audrey —dijo el tío Anton. Ella se removió en la silla y lo miró. Su exagerada rigidez era evidente.

—¿Cómo sabe mi nombre? ¿Quién es usted?

El reclutador esbozó la sonrisa que había condenado a mil reclutas chantajeados. La voz de la americana no sonaba tranquila. Escuchó el tono vacilante que la delataba.

—Por favor, llámeme Anton. Conozco tu nombre porque tus credenciales son magníficas: una brillante carrera en investigación armamentística en el horizonte, excelentes perspectivas de ascenso, mentores influyentes y poderosos padrinos que sobrealimentarán tu carrera naval.

—¿Cómo sabe tanto sobre mí? ¿A qué organización representa? —preguntó Audrey sin comprender todavía lo que estaba pasando.

—En cuanto a la breve relación de esta noche con la joven del bar, es mejor no mencionarla por el bien de todos —prosiguió el tío Anton ignorando sus preguntas—. Admiro sobremanera la sabiduría del modelo de la Marina de Estados Unidos de «No preguntes, no cuentes». Por desgracia, nuestro ejército ruso es demasiado inflexible para una visión de futuro tan liberal —suspiró.

—¿Y eso qué tiene que ver? —La excepcional inteligencia de la investigadora empezaba a atar cabos. Una ola de frío le recorrió la espalda.

—Tengo una preocupación permanente. Temo que si sus zafias indiscreciones salen a la luz, los viejos prejuicios institucionales de su Servicio resurgirán, poniéndola al borde de una jubilación anticipada en la playa con la mitad de su sueldo. Eso sería injusto y poco equitativo.

En el momento oportuno, Gorelikov apuntó el mando a distancia hacia el televisor de la esquina del salón. Las imágenes de las indiscreciones a las que se acababa de referir aparecieron en la pantalla: las piernas temblorosas de Audrey en el aire con lo que parecía la cola de un lémur sobresaliendo de entre sus nalgas.

Todavía entumecida, se sentó en el sillón. Observaba inexpresiva, dando pocas pistas psíquicas al viejo y astuto brujo, lo cual era interesante: se mostraba apacible, sin emociones, comprensiva. Cogió el cigarrillo y le dio una calada profunda. Gorelikov supo que estaba valorando las consecuencias. Buena señal.

Sí que estaba considerando las consecuencias. Sabía lo que ocurría. Había recibido instrucciones de seguridad sobre este mismo tipo de situaciones. Había optado por ignorarlas. Se trataba de cuestiones que nunca se le aplicarían a ella. Iba a llegar lejos en la Marina. No tenía tiempo para esas cosas. Sin embargo, sabía que estaba en un aprieto: los rusos construirían una farsa. La joven rusa se presentaría ante las autoridades con lágrimas en los ojos y afirmaría que la habían obligado a grabar un vídeo sexual obsceno, lo que constituía una violación de, al menos, media docena de leyes morales rusas. Semejante escándalo destruiría la carrera de Audrey, esa carrera para la que se había estado preparando desde la escuela de graduados, pasando por la Escuela de Aspirantes a Oficial, hasta el laboratorio de investigación, con el fin de ascender en el escalafón, de superar a su poco generoso padre, de superar sus propios logros en la Marina, y de ganarse los beneficios y el prestigio del rango de oficial de bandera en un Servicio que era el coto impenetrable de hombres petulantes y solícitos. Todo eso sería suyo. Nada era más importante. Su intelecto de científica lo había procesado todo.

—Simplificando... me está chantajeando a mí, una oficial de la Marina estadounidense. —No pudo contener el temblor de su voz. El tío Anton levantó las manos en señal de alarma.

—Mi querida Audrey, nada más lejos de mis intenciones. Solo pensar en ello me repugna.

—Entonces, tal vez, tenga la cortesía de decirme con precisión en qué está pensando.

Gorelikov observó que ya daba órdenes como una almirante.

—Con mucho gusto. Dejemos las hipótesis. Tengo una oferta excepcional. Me gustaría proponer una discreta relación entre usted y una Rusia comprensiva para trabajar juntos durante un año... hacia una paridad global pacífica. Una relación que sería beneficiosa para ambos países. Para todas las naciones. Una colaboración de doce meses. Le pido que lo considere, después de todo, incluso la investigación militar tiene como objetivo evitar la guerra, ¿no es así?

No se movió, pero él sabía que estaba escuchando. Evaluó sus palabras. En cierto sentido, tenía razón. La sufrida madre de Audrey había vivido durante treinta años bajo el insensible peso de su imperante esposo. Era un alma bondadosa y, sí, una niña enamorada de los años sesenta que bailaba en Woodstock y creía en la paz global, en un mundo desprovisto de luchas, crueldad y odio. La mente analítica de Audrey sabía que cosas como los cañones de riel no existían en el mundo ilusorio de su madre, pero nunca olvidó sus apacibles palabras en los tranquilos meses anteriores al conflicto, cuando su padre volvía a casa después de su servicio en el mar.

—Pero nadie puede vivir solo de la paz mundial, ¿verdad? —dijo el tío Anton interrumpiendo sus pensamientos.

Una relación discreta le reportaría otros beneficios tangibles, menos abstractos, como los honorarios de un consultor, incluido un «estipendio» mensual, una cuenta bancaria bajo un alias en el extranjero en la que se harían de forma regular sustanciales depósitos y, lo más importante, *opekunskiy*, tutoriales para ella preparados por expertos militares rusos, el Instituto Norteamericano y personal del Kremlin sobre doctrina naval estratégica, diseño de armamento, previsiones globales, prioridades políticas internacionales y tendencias económicas. (No importa que todos los servicios de inteligencia utilicen la fórmula de los «tutoriales» para sus activos como sesiones de consulta para extraer aún más información de sus agentes sin desvelar nada importante a cambio).

Con semejante comienzo, Audrey Rowland se convertiría en la estrella emergente de la investigación militar de la Marina estadounidense, lo que le aseguraba ascensos, la gestión de programas enteros de I+D y puestos en el Pentágono. Este tipo de destinos solían conducir a la política nacional tras una carrera militar: el Senado, el Gabinete, puede que más arriba. Audrey arrojó ceniza al suelo. Sabía lo que estaba ocurriendo, pero las recompensas eran los emolumentos que codiciaba.

Gorelikov la fue analizando por capas, como si torciera un balaustre en un torno de madera. Era una narcisista social con un sentido engolado de sí misma, una arribista compensatoria con una profunda necesidad de ser admirada y, sin embargo, una falta de empatía hacia los demás, como su padre. Estaba en un sistema que la convertía, por definición, en una inadaptada sexual. Había sido una estudiante brillante de doctorado, con un pensamiento ordenado, que ahora impresionaba a sus superiores en el NRL. No era imprudente ni impulsiva por naturaleza y, sin embargo, estaba ligando con mujeres en el bar de un hotel de Moscú, ignorando las férreas prácticas de seguridad estipuladas para países con determinadas circunstancias, naciones con amenazas de alta seguridad. *Odarennost* y *sobstvennoye*, genio enturbiado por el ego, con el lastre de una sexualidad conflictiva pesando sobre su cuello. De hecho, un perfil potente en un candidato a ser reclutado. Basándose en su evaluación sobre ella, dudaba que rechazara su propuesta y decidiera aceptar las consecuencias.

Exhaló una bocanada de humo hacia el techo, dando rienda suelta a su indignación.

—Gracias por la oferta, Anton, pero… vete a tomar por culo —dijo con rotundidad y sin mirarlo.

Gorelikov estaba encantado: era justo la respuesta que estaba esperando.

Pecheniya • Pastas de té rusas

Mezcla la mantequilla, el azúcar, la levadura en polvo y la vainilla. Incorpora la harina, la sal y las almendras picadas hasta que la masa no se esparza. Forma bolas de unos dos centímetros y medio, colócalas en una bandeja sin engrasar y hornéalas a temperatura media sin dejar que se doren. Pasa las pastas, aún calientes, por azúcar en glas. Déjalas enfriar y vuelve a pasarlas por el azúcar.

1
Un topo entre ellos

En la actualidad.

La coronel Dominika Egorova, jefa de la Línea KR, la sección de contrainteligencia del SVR, estaba sentada en una silla del despacho del *rezident* de Atenas, Pavel Bondarchuk, también coronel del SVR, era jefe de la *rezidentura* y responsable de la gestión de todas las operaciones de la inteligencia rusa en Grecia. Sobre el papel tenía más rango que Egorova, pero ella se había hecho con apoyos en el Kremlin durante su carrera y con una reputación profesional que se filtraba por el telégrafo de porcelana del cuartel general del SVR (cotilleos que solo se repetían en los aseos del cuartel general): reclutamientos, intercambios de espías, tiroteos; incluso, esta Juno, le había volado la tapa de los sesos a un supervisor con una pistola de carmín en una isla del Sena, en París, por orden de Putin. ¿Quién iba a tirar de rango ante este *drakon* que respiraba fuego?, pensó Bondarchuck, que era un espantapájaros nervioso con una frente muy ancha y las mejillas hundidas.

No es que pareciera un dragón. En la treintena, era delgada y de cintura estrecha, con piernas musculosas debido al *ballet*. El pelo castaño, recogido en lo alto de la cabeza, enmarcaba un rostro helénico clásico, con cejas pobladas, pómulos altos y mandíbula recta. Sus manos eran alargadas y elegantes, las uñas cuadradas y sin laca. No llevaba joyas, solo un fino reloj de pulsera con una estrecha correa de terciopelo. Incluso bajo ese holgado vestido de verano en este día primaveral, era evidente el prodigioso busto 80D de Egorova (objeto de frecuentes e inevitables comentarios en los pasillos de Yasenevo). Pero eso no era nada comparado con sus ojos, que se clavaban en los de él mientras le miraba el pecho. Azules como el cobalto y sin pestañear, parecía que sus ojos miraran dentro de la cabeza de uno para leer los pensamientos, una sensación espeluznante.

Lo que nadie sabía era que sí podía leer la mente. Eran los colores. Era sinestésica, se lo diagnosticaron a los cinco años. Una enfermedad que su padre, profesor, y su madre, violinista, le hicieron jurar que nunca revelaría a nadie. Y nadie lo sabía. Su sinestesia le permitía ver las palabras, la música y los estados de ánimo humanos como colores etéreos en el aire. Era una gran ventaja cuando bailaba *ballet* y podía hacer piruetas entre espirales rojas y azules. Fue una ventaja aún mayor en la odiada Escuela de Gorriones, cuando pudo ver la nube gaseosa alrededor de la cabeza y los hombros de un hombre y calibrar así la pasión, la lujuria y el amor. Cuando entró en el Servicio como oficial de operaciones, era una superarma que utilizaba para evaluar estados de ánimo, intenciones y engaños. Había vivido con esta habilidad —una bendición y una maldición—, distinguiendo los rojos y morados de la constancia y el afecto, o los amarillos y verdes de la mala voluntad y la pereza, o los azules de la consideración y la astucia y, solo una vez, las alas negras de murciélago de la maldad pura.

El halo amarillo del pánico burocrático de Bondarchuk palpitaba alrededor de sus hombros.

—Usted no tiene autoridad para iniciar una operación en mi área de responsabilidad —dijo, entrelazando los dedos con nerviosismo—. Introducir a un norcoreano supone un riesgo por partida doble. No tienes ni idea de cómo reaccionarán estas *giyeny*, estas hienas: protestas diplomáticas, ciberataques, violencia física...; son capaces de cualquier cosa.

Dominika no tenía tiempo para esto.

—La hiena a la que se refiere es Ri Sou-yong, el académico Ri, adjunto del Centro de Investigación Científica Nuclear de Yongbyon en Corea del Norte, la institución que está trabajando con diligencia en el diseño de una cabeza nuclear para usarla contra Estados Unidos. Necesitamos una fuente dentro de su programa. Con el estímulo chino, es tan probable que los norcoreanos lancen un misil contra Moscú como contra Washington en los próximos cinco años. ¿O quizá no estás de acuerdo?

El coronel no dijo nada.

—Le he enviado el resumen operativo. Ri lleva un año en el Organismo Internacional de Energía Atómica (OIEA) en Viena —prosiguió—. Nunca da un paso en falso. Lealtad inquebrantable a Pyongyang. Políticamente fiable. Pero luego envía una carta. Quiere hablar con Moscú. ¿Conciencia? ¿Desesperación? ¿Deserción? Ya veremos. En cualquier caso, cálmese. Este no es una incursión forzada; él nos llamó.

—Usted quemó un refugio de mi lista perfecto para este objetivo desconocido, sin ninguna garantía de éxito —respondió Bondarchuk.

—Quéjese a Moscú, si quiere —le espetó—. Yo misma entregaré al director su demanda por escrito en mano, explicando que se habría encontrado con el objetivo en la calle sin ninguna precaución. —El pie de Dominika rebotó como una máquina de coser. Aquel hombre era un imbécil entre los imbéciles del Servicio—. Tenemos dos días para ablandarlo. Se trata de un fin de semana secreto, lejos de su destacamento de seguridad de Viena. Está en una casa de playa en Voula con un ama de llaves que también se encarga de la cocina.

—La supuesta ama de llaves —intervino Bondarchuck mientras se recostaba en su silla giratoria—, la estudiante rumana de veinticinco años, ¿no estará por casualidad en su nómina?

—Una de las mejores. —Dominika se encogió de hombros—. Ya ha aportado información útil sobre su crisis de mediana edad.

—Estoy seguro de que aporta otras ideas útiles. Los gorriones sois todos iguales —se rio incluyéndola de manera implícita.

Dominika se puso en pie.

—¿Eso cree? ¿Puede usted afirmar que todos somos iguales? Por ejemplo, la mujer con la que se ve todos los jueves por la tarde, ¿diría usted, coronel, que es un gorrión? ¿O solo su amante griega? ¿Puede adivinarlo? —dijo fría como el hielo—. Y si vuelve a referirse a mí como gorrión, tenga por seguro que su propia crisis de los cuarenta llegará antes de lo previsto.

Bondarchuk se quedó sentado en su silla, con su halo amarillo temblando mientras Egorova se marchaba del despacho.

* * *

Cuando Dominika llegó al piso franco, el académico Ri estaba en el mercadillo semanal de Voula, el soleado barrio costero de Atenas, en la costa sur, comprando productos para que su asistenta rumana, Ioana, le preparara albóndigas de limón con apionabo como las que solía hacer su madre. Incluso después de un año experimentando las delicias culinarias de Viena, el hambriento paladar norcoreano de Ri seguía deseando carne, verduras y ricas salsas, y Ioana había estado preparando comida en abundancia para los dos días desde que llegó a Atenas, tras escabullirse de Viena antes del comienzo de un largo fin de semana.

—Tenemos una escena doméstica idílica aquí —le dijo Ioana a Dominika, que se quitó las gafas de sol al entrar en el pequeño apartamento alquilado en el segundo piso: paredes encaladas y suelos de mármol con correderas de balcón abiertas del todo a la cálida brisa marina—. Es un tipo raro: habitaciones separadas, no quiere masajes en la espalda y no me mira si, por accidente, estoy en ropa interior. Hace la compra, yo cocino, él friega los platos y luego ve las noticias en inglés toda la noche. Las devora.

Ioana Petrescu era una veterana gorrión, alta y ancha de hombros, exjugadora de voleibol, que hablaba inglés, francés y rumano con fluidez, y tenía un nivel 4 de ruso. Era licenciada en Filología eslava por la Universidad de Bucarest. Le caía mal la mayoría de la gente —funcionarios, oficiales de la SVR y rusos en general—, pero adoraba a Dominika, que era una hermana de armas, una antigua gorrión que la trataba como a una igual. Con su rostro de diosa daciense, Petrescu podría haber hecho fortuna en el modelaje occidental, pero su testarudez la dejó trabajando como gorrión de la SVR para Dominika, susurrando en una ocasión que disfrutaba con los matices de la seducción de una trampa de miel bien gestionada. Había algo de depredadora en ella, lo que la hacía aún más querida para Egorova. Era perspicaz, educada, irascible, irreverente y escéptica. La comandante la protegía dentro del Servicio, mantenía a los coroneles y generales mujeriegos alejados de ella y valoraba sus astutas evaluaciones de objetivos. Las dos mujeres eran amigas: Dominika planeaba sacarla del cuadro de gorriones e incorporarla al Servicio de forma permanente como oficial.

—¿Ha dicho por qué envió la carta a la *rezidentura* de Viena? —preguntó Dominika—. ¿Qué quiere? ¿Va a desertar?

—No deseo desertar —dijo una voz en la puerta. No le habían oído entrar. Ri Sou-yong llevaba una bolsa de plástico rebosante de la que sobresalían una cabeza de apio y las hojas de un puerro. Dejó la bolsa en la encimera de la cocina y se sentó en una silla frente a las mujeres. Era bajo y delgado, vestido con una sencilla camisa blanca, pantalones de vestir y sandalias. Tenía el pelo negro azabache, cara de luna rubicunda con pómulos altos y un ligero lunar en la barbilla, como el presidente Mao—. ¿Puedo suponer que su colega es la representante de Moscú? —preguntó a Ioana—. No preguntaré nombres. —Se volvió hacia Dominika—. Bienvenida. Gracias por venir hasta aquí para verme. Tengo información para usted. —Fue a la habitación de la parte de atrás y volvió con un sobre de papel manila arrugado con un botón y un cordón y se lo entregó a Dominika—. Por favor, disculpe el estado del sobre. Tuve que sacarlo de mi despacho bajo la ropa. Pero espero que el contenido compense su aspecto descuidado.

Dominika vació un fajo de páginas sobre la mesita. Los documentos estaban escritos en coreano, aunque bien podrían haber sido arañazos paleolíticos en las paredes de una cueva de Lascaux.

Ri leyó al instante la mirada perdida de Dominika y se sonrojó en señal de contrición.

—Pido disculpas por el *Chosŏn'gŭl*, la escritura coreana, pero sé que los documentos científicos originales tienen más valor intrínseco que los traducidos o transcritos.

Es todo un perfeccionista, pensó Dominika, apreciando el halo azul intenso que rodeaba su cabeza. Un brillante pensador que anticipa las reacciones.

—Así es, profesor, pero un vendedor ambulante de información falsa podría traer documentos cuyo valor no puede establecerse de forma inmediata.

Era una sugerencia descortés hecha para calibrar su reacción. En el fondo de su mente, aún podía tratarse de una trampa de los servicios de inteligencia norcoreanos urdida por alguna razón inescrutable por el intelecto infantil del «líder excepcional» o comoquiera que se llamara ahora al presidente de los frijoles de mantequilla. Por costumbre, tanto ella como Ioana escucharon, casi sin darse cuenta, el crujido de las pisadas en la grava del camino de entrada. Ri sonrió y dio una palmada.

—Muy bien, en efecto; es prudente que plantee la cuestión.

—Y aún no hemos oído el motivo por el que ha solicitado esta reunión, ni qué es lo que ofrece, ni qué espera en concreto a cambio.

—Responderé a sus preguntas con mucho gusto —dijo el hombrecillo haciendo una pequeña reverencia—. En primer lugar, no le pido nada a cambio de esta información. No necesito dinero. No quiero desertar. Mi familia de Pyongyang sería introducida viva, uno a uno, en un horno de laminación de acero si yo desapareciera de mi puesto en Viena. En segundo lugar, le ofrezco información, secretos de Estado, sobre los recientes éxitos en el programa nuclear de Yongbyon, en concreto sobre los esfuerzos para construir un detonador fiable para un dispositivo nuclear, que, con el tiempo, será lo bastante miniaturizado como para ser instalado en un misil balístico intercontinental. Resumiré en inglés lo que he proporcionado en estos informes técnicos para su informe preliminar a Moscú. ¿Le parece satisfactorio?

—Eso sería bastante satisfactorio —respondió Dominika—. Pero queda la tercera pregunta: ¿por qué hace esto y por qué le ofrece la información a Moscú?

Ri miró a Dominika a los ojos, su halo azul permanecía inquebrantable, sus manos quietas. Ella no detectó ningún engaño.

—Elegí Moscú porque Washington ha perdido su prestigio mundial en la última década, se ha convertido en un águila sin garras ni pico. La CIA se ha politizado y contorsionado, y tiende a filtrar información de inteligencia a instancias de su Administración para obtener beneficios políticos. —Sonrió—. Colaborar con un servicio de inteligencia que filtra para servir a políticos ideologizados tiende a acortar la esperanza de vida de sus fuentes informantes. Estoy dispuesto a correr riesgos, pero no soy un suicida.

Ri se limpió las palmas de las manos en los pantalones.

—¿Pregunta por qué? Una persona solo puede permanecer callada un tiempo. Las armas nucleares en manos de un hombre-niño que se hace llamar «El santo del sol y la luna» serían un desastre para nuestro país, para la región asiática y para el mundo. Arriesgo mi vida y la de mi familia para que eso nunca ocurra. No hay esperanza en nuestro país. Quizá yo pueda aportar algo de esperanza para el futuro.

—Admiro su convicción, profesor. ¿Está dispuesto a seguir informando desde Viena, desde el OIEA? No le mentiré: los riesgos no disminuirán. Pero yo en persona seré responsable de su seguridad.

—Colaborar en Viena será bastante más difícil —respondió Ri—. Hay un grupo de guardias de seguridad que vigilan muy de cerca a nuestra delegación. Estamos obligados a vivir en el mismo edificio de apartamentos, dos delegados en cada piso, así todos sabemos todo de los demás. Es muy raro que tengamos tiempo a solas.

—Son dificultades que se pueden superar. Tenemos mucha experiencia en estos asuntos.

Con la exquisita sincronización de un gorrión entrenado, Ioana se levantó y se dirigió a la cocina.

—Empezaré a cenar mientras hablan de negocios. Creo que esta noche abriré una botella de vino, ¿para celebrar?

* * *

El académico Ri se sentó junto a Dominika en el sofá y resumió lo que contenían los informes que le había proporcionado, pasando de vez en cuando una página para esbozar un diagrama sencillo que ilustrara un punto. Hablaba como un científico, con lógica y de forma ordenada.

—Podríamos hablar durante semanas sobre el desarrollo del diseño de armas nucleares, pero, en pocas palabras, estos documentos acreditan que nuestro servicio de inteligencia ha dado a nuestro programa nuclear cierta tecnología extranjera que permitirá a Corea del Norte construir un dispositivo nuclear más potente, y miniaturizarlo para que quepa en la ojiva de un misil balístico intercontinental. Si me lo permiten, hay tres puntos importantes. Uno: nuestro servicio de inteligencia, el RGB, la Oficina de Reconocimiento del Departamento de Estado Mayor, no es un servicio global. Operan a nivel regional, son cerrados hasta la exasperación y, en general, ineficaces. Nunca podrían, bajo ninguna circunstancia, haber adquirido la tecnología por su cuenta. Dos: la tecnología implica componentes electromagnéticos avanzados, hasta ahora solo vistos en el desarrollo de un cañón de riel naval estadounidense, un arma experimental que puede propulsar un proyectil a grandes velocidades a distancias inmensas. Tres: el aprovechamiento de la potencia electromagnética de un cañón de riel reconfigurado permitirá a Yongbyon desarrollar lo que se denomina un detonador de tipo cañón (la unión de dos hemisferios subcríticos de U-235) para un dispositivo de fisión de uranio en muy poco tiempo. La tecnología es relevante porque también facilitará la miniaturización del detonador para que quepa dentro de una ojiva de misil.

Dominika sabía que eso era de gran importancia.

—Profesor, ¿cuándo estará listo el detonador en su forma miniaturizada?

—Calculo que seis meses, a menos que haya complicaciones.

—¿Dispone Corea del Norte en este momento de un misil con alcance suficiente para alcanzar Washington D. C. o Moscú?

—Esos son secretos que guardan las Fuerzas de Misiles del Estado Mayor del Ejército. Tengo entendido que a día de hoy no, pero dentro de doce meses, tal vez. Aunque es solo una suposición.

—¿Cómo adquirió el RGB la tecnología del cañón de riel electromagnético?

Ri negó despacio con la cabeza.

—Eso no lo sé. Nos dan copias simples de la investigación, pero no vemos documentos ni planos originales. El RGB nunca revelaría la fuente de su información. Hay dos cosas seguras. La primera, que la tecnología robada es auténtica: está acelerando nuestro programa, ahorrándonos años de investigación y desarrollo.

—¿Y la segunda? —preguntó Dominika.

—Este tipo de ciencia solo podía venir de un sitio. Los americanos tienen un gran problema. Tienen un topo entre ellos.

Albóndigas de limón con apionabo de Ioana

Mezcla la carne picada, la cebolla y el perejil picados, el huevo crudo, la pimienta de Jamaica, la sal y la pimienta, y forma brochetas pequeñas. Dora las brochetas y reserva. Saltear la raíz de apionabo cortada en tiras, los dientes de ajo enteros y machacados, la cúrcuma, el comino, la canela, las semillas de hinojo machacadas y el pimentón ahumado, cocina a fuego fuerte sin dejar de remover. Vuelve a poner las brochetas en la sartén, añade el caldo de pollo, el zumo de limón y salpimienta. Lleva a ebullición y cuece a fuego lento hasta que el apio esté tierno y la salsa espesa. Sirve con una cucharada de yogur espeso y una pizca de perejil.

2
El pan en el horno

Hace doce años, cuando la teniente general Audrey Rowland, en la suite del Hotel Metropol, mandó a la mierda al reclutador del Kremlin Anton Gorelikov después de que este le propusiera un acuerdo por el cual ella compartiría información clasificada sobre proyectos de investigación armamentística de la Marina estadounidense con la inteligencia militar rusa, a cambio de pagos en metálico y una discreta ayuda para su carrera, Gorelikov se mostró encantado. En el manual de reclutamiento de los servicios de inteligencia, esta blasfemia no era una negativa. La joven no había dicho que no y, lo que es más importante, no había declarado indignada su intención de denunciar la propuesta a los funcionarios de contraespionaje estadounidenses, lo que habría echado por tierra sin lugar a dudas el acercamiento. Su escarceo de treinta minutos con un gorrión del SVR fue un contacto denunciable que habría tenido graves consecuencias para su prometedora carrera en la Marina. Gorelikov pensó que la motivaba su deseo de mantener el episodio en secreto. Pero pensó que había algo más. Esta joven era ambiciosa, y ya había demostrado ser una brillante investigadora en un programa crítico, una habilidad bañada en oro que garantizaría un rápido ascenso en una Marina estadounidense dominada por los hombres, lo que sin duda era importante para ella. También arrastraba un bagaje aún no definido en relación con los hombres, que tal vez se manifestara en su comportamiento sexual, incluso a su corta edad. Ambición aderezada con ego y un gusto prohibido por el tribadismo. Un potente cóctel de reclutamiento. Había dejado que reflexionara durante la noche. En el argot del espionaje se conocía como dejar el pan en el horno.

Cuando al día siguiente Rowland estipuló que limitaría su información tan solo al proyecto del cañón de riel, Gorelikov aceptó con amabilidad sus condiciones. Sabía que el anzuelo estaba puesto. La mayoría de los agentes empiezan declarando límites morales a su traición, insistiendo en acuerdos cerrados, por lo general limitados a un solo tema, a cambio de mantener en secreto sus transgresiones originales. De lo que ninguno de ellos se dio cuenta de forma inmediata fue de que acceder a facilitar cualquier secreto a Moscú centuplicaba la infracción inicial, envolviendo al agente en la tela de araña durante todo el tiempo que estipularan los rusos, o hasta que perdiera el acceso, o hasta que se le acabara la suerte y los cazadores de topos lo llamaran para los inexorables interrogatorios. Gorelikov sabía, por su larga experiencia, que el resultado inevitable —el destino universal de todos los agentes— era que Audrey acabaría siendo descubierta por un descuido de un supervisor del GRU o, lo que era más probable, por una fuente de la CIA dentro del GRU que informaría de la existencia de un topo ruso en la Marina estadounidense. El objetivo, por tanto, había sido compartimentar el caso, y hacer funcionar el activo durante el mayor tiempo posible, extrayendo la mayor cantidad de inteligencia tan rápido como fuera seguro. Su supervivencia como fuente de información no era responsabilidad burocrática de Gorelikov, pero se dijo a sí mismo que prefería que se encargara de ello el SVR, un servicio más experto en el manejo de fuentes extranjeras o, mejor aún, un ilegal anónimo, imposible de rastrear y con triple nivel de seguridad.

Sin embargo, la altiva vicealmirante Rowland —nombre en clave: MAGNIT— había desafiado las probabilidades actuariales de supervivencia de los agentes. Llevaba doce años informando —hubo interrupciones en el contacto, cambios infructuosos a nuevos e inaceptables supervisores y un paréntesis tras un problema de seguridad—, pero había estado en activo desde su reclutamiento en Metropol.

Rowland, como predijo Gorelikov, hacía tiempo que se había acostumbrado al propio acto de espionaje. Al principio racionalizó la traición, diciéndose a sí misma que compartir la ciencia con Rusia igualaría las condiciones tecnológicas, generaría confianza mutua y reduciría las posibilidades de una tercera guerra mundial, un conflicto que ninguna persona en su sano juicio creía que pudiera sobrevivir para ninguno de los dos bandos. Disfrutaba de las floridas notas de agradecimiento y admiración de los asombrados científicos rusos que alababan su brillantez técnica, igual que se deleitaba en las reuniones anuales con el tío Anton, que era elegante, siempre iba bien vestido y se mostraba cortés, además, podía hablar de arte, música o filosofía tanto como de los límites del radar de antena en fase o de la capacidad de generación de megavatios del destructor de clase Zumwalt.

La relación entre el agente y el maestro maduró. Como el rendimiento de MAGNIT no disminuyó y sus índices de fiabilidad se mantuvieron al más alto nivel —todos los servicios evalúan todo el tiempo a sus soplones, ya que la primera señal de problemas en un caso es un cambio anómalo en la producción de información—, Gorelikov, bajo la dirección de Putin, inició una intervención paralela: los oficiales del GRU gestionaban a MAGNIT dentro de Estados Unidos, aunque eran poco más que carteros, recogiendo entregas y pasando requerimientos. Gorelikov, sin embargo, empezó a reunirse con MAGNIT durante su permiso personal anual, su único descanso de su devoción total a los laboratorios, los Programas de Acceso Especial, la gestión de personal y las tareas de supervisión presupuestaria que la consumían. Todo el mundo sabía que la almirante Rowland elegía destinos agrestes y campestres para sus viajes de vacaciones en solitario de un mes de duración: senderismo en Nepal, safaris fotográficos en Tanzania, acampadas en Jamaica, o descensos en kayak por el Amazonas. Para los colegas que no estaban acostumbrados a verla con otra ropa que no fuera su uniforme, las fotos de sus vacaciones en pantalón corto, botas, pantalones cargo o traje de neopreno solían levantar las cejas y provocar murmullos de comparación con Ichabod Crane.

Las reuniones con Anton se organizaban al margen de las exóticas vacaciones de Audrey, en lujosas casas alquiladas en las grandes ciudades más cercanas para evitar viajes extra y sellos incriminatorios en su pasaporte. La racionalización inicial y delirante de la agente para espiar evolucionó bajo la tutela filosófica del tío Anton, que trataba de tener motivada a Audrey. La noción de «igualdad de condiciones» parecía menos relevante en la Nueva Guerra Fría de medidas activas y ciberoperaciones. En su lugar, Anton planteaba a menudo la desigualdad del Sistema para las mujeres en la Marina, basándose en los comentarios, cada vez menos reservados, de Audrey sobre una infancia clara y dominada sin reservas por un padre autoritario, un aviador naval desenvuelto que acobardaba a su quiescente esposa y que llegó a decirle a Audrey que habría preferido un hijo varón. Si su padre viviera hoy, le dijo Audrey a Anton, tendría que saludarla. Anton convino en que las mujeres tenían el mismo problema en Rusia: obligadas por la sociedad, las costumbres y las instituciones a dejar que los hombres les robaran la fuerza emocional. La irónica empatía de Anton tocó una fibra sensible en Audrey. Lo que hacía —transmitir secretos, reunirse a escondidas, aceptar pagos del Kremlin— lo hacía por sí misma, y lo hacía para sobresalir en su carrera, a pesar de los hombres, a pesar del Sistema. El creciente saldo en sus cuentas gestionadas por la sede central —ya tenía cinco millones de dólares en euros, Krugerrands y diamantes en bruto del Kremlin— era otra confirmación de que se lo merecía. Anton reconoció que la idea del espionaje como motor de la emancipación de Audrey era un potente factor de control. Un control adicional procedía, como era natural, de sus apetitos sexuales. A pesar de la liberalización de las Fuerzas Armadas estadounidenses, Anton insistía sin cesar en la necesidad de guardar en secreto su predilección por las amantes femeninas para no descarrilar su carrera. El mundo cerrado que habitaba la americana la tenía en un estado de irritación continuo y la convertía en una mejor agente: nerviosa, irascible y resentida. Sus vacaciones anuales en el extranjero eran deliciosas oportunidades para localizar, perseguir y acostarse con tentadoras amantes. En varias ocasiones, Anton tuvo que interceder ante las autoridades locales cuando las sesiones con Audrey y una compañera local se volvieron demasiado fogosas. Anton incluso falsificó documentos de identidad para que su verdadero nombre no apareciera en los registros de la policía local si las cosas se salían de control. El sexo era un problema de manipulación, pero valía la pena como herramienta para controlar a MAGNIT, ya que cuando volvía a Washington detrás de su escritorio en la ONR, la Oficina de Investigación Naval, con rayas anchas en las mangas y tres estrellas en el cuello, era, por necesidad, célibe y afable, y tenía que vivir el papel.

Anton incluso le aconsejó que evitara los novios a pilas en casa, porque le habían asignado un camarero y cocinero que vivía con ella en el Cuartel Victoriano B Admiral's Row, en el Astillero Naval de Washington, en el sureste de Washington. Le dijo con severidad que su imagen blanca como la nieve de encomiable profesional asexual se vería mancillada si su personal encontraba algún juguete sexual, y pronto circularían rumores sobre el fogonero de tres estrellas y pelo alborotado en el ático a medianoche con un masajeador de 220 V haciendo parpadear las luces y asustando a los ratones. Lo mismo ocurrió cuando un año Audrey descubrió la ensalada picante de pepino tailandés durante una visita a un templo en el norte de Tailandia, y anunció que haría que su cocinera en Washington se la preparara a menudo. Durante su encuentro en el lujoso Anantara Resort de la provinciana Chiang Mai, Anton le dijo con severidad que dejara en paz el contenido del frigorífico; el personal de la casa se daría cuenta de que faltaban pepinos.

Audrey se rio de la imagen. Después de tantos años, el tío Anton podía hablarle de esas cosas con toda libertad. Entre sus constantes reuniones en el extranjero con el tío Anton, MAGNIT se reunía una vez al mes en Washington con los encargados del GRU, oficiales de inteligencia militar de la embajada rusa en la avenida Wisconsin. Fingiendo ser agregados militares corrientes, los espías del GRU rara vez trataban con verdaderas fuentes clandestinas, habitando, en cambio, los márgenes de la inteligencia clásica de consulta, recopilación de fuentes abiertas y transferencia de tecnología. Las reuniones se celebraban en parques suburbanos y a lo largo de senderos naturales y zonas verdes de Washington y de los suburbios de Maryland y Virginia. Estas reuniones eran poco más que breves encuentros de cinco minutos, durante los cuales Audrey pasaba su información y enviaba mensajes al tío Antón. La mente matemática de Audrey se enfrentó al reto de encontrar lugares de reunión imaginativos, unos que pudiera vigilar desde la distancia para asegurarse de que el muñeco del mes de la GRU no había arrastrado consigo la vigilancia del FBI. Había discutido con Anton —su tutor en tantas cosas— los detalles de la búsqueda de lugares de reunión, y se había convertido en toda una experta. Audrey había perdido la cuenta de los interminables discos, memorias USB, cámaras digitales, discos duros y, en ocasiones, montones de documentos físicos, volúmenes encuadernados e impresiones sobre todos los aspectos de la investigación de armas navales, guerra antisubmarina, diseño de barcos, radares, tecnología de sigilo y comunicaciones cifradas que arrojaba sobre el regazo de sus contactos. Después de doce años de trabajo encubierto, no podría haber enumerado con exactitud la suma total de los secretos que había pasado a los rusos. En realidad, no le importaba. Las tres rayas de su uniforme eran razón suficiente para continuar.

Una fuente como MAGNIT era, sin lugar a dudas, la joya de la corona del GRU, así como una carga constante para las capacidades colectivas de la sede central del GRU, conocida como el Acuario. Desde el principio, Anton Gorelikov había sido asignado en secreto por Putin para supervisar el caso MAGNIT, y observar la calidad y durabilidad de la habilidad comercial del GRU. Cuando MAGNIT recibió su tercera estrella, Gorelikov empezó a apartar el caso de los militares con demasiada delicadeza, para asignarlo a la larga a un oficial ilegal en Nueva York que sería anónimo, invisible e inviolable. En ese momento, se cambiaría el criptónimo MAGNIT y se restringirían al máximo los archivos. Gorelikov también le había echado el ojo a la coronel Egorova, jefa de Contrainteligencia del SVR, de quien pensaba que con el tiempo podría compartir las tareas de manejo del MAGNIT en el extranjero, basándose en su experiencia previa en operaciones callejeras y de contrainteligencia.

Hacía años que el presidente Putin había estado cocinando a fuego lento a su jefa de contraespionaje, la exbailarina de grandes pechos, desde la noche en que visitó la habitación de Dominika en el Palacio de Constantino a medianoche y acarició como sin querer el corpiño de encaje de su camisón mientras le ordenaba volar a París y acabar con su jefe, el psicópata Zyuganov, que se había metido en los asuntos de Putin. El presidente no había olvidado cómo los pezones de Egorova habían respondido a sus caricias, no podía olvidar el leve crujido de los pezones hinchándose bajo el encaje, y cómo sus pestañas se agitaban en tímida excitación. Acabaría poseyéndola, era inevitable. Tenía intención de ascender a Egorova en un futuro próximo, pero aún no. Y la gestión de MAGNIT podía esperar: la producción continuada del topo era crítica. Gorelikov aseguró a Putin que esto no era más que el principio: al igual que la Armada de los Estados Unidos se fundiría y se desintegraría, también lo haría Estados Unidos. «*Chto bylo, to proshlo I bylyom poroslo*, lo que antes era desaparecerá y se cubrirá de hierba», le dijo Gorelikov a Vladímir.

Ensalada tailandesa picante de pepino de MAGNIT

Pela el pepino, quítale las pepitas y córtalo en rodajas finas, a ser posible con una mandolina. Pon las rodajas de pepino en un colador, espolvoréalas con sal y déjalas escurrir, exprimiendo el exceso de agua. En un cuenco, mezcla vinagre de arroz, zumo de lima, ajo cortado en láminas finas, muchos chiles tailandeses cortados en dados finos, *nam pla* (salsa de pescado), cilantro picado, un chorrito de aceite de sésamo, azúcar, cebolletas cortadas en dados finos y cebolla roja cortada en rodajas finas (remoja primero las cebollas en agua helada un poco). Mezcla los pepinos con el aliño y espolvoréalos con polvo de gambas secas o cacahuetes molidos. Sirve de inmediato.

3
Eres mía

Dominika destapó el tubo de pintalabios y escribió *Ti Moy* sobre el pecho desnudo de Nathaniel Nash mientras estaba tumbada sobre él en la cama del piso franco de la CIA: una casita de estuco blanco, bañada por el sol, al final de una carretera polvorienta en lo alto de una colina rocosa de cactus en Vouliagmeni, quince kilómetros al sur de Atenas, con una vaporosa vista de la isla de Egina a través del golfo Sarónico, de aguas turquesa y tranquilas. Los transbordadores de las islas blancas que se dirigían al puerto del Pireo dejaban estelas espumosas al pasar. Al otro lado de la ventana, los colibríes revoloteaban alrededor de las flores de las glicinias que crecían por las paredes exteriores de la casa de una sola habitación. Dominika se incorporó un poco más y le besó en los labios.

—Espero que no fuera una de tus pistolas de pintalabios —dijo Nate. Dos años antes, la Línea T (técnica) del SVR le había dado a Dominika dos armas eléctricas de un solo disparo camufladas en tubos de pintalabios que ella había utilizado en París para separar el cráneo del cerebro de su diminuto y psicótico jefe Zyuganov que, a su vez, le estaba rastrillando las costillas con un estilete, tratando de introducir la punta de la hoja entre sus costillas y en su corazón. Había adivinado que Dominika trabajaba para la CIA; cuando las balas explosivas de las pistolas de pintalabios dispersaron el cerebro de ese enano ponzoñoso en el río Sena, logró salir ilesa una vez más. Aunque siempre debía estar vigilante.

* * *

Habían pasado cinco años desde su primera gira por el extranjero, en Helsinki. Finlandia había sido un sueño. Casas con adornos de pan de jengibre, chuletas de venado chisporroteantes y la emoción y el éxtasis de una misión operativa real: encontrar al agente de la CIA Nathaniel Nash, de la embajada estadounidense, conocerlo, entablar amistad con él y, si era necesario, seducirlo para sonsacarle el nombre de un ruso de alto rango que el SVR intuía, en realidad solo lo presentía, que Nash estaba manejando, pero que nunca podría atrapar. Nash y Dominika empezaron a trabajar el uno en el otro: cenas a la luz de botellas de vino cubiertas de cera de velas, paseos por los frondosos parques de la ciudad, cafés en el paseo del puerto, con las faldas de verano de las chicas ondeando por encima de sus caderas. Consultas, pequeños anzuelos, trampas verbales y trampas de evaluación. Ambos conocían todos los trucos de desarrollo, y se dieron de cabezazos durante tres meses, intentando reclutarse el uno al otro. Ella observó que el halo carmesí de él —pasión, devoción, constancia— nunca vacilaba ni se ondulaba. Decía la verdad y ella veía que su interés aumentaba día a día.

Entonces ocurrió lo imposible. El carácter sencillo y honesto de Nate, sus críticas suaves —aunque acertadas— sobre la situación actual en Rusia y la atención sincera y coqueta que le prestaba le hicieron cuestionarse, ¡a ella!, lo que hacía, por quién lo hacía y por qué lo hacía. La desaparición de su amiga en la embajada rusa (Dominika estaba segura de que la habían asesinado por una infracción menor de seguridad) la llevó al límite. En una lluviosa noche de Helsinki, aceptó la oferta de reclutamiento de Nate para espiar para la CIA, y fue encriptada como DIVA. ¿Qué mejor que hacer el máximo daño posible al zar y a sus bandidos? ¿Qué más podía hacer para alimentar la *otvrashcheniye*, el odio que sentía por ellos? Al espiar para la CIA, Dominika estaba ayudando a la Rodina, no traicionándola.

Bozhe, Dios, esos hombres de la CIA que se reunían a su alrededor para formarla, entrenarla y apoyarla como si fueran de la familia, una beneficencia inaudita e imposible en su propio SVR, eran de una raza diferente. Un pequeño grupo de ellos había entrado en su vida. El jefe de la División Europa, Tom Forsyth, la leyenda de pelo entrecano de la DO, la Dirección de Operaciones, y mentor benevolente de Nate Nash. El urbanita Forsyth había reclutado a primeros ministros, príncipes emiratíes y, en una ocasión, a la amante mimada de un almirante de la Flota Roja llevándola a un orfanato de París para que viera a los niños jugar en la sala de juegos (Forsyth sabía que el almirante se había negado a casarse con ella y a darle hijos). El reclutamiento estaba orientado hacia las necesidades, vulnerabilidades y motivaciones humanas.

Afectada en extremo por su solicitud, al día siguiente empezó a robar secretos navales soviéticos para Forsyth.

Luego estaba Marty Gable, colega de Forsyth durante toda su carrera. Por lo general, iba vestido con una camisa caqui de campo y botas de montaña, y repantingado en un sillón. No había mucho que Gable no hubiera visto. Había dirigido activos en África, Latinoamérica, el sudeste asiático y el Magreb. Había reclutado a un miembro del grupo terrorista PKK en Estambul y había rescatado a un agente que había sido descubierto disparando entre los ojos a un ejecutor del PKK. Para él, proteger a sus agentes —es decir, a DIVA— era lo primero. Dominika empezó a llamarle *bratok*, hermano mayor. Había tomado al joven Nate bajo su tutela, pateando con cariño su culo para que aprendiera las reglas del juego.

El último de estos nuevos amigos era el jefe de Contrainteligencia, Simon Benford: regordete, quemado, con la corbata siempre torcida. La mayoría de los días se le erizaba el pelo de un lado de la cabeza, por una causa desconocida. Al igual que Forsyth, Benford era un obelisco en la DO. Solo en los últimos cinco años, el genio mercurial había dirigido tres investigaciones distintas para desenmascarar a topos rusos dentro de la CIA y el Gobierno de Estados Unidos. Benford odiaba a los burócratas, a los arribistas, a los calzonazos, a los cabeza de chorlito, a la mayoría de los agentes especiales de la Oficina Federal de Investigación, a toda la Agencia de Inteligencia de Defensa y a lo que él llamaba el «homoerótico» Departamento de Estado. Debido a la extrema sensibilidad y al protocolo de manejo restringido dentro de la sección, Benford se convirtió en el oficial superior del cuartel general que dirigía en persona el caso DIVA.

Bajo su cuidadosa dirección, la joven espía rusa vació la *rezidentura* de Helsinki de todos sus secretos y, cuando regresó a Moscú, empezó a informar de inteligencia sensible con banda azul (que designa los secretos más delicados y perecederos) desde las cámaras acorazadas de Yasenevo, lo que pronto la convirtió en la principal fuente rusa de la CIA. Durante más de siete años, Dominika había robado todo lo que pudo, y sus hombres de la CIA la mantuvieron sana y salva, a fuerza de reuniones personales de infarto en los callejones de Moscú, citas furtivas en capitales extranjeras y transmisiones en ráfaga abreviada desde su equipo SRAC (comunicaciones de corto alcance con agentes). Puso al descubierto para la CIA las actividades clandestinas del Kremlin en todo el mundo.

También estaba la situación con su oficial de casos de reclutamiento: Nathaniel Nash. El pelo oscuro que le caía despeinado por la frente, sus excepcionales ojos de halcón en la calle, el aura carmesí que le rodeaba los hombros, acrecentaban el interés de Dominika, ya deslumbrada por los hombres de la CIA y el salvaje paseo en trineo que suponía espiar para ellos. Lo que ocurrió entre Nate y Dominika en Helsinki quizás era inevitable. Unidos bajo la implacable presión del reclutamiento y el espionaje, Nate, el agente, y Dominika, la agente clandestina, se enamoraron. Su pasión era implacable, sus relaciones volcánicas, furtivas y limitadas a las raras ocasiones en que estaban solos. Para Nate, una aventura entre un reclutador y su agente era una infracción que ponía fin a su carrera. Para Dominika, acostarse con Nate, el americano, sería fatal si la sede central lo descubriera.

Su relación no permaneció —no podía permanecer— en secreto para la CIA durante mucho tiempo. Los instintos feromonales de Gable y la clarividencia de brujo de Benford pronto detectaron el asunto prohibido. Nate fue llamado a filas, pero Benford optó, por el momento, por no despedirlo de manera inmediata del servicio por puro beneficio de la producción de inteligencia y por seguir teniendo a DIVA motivada. Por su parte, Dominika reconoció sin darle importancia la situación, aceptó los riesgos, ignoró las advertencias de *bratok* Gable y se deleitó en su amor por Nate. Nash había intentado detener la aventura varias veces, pero su pasión era abrumadora. Ella se negaba a renunciar a él, y él no podía apagar su ardor carmesí.

* * *

Pasando sus pesados pechos por la cara de Nate, Dominika se levantó de la cama y se acercó al rincón embaldosado de la pequeña cocina, que hacía las veces de ducha improvisada, y se roció con la boquilla de mano, mojando un trozo considerable del suelo de mármol. Nate la observó lavarse con soltura el cuerpo, las cicatrices blancas entrecruzadas en las costillas, las pantorrillas de *ballet* flexionándose al girar bajo el agua. Se levantó de la cama y se unió a ella en la ducha. Nate era musculoso y delgado, con el pelo negro rebelde y unos ojos marrones que se perdían pocos detalles.

—¿Puedes ver lo que he escrito? —preguntó Dominika, enjabonándole el pecho, trazando sus propias cicatrices, la marrón que le cruzaba el vientre, los furiosos surcos rojos de sus brazos. Los dos eran muñecos remendados. Nate no contestó, pero la besó, sosteniéndole la cabeza entre las manos, envolviéndola en su nube roja—. *Ti moy* —dijo ella, rodeándole el cuello con los brazos—. Eres mío.

—¿Lo sabe Vladímir Putin? —preguntó él.

Estaban sentados en el diminuto balcón de la casita, con el sol poniéndose bajo la montaña que había detrás de la casa. La desvencijada mesa tenía las patas desiguales y se tambaleaba. Las sillas de mimbre crujían con suavidad. Comieron una cena campesina con dos cucharas de gran tamaño, compartiendo un cuenco de terracota desconchada con delfines azules pintados alrededor del borde. Nate había cocinado las judías verdes a fuego lento durante todo el día en aceite de oliva, con cebolla, ajo y tomates triturados. En otro plato había aceitunas, queso feta y pan rústico crujiente. Bebieron Retsina fría de una botella que flotaba en una palangana de hojalata con los últimos restos del hielo del día anterior. Las sombras en la ladera se alargaban mientras hablaban.

—Lo único que digo es que es peligroso que sigas dando tumbos por el mundo, reclutando en persona a norcoreanos, o a quien sea, teniendo en cuenta que Putin podría nombrarte pronto directora del SVR.

Habían pasado todo el primer día en el piso franco discutiendo el reclutamiento del profesor Ri por parte de Dominika y el resto de información que había llevado de Moscú. Sobre todo, la noticia más emocionante.

Dominika le había contado a Nate que, como resultado del continuo apadrinamiento del presidente Putin, este le había insinuado que pronto podría ascenderla al rango de general y tal vez, solo tal vez, otorgarle la dirección del SVR, un hecho asombroso del que Nate informó al instante a Langley a través de su teléfono por satélite encriptado THRESHER, cuyo uso estaba limitado a los países de la OTAN. Atónito ante la idea de que su agente estrella pudiera pronto dirigir el SVR, Benford había derramado café sobre su corbata, ya de sobra manchada de bizcocho de cangrejo y mayonesa.

En un abrir y cerrar de ojos, DIVA tendría acceso a todos los secretos del SVR, reclamaría de inmediato un puesto en el Consejo de Seguridad Nacional y se convertiría en un miembro en ciernes de los *siloviki*, el grupo de iniciados de Putin con acceso no solo a las tramas secretas que agitan los pasillos del Kremlin, sino también a los planes e intenciones del circunspecto y tímido Vladímir Vladímirovich, a quien muchos observadores extranjeros habían analizado, pero pocos conocían de verdad.

—Es algo que ayuda, no que perjudique. Cuando adquiero activos de inteligencia, mi valor sube unos cuantos enteros —le dijo Dominika a Nate mientras mojaba un mendrugo de pan en salsa de tomate—. Nadie en ese grupo recluta extranjeros, aparte de Bortnikov, del FSB, el servicio interior. El presidente fue oficial del KGB; valora el logro.

—Pero hay un riesgo añadido. Si se filtra, por ejemplo, que la CIA sabe que los norcoreanos están utilizando tecnología estadounidense de cañones de riel, quedas comprometida de inmediato como fuente evidente. Moscú tiene demasiados oídos en Washington.

Dominika sirvió dos vasos más de vino.

—Si tu gente no puede guardar secretos, quizá no debería contarte secretos.

—Es una buena solución.

—Bueno, entonces dile a Benford que *prosmatrivat* la información, ¿cómo se dice?

—Compartimentar la inteligencia —dijo Nate, que hablaba ruso con fluidez—. En Washington eso significa que solo mil personas leerán tus informes: la Fuerza Aérea, la Marina, el Departamento de Energía, el ODNI, la DIA, el NSC, el FBI y la mitad de los comités del Capitolio. Con una sola filtración, estarías en una reducida lista de sospechosos de la sede central en una semana.

—Y entonces, supongo que se cumpliría tu deseo de que desertara —dijo Dominika con una sonrisa. Desde el principio, durante siete años, juró que nunca aceptaría la exfiltración. Estaba espiando para salvar a su Rusia, y nada más importaba, no contemplaría la posibilidad de huir. Nate sabía que cuanto más ascendiera en el SVR, más exclusivos serían sus informes y más probable sería que se viera comprometida por una filtración desde Washington. Tenía que mantener un perfil bajo y la CIA tenía que ocultar cada vez más que ella era la fuente de informes de tan excepcional valor.

Para gran enfado de Benford, Nate llevaba un año diciendo que debían exfiltrar a Dominika antes de que se viera comprometida. Había estado a punto de hacerlo en dos ocasiones, e incluso una vez fue interrogada en la prisión de Lefortovo tras un incidente operativo. Había sobrevivido a aquella prueba y había sido absuelta, pero en Moscú abundaban los sabuesos del contraespionaje, los rivales celosos y los enemigos políticos a los que les encantaría destruir a un competidor, en especial a la bella Egorova, la estrella en ciernes. Nate argumentó que perderla sería faltar a su deber de mantenerla a salvo y debilitaría futuros reclutamientos de la CIA en todo el mundo. Además, incluso en un retiro seguro, sería una inestimable observadora y una útil asesora operativa.

Gable y Forsyth no estaban de acuerdo con Nate, pero en cierto sentido lo entendieron, ya que ellos mismos habían extraído agentes descubiertos con anterioridad. Pero lo que a Benford le enfurecía era que

Nate estaba desestabilizando el barco y podía distraer a los agentes con sus argumentos quejumbrosos. Simon era de la vieja escuela: gestionar los activos y recopilar información hasta el final, y luego extraerlos, si era posible. Si el agente era eliminado, era la dura realidad de las operaciones. El catecismo operativo de Benford se codificó en una época en la que un agente podía escalar el Muro de Berlín o esperar una balsa de goma en una playa del Báltico para escapar del telón de acero. Ahora los topos eran descubiertos con ciberespionaje y mediante vigilancia con drones y *software* de reconocimiento facial. Los principios del espionaje eran inmutables —salir y robar secretos—, pero la tecnología estaba cambiando el juego.

No ayudaba el hecho de que Nate, a pesar de tener un don utópico para las operaciones en zonas inaccesibles y la detección de vigilancia, fuera el oficial de menor rango del cuarteto de oficiales que supervisaba el caso DIVA y, por lo tanto, a pesar de la tradición de informalidad civil de la CIA que contradecía sus raíces militares de la OSS en tiempos de guerra, debería haber sabido hablar solo cuando se le preguntaba. Todos sabían que Nate estaba loco por Dominika y soñaba con establecerse con ella en una casa detrás de una valla blanca. Pero el caso DIVA era demasiado valioso para pensar en dejarlo. Gable aconsejó a Nate con la franqueza que le caracterizaba:

—Escucha, novato. La reclutaste porque tenía acceso. Ahora su acceso puede llegar hasta la cima. Tú la lanzaste y le pusiste un arnés. Ahora la manejas tú, y todo depende de ti. Usa todo lo que tienes en tu limitada bolsa de trucos para mantenerla viva y productiva. Cualquier cosa. Lo que sea. Pero ella es un activo y la manejas como un profesional, ¿entiendes? Ahora ponte tus pantalones de niño grande y cierra la boca.

* * *

Dominika recogió los platos, volvió a salir y se sentó en su regazo.

—No quiero que te preocupes. Habrá cientos de personas en Moscú que leerán los mismos informes que yo te dé, lo que te proporcionará mucha cobertura. Y seré yo quien investigue cualquier filtración. ¡Seré el Benford ruso!

Nate sacudió la cabeza como un perro.

—¿Estás diciendo que me acuesto con la versión rusa de Benford? Será mejor que salgas de mi regazo. La imagen me acompañará durante meses, tal vez años.

La espía rusa se rio y lo ignoró.

—Viajaré cada tres meses a Viena para interrogar al académico Ri. Mi gorrión Ioana se trasladará allí para estar cerca de él, mantenerlo tranquilo y alquilar un lugar cercano donde podamos reunirnos. Podemos discutir el caso y tú puedes sermonearme, y yo seguiré, cómo se dice, ¿enderezándote? ¿*Vypravlyat*?

—¿Vas a enderezarme? —dijo Nate, acercándose a ella—. Yo soy el encargado aquí. Estoy seguro de que lo recuerdas.

—En algunas circunstancias, soy yo la que controlo la situación —susurró Dominika levantándole la camiseta por la cabeza—. Y sí, te enderezaré. —Tiró con habilidad del cordón de sus pantalones, se levantó la falda y volvió a sentarse en su regazo, contoneándose para tenerlo cada vez más dentro—. ¿Te has enderezado? —siguió susurrando. Se balanceó hacia delante y hacia atrás, gimiendo con suavidad, con la cara de Nate hundida en su pecho. Entonces, la silla de mimbre, seca y endeble, se desmoronó y los tiró sobre el mármol aún caliente del pequeño balcón deformado. Más al norte, los dioses del Olimpo que miraban desde lo alto de las ciénagas aluviales de Tesalia podrían haber dicho que aquello era un presagio de lo que estaba por venir.

Se tumbaron en la cama, riendo, Nate sujetándose un codo magullado. Dominika apoyó la cabeza en su hombro. Habían pasado poco tiempo juntos, pero ella estaba rebosante de felicidad, de satisfacción, de una tierna proximidad con Nate que no había sentido en otros encuentros apresurados y peligrosos. Tal vez fuera el espléndido sol del Egeo, el aire salado y estar tumbada en la cama con él, oliendo su cuerpo y las glicinias y observando a los colibríes. Nate se reía cuando Dominika los regañaba en ruso, mostrándoles la técnica correcta para extraer el néctar de un estambre; a mitad de la demostración, él había dejado de reír y movía las caderas sobre el colchón. El cuerno de rana toro del transbordador nocturno de Rodas bramó felicitaciones desde el mar.

Atardecer. Sobrecogimiento. La linterna de queroseno atrajo a una polilla emperador gigante de alas plateadas estampadas, con manchas tan luminosas como los ojos de los búhos, y se lanzó en picado alrededor de la llama, proyectando sombras tan grandes como murciélagos en las paredes. Dominika se apoyó en un brazo y Nate le hizo repetir los siguientes esquemas de contacto para Viena dentro de un mes, con lugares de encuentro principales y secundarios, santos y señas de reconocimiento, posibles alternativas y señales de seguridad, incluyendo entregas rápidas y sutiles con Ioana, que sería una vía excepcional. Sería una reunión de seguimiento importante para saber más sobre el programa nuclear de Noko y ver si podían obtener información identificable sobre la fuente estadounidense de la fuga de tecnología.

—Me gustaría que dejaras que otra persona se reuniera con el coreano en Viena —dijo Nate, haciendo un último intento por disuadirla—. Seguro que puedes designar a otro oficial, alguien que hable coreano o alguien que sepa diseño de armas.

—Llevamos dos días hablando de esto. ¿Por qué iba a hacerlo? Sería ilógico. Ya te he dicho que esto me ayudará en el campo político. Tengo más posibilidades de recibir el ascenso que Putin...

—No conseguirás el ascenso si estás en los sótanos de Butyrka con una correa al cuello, todo por esa obsesión por la venganza y esa estúpida yihad que libras contra todos ellos. Estás en la cima. Eres demasiado testaruda para darte cuenta de que puedes hacerles cien veces más daño siendo solo directora del SVR y teniendo un perfil bajo.

Sintió que ella se ponía rígida a su lado. Dominika salió de la cama, se envolvió el cuerpo desnudo con una falda de algodón y empezó a meter sus pocas pertenencias en una bandolera.

Nate reconoció los ojos centelleantes y las fosas nasales encendidas.

—¿Adónde vas? Nos vamos mañana por la mañana.

—¿Yihad? ¿Obsesionada? ¿Testaruda? —gritó Dominika—. ¿Eso es lo que piensas de mí, de lo que estoy haciendo? *Zhópa*, imbécil. Moriré por mi país antes que quedarme quieta y ver cómo nos roban hasta dejarnos ciegos. Gracias por tu *predannost*.

—¿De qué estás hablando? Te quiero más que a nadie. Quiero que sobrevivas.

—¿Renunciando y huyendo? *Poshël ty*, ¡vete a la mierda! Voy a coger el autobús a la ciudad. —Metió los pies en unas zapatillas planas y se colgó el bolso al hombro.

Nate se levantó de la cama.

—Está muy oscuro ahí fuera. Te vas a caer por una cornisa en la oscuridad. Déjame buscar una linterna.

—*Ischézni*, piérdete —gritó, cerró de un portazo y empezó a andar por el camino de cabras en la oscuridad. Nate se puso los pantalones y las chanclas, cogió una linterna y corrió para alcanzarla. Ella lloraba en silencio mientras él la sujetaba del brazo y alumbraba sus pies con la linterna. Ella no lo miró mientras esperaban en la oscuridad, bajo un olivo, a que llegara el autobús número 122, que al final se detuvo en la curva de la carretera. Cuando se abrieron las puertas, Nate esperaba ver a Gable conduciendo y a Benford sentado en la última fila con gesto de desaprobación.

—Llama cuando llegues a Viena —dijo Nate cuando las puertas se cerraron en su cara. El autobús se perdió de vista en dirección a Glyfada, donde ella tomaría un taxi hasta su embajada.

Ha cambiado en los últimos años. Exaltada e imposible. Incontrolable como agente. Seguro que la atraparán pronto. En alguna reunión clandestina. En alguna operación. Algún Romeo. Ya podía oír a Gable. «Felicidades, novato, acabas de tocar fondo y has empezado a cavar».

* * *

Langley.

Estaban reunidos en la pequeña y caótica sala de conferencias de la División de Contrainteligencia (CID) de Benford, cuyas paredes grises cubiertas de tela e insonorizadas estaban adornadas con una hilera de fotografías enmarcadas de anteriores jefes de la CID en una inquietante secuencia cronológica, a lo largo de toda la sala, como un macabro muro de mártires en una catacumba cristiana. Las fotos de los años sesenta eran de tono sepia, con miembros olvidados de las Ivy Leaguers con corbatas finas (años de JFK). Las fotos Kodachrome de décadas posteriores mostraban a jefes del CID con patillas de hípster y sonrisas insípidas (Carter); expresiones de cálculo culpable (Nixon), y las miradas de las mil yardas de los libertadores del hemisferio (Reagan). Las últimas fotos digitales eran de la generación moderna de jefes del CID con expresiones de alarma desconcertada (Clinton, Bush). Al final de la fila colgaba la fotografía del director del CID jubilado hacía poco, durante la era moderna, un miserable conocido por su implacable engreimiento. La bandera estadounidense de la sala había sido desplazada, con malicia, tapando parte de esa foto, de modo que solo un único ojo del susodicho asomaba por la tela, lo que le hacía en el recuerdo aún más espeluznante de lo que había sido en persona. No quedaba espacio en la pared para más marcos de futuros exjefes, y los rumores de encargar un fresco en el techo que representara a un Benford querúbico y de culo desnudo con un pequeño arco y una flecha eran, hasta ahora, infundados.

Como todos los espacios personales de Benford, la mesa de conferencias estaba desordenada, llena de papeles, tazas de café y una caja de dónuts. Había mapas enrollados apilados en una esquina y una pantalla de proyección rota por el centro y remendada con cinta aislante. Dos monitores de pantalla plana destrozados estaban tirados en la esquina más alejada de la sala, junto con los fragmentos de una taza de café de la Marina estadounidense, que casi con toda seguridad había sido el proyectil que había destruido al menos uno de los monitores. Benford, Gable, Forsyth y Nash estaban en un extremo. Hearsey, el alto jefe técnico ectomorfo, entró con dos cuadernos y se sentó en el extremo opuesto. Robusto, espigado y duro como el cuero, Hearsey parecía alguien que debería estar en la pradera arreglando alambradas de espino o utilizando unas pinzas de castración de terneros, en lugar de pasar un año en un laboratorio inventando una niebla de ácido químico —rociada por la noche con un dron furtivo— para destruir los pórticos de misiles norcoreanos, o desarrollando monitores de *fitness* para llevar en la muñeca moldeados con Semtex que pudieran detonarse en Dubái desde un laboratorio de Maryland. Ingeniero de formación, Hearsey sabía de cañones de riel, además de que no aceptaba tonterías de Benford, y a Gable le caía bien, por lo que estaba al tanto de todo, incluido el caso DIVA.

En la Agencia lo conocían solo como Hearsey; tan solo los expertos en personal sabían que su nombre de pila era Gayle, y nunca revelaron nada. Hearsey echó un vistazo a la mísera sala de conferencias de Benford, pasó un dedo por la mesa cubierta de migas y contempló el detritus circundante.

—Creía que el Hindenburg se estrelló en Lakehurst, Nueva Jersey —dijo Hearsey, que podía salirse con la suya actuando como un sabelotodo. Benford parpadeó una vez.

Sentado al otro lado de la mesa, tomando notas, estaba el nuevo ayudante de Benford, Lucius Westfall, un analista de armas de destrucción masiva trasladado de la Dirección de Inteligencia a la Dirección de Operaciones, uno de los muchos cambios ordenados por el director de la CIA para integrar a la fuerza a los analistas de la DI con los operadores de la DO, lo que en la mayoría de los casos era como juntar a las hijas del pastor con los braceros en un baile en un granero.

Westfall era rubio, de cara delgada, con gafas de montura de alambre que tendían a empañarse cuando hablaba en público o con mujeres guapas. Ya era bastante exigente trabajar para Simon Benford, pero Westfall tenía que descifrar sin cesar el argot propio de la Dirección de Operaciones. Estos oficiales de operaciones eran ininteligibles cuando hablaban una y otra vez de topetazos, colgantes, vendedores ambulantes, putas viejas, avisos de quemados, gotas, alijos, cazatalentos, cabelleras, limpieza en seco, conejos, pienso para pollos, enemas de bario, 201, PRQ, reveses naturales, volteretas, pelusas, aleteos y un millón de misterios más. Como guinda del pastel, Westfall tuvo que soportar las acometidas del corpulento Marty Gable, que Westfall estaba convencido de que una vez había sido un asesino en serie de Kansas.

—Asegúrate de tomar buenas notas, Luscious —dijo Gable, pronunciando mal su nombre con un falso acento francés. El particular estilo de Gable para guiar a un colega novato estaba a medio camino entre el de monitor de instrucción y el de conductor de cuadrigas. Cosas de la vida, el propio Gable había sido sacado de su accidentada y dura División África para ser el díscolo ayudante de Benford. El CID era un espeluznante servicio de contraespionaje en el que solían trabajar introvertidos, brillantes y extravagantes, a oscuras y con las persianas cerradas. Los de fuera la llamaban la «isla de los juguetes rotos». Benford quería a Gable menos como el segundo de a bordo y más como alguien que pudiera resolver crisis extranjeras inestables y delicadas dondequiera que se desarrollaran, una función que Marty llamaba con modestia «liberar tensiones». DIVA también idolatraba a Gable: él podía convencerla de que se bajara del árbol cuando ella entraba en sus cada vez más frecuentes conmociones acerca de la comunicación, la asunción de riesgos y la seguridad.

Benford comenzó la reunión con la solemnidad que le caracterizaba en Washington, Londres, Ottawa, Canberra, Bonn, París, Roma y Tel Aviv, golpeando una carpeta sobre la mesa con su invocación característica.

—Santo Dios. Si la información de DIVA es correcta, tenemos a un jodido cabrón vendiendo putos secretos a Corea del Norte.

Recién llegado de Atenas, Nash leyó un papel.

—DIVA acaba de informar, es el SRAC de esta mañana. El SVR ha cifrado a este profesor norcoreano Ri Sou-yong PECHKA, que significa estufa en ruso —dijo.

—Una estufa, ¿eh? Un diccionario ocuparía menos espacio y no se comería todos los dónuts —dijo Gable gruñendo.

Nate deslizó la caja de dónuts glaseados por la mesa de conferencias.

—De nada —respondió el aludido Nate—. Compré los dónuts para todos, pensé que estaría bien comer uno.

Gable levantó la tapa de la caja.

—¿Compras rosquillas y ni siquiera traes un surtido? ¿Ni chocolate? ¿Ni mermelada?

Benford se removió en su silla.

—¿Podemos concentrarnos en lo que parece ser la transferencia de tecnología de cañones de riel electromagnéticos de la Marina de Estados Unidos al programa nuclear norcoreano?

Forsyth dejó una copia del informe de DIVA.

—¿Cómo consiguieron los nokos esta tecnología? —preguntó Forsyth—. El RGB no sabe ni atarse los zapatos. Lo único que saben hacer es descubrir a sus propios conspiradores internos. ¿Me estás diciendo que tienen una fuente americana dentro del país? No puede ser.

—Alguien está pasando la tecnología —intervino Hearsey—. El documento coreano traducido que ha proporcionado DIVA contiene palabra por palabra terminología estadounidense: «vía de conducción», «gas ionizado», «potencia pulsada compacta». A los nokos no se les está ocurriendo eso por su cuenta.

—Tiene que ser Pekín —comentó Gable—. Apuesto a que el MSS se cargó a algún pacifista californiano que trabaja en un laboratorio de la Marina dedicado a la armonía transpacífica; o a un contratista con la cara llena de granos en el Departamento de Defensa que quiere una corbeta; o a un oficial de armamento a bordo de una fragata que está enamorado de una Chia Pet de Shangái que mantiene su cañón de riel personal en energía pulsada.

Westfall se revolvió en su asiento. Benford lo vio y lo señaló.

—Westfall, ¿tienes alguna opinión sobre el tema? —Gable deslizó la caja de dónuts por la mesa, como estímulo colegial para que hablara. Westfall dejó caer la tapa de la caja cuando vio que Gable se había comido los dos últimos dónuts y que la caja estaba vacía.

—No creo que Pekín quiera que Pyongyang tenga la bomba —dijo Westfall—. Los chinos creen que siguen controlando a los nokos con envíos de alimentos y ayuda militar. Les gusta que Occidente vaya suplicando ayuda para moderar el comportamiento norcoreano. Y, en última instancia, saben que una vez que Pyongyang tenga una bomba nuclear fiable y un sistema de lanzamiento, su pitbull se habrá soltado de la correa y es probable que haga cualquier cosa. Incluso contra ellos. Lo he buscado: el tiempo de vuelo de un misil balístico Rodong-1 básico para recorrer los ochocientos kilómetros que separan el centro de lanzamiento de satélites de Sohae de la plaza de Tiananmen es de unos cinco minutos, ni siquiera es tiempo para que el politburó se dé un beso de despedida. No, China no quiere que tengan la bomba.

Se hizo el silencio en la mesa. El chico no era tonto.

—Un verdadero Ulysses P. Grant —murmuró Gable—. Entonces, ¿quién crees que está dirigiendo nuestro topo cañón de riel?

Westfall miró a Nate.

—DIVA es la única que puede decírnoslo. Pero si ella no puede encontrar un maldito nombre con la suficiente rapidez y Pyongyang descubre cómo exprimir un dispositivo de uranio en una ojiva, la Space Needle de Seattle va a ser la zona cero.

Judías verdes del Egeo de Nate

Corta los extremos de las judías verdes. Mezcla el ajo picado, el perejil, el eneldo, la menta, la sal y la pimienta. Coloca capas de cebolla cortadas en rodajas finas en el fondo de una olla holandesa, cubre con una capa de tomates triturados, judías, las hierbas, abundante aceite de oliva, otra capa de cebollas, tomates, judías, hierbas y aceite de oliva. Termina con una capa de cebollas y rocía con más aceite de oliva.

Cuece a fuego lento tapado hasta que las judías estén muy blandas y tiernas. Sazona y añade el zumo de limón. Sírvelas calientes o a temperatura ambiente.

4
Robo de secretos

Alexander Larson, el actual director de la CIA, fue el primer DCIA en treinta años que ascendió a través de los rangos operativos. Era un Mustang, como los directores de la época de la OSS que dirigieron la Agencia en los años cincuenta y sesenta —antes de la serie, sin relevo, de sucesores seleccionados entre los militares, o entre los empalagosos corredores del Congreso, o entre las filas de la Dirección de Inteligencia— y que intentaron dirigir una organización cuya arcana misión comprendían a medias y nunca habían experimentado de primera mano. Algunos directores fueron solo un desastre, otros un desastre sin paliativos, y unos pocos lograron cierta sinergia con el personal de Langley, famoso por su escepticismo e ingobernabilidad, antes de marcharse. La confirmación del veterano oficial de operaciones Alex Larson como DCIA rompió la sequía.

Alex Larson se había formado en la Granja a principios de los setenta con Simon Benford. Larson, el hombre apacible de carácter abierto, se hizo amigo de Benford, el hombre irascible de carácter reservado, fruto de una improbable química personal que había perdurado treinta años. Era lógico que sus personalidades dispares empujaran a Alex hacia el servicio clandestino en el extranjero y el negocio de la captación de activos extranjeros, y que Benford gravitara por inercia hacia el lodazal de la contrainteligencia y el contraespionaje. La separación geográfica a lo largo de los años no empañó la amistad, que se renovaba de forma automática cada vez que sus caminos se cruzaban. Ahora Larson era el DCIA. Sabía que su desaliñado amigo era brillante y tenía la tenacidad de un pitbull, aunque con una mordida maloclusiva. Benford le consultaba a menudo.

La anterior administración había seleccionado a Larson como DCIA en reconocimiento a su rectitud moral, su perspicacia burocrática y sus contrataciones de primera categoría (que Benford había apoyado a lo largo de los años, examinando los activos a medida que se incorporaban). Larson, de sesenta y cinco años, tenía el aspecto típico de un DCIA: era bajo, un poco corpulento, llevaba gafas de carey color jengibre y lucía lo que Benford llamaba un bigote de aspirante a Allen Dulles. Esto, junto con un pelo blanco y ralo y unas cejas blancas tan pobladas que los subordinados tenían que resistir la tentación de pasarle un peine por ellas, le hacía parecer un profesor universitario. Pero era todo un agente operativo y las tropas lo respetaban.

Larson no era popular entre la actual Casa Blanca ni entre los progresistas derivados del Consejo de Seguridad Nacional, los veinteañeros licenciados en inglés que asesoraban a Potus sobre la política en Oriente Medio. Además, el DCIA Larson había contradicho de extremo a extremo la declaración de su predecesor durante la gira de despedida de este por el extranjero. «No robamos secretos —había dicho el DCIA saliente sobre la recopilación de inteligencia de la CIA ante una audiencia de enlace aliada—. Todo lo que hacemos es coherente con la legislación estadounidense. Destapamos, descubrimos, revelamos, obtenemos, consultamos, solicitamos».

Al ser preguntado por la declaración de su predecesor en una sesión a puerta cerrada del Comité Selecto de Inteligencia del Senado (SSCI), Larson respondió a los senadores sin una sonrisa y sin un rastro de ironía: «Me parece justo. Un agente, por ejemplo, descubre la existencia de un topo ruso en el cuartel general de la OTAN, el oficial de casos de la CIA solicita la información, el agente la revela y, de ese modo, la CIA obtiene información perecedera de contrainteligencia». Los soplones partidistas denunciaron de inmediato el comentario desleal, pero Alexander Larson no fue despedido. No podía ser despedido. La razón fue COPPERFIN.

Durante sus catorce años en el campo operativo, Larson había construido la red de espionaje COPPERFIN, la penetración masiva y omnipresente de todo el combinado estatal de diseño, construcción y pruebas aeroespaciales de la Federación Rusa. Larson había reclutado en persona a los dos primeros agentes principales rusos años antes, uno en la India y el otro en Brasil, que a su vez habían reclutado a subfuentes en las entidades de diseño Sukhoi, Mikoyan, Ilyushin, Tupolev y Yakovlev, todas las cuales se habían fusionado en 2006 en OAK, Obyedinyonnaya Aviastroitelnaya Korporatsiya, la United Aircraft Corporation, situada en el distrito de Krasnoselsky, en la región central de Moscú. Los agentes COPPERFIN de Larson vaciaban con regularidad las cámaras secretas de la OAK para informar sobre las avanzadas capacidades de los cazas rusos de cuarta y quinta generación, como el Su-27, el MiG-29 y el nuevo Sukhoi PAK FA. Las Fuerzas Aéreas estadounidenses estaban exultantes.

La intención de la Administración de querer deshacerse de Alex Larson, en favor de un DCIA más de acuerdo con la timorata política exterior de la Casa Blanca, fue frenada en seco por los aullidos del Pentágono tras la adquisición a través de la red COPPERFIN de los parámetros técnicos de APFAR, Aktivnaya Fazirovannaya Antennaya Reshotka, el nuevo radar de antenas en fase ruso, un premio inestimable. A continuación llegó la entrega de un misil antibuque Zvezda Kh-35U real, designación OTAN KAYAK, pero apodado el *harpoonski* por sus similitudes con el misil Harpoon estadounidense. El Zvezda fue llevado a través de la frontera lituana por un mensajero de la red COPPERFIN que sobornó a los guardias fronterizos para que ignoraran la cola del misil que sobresalía de la ventanilla trasera rota de su UAZ Patriot, que era la única forma en que se podía meter el misil de 520 kilos y 380 centímetros en su todoterreno compacto.

Inmune a los antagonistas dispépticos, el DCIA Larson, en colaboración con Simon Benford, lanzó su propia campaña de medidas activas contra el régimen de Putin, una ofensiva que muchos consideraban necesaria desde hacía mucho tiempo para pagar a los rusos con su propia moneda por las siete décadas de desinformación, falsificaciones e intromisión política que constituían la especialidad del Kremlin. Larson se convirtió en un crítico declarado de la Federación Rusa de Vladímir Putin, testificando en sesiones abiertas del comité sobre el uso innato por parte de Rusia de medidas activas para influir en los resultados políticos, la mayoría de las veces con resultados mediocres. Aumentó el intercambio de información con los servicios aliados, en especial en Ucrania y los países bálticos, lo que dio lugar a varias llamativas detenciones por espionaje de oficiales de inteligencia rusos con la cara roja. Sus identidades habían sido facilitadas por DIVA y Larson le había transmitido sus felicitaciones a través de Benford. (El director y DIVA nunca se habían visto; Larson dejó el caso, como procedía, en las hábiles manos de Benford y compañía).

Tras una carrera trabajando en el objetivo ruso, Larson comprendía la visión depredadora del mundo de Vladímir Putin, y sabía que el Kremlin solo dejaría de portarse mal cuando los costes de la delincuencia de Putin superaran las ganancias percibidas. Entonces llegó el explosivo informe: los activos de COPPERFIN sacaron a escondidas pruebas documentales del fraude masivo en el consorcio aeroespacial OAK. OAK había sido creado por el presidente Putin como una sociedad anónima abierta que combinaba activos rusos privados y estatales, la mayor parte de los cuales desapareció en los bolsillos de sus compinches preferidos. Con el apoyo de Benford, Larson presionó a la Casa Blanca y al trillado Departamento de Estado para que hicieran pública la corrupción (citando fuentes extranjeras para proteger los activos internos), denunciaran a Rusia en las Naciones Unidas, impusieran sanciones a las empresas que vendían aviones comerciales rusos y bloquearan cualquier reincorporación de Rusia al G7. Reticente a enemistarse con el Kremlin, la Casa Blanca vaciló, pero al final actuó a instancias de un Congreso inmovilista que había sido informado por el DCIA. Alex Larson estaba en todas partes de la ciudad, presionando al Washington oficial para que se armara de valor.

Benford se reunió con Alex en el despacho de Larson.

—Por fin. Esta es una oportunidad para desarmar a estos malditos eslavos —dijo Benford—. Estamos recopilando información técnica y militar exhaustiva, y la publicidad internacional negativa acobardará a Putin, al menos durante un tiempo. Ojalá pudiéramos predecir con más exactitud su reacción. Manejando a una serpiente acorralada y demás, si sigues la metáfora.

—Si no recuerdo mal, tus metáforas solían ser mucho más eruditas —dijo un Alex inexpresivo—. Quizá DIVA tenga pronto mayor acceso a los planes e intenciones de Putin si se convierte en directora de la SVR, suponiendo, claro está, que tu forma de tratarla sea tan inspirada como afirmas.

Benford no sonrió.

—Puedes estar seguro de que, incluso en ausencia de tu característico estilo operativo rococó y extravagante, el caso DIVA se está gestionando con seguridad.

Larson se rio.

—¿El joven oficial sigue siendo el encargado principal? ¿Cómo se llamaba?

—Nash, Nathaniel —respondió Benford—. Es posible que vaya a ayudar a los australianos en la operación de Hong Kong de la que te informé la semana pasada. Marty Gable llevará de la mano a DIVA mientras tanto.

La intuición de Larson era demasiado fina.

—¿Algún problema?

Benford se encogió de hombros.

—El encargado del caso de reclutamiento y DIVA tienen una relación que se sale un poco de los parámetros habituales.

—¿Qué quieres decir?

—Están enamorados y mantienen relaciones íntimas siempre que las circunstancias lo permiten —afirma Benford—. Hasta ahora me he abstenido de despedir a Nash. Considero que separarlo del servicio tendría un efecto significativo en la producción de DIVA.

—¿Cómo de significativo? —preguntó Alex.

—Como si renunciara. Con Nash en Hong Kong durante unas semanas y Gable para estabilizar el activo, no hay preocupaciones inmediatas. —Los dos hombres pensaron lo mismo y el asunto, y el futuro de Nash, quedó aparcado por el momento.

Larson abrió la carpeta de su escritorio que contenía el guion de Benford para la sesión informativa del día siguiente de Potus y el Comité de directores del NSC sobre la continua campaña de acciones encubiertas de la CIA contra el Kremlin. Guardó silencio mientras leía.

—Faltará un hombre sobre el terreno —dijo, levantando la vista.

Benford también abrió su expediente.

—La organización te necesita detrás de este escritorio. Has disfrutado de toda esa locura en el extranjero durante treinta años. Ahora tienes que volver a convertir este desaguisado en un servicio de espionaje.

—Hazme un resumen, por favor —dijo Alex.

Benford no necesitó demasiadas palabras. Se trataba de tranquilizar al inquieto presidente estadounidense y de garantizar el apoyo continuado del Pentágono. Entorpecer el avance de Putin en este momento era esencial, dada su flagrante y descarada injerencia en la escena mundial. La confusión y la ansiedad de los Gobiernos occidentales lo envalentonaban. Avergonzar en público al Kremlin desbarataría múltiples medidas activas rusas en el Báltico, Europa y en lugares como Montenegro. La moribunda economía rusa se vería afectada por partida triple por cualquier fechoría en el seno de la OAK que saliera a la luz, ahuyentando a los inversores, reduciendo la clientela de material militar ruso, limitando el presupuesto militar y complicando el espíritu aventurero del Kremlin en África, América Latina y el Ártico, rico en recursos. Desestabilizar a los rusos en el extranjero, además, distraería al Kremlin y serviría para proteger valiosos activos, como COPPERFIN. Los rusos se pondrían frenéticos ante el fulminante desprecio internacional. El DCIA insistiría con cortesía en que Potus no podía ignorar la oportunidad y no debía permanecer inactivo.

—Veremos cómo funciona con él —dijo Alex—. Al menos los altos mandos me apoyarán.

—No te preocupes, esto agitará el avispero —dijo Benford. Tenía razón, pero pondría en marcha acontecimientos que nadie podría haber previsto ni de lejos.

* * *

La reacción rusa a la primera revelación estadounidense fue clamar por la provocación (irónico: los conspiradores empedernidos siempre asumieron que su propia desgracia era, cómo no, el resultado de un complot exterior). Pero la vergüenza internacional y la innata paranoia rusa de que se rieran de ellos como de kulaks manchados de estiércol y relegados a la condición de segundones, llevaron a Vladímir Putin a la cólera, en parte alimentada por el miedo. Así era como se derrocaba a los líderes. Convocó a Gorelikov a su dacha personal más aislada en la ciudad de Solovyevka, a ciento treinta kilómetros de San Petersburgo, a orillas del lago Komsomolsk. Quería intimidad y estar lejos de las miradas indiscretas de sus *siloviki*, que olfatearían su pánico como los perros de caza que eran. Confiaba en Gorelikov.

—¿Cómo se ha filtrado la noticia de los arreglos financieros en OAK? —vociferó Putin, paseándose por la habitación, pateando la cabeza gruñona de una alfombra de tigre siberiano cada vez que pasaba. Estaban en la gran sala principal de la dacha, perfumada con humo de leña, decorada en estilo agreste, con sofás y sillas de cuero y un antiguo rifle de caza Tula calibre 7.62 de 1936 sobre la chimenea. Fuera de los ventanales panorámicos —demasiado extravagante para una típica dacha lacustre—, la nieve cubría la orilla y espolvoreaba los pinos, pero el agua negra del lago aún no se había congelado.

Gorelikov no quería enojar al presidente más de lo que ya lo estaba por sí mismo.

—Es probable que los contactos extranjeros de la corporación: banqueros, vendedores y contratistas del gobierno… fueran las fuentes de estas difamaciones —dijo citando los comunicados de prensa.

Putin miró a Gorelikov como un esturión de una semana con los ojos lechosos.

—No. Tenemos un *gemorróy*, un gran problema. Alguien dentro de OAK, alguien que conoce los libros.

Gorelikov, por decisión propia, nunca había participado de la bacanal de corrupción del Kremlin y se divertía en secreto ahora que el botín de la codicia había picado al zar.

—En OAK trabajan treinta mil empleados —recordó Gorelikov—. Tendríamos que destrozar el lugar. —Tomó aire—. Ignora las acusaciones. Se olvidarán en una semana. —Putin maldijo.

De hecho, esas acusaciones concretas se olvidaron a la mañana siguiente, cuando un mensaje del MAGNIT fue retransmitido desde la sede central a la sala de comunicaciones de la dacha, informando de que un misil antibuque Zvezda Kh-35U intacto había sido entregado a las instalaciones de pruebas de la División Dahlgren del Centro Naval de Guerra de Superficie en Virginia para la evaluación de los sistemas de guiado, propulsión y ojiva.

Putin volvió a maldecir.

—*Bljad*, hijo de puta; ¿crees que esto se olvidará en una semana? —le escupió a Gorelikov—. No solo Washington nos está difamando en la escena mundial, sino que además la CIA parece tener al menos un activo dentro de OAK.

Gorelikov eligió con cuidado sus palabras.

—Vendemos misiles Zvezda a India, Brasil y Vietnam. Los estadounidenses podrían haber adquirido un modelo de exportación de un agente del tercer mundo sin nuestra cabeza buscadora y telemetría de alta gama. —Putin le dirigió otra mirada sospechosa. Había confiado en Gorelikov desde que lo conoció en la facultad de Derecho, reconocía su brillantez y apreciaba su mente analítica. También sabía que Anton no era corrupto, ni susceptible de serlo, y tampoco tenía ansias de poder. Nunca codiciaría el trono de Putin. Y lo que es más importante: Putin reconocía la tendencia y el amor de Gorelikov por *naneseniye uvech'ya*, el caos encubierto. Al igual que un jugador de ajedrez, disfrutaba organizando defensas, trampas, ataques y fintas para lograr el jaque mate, Gorelikov se deleitaba urdiendo una intrincada intriga por el mero placer de causar estragos. En eso no tenía rival: Bortnikov, del FSB, o Patrushev, de su Consejo de Seguridad, eran consumados intrigantes, pero nadie era como Gorelikov.

—Basta ya de racionalizaciones —dijo por fin el presidente—. Quiero una solución. Washington y la CIA nos están tomando el pelo. Los bocazas de la prensa moscovita y de la calle correrán la voz y las cosas se agitarán.

Gorelikov se encogió de hombros.

—Sobre todo, Repina —apuntó, refiriéndose a uno de los disidentes anti-Putin y anticorrupción que más se había hecho notar en Occidente y que estaba recaudando dinero.

—*Suka*, perra, olvídala. Quiero *sredstvo*. Quiero una solución —dijo Putin, abandonando la habitación y a Gorelikov, para contemplar el paisaje cargado de nieve y el agua negra como la tinta.

* * *

A la noche siguiente, Putin encendió dos gruesas velas en candelabros de cloisonné rojo, dorado y turquesa del siglo XVIII sobre una mesa de tablones situada cerca de los ventanales de la dacha. El resto de la habitación estaba a oscuras; solo la luz de los leños encendidos en la gran chimenea proyectaba sombras titilantes por la estancia. Tenían delante dos cuencos humeantes de *kormya*, estofado de cordero ruso, con dos tacos de pan negro para mojar en la salsa. Los camareros que les servían se habían retirado. Putin y Gorelikov bebían té de un samovar que silbaba en una mesa auxiliar. Hoy no era noche de vodka. El viento se había levantado al anochecer y los cristales helados por la nieve en la noche oscura arañaban de modo imperceptible el cristal. Con la chimenea crepitando, el siseo del samovar y la tormenta que arreciaba fuera, aquello parecía la sala de espera del infierno. Los dos hombres estaban sentados a ambos extremos de la mesa, comiendo estofado y mirándose el uno al otro, como esperando a que *Shaitan* se les uniera.

—Los americanos son timoratos —rompió el silencio Gorelikov—. Evitan el conflicto en el campo exterior; ignoran a sus aliados y consienten a los que se les oponen.

Putin sorbió una cucharada de estofado.

—Y, sin embargo, nos encontramos con este ataque contra la reputación de Rusia y las calumnias dirigidas contra mí. —Le tembló la voz—.

—Ahí es donde quiero ir a parar. Esta campaña no procede de la cobarde Casa Blanca. Proviene de la CIA; es su marca de medidas activas dirigidas contra nosotros.

—¿Por qué ahora?

Gorelikov se limpió la boca y se inclinó hacia delante.

—Podría ser por cien razones, todas las cuales conocemos bien. Nosotros mismos inventamos una leyenda para camuflar la información que Snowden traía consigo. O enviamos a un voluntario para desacreditar a un auténtico desertor. Centramos las críticas en otra parte para enmascarar la existencia de un agente o una red de alto nivel.

Putin dejó la cuchara.

—Podemos discutir los motivos estadounidenses todo el día. Y podemos especular sobre cuántos topos tenemos colocados en sus organizaciones. Pero eso no resuelve el problema. —Alzó la voz—. Se trata de mi reputación, mi prestigio y mi imagen pública.

Lo cual es más importante que cualquier espía que robe nuestros secretos, pensó el tío Anton.

Gorelikov se compadeció de él.

—El director de la CIA es Alexander Larson —dijo—. Es una leyenda entre los cuadros operativos de la Dirección de Operaciones de la CIA. También es el primer DCIA formado en operaciones desde mediados de los setenta, y es agresivo. Los informes de los *rezidenturi* indican que la CIA está intensificando su actividad en todo el mundo: sus agentes están presentando a nuestros oficiales en decenas de capitales extranjeras. Por cada uno que informa de un lanzamiento hostil, ¿cuántos no lo hacen? No podemos saberlo, pero debemos suponer que un pequeño porcentaje acepta el reclutamiento. Egorova, en la Línea KR, también informa con regularidad de operaciones y emboscadas, como si un topo en el SVR estuviera asesorando a los americanos.

—Nosotros tenemos nuestras propias victorias —dijo Putin, distraído.

—Por supuesto. Solo estoy haciendo hincapié en que el DCIA Alexander Larson es un director activista que no solo está acelerando el ritmo operativo sobre el terreno contra nosotros, sino que también, en mi opinión, está preparando una acción encubierta para estimular el cambio de régimen en nuestro país, siguiendo el modelo de sus éxitos en Ucrania y Georgia. Debe tener influencia para persuadir a la Administración para que lo permita, quizá con el apoyo de los halcones del Congreso.

Gorelikov hablaba con calma.

—Sabes que hablo sin tapujos contigo. —Putin asintió—. Te digo con confianza que Larson y su Agencia están trabajando para desestabilizar nuestro país. ¿Por qué ahora? La supresión de los disidentes puede haber sido el catalizador, Crimea, la alianza con Irán o diez factores más. Pero la amenaza es real, y tendremos una crisis a menos que actuemos.

Putin se sirvió más té.

—Has tenido un día para pensarlo. ¿Qué propones?

—He considerado múltiples opciones. Solo veo una recomendable y factible.

—¿Cuál?

Una ráfaga de nieve movida por el viento hizo que la ventana de cristal se doblara en su marco: *Shaitan* llamaba para que lo dejaran entrar.

—Que eliminemos al director de la CIA —susurró Gorelikov. Un tronco se desplomó en la chimenea, arrojando chispas a la habitación; varios rescoldos brillaban en el suelo de pino. *Shaitan* estaba ahora en la dacha.

Putin miró con fijeza a Gorelikov, que continuó, casi hablando en susurros.

—Su muerte, que debe parecer accidental, hará descarrilar esta acción encubierta contra la Rodina. Su agencia quedará desmoralizada y en estado de *shock*, sus oficiales de casos vulnerables y desilusionados. La Administración estadounidense se pondrá a cubierto presa del pánico y el Congreso lloriqueará hasta que les llegue la hora de entrar en su próximo receso.

Putin no había pestañeado ni una sola vez.

—La mano de Rusia, por supuesto, seguirá siendo invisible, aunque el mundo sospechará, no, se maravillará, de la absoluta imperturbabilidad de Vladímir Putin y *Novorossiya* —exclamó Gorelikov, preguntándose si estaba siendo demasiado duro, pero decidiendo que nunca podría ser demasiado duro para V. V. Putin.

—¿Cómo emprenderías una acción así? —preguntó Putin—. El director de la CIA está protegido en todo momento.

El doctor Anton Gorelikov dio un sorbo a su té.

—Examinaré las piezas para ver cómo pueden encajar. Ninguno de nuestros compuestos orgánicos habituales; ninguna toxicología forense será procedente. Una muerte accidental indiscutible evitará hostilidades abiertas entre nuestros servicios.

Putin asintió.

—Pon todas tus energías en este plan —dijo cortante. El presidente de la Federación Rusa acababa de dar luz verde al asesinato del director de la Agencia Central de Inteligencia—. ¿Necesitas algo?

Gorelikov miró las llamas de las velas.

—¿Qué te parece incluir a Egorova en la planificación? Conoce el terreno, tiene la cabeza fría y no se arredrará ante medidas extremas.

Putin negó con la cabeza.

—Solo nosotros dos. Nadie más. Insisto en esa condición. En adelante nos referiremos al proyecto como Kataklizm.

—Entendido.

Los dos hombres guardaron silencio y Anton supo que el presidente —asesino de tigres, consumado jinete, hábil piloto de reactores y maestro de judo— apreciaba el enorme riesgo que suponía intentar asesinar al DCIA estadounidense.

—Con tu aprobación, me gustaría plantear una exquisitez para tu consideración. Cualquiera de nuestros colegas unicelulares del FSB o de las fuerzas armadas podría haber llegado a la solución de asesinar al jefe de la CIA en cinco minutos. Esto, sin embargo, solo puede ser el principio de un plan mayor que es sin duda más consecuente y de mayor alcance.

Putin mojó su pan negro en el guiso, esperando. Exquisiteces. Por eso le gustaba Gorelikov.

—Desde el reclutamiento de MAGNIT he estado siguiendo su carrera —continuó el doctor Gorelikov—. Como sabes, ha sido ascendida hace poco a vicealmirante y es, lo que podría llamarse, la directora científica de mayor rango de la Marina estadounidense. Tiene acceso a las tecnologías, la investigación y el desarrollo, y a los laboratorios de la Marina. Aunque se la reconoce por su brillantez, en general se la sigue considerando *meshkovatyy*, torpe, básica y maleable, sin una red política fuera de sus limitadas órbitas navales. En consecuencia, cuando ella se retire, desaparecerá el MAGNIT, el activo técnico-informático. Durante los dos últimos años la he orientado para que compaginara su carrera científica con tareas que pulieran su buena fe política; es ambiciosa y ha seguido mis instrucciones con su característica precisión matemática. No hace mucho ha sido asignada a un puesto en el consejo asesor de la Oficina de Personal de la Marina, que ejerce una influencia considerable. Este año también ha sido considerada para el puesto de ayudante del almirante Richards, jefe de Operaciones Navales, pero no fue seleccionada, sospecho que debido a su lamentable falta de lo que los americanos llaman «atractivo para las altas instancias». Me temo que MAGNIT nunca tendrá esa cualidad; no podría adquirirla más de lo que tú o yo podríamos dominar su física de partículas. Sin embargo, ha habido progresos más recientes. Ha sido seleccionada para informar al Estado Mayor por su capacidad para explicar teorías científicas de forma clara y concisa a superiores sin formación. Una de sus tareas es de acompañamiento al presidente en la Casa Blanca todas las semanas. Ahora estamos recopilando información interesante sobre seguridad nacional, que es la transición que quería que hiciera MAGNIT. Verás, tengo un objetivo en mente, es...

Putin levantó la mano para pedir silencio. Las comisuras de sus labios se levantaron de manera imperceptible, lo que en él sugería una alegría apenas reprimida.

—¿Qué hay de su preferencia por *lohmatka*, por las mujeres? —preguntó.

Gorelikov no se inmutó por la interrupción; esperaba la inevitable pregunta del presidente.

—Su adicción no es regular, es controlada. Satisface sus apetitos durante sus discretas vacaciones anuales en el extranjero, bajo mi supervisión. Alguna vez pierde el control con sus parejas, lo que atribuyo a su narcisismo social y a su represión sexual contenida, resultado de un conflicto psicológico durante la infancia con un padre maltratador.

—¿Cómo pierde el control? —se interesó el presidente.

Gorelikov se movió incómodo.

—Hacer el amor como enloquecida, uso demasiado rudo de ayudas sexuales, mordiscos y bofetadas.

—¿Han filmado este comportamiento para su posterior control? —preguntó Putin, que en su día también fue espía.

Gorelikov negó con la cabeza.

—La coacción no es un factor de motivación para MAGNIT. Aparte de su efímera negativa inicial, durante su reclutamiento, a colaborar, se ha convertido en una agente modelo: su narcisismo alimenta su espionaje. La única película que se hizo de ella fue durante la *polovaya zapadnya* original, la trampa de miel en el Metropol, hace casi doce años.

—¿Tienes la grabación de ese encuentro?

Gorelikov se encogió de hombros.

—No tengo ni idea de dónde está. Supongo que en algún lugar de los archivos.

—Mi leal consejero, no estarías protegiendo a tu protegida Egorova, ¿verdad? Ella era el gorrión en cuestión.

—Señor presidente, ¿te refieres a la próxima directora de Inteligencia Exterior, o has cambiado de opinión? Admito que soy partidario de la coronel Egorova. Creo que es muy prometedora.

Bastaba con que hubiera puesto nervioso al imperturbable Gorelikov. Putin ya había visto todas las películas de Egorova de la época de gorrión. De hecho, era muy prometedora, tanto entonces como ahora. Estaba ansioso por verla.

—Estoy de acuerdo —convino Putin—. Ahora, háblame de esa exquisitez adicional.

El viento rugía incesante.

—Huelga decir que cuando fallece un DCIA en funciones, la Administración debe seleccionar candidatos sustitutos para su consideración, uno de los cuales será presentado como candidato final para su confirmación por el Congreso.

Putin sabía cómo terminaría ese plan, pero guardó silencio para que Gorelikov pudiera terminar de tejer su red.

—He dado instrucciones a MAGNIT para que se coloque de forma visible y llamativa delante del presidente durante las sesiones informativas en el despacho oval, sobre todo cuando ella es la única informadora en las ocasiones en que el presidente no puede acudir a la Casa Blanca para la sesión informativa semanal. La he entrenado para que intercalara comentarios que sugirieran que está alineada con las políticas del presidente: que está de acuerdo con sus políticas de defensa e inteligencia y que está deseando trabajar en su equipo, ya sea antes o después de su jubilación.

—¿Crees que esos señuelos funcionarán?

—Los analistas del Departamento de América sostienen que el presidente se deja llevar por el ego y la ideología, y que ahora, en el quinto año de su presidencia, tiene la piel cada vez más fina ante las críticas, por lo que se rodea de aduladores. Si MAGNIT puede establecerse como una aliada simpática, y el puesto de DCIA queda de repente vacío, presagio que su nombre sería uno de los que el presidente, al menos, consideraría. La idea de nombrar a una mujer inteligente y liberal, una almirante de la Marina, para deshacer el legado belicoso y la inquietante acción encubierta de Alexander Larson, sería del agrado del presidente americano.

—Lástima que no tengamos a ese otro presidente, ese *rasputnik*, ese sátiro, todavía en el despacho oval. MAGNIT podría haber solicitado el puesto de DCIA de rodillas. Pero este plan parece muy endeble: la posibilidad de que MAGNIT sea elegida para el puesto es remota.

Gorelikov contó con los dedos.

—Nos esforzamos por influir en los resultados, a menudo sin garantías, y esperamos los resultados deseados. La absoluta inverosimilitud de convertir a MAGNIT en el DCIA es el sello distintivo del *zagovor* perfecto, una exquisita conspiración sin huellas rusas. No tiene padrinos civiles de alto perfil, ni valedores encubiertos, por lo que no hay hilos invisibles. MAGNIT, la brillante, pero poco agraciada, cigüeña, partidista, capaz de gestionar los retos de la tecnología y la nueva era cibernética, es la candidata perfecta. Si es seleccionada, tú, Vladímir Vladímirovich, serás el dueño de la CIA.

Salieron más chispas de la chimenea mientras *Shaitan* volaba alrededor de las enormes vigas de pino de la dacha, complacido hasta el extremo.

* * *

Justo al lado de la sala de emergencias, en el ala oeste de la Casa Blanca, había una sala de reuniones más pequeña, con una mesa exigua de nogal y tres sillones de felpa a cada lado, y la silla de Potus en el extremo, bajo el sello presidencial. A diferencia de la espaciosa sala de emergencias, con paneles de caoba, asientos para veinte personas —incluidas unas sillas para los miembros de la bancada— y múltiples pantallas planas de teleconferencia a lo largo de las paredes, la pequeña sala de reuniones solo contaba con dos pantallas compactas en la pared del fondo, sobre las que había seis relojes digitales: uno que mostraba la hora en Washington; un reloj con la etiqueta «presidente», que indicaba la hora en cualquier lugar donde se encontrara el presidente; uno para la hora zulú, y tres pantallas adicionales de zonas horarias, hoy etiquetadas como Bagdad, Londres y Kabul.

La vicealmirante Audrey Rowland acababa de concluir una sesión informativa solo para el presidente, su asesor de seguridad nacional y el asesor adjunto del NSC sobre las pruebas realizadas por la ONR en materia de propulsión por cavitación para buques de combate litoral, un tema que no solía interesar a este comandante en jefe, cuya idea de la proyección de poder consistía en conseguir el tibio apoyo de aliados prevaricadores y firmar tratados con Estados hostiles, que no tenían intención de cumplir ningún concordato diplomático. Potus, sin embargo, se quedó prendado de los buques más pequeños, con poco armamento y más o menos baratos como buenos ejemplos de «plataformas navales de no confrontación». Se podía oír el rechinar de dientes de los almirantes en el Pentágono desde el jardín sur.

Concluida la sesión informativa, la almirante Rowland dijo al presidente que su idea de una presencia militar estadounidense más moderada, una política exterior estadounidense internacionalista más integradora que abandonara las prácticas decimonónicas de construcción nacional, cambio de régimen y diplomacia de cañonero (Audrey no recordaba los demás temas de conversación que Anton le había explicado) eran conceptos esenciales en un mundo inestable. Con sus pies apoyados en la mesa, como era habitual, mostrando las suelas de sus zapatos a los demás —un grave insulto a los extranjeros, pero apenas grosero en la sala de conferencias—, Potus dijo que estaba encantado de escuchar sus opiniones. Audrey se apresuró a añadir que, desde su punto de vista, la moderación también se aplicaba a la recopilación de información de inteligencia, ya fuera de la DIA, la inteligencia naval o la CIA.

—Acabamos de adquirir un misil antibuque ruso, no conozco la fuente, y evaluaremos sus capacidades y desarrollaremos contramedidas, contra las que los rusos desarrollarán contramedidas —dijo Audrey—. Y el proceso continuará, hasta el infinito, con un coste enorme, con tantas otras prioridades domésticas a las que nos enfrentamos.

Anton la había entrenado para invocar inferencias que apelaran al conocido progresismo social del presidente.

—Señor presidente, dentro de un año se abre el plazo para mi jubilación. Si en algún momento puedo serle de alguna ayuda a usted y a su equipo (se dirigió con un leve gesto con la cabeza al consejero del NSC, que tenía la mandíbula floja, y luego al baboso de su adjunto), sería para mí un honor singular seguir contribuyendo.

Audrey se detuvo ahí, sin querer exagerar. Potus le dio las gracias y él y el asesor del Consejo de Seguridad Nacional abandonaron la sala, pero el joven ayudante se quedó mirando a la almirante Rowland mientras esta recogía su material informativo.

—¿De verdad no sabe cómo consiguió la CIA ese misil? —dijo. Era bajo, calvo, con una cara redonda que oscilaba entre la maldad y el engaño. Tenía los ojos oscuros como los de un juez de la horca.

Audrey cerró su cartera de kevlar y aseguró el tirador de la cremallera bajo la abrazadera de cierre.

—No, y la verdad es que me escuece —dijo con su vocabulario primoroso elegido con cuidadoso detalle, que, según Anton, reforzaría su imagen virginal. Anton siempre consideraba esos detalles, pensó Audrey—. Sé que me dedico a la ciencia, pero podría aportar mucho valor añadido al proceso de requisitos. —El joven Calígula negó con la cabeza.

—¿A usted, una almirante de tres estrellas, no le han hablado de la COPPERFIN? Tiene que estar de coña.

En tres minutos le había hablado a MAGNIT de la red COPPERFIN y de algunos de los informes del compartimento.

MAGNIT sabía que tenía que taponar la brecha.

—Escuche, no me diga más. Parece bastante restringido. Ya lo he olvidado.

Los ojos del hurón se entrecerraron, dándose cuenta de que no debería haber mencionado nada, pero sabía que la almirante sería discreta. Él también mantendría la boca cerrada.

Se encogió de hombros, intentando no reconocer su error, y cambió de tema.

—Parece que está buscando trabajo.

—La Marina ha sido buena conmigo, pero estoy lista para un nuevo reto. Lo de la ciencia lo tengo dominado, y la cibernética es el siguiente gran obstáculo. Intel encajaría bien.

—Déjeme hablar con el presidente —dijo, pavoneándose, el hacedor de reyes de la Casa Blanca—. Es una idea interesante.

Audrey se alisó la chaqueta del uniforme y le tendió la mano.

—Me alegro de que hayamos hablado. Es agradable sentirse en conexión con alguien de la sede central con verdadero mando.

El ayudante asintió, como si validara las tres leyes del movimiento de Newton.

—Estaré en contacto.

Estofado de cordero *korma*

Machaca los clavos, los granos de pimienta y las semillas de cardamomo hasta convertirlos en polvo. Saltea las cebollas picadas con las especias hasta que se doren. Añade el comino, la canela, la cúrcuma, el cilantro picado y el pimentón. Añade ahora el ajo machacado y el jengibre rallado, y sigue cocinando hasta que empiece a desprender aroma. Añade los tomates pelados con su jugo, deja cocer a fuego lento; añade los trozos de cordero deshuesado y deja que siga cociendo. Añade el agua y el yogur, tapa y cuece a fuego lento hasta que el cordero esté tierno. Sirve con arroz basmati.

5

Bienvenido al Club

Mientras Benford comenzaba su blasfemia matutina sobre los topos en Washington, a última hora de la tarde se celebraba una gélida reunión a 7800 kilómetros de distancia, alrededor de otra mesa de conferencias en el Kremlin. Esta sala, contigua al despacho del presidente en el edificio del Senado, estaba inmaculada, alfombrada de azul y revestida de rica madera. La mesa de nogal pulido tenía incrustaciones de caoba oscura en forma de estrella —una estrella soviética de cinco puntas—, una antigüedad que se mantenía en uso por razones de nostalgia. A fin de cuentas, era la sala de conferencias del presidente, y a él le gustaba el discreto recuerdo de las glorias pasadas de la URSS.

La reunión fue convocada y dirigida por Anton Gorelikov, elegante con un traje azul de Brioni, una camisa azul claro de cuello abierto de Turnbull & Asser y una corbata de seda granate de siete pliegues de E. Marinella de Nápoles. Llevaba el pelo plateado peinado hacia atrás.

Su deber era asesorar al presidente sobre asuntos exteriores e interiores, seguridad nacional y manipulación de los acontecimientos mundiales en favor de la Federación Rusa, un Mijaíl Suslov moderno, que había sido el ideólogo jefe del Partido Comunista Soviético. Se había graduado en la Facultad de Derecho de la Universidad Estatal de San Petersburgo en 1975 con Putin, ambos licenciados en Derecho, y ambos se habían incorporado al KGB. Putin en inteligencia exterior, Gorelikov en análisis. Cuando Vladímir ascendió en la política durante los últimos, y ebrios, días de Yeltsin, recurrió a su amigo de la facultad de Derecho para que se uniera a su satrapía política, y gracias al aplomo, la perspicacia y la previsión de Anton —así como a su estudiado distanciamiento de todas las intrigas del Kremlin—, acabó alcanzando la jefatura del *Sekretariat*. Nunca se había casado, era agnóstico en cuestiones de sexo, no se fiaba de nadie y era un observador astuto y suspicaz de las reacciones humanas. Contaba con la confianza del presidente (en la medida en que Vladímir Putin otorgaba su total confianza a alguien), ante todo porque nunca se hundió en la servidumbre. De vez en cuando le recordaba al presidente que con toda seguridad había topos en el Kremlin, igual que Rusia tenía agentes en Washington.

Anton Gorelikov sabía que la Rusia de Putin se estaba atrofiando día a día desde dentro, impulsada solo por sus recursos naturales mal gestionados y las desventuras geopolíticas que mantenían a Putin en la escena mundial. Pero como un maestro de ajedrez que defiende con brillantez una partida perdida hasta que se revela una ventaja, el asesor del presidente se deleitaba en la intriga, en la manipulación de los acontecimientos y en el ejercicio del poder. Sus aliados putativos eran Bortnikov, del FSB, Patrushev, del Consejo de Seguridad, y, esperaba, Egorova, la estrella emergente que ya había llamado la atención del Kremlin. Gorelikov estaba maniobrando con discreción para ascenderla a directora del SVR. Sería difícil que una mujer fuera nombrada directora del SVR, pero el ingenioso Gorelikov era conocido como un *volshebnik*, un prestidigitador, capaz de convertir el agua en vino. No había prisa.

Además de ser el Maquiavelo de Vladímir, Gorelikov era un esteta. Coleccionaba cuadros, bronces y mapas antiguos, y vestía impecable. Apreció la incomparable belleza de la coronel del SVR Dominika Egorova, que estaba sentada a un lado de la mesa con una fina carpeta delante. Sus ojos azules eran extraordinarios, sus manos en reposo eran serenas, y esa cara podría ordenar levar anclas a mil barcos, si es que a la podrida Flota Roja rusa le quedaban tantos. Conocía el historial personal y de servicio de la antes gorrión, dónde vivía, cuántas veces había sido destinada o había viajado al extranjero (bastantes para su edad y rango), y los episodios más espectaculares de su carrera, incluido su servicio como gorrión. Una cosa que no sabía era que la bella coronel Egorova estaba evaluando el halo cerúleo que rodeaba su cabeza, el luminoso halo azul del pensador sofisticado. Era el momento de empezar. Gorelikov sabía que esta reunión sería desagradable; le disgustaba el comportamiento maleducado, que abundaba entre los bueyes del círculo íntimo de Putin, formado por antiguos colegas del KGB, gánsteres y policías, incluidos los hombres que estaban frente a Egorova en la mesa.

—¿Estamos todos presentes? —rompió el silencio Gorelikov, con voz suave como un violonchelo—. ¿Puedo hacer las presentaciones?

Frente a Dominika estaba sentado el comandante Valeriy Shlykov, del GRU, el servicio de inteligencia militar exterior del Estado Mayor de la Federación Rusa. Vestido con un traje a medida y una corbata azul; rondaba la treintena, era rubio, gran ruso de cara ancha, ojos azules indolentes y labios grandes. La nube amarilla que se cernía sobre él como la bandera de la peste indicaba engreimiento, envidia, doblez. Shlykov no saludó ni miró a Dominika, sino que pasó con desdén las páginas de una carpeta que tenía delante. Este es ambicioso y privilegiado, pensó Dominika. ¿Por qué está aquí? La convocatoria de esta reunión era imprecisa, pero supuso que era para hablar de su reclutamiento norcoreano, el académico Ri. ¿Por qué iba a estar presente el GRU para discutir un caso de la SVR?

En Rusia, la competencia entre los servicios, y dentro de las divisiones del ejército, y entre los Ministerios, fue siempre febril y a veces despiadada en exceso. Cuando el KGB se dividió en el SVR y el FSB, solo significó dos bocas sedientas más bebiendo del mismo abrevadero. Y todos despreciaban a los *krestyaniki*, los campesinos del GRU.

A la derecha de Shlykov se sentaba un hombre achaparrado y fornido, con un traje demasiado pequeño y una corbata estampada anudada sin apretar alrededor de un cuello robusto. Era mayor que Shlykov, rondaba los cincuenta, con unas manos inmensas y llenas de cicatrices, como las de un luchador retirado. Tenía el pelo gris y ralo, y su rostro nudoso y su nariz torcida estaban arrugados y curtidos. Su amplia frente era una masa brillante de tejido cicatricial, como de una terrible quemadura. Sus grandes ojos marrones miraban con fijeza sus manos. Gorelikov lo presentó como *starshy praporshchik* Iosip Blokhin, sargento mayor Blokhin de Spetsgruppa V, o grupo Vega, más conocido como *Vympel*, la unidad de fuerzas especiales Spetsnaz utilizada por el GRU para asesinatos y operaciones militares encubiertas en el extranjero.

Los instintos de Gorelikov vibraron como un diapasón: Blokhin era un sargento superior Spetsnaz vestido con un traje civil barato, con un físico poderoso, muy experimentado, en apariencia tranquilo y sosegado. Imposible de controlar, dispuesto a masacrar todo lo que se moviera. Blokhin no dijo nada, apenas se movió; había un aire de expectación controlada en aquellos ojos abatidos, como si estuviera esperando a que sonara una campana para asesinar a todos los presentes. Su frente quemada tenía estrías donde la carne se había derretido y corría como la cera de una vela. Con evidente ironía, Gorelikov explicó que el sargento había sido destinado a trabajar con el mayor, pero que llamar «ayudante» a Blokhin Shlykov sería como decir que una motosierra era como unas tijeras de podar.

Gorelikov vio que Blokhin levantaba los ojos para mirar con atención a Dominika y observó cómo su futura protegida afrontaba el fiero desafío. Ella lo miró con la misma fijeza, sin pestañear, con las manos relajadas, y luego apartó su mirada con desdén para mirar a Gorelikov y continuar. Satisfactorio, pensó Anton. No podía saber que Dominika había visto las alas negras de murciélago del mal más básico desplegadas detrás del ogro, y extendidas de par en par, como un ave marina seca sus alas al sol. Dominika se había estremecido con disimulo, pero Blokhin lo vio. Solo otro humano —Zyuganov, su antiguo supervisor psicótico— tenía alas negras como estas en lugar de colores. Blokhin parpadeó sin premura, mirando a Dominika, como preguntándose a qué sabría su hígado asado en un palo sobre una hoguera.

—Quizá la coronel Egorova pueda hacernos un resumen de su nuevo caso —sugirió Gorelikov. Sus gemelos de cabujón de turmalina asomaban por las mangas.

—¿Están estos señores autorizados para los detalles? —preguntó la joven.

Shlykov la miró con sorna.

—Sí, coronel, conocemos todos los aspectos del caso con el académico Ri, que es una molestia infernal y que debe terminarse cuanto antes.

—¿Quizás el mayor pueda explicar cómo el GRU está familiarizado con un caso del SVR? —propuso Dominika. Gorelikov sonrió para sus adentros. Egorova tenía más rango que esta *khvastun*, este matón de pacotilla, y no iba a echarse atrás.

—Conocemos todos los aspectos de su supuesto caso, porque se cruza e interfiere con un caso de mucha mayor importancia que está llevando el GRU —dijo el comandante. Dominika sonrió.

Gorelikov se interpuso, como un juez que separa a dos abogados.

—La disolución de las operaciones de inteligencia es siempre crítica. Estoy ansioso por conocer sus casos. Los de ambos.

—Por desgracia, Egorova no está autorizada para ello —dijo Shlykov.

Gorelikov levantó una mano.

—Por lo que sé, mayor, el presidente ha dado instrucciones para que se coordinen ambos esfuerzos. Por favor, informe a la coronel Egorova.

Shlykov captó el tono de la voz de Gorelikov y obedeció.

—El GRU ha estado manejando un activo sensible durante casi doce años. La fuente ha sido encriptada como MAGNIT, una fuente americana con amplio acceso a la tecnología y la política.

Shlykov se sentó con los brazos cruzados sobre el pecho.

—Eso es bastante impresionante, mayor —dijo Dominika—. Supongo que, como el GRU lleva el caso, el activo era un voluntario.

Gorelikov volvió a reprimir una sonrisa. Egorova le estaba tomando el pelo a Shlykov con un comentario malintencionado, hecho a propósito. Los tontos militares del GRU serían incapaces de reclutar a un activo así desde cero. Habían tropezado con un voluntario.

—No tengo permiso para describir la fuente con más detalle —respondió Shlykov, con la cara roja.

—Sigo sin tener claro de qué forma mi nueva fuente, el Académico Ri, interfiere con su fuente MAGNIT. ¿Puede aclararlo?

—Pensaba que sería obvio, incluso para un oficial del SVR. MAGNIT ha proporcionado cierta tecnología que el GRU ha compartido con los norcoreanos para ayudar a su programa de armas nucleares.

Dominika sonrió.

—Resumamos. El MAGNIT ha pasado tecnología de cañones de riel al GRU, que a su vez la ha pasado al servicio de inteligencia norcoreano, el RGB, que a su vez ha proporcionado los datos para que se utilicen en el diseño de detonadores nucleares en el Centro de Investigación Científica de Yongbyon. —Shlykov miró a Dominika sin expresión alguna—. ¿Por qué querría el GRU, en cualquier circunstancia, acelerar el desarrollo de un artefacto nuclear norcoreano? —preguntó la rusa. Bravo, pensó Gorelikov, Egorova llega a la cuestión correcta en cinco minutos.

—Eso no es un asunto de inteligencia —espetó el mayor—. Es una cuestión de política que está fuera de su ámbito. —Gorelikov, desde el extremo de la mesa, miró a Dominika con una expresión inexpresiva que significaba «déjalo».

—¿Y qué opina el director del SVR? —dijo Dominika. No hubo respuesta; el actual director del SVR es una nulidad—. ¿Es una orden del presidente que el académico Ri sea cesado? No veo ningún conflicto entre los dos casos. MAGNIT solo proporciona la tecnología. El profesor Ri es una penetración del programa nuclear norcoreano. ¿No pueden llevarse ambos casos al mismo tiempo y en estrecha coordinación?

Gorelikov observó cómo Egorova mantenía la calma, mientras Shlykov echaba humo.

—Cuando un activo de inmenso valor potencial se ve amenazado por otro de menor valor, hay que establecer prioridades. No hay duda de que el caso de Egorova debe darse por concluido. El SVR debe retirarse del ámbito operativo.

—Creo que podemos discutir la compatibilidad de estos casos más adelante —atajó Gorelikov—. Pero lo que dice el comandante es cierto. MAGNIT tiene una importancia inmensa, ahora y en el futuro. Pero esto nos lleva a otro tema, la razón última de esta reunión: el manejo seguro de MAGNIT. El presidente ha ordenado al SVR que ayude al GRU a establecer un protocolo de manejo mejorado para este activo.

Shlykov se retorció en su silla.

—El GRU es más que capaz de manejar sus activos con seguridad.

—Tal vez quiera expresar su oposición a los deseos del presidente en persona —ofreció Gorelikov en voz baja, utilizando la tradicional amenaza del Kremlin. Shlykov miró su carpeta, retrocediendo, sabiendo que la conversación estaría siendo grabada con total seguridad.

—Nadie tiene la experiencia y la perspicacia que el SVR puede aportar a una operación en el extranjero —dijo Gorelikov enfatizando las palabras con los dedos—. MAGNIT será gestionado con más seguridad en Estados Unidos por un oficial de ilegales. El SVR administra la Línea S, la dirección de ilegales. La coronel Egorova ya ha trabajado con ilegales. Además —continuó, como si algo de esto cambiara—, el presidente desea, con un interés personal, que la coronel Egorova participe en el plan de manejo y comunicaciones de MAGNIT —quiso zanjar Gorelikov.

—No estoy de acuerdo —se opuso Shlykov.

—El presidente no ha solicitado su aprobación. —Gorelikov se mostró impaciente—. El MAGNIT ha sido dirigido con corrección durante una década, con una destreza acorde con la posición del activo. —El tío Anton fue muy inteligente al no utilizar el pronombre masculino o femenino.

Ten paciencia, tarde o temprano alguien cometerá un desliz, pensó Dominika.

—Pero ahora hay que reforzar el protocolo de manipulación interna —continuó—. Con la perspectiva del acceso mejorado de MAGNIT, ya no pueden ser oficiales internos del GRU los que lleven este caso. Una oficial ilegal de alto rango en la ciudad de Nueva York, encriptada SUSAN, manejará MAGNIT desde dentro a partir de ahora, y Egorova viajará a Estados Unidos para reunirse con ella y pasarle el equipo de comunicaciones dedicado.

Bueno, al menos sabemos que SUSAN es una mujer. Nueva York. Iba a ser el primer viaje de Dominika a América.

Lo que ninguno de los presentes en la mesa sabía era que durante al menos diez años el propio Gorelikov también se había reunido con MAGNIT una vez al año fuera de Estados Unidos. Anton consideraba que MAGNIT era su caso, a pesar de las evasivas de Shlykov, y ahora, cuando el acceso de MAGNIT iba a crecer como la espuma, quería deshacerse del torpe manejo del GRU e instituir un manejo más seguro en Estados Unidos.

—El SVR intentará usurpar el caso. —Shlykov estaba descontento—. El Estado Mayor no tolerará ningún intento de usurpar la información.

—Querrá decir robarte el crédito —dijo Gorelikov tajante—. No se preocupe, el caso seguirá en manos del GRU. La coronel Egorova ni siquiera tiene por qué saber el verdadero nombre de MAGNIT cuando le pase el equipo a SUSAN.

Respuesta equivocada, Anton. Necesito saber dónde vive y respira nuestro amigo MAGNIT. Ya habrá tiempo para eso, pensó Dominika.

—Eso es muy tranquilizador —ironizó Shlykov—. Pero quiero que Blokhin acompañe a la coronel a Nueva York para proteger nuestras acciones operativas.

Por un millón de razones, de ninguna manera, pensó Dominika. Me reuniré con Nate y *bratok* en Nueva York.

—Ahora me temo que debo objetar —dijo Dominika—. Dos oficiales no pueden hacer una reunión clandestina en tándem. Aunque estoy segura de que las habilidades del sargento Blokhin en el campo son muchas, sospecho que la detección de vigilancia no es una de ellas.

La extraña voz grave de Blokhin sorprendió a todos.

—Os mostraré mis habilidades de campo cuando queráis —Su mirada vacía era más alarmante que si hubiera estado gruñendo. Las alas negras se plegaron una sobre otra.

Shlykov y Blokhin se apartaron de la mesa, recogieron sus carpetas y salieron de la sala de conferencias. El chasquido metronómico de sus tacones en el pasillo se desvaneció del todo cuando doblaron una esquina del precioso vestíbulo.

* * *

Gorelikov lanzó un profundo suspiro.

—Tratar con ese *presmykayushchiysya*, esa serpiente, es siempre fastidioso. Su abuelo fue un héroe de la Gran Guerra Patria, hasta que Stalin lo fusiló en 1949. Su padre fue mariscal del ejército en los años setenta, y al joven Valeriy le ha ido bien en el GRU. Es ambicioso, privilegiado y poco ético, así que vigila tus espaldas con él.

—¿Y MAGNIT? —preguntó Dominika con indiferencia.

—Un caso de lo más productivo con una promesa inimaginable —respondió Gorelikov, que no estaba dispuesto a revelar la identidad del agente a Egorova en vísperas de su viaje a Nueva York—. El activo ha ascendido a través de la burocracia y ahora se encuentra en el escenario de la política nacional estadounidense. Si las cosas se desarrollan como es debido, la fuente será manejada por el oficial de ilegales en Nueva York y dirigida desde el Kremlin como un caso del director, a pesar de los deseos de nuestro maleducado Shlykov. —De acuerdo por ahora. No más preguntas sobre el topo; tendrás el nombre para Benford en un mes.

—¿Y sería extralimitarme preguntar por qué demonios estamos ayudando al programa nuclear norcoreano? —dijo Dominika.

—Porque quiero desorientar a los chinos y halagar a esa pequeña bola de masa de Pyongyang —dijo el presidente Vladímir Putin, entrando en la sala de conferencias por una puerta lateral.

El habitual traje azul, camisa blanca, corbata aguamarina y ojos azules brillantes complementaban la conocida expresión flemática a medio camino entre la sonrisa y la mirada de soslayo. Putin se acercó a la mesa con su característico paso de marinero, que un obsecuente biógrafo del Kremlin había descrito pocos días antes como el paso de un combatiente entrenado por el KGB, pero que Dominika sospechaba que no era más que el contoneo de un hombre bajito. Sin hablar, se sentó frente a ella y apoyó las manos en la mesa. Su aura azul —inteligencia, astucia, cálculo— era como un *kokoshnik* sobre su cabeza, el tradicional tocado cónico ruso, mitad tiara y mitad diadema.

—Me gustaría que conociera al oficial de ilegales en Nueva York —dijo.

Dominika estaba segura de que había oído la conversación con Shlykov cinco minutos antes. El líder clarividente, el zar omnisciente.

—Sí, señor presidente.

—Confío en que tomará las precauciones necesarias.

—Por supuesto, señor presidente.

—Llévate a Blokhin contigo como apoyo —se dirigió a Gorelikov que se revolvió.

—Señor presidente, un soldado Spetsnaz no es lo que la situación operativa…

—En cualquier caso, llévatelo. Mantén contento al mayor hasta que empiece su otro proyecto. —Gorelikov guardó silencio—. Y cuando vuelva —Putin se dirigió ahora a Dominika—, quiero discutir nuevas iniciativas en el SVR. Los recientes resultados favorables de la *activniye meropriyatiya*, nuestras medidas activas en los Estados Unidos me indican que debemos ampliar nuestras capacidades en este ámbito.

—Lo espero con impaciencia.

El rostro de Putin se suavizó cuando sus ojos se posaron por un instante en los apretados botones de su blusa a medida bajo el traje azul marino. Mataré a Benford si me pide que haga lo que el cabeza de melón está pensando ahora mismo, pensó.

Dominika estaba acostumbrada a que los hombres se fijaran en su figura, y ella se divertía mirándolos a ellos. Pero era diferente con las miradas lascivas del presidente. Tenían una especie de historia. Se estremeció al recordar la visita nocturna de Putin a su habitación años atrás durante el fin de semana en el palacio de las afueras de San Petersburgo. Llevaba un pijama de seda roja y entró sin llamar. Sentada en la cama con su camisón de encaje, había levantado las sábanas por debajo de la barbilla para cubrirse, luego recordó que tenía que cautivar al zar y bajó la sábana. Se había atrevido a ponerle la mano en el regazo mientras él introducía sus dedos en las copas de su camisón, para demostrarle que estaba dispuesta, pero, para su sorpresa, sus prácticas asistenciales aprendidas en su formación como gorrión no habían tenido ningún efecto inmediato en él. El presidente se había marchado en silencio poco después, pero el encuentro se cernía sobre ellos, un acoplamiento predestinado para algún momento en el futuro, cuando el zar apareciera para reclamar su premio. Y ella se lo permitiría. Tenía que hacerlo.

—*Schastlivogo puti* —dijo el presidente—. Buen viaje. —Se levantó, saludó con la cabeza a Gorelikov y salió por una puerta lateral que abrió uno de sus muchos ayudantes, los hombres lobo que siempre estaban al acecho. La puerta se cerró con un clic y Gorelikov suspiró. Dirigir al *Sekretariat* principal de Putin era una prueba.

—He pedido un almuerzo ligero. ¿Me acompaña?

* * *

Caminaron por el pasillo hasta un pequeño comedor ejecutivo y se sentaron a la mesa. Un camarero llevó un carrito con una fuente bajo una cubierta de plata.

—*Sel'd pod Shuboy*, arenque bajo una ensalada de verduras —dijo Gorelikov, sirviendo un plato a Dominika—. Espero que le guste.

—Delicioso —respondió ella, pensando que el ruso joven medio, casi con total seguridad, nunca había probado semejante manjar.

Gorelikov masticó pensativo.

—Demasiada mayonesa —dijo, limpiándose la boca—. Tengo mucho que contarle.

—Le agradeceré que me guíe.

—En primer lugar, debo mencionar que el presidente aplaude su hoja de servicios. Sigue su carrera con interés. —Por desgracia, con una erección, pensó Dominika—. Creo que la ascenderá en el próximo trimestre. Le seguirá la dirección de SVR, en mi opinión.

El halo azul de Gorelikov se mantuvo firme, sugiriendo que estaba diciendo la verdad.

—Al presidente también le gusta el comandante Shlykov —dijo Gorelikov—. Tal vez admira lo persistente, lo descarado que es.

—¿Damos de baja al académico Ri en favor del caso MAGNIT? —preguntó Dominika.

Gorelikov se encogió de hombros.

—Estoy de acuerdo en que su caso tiene mérito, una mirada inestimable al interior del programa nuclear del reino ermitaño. Pero predigo que el presidente se cansará de enfrentar a los norcoreanos con Pekín y retirará su apoyo. Podemos decidir más tarde.

—Aún no tengo claro cómo un caso amenaza al otro. Ambas corrientes de inteligencia se manejarán en compartimentos estancos.

Gorelikov observó el gran sentido operativo de esta belleza. Jugó con la idea de informarla sobre MAGNIT, pero decidió que era demasiado pronto. Admiró que no tuviera reparos en exponer su punto de vista, incluso a un superior en el aire enrarecido del Kremlin. Sospechaba que sería adecuada para lo que él tenía en mente.

—Shlykov cree que el hecho de que los norcoreanos estén recibiendo tecnología de cañones de riel revela, sin discusión alguna, que existe una fuente estadounidense. Si MAGNIT sigue avanzando, el caso eclipsará a todos los demás y debe ser protegido.

—¿Tan bueno es MAGNIT?

Última pregunta, no presiones.

—El activo tiene el potencial de ser la mejor fuente en la historia de nuestros esfuerzos de inteligencia contra el enemigo principal —dijo Gorelikov con una risita—, si me disculpa esa vieja frase soviética: el enemigo principal, que, por cierto, está disfrutando de un resurgimiento en este edificio. Debería tenerlo en cuenta.

—Lo haré.

—Bien. Ahora la política. Pekín está agitando la región con esas malditas islas artificiales en el mar de China Meridional. Están desafiando a Washington; están molestando al presidente. Putin quiere distraer a los chinos, interponerse entre el politburó de Pekín y Pyongyang, y sacudir la placentera relación que ha sido indiscutible desde los años cincuenta.

—Pero, perdóneme, puedo ver el mérito de las medidas activas para interrumpir la relación, pero ¿a costa de dejarles tener la bomba? —preguntó Dominika. Gorelikov se echó a reír.

—Lo sé, yo me hice la misma pregunta.

Este hombre es un consejero con ideas correctas, pensó Dominika, no un lameculos.

—Parece todo un riesgo —comentó Dominika—. Mi experiencia con el programa nuclear iraní me enseñó que la investigación y el desarrollo pueden estancarse y luego acelerarse de forma impredecible.

Gorelikov le sonrió.

—Nuestro trabajo está lleno de riesgos. Usted misma corre riesgos todos los días, ¿verdad?

La familiar sensación de alarma helada recorrió la espina dorsal de Dominika, la eterna aflicción del agente clandestino que vive con el temor de ser descubierto en todo momento. ¿Qué se supone que significa eso? ¿Un comentario inocente? ¿Una tímida insinuación de que es sospechosa? Nate aullaría de angustia y exigiría de nuevo que desertara sin esperar más.

—Sus experiencias con los iraníes fueron arriesgadas, su duelo con el llorado Zyuganov fue arriesgado, el canje de espías en Estonia fue de los más arriesgados. No, Dominika, ¿puedo llamarte Dominika? Y tú me llamarás Anton. Corres riesgos con valentía y decisión, por eso el presidente te tiene en el punto de mira. Y yo también.

¿Una trampa de tela de araña o el comienzo de una rara lealtad en un Kremlin donde no hay aliados?

—Valoro... tu apoyo, Anton.

—Excelente. Así que utilizaremos al académico Ri por el momento para vigilar a esos comedores de coles y sus infernales detonadores nucleares. Reunirnos con él en Viena será delicado.

No tienes ni idea, pensó Dominika.

—Tengo un activo de apoyo que me asiste localmente —dijo Dominika.

—¿La mujer Petrescu? —preguntó Gorelikov—. Es bastante impresionante.

Jesús, este elegante sastre sabe mucho.

Gorelikov empujó el plato hacia ella.

—¿Más ensalada? Hay otra tarea delicada que el presidente pretende asignarte. Está convencido de que el servicio de inteligencia chino, el

MSS, nos espía, opinión que no comparto. Como tú eres la jefe de contraespionaje del SVR, el presidente Putin quiere que te encargues de las relaciones oficiales de enlace con el representante en Moscú del MSS.

Tengo mucho que decirle a Benford, y tengo que hacerlo lo antes posible. Un comunicado SRAC a Langley, como muy tarde mañana por la noche. Lo haré después de cenar con Ioana, recién llegada de Viena.

—Parece que estaré ocupada.

—Bienvenida a los *siloviki* —susurró Gorelikov, mientras le ponía más ensalada en el plato.

Sel'd Pod Shuboy • Arenque bajo una ensalada de verduras

Corta los filetes de arenque sin espinas en dados finos. Ralla por separado las zanahorias cocidas, la patata, la manzana pelada y las claras de huevo duro (reserva las yemas). Por último, ralla las remolachas cocidas (escúrrelas bien) y mézclalas con mayonesa para obtener una pasta de untar aterciopelada. Coloca los ingredientes rallados en capas en una salsera ovalada honda, presionando firmemente cada capa, en este orden: arenque, patatas, una fina capa de mayonesa, zanahorias, manzanas y claras de huevo, luego mayonesa, arenque, patatas y zanahorias. Cubre por completo la ensalada bien compacta con la remolacha untada por encima y por los lados, como si glaseases un pastel. Decora con yema de huevo rallada y refrigera. Sirve con pan rústico crujiente.

6
Comportarse como un toro

El restaurante Uzbekistán, situado en Neglinnaya Ulitsa, en el distrito de los teatros de Moscú, era un serrallo centroasiático profusamente decorado con espejos enmarcados, lámparas de araña y banquetas mullidas repletas de cojines kilim. Dominika cruzó la puerta de cobre cepillado del restaurante y percibió el aroma del cordero al horno mezclado con cardamomo, cilantro y alholva. Pasó junto al *maître*, se deslizó entre las opulentas mesas de la sala principal y subió los tres escalones que conducían al comedor superior. Al fondo de este espacio privado, bajo un toldo a rayas moradas y azules, estaba sentada Ioana Petrescu, el gorrión de Dominika. Estaba bebiendo una copa de vino blanco y no saludó con la mano ni dijo nada al ver acercarse a Dominika. Ioana había perdido el bronceado de su estancia en Grecia, pero iba elegante con unos pantalones de cuero y una blusa de seda roja con cuello barco. Tenía el familiar halo carmesí alrededor de la cabeza y los hombros, el aura de la pasión, la lujuria, el corazón y el alma.

—Primero pensé que tendría que comprar ropa interior nueva para hacer de canguro de tu científico nuclear, pero luego recordé que no le interesa. Así que en vez de eso me compré un abrigo de piel para estar calentita en Viena —dijo Ioana en francés, sin saludar.

—Eso está fuera de tu paga *vorishka*, pequeña ratera. ¿Encontraste el apartamento correcto? Va a ser importante mantenerlo a salvo. Cuando venga a cenar contigo, o cuando tengamos reuniones, tienes que asegurarte de que llegue limpio. Esos maníacos vigilan de cerca a su gente. Y el OIEA es como un pequeño pueblo: todo el mundo conoce los asuntos de los demás.

Ioana asintió.

—Encontré una casa en la isla, una casita de playa junto al río, al otro lado de un pequeño lago llamado Kaiserwasser, a ochocientos metros del Centro Internacional, a cinco minutos a pie del OIEA. Puede ir y volver andando en quince minutos, si hace falta. Las casas se alquilan en verano; ahora están todas vacías. El Danubio alimenta el lago y las ensenadas circundantes, el barrio es muy arbolado, y la casa de campo es tranquila y acogedora. Una pena que al profesor no le interese la diversión.

Dominika se rio. Ioana odiaba la vida de gorrión tanto como ella. Era inteligente y eficiente, por eso Dominika la reclutó para hacer el trabajo de operaciones preliminares en Viena.

—¿Has considerado que el profesor no está interesado en divertirse contigo? Con tu trasero extendiéndose de norte a sur, puede que no se sienta atraído. —En verdad, las nalgas de Ioana eran como mármol esculpido por años de campeonato de voleibol.

—He decidido que cada año me gustas menos —respondió Ioana.

—Olvídate de tu *zadnitsa*, de tu coño. ¿Instalaste la grabadora en la casa de campo?

Ioana asintió.

—Una grabadora de larga duración en el armario. Dos micrófonos inalámbricos alrededor de las sillas y la mesa. La máquina se activa con la voz, así que no tengo que encenderla. No es un trabajo tan bueno como el que podría hacer un técnico, pero no se ve nada.

Había más cosas que contar a Benford, pero podían esperar hasta la siguiente toma del SRAC. Ya había llegado al límite de caracteres para la transmisión de esta noche.

—Volveremos a Viena cuando regrese de Nueva York. Para entonces será el momento de volver a hablar con él.

—Cómprame algo caro en Nueva York —dijo Ioana—.

—Ya te has comprado un visón.

Ioana negó con la cabeza.

—Un reloj; el que muestra las fases de la luna.

—¿Necesitas un reloj suizo de 10.000 dólares para saber cuánto tiempo tienes que jugar con la flauta francesa de un objetivo de reclutamiento?

—Para alguien que solía *faire une turlutte* antes del desayuno, eso no es nada —dijo Ioana.

—Un reloj de pulsera está descartado. Tal vez un par de zapatos con tacones redondos en su lugar.

—Cada vez me gustas menos.

—¿Qué vamos a comer? —dijo Dominika, mirando la hora. Aún le quedaban dos horas.

—Hay pollo con crema de champiñones, como nuestra *ciulama de pui* en Rumanía. Hasta los uzbekos más bestias saben que nuestra comida es la mejor.

—*Slava Bogu*, demos gracias a Dios por la comida rumana —dijo Dominika, pidiendo dos platos, que llegaron al instante. Tiernos trozos de pollo en una rica salsa *suprême* de nata y setas enriquecida con yemas de huevo y nata agria, servida con puré de patatas rusas. Las mujeres se miraron tras el primer bocado, aprobándolo.

Comieron en silencio. Ioana estaba contenta sabiendo que la coronel Egorova dependía de ella y estaba satisfecha con su trabajo. Esta cena tardía era prueba de ello. Dominika confiaba en ella para alquilar el piso franco de Viena. Habría otras operaciones, tal vez incluso la posibilidad de ser nombrada oficial del Servicio. Egorova cuidaría de ella.

En la acera, fuera del restaurante, se besaron en ambas mejillas y, sin una palabra de despedida, Ioana caminó hacia el norte por Neglinnaya Ulitsa. Dominika la vio marchar, con los pantalones de cuero siseando como una serpiente, y pensó que hubiera preferido ir con Ioana a tomar una copa. Pero había trabajo que hacer y Ioana no tenía nada que ver ni podía saber nada. Se quedaría *porazheny*, asombrada si lo supiera.

* * *

Con la pesada bolsa cargada con su equipo de señalización al hombro, Dominika empezó a caminar hacia el sur por Neglinnaya, sintiendo cómo el agua helada fluía hacia su pecho a medida que avanzaba en la operación. Era una transformación tanto mental como corporal, el distintivo de una operadora callejera, en parte aprendida, en parte instintiva. Se le aceleró el pulso y contuvo el subidón de adrenalina en el cuello y los hombros. La visión de Dominika se volvió nítida como el cristal y se centró en la distancia media. Su oído también se sintonizó con el timbre de la calle que la rodeaba: oía los motores de los coches, el silbido de los neumáticos sobre los adoquines mojados y el arrastre de los pasos en la acera. Era tarde; el tráfico en Moscú, aunque nunca inexistente, sería escaso. Tenía que determinar su situación: tenía que saber que estaba libre de vigilancia, tenía que convertirse en una sombra.

Camina hacia el sur por Neglinnaya, escala hacia el oeste, utiliza la calle peatonal vacía Stoleshnikov, tiendas de lujo oscuras, la vigilancia rehuiría este embudo, este punto de estrangulamiento, así que busca los chillidos, las unidades saltando que se apresuran a adelantarse, negativo, gira hacia el norte por Bolshaya Dmitrova, cruza la calle para echar un vistazo, coche aparcado con las luces de posición encendidas, negativo, pasa el Muzykalnyy Teatr, sus columnas en bajorrelieve iluminadas, mujer con la bolsa de la compra, segundo golpe, pero se va deprisa a casa, ignorar, y atajar por Petrovskiye Vorota, frondoso sendero bordeado de puestos vacíos de mercado de fin de semana, sin siluetas de flanqueadores bajo los árboles, llegar al pequeño coche aparcado bajo el saliente de hollín del Teatro Rossiya, sin unidades de vigilancia, sin manchas de dedos alrededor de las cerraduras de las puertas, entrar, pausa, oler el coche por el persistente tufo a un equipo de acceso, proceder, comprobar la guantera sellada, la cinta todavía en su lugar, salir en el tráfico, ignorar las bocinas, buscar unidades de seguimiento reaccionando, desviarse para seguir al día, dejar las ventanas bajadas, escuchar la calle, sentir la calle, al norte de la ciudad en Tverskaya, cambiar de carril, ver la reacción, velocidad lenta, la cobertura de calma, sin señal de giro, unirse a la M10, aumentar poco a poco la velocidad, el tráfico lento, camiones articulados eructos de humo. ¿Faros de posición detrás? Negativo. Se acerca el distrito de Sokol, preste atención, tome el desvío hacia Volokolamskoye Shosse, tráfico más ligero, ¡acelere!, vigile la reacción, negativo, acercándose al punto de sincronización, cinta negra del canal Mosky, compruebe la hora, se acerca el paso elevado de Svoboda, meta la mano en el bolso de gran tamaño del asiento del pasajero, busque el botón bajo la tela, se acerca el paso elevado del tren ligero para el tranvía número seis, compruebe el retrovisor, despejado, ahora, ráfaga de dos segundos de baja potencia, 1,5 vatios despertando al SR10.5 vatios despertando el receptor SRAC enterrado a quince centímetros bajo el terraplén de hierba bajo las catenarias, luz amarilla dentro del bolso parpadeando en verde, apretón de manos electrónico, mensaje recibido, mensaje para Nathaniel, secretos en la noche, topos entre los nuestros, misiles balísticos intercontinentales y cabezas nucleares, ahora el rugido del túnel del paso subterráneo, comprueba el espejo, a la deriva, mantente recto, no te alejes, rampa de bucle a la carretera de circunvalación E105 elevada, el tráfico más rápido ahora, a tu espalda sigue despejado, más allá de las ciudades dormidas, Strogino, y más allá de Myakinino, y más allá de Druzhba, la Rodina oscura, la madre Rusia en la sombra, sus compatriotas cómodos en sus casas, creyendo solo lo que su zar de ojos azules les decía que creyeran, comiendo solo lo que el zar les daba de comer, esperando solo lo que el zar les dejaba esperar, cansados ahora de agarrar el volante durante tanto tiempo, atentos a la salida, hacia el oeste por Rublevskoye, despacio, izquierda, derecha, izquierda, inversiones naturales en el triángulo formado por Rublevskoye, Yartsevskaya y Molodogvardeyskaya, busque la cobertura arremolinada, negativo, cruce Rublevskoye y al este en Kastanaevskaya, su edificio, número nueve, ventanas oscuras, medio cubiertas por la hiedra, bombilla quemada sobre la entrada, escalera tenue, tendría que meter la llave en la cerradura de la puerta de su apartamento.

Apoyó la frente en el volante. A esas horas de la mañana, Kastanaevskaya estaba repleta de coches aparcados a ambos lados de la calle. Maldiciendo, Dominika tuvo que recorrer varias manzanas hacia el oeste antes de encontrar un lugar vacío cerca de una farmacia Almi que abría toda la noche, el letrero de neón verde coloreaba los árboles cercanos y el escuálido césped de delante, la puerta principal estaba reforzada con barrotes y la abría a distancia el dependiente de turno. El papel de la basura se arremolinaba en el solar vacío. Dominika cerró la puerta del coche y empezó a caminar por la acera oscura hacia su edificio. En el barrio reinaba un silencio sepulcral. Agarró la gran bolsa con el fondo rígido que ocultaba su unidad SRAC, los cables de la antena y el botón de transmisión cosidos al cuero, las luces LED de espera y recepción ocultas en los broches de los compartimentos interiores.

Una vez en casa, introducía un cable delgado en un puerto del interior de la bolsa para descargar el mensaje entrante de la CIA: requisitos de inteligencia, calendarios de reuniones personales o, a veces, algún que otro requisito operativo. Desde su reclutamiento, cinco años atrás, se había reunido con sus superiores de la CIA en el extranjero —con poca frecuencia y si la tapadera lo permitía— para participar en un reclutamiento, en una operación de falsa bandera o en una reunión informativa, todos ellos viajes gloriosos y embriagadores para reunirse con sus colegas secretos de la CIA, incluido Nate, con quien seguía estando furiosa, pero a quien echaba muchísimo de menos. ¿Qué mensaje le esperaba? El mensaje de la semana pasada había mencionado Estambul, y Dominika anticipó nuevas instrucciones.

Pensó en Nate mientras caminaba. *Bozhe*, Dios, amarlo iba en contra de todas las reglas del oficio, pero Dominika no pararía, y Nate no podía parar. Ella les había dicho que estaba comprometida, que no espiaba contra Rusia, sino para que Rusia limpiara la cloaca de aguas residuales del Kremlin y los devolviera a todos a sus asquerosos comienzos. Así que, si era una agente insustituible de la CIA, valorada más allá de toda medida, y quería amar a Nate, que se callaran. *Pravil'no*? ¿Verdad? Soñaba con volver a besar a Nate, en un taxi o en un ascensor, o apretados contra la puerta de una habitación de hotel. Dominika vio movimiento bajo los árboles frente a la farmacia, siluetas que surgían de la hierba, una, dos, tres, como demonios emergiendo del subsuelo. Empezaron a moverse entre los árboles, paralelos a la acera, con las cabezas giradas hacia ella. Lo primero que pensó Dominika fue que, de algún modo, el servicio de seguridad interna, el FSB, los cazadores de espías, la habían descubierto, sabían que espiaba para la CIA y habían interceptado la transmisión en ráfaga de esta noche a los estadounidenses en Volokolamskoye Shosse. Imposible. ¿Cómo? ¿Un topo en Washington? ¿Una brecha de seguridad en la estación de Moscú? ¿Un código descifrado? Lo hicieran como lo hicieran, todas las pruebas que necesitaban para enterrarla estaban cosidas al enorme bolso que colgaba de su hombro. ¿Podría resistirse, escapar de algún modo? ¿Cuántos de ellos saldrían de la noche y la abrumarían? Pronto lo averiguaría. Aparte de las manos y los pies, la única arma que llevaba en el bolso era un llavero. Sin perder de vista las siluetas, Dominika entrelazó las llaves entre tres dedos de su mano derecha.

Había sido entrenada —y seguía asistiendo a sesiones semanales de *sparring*— en *Systema Rukopashnogo Boya*, el sistema de combate cuerpo a cuerpo utilizado por los Spetsnaz, las feroces fuerzas especiales rusas. *Systema* era una amalgama de artes marciales clásicas, golpes de mano balísticos, gestión del impulso del atacante y golpes devastadores contra las seis palancas centrales del cuerpo. Había matado, con suerte extrema, a asesinos entrenados en encuentros cuerpo a cuerpo. Pero sabía que, en combate, un resbalón, un bloqueo fallido o un golpe incapacitante eran el final.

Las tres siluetas salieron a la luz y Dominika respiró aliviada. *Gopniki*. No un equipo de detención del FSB. Un *gopnik* era un hombre duro de la calle, afeitado, con los dientes separados, eternos ojos llorosos y la cara roja por las latas de bebida energética alcohólica Jaguar. Siempre vestidos con chándales Adidas, *tapochki* de cuero con puntera afilada y gorras planas *gondonka*, infestaban las esquinas de las calles de los suburbios moscovitas, las paradas de autobús y los parques de la ciudad, durmiendo, bebiendo, vomitando, meando y atracando a los transeúntes. Su lema era *bychit*, comportarse como un toro. Querían su bolso y la apalearían hasta la muerte para conseguirlo. Se sentiría tan comprometida si estos apestosos cabezas muertas le arrancaran el bolso del hombro y encontraran el transmisor SRAC oculto como si lo hubiera hecho el FSB.

Los tres eran delgados como un látigo, y desnutridos, pero Dominika sabía que serían rápidos y capaces de absorber el castigo. Sería esencial mantenerlos alejados de ella. Atraparía al atacante principal con un agarre conjunto y lo arrastraría en círculos para mantenerlo frente a los otros dos. Utilizaría las llaves para rasgarles los ojos, luego les barrería las piernas con el pie y les clavaría un tacón en la garganta o en la sien. Ese era el plan, al menos.

—*Suka*, zorra, dame tu bolso —dijo número uno, dando un paso hacia ella, de frente a la derecha. Eran indistinguibles el uno del otro, simples amenazas entrantes. Sus halos amarillos se mezclaban y hacían juego con el color de sus dientes torcidos.

—*Blyad*, puta, ¿has oído? —dijo número dos, acercándose por delante a la izquierda. Dominika dio un paso pequeño a la derecha cuando número uno alargó la mano para agarrarla.

Olía a orina agria, cerveza, tabaco y pocilga. Le cubrió la parte superior de la mano derecha con la izquierda y le dobló la muñeca hacia abajo y hacia atrás. Aulló cuando Dominika pivotó con él hacia la izquierda, bloqueando al número dos, y luego continuó pivotando para golpear al número uno, de puntillas por el dolor, contra el número tres en una maraña de piernas y brazos. Se agarró a la muñeca de número uno y lo giró de nuevo hacia número dos, chocando sus frentes. Número tres se acercaba con rapidez, con el brazo levantado por encima de la cabeza. Cuchillo. Inclinándose hacia atrás, Dominika giró a número uno hacia la Línea del tajo descendente. La hoja bajó por el costado de la cabeza rapada de número uno y le cortó la oreja de raíz. Dominika dejó que el rugiente número uno cayera al suelo, sujetándose la cabeza, con el cuello ennegrecido por los chorros de sangre. Al instante dio un paso adelante con un puñetazo en sacacorchos, clavando las tres llaves que tenía entre los nudillos derechos en el ojo derecho de número tres, sintiendo cómo el fluido ocular salpicaba el dorso de su mano. Le sacó las llaves de la cuenca ocular, le atravesó la nariz y le golpeó el ojo izquierdo de refilón. Tal vez todavía sería capaz de ver por ese ojo más tarde. Número tres se desplomó gritando *suka*, cubriéndose la cara ensangrentada con manos temblorosas.

Había tardado tres segundos, y dos de ellos estaban en el pavimento, retorciéndose entre borbotones de sangre, pero número dos estaba casi sobre ella, y sabía que si la derribaba los tres se arremolinarían en torno a ella, enloquecidos por su dolor, y golpearían su cráneo contra el hormigón hasta que vieran sus sesos grises bajo las luces de la calle. Sin pensarlo, Dominika bajó el hombro mientras agarraba las asas de cuero de su bolso y lo balanceó en un arco plano hacia la sien izquierda de número dos. Los cuatro kilos de componentes SRAC con cuerpo de acero cosidos en el fondo del bolso golpearon el hueso del cráneo con un sonido metálico plano. Número dos se tambaleó y se sentó de golpe, bizco.

Respirando con dificultad, Dominika los miró en la acera, uno boca abajo e inconsciente, el otro acurrucado y gimoteando, el tercero todavía sentado, mirando pero sin ver. Esas tres cucarachas habían estado a punto de arruinarlo todo, de exponerla, de enviarla a la sala del sótano de la prisión de Butyrka, con la pared de troncos de pino diseñada para atrapar los rebotes y los desagües en el suelo de cemento inclinado y manchado de marrón colocados para evacuar los fluidos de los presos ejecutados. Cinco años de riesgos inimaginables, de fugas por los pelos, de valiosa información —medida en metros lineales— entregada a los estadounidenses, de innumerables reuniones en innumerables pisos francos, solo para estar a punto de ser desbancada por tres *gopniki* embrutecidos a dos manzanas de su apartamento. Esa era también otra parte encantadora de su Rusia, esos patanes tan indolentes, crueles y depredadores como el círculo íntimo de Putin sentado en los salones enjoyados del Kremlin. Eran el mismo cáncer. Ella arriesgó su vida, y esta noche casi habían acabado con ella. Podría estar en una celda helada inundada de aguas residuales, o muerta y mirando desde un ataúd de cartón con un paño atado bajo la mandíbula para mantener la boca cerrada. Esos animales...

Dominika, furiosa, se acercó al aturdido gamberro, puso los pies en el suelo y le asestó un golpe mortal con su brazo rígido por debajo de la barbilla hasta la garganta, fracturándole el hueso hioides y rompiéndole la laringe. Cayó hacia atrás y empezó a jadear, con los ojos fijos en la copa de los árboles.

—*Ublyudok*, bastardo —dijo, viendo cómo se sacudían sus piernas.

Tres minutos más tarde, seguía temblando tanto que la pegajosa llave del apartamento patinó sobre la cerradura antes de que pudiera abrir la puerta con las dos manos. Dejó las luces apagadas, excepto una pequeña lámpara cerca de la puerta principal. Su falda estaba manchada de algo oscuro y húmedo. El mensaje SRAC descargado en su portátil parpadeó una vez, parpadeó en verde durante dos segundos —leyó la palabra «Estambul»— y luego se volvió negro, con las palabras «error 5788» apareciendo en la pantalla. *Chyort*, ¡maldita sea! Al parecer, la cabeza del *gopnik* era más dura que los componentes del sistema de comunicación. Ahora tendría que desencadenar un encuentro personal demasiado peligroso con un oficial de la estación de Moscú —¿por qué no podía venir Nate a reunirse con ella?— para cambiar el equipo dañado por un nuevo conjunto SRAC.

Dejó la ropa amontonada en el suelo, se quitó los zapatos y se miró en el espejo. La piel entre los nudillos se había desgarrado con las llaves y la mano le palpitaba. La lamparita proyectaba una sombra sobre las curvas de su cuerpo. Cinco años era mucho tiempo. Ahora su figura era algo más débil, no se le notaba la caja torácica y sus pechos estaban más llenos. Gracias a Dios, su vientre seguía siendo plano y sus caderas no se habían extendido hacia todos los puntos cardinales. La depilación francesa había sido un impulso tonto, pero se estaba acostumbrando. Estaba satisfecha de que sus piernas y tobillos estuvieran delgados.

Mirarse a sí misma se deformó de repente en un sueño extracorporal; la imagen del espejo era otra persona. Una melancolía insoportable la invadió. Ahogó un sollozo, abrumada un instante por su situación, por el peligro de esta noche y por toda su existencia como espía. Mírate, pensó. ¿Qué haces? ¿Quién eres? Una ridícula fanática luchando sola en la sombra, con peligros abrumadores en tu contra, pocas probabilidades de sobrevivir, tus amigos lejos, separada del hombre al que amas. ¿Cuánto tiempo durará? ¿Cómo consiguió tu mentor, el general Korchnoi —espió para la CIA durante catorce años—, reunir la voluntad y la determinación necesarias para seguir adelante? Dominika parpadeó mientras las lágrimas resbalaban por las mejillas del reflejo en el espejo. No era ella; era otra persona llorando.

Ciulama de pui · Pollo de Ioana con salsa *suprême* de champiñones

Corta el pollo en trozos pequeños; ponlos a hervir en agua salada con la zanahoria y la cebolla cortadas en trozos grandes hasta que todo esté tierno. Haz una salsa *suprême* derritiendo la mantequilla, luego añade la harina, el caldo de pollo, la yema de huevo y la nata agria hasta obtener una salsa aterciopelada. Saltea los champiñones cortados en láminas finas en mantequilla, añádelos a la salsa y termina la cocción sin hervir. Añade los trozos de pollo, el perejil picado, sazona y deja cocer a fuego lento. Sirve con puré de patatas ruso: mezcla el puré de patatas con la nata agria, la nata espesa, las yemas de huevo, el eneldo y la mantequilla. Extiende la mitad de las patatas en una sartén engrasada, cúbrelas con cebollas caramelizadas, y después con el resto de las patatas y al final con crema agria. Hornea sin tapar.

7

Polaris de la humanidad

Dos ayudantes la escoltaron por el pasillo iluminado con intensidad, mientras Dominika componía sus facciones para una reunión de última hora con Gorelikov, suponía que rutinaria, pero siempre esperaba, de alguna manera, que la sala estuviera llena de matones de seguridad reunidos allí para arrestarla. La vida de un espía.

Estaba en la tercera planta, ala residencial del edificio del Senado, donde Lenin y Stalin habían mantenido cómodos apartamentos y donde la segunda esposa de Stalin, Nadezhda Alliluyeva, se suicidó en 1932. Lo haría con un revólver, pensó Dominika, después de darse cuenta de que estaba casada con el mensajero de Lucifer en la Tierra. Un ayudante llamó a una puerta de madera lisa, esperó un momento y le indicó que entrara. Anton Gorelikov se levantó de detrás de la mesa de su despacho del Kremlin, una habitación esquinera en el ángulo norte del edificio del Senado, de tres lados. El despacho era espacioso, lleno de estanterías y con lujosas alfombras de un rojo intenso. Una ornamentada araña de cristal colgaba del centro del techo. El escritorio de Gorelikov estaba repleto de papeles y carpetas de diversos colores. ¿Cuántas operaciones estará tramando en todo el mundo?, pensó. Hoy Gorelikov vestía un traje azul de cuadros escoceses de Kiton, camisa azul claro de Mastai Ferretti y corbata negra de punto de Gitman Bros. Era más elegante que un banquero londinense, nada que envidiar a las húmedas tinas de sebo del Consejo de Seguridad del Kremlin.

—¿Preparada para el viaje? —dijo Gorelikov, con los brazos extendidos en señal de saludo, como un abuelo que da la bienvenida a un nieto que vuelve a casa para las vacaciones de primavera. Le estrechó la mano y se sentó con cautela en un sillón de cuero de felpa frente a su escritorio, cruzó las piernas y se recordó a sí misma que no debía hacer rebotar el pie.

Gorelikov había leído la propuesta de operaciones de Dominika en Nueva York —un documento en el que se esbozaba la identidad con alias, los viajes clandestinos y los protocolos de encuentro con los ilegales—, que ella le había enviado sin hacerlo pasar por ningún intermediario por cable la noche anterior desde la sede del SVR en Yasenevo a través de un canal de privacidad restringido.

—Excelente plan, coronel, excelente técnica, muy satisfactorio. —Le sonrió mientras el halo azul que rodeaba su cabeza brillaba y palpitaba. Qué extraño. Por lo general no vibraba así; Gorelikov tenía alguna otra villanía en mente, estaba segura—. El sargento Blokhin está organizando su viaje y se pondrá en contacto contigo a su llegada. Te hará una ligera contravigilancia en Nueva York, pero no te acompañará, repito, no te acompañará a la reunión con SUSAN, la ilegal. Se lo dejé muy claro tanto a él como al mayor Shlykov. Si tienes algún problema con que Blokhin siga las instrucciones, aborta la reunión antes de poner en riesgo a SUSAN.

Dominika asintió, pensando cómo podría impedir que Blokhin hiciera lo que quisiera. Sus movimientos de defensa personal en *Systema* no podían igualar su fuerza bruta. Había investigado un poco sobre Iosip Blokhin. Había servido cinco años en Afganistán, donde a los veinte años dirigió el asalto Spetsnaz Tormenta 333 en 1979 al palacio Tajbeg para derrocar al presidente afgano Hafizullah Amin, matando a más de doscientos guardaespaldas presidenciales. Informes no oficiales documentaron que había colgado el cuerpo desnudo de la amante del presidente de la balaustrada del balcón del palacio como mensaje al pueblo de Kabul: los soviéticos están ahora en la ciudad. Al parecer, Blokhin colgó al hijo de cinco años del presidente de los talones contra la pared, resolviendo así cualquier duda sobre la primogenitura.

Pero Blokhin no era ni un veterano alucinado ni un verdugo psicótico. Dominika se sorprendió al leer que, después de la guerra, Blokhin completó la escuela de mando de suboficiales, se entrenó con unidades afines a las Fuerzas Especiales en el extranjero, aprendió vietnamita y escribió un artículo muy bien recibido sobre tácticas de unidades pequeñas que había sido aceptado e incluido en una edición clasificada del boletín del Centro de Análisis de Estrategias y Tecnologías de la

Academia Militar de Frunze. Y mostraba alas de murciélago negro del mal. ¿Salvaje o sabelotodo? Tendría que tener cuidado.

Blokhin y Gorelikov, dos extremos del espectro. Miró por la ventana con cortinas sobre las almenas que daban a la plaza Roja y las cúpulas de cebolla de la catedral de San Basilio y el tejado apenas visible del mausoleo de Lenin, pegado al muro del Kremlin. La momia de cera de V. I. Lenin bajo el cristal de aquel féretro florido ya no influía en los acontecimientos de Novorossiya, la Nueva Rusia de Putin, pero se preguntaba si Gorelikov se asomaba a aquella ventana y se comunicaba telepáticamente con Lenin y los demás visionarios que descansaban justo debajo, en la necrópolis del Kremlin: Suslov, Dzerzhinsky, Brézhnev, Andropov y Stalin, el *vozhd*, el maestro del caos. ¿Le hablarían desde la tumba? ¿Le enseñarían los principios del engaño y la traición? Gorelikov encontró la carpeta y rodeó su escritorio para sentarse junto a ella en un sillón a juego.

Pasaron las dos horas siguientes discutiendo sobre la misión, algo que ella no necesitaba: podía elaborar un plan de operaciones mientras dormía. No, se trataba de Gorelikov queriendo doblegarla, acercándose a ella, ofreciéndole su afinidad y apoyo, lo sabía. Recordó lo que Benford le había contado una vez sobre las lealtades al Kremlin: los oficiales soviéticos solían decir que el principio de la ruina de uno era el día en que se convertía en el favorito de Stalin. Gorelikov miró pensativo la lámpara de araña que tenía sobre la cabeza mientras ella hablaba. Como todas las lámparas de araña del Kremlin, estaba conectada a un diminuto micrófono digital de 24 bits / 48 kHz en la *bobeche*, la copa de cristal estriado de la que colgaban los colgantes de cristal, de modo que Dominika hablaba con el presidente al mismo tiempo.

Volaba de París a Toronto y viajaba en tren en el Maple Leaf por el valle del río Hudson. Los controles de inmigración estadounidenses no eran tan estrictos en las estaciones de tren como en los aeropuertos. El siguiente asunto: las comunicaciones. Su misión principal consistía en pasar a SUSAN dos teléfonos EKHO especiales, encriptados a 256 bits y diseñados por la Línea T para sincronizarse solo entre sí y desafiar la geolocalización saltando a la vez de frecuencia entre torres de telefonía móvil. SUSAN entregaría uno de los teléfonos a MAGNIT durante un encuentro personal, y se establecería el enlace de comunicación seguro. Con la entrega de los teléfonos EKHO, MAGNIT, en adelante, solo se comunicaría con SUSAN, una persona imposible de rastrear, una ciudadana estadounidense anónima, desconocida para el FBI o la CIA.

Aunque de vez en cuando fueran necesarios encuentros personales, se preservaría la seguridad.

Durante su estancia en Estados Unidos, Dominika no tendría forma segura de comunicarse con el Kremlin desde una instalación oficial: el *rezident* de Nueva York en el consulado ruso de la calle Noventa y uno Este no estaba informado y desconocía su presencia en la ciudad. Estaría sola, algo que disgustó a Shlykov y le hizo insistir en que Blokhin se quedara cerca. No es probable que eso ocurra, pensó ella.

El tío Anton le entregó un sobre con la descripción de un lugar de reunión situado en una isla de la costa de Nueva York llamada Staten.

—¿Una isla? —preguntó—. ¿Cómo llego allí para encontrarme con SUSAN?

Gorelikov hojeó las páginas.

—Al parecer, hay un ferri a Staten Island desde Manhattan. El ilegal sabe cómo operar en la ciudad. Estoy seguro de que el sitio es seguro.

Le entregó una pequeña foto de carné en blanco y negro de SUSAN, y se sorprendió al ver a una atractiva mujer rubia con gafas de leer.

—Esta agente lleva en Estados Unidos desde finales de los noventa, es una profesional de primera, nuestra mejor ilegal. Su leyenda es impenetrable —dijo Gorelikov, leyendo la información en la carpeta—. Tiene una posición influyente: es editora de una de las principales revistas liberales de Manhattan, muy conocida y respetada en su profesión. Sus colegas no sospechan nada. No tienen ni idea de que han estado trabajando al lado de una agente de la SVR todos estos años. Es la tapadera perfecta. Si es necesario, puedes iniciar el contacto llamando al número habitual de SUSAN desde tu teléfono móvil no rastreable, pero solo en caso de emergencia. A la inversa, si quiero enviarte un mensaje a través de SUSAN, ella a su vez puede acordar una reunión llamándote a ti. Estos son los números, las claves de reconocimiento y los horarios de las reuniones. Simple, sencillo.

Imaginó poder captar una foto —Benford vendería a su primogénito por tener a SUSAN en sus manos—, pero Gorelikov se la quitó.

—Recibirás un informe completo del viaje —dijo Dominika. Después de informar a Gable y Benford. Con su transmisor SRAC dañado por el cráneo del *gopnik*, tendría que esperar a llegar a Nueva York para reunirse con sus controladores y contarles estos detalles.

—Tengo plena confianza en ti —dijo Gorelikov, mirando su reloj, un elegante Audemars Piguet Millenary Quadriennium, muy fino, con la esfera calada y el intrincado movimiento visible, como la mente de Gorelikov, que zumbaba, oscilaba y pendulaba minuciosamente.

* * *

New York, New York. Era un sueño. Dominika, con el alias francés de Sybille Clinard, voló de París a Toronto y luego viajó en el lento tren Maple Leaf por el pintoresco valle del Hudson, revolviendo los fantasmas góticos americanos de Sleepy Hollow y los somnolientos holandeses. Había investigado la ciudad y estaba emocionada por verlo todo. En el tren, los agentes fronterizos estadounidenses no la miraron dos veces, y ella no había sentido ningún miedo. Tirar de su maleta por el vestíbulo de Penn Station le parecía como estar en casa, pero en el metro de Moscú había más gente y las estaciones eran más grandes. Esta mugrienta terminal subterránea no podía compararse con la magnífica estación de Kiyevskaya, en la línea Arbat, con sus mosaicos y lámparas de araña. Aquí había tiendas y música, un hombre con sombrero bailaba para pedir propinas y una anciana se paró y se puso a bailar con él. Estadounidenses. Los rusos eran más reservados, más serios, y se arreglaban para salir por la ciudad. Estos neoyorquinos iban medio desnudos.

Subió las escaleras a trompicones, atravesó las puertas, salió a la calle y se detuvo, congelada.

El estruendo de la ciudad la envolvía como una ola, el tráfico de la Séptima Avenida como un río desbordado, el sol tapado por los edificios: imponentes, majestuosos, cañones de cristal que llenaban el cielo en todas direcciones, parecían infinitos y su enormidad la paralizaba. Dominika estiró el cuello para mirarlos como una *derevenshchina*, una campesina, sin importarle. Moscú era una ciudad, como París, Roma, Londres, Atenas, pero nada como esto. Era un lugar sin igual, eléctrico y bullicioso: la Polaris de la humanidad. Se sentía como un ratón dentro de un violín, con las garras apretadas, aturdida por el ruido y rodeada de vibraciones. Sacudió la cabeza. Sabía el nombre y la dirección de su hotel, había memorizado la ruta a pie hasta allí y necesitaba encontrar un teléfono seguro para llamar a *bratok*, pero primero quería caminar, verlo todo. Esta gran ciudad era América, esta energía, esta industria, esta libertad general. Esto es lo que ella aspiraba para Rusia. Por eso espiaba para la CIA y esto definía su *nutro*, el concepto ruso imposible de explicar del ser interior de una persona.

Se abrió paso entre los peatones de la acera y, como si coincidiera con el frenesí de estas calles, se le vinieron a la cabeza pensamientos inconexos. Dios mío, ¿cómo se comprueba la cobertura de la oposición en estas calles? ¿Era comestible el *shashlik* de estos camiones de comida?

¿Había *gopniki*, matones callejeros, en Nueva York? Sería imposible distinguir la vigilancia en esta aglomeración de cabezas agitadas, rostros de todos los colores y etnias, ojos atentos, manos crispadas y un continuo arrastrar de pies. Por encima, un banco de niebla de los colores de la gente, indistinguibles, inútiles, era abrumador. Como jefa de contrainteligencia de la Línea KR, sabía cómo sus colegas de la *rezidentura* de Nueva York informaban sin problema de la gestión de las operaciones en estas calles: se lo había contado todo a Benford durante los últimos cinco años. Pero ahora, al verlo en directo, sabía la verdad. Por eso la sede central recurre aquí a ilegales para los casos más delicados, pensó. ¿Quién podría encontrar vigilancia en este bosque?

El Hotel Jane, en el West Village, era algo sacado de una película, elegido para ella por Gorelikov por su pequeño tamaño y su anonimato. Un botones de la recepción, molesto y voluble, le había sonreído (los rusos reservan la sonrisa para sus amigos y familiares; sonreír sin motivo es señal de tontería) e insistió en contarle que el hotel había sido una pensión de marineros a principios de siglo y que los supervivientes del Titanic en 1912 se habían recuperado aquí. Dominika le dio las gracias y lo ignoró. El vestíbulo era de estilo victoriano, un derroche de pilastras de mosaico de colores y frondosas palmeras en marmitas de cobre deslustrado. El bar/salón era una locura bohemia, lleno de mil velas, sofás tapizados de terciopelo, sillones con estampado de cebra, un hipopótamo de cuero marrón y un borrego cimarrón de peluche color caramelo con un cencerro al cuello, en lo alto del dintel de la chimenea. Sería divertido seducir a Nate en este escondite.

Caminando por el tenue pasillo con frisos hacia su habitación, sintió a su alrededor los espíritus de los náufragos de 1912. Mientras buscaba a tientas la llave, una anciana vestida con un traje de lana y un sombrero a juego salió de una habitación situada al final del pasillo. Bajo el ridículo sombrero llevaba el pelo blanco recogido en un moño y gafas de media luna. Se acercó a Dominika arrastrando los pies sobre la raída alfombra, con la mano derecha recorriendo los paneles de madera de la pared para no perder el equilibrio. La recién llegada se arrimó a la pared para dejar paso a la mujer. Detrás de las gafas, los ojos de la anciana se clavaron en los suyos durante un segundo; eran del color del ámbar. Ojos de cazadora, ojos de loba, ojos de rapaz. Una fuerte aura azul alrededor de su cabeza. Astucia, cálculo, engaño. ¿Qué estaba mirando la *starukha*, la vieja arpía? Ella tampoco pertenecía a este hotel de moda. Lo supo de repente: la estaban observando. Esta vieja era un perro de caza para informar de que había llegado. El caso MAGNIT se desarrollaba en muchos niveles diferentes. La anciana desapareció despacio al doblar una esquina.

Su habitación era estrecha como un compartimento de tren, con una litera en lugar de una cama. Se imaginó haciendo el amor con Nate en aquella pequeña habitación, con el pie apoyado en la pared más alejada. Dejó la maleta y el bolso sobre la cama y metió los teléfonos EKHO, una pequeña cartera con dinero y su propio móvil en una bandolera que cerró con cremallera. No debía perder los teléfonos que tenía que entregar a SUSAN. La anciana del pasillo fue una llamada de atención: Dominika no dudaba de que utilizarían su teléfono personal para rastrear sus movimientos y también para escuchar sus conversaciones. En el otro bolsillo del abrigo se metió el bolígrafo gordo con punta de metal —un punzón táctico de combate— que era su única arma. Salió a la calle, deseosa de alejarse antes de que Blokhin apareciera, tenía que asegurarse de que no la seguía nadie para poder llamar a *bratok*. No le importaba el FBI, ahora tenía que preocuparse de los trucos de Gorelikov, de sus propios compatriotas siguiéndola. ¿La influencia de Gorelikov se extendía a las calles de Nueva York?

¿Quiénes serían los que la estaban vigilando? Bueno, había sobrevivido tanto tiempo espiando para Nate y los demás, y no iba a dejarse engañar. Cuando salió del hotel y caminó hacia el este, se puso las grandes gafas de sol de moda que habían diseñado los chicos de la Línea T, con espejos biselados rectificados en los bordes exteriores de cada lente, que permitían una visión limitada detrás de ella. No se podía confiar en esos juguetes —detectar cobertura en la calle era mucho más complicado—, pero no estaba de más tenerlos.

Caminó durante tres horas, buscando y encontrando calles secundarias más o menos tranquilas, despojándose de repetidos, posibles, fantasmas y sospechosos. Si su teléfono móvil era balizado y su ruta trazada más tarde, ella solo sería culpable de ejecutar una carrera de detección de vigilancia minuciosa y profesional. Utilizó Union Square como trampa de vigilancia, sabiendo que cualquier equipo se apresura a cubrir las salidas a lo largo de todos los lados de un parque y se deja ver sin darse cuenta. Escaneó los bordes exteriores del parque. Nada. Subió por la Quinta Avenida, interminable y bulliciosa, acercándose a cada manzana del Empire State Building, más grande, más alto y, de algún modo, más sustancial que el Vystoki, el gótico rascacielos de las Siete Hermanas de Stalin en Moscú. No se veía nada detrás de ella. Los cambios ocasionales al otro lado de la calle no revelaron ninguna mirada desviada para observarla. Invirtió su dirección tomando un taxi hacia el sur, más allá del arco de Washington Square, se apeó y caminó por el campus urbano de la Universidad de Nueva York para detectar peatones que destacaran entre los estudiantes ocasionales más jóvenes. Nada. Entró en el restaurante The Smile de Bond Street —le gustó el aspecto de las tablas desgastadas del techo y las ricas paredes de ladrillo— y pidió usar el teléfono de detrás de la barra, explicando con un exagerado acento francés a la escéptica camarera con un delantal sucio que era de Francia y que su teléfono móvil no recibía servicio en Nueva York. En realidad, voy a llamar a mi contacto de la CIA para discutir la posibilidad de frustrar un ataque del Kremlin contra los cimientos políticos y de seguridad de Estados Unidos, con el objetivo expreso de preservar su peculiar modo de vida.

Dejó el teléfono en el bolsillo del abrigo y lo colgó en un gancho alejado de la barra. *Bratok* contestó al primer timbrazo. Ella le contó lo del móvil y lo de la anciana del hotel, y su risita la tranquilizó y reconfortó. Sus comentarios eran breves y crípticos, ya habían repasado los procedimientos de la reunión cientos de veces.

—A las cinco, ve al museo y espera fuera. ¿Entendido? Estaré pendiente de ti.

La línea se cortó. Gable acababa de decirle a Dominika que se reuniera con él en el Monkey Bar, a las tres en punto.

El restaurante era célebre por los murales de famosos que había en sus paredes (de ahí lo de «el museo»). Gable también le había dicho de manera indirecta que la tendrían vigilada mientras caminaba hacia el restaurante de la calle Cincuenta y Cuatro Este. Se preguntó si volvería a ser el antiguo equipo, si vería los rasgos esbeltos de Nate al otro lado de la calle, si oiría su voz y si se sentaría a su lado lo bastante cerca como para tocarlo, sentir el calor de su cuerpo, olerlo… Basta.

* * *

Gable mascaba un puro apagado y conducía un sedán jadeante y destartalado, con los asientos de plástico rotos y una cruz ortodoxa colgando de una cadena de plástico del retrovisor.

Los agentes del CID de Benford que vigilaban a Dominika dieron el visto bueno a Gable, que se detuvo, abrió la puerta del pasajero y la recogió de la acera frente al Monkey Bar. Una vez en marcha, se llevó los dedos a los labios, señalando con la cabeza el móvil que ella tenía en la mano. Hizo dos giros violentos a la derecha, esquivó por poco a un peatón y atravesó el tráfico a gran velocidad, abriéndose paso entre taxis, camiones y autobuses. Después de una colisión, la joven levantó la mano, agarró la cruz y la besó con teatralidad. Gable le guiñó un ojo, encantado. Se saltó un semáforo en rojo y giró a la izquierda cruzando el tráfico en sentido contrario para tomar la Novena Avenida en dirección al hotel de la joven espía. En una alteración clásica del ritmo de la carrera de detección de vigilancia (SDR), Gable condujo ahora hacia el sur sin prisa por el carril derecho, dejando que lo adelantaran los conductores neoyorquinos que tocaban el claxon y gesticulaban. No los seguían. No había nadie tras ellos. Al cabo de diez manzanas, se desvió a la acera frente a un cochambroso restaurante con la inscripción «Cocina turca» escrita en un falso mosaico sobre la puerta. Le hizo un gesto para que dejara el teléfono bajo el asiento y lo siguiera al interior.

El local era oscuro y acogedor, con bandejas de cobre y *nazarlik* de cerámica, talismanes azules del mal de ojo, instalados en las paredes. Gable pidió una ensalada *çoban*, dos kebabs y *kiymali ispanak*, carne picada salteada, espinacas y arroz.

—Te encantará —dijo *bratok*—. Nash y yo solíamos comerlo en un local turco de Helsinki.

—Helsinki —repitió ella, con la mirada fija en ninguna parte—. *Skol'ko let, skol'ko zim*, tantos veranos, tantos inviernos; parece que fue hace un millón de años.

Gable la miró mientras masticaba un trozo de pan.

—Sí, todos hemos recorrido un largo camino, tú más que nadie. Ahora dime qué está pasando.

Dominika se sentó y habló rápido. Le habló de las instrucciones de Gorelikov y de la reunión con SUSAN. Le mostró los teléfonos EKHO —que no estarían conectados en caliente si estaban destinados a una actividad ilegal— pensando que él querría que los técnicos los desmontaran para inspeccionarlos, pero Gable negó con la cabeza.

—Podrían estar preparados para revelar manipulaciones, y tú eres la única que los ha tenido.

Dominika describió el lugar de la reunión en Staten Island.

—¿Sabes cómo tomar el ferri?

—He estudiado toda la ruta. Sé cómo llegar.

—Esta ilegal, ¿qué aspecto tiene? —preguntó Gable. Dominika se encogió de hombros.

—Me enseñaron una pequeña foto en blanco y negro. Rubia, gafas de lectura, ojos azul acero. Pelo corto.

Gable se frotó la cara.

—Santo Dios. Una ilegal de primera en la ciudad y no podemos identificarla. Me pregunto cuántos más habrá por ahí.

—No hay forma de saberlo. La Línea S, el departamento de ilegales externos, y la Línea N, los agentes que se ocupan de ellos dentro del país, están compartimentadas del resto del Servicio, incluso de mí en KR.

La comida llegó a la mesa y Gable sirvió un montón de espinacas brillantes en el plato de Dominika. Ella probó una pinchada. Era una sabrosa combinación de espinacas salteadas y carne picada al curry con un toque de arroz. Delicioso. Y Nate solía comerlo. La pregunta surgió antes de que pudiera contenerse.

—*Bratok*, ¿dónde está Nate? ¿Qué está haciendo? —preguntó Dominika. Gable dejó el tenedor.

—Benford lo envió a encargarse de otra operación. En Asia. Ahora mismo, ese chico está más ocupado que un gato cubriendo de mierda un suelo de mármol. Volverá en un par de semanas. ¿Te has enfadado con él otra vez?

Gable solo hacía preguntas, por delicadas que fueran. Dominika sonrió.

—En Rusia decimos *nalomat drov*, estropear la leña. Se dice estropear algo. Esa es nuestra historia de amor. Estropear.

Gable le acarició la mano.

—Se supone que no debo decirte esto —dijo Gable—, pero deberías cortar con él de una vez por todas, o desertar y concentraros en vuestra vida juntos. Tal vez reclutar a tu sustituto antes de irte. Quereos y espiaros al mismo tiempo va a hacer que alguien salga herido.

Dominika guardó silencio; sabía que Gable la entendía.

—No le digas a nadie que te he dicho eso —dijo sonriendo. Luego volvió a lo suyo—. No puedes vacilar con ese tipo Spetsnaz merodeando. Que te vea bien y relajada. —Ella asintió—. Haz la reunión con esa chica en Staten Island a solas, pero por lo demás mantenlo cerca. Va a presentar un informe del viaje y querrás que todos piensen que nunca te saliste del plan. Nos reuniremos una vez más después de tu encuentro con la ilegal. E intenta identificarla sin que sea demasiado obvio que intentas hacerlo.

Gable hizo un gesto a un joven que estaba en una mesa al otro lado de la sala y Lucius Westfall se acercó.

—Este es Westfall, férrea protección —lo presentó Gable—. Es un punto de apoyo si lo ves por la calle, está aquí para ayudarnos a ti y a mí si lo necesitamos.

Dominika sonrió y le estrechó la mano, notando un halo azul tembloroso por el nerviosismo. Lo sintió por él, sobre todo porque sabía lo despiadado que podía llegar a ser Gable.

—Encantada de conocerte, Westfall.

Él asintió sin decir palabra, obviamente abrumado por conocer a la famosa DIVA. No tenía ni idea de que fuera tan guapa. Se dio la vuelta y abandonó el restaurante tras una incómoda reverencia final.

—*Bratok*, no lo atormentas demasiado, ¿verdad? Es tan joven, como tú lo fuiste una vez. —Gable gruñó.

—Nací viejo. Pero cuéntame más sobre el sargento Spetsnaz.

—Este hombre, Blokhin, es peor que Zyuganov o Matorin. Es inteligente, pero detrás de sus ojos hay, cómo se dice, piedras calientes como cuando asas *shashlik*.

—¿Como carbones calientes? Pues no le eches un pulso —dijo Gable.

—Me estoy obligando a ir con él a un acto en el Hilton de la Sexta Avenida dentro de dos días. Una periodista rusa, Daria Repina, hablará en un acto de recaudación de fondos de Rusia Libre. Es una fuerte crítica de todo lo que hace Putin. No tiene miedo, pero ahora que está en Estados Unidos recaudando fondos todo se volverá peligroso para ella.

—¿Es inteligente que vayas a algo así? ¿Por qué querría un Spetsnaz come-serpientes ir a escuchar a un disidente?

—Asistir con él se traducirá en una buena imagen para mí, quiero decir para mis credenciales. Es un acto público. Me quedaré en un segundo plano y me marcharé pronto. En cuanto a Blokhin, creo que es curioso. Como un perro olfateando una farola. Será su última noche en Nueva York. Ambos regresaremos por separado a Moscú al día siguiente.

—Y cuando vuelvas, averigua el nombre de MAGNIT, tan rápido como puedas, ¿de acuerdo?

—Alguien cometerá un desliz. Al final oiré el nombre.

—Eso está muy bien, pero tenemos que acabar con MAGNIT antes, si es posible antes de que te informen del caso, antes de que te digan oficialmente su nombre. ¿Qué pensarían si lo detenemos en el momento en que te den su nombre? Además, ese capullo está vendiendo secretos al por mayor. Así que vamos a desarticularlo lo antes posible.

—Hay un problema.

Dominika le contó a Gable sobre el mal funcionamiento de su transmisor SRAC después de haberle volado el cerebro al asaltante callejero. Gable negó con la cabeza.

—Nos preguntábamos por qué no habías enviado nada en una semana. Les dije que tenías novio y que no salías de la cama.

—*Nekulturny.* Vulgar y grosero.

—Joder. Es un mal momento para haber perdido tu comunicador. Telegrafiaré a la estación para que te consigan otro. ¿Quieres que lo entierren o que hagan un encuentro personal?

—Si tienes un buen oficial de estación que no lleve vigilancia, un encuentro personal es más rápido que yo desenterrando un paquete en el bosque. Quedan cinco nuevos sitios de encuentros breves en el inventario que aún son buenos.

—¿Seguro? Prefiero romperme un clavo con una pala a que me saquen diez clavos en el sótano de una prisión —dijo Gable. Por lo general, no se recordaba a los agentes que habían sido capturados y torturados, pero Gable y Dominika se trataban en un plano diferente.

—*Bratok*, eso es porque eres delicado y sensible.

—Tienes toda la puta razón —dijo Gable, mientras pedía la cuenta.

Kiymali ispanak • Espinacas salteadas a la turca

Sofríe la cebolla, picada muy fina, en aceite de oliva y mantequilla. Añade la carne picada y cocina hasta que se dore. Añade los tomates cortados en dados, la pasta de pimiento rojo, la salsa de tomate y un puñado de arroz lavado. Sazona y remueve para incorporar los sabores. Cubre con espinacas picadas, tapa y cocina a fuego medio hasta que las espinacas estén blandas y el arroz tierno. Sirve con una cucharada de yogur y pan crujiente.

8
Herrar a una pulga

Dominika estaba sentada en la cubierta superior del abarrotado y pesado transbordador de Staten Island, observando con desgana a la gente que se alineaba en la barandilla —parecían sobre todo turistas—, hablando, señalando y fotografiando el horizonte de Manhattan que se alejaba. Luego corrían a la banda de estribor para fotografiar la estatua de la Libertad y volvían en estampida para contemplar embobados una goleta de época virando hacia la bahía. Tocaban el claxon como una bandada de gansos. Iban vestidos con pantalones cortos, camisetas y tops de sujetador, y llevaban botas, zapatillas, zapatos y sandalias, una extraña tribu que chirriaba su sensibilidad rusa. Ella iba vestida con un ligero vestido de algodón de estampado veraniego, con sandalias planas a la moda, y llevaba un bolso beis sobre el hombro. Llevaba sus gafas de sol de la Línea T. A pesar de la algarabía de los pasajeros, los transbordadores le parecían una maravilla, grandes tartas de cumpleaños naranjas que no paraban de cruzar la bahía, nada que ver con los hidrodeslizadores de nariz de tiburón que surcaban el lago Ladoga desde San Petersburgo.

En la rampa de embarque del ferri, había sido literalmente arrastrada por la aglomeración de risueños y excitados turistas, pasando junto a plácidos perros detectores de bombas, y pudo encontrar un asiento tranquilo junto a la barandilla exterior donde disfrutó de la brisa salada y pensó en la reunión con la ilegal, SUSAN. Anoche había vuelto a su habitación de hotel y sintió la goma alrededor del pomo de su puerta, una señal que confirmaba una reunión en el lugar de Staten Island al día siguiente por la tarde. Se preguntó si la anciana del vestíbulo habría colocado la goma en el pomo. Había repasado el simulacro memorizado, la ruta de detección de vigilancia que seguiría: ferri, tren de Staten Island, ruta a pie hasta y a través del extenso cementerio moravo de Todt Hill, y aproximación final al lugar (que estaba dentro del ornamentado mausoleo del multimillonario de la Edad Dorada Cornelius Vanderbilt, construido en 1886 y aislado en un rincón privado y arbolado del parque). Había estudiado las imágenes por satélite y memorizado el camino a lo largo de los senderos que serpenteaban por las cuarenta y cinco hectáreas de la necrópolis, y sabía que podría encontrar el camino hasta el lugar y a la hora señalada, sin cobertura. Dios sabía de quién tenía que preocuparse más en la calle durante esta operación demencial: de los rusos, de los ilegales o del FBI.

Gable había tenido razón: Moscú se había movido rápido. La convocatoria de la reunión con los ilegales se produjo menos de cuarenta y ocho horas después de su llegada a Nueva York. Dominika podía imaginarse la apresurada consulta entre Gorelikov y Putin en el Kremlin, sus voces tranquilas discutiendo con pocas palabras las opciones y luego el asentimiento estoico y de ojos azules, validando cualquier táctica que Gorelikov sugiriera para permitir el contacto. Dominika volvió a salir y llamó a Gable desde un teléfono público en un bar cercano para decirle que «el almuerzo era mañana». *Bratok* le dijo que se mantuviera tranquila, que todo lo que hiciera o dijera llegaría a oídos de los hombres que la iban a evaluar. Acordaron reunirse cuando Dominika regresara a Manhattan.

Un joven moreno apoyado en la barandilla del ferri frente a Dominika era, sin lugar a dudas, un vecino de Staten Island, vestido con una camiseta deportiva y el pelo oscuro peinado hacia atrás. Se fijó en ella y se acercó para sentarse a su lado en el asiento de plástico moldeado. Flirteó, encantador e irreverente, con el rostro cercano, señalando lugares emblemáticos mientras el ferri surcaba el puerto de Nueva York, incluido el puente arqueado Verrazano-Narrows —él lo llamaba Guinea Gangplank, aunque ella no tenía claro por qué—, que une los dos distritos de Brooklyn y Staten Island. Entendió la mitad de lo que dijo, pero sonrió y miró hacia donde él señalaba. Cuando ella le dijo que era de Francia, él le guiñó un ojo y le dijo con complicidad:

—Buenos vinos.

El zumbido de los motores del ferri se moderó, luego la cubierta tembló cuando los motores fueron girados hacia la popa para facilitar la entrada del morro del transbordador en la rampa de salida de la terminal de St. George, en Staten Island. Hora de partir, hora de activarse, hora de ir a trabajar. Dominika se echó el bolso al hombro y saludó con la cabeza al joven. Con rapidez, siguió las señales hasta el andén adyacente para subir al tren en dirección sur. Las rápidas comprobaciones a ambos lados no fueron suficiente para detectar al pasajero que merodeaba, ni la mirada demasiado larga de la joven en la acera, ni al empleado que buscaba el teléfono. No hay seguimiento, pensó mientras entraba en un vagón. Al cerrarse las puertas, se dio cuenta con fastidio de que el joven había subido al siguiente vagón y la miraba con atención a través de la ventanilla de la puerta de enlace. No tenía tiempo para esto: un Romeo siguiéndola, creyendo que podría tener suerte con una atractiva turista francesa.

El tren traqueteaba, se balanceaba y se detenía con frecuencia en las estaciones de cercanías. A cada lado de las vías, un mundo distinto se abría ante los ojos de Dominika. Las zonas comerciales tenían gasolineras en cada esquina; había supermercados con tomates apilados en la parte delantera, y contó un restaurante tras otro, la mayoría de ellos afirmando que hacían la mejor *pizza* de Nueva York. ¿Era esto Nueva York? El tren pasó entre barrios obreros de casas ordenadas de dos plantas, cubiertas de tejas, con invernaderos adosados y pequeños patios vallados, algunos de ellos con curiosas piscinas elevadas en las que apenas cabía una persona. En cada tejado había una antena parabólica gris, todas apuntando en la misma dirección. Las casas no se parecían en nada a las lujosas dachas de los *siloviki*; no se trataba de gente rica, pero estas casas parecían cómodas. Los coches aparcados en la calle eran grandes y podría decirse que bastante nuevos. Si aquello no era riqueza, al menos era prosperidad a gran escala. En Rusia dirían *blagopoluchiye*, pan con mantequilla por los dos lados, bienestar. No mucha gente, ni siquiera en Moscú, vivía con tales posesiones, con tanta abundancia de alimentos. Sus compatriotas luchaban por sobrevivir, desesperaban por mejorar sus vidas, no se atrevían a tener grandes pensamientos ni a decir la verdad. No podían elegir.

Dominika había memorizado los extraños nombres de las estaciones de tren: Grasmere, Old Town, Dongan Hills, Jefferson Avenue, Grant City. La gente subía y bajaba mientras las puertas del tren se abrían y cerraban; no se observaba ningún comportamiento de vigilancia, nada raro. Pudo ver al joven del vagón de al lado observándola a través del cristal. La siguiente estación era su punto de paso, New Dorp, donde tenía que bajarse. Salió al andén y, en medio de una multitud de pasajeros, subió con rapidez por la empinada escalera de salida hasta el nivel de la calle y llegó a un amplio bulevar con poco tráfico. En la esquina opuesta había una panadería italiana cuyo propietario se llamaba Dominick. Quizás algún día tenga una panadería que se llame Dominika's, pensó. Idiota, no sabes hacer pasteles. Entró, asaltada por el fuerte aroma a pan fresco, y observó que no había colas en el mostrador, que nadie pedía a gritos ser atendido, ni ningún vendedor maleducado que insultara a los clientes. Compró algo llamado calzone, que parecía un *chebureki* de gran tamaño, un pastel de carne ruso. Este calzone estaba dorado al horno con un borde estriado, y se servía con una pequeña taza de salsa de tomate.

Se sentó en una de las pocas mesas junto a la ventana y echó un vistazo a la calle. El persistente Romeo merodeaba por la acera de enfrente, fumando. Era un *gopnik* americano, pero no parecía tan duro como la especie moscovita. *Bozhe*, Dios, no necesitaba esta distracción ahora mismo. La mezcla de salchichas, pimientos y cebollas del interior del calzone estaba deliciosa y rezumaba, y se limpió la boca con una servilleta de papel. *Izobiliye*, pensó, abundancia. Esto era una panadería de barrio americana, no una tienda estatal, una de las tantas que había solo en este barrio. Suficiente. En marcha.

Caminaba por New Dorp Lane, las aceras eran anchas y limpias, la gente trabajaba en los escaparates. En una tienda de comestibles de la esquina, el Convenient Mart, significara lo que significara, había cajas de agua embotellada apiladas a ambos lados de la puerta. El joven aún la seguía y ella sabía que tenía que sacudírselo de encima antes de acercarse al cementerio. El ilegal podría estar observando su aproximación y sería un desastre si no conseguía deshacerse de él. Mientras entraba en la tienda con la intención de quitárselo de encima, Dominika oyó unos pasos y el joven gritó «*Eh, Mam'sell!*», y ella se giró para ver cómo Romeo le hacía una foto con el móvil a metro y medio de distancia y luego la sostenía para admirarla. Aparte de su foto oficial de la academia y de las fotos de carné que Gable le había hecho en Helsinki, y de las fotos de pasaporte de los alias de las operaciones, no existía ninguna foto de la coronel del SVR Dominika Egorova, y menos en el teléfono móvil de algún *durak*, algún idiota, delante del Convenient Mart, en New Dorp Lane, en Staten Island, cuarenta minutos antes de un contacto clandestino con un agente ilegal. Ella estaría en las cuentas de Instagram, Facebook y Twitter de este chico en tres minutos.

Dominika hizo un cálculo instantáneo.

—Ya que pareces tan empeñado en seguirme, quizá puedas indicarme una buena botella de vino americano en esta tienda.

El joven se le acercó, destilando su encanto de seducción.

—¿Te enseño una botella de vino o la comparto contigo?

Dominika dejó que una leve sonrisa moviera sus labios.

—Depende de lo bueno que sea el vino.

El joven la condujo al interior de la pequeña tienda, por un pasillo de alimentos donde Dominika se detuvo asombrada al contar no menos de diez tipos diferentes de cereales para el desayuno en la estantería, un éxtasis imposible de colores. Siguió a Romeo hasta el fondo de la tienda y se paró frente a una nevera de vinos con puertas correderas de cristal, mientras Romeo le señalaba los tintos y luego los blancos.

Tenían de todo, lo que ella quería. Almaden, Gallo, Carlo Rossi, Blue Nun, Lancers. Dijo que los vinos de caja Franzia estaban infravalorados. Si no le gustaba ninguno de los vinos, tenían otros alcoholes detrás del mostrador: ginebra, vodka, *whisky*. Dominika eligió un blanco y dejó que Romeo pagara, luego lo siguió a través de la avenida para sentarse en un escalón que formaba parte de un puente de cemento que transportaba tuberías acanaladas de vapor-calor por encima de las vías del tren de cercanías y estaba protegido de la carretera principal. El puente de cemento temblaba cuando pasaba un tren por debajo. Blokhin habría clavado el pincho táctico en el ojo de Romeo y en su cerebro, pero Dominika bebió un sorbo de la botella —el vino era dulce y metálico— y se la devolvió. Se dio la vuelta y le golpeó en el cuello con un puñetazo en forma de martillo: el movimiento comenzó en la cadera izquierda y giró con la fuerza que le proporcionaban las caderas. El golpe sobrecargó los nervios de la apófisis mastoides y su cabeza se desplomó hacia delante, cayendo inconsciente de bruces sobre el cemento. Si no estaba muerto, se pasaría varias horas inconsciente, y Dominika se habría librado de él por un tiempo. Sacó el teléfono de Romeo del bolsillo trasero y utilizó un trozo de hormigón roto y puntiagudo como herramienta paleolítica para pulverizar el moderno aparato y convertirlo en pedazos de plástico, ninguno de los cuales era ni remotamente reconocible como un teléfono. Esparció los fragmentos por las vías bajo el puente, dio un último y vil sorbo a la botella y la arrojó también para que se estrellara contra el lecho ferroviario, entre todos los detritus amontonados a lo largo de las vías.

—*Zvezdá*, fanfarrón —dijo Dominika, mirando a Romeo y sabiendo que habría sido más fácil y seguro matarlo. Se preguntó si acabaría llegando a ese punto: la solución por defecto de Blokhin/Stalin: matar y borrar el obstáculo, fueran cuales fueran las circunstancias.

Con rapidez, giró a la derecha por Richmond Road y caminó cuesta arriba entre casas con vallas pintadas y arbustos recortados. Muchas de las casas tenían banderas americanas colgadas de los porches. La calle era tranquila, ella era casi invisible y no había seguimiento, estaba segura. Era una agente de inteligencia rusa suelta en Estados Unidos, que se dirigía a una reunión con un agente durmiente.

La temperatura era suave, el cielo estaba despejado y la luz del sol era brillante. La puerta ornamental del cementerio moravo estaba abierta, flanqueada por frondosas enredaderas de trompeta anaranjada. Como si visitara la necrópolis todos los fines de semana, Dominika tomó el camino de la izquierda y pasó por delante del plácido lago, cuya superficie se veía agitada por las ramas caídas de los sauces. Continuó por el camino pavimentado flanqueado a ambos lados por hectáreas de lápidas. Algunas eran extravagantes: obeliscos de seis metros o zigurats coronados por ángeles extasiados. Pasó junto a hileras de pequeños mausoleos decorados que sobresalían de túmulos cubiertos de hierba, con nombres de familia grabados en los dinteles. Nada que ver con las extravagantes lápidas de gánsteres y periodistas asesinados o disidentes mártires del cementerio de Novodevichy, en Moscú, con imágenes muy realistas de los difuntos grabadas en el mármol. Se preguntaba dónde descansaría el presidente Putin en Moscú. ¿Se desplazarían los monstruos que descansan en el muro del Kremlin para hacerle sitio? ¿O preferiría un obelisco de pórfido de veinte pisos en las colinas de Moscú para poder contemplar la Rodina que con tanto ímpetu defendió?

Al pensar en Putin, el cálido sol se ocultó tras una nube y ella sintió un escalofrío. El ambiente en el cementerio era sereno, sin pájaros, sin ruidos de tráfico, como si los espíritus supieran lo que estaba ocurriendo. La hierba alrededor de las lápidas se agitó; oyó susurros a su alrededor, ¿o era la brisa? Pero no había brisa. Contrólate, pensó mientras caminaba; mantén la cabeza fría, reúnete con esta zorra y compliquémosle la vida a Vladímir Putin. Se mantuvo a la izquierda y siguió el sendero hacia una zona boscosa oscura con muy poca luz solar. Olía a frío y se puso las gafas de sol sobre la cabeza. Llevó la mano al bolso y rodeó el mango del bolígrafo táctico de acero del bolsillo lateral. Miró a derecha e izquierda entre los árboles, y su imaginación rusa le hizo imaginar lobos que serpenteaban por el bosquecillo, siguiéndole el ritmo.

Dobló un recodo del camino y vio la enorme puerta de hierro forjado, la entrada al cementerio privado de la familia Vanderbilt. La puerta estaba asegurada con una cadena de alta resistencia, pero Dominika siguió el muro fronterizo diez metros a la derecha y pudo engancharse el vestido e impulsarse. El camino giró hacia la izquierda y el bosque se abrió a un claro cubierto de hierba y rodeado por una curva baja. El mausoleo de piedra blanca dominaba el espacio. Parecía la fachada de una iglesia románica, con tres puertas arqueadas, un alto frontón central y dos cúpulas cónicas en el tejado. La cripta se extendía desde la aderezada fachada hasta la colina de tierra que había detrás.

Reinaba un silencio sepulcral, el sol se ocultaba tras las nubes. Dominika se quedó quieta y observó el bosque, escuchó el aire a su alrededor. No habría habido forma de que Gable se instalara en este lugar sin asustar a SUSAN. La veterana ilegal sabía lo que hacía eligiendo este sitio. Dominika consultó su reloj; era la hora. Subió los cinco escalones curvos hasta la entrada y empujó la puerta central de acero con tiradores repujados a juego. Dominika sabía que las puertas de las criptas solían estar cerradas y aseguradas con cadenas, pero las cerraduras mecánicas no planteaban ningún problema, nunca. La puerta se abrió con facilidad, sin hacer ruido, y un fétido aliento a piedra fría la golpeó, un olor a ataúd, un tufillo a tiempo sin fin. La tenue sala abovedada estaba flanqueada por criptas murales con ataúdes de piedra, y una enorme tumba con la parte superior curvada y adornada con intrincadas decoraciones talladas —sería el sarcófago del paterfamilias— dominaba el centro de la cámara.

—*Dobriy den tovarishch*, buenas tardes, camarada —dijo una voz sedosa en ruso. Dominika se obligó a no saltar. Agarrando el pincho de combate que llevaba en el bolso, se volvió despacio hacia la voz y vio una silueta oscura en un rincón de la cripta, oculta entre las sombras. No se veía ningún halo en aquella oscuridad. La única iluminación provenía de la lechosa barra de luz que atravesaba la puerta central agrietada, dejando la mayor parte de la habitación en penumbra—. Llega usted a tiempo, pero eso es de esperar de la famosa coronel Egorova.

Acento moscovita, educado, pero originario del sur, con un rastro de *yakanye*, las amplias vocales del bajo Volga, pensó Dominika.

—Buenas tardes. Me alegro de que hayamos podido conocernos —dijo Dominika, tendiéndole la mano—. ¿Quiere acercarse para saludarnos? —La mujer no se movió, y Dominika bajó la mano—. ¿De cuánto tiempo disponéis? Supongo que las dos tenemos que volver a Manhattan esta noche. —Tenía el leve objetivo de conseguir que la mujer hablara un poco, para ver qué podía aprender. Pero con cuidado—. Staten Island es un lugar extraño. —La silueta se encogió de hombros.

—Es un paraje remoto, tranquilo y parroquial. Me parece muy adecuado para las operaciones —dijo. Vale, operas aquí. Interesante.

—Toda Nueva York me parecería un reto desde el punto de vista operativo —dijo Dominika.

—Uno se acostumbra a los ritmos de la ciudad —respondió la mujer, vagamente. No va a decir nada por propia voluntad. Es demasiado lista.

—Imagino que sí —continuó la coronel, ahora hablando un poco de negocios entre profesionales—. Pero en mis misiones he tenido que enfrentarme a una oposición activa y hostil en la calle. Como civil, usted, por supuesto, tiene mayor libertad de acción que un funcionario diplomático de la *rezidentura*. —La silueta se movió un poco.

—Supongo que sí. A lo largo de los años, la industria de las revistas nos ha proporcionado una cobertura eficaz —afirmó SUSAN—. Por alguna razón, está dominada por mujeres astutas y agresivas; nuestros timoratos homólogos masculinos son menos vigorosos. Aun así, hay desventajas: tratar con escritores puede ser un sufrimiento continuo, no tienes ni idea.

Esto no va a ninguna parte. Volvamos a los negocios.

—Tengo los dispositivos, uno para ti y otro para MAGNIT, que proporcionarán comunicaciones de voz seguras. Si necesitas reunirte en persona, coordínate con la Línea S. Imagino que hay muchos sitios discretos, equidistantes de Nueva York y Washington. —Deslizó la bolsa con cremallera que contenía los teléfonos EKHO por la polvorienta tapa curvada del sarcófago del comodoro Vanderbilt, casi esperando oírle quejarse desde dentro de que los rusos le molestaban mientras dormía.

—MAGNIT tiene menos libertad para viajar que yo. Y Washington es un entorno de contrainteligencia más fácil, incluso dentro de la ciudad. —Vale, os reunís en Washington, en la ciudad. Benford se alegrará de saberlo.

—¿Hay algo más que pueda hacer por usted? ¿Hay algo que usted o el activo requieran?

Un tiro largo; ¿qué no podía MAGNIT obtener en los Estados Unidos que el SVR sí? ¿Lingotes de oro? ¿Diamantes de sangre? ¿Polonio? No más preguntas. ¿Quizá salir a la luz del sol con ella? ¿Un vistazo a su halo?

—*Spasibo*, no necesito nada —dijo Susan con condescendencia en la voz. Entonces Dominika vio la mancha de polvo en la tapa del sarcófago donde había deslizado la bolsa con cremallera, y sus pensamientos se aceleraron.

—Entonces tengo un encargo para usted —dijo Dominika con severidad, conteniendo la respiración, esperando que esto funcionara—. Me han dado un tercer teléfono móvil encriptado para casos de emergencia, incluso para contactar contigo. No me gustaría llevarlo de vuelta a Moscú a través de la seguridad del aeropuerto. Te lo pasaré para que te deshagas de él de forma segura la noche antes de volver a casa. Por supuesto, yo misma podría tirarlo al río, pero ese tipo de destrucción fortuita ha resultado desastrosa en casos anteriores, en los que el equipo ha sido recuperado por la oposición. Debes fundir el chip, romper el auricular y dispersar los trozos para que no se asocien entre sí. Pasarte el teléfono no requeriría otra reunión personal; lo colocaré en el lugar que tú elijas.

—Hay un millón de sitios en la ciudad donde puedes deshacerte de un teléfono —dijo SUSAN, con petulancia. Llevaba veinte años sola, encontrándose con serviles encargados de la Línea N que nunca la cuestionaban. Dominika puso algo de amenaza en su voz, la arenilla vocal que todos los rusos reconocen como un problema inminente.

—Su larga hoja de servicios en Estados Unidos, ¿cuántos años hace?, le ha proporcionado sin duda un conocimiento enciclopédico de la ciudad, que es la razón por la que solicito su ayuda. Dado que sus propios números de contacto están en el instrumento, es además un requisito operativo que hagamos esto —dijo con rudeza.

La sombra de la mujer se agitó, sin lugar a dudas, molesta por que le dijeran lo que tenía que hacer. Pero todos los ilegales, sobre todo los más veteranos, temían algo más que ser descubiertos y capturados: ser devueltos a Moscú, el fin de su cómoda existencia, el fin de la comodidad y la abundancia, para ser arrojados de nuevo al pozo de la pereza, la burocracia y la depravación rusas, con un despacho en la central, un apartamento cochambroso y quizás un coche subcompacto, con una medalla que lucir en las ceremonias, el fin de las misiones en el extranjero e incluso de los viajes personales al extranjero. Para siempre. Y esta jefa de CI de ojos azules acababa de hacer referencia a los muchos años que SUSAN llevaba en Estados Unidos, y podría crear problemas por una estúpida normativa. Le dio, malhumorada, la dirección de un punto muerto en Manhattan junto con una descripción. Bien, una forma de identificar a nuestra amiga de voz sedosa.

Pero ahora Dominika tenía que llegar hasta Gable para contarle su plan, antes de que sus dos últimos días transcurrieran a la sombra protectora del sargento Blokhin. No más presiones a la pequeña señorita SUSAN. No debe sospechar. La conversación se interrumpió. La reunión había terminado.

De acuerdo con los procedimientos establecidos, Dominika abandonó primero el mausoleo y regresó a Manhattan. Nunca volvió a ver a la otra mujer. Los rusos no dicen que alguien es un profesional de primera, dicen *podkovat blochu*, que alguien puede herrar a una pulga. Esta mujer era así: incluso después de un encuentro de quince minutos con la ilegal, de pie a un metro de distancia, Dominika no habría podido identificar a SUSAN entre la multitud, aunque su vida dependiera de ello. Y ella sabía que, con el tiempo, lo haría.

Calzone de salchicha, pimiento y cebolla Dominick's

Saltea los pimientos rojos y amarillos cortados en rodajas finas, las medias lunas de cebolla cortadas también en rodajas finas y el ajo picado hasta que estén blandos. Sazona, añade orégano seco y escamas de pimienta roja. Añade la salchicha italiana desmenuzada y sigue cocinando hasta que la carne esté dorada. Deja enfriar la mezcla y añade la *mozzarella*, el parmesano y el perejil picado. En una superficie enharinada, extiende círculos de unos veinte centímetros de masa de *pizza* o pan. Coloca una pequeña cantidad de la mezcla de carne en el centro de los círculos de masa y, a continuación, dóblalos y sella los bordes con un dedo humedecido en agua. Utiliza un tenedor para cerrar los bordes de la masa, y haz un pequeño agujero (la chimenea) en la parte superior. Unta la parte superior con aceite de oliva. Hornea a media altura en una bandeja de horno hasta que se doren. Deja reposar un poco y sírvelas tibias con salsa marinara caliente.

9

Asaltacunas

Después de dejar atrás el encanto bohemio de Staten Island, Dominika y Gable estaban sentados hombro con hombro en la banqueta del fondo de un pequeño bar de Chelsea, en la calle Hudson, llamado Employees Only. Era tarde y el bar estaba medio lleno. Entre la cerveza de Gable y el vino de Dominika había un pequeño plato de parmesano frico y unos boles rellenos de ensalada de tomate. Dominika acababa de contarle a Gable su viaje a Staten Island, la entrada en el mausoleo de Vanderbilt y el espeluznante encuentro en la oscuridad con el ilegal. Gable sacudió la cabeza y bebió un sorbo de cerveza.

—¿No viste su cara en ningún momento?

—Ni siquiera el color de su pelo. Se mantuvo en la sombra todo el tiempo. Era muy buena. No la presioné.

—Dios mío. ¿Y crees que usa Staten Island para reunirse con agentes? —preguntó Gable.

—Dijo que era adecuado para operaciones. Pero Staten Island no tiene fin. ¿Cómo podríais cubrirla? —Gable se encogió de hombros.

—El *software* de reconocimiento facial de las cámaras de la terminal del ferri podría detectarla —sugirió Gable.

—Si supiéramos cómo es, tal vez, pero no lo sabemos.

—Ya, dime algo que no sepa —musitó Gable—. Podría conducir su culo por uno de los puentes también.

—¿Puedo contarte una idea sobre cómo podríamos identificarla? —propuso Dominika—. Estoy pensando que podríamos tomar una página del viejo manual de la KGB.

Gable bebió un poco más de cerveza.

—Pediré dos copas más si esto va para largo.

Dominika sonrió y le dio unas palmaditas en el brazo.

—*Terpeniye*, paciencia, *bratok*, esto te gustará. Escucha. Antes de irme de Nueva York, he ordenado a SUSAN, sí, le he ordenado haciendo valer mi posición, que recupere mi teléfono móvil personal encriptado de un lugar de su elección en Manhattan, para su destrucción y eliminación segura.

—¿Y ha pasado por el aro?

—Usé mi voz de coronel con ella. Los rusos responden a la intimidación.

—Seguro que no —dijo Gable.

—Eso es porque nunca me intimidas —respondió Dominika.

—Te tengo demasiado miedo… Vale, tiras tu teléfono, ¿preparamos una emboscada y la capturamos? Eso no es bueno; te pondría en aprietos.

—No estoy pensando en una emboscada, que debemos evitar por esa misma razón. Solo tenemos que pasarle el objeto físico en una entrega cronometrada en un sitio de su elección, en algún lugar que le ofrezca seguridad absoluta. Sin emboscadas, sin vigilancia en la zona.

Gable la miró de reojo.

—Estoy esperando la parte que me va a gustar.

—Empolvamos el móvil con *metka*.

—¿Smegma? —dijo con torpeza Gable. ¿Qué demonios es eso?

Dominika se rio. Conocía la oscura palabra de la Escuela de Gorriones.

—Eres un auténtico *krutóy páren*, un tipo avispado. Sabes muy bien lo que he dicho. *Metka*, no smegma. Polvo de espía, como el que la KGB usaba en Moscú para rastrear americanos. Estoy segura de que Benford tiene químicos que podrían preparar un compuesto.

—Moscú seguirá preguntándose cómo perdieron su durmiente —dijo Gable. Dominika se encogió de hombros.

—No me relacionarán con su casual detención, no si la atrapan meses después utilizando polvo de espía. Por supuesto, el Kremlin se enfadará, pero la sede central racionalizará que veinte años como ilegal en Estados Unidos superan todas las expectativas de supervivencia. Conozco la mente rusa; buscarán a alguien a quien culpar, pero si lo hacemos bien, la Línea S nunca adivinará cómo fue identificada, ni apreciará la ironía de que se utilizara *metka* contra ellos, después de todos estos años. SUSAN seguirá sin más las órdenes y destruirá el teléfono, sin dejar más pruebas que sus manos contaminadas de forma imperceptible.

—No está mal. Se lo comentaré a Benford.

Cogió el teléfono, pulsó una marcación rápida y Westfall apareció en el bar dos minutos después, tragando saliva al estrechar de nuevo la mano de Dominika, mascullando como un mayordomo avergonzado. Dominika se levantó y le dio a Westfall un casto abrazo de saludo, y como resultado el americano adquirió un bonito tono bermellón. Gable le repitió un resumen del plan de Dominika, le dijo que llamara a Benford por la línea segura y se pusiera manos a la obra. Tenían dos días para preparar su propio lote de *metka*. Lucius hizo una reverencia diciendo que lo entendía.

Gable sacudió la cabeza ante la torpeza de Westfall.

—¿Vas a chasquear los talones como un prusiano?

Dominika clavó el codo en las costillas de Gable.

—Déjalo en paz. Lucius, ¿entiendes el plan? —Lucius asintió.

—Si lo hacemos bien, Domi quedará libre y los calzones de azúcar brillarán en la oscuridad hasta Navidad —dijo Gable.

—¿Qué son estos calzones de azúcar? —preguntó Dominika.

—Olvídalo, es una figura retórica.

—Estoy segura —susurró Dominika, mirándolo de reojo—. Westfall, ¿sabes lo que significa? —Westfall tragó saliva, negó con la cabeza y se marchó, diciendo que llamaría a Benford en ese mismo instante. Dominika sintió aún más pena por él que antes.

—De acuerdo. Así que los FEEBS comprueban a deshora las oficinas de las principales revistas literarias de Manhattan, ¿cuántas puede haber?, y ven qué lugares brillan bajo una luz negra —dijo Gable.

Dominika levantó un dedo en señal de advertencia.

—Hay que tener cuidado con la *metka*. El KGB tenía dificultades con la sobrecontaminación. En una semana, SUSAN estrechará muchas manos, distribuirá memorandos y realizará comidas de negocios en restaurantes. En varios meses, todos los que trabajan en el mundo editorial en Nueva York estarán cubiertos de la sustancia, por no hablar de la mitad de los agentes de espectáculos de Estados Unidos.

—Nadie se va a preocupar por ellos —concluyó Gable, terminando su cerveza.

* * *

Iosip Blokhin caminaba por la calle Hudson, en Chelsea, con la cabeza gacha y la mirada fija en la acera, sin importarle los demás peatones, las farolas o los cubos de basura. No le importaba lo absurdo de llevar unas enormes gafas de sol panorámicas de pescador a las diez de la noche, e ignoraba las miradas ocasionales de los transeúntes divertidos. Parecía un luchador invidente sin el bastón blanco. De hecho, las gafas fueron desarrolladas por la Línea T para detectar débiles rastros residuales de isótopos nucleares con el fin de rastrear un objetivo a distancias largas indetectables. Blokhin seguía a Dominika por orden expresa y secreta del comandante Shlykov, sin que Anton Gorelikov lo supiera. Shlykov había ordenado a Blokhin que empezara a seguir a la «señorita tetas del SVR» después de su reunión en Staten Island (ni siquiera Shlykov se entrometería en eso), pero de forma continuada a partir de entonces hasta que partieran de Nueva York. Shlykov quería que Blokhin se asegurara de que el SVR no robara el caso MAGNIT, y de que Dominika no se reuniera con oficiales de la *rezidentura* de Nueva York para reclamar la primacía, o emprender cualquier número de maniobras burocráticas para usurpar el caso. Shlykov decidió con Blokhin que Egorova no debía saber nada de la vigilancia —o se arriesgaría a la ira de Gorelikov—, por lo que la cobertura debía ser invisible.

—Se supone que es buena en la calle, así que déjala ir si no puedes cubrirla con discreción —le había dicho Shlykov a Blokhin—. No dejes que te vea.

El gorila Spetsnaz se hurgó los dientes.

—¿Y si la veo haciendo algo interesante? —preguntó en voz baja.

Shlykov había mirado la frente llena de cicatrices.

—¿Cómo qué?

—Como encontrarse con alguien que no reconozco.

Shlykov le miró a los ojos.

—Podría ser un oficial de la *rezidentura*.

—Tal vez. Pero si es alguien que no conozco, podría ser un trato doble. Tal vez incluso por orden de Gorelikov.

—¿Qué estás intentando decir? —preguntó Shlykov.

Blokhin se miró las manos.

—Egorova aún no es directora del SVR y ya está causando problemas. Cuando le den una estrella será intocable. —Shlykov se apartó de Blokhin para barajar unos papeles—. Ya tienes un problema que eliminar. ¿Por qué dejar que haya un segundo?

—Solo si estás seguro al cien por cien. Sin rastros.

—*Chemu byt, tomu ne minovat*, las cosas que tengan que pasar pasarán, sin importar lo que tenga que pasar.

Con el permiso de Shlykov para operar contra Egorova, Blokhin esperó a que Dominika partiera hacia Staten Island, entró en su habitación de hotel y, con una herramienta parecida a un punzón de ojal, hundió un disco del tamaño de una cabeza de alfiler del isótopo médico Paladio-103, utilizado para el tratamiento de la radiación contra el cáncer, en los tacones de cuero de los tres pares de zapatos de su pequeño armario y los dejó tal y como los había encontrado, después de oler con deleite cada zapato. Las diminutas etiquetas de Paladio en los tacones de sus zapatos dejaban puntos luminosos de color naranja visibles con gafas gamma especiales sobre el pavimento, la moqueta plana, el mármol o la madera, pero se dispersaban y quedaban oscurecidas en las hojas, la hierba o la arena. El Paladio-103, además, había sido elegido como herramienta de vigilancia por su rápida velocidad de desintegración, lo que garantizaba que un objetivo no descubriera sin querer la técnica de rastreo. Por lo tanto, los puntos naranjas solo servirían para la vigilancia «inmediata», pero tendían a disiparse en condiciones meteorológicas adversas o en superficies poco idóneas. Los isótopos radiactivos más potentes y penetrantes se habían descartado cuando las pruebas con prisioneros del Gulag dieron como resultado una tasa inaceptable de cánceres de médula ósea y amputaciones de pies.

Blokhin intentaba seguir a Egorova en Chelsea desde su hotel utilizando la vigilancia «migas de pan», pero las temperaturas frescas y una ligera niebla disipaban las marcas de las etiquetas. Cuando perdió el rastro por tercera vez, cruzó la calle para ver si podía retomarlo, pero tras otros treinta minutos, se dio por vencido. Quedaban dos días más y tal vez surgiera algo.

* * *

Cuando Dominika se sentó en el pequeño bar junto a Gable, su rostro palideció y un chorro de hielo le subió por la columna vertebral. Vio a través de la ventana más alejada del bar el grueso cuerpo de Blokhin caminando por la acera. En cinco segundos pasaría por delante de la ventana, justo enfrente de su mesa. Solo tendría que mirar dentro —el interior era más luminoso que la calle— y vería a Dominika sentada a solas con un hombre en una ciudad que no conocía, que nunca había visitado, y solo llegaría a una conclusión: espía. Espía. Se agarró al brazo de Gable presa del pánico; la banqueta la atrapaba y no podía deslizarse bajo la mesa. Señaló con la barbilla y susurró:

—Blokhin, fuera.

Gable no vaciló y se movió tan rápido que Dominika sintió que le rodeaba los hombros con los brazos en un abrazo que le hizo girar para dar la espalda a la ventana y Dominika paso a ser invisible para el exterior antes de sentir sus labios en los suyos.

—Muévete —le gruñó Gable en la boca, y ella le pasó una mano por la nuca. La rodeaba con los brazos como si fueran de acero y su beso era seco y firme. Olía a jabón y cuero. Abrió un ojo, miró por la ventana y vio que Blokhin se había ido.

—¿Despejado? —susurró Gable.

—Dale diez segundos más —respondió Dominika, riendo, con la mejilla contra la de Gable. Él la soltó y se sentó, mirándola con pesar.

Dominika sabía que no había ningún pensamiento sexual en el beso. Gable había reaccionado con la misma rapidez con la que hubiera desenfundado su pistola contra un enemigo con un AK-47 en un callejón de Beirut; solo utilizó lo que tenía a mano: un beso envolvente. Pero Gable, a pesar de su rudeza, era casto con ella, siempre lo había sido. Nate le había contado una vez que un joven Gable se había casado cuando entró en la Agencia, hacía un millón de años, con una belleza que iba camino de convertirse en una concertista de piano de primera categoría. Pero la vida en el tercer mundo exigía de Gable más de lo que su novia estaba dispuesta a ceder, y sus frecuentes ausencias, las constantes mudanzas y tener que hervir el agua del grifo para matar los parásitos de la Giardia fueron demasiado. Dejó a Gable la mañana en que ese fa sostenido por encima del do central no sonaba, y levantó la tapa del piano de cola para encontrarse una víbora hocicuda dormida sobre los martillos de fieltro. Gable decidió arreglar las cosas, pero un año después murió en un accidente en una carretera helada a seis kilómetros de casa. Cuando se lo contaron, Gable estaba en Perú facilitando la jubilación de un traficante de drogas local que había llevado un cuchillo a un tiroteo. Nunca volvió a casarse, pero Nate había susurrado que se llamaba Moira; nunca habló de ella, salvo una vez a Nate. Eso es lo que te deja la vida, le había dicho Nate a Dominika durante una de sus arengas sobre la deserción.

El rostro de Gable estaba serio por haber estado a punto de fallar con Blokhin.

—¿Esto va a ser un problema? —preguntó—. ¿Estaba rastreando tu teléfono?

Dominika negó con la cabeza.

—Hoy no llevo el teléfono. Me aseguré de ser invisible antes de encontrarme contigo esta noche, por completo, pero sí, creo que me estaba buscando. Sabe dónde está mi hotel, podría haber hecho una vigilancia a muy larga distancia desde allí y moverse a ciegas a lo largo de mi ruta general para ver si podía captar mi olor. Lo llamamos *promyvochnyye ptitsy*, hacer salir a un pájaro, una vieja técnica. Gorelikov juró que Blokhin no estaba en Nueva York para vigilarme, pero no me lo creo. Veré si pregunta dónde estuve esta noche. *Na Volosok ot*, por los pelos. Imagina ser atrapado en una ciudad tan grande.

Ella lo miró, inclinando la cabeza.

—No solo sabes disparar a los malos; también besas muy bien, como James Bond. No tenía ni idea. Pero después de esta noche ya no puedo llamarte *bratok*, hermano mayor. Sería inapropiado, después de besarte. Tendré que llamarte *ledenets* a partir de ahora.

—No quieras vacilarme —gruñó Gable ruborizándose—. ¿Qué coño significa eso?

—*Ledenets*. Caramelos de azúcar, como tus calzoncillos de azúcar.

Gable se sonrojó un poco más, y Dominika se rio, se deslizó hacia él, le besó la mejilla y le despeinó el pelo con los dedos. Él no la miraba, lo que a ella le pareció encantador.

Un desaliñado camarero se acercó a la mesa con la cuenta del bar, después de haber visto al viejo y a la señorita de voluminosos pechos besuqueándose en un rincón. Gable lo fulminó con la mirada:

—¿Qué miras? —dijo. Dominika estaba roja de la risa.

—Nada —respondió el camarero—. No hay ninguna ley contra los asaltacunas.

Dominika se tapó la boca con una mano, con los ojos llorosos.

* * *

Benford estaba sentado tras la ruina de su escritorio en la División de Contrainteligencia del cuartel general de la CIA. A una de las tres bandejas que estaban repletas de papeles situada a un lado del escritorio le faltaba un pie y se inclinaba amenazante. Una docena de carpetas de tres anillas estaban apiladas en la otra esquina del escritorio, creando un reducto desde el que Benford miraba con el ceño fruncido a las dos personas sentadas en su despacho. Benford era bajo y un poco panzón, y esa mañana su pelo parecía como si le hubieran tirado de él y fuera una boina gris. Sus grandes ojos de vaca parda pasaron por encima de los dos oficiales sentados frente a él y se posaron en una fotografía enmarcada en tonos sepia de James Jesus Angleton, el legendario cazador de topos, cuya fanática creencia de que los soviéticos tenían topos dentro de la CIA había paralizado las operaciones rusas de Langley durante una década. La fotografía de Angleton, al igual que otros objetos del despacho de Benford, se inclinaba amenazante. Por mucho que se enderezara, el marco de la foto no se quedaba recto: cada mañana volvía a inclinarse, lo que confirmaba a Benford su creencia privada de que el espíritu de James Jesus residía en su despacho y la torcía todas las noches, lo cual le venía muy bien.

Los dos agentes sentados en sillas destartaladas con ruedas tambaleantes esperaban. Uno era Lucius Westfall, el precoz analista de DI y nuevo ayudante de Benford. En la otra silla estaba encorvado el lacónico oficial técnico Hearsey, a quien Benford apreciaba y en quien confiaba.

—Muéstrame lo que has hecho —dijo Benford—. El tiempo apremia. Tenemos que preparar su teléfono mañana por la noche.

Hearsey rebuscó en una bolsa con cremallera, sacó media docena de fotografías en blanco y negro, una tableta grande y lo que parecía un atomizador de perfume antiguo con una pera de goma negra y un receptáculo ovalado de cristal.

—Las fotografías son de los distintos elementos que utilizamos para probar la adherencia del compuesto —empezó a hablar Hearsey—. Los resultados son los que esperábamos. Los materiales fibrosos, como ropa, alfombrillas, ropa de cama…, retienen mejor el material y durante más tiempo. Otras superficies como el plástico, el cristal o el metal no son tan buenas.

—El objeto que DIVA pasará al ilegal es un teléfono móvil —comentó Benford—. Es nuestra única opción.

Hearsey asintió.

—Sí, nos lo imaginamos. Así que compramos una funda que ella puede deslizar sobre su teléfono. —Le pasó una fotografía a Benford—. Está hecha de silicona elástica que resulta ser pegajosa como el infierno, y en realidad atrae el compuesto como un maldito rodillo de pelusa. —Levantó la tableta, dio dos golpecitos en la esquina de la pantalla y la imagen de un teléfono móvil en una bandeja de cristal de laboratorio apareció a la luz normal del techo—. Apagamos las luces y lo rociamos con ultravioleta. —El móvil de la siguiente imagen brilló con un verde luminoso. Benford levantó la vista de la tableta.

—¿Por qué verde?

—¿Por qué no? —dijo Hearsey—. Los soviéticos utilizaron luminol y nitrofenil pentadieno. Añadían ácido clorhídrico que volvía rojo su compuesto bajo la luz ultravioleta. Nosotros no queríamos mezclar las mismas sustancias químicas, así que utilizamos tetrahidrobeta-carbolina, la sustancia que hace que el caparazón de un escorpión brille en verde bajo la luz ultravioleta. Tenemos una química llamada Bunny Devore en el laboratorio. Le encantan los escorpiones, lo sabe todo sobre ellos, los tiene como mascotas.

Benford lanzó a Hearsey una mirada de acero reforzado.

—Hearsey, me desconcierta por qué crees que me interesaría ni remotamente la química, o esta mujer y su desagradable interés por los arácnidos depredadores. Lo único que me importa es si el compuesto es indetectable. La vida de nuestro agente depende de ello.

Hearsey levantó el atomizador antiguo.

—Rocíe un artefacto objetivo a unos sesenta centímetros de distancia y deje que las gotas se depositen de manera uniforme. No se preocupe. Es invisible; no se siente, no se saborea, no se huele. Hemos disuelto los productos químicos en metanol, de modo que en realidad estamos rociando una ligera niebla sobre un objeto, no como si espolvoreáramos algo con polvo para huellas dactilares. La fluorescencia es increíble bajo luz ultravioleta en el rango de los diez a cuatrocientos nanómetros, y también aparece en un cromatógrafo de gases.

—Sí, estoy seguro de que hace todo esto y más —masculló Benford—. ¿Cuánto dura?

—No lo sabemos, y se debe a que no hemos tenido tiempo suficiente para probar la durabilidad. Se adhiere bien, y la propagación, es decir, cómo se transfiere, parece buena. Si su ilegal maneja esa funda de teléfono, luego golpea un interruptor de la luz en su despacho, toca su teclado o bebe café de una taza, podremos encontrarla.

Benford asintió.

—Te tengo que pedir que entregues esto tú, en persona, en Nueva York, hoy mismo, con Westfall. Tienes que ponerte en contacto con Gable y explicarle todo. Que rocíes tú mismo el teléfono y su cubierta, DIVA debe permanecer alejada de esto, y que te asegures de que ella pueda cargar el teléfono en un lugar de descarga muerto que elija el ilegal sin contaminarse.

Hearsey asintió y desplegó su larguirucho cuerpo para levantarse y ponerse en marcha.

—Hearsey, te agradezco el trabajo que has hecho en tan poco tiempo. Te doy las gracias. En tiempos pasados te habría concedido un premio por tu excepcional rendimiento, o una mención elogiosa para tu equipo, pero en la acromática Agencia de hoy, me veo obligado a entregarte un cheque regalo para el café Starbuck's, aquí en el cuartel general, para que puedas disfrutar de lo que la joven que masca chicle detrás del mostrador llama, para nuestro asombro, café *latte* grande, a un café con leche.

Angleton los miraba de soslayo desde la pared.

Aperitivos de parmesano frico

Mezcla el parmesano rallado grueso y la harina, luego sazona con escamas de pimienta roja y pimienta negra. Coloca el queso en una sartén antiadherente a fuego medio, aplástalo con suavidad formando un disco fino y cocínalo hasta que se dore por ambos lados. Coloca el frico aún caliente sobre un vaso de chupito invertido o una taza de té y deja que se enfríe y se endurezca formando una cazoletita de parmesano. Rellénalo con una mezcla para bruschetta de tomates cortados en dados y chalotas, sazonada con azúcar, orégano, vinagre de vino tinto y aceite de oliva.

10
El cielo contra el infierno

El penúltimo día en Nueva York. La reunión con SUSAN había concluido, no había mensajes de Gorelikov en el Kremlin y el acto de recaudación de fondos con la disidente rusa Daria Repina era a las seis de la tarde en el Hilton de la Sexta Avenida. Dominika hizo todo lo posible por reunirse con Blokhin por la mañana y pasear con él por Manhattan. Tenían todo el día. Planeaba escabullirse después del evento de Repina y reunirse una vez más con Gable para rociar su teléfono con polvo de espía y colocarlo en el lugar donde SUSAN lo dejaría en Manhattan, un pequeño y oculto cementerio en una calle secundaria residencial. No tendría que acompañar a Blokhin después de las seis: regresarían por separado la mañana siguiente, ella por París y Bucarest, él por Berlín.

Blokhin llevaba una chaqueta con los tres botones bien abrochados, al estilo paleto. Iba rígido y formal mientras caminaban, procurando no mirar las maravillas de la ciudad: el tráfico, la gente y los escaparates, tan frío como si no se le fuera a derretir la mantequilla en la boca. Pero Dominika lo vio echar miradas furtivas, y se preguntó cómo estaría procesando su cerebro de Spetsnaz la vorágine de riqueza e industria que se arremolinaba ante su rostro impasible. Caminaba bien equilibrado, con los brazos a los lados y las manos en forma de pinza de madera colgando sueltas, libres y listas para la acción. Su frente brillaba a la luz del sol. Dominika echó un vistazo a su perfil rubicundo; podría haber sido un granjero o un jornalero. Sin embargo, el rostro del campesino iba dándole vueltas a Dios sabe qué horrores. No le dirigió la palabra y Dominika decidió no entablar conversación con él. ¿Qué iban a decirse en cualquier caso? Mira qué altos son los edificios. ¿Cuánto es eso en rublos? ¿Con qué colgaron a la amante del presidente afgano del balcón de palacio?

Dominika era más alta, le sacaba una cabeza, pero el cuerpo de Blokhin era grueso, no, compacto, como la piedra. Por detrás se le veía una pequeña calva a través de su escaso pelo, pero se peinaba para cubrirla todo lo que podía. Caminaban por una de las avenidas, entre la aglomeración de peatones, cuando un larguirucho callejero les cerró el paso, llamando a Dominika «cariño» y pidiéndole un dólar. Dominika ya había visto esto varias veces y sabía que no había peligro, pero Blokhin, quizá sin entenderlo —le había dicho a Dominika que no hablaba inglés—, con un paso deslizante puso su antebrazo sobre el pecho del mendigo y lo apartó como si caminara por un campo de trigo maduro. El mendigo se agarró y dio un paso atrás hacia él, pero la desmesurada fuerza del empujón le transmitió alguna advertencia selvática para que evitara la confrontación con este gato, y los dejó marchar, gritando obscenidades mientras se alejaban.

—Muestra moderación en la calle —ladró Dominika a Blokhin en ruso—. Estamos aquí con un alias indocumentado. Allá en Moscú puedes matar a quien quieras. Pero aquí no, no cuando estás conmigo.

Blokhin la miró como si estuviera decidiendo si responder, luego miró más allá de ella y dijo *obozhdat*, espera, y abrió de un tirón la puerta de una librería, y entró, con ella pisándole los talones. La tienda era enorme, con tres pisos de libros en estanterías, mesas y gente leyendo en sillas mullidas, el aire impregnado del aroma del café de una cafetería del segundo piso. Dominika lo observó ojear un directorio de la tienda, entrecerrando los ojos como un visigodo leyendo un mojón en el camino a Roma, hasta que se dirigió a la sección de ficción y encontró *Crimen y castigo*, de Dostoievski, que miró con detenimiento, hojeando las páginas.

—No sabes inglés. ¿Cómo puedes leerlo? —Blokhin la miró sin comprender—. Hay ediciones en el ruso original que podrías leer.

—Quiero aprender inglés. Aprenderé solo —dijo, tan despreocupadamente como si hubiera declarado «aprenderé a hacer pan».

Las alas negras de murciélago de Blokhin se desplegaron y luego se plegaron. Decidió que mentía sobre algo; tal vez leía en inglés.

—¿Por qué este libro? —le preguntó. Era asombroso ver a aquel comando en cuclillas agarrando el libro como si fuera una pistola, decidido a empezar a leer.

—Me han hablado de esta obra. Es una gran novela rusa. —¿Quién se lo dijo? ¿Sentados en la sala de la brigada Spetsnaz afilando bayonetas, discutiendo sobre Dostoievski?—. Trata del asesinato lícito en pos de un fin superior —dijo Blokhin con sorprendente lucidez.

Algo con lo que te sentirías a gusto, sin duda, pensó Dominika. Lo dejó mirando los libros, salió de la librería, se dirigió a una zapatería tres puertas más abajo y empezó a mirar las sandalias de tiras expuestas. Quería hacer una pequeña prueba callejera: ¿Cómo reaccionaría Blokhin al levantar la vista de sus libros y descubrir que Dominika había desaparecido? ¿Estaba en Nueva York para vigilarla?

—¿Te gusta este estilo? —preguntó Blokhin de repente, detrás de ella, haciéndola dar un respingo. Se estaba metiendo unas gafas de sol en el bolsillo de la chaqueta, le quitó la sandalia y la inspeccionó, frotando sus dedos de eneldo sobre el cuero. ¿Cómo la había encontrado tan rápido, habiendo cientos de tiendas a cincuenta metros de la librería? Tendría que volver a comprobar su situación antes de reunirse con Gable esta noche. El sargento era alguien con habilidades secretas, y no solo para cortar gargantas. En una pequeña bolsa de plástico había un ejemplar de su novela. Blokhin declaró entonces que tenía hambre e insistió en que fueran a un restaurante coreano a comer costillas a la barbacoa, que había consumido en grandes cantidades durante los pasados ejercicios conjuntos de comandos en Corea del Norte. Aspiró el olor las relucientes costillas acompañadas de montones de kimchi bermellón, ensalada de cebolla verde y pepino, y *ssamjang*, una pasta picante untada en las hojas de lechuga que las acompañaban.

A continuación, se metió en una tienda de artículos deportivos y pasó una hora mirando sierras de alambre, hachas de campamento, machetes y cuchillos de supervivencia. Sus ojos lo decían todo: valoraba cada artículo como un arma, un instrumento para matar.

—Esta es una herramienta ingeniosa —murmuró, pasando con suavidad los dientes de una sierra de alambre por la punta de los dedos—. Enlaza esto sobre una rama, tira de él hacia delante y hacia atrás con estos mangos, y corta la madera como una pila normal, una sierra.

Ingenioso de verdad, pensó Dominika. Cortaría con mayor facilidad una garganta que una rama de pino.

—No te dejarán subir al avión con nada de esto. Manda un cable a la *rezidentura* para que te guarden uno, o dos: uno para el comandante Shlykov también. Seguro que sus árboles también necesitan poda.

Él ignoró el comentario y bajó la sierra. Dominika quería crear la suficiente enemistad entre ellos para poder fingir una creciente antipatía e impaciencia, y abandonar la recepción de Repina antes de tiempo para reunirse con Gable.

—Sería prudente no enemistarse con el mayor —dijo Blokhin en voz baja, varios minutos después, ya en la calle.

—¿Por qué?

—Porque entonces te convertirías en mi enemigo —escupió. Las puntas de sus negras alas comenzaron a extenderse por detrás de su cabeza, como una cobra ensanchando su cuello en alarde de amenaza.

* * *

El gran salón de baile del Hilton era un espacio colosal, iluminado por lámparas de araña y faroles de triple dorado en hornacinas circulares empotradas en lo alto de las paredes. Un millar de personas llenaban fila tras fila de sillas alineadas casi hasta el fondo de la sala. Las galerías laterales se habían reservado para la prensa; las cámaras de televisión sobre trípodes brillaban y las luces de televisión bañaban el escenario elevado, enmarcado con un borde de terciopelo púrpura real y cortinas para las piernas. En el centro del escenario había una solitaria mesa y un micrófono. Blokhin quería sentarse en primera fila para escuchar la presentación de Repina, pero Dominika se negó y prefirió un asiento en el pasillo, cerca de las puertas de salida. Blokhin argumentó que más cerca era mejor, hasta que ella se sentó donde quería y se negó a ceder.

—Los asientos de cerca estarán a la vista de las cámaras. ¿Deseas salir en las noticias de la noche? —Blokhin no respondió, pero se sentó a su lado.

El salón de baile era un hervidero de gente. Diferentes grupos de simpatizantes enarbolaban pancartas en las que se leía: «*Freedom for russia, Putin murderer*» y «*Out of free Ukraine*». Otras pancartas estaban impresas en cirílico. Blokhin le dio un codazo a Dominika para que mirara una de ellas, que decía «Colgar a Putin del cuello». Su rostro había adquirido una languidez somnolienta que, de haber conocido mejor al sargento Spetsnaz, habría telegrafiado su creciente rabia.

Un funcionario subió al escenario, habló de donar fondos al Movimiento Rusia Libre de Daria Repina, y luego comenzó una larga introducción, que fue interrumpida un instante por un pequeño grupo de jóvenes estudiantes que agitaban banderitas rusas y coreaban «*Repina, poshël ty*», que traducido a vuelapluma significa «Repina, vete a la mierda». Los dos intercambiaron miradas. Sabían que esos agitadores prorrusos eran uno de los tentáculos del pulpo de las medidas activas del Kremlin, una máquina global diseñada para sembrar discordia, abrir brechas e influir en la opinión pública. Mañana podría ser *dezinformatsiya*, desinformación en un respetado periódico estadounidense o internacional; pasado mañana, un documento falsificado que inflamaría a la calle árabe contra la Europa socialista o enfrentaría a los Estados miembros de la Unión Europea entre sí, y pasado mañana, sabotaje político para alimentar un golpe de Estado en Montenegro y desestabilizar los Balcanes. Las medidas activas eran un elemento básico incesante de la política exterior del Kremlin, y lo habían sido desde que los bolcheviques aniquilaron a los exiliados rusos blancos escondidos en Europa en la década de 1920.

Se produjo una breve refriega entre agitadores y simpatizantes, se volcaron sillas y la seguridad del hotel sacó a los exaltados prorrusos del salón de baile. Cuando sus cánticos se apagaron, las luces se atenuaron, un punto se centró en el podio y Daria Repina subió al escenario entre estruendosos aplausos. Era alta y enjuta, con el pelo corto y castaño recogido en un corte pixie que le caía con flequillo a un lado de la cara. Su rostro era severo, delineado por el esfuerzo de oponerse, hacer campaña y denunciar los crímenes y la corrupción del régimen de Putin durante casi una década. Había comenzado su yihad contra Vladímir Vladímirovich como una periodista poco conocida, y fue amordazada, empujada y multada por la policía por sus delitos menores. El mundo empezó a darse cuenta cuando Repina comenzó a hacer giras por Europa y el Reino Unido, sensibilizando a la opinión pública en apasionados mítines —el famoso discurso en el Royal Albert Hall de Londres marcó un punto de inflexión— y nació el Movimiento Rusia Libre. Tras dos meses en Estados Unidos, empezó a llegar mucho dinero y Repina se convirtió en el rostro de la Rusia disidente.

Los entrevistadores le preguntaban a menudo si temía por su vida. Al fin y al cabo, a Daria la habían precedido destacados periodistas, funcionarios desleales del Gobierno y luminarias del partido de la oposición, todos ellos ya desaparecidos: Nemtsov, Berezovsky, Politkovskaya, Khlebnikov, Litvinenko, Estemirova, Lesin. Fusilados, envenenados o alimentados con Polonio-210, todos habían sido eliminados como amenazas para la única prioridad del presidente como jefe de Estado: preservar su cleptocracia. Daria respondía en todo momento que a Putin se le estaba acabando el tiempo, porque lo que más temía —que los ciudadanos rusos se manifestaran en la plaza Roja— era inevitable. Los ojos del mundo estaban puestos en ella. Era intocable.

Repina empezó a hablar. Su voz varonil era eléctrica, su pasión y energía fluían en el halo rojo rubí que brillaba sobre su cabeza y hombros, proclamando pasión, coraje y su amor por la Rodina y por el pueblo de Rusia, antaño siervos, luego reclusos en una Unión Soviética sin ventanas, y ahora, por increíble que pareciera, siervos de nuevo, clamando a Occidente que los comprenda, que les ayude a ser libres.

Cuando Repina salió de detrás del atril con el micrófono en la mano, como una estrella del *rock*, y despotricó contra la corrupción, el saqueo, los asesinatos, las guerras y las alianzas impías que debían terminar, el público se levantó de sus asientos y vitoreó. Dominika mantuvo el rostro impasible, pero en su interior se asombró de oír a un ruso decir la verdad y dar voz a su propia rabia indignada que la había empujado a la CIA y a una vida peligrosa en extremo como espía. Ella, Egorova, trabajaba en la sombra, bajo tierra, mientras Repina estaba en las murallas, a la vista de todos. Su corazón se aceleró; era una epifanía: no estaba sola; sus compatriotas estaban con ella.

Blokhin seguía sentado, con la barbilla un poco levantada y los ojos fijos en Repina.

* * *

—No puedo seguir escuchando este *kramola*, esta sedición —dijo Dominika mientras se levantaba, fingiendo impaciencia—. Me voy a mi hotel a dormir. Tengo un vuelo temprano.

Blokhin no se movió; se quedó mirando a la soldado alta que era el centro de todas las miradas y caminaba de un lado a otro a lo largo del escenario, execrando ahora a los *siloviki*, la rémora pegada al vientre del gran tiburón blanco, alimentándose de los zarcillos de carne que salían de las fauces del depredador.

—No causes problemas esta noche —siseó, pero él la ignoró. Se detuvo en la puerta para ver a Repina en el escenario, pensando que le gustaría conocer a esta carismática mujer algún día. Tal vez Benford pudiera arreglarlo. Luego cruzó la puerta, tarde para su cita con Gable (planeaba burlarse de él por estar todo el día atormentada por los recuerdos de su beso, para ver cómo se retorcía). Una última mirada a Blokhin, cuyas alas negras se desplegaban sobre su cabeza como una rapaz a punto de emprender el vuelo.

La presentación de Repina había concluido y estaba rodeada en el escenario por periodistas, admiradores e incluso gente que le pedía autógrafos. Blokhin permanecía en silencio al margen de los curiosos, con su mejor sonrisa y aplaudiendo con el resto de la multitud. Pasó una hora antes de que Repina y su ayudante, Magda, una joven y desaliñada activista moscovita, pudieran ir a su habitación en la sexta planta del hotel (pagada por la ciudad de Nueva York). Fueron escoltadas por dos agentes de la policía de Nueva York, los sargentos Moran y Baumann, veteranos del cuerpo: Baumann había servido en los SWAT de la policía durante seis años antes de reventarse una rodilla durante un asalto y volver al servicio normal. Ambos se habían ofrecido voluntarios para este destacamento de protección ligero porque necesitaban las horas extra; este trabajo se consideraba horas extra dobles y no había que levantar objetos pesados; en esencia, solo había que sentarse en el sofá de un hotel a ver la tele, comer patatas fritas y beber Coca-Cola. Ir a los mítines era una lata, pero nadie iba a meterse con Repina en Nueva York. Los dos sargentos vestían de paisano, con chaquetas deportivas de *tweed* sobre camisas blancas y pistoleras Glock 19 en la cadera derecha. El ojo experto de Blokhin vio las ligeras protuberancias de las pistolas de 9 mm a través de los abrigos de los policías, denominadas «compactas» en los círculos de seguridad secreta, pero que, por lo general, no preocupan a los policías uniformados.

Blokhin cogió el ascensor con los cuatro, disculpándose por su entrada cuando las puertas ya estaban cerrándose, y les saludó con amabilidad con un gesto de cabeza mientras se dirigía a la parte trasera de la cabina. Magda charlaba con Baumann, mientras Repina miraba con curiosidad a Blokhin, su nariz rusa percibía algo familiar en él, su cara, su ropa, las feromonas que desprendía.

—*Na kakom etazhe vy khotite?* —preguntó Repina en ruso—. ¿Qué piso quiere?

Blokhin parpadeó y, en un inglés británico con un ligero acento, dijo:

—Disculpe, me temo que no hablo polaco.

Repina le devolvió la sonrisa y preguntó:

—¿Qué planta?

Blokhin respondió:

—La quinta, por favor.

Tras comprobar que el sargento Moran, sin tener en cuenta una de las técnicas básicas de la diplomacia, ya había pulsado el botón de la sexta planta, revelando así su destino. Repina miró a Blokhin durante todo el trayecto, sin quitarle los ojos de encima, y se encogió de hombros cuando salió en el quinto piso con otra inclinación de cabeza y un murmurado buenas noches. Los dos sargentos observaron a cara cortada Blokhin caminar por el pasillo mientras las puertas se cerraban.

—El más popular de su clase —murmuró Moran a Baumann, que asintió.

Repina y Magda no entendieron la broma.

En la alcoba del quinto piso, Blokhin se asomó, escrutó el techo e identificó las lentes negras de ojo de pez de las cámaras de seguridad, una en cada extremo del pasillo. No podían verlo en el hueco del ascensor. Se puso un pasamontañas ligero de neopreno en la cabeza, atravesó las puertas cortafuegos de la escalera y subió corriendo un piso. El grupo de Repina estaba entrando en una habitación a mitad del pasillo, y Blokhin esperó a que entraran y cerraran la puerta. Esperó otros cinco minutos, flexionando de manera mecánica los hombros y aflojando las muñecas. Se acercó a la habitación, respiró hondo y llamó con ligereza, como lo haría el personal del hotel o una camarera. Se quitó la capucha y agachó la cabeza.

Si Iosip Blokhin hubiera estado conectado a monitores en ese momento, su frecuencia cardiaca habría registrado cincuenta latidos por minuto, su presión arterial, ciento diez, setenta, y su frecuencia respiratoria, doce respiraciones por minuto. Su respuesta galvánica cutánea, un indicador de estrés medido en microsiemens, estaba en niveles de reposo. Reconoció la serena claridad que siempre precedía al combate, la súbita agudeza visual y la afinación de sus sentidos del olfato y el oído. Saboreó el gélido filo de la acción inmediata y el sabor a goma de la matanza inminente. Oyó unas pisadas amortiguadas en la alfombra que se acercaban. La mirilla se oscureció un segundo y luego se oyó el chirrido del cerrojo al pasar por la placa de cierre mientras la puerta se abría.

Blokhin golpeó la puerta con el hombro derecho, rompiendo la cadena de seguridad y golpeando al agente Baumann en la frente con el borde de la puerta, y este cayó hacia atrás golpeando la pared con la cabeza, intentando ponerse en pie, pero Blokhin se cerró como un leopardo sobre un babuino, y le golpeó en la garganta con un golpe de mano de telaraña, comprimiéndole la tráquea, y enviando al policía jadeante al suelo, donde Blokhin le pisó la nuez, aplastándole por completo la tráquea. Blokhin hizo rodar al policía estrangulado a la altura del culo para sacar la Glock de su funda; extrajo el cargador de quince cartuchos para comprobarlo; luego accionó la corredera mientras se dirigía a la sala de estar de la minisuite, cogía un cojín brillante de un sillón y se acercaba al sargento Moran, que estaba tumbado en el sofá en calcetines viendo un partido de béisbol.

—¿Quién era? —preguntó Moran, sin apartar la vista del televisor, mientras Blokhin le disparaba desde un metro de distancia a través de la almohada cuatro veces en la sien, la mejilla y la mandíbula, y luego se volvía hacia una Magda boquiabierta sentada en el escritorio y le disparaba seis veces a través de la almohada, ahora hecha jirones, en la boca abierta, la frente y la garganta, haciéndola caer al suelo de espaldas en su silla en medio de una maraña de relleno de almohada y tela, trozos flotantes de los cuales se posaron y se pegaron en su mejilla ensangrentada. Habían transcurrido once segundos desde que Blokhin llamó a la puerta.

Daria Repina entró descalza en el salón, envuelta en una nube de vapor del cuarto de baño, con un albornoz de hotel demasiado grande para ella y secándose el pelo alborotado. Se detuvo en seco al ver a Blokhin en la habitación, el tipo raro del ascensor, y su belicosidad natural se apoderó de ella. Le preguntó qué hacía en su *suite*, le dijo que se largara y que quién coño se creía que era. Blokhin se encaró con ella y le dijo en voz baja:

—*Tolko choromu I ne vezot*, solo un gato negro, y sin suerte.

Madre de Dios, pensó Repina, solo entonces se fijó en uno de los pies descalzos de Magda que sobresalía por encima de la silla volcada, y en la cara manchada de sangre de uno de los policías en el sofá, y supo que aquel hombre era de Moscú enviado por Putin, y corrió hacia el dormitorio, se giró para cerrar de un portazo la puerta del dormitorio y coger el teléfono, pero Blokhin la tiró sobre la cama y la golpeó con brutalidad cuatro veces, en cruz, con un pequeño cuchillo de combate Spetsnaz: un golpe en el lado derecho del cuello, que le aplastó el plexo braquial entre la clavícula y la primera costilla, luego de revés para golpear la parte inferior de la caja torácica izquierda, clavándole las costillas séptima y octava en el pulmón, lóbulo inferior perforado, luego hacia arriba hasta el lado izquierdo del cuello, y de nuevo hacia abajo para fracturar la caja torácica derecha, perforando el pulmón derecho, cada vez forzando un gruñido de Repina, ahora apenas consciente. Su cuerpo tembló cuando Blokhin la sentó, le puso las manos en forma de pinza de langosta en la barbilla y le giró la cabeza con pausa, primero hacia un lado y luego hacia el otro, escuchando el chasquido al separarse las vértebras cervicales C2, C3 y C4. Repina se dejó caer sobre el colchón, mirando sin ver al esbirro de Putin. Tiempo transcurrido: diecisiete segundos.

Blokhin había recibido instrucciones de destruir el objetivo con el máximo *unizhenive*, la máxima humillación. Moscú quería encontrar a Repina por la mañana, reducida a un salvaje montón de carne, una demostración de la ira rusa y una advertencia para otros que se atrevieran a seguir su ejemplo. Le quitó con violencia el albornoz al cadáver —su cuerpo delgado era ya una escabrosa masa de hematomas—

y la arrastró por un tobillo desde la cama, con la cabeza golpeando el suelo, hasta el salón, con el cuello roto tambaleándose, en medio de la alfombra, las muñecas cruzadas por encima de la cabeza y las piernas abiertas de par en par, los genitales expuestos sin pudor. Dejó los demás cadáveres donde estaban, como mudo testimonio de la ira del Kremlin. Cinceló una B en el estómago de Repina con el sacacorchos del minibar (la V cirílica del grupo Vympel de Spetsnaz) para que los investigadores la descifraran. No tocó a ninguna de las mujeres; el retablo de la masacre fue suficiente, y tomó una foto panorámica de la habitación con su teléfono móvil. Tiempo total transcurrido: tres minutos. Solo el gato negro, y sin suerte.

Cuando salió de la habitación y se volvió a poner el pasamontañas, miró su obra. Solo faltaba una cosa, pensó: la coronel Dominika Egorova debería estar tumbada en la alfombra junto a Repina, mirando al techo. *D'yavol*, el diablo. La había seguido tras su regreso del encuentro con el ilegal, pero la había perdido con demasiada facilidad: el dispositivo de isótopos era demasiado débil. Shlykov dijo que era buena en la calle, y lo era, mejor que nadie con quien se hubiera encontrado antes, pero al fin y al cabo era una espía. Sabía que acabaría cometiendo un error, y entonces Blokhin la aplastaría, como si pisara un caracol en el jardín.

Costillas a la barbacoa coreana de Blokhin

Lava las costillas estilo *flanken* en agua fría. En un bol aparte, mezcla la salsa de soja, el azúcar moreno, el vino de arroz, el aceite de sésamo, la pimienta negra y la cayena. Mezcla la cebolla, el ajo, las peras y el jengibre, y tritúralo hasta obtener un puré suave, después añádelo a la mezcla de soja. Añade las semillas de sésamo tostadas y un chorrito de agua para diluir. Vierte la marinada sobre las costillas y remueve para cubrirlas. Dejar enfriar toda la noche, luego ponlas a temperatura ambiente y desecha la marinada. Asa a la parrilla hasta que estén caramelizadas. Sirve en hojas de lechuga con pasta *ssamjang*, pimientos encurtidos, kimchi, ensalada de pepino y arroz al vapor.

11
Inclinación y balanceo

El director Alexander Larson era propietario de una casa adosada georgiana en la calle P Noroeste de DC, pero los fines de semana se escapaba a menudo a la casa de campo de cinco habitaciones de su difunto suegro, cerca de Edgewater, Maryland, a orillas de Pooles Gut, un estrecho estuario que desembocaba en el río Sur, bajo Annapolis, uno de los cientos de afluentes que forman la cuenca de la bahía de Chesapeake. A lo largo del extenso césped de la casa había un embarcadero fijo junto a una rampa pavimentada para botes. En un amplio garaje situado detrás de la casa había dos pequeñas embarcaciones con remolque: una de ellas era una lancha neumática rígida (RIB) negra de seis metros con una consola de dirección central, un radar Decca montado en un bastidor de aluminio en la popa y dos fuerabordas Mercury de 115 CV, bestias capaces de empujar la RIB a cuarenta nudos. El destacamento de protección de la DCIA utilizaba la semirrígida y tenía un cofre estanco justo delante de la consola de dirección en el que se guardaban dos carabinas Colt M4A1 del calibre 223.

La segunda embarcación, al fondo del garaje, era el orgullo y la alegría de Larson: una Lyman Runabout de diecisiete pies construida en 1961, con un casco restaurado, una elegante proa acampanada y barandillas de caoba. El característico parabrisas inclinado y el gallardete Lyman en la proa hacían del Runabout un clásico, pero no tanto como el motor fueraborda Johnson Seahorse 25 CV de 1955, verde bosque y con forma de lágrima, una antigüedad restaurada para que funcionara a la perfección, e ideal para llevar el suave casco avante en las frecuentes borrascas de Chesapeake a veinte nudos, o para la pesca de arrastre de lubinas rayadas a nueve nudos. Había dos cañas de pescar Shimano en los soportes de la borda con caros carretes de curricán Tekota. En un compartimento bajo la banqueta de popa había dos cajas de aparejos con señuelos, poteras y cucharillas.

Alex Larson no era un fanático de la pesca, pero disfrutaba del tiempo a solas en su barco y le encantaba preparar lubina rayada a la fiorentina, como la había probado por primera vez en Roma. A su mujer no le gustaba salir al centro de la bahía, que podía ponerse bastante peligrosa y hacer que la Lyman, de fondo redondo, cabeceara y rodara como un boliche flotante, sobre todo con mar de fondo y a una velocidad de curricán perezosa. En una ocasión, Simon Benford había aceptado a regañadientes salir con Alex, pero las zambullidas y los bandazos le ponían el estómago del revés y además detestaba manipular cebo vivo, así que prometió quedarse en tierra el resto de ocasiones y beber el *whisky* de Larson mientras su amigo pescaba la cena.

A las 6.00 horas de un fresco día de otoño, el cielo oriental, despejado de nubes, se tiñó de rosa cuando los dos agentes del destacamento de protección de la DCIA metieron los dos remolques en el agua verde del arroyo. Sabían que Larson bajaría de la casa en quince minutos con un termo de café, una petaca de *bourbon* (que sabían que ocultaba a sus hombres de seguridad) y un bocadillo de ternera asada envuelto en papel de aluminio preparado por su cocinera. Los agentes de hoy eran Bennett y Scott, cada uno con cinco años de experiencia en el servicio y más de diez en las Fuerzas Especiales. Habían examinado los bajos de ambas embarcaciones en busca de minas lapa en la quilla, comprobado los tambuchos de la lancha y arrancado el fueraborda Johnson para que se calentara. Antes de que el anciano bajara de la casa, encajaron cargadores de treinta balas en sus M4, cargaron y cerraron los cerrojos, aseguraron las armas y las volvieron a guardar en el pañol. Además, ambos llevaban pistolas Glock 17 de 9 mm y diecisiete cartuchos en fundas Frontier Gunleather CC1 debajo de sus jerséis y chaquetas para el mal tiempo; sabían por experiencia que, una vez en la bahía, podía hacer frío y se mojarían. No eran hombres de agua experimentados, pero sabían lo básico.

Una vez a flote, Bennett y Scott hicieron girar la semirrígida en un abrir y cerrar de ojos, y se adelantaron por el arroyo para asegurarse de que estaba despejado. Nadie se fijó en el hombre de la camioneta aparcada en Waterview Drive, que observaba a través de los árboles cómo la motora descendía por Pooles Gut y desembocaba en el South River. La semirrígida era mucho más rápida que la Lyman, incluso con el motor fueraborda al máximo, así que Bennett y Scott pisaron a fondo el acelerador y se adelantaron para comprobar si había tráfico río abajo, al abrirse paso hacia la inmensidad de Chesapeake. Uno de ellos mantenía siempre la embarcación a la vista y comprobaba cada poco tiempo la pantalla del radar a quince kilómetros de distancia para vigilar a los más pesados: los petroleros y portacontenedores que surcaban el canal hacia Baltimore. A continuación, volvían a la DCIA, se colocaban a popa en un violento giro que lanzaba salpicaduras a la luz del sol, y aceleraban a su estela, oliendo el humo de la pipa del jefe, incluso a doscientos metros a popa. El proceso de adelantarse y regresar se repetía cuando era necesario, en especial si una embarcación desconocida —una lancha, un crucero de cabina o un pequeño velero virando— parecía que iba a pasar cerca.

Solo había una regla: la semirrígida debía mantenerse alejada, al menos, cien metros cuando la DCIA empezara a pescar. El ruido de los fuerabordas Merc ahuyentaría a los quisquillosos rorcuales en la corriente del Golfo, por el amor de Dios, por no hablar de los alrededores de Thomas Point Shoal, en la desembocadura del río, o de Bloody Point Bar, a ocho kilómetros al otro lado de la bahía, frente a la punta de la isla de Kent, en la costa este. Estos dos lugares eran los favoritos de Larson: productivos y no demasiado lejos de casa. Ató un Slug-Go, un gusano de plástico blanco como el hueso de cinco pulgadas con una cola aplanada que hacía que el señuelo ondulara de manera irresistible para las rayas depredadoras. Probó en el saliente rocoso que rodea el histórico faro de Thomas Point: la frívola casa hexagonal sobre pilotes con contraventanas verdes y seis hastiales, con la luz Fresnel en una cúpula con tejado de pagoda, como la guinda de un helado. No había nadie en la cornisa; a veces los rorcuales se sumergen y se quedan suspendidos, alimentándose de bancos de cebo, como algunos miembros del Congreso, pensó Alex mientras recuperaba el señuelo, dejaba la caña en la cubierta de popa y trepaba por el montante del asiento delantero para sentarse al volante, algo complicado con la inclinación de la Lyman. Puso en marcha el Johnson con el motor de arranque eléctrico, aceleró a fondo y saludó a los chicos de la semirrígida que, aburridos y soporíferos por el vaivén de las olas, no vieron a la motora acomodarse en el agua y virar hacia el este para cruzar la bahía hasta Kent Island, hasta que la DCIA les dio dos cortos y un largo en el claxon. Avergonzados, escoltaron a la lancha por el canal de navegación, atentos al tráfico. Larson podía calcular dónde estaba Bloody Point Bar orientándose entre el rompeolas del puerto deportivo de Kent Island y el dique derruido de la playa de Bloody Point. Alex no perdió de vista su orientación y, a menos de dos kilómetros de la costa, apagó el fueraborda, se colocó en la cubierta de popa, equilibrándose con facilidad contra el balanceo, e intentó unos cuantos lances con una cucharilla de plata. Bennett y Scott, en la semirrígida, se situaron a ciento cincuenta metros a barlovento de la pequeña embarcación, por lo que irían hacia ella en lugar de alejarse.

Un típico y mugriento barco de ostras de Chesapeake, con una proa a plomo, una cabina delantera y una larga popa abierta, trabajaba más cerca de la playa en busca de ostras. El único ostrero estaba enrollando la draga de dientes afilados que separaba las ostras de sus lechos y las recogía en una cesta de malla de acero. Bennett y Scott no sabían lo suficiente para darse cuenta de que el ostrero no estaba vaciando su draga, sino que se limitaba a lanzarla hacia arriba y hacia abajo sin resultado, a unos ochocientos metros de la Lyman. Alex Larson tampoco se dio cuenta, porque ya había enganchado una lubina de casi ochenta centímetros, que podía pesar unos siete kilos, y estaba decidido a pescar otra. Pero había más. Ninguno de ellos se dio cuenta de lo que un navegante instintivo habría marcado en el cielo a última hora de la mañana: el tiempo.

Calentada por el sol, la humedad del golfo de México se elevaba sobre la bahía hacia la atmósfera, donde chocaba con una corriente de aire frío, extendiéndose para crear la cima de yunque de una célula tormentosa. Al acumularse agua en frente tormentoso, empezó a llover, y las variantes de temperatura crearon cizalladuras de viento de sesenta nudos, acompañadas de truenos y relámpagos. Ni Alex Larson ni los agentes de la semirrígida se dieron cuenta de que el frente tormentoso se estaba convirtiendo en una clásica borrasca. El resto del cielo era azul y la superficie de la bahía estaba agitada por un ligero vaivén. El barco ostrero, sin mucha explicación, seguía sin dragar, cada vez más cerca de la motora. Entonces sucedió. Desde la superficie de la bahía, las nubes negras descendentes con rachas de lluvia oblicuas fueron precedidas por una ráfaga marina de aire caliente, seguida por la espuma blanca de la lluvia torrencial, moviéndose por el agua como una onda expansiva visible. El primer chubasco horizontal y el viento huracanado derribaron la embarcación cuando un tremendo trueno desgarró el cielo y un rayo cayó en el agua junto al barco, rodeado de una membrana verde. Larson se balanceaba de forma peligrosa sobre la lancha, yendo de borda a borda, mientras se ponía un chubasquero. La lluvia le golpeaba en la cara como agujas, y el viento enloquecido se metía dentro de la chaqueta hasta que logró subir la cremallera. Dejó caer la caña sobre la cubierta y se agarró a la barandilla lateral, ensordecido por los truenos, preguntándose si la Lyman volcaría del todo para convertirse en una tortuga. El viento amainó por un momento y luego volvió a rugir con más fuerza que antes, cambiando noventa grados, haciendo que la motora se encabritara tanto que embalsó demasiada agua gris pizarra. Si repetía la carga de agua dos veces más, su preciada antigüedad se hundiría. Intentó acercarse al puntal de proa para llegar al timón, para arrancar el fueraborda y poner la proa contra el viento, donde se asentaría y donde su situación con la proa hacia arriba permitiría que las sentinas autovaciantes sacaran el agua del mar, pero no podía soltarse. El maldito casco seguía rodando y el balanceo provocaba que el mar golpeara la cara de Larson una y otra vez. Vio con asombro cómo un guante de goma salía del agua espumosa, y luego otro, para agarrarse a la barandilla lateral y tirar con violencia hacia abajo con el siguiente balanceo. Larson se inclinó tanto hacia delante que la borda le golpeó las rodillas y cayó catapultado al agua. La sal le picó en los ojos —se le habían caído las gafas— y sintió que la ropa y las botas se le llenaban de agua, y supo que tenía que quitarse las botas y el chubasquero y salir a la superficie. Bennett y Scott estarían a su lado para subirlo a la semirrígida, achicar agua de la motora y remolcarlo a casa. En lugar de eso, sintió que el guante de goma lo agarraba por el cuello del chubasquero, lo ponía boca abajo y empezaba a tirar de él hacia las profundidades, donde el agua estaba más fría y donde los rorcuales observaban los señuelos fluorescentes que colgaban los hombres en las barcas para capturar berberechos a la luz del sol. Alex Larson no pensó en Vladímir Putin mientras se le cortaba la respiración y tragaba agua de mar.

* * *

Al igual que su protegido, los agentes de la semirrígida vieron la borrasca demasiado tarde. Observaron desde unos doscientos metros de distancia cómo la Lyman era alcanzada por una cortina de lluvia que lo oscurecía por completo. Los relámpagos y los truenos eran incesantes. Scott ya había empujado los aceleradores para acercar la semirrígida a la motora con el fin de estabilizarla y ayudar a su jefe. Una gran ola rompió sobre el morro de la neumática insumergible, pero, aun así, embarcaron agua verde que cayó en cascada por la embarcación y alrededor de la consola de dirección, haciéndoles perder el equilibrio a ambos. Sin nadie al timón, la semirrígida giró en un círculo de locura justo cuando el viento cambió noventa grados y levantó en parte el casco de goma, casi volcándolo en el aire y boca abajo. Ambos agentes se aferraron a las correas de los pontones mientras la semirrígida, a toda potencia, seguía golpeando las olas en salvajes y locos ochos. Bennett llegó por fin al timón, redujo la potencia e intentó orientarse. Con la lluvia torrencial y las nubes de gotas, la visibilidad era de menos de seis metros. Sin puntos de referencia ni costa visible, ambos agentes estaban desorientados y no sabían dónde estaba el barco de la DCIA. Comprobaron el radar y vieron una mancha que podría ser la embarcación y corrieron hacia ese punto bajo la lluvia torrencial para encontrar en su lugar una boya de cangrejo que se había soltado y se balanceaba en las olas. Seguían sin saber en qué dirección se encontraba la Lyman; era como si estuvieran en medio del océano y correr de un lado a otro podría alejarlos aún más. Al cabo de diez minutos, la borrasca pasó y, cuando las últimas gotas de agua cayeron sobre el casco de goma de la semirrígida, salió el sol. A ochocientos metros de distancia, el casco blanco de la motora era visible a través de la niebla de agua que aún se aferraba a la superficie.

Los agentes se acercaron todo lo rápido que pudieron a la Lyman, que seguía moviéndose descontrolada, con la caña de pescar y el carrete resbalando sobre la cubierta. No hay nada tan siniestro como un barco vacío a la deriva en el agua, mudo testimonio de un alma reclamada por el mar. Mientras un frenético Bennett llamaba por radio a la Guardia Costera y luego a la oficina de guardia de seguridad del cuartel general, Scott inició a toda velocidad una búsqueda cuadriculada a sotavento en busca de cualquier señal del DCIA, que sabían que no llevaba chaleco salvavidas. Habrían perdido de vista la motora unos diecinueve minutos y no había ninguna otra embarcación a menos de dos kilómetros de ellos. El mal tiempo había llevado incluso al barco ostrero al puerto. Lo que siguió fueron los dos días habituales de búsquedas diurnas de la Guardia Costera con helicópteros y lanchas patrulleras, concentrándose en la parte baja de la bahía, basándose en la hora estimada del accidente y en la marea menguante que predominaba. El cuerpo de Alex Larson fue encontrado al tercer día, boca abajo, en un banco de arena frente a Race Hog Point, en la isla de Pone, a unos ochenta kilómetros al sur de la isla de Kent. El FBI investigó el incidente junto con la Guardia Costera, y ambos concluyeron que el DCIA se había ahogado como consecuencia de un accidente de navegación.

Cuando se hizo pública la noticia oficial del accidente, el presidente Putin, en contra del consejo de Anton Gorelikov, llamó al presidente de

Estados Unidos para expresarle sus condolencias por la pérdida de un profesional dedicado, un servidor público comprometido y un hombre de honor. La mordacidad eslava de los comentarios de Putin no fue percibida por Potus, que ya estaba considerando candidatos para cubrir el puesto en la DCIA. Como Gorelikov había predicho con clarividencia, la vicealmirante Rowland estaba en la corta lista de candidatos del presidente para la DCIA. Tanto adular la vanidad de Potus había dado sus frutos. Era una persona de fuera, una mujer inteligente y alguien que creía en las soluciones diplomáticas con los socios de la coalición, en lugar de recurrir al conflicto armado a las primeras de cambio. Confiaba en que la vicealmirante continuara las reformas de la CIA en materia de diversidad, cuotas de ascenso y, sobre todo, redujera los trucos sucios que no hacían sino enemistarse con gobiernos extranjeros.

En Langley, las ramas pertinentes de la Dirección de Operaciones encargaron a fuentes rusas y contraterroristas que determinaran si había algún complot conocido para dañar al director. Ni siquiera DIVA había oído nada en el Kremlin, y envió sus condolencias a través de un oficial de la estación de Moscú a Benford, que no encontraba consuelo.

Simon confió a Forsyth que sospechaba que los rusos habían urdido el accidente del barco, que era nada menos que un asesinato político ordenado por Putin. Benford convocó a Hearsey para preguntarle sobre drones de corto alcance que pudieran equiparse con una carga explosiva, o compuestos biológicos aerosolizados, o incluso con un solo cohete de 2,75 pulgadas. Tal vez un operador infiltrado podría volar un dron lo bastante cerca como para pillar a Putin fuera durante una jornada de pesca o caza y vengarse de la DCIA. Hearsey miró al suelo sin decir nada hasta que Forsyth le dijo a Benford que dejara de alucinar y se concentrara en su problema más inmediato: examinar a los tres candidatos designados por la Casa Blanca para la DCIA, un triunvirato de iniciados progresistas de Washington, ninguno de los cuales tenía buena disposición hacia la Agencia.

—Quizá deberíamos reconsiderar esos drones —dijo Hearsey, saliendo de la sala.

Tres nadadores de combate del Grupo Spetsnaz Vympel 3 —una unidad con base en Moscú y utilizada con frecuencia por el SVR para ejecutar misiones delicadas de «trabajo sangriento» en el extranjero (palizas, secuestros y asesinatos)— no fueron devueltos a su unidad después de una misión especial no especificada, sino que fueron reasignados a una unidad de infantería naval en la base naval Bolshaya Lopatka de la Flota del Norte, por encima del Círculo Polar Ártico, en la península de Kola, setenta kilómetros al este de la franja de la frontera norte de Noruega con Rusia. Los tres soldados tenían privilegios en el economato de oficiales de la base y pases de fin de semana a Murmansk una vez al mes. Sabían lo suficiente como para no mencionar nunca la bahía de Chesapeake, sobre todo desde que un dandi con barba de chivo del Kremlin les había advertido de las consecuencias de una indiscreción. No tenían ningún deseo de ser residentes de Upravlenie solovetskogo y Karelo-Murmanskikh ITL, las jefaturas de los campos de Solovki y Karelia-Murmansk, antaño gulags llenados por Stalin, pero ahora sombrías prisiones de distrito modernas, aunque con la fontanería original de 1935.

Lubina rayada a la fiorentina

Saltea los filetes de pescado en mantequilla y aceite hasta que estén dorados. Reserva. En una cacerola, saltea los tomates pelados enteros, las anchoas, el ajo picado, el cilantro picado, las alcaparras, un chorrito de vinagre balsámico y las patatas cortadas en rodajas finas hasta que las patatas estén blandas y la salsa espese. Sirve el pescado sobre la salsa.

12
Mérito a la patria

La muerte por ahogamiento de Alex Larson, de la DCIA, devastó a la plantilla de la CIA, y la asistencia de empleados silenciosos y aturdidos al funeral, ante el muro conmemorativo de estrellas cinceladas en el mármol, que representaban a los agentes de la CIA perdidos en acto de servicio, fue tan numerosa que el vestíbulo principal se desbordó y cientos de asistentes tuvieron que verlo en pantallas de circuito cerrado instaladas en la cafetería. Simon Benford estaba convencido de que el Kremlin había urdido la muerte del agente de la DCIA, y siguió encargando a los servicios operativos que sondearan los activos en busca de cualquier indicio de complicidad rusa en el asunto.

A la impactante pérdida de la DCIA se sumó otra catástrofe: las repentinas e inexplicables detenciones dentro de la red de espionaje COPPERFIN. Una veintena de ingenieros de diseño reclutados en el consorcio aeroespacial OAK fueron detenidos de repente por el FSB, y se estaban celebrando interrogatorios las veinticuatro horas del día en un intento de identificar a otros miembros de la red. Solo dos activos continuaron informando, pero sin continuidad, y sus mensajes eran de pánico y apenas coherentes. Los correos de COPPERFIN lograron exfiltrar a un puñado de agentes —en un caso a una familia entera—, pero un número igual fue capturado y detenido en la frontera. En el último recuento, al menos doce fuentes no respondieron a las señales de «señal de vida» y estaban en paradero desconocido. Benford sabía muy bien que este era el peor de los casos en el funcionamiento de una gran red: el inexorable desenmarañamiento, los continuos interrogatorios, los desesperados intentos de fuga, las detenciones y, en última instancia, los triunfantes comunicados de prensa del Kremlin.

Benford sabía que el hundimiento de COPPERFIN era obra de MAGNIT. Pero, basándose en la caótica actuación del FSB en materia de contraespionaje —estaban desmantelando la red a trompicones, en lugar de hacer una redada completa—, Benford estaba convencido de que el topo no tenía acceso directo a COPPERFIN y se había enterado de la existencia de la red de forma incompleta y fortuita. En el léxico de los espías, MAGNIT había «aspirado» la información: una conversación oída por casualidad, un chisme susurrado, un comentario destemplado, el contenido de una bandeja de entrada leída al revés. Una recopilación inesperada que no podía implicar al topo y dejaba al FSB vía libre para actuar con decisión. Ninguna lista BIGOT, por tanto, podía utilizarse para hacer salir al traidor.

—El problema de llevar a cabo una caza de topos —dijo Benford a Gable y Forsyth— es que no puedes anunciarla, ni traer a los sospechosos para entrevistarlos, ni empezar de forma inmediata a revisar cien mil archivos de personal informatizados, ni pinchar los teléfonos y ordenadores de los posibles candidatos sin autorizaciones ni órdenes judiciales. Y no se puede informar a un grupo de FEEB, cuya reacción inmediata es subirse a un Crown Vic negro y entrevistar a los sospechosos en su casa, preguntándoles, sin más, si están cooperando o han cooperado alguna vez con una potencia extranjera. Después de todo, mentir al FBI es un delito. El efecto acumulativo de sus engaños, por supuesto, es alertar al topo, que se marcha al monte, lo que le proporciona un visado de residencia permanente del Ministerio de Asuntos Exteriores ruso y un apartamento en un rascacielos del distrito de Babushinsky, proporcionado por el FSB, desde cuya comodidad el traidor puede escuchar cada sábado por la noche cómo follan sus vecinos a través de la pared de tablas de madera.

—Ahora tenemos un nuevo problema —dijo Forsyth—. MAGNIT parece que se está moviendo un poco más. Está oyendo hablar de secretos como COPPERFIN. Y no tenemos pistas sobre él.

—Es un maldito cactus en llamas —dijo Gable—. La clave es el maldito cañón de riel. Domi me dijo que MAGNIT lleva diez o doce años trabajando para ellos. Esa tiene que ser la clave; ¿quién lleva tanto tiempo en el proyecto del riel?

Benford giró en su silla.

—Estamos investigando todos los combos, pero podría tratarse de alguien que antes trabajaba en ese proyecto, pero ya no. DIVA informó de que MAGNIT va a ascender a un puesto político. Eso amplía el campo.

—De acuerdo —dijo Gable—. Pero Domi mencionó que el tipo de los pantalones elegantes del Kremlin quiere manejar a MAGNIT solo con la ilegal de Nueva York, y quitarle el caso a los bobos del GRU. Con tantas luchas internas, podría acabar descubriendo el verdadero nombre de MAGNIT en una lista restringida.

—No podemos esperar tanto —comentó Benford—. Tenemos una hemorragia de secretos.

—Puede que no tengamos que hacerlo. Hay mucha intriga en el Kremlin —volvió a intervenir Forsyth—. No como los años en que Brézhnev se cagó en los pañales y le sujetaron para que firmara el tratado de desarme. DIVA dice que Gorelikov dirige su propio negocio, es leal a Putin, pero hace las cosas a su manera. Está apuntando al GRU. Nuestra infiltrada está lista para la promoción. Va a conseguir ese nombramiento.

Benford sacudió la cabeza dubitativo.

—Territorio peligroso para nuestra chica con todas estas tramas —dijo Gable—. Tenemos que vigilarla. Esos días son difíciles, su temperamento está candente. Además, necesita un equipo SRAC de repuesto lo antes posible.

Benford gimió.

—No hay ningún SRAC de reemplazo. Nuestros inescrutables colegas de Operaciones de China solicitaron y recibieron los dos últimos sistemas disponibles, que ya están vinculados a satélites en órbita geosíncrona para cubrir el teatro asiático. No quisieron ceder ninguno de los dos. Su negativa fue educada, pero implacable, lo que creo que demuestra una vez más mi afirmación de que las oficinas operativas adquieren las características culturales de sus países de destino. Bastante herméticas. La despensa de equipos SRAC está oficialmente vacía. La última vez que esto ocurrió, la Casa Blanca de Carter sugirió que utilizáramos la radio HF y el código Morse. El director en funciones acaba de ordenar que la I+D para la próxima generación de SRAC quede en suspenso. Quiere desviar el presupuesto tecnológico para lanzar satélites que calibren el calentamiento global. Órdenes del NSC.

—¿Me estás vacilando? ¿Dejar activos internos sin COVCOM? —se exaltó Gable.

Benford se pasó los dedos por su anárquico pelo.

—Estoy lanzando ataques espectaculares en cada reunión de líderes, pero los burócratas están impasibles y centrados en el cambio de un grado Fahrenheit en la temperatura global desde Carlomagno. Hearsey se está devanando los sesos para improvisar algún tipo de equipo de señalización de emergencia, pero a día de hoy no tenemos nada para ella.

—De momento tendremos que confiar en los encuentros personales —dijo Benford con su cara de indignación extrema. Todos los presentes sabían que cada vez que la estación de Moscú, o cualquier estación del área restringida, intentaba un encuentro personal, la probabilidad de un colapso catastrófico (y la pérdida del agente) se elevaba al noventa por ciento. La vigilancia de la oposición solo tenía que acertar una vez, y su agente estaba muerto. Rusia, China, Cuba, Corea del Norte, daba igual.

—El contacto personal con Domi será dentro de tres días —informó Gable—. ¿Es bueno el operador que va a contactar con ella?

—Un oficial llamado Ricky Walters —dijo Benford leyéndolo en un cable de la estación de Moscú—. Lo investigué. Bueno en la calle, nervios de acero, le gustan las damas, pero sin problemas de pantalones en Rusia. Parece ser bueno.

Gable gruñó.

—En su actual estado de cabreo, no va a estar contenta sin COVCOM. Espero que no intente ensañarse con ella. Empezará su SDR de vuelta con una patada en los huevos. Ella no necesita otro Romeo. Nash ya la cabrea bastante.

—Dime que sigue sin ser un problema, me refiero a Nash y DIVA —dijo Forsyth.

—Están jodidamente enamorados —dijo Gable, levantando las manos—. Lo sé, lo sé, pero si despides a Nash, Domi podría abandonarnos; ese es su estado de ánimo. Así que dime qué es peor, que follen o que ella renuncie.

—Quizá podamos poner algo de espacio entre ellos —dijo Benford—. Los australianos están preparando una fiesta en Hong Kong y creen que podrían necesitar un ruso. Si enviamos a Nash, lo mantendremos alejado de ella durante un tiempo. Solo podemos esperar que una separación prolongada provoque la atrofia de la libido de uno de ellos o de ambos.

Nadie se rio.

—Santo Cristo, ¿hay alguna buena noticia? ¿Qué pasa con ese ilegal de Nueva York? —preguntó Forsyth.

—Todo está listo —respondió Gable—. Hearsey roció el teléfono y lo envolvimos para que Domi enterrara el muerto en un pequeño y loco cementerio judío de 1805 en la calle Once Oeste del Village. Treinta lápidas cubiertas de musgo en un pequeño triángulo de tierra detrás de un muro desconchado. Pasarías por delante todo el día sin verlo. Puso el paquete detrás de la lápida central de un grupito de tres, contra la pared de ladrillo; estaba inclinada hacia delante, así que metió el paquete por debajo. Lo dejamos allí solo, había muchas ventanas de apartamentos alrededor, por lo que esa mujer podría estar viendo la entrega.

—Le daremos algo de tiempo, para aislar a DIVA, y luego iremos a Nueva York con cincuenta linternas ultravioleta y nos embolsaremos un ilegal —sentenció Benford.

* * *

Después de Nueva York —incluida Staten Island— y de sentir la energía, la prosperidad y la libertad de Estados Unidos, Dominika había regresado a Moscú, que, en comparación, ahora le parecía lenta, gris y triste. De vuelta en su despacho, se enfrentó a su bandeja de entrada y leyó las novedades del SVR sobre contrainteligencia global. Los *rezidenturi* de ultramar informaron de tres reclutamientos distintos: en Venezuela, Indonesia y España. La Agencia de Inteligencia de Señales, la FAO, había desarrollado el acceso a un canal cifrado de comunicaciones militares en el Báltico. La *rezidentura* en Washington D. C., informó del comienzo de un discreto contacto de desarrollo entre un oficial de inteligencia del SVR que operaba bajo tapadera no oficial de negocios y una congresista de California. La legisladora se mostraba proclive a un lucrativo contrato de consultoría sobre política de desarrollo internacional y ayuda exterior multilateral. El *rezident* de Washington predijo con cautela que una eventual contratación se basaría en el dinero —la representante ya había estado implicada antes en un escándalo bancario de la Cámara de Representantes relacionado con el robo de cheques— y se la consideraba corrupta y venal.

Se trataba de importantes datos de inteligencia, pero no podía informar de ellos a Langley por falta de equipo SRAC operativo. El fin de semana anterior, había enterrado el equipo SRAC dañado en la pelea con los matones callejeros en un agujero del parque Vorontsovsky, a diez kilómetros de la carretera de circunvalación, al sureste de Moscú, en los terrenos boscosos de la abandonada mansión neorrenacentista del siglo XVIII Vorontsov-Dashkov. Pasarían décadas antes de que las excavaciones para los rascacielos que se extendían sin remedio desde

Moscú llegaran tan lejos, y para entonces la ciudad bien podría ser rebautizada Putingrado, con zombis sin hogar vagando por los suburbios distópicos. Para entonces esperaba estar tumbada en un porche soleado en algún lugar tropical, bebiendo ron mientras Nate le pintaba las uñas de los pies de rosa isla y, tal vez, soñaba, con una niña a sus pies charlando con sus muñecas en ruso e inglés. ¿Serían mis hijos sinestésicos? ¿Qué diría Nate después de tantos años guardando el secreto? ¿Seríamos felices juntos? ¿Sucederá alguna vez?

En su lugar, Dominika escribió, con extremo cuidado, su informe a lápiz en las dos caras de dos hojas de papel hidrosoluble —que se deshacía al instante en contacto con líquido— y enrolló las hojas en un tubo hermético. Desenroscó el fondo de un tosco termo ruso de la marca Pukat y deslizó el papel en el estrecho espacio entre la cámara de vacío interior de cristal y la caja exterior de plástico. En caso de emergencia, arrojar o golpear el termo contra una superficie dura haría añicos la cámara interior de cristal, inundando el espacio entre la carcasa exterior y haciendo que el papel adquiriera la consistencia de *ovsyanaya kasha*, avena rusa. Si tenías que utilizar este dispositivo de destrucción prehistórico (Nate se lo había enseñado en Finlandia), puede que ya estuvieras detenido en el control de carretera a punto de ser expulsado, pero era eficaz. La reunión personal era dentro de dos días, y rezaba para que enviaran a alguien inteligente. Fantaseó con que fuera Nate el que saliera de entre las sombras para envolverla y besarla para siempre en el bosque cubierto de niebla.

Llegó la inevitable llamada cortesana de Gorelikov, bienvenida de vuelta, enhorabuena por el encuentro con SUSAN, y el presidente los veía esa tarde en su residencia de Novo-Ogaryovo, a las afueras de Moscú, en el distrito de Odintsovo, en la carretera Rublyovo-Upenskoye. La mansión amarilla, enclavada entre pinos, con su fachada clásica de picos y cuatro columnas corintias, parecía pequeña y modesta en comparación con los regios apartamentos del Kremlin. Les hicieron pasar a un salón de color azul pálido con cortinas de raso de color melocotón, se sentaron a una pequeña mesa antigua y escucharon el tictac de un reloj en una librería esquinera al otro lado de la habitación. Anton Gorelikov iba tan elegante como de costumbre, con un traje oscuro a medida y una camisa almidonada de rayas. En las mangas lucía unos delicados gemelos de cerámica azul y verde. La aureola azul que rodeaba su cabeza y sus hombros era como una diadema y resplandecía de júbilo.

Les sirvieron el té en elegantes vasos *podstakanniki* con el águila bicéfala de la nueva Federación Rusa, irónicamente similar a la antigua águila imperial de los Romanov y el zar. *Plus ça change, plus c'est la même chose*, pensó Dominika, cuanto más cambian las cosas, más permanecen igual. Un joven ayudante vestido con un traje azul claro estaba de pie contra la pared, cerca de la puerta, mimetizado con el revestimiento azul, como un lagarto de la selva tropical adaptado al color, de modo que solo se veía su rostro, que parecía flotar en el aire. Dominika consideró que las cabezas sin cuerpo flotando en el aire parecían normales en una residencia de Putin.

El pequeño reloj de oro y bronce marcó las once y, en ese instante, se abrió la puerta y entró el presidente. ¿Cómo lo hace?, se preguntó Dominika. ¿Estaba detrás de la puerta, con la mano en el pomo, esperando a que ese reloj infernal diera la hora? ¿O es que el reloj estaba conectado a una fuente de energía invisible y sonaba cuando entraba el presidente?

Vladímir Putin vestía, como siempre, traje azul marino, camisa blanca y su característica corbata aguamarina. Su halo azul también palpitaba de energía. ¿Por qué no iba a estarlo? Había consolidado su dominio sobre Crimea y asegurado su base naval del mar Negro; la acción de retaguardia en el este de Ucrania mantenía a Kiev fuera de juego; las alianzas con Damasco y Teherán estaban dando dividendos políticos, y era un jugador importante una vez más en el gran juego: petróleo. Municiones. Uranio (ROSATOM llegó a poseer el veinte por ciento del uranio extraído en Estados Unidos). Y había más.

Activniye meropriyatiya. Medidas activas, subversión política, propaganda, manipulación de los medios de comunicación, falsificaciones y asesinatos. Las campañas de Gorelikov en Europa y Estados Unidos hacían temblar los cimientos de la OTAN, la Unión Europea y esos capullos advenedizos del Báltico. Ese maníaco de Kadyrov preservaba Chechenia tranquila, y su propio índice de aprobación nacional presidencial se mantenía estable en el ochenta y cinco por ciento. Gorelikov estaba concibiendo un nuevo caos, y Egorova era un nuevo talento, una mano firme en el campo. El presidente se preguntaba cómo de firme sería su mano en la cama. Lo había comprobado: sin marido ni pareja, exgorrión y experta en trampas de miel. Estaba seguro de que Egorova entraría en sus planes, sobre todo por su regalo de hoy. El presidente saludó con la cabeza a Gorelikov y Dominika, y se sentó. Un ayudante puso una caja cuadrada de terciopelo sobre la mesa, delante del presidente, y leyó en una hoja de papel.

—*Medalla ordenia «Za zaslugi pered Otetchestvom» I Stepeni* —bramó—. Medalla de la Orden al Mérito a la Patria, de primera clase. Concedida a ciudadanos de la Federación Rusa por logros sobresalientes en diversos campos de la industria, la construcción, la ciencia, la educación, la sanidad, la cultura, el transporte y otras áreas de trabajo. —Otros ámbitos de trabajo, pensó Dominika.

El presidente abrió la caja de terciopelo y se puso en pie. Dominika y Gorelikov también se pusieron en pie, y Putin entregó la caja a Gorelikov. Sobre un lecho de satén azul había una cinta almidonada de color clarete con un medallón de oro labrado con la omnipresente doble águila. Orden al Mérito a la Patria. Putin se acercó y prendió en la solapa del traje de Gorelikov una pequeña cinta roja dividida por una única franja amarilla. Gorelikov hizo una leve reverencia y estrechó la mano del presidente. El ayudante se acercó con discreción, cogió la caja de terciopelo, cerró con suavidad la tapa y salió de la sala. Al tratarse de condecoraciones por misiones clandestinas, la condecoración se guardaría en el Kremlin: Gorelikov no podría colgar la medalla en su despacho ni llevársela a casa. Lo único que podía hacer era tocar la escarapela que llevaba en la solapa y disfrutar de su logro.

—La planificación de la operación Repina fue impecable, su ejecución precisa, los resultados del todo satisfactorios —dijo Putin. Gorelikov volvió a inclinarse.

—Gracias, señor presidente.

La mente de Dominika dio vueltas. ¿La operación Repina? ¿Qué es esto? ¿Fue agredida? ¿O solo incriminada en algún falso escándalo? Entonces lo supo. Blokhin. Por eso vino a Nueva York. Repina estaba haciendo demasiado ruido, recaudando demasiado dinero, y atrayendo demasiada atención. Ya era historia.

Fue un *shock* aplastante enterarse dos días después del acto. Había estado de viaje durante todo el día siguiente y no había visto ninguna noticia; tal vez las autoridades de Nueva York habían retenido la noticia del asesinato durante un día. Y no era ningún misterio que el asesinato no se mencionara en los resúmenes de noticias del SVR apilados en su bandeja de entrada de la Línea KR. ¿Qué dirían? ¿Informamos de la desafortunada muerte de la activista Daria Repina, que falleció por causas no especificadas en Nueva York, exponiendo una vez más la violencia descontrolada en las ciudades estadounidenses y la anarquía inherente a la cultura estadounidense? La noticia no tardaría en llegar a Moscú, pero el control de Putin sobre Internet y la televisión distorsionaría la información y la milicia moscovita dispersaría a los dolientes antes de que pudieran organizarse manifestaciones serias, mientras Putin pedía, como el inocente que no era, falsas investigaciones.

Dominika se balanceó sobre sus pies, diciéndose a sí misma que debía mantener el control, permanecer impasible. Se sintió desfallecer y se pellizcó la muñeca para despejarse. No tenía que aplaudir con sumisión este tipo de asesinato, pero tampoco podía mostrar repugnancia, lo que se consideraría una debilidad fatal. Gorelikov volvió a hablar y Dominika se obligó a concentrarse. Habían matado a Repina.

—Debo destacar que la actuación de la coronel Egorova en apoyo de la operación MAGNIT fue brillante. Sin su perspicacia operativa no estaríamos de enhorabuena. La felicito con profunda sinceridad.

Dominika solo podía ver el cuerpo larguirucho de Daria Repina en el escenario, paseándose de un lado a otro, arremetiendo contra aquel hombre con una sonrisa irónica de satisfacción en la cara, de pie a un metro de ella.

—Soy consciente de la actuación y la contribución de la coronel Egorova —dijo Putin—. Su diligencia es una constante afirmación de mi decisión de nombrarla jefa de Contrainteligencia en el SVR. Confío en que pronto alcanzará la dirección del Servicio.

Miró a hurtadillas a Dominika, juzgando su reacción al saber que un día sería directora. Ella asintió con la cabeza en señal de agradecimiento. Cabrón. Putin estaba contento. Gorelikov estaba contento. Benford estaría encantado.

—Gracias, señor presidente —dijo luchando por ocultar su rabia—. Intentaré seguir siendo digna de su confianza. —Menuda sarta de idioteces, pensó Dominika, la versión rusa de los perros pequeños que se echan al suelo en presencia de un perro alfa. Pero *zlodey, hellkite,* no sabes que estoy dentro de tu casa para derribarla, para librar a la Rodina de ti. ¿Qué piensas de eso? ¿Puedes leer mis pensamientos?

Como si lo hubiera oído, Putin le dedicó su característica sonrisa acuosa, como astillas de hielo en cerveza caliente.

—He designado una dacha en el complejo del cabo Idokopas para tu uso exclusivo. El tiempo en la costa es templado hasta bien entrado octubre.

En medio de su furia, la pillaron desprevenida. Totalmente desprevenida. Mientras Dominika volvía a dar las gracias al presidente, pensaba con rapidez. Una *gosdacha*, abreviatura de *gosudarstvennaya dacha*, era una casa de vacaciones propiedad del Estado en un lago o río, o en el fresco bosque de pinos, que se entregaba a los funcionarios para recompensar su diligencia, productividad o lealtad. Sin embargo, esta dacha en concreto era algo más que una casita de tres habitaciones con tablones de abedul y una parcela ajardinada a las afueras de

Nizhni Nóvgorod. Se trataba de una de las lujosas villas de hormigón de la ladera del complejo de setenta hectáreas de Putin, en la costa del mar Negro, en el boscoso cabo Idokopas. Se dice que la residencia presidencial, un castillo a la italiana tan grande como el palacio de Buckingham, cuesta mil millones de dólares. Que le dieran este tipo de dacha en este complejo concreto era señal de mecenazgo a gran escala. Dominika sabía que todo esto era una telaraña pegajosa. La medalla de Gorelikov le fue entregada hoy con su regalo por dos razones: Putin estaba estableciendo que Gorelikov era veterano, y que los hombres daban medallas importantes a otros hombres, un recordatorio eslavo de su sumisión. Todo el mundo sabía que el presidente prefería la compañía de los hombres —los *siloviki* estaban formados solo por hombres—, pero Egorova estaba a punto de convertirse en una infiltrada en potencia. La segunda razón era que se trataba de una medalla por eliminar a un disidente, una mirada al interior de la fragua. Mata como te ordeno y serás recompensado. Todavía había otro matiz: aunque se trataba de una generosa recompensa, la villa conllevaba la insinuación de establecer a la amante en su propia residencia, conectada a la mansión del amo por un camino secreto ajardinado. Como *levsha zhena*, su mano izquierda, se espera que estés lista para el zar, bañada y perfumada, sobre almohadas de satén, con tu fruta rubí húmeda e hinchada, esperando el discreto arañazo en la puerta del jardín, de día o de noche.

Esperaba llegar a ser su mano izquierda. Dominika se tragó la rabia que sentía en sus entrañas y esta se unió a la angustia que sentía por Repina. Todas las villas y todos los lazos del mundo no podían reducir lo que este pequeño y extraño intrigante rubio estaba haciendo a su Rusia mientras los ciudadanos esperaban sus cheques de pensiones atrasados para comprar pan. Putin y su círculo íntimo —¿esto me incluye a mí?, ¿soy ahora una *silovik* como receptora de una dacha de lujo?, se preguntaba— habían matado de hambre al país. Y no se vislumbraba un final inmediato, pensó, para esta corrupción, y tampoco para mi vida como espía. Se preguntó si el general Korchnoi se habría sentido igual, comprometido con este peligroso trabajo, alimentado de una forma muy curiosa por la adrenalina de medianoche, pero atrapado sin salida. Dios, cómo necesitaba a Nate en ese preciso momento.

Todo esto pasó por su mente en un segundo. Putin estaba diciendo algo, y ella se esforzó por concentrarse.

—Ahora debemos esperar a que la fortuna sonría a MAGNIT —dijo Putin—. Mientras tanto, coronel, quiero que renueve la relación de enlace con el general chino del MSS; ¿cómo se llama?

—General Sun —dijo Dominika.

—Dice que su servicio tiene un problema de contrainteligencia y quieren nuestra ayuda. No confío en ellos en absoluto. Vea lo que traman, averigüe qué quiere de nosotros. No necesitamos sorpresas de Pekín. *Men'she znayesh', krepche spish'* —dijo el presidente—. Cuanto menos sepas, más tranquilo dormirás.

—Sí, señor presidente —obedeció Dominika.

—Y ahora, el almuerzo —anunció Putin. Los condujo por un pasillo con suelo de parqué y paredes blancas decoradas con pan de oro hasta una amplia y soleada terraza rodeada por una pesada balaustrada blanca. En el centro de la terraza, bajo un dosel ondeante, había una mesa para tres personas, con cristal brillante y elegantes platos con bordes azules y dorados. En cada plato había una cazuela envuelta en un nido de lino níveo. Dominika podía oler el aroma celestial de la carne de cangrejo y la salsa imperial. La parte superior de cada cazuela estaba dorada y la salsa aún burbujeaba en los bordes.

—Cangrejo imperial —celebró Gorelikov—. Maravilloso. Solíamos comer esto en Odessa cuando éramos estudiantes.

—Prueba un bocado, a ver si esto no está mejor —retó Putin. La delicada carne de cangrejo se deshizo en la boca de Dominika. Un Vernaccia helado era el vino perfecto, y ella aceptó una segunda copa. Pero la imagen de Daria Repina flotó frente a ella: el sol se ocultó tras una nube, y la picante salsa imperial en su boca se volvió sangre.

Dominika añadiría esta noticia sobre el asesinato a su termo de ocultación para la reunión personal del día siguiente, pero ocultaría el nombre de Blokhin. Era suyo, y juró matar ella misma al sargento Iosip Blokhin algún día.

* * *

—¿No te dije que el presidente te había echado el ojo? —dijo Gorelikov en el coche oficial de regreso a Moscú.

Ella sonrió.

—Es todo un honor. Apenas puedo creerlo. Y enhorabuena por tu premio. —Gorelikov se inclinó en agradecimiento—. Me sorprendió un poco lo de Repina. ¿Qué pasó en realidad? Podrías habérmelo dicho, Anton, ya que iba a reunirme con SUSAN.

Gorelikov hizo un gesto con la mano.

—Repina empezaba a avergonzar a la Federación Rusa, al pueblo ruso y al presidente. Ya habíamos enviado emisarios solicitando, con discreción, que moderara sus actividades y manifiestos. Ella prefirió ignorar esas peticiones.

—¿Así que Blokhin fue asignado para eliminarla? ¿En América, en el centro de Nueva York? ¿Qué hubiera pasado si algo hubiera salido mal? Esto es mala seguridad operacional. Debería haber sido advertida. De verdad.

Gorelikov dio unas palmaditas en el reposabrazos central.

—Shlykov garantizó que pocas veces había contratiempos cuando se asigna una misión a Blokhin. Además, no quería cargarte con el conocimiento previo de la acción inminente. Pareces disgustada porque se hayan ocupado de Repina.

Ve con cuidado, pero muestra un poco de garra, pensó Dominika.

—Siento poca simpatía por los ciudadanos que perjudican a nuestro país —mintió—. Pero te diré algo, Anton: si hubiera sabido algo sobre el plan para asesinar a Repina, habría intentado desbaratar el complot. Rusia es hábil e ingeniosa para lograr sus objetivos, y nadie más que el propio presidente, pero destruir a los disidentes mancilla a la Federación y los convierte en mártires duraderos. Debemos abandonar las viejas costumbres.

Gorelikov la miró y se volvió para mirar por la ventanilla del coche.

—Estoy de acuerdo contigo —susurró—, pero el presidente sabe lo que hace y tiene la experiencia necesaria. Le he dicho exactamente lo que acabas de decir, y se da cuenta del coste y está dispuesto a pagarlo. *Kak auknetsya, tak i otkliknetsya*, lo que grites en el bosque, el eco te lo devolverá.

* * *

Gorelikov convocó a Dominika al día siguiente en el Kremlin, se suponía que para asistir a una reunión del Consejo de Seguridad, pero en realidad fue para presentarla a los hombres más poderosos del reino. Estos *siloviki* podían ser aliados potenciales o, si sus intereses divergían, adversarios letales. Como era de esperar, todos respetaban a Gorelikov y se preguntaban si ella era algo más que una estrella emergente del SVR o tan solo el nuevo capricho del presidente. Todos bajaban la mirada para evaluar su prominente delantera, hoy enfundada en un vestido negro de punto que acentuaba sus curvas. Primero estaba Nikolai Patrushev, antiguo director del FSB, ahora influyente secretario del Consejo de Seguridad, con el pelo ralo, la cara estrecha y delineada, un tajo en la boca y la nariz aguileña de un cosaco, todo ello iluminado por un halo amarillo de astucia y desconfianza. Fue cortés en la justa medida antes de darse la vuelta. Peligroso.

Luego Alexander Bortnikov, con el increíble halo cerúleo, fuerte y constante, que sugería raciocinio y consideración. El director del FSB tenía sesenta y cinco años, era delgado y más bajo que ella. Tenía la frente alta y ancha y unos sorprendentes ojos azul grisáceo que se arrugaban en las comisuras cada vez que sonreía. Tenía un gran lunar en la mejilla izquierda y una nariz carnosa, un indicio de la rapaz que había en él. Dominika sabía que era ingeniero de formación, y se comentaba que había sido él quien había dirigido la operación del FSB en Londres para rociar la merienda del disidente Litvinenko, antiguo oficial del KGB, con suficiente Polonio-210 letal como para calentar un bloque de apartamentos en Voronezh durante un mes. Sabía que Bortnikov era sabio, astuto, precavido y artero, y también que sería su homólogo en el servicio de Seguridad Interna si Dominika recibía la dirección y la cartera de Inteligencia Exterior del SVR. Decidió entablar buenas relaciones con él.

Por último, estaba Igor Korobov, teniente general de las fuerzas aéreas y jefe del GRU, bien uniformado, con la cabeza afeitada, ojos azules como el acero y el aura verde de la inquietud profesional de ser jefe de inteligencia militar en un club de antiguos compinches del KGB. El mayor Shlykov revoloteaba detrás de Korobov, sin duda ganándose su favor besando el culo de su jefe cada vez que fuera necesario. Korobov la saludó con gesto firme, y Shlykov la ignoró. Intentaste destruirme en Nueva York, cabrón, pensó. Peor aún, me echaste encima a Blokhin, que me habría abandonado en un callejón después de eliminar a Repina, si hubiera tenido la oportunidad. Midió los centímetros de su cara sonriente.

Gorelikov se interpuso entre ellos antes de que Dominika pudiera meter la uña del pulgar en el ojo de Shlykov y le susurró que tomara asiento junto a la pared, detrás de él, mientras Putin daba la orden al Consejo. Durante las dos horas siguientes, del todo irreales, el Consejo debatió la Operación OBVAL (deslizamiento de tierras), concebida, perfeccionada, planificada y propuesta por Shlykov, que garantizaba el éxito y unos resultados asombrosos. La acción encubierta, mediante la cual se pasarían de contrabando armas y explosivos rusos a los separatistas guerrilleros kurdos para utilizarlos en atentados terroristas en Estambul con el fin de desestabilizar Turquía, era una medida activa masiva en el extremo de la escala. Gorelikov y Bortnikov se opusieron al plan, señalando ambos que el aspecto militar era demasiado arriesgado y que semejante operación de suministro de armas a los rebeldes era en extremo primitiva para los soviéticos de los años sesenta. Bortnikov lo calificó de aventura temeraria, sobre todo en Turquía, con sus vigilantes y agresivos servicios policiales y de seguridad. El teniente general Korobov no estaba de acuerdo, afirmando que esta insurgencia desestabilizaría el flanco sur de la OTAN, un tema que él sabía, todos ellos lo sabían, que se ganaría el favor del presidente. ¿Qué camino tomaría?

Dominika vio que Putin la miraba a lo largo de la mesa de la cámara. ¿Qué iba a hacer si la polilla pálida (uno de los antiguos apodos del presidente en el KGB) intentaba levantar una pierna sobre ella una noche en su lujosa dacha? Entonces ocurrió. Gorelikov se inclinó hacia ella y le susurró:

—¿Qué opinas?

—Sí, coronel —dijo Putin desde la cabecera de la mesa—. ¿Qué piensa de OBVAL?

Veinte caras se volvieron para mirarla. *Bozhe moy*, madre de Dios, pensó.

Miró alrededor de la mesa y luego sin rodeos a Shlykov, sentado detrás de su jefe.

—*Strich porosenk* —respondió—. Sería como esquilar un cerdo: muchos gritos, pero poca lana. Una tontería, que Turquía y Estados Unidos contrarrestarían sin inmutarse.

En especial cuando alerte a Benford. Hubo carcajadas alrededor de la mesa, y el astuto Bortnikov, del FSB, la evaluó de nuevo. Gorelikov estaba encantado. El contingente del GRU se sentó de mal humor. Putin se sentó con las manos cruzadas, su rostro megalítico impasible.

Dominika se dio cuenta de que estaba siendo arrastrada a su primera intriga en el Kremlin. Gorelikov pretendía usurpar el caso MAGNIT y había que apartar a Shlykov. Para empezar, había que desacreditar su plan paramilitar en Estambul.

Estudió al patricio Antón, vio el pulso de su halo azul y leyó su mente. ¿Por qué meterla en esto? Porque como jefa de Contrainteligencia de la Línea KR, ella podía criticar de forma creíble la destreza, la planificación operativa y el juicio de Shlykov si se producía una crisis. Gorelikov sabía que Dominika se alinearía de su lado: sabía que la actitud grosera y desdeñosa de Shlykov le había convertido en un oponente... Oh, así de rápido se trazaban los bandos en estos pasillos enjoyados. Aliados, competidores, intereses propios, rencores personales, trampas profesionales y enemistades sangrientas: así era el mosaico político del Kremlin.

—¿Saben estos jefes lo de los casos MAGNIT y del académico Ri? —Dominika preguntó a Gorelikov cuando se quedaron solos. Se reuniría con Ri dentro de diez días. Ioana ya estaba en Viena, preparando el chalé del Danubio. Le recordó a Gorelikov que tendrían que priorizar los casos, con la esperanza de sacar un nombre para MAGNIT, pero Anton se mostró cauto.

—Nadie sabe nada de MAGNIT, aparte del GRU, y no lo difundiremos. Todavía no. Sobre todo, después de los últimos acontecimientos. Con el tiempo, se informará a algunos miembros del Consejo de Seguridad, pero no a todos.

—¿Qué acontecimientos?

—Anoche recibimos un informe de SUSAN. MAGNIT está siendo analizada por el presidente de Estados Unidos para formar parte de su Administración. Nada concreto, pero no tiene precedentes: el *kandidat kremlevskogo*, el candidato del Kremlin en Washington. Es posible que a MAGNIT se le ofrezca algo importante. Esperaremos con paciencia a ver qué cosechamos.

—¿Me informará sobre MAGNIT? ¿O no debería preguntar? —Sé directa, confidente, un poco mordaz. Eso es lo que le gusta.

—Por supuesto, una vez que el caso se estabilice —respondió Gorelikov complacido por su arrojo—. El presidente está de acuerdo en todo término. MAGNIT es un caso político ahora, un caso del director; él quiere que sea manejado solo por un oficial ilegal. No por ti. Ni por mí. Solo SUSAN. Punto.

Gorelikov acababa de darle la pista de las páginas adicionales que tendría que preparar para el encuentro personal de mañana con un funcionario de la estación de Moscú: MAGNIT, el candidato del Kremlin. Fue redactando en su cabeza la información adicional: la reunión de Viena con Ri; su nueva dacha en el mar Negro; el asesinato de Repina; el complot de terror urbano de Shlykov en Estambul; la predicción de Gorelikov de que le darían la dirección del SVR. Iba a necesitar un termo más grande.

Estaba inquieta. Esto era demasiado. Putin era como una furiosa ventisca siberiana que hervía por las estepas, dirigiéndose hacia la pequeña cabaña, una ventisca cuyos dedos helados se abrirían paso bajo los aleros, levantarían el tejado, astillarían la puerta con cerrojo y derrumbarían las paredes para devorar a los seres acurrucados en su interior. *Beregites*, cuidado Benford, la ventisca se acerca.

Cangrejo imperial de Putin

Mezcla el pimiento rojo cortado en dados, el perejil picado, el zumo de limón, el huevo crudo, la mostaza en polvo, el pimentón, la sal de apio, la hoja de laurel, la pimienta negra, las escamas de pimienta roja, la salsa Worcestershire, la mayonesa y la mantequilla derretida en un bol y bate hasta obtener una mezcla homogénea. Incorpora con suavidad la carne de cangrejo; viértela en moldes y hornee a temperatura media-alta hasta que burbujee. En otro bol, prepara la salsa imperial batiendo la mayonesa, la nata líquida, el zumo de limón y la salsa Worcestershire. Cubre cada ramequín con esta salsa, el pan rallado humedecido en mantequilla y el pimentón, y colócalos bajo el grill hasta que estén dorados. Sirve con ensalada verde.

13
Enemigos natos

Ricky Walters se imaginaba metido en el maletero de un coche, envuelto en una arrugada manta plateada, con las rodillas dobladas para caber en el maletero y el culo pegado a la rueda de repuesto. El sudor empezaba casi de inmediato, en parte por los nervios y en parte por el calor corporal atrapado. Hace tres años, un desertor contó a sus interrogadores de la CIA que el FSB, en los apartamentos de vigilancia situados al otro lado de la calle, escaneaba desde arriba los coches de los diplomáticos estadounidenses que salían del complejo de la embajada de Moscú con visores de infrarrojos para determinar si había una fuente de calor incandescente en el maletero, lo que indicaría que había un agente de la CIA escondido (¿quién si no? Los funcionarios del Departamento de Estado no pondrían en riesgo su vida por jugar a estos juegos de policías y ladrones) estaba intentando una «fuga del maletero» para ser invisible y reunirse con un agente ruso y robar secretos nacionales (de los cuales había tantos en Putinstan como los que había en los días del oso cavernario de la Unión Soviética). La manta espacial atrapaba el calor corporal, y a través de un visor de infrarrojos el maletero parecía frío y vacío.

A media tarde, Walters salió del garaje subterráneo en el maletero del Honda sedán del funcionario consular júnior (un colega de la comisaría) que conducía Helen, la esposa de veintisiete años de ese funcionario (que había recibido meses de formación en detección de vigilancia). Los gemelos de dos años de la pareja parloteaban en los asientos traseros del coche mientras Helen miraba por los retrovisores las múltiples curvas que tomaba en dirección al centro comercial Smolensky Passage, en el Arbat, una ostentosa colección de tiendas solo al alcance de las delgadas esposas de los oligarcas y de las menos delgadas y de gruesos tobillos esposas de los ministros del Gobierno y los dirigentes empresariales que descubrieron que sus cargos les proporcionaban gratificantes cantidades de ingresos procedentes de las arcas oficiales del Estado.

Helen comprobó por última vez el rastro del LADA dos manzanas más atrás —negativo, esta tarde estaba libre de garrapatas— y accedió a la rampa del aparcamiento subterráneo, introduciendo el disco de música favorito de los gemelos: Raffi cantando sobre las ruedas del autobús que giraban y giraban, y al que los gemelos se unieron sin dudarlo (cuanto más ruido para el micrófono del FSB colocado en el coche, mejor), y que también era la señal de «prepárate» para Ricky, que escuchaba desde el maletero. Helen dobló la esquina de la rampa, apantalló por completo el hueco, expulsó el disco (señal de «adelante») ante los aullidos de los gemelos, abrió el maletero y tiró de la maneta del freno de emergencia para frenar el coche sin mostrar las luces de freno. Ricky se despojó de la manta, rodó por el borde del maletero, cerró la tapa y se lanzó por una puerta de servicio, subió una corta escalera y salió a la calle. Tiempo transcurrido: cuatro segundos. Helen bajó sin problemas para aparcar y echar un vistazo a las tiendas, empujando un cochecito de dos plazas. En la calle, Ricky llevaba una gorra de paño de estilo soviético, unos pantalones sucios de cordón, una chaqueta ligera acolchada rota por el hombro y un par de raídos «zapatos de seguridad resistentes al ácido» Duolang importados de China.

Mientras caminaba, con la cabeza gacha, se colocaba espaciadores de silicona entre las encías y las mejillas, y se ponía gafas de cristales transparentes, lo que le hacía parecer más viejo y pesado. Dejó atrás el lujoso barrio de Arbat, entró en el distrito de Khamovniki y caminó sin mucha prisa por Ostozhenka Ulitsa, una amplia calle comercial. A mitad del bulevar, el oficial estadounidense se detuvo ante una cabina de teléfono público de color rojo brillante y consultó su reloj. Acababa de abrirse la ventana habitual de cuatro minutos; vio acercarse el pequeño y polvoriento Škoda azul marino y detenerse en la acera, con una caja de pañuelos en el salpicadero. Todo despejado. Ricky descolgó el teléfono rojo y lo volvió a colocar en su sitio. Despejado. Se acercó al coche y se sentó en el asiento del copiloto, encogiéndose lo justo para ocultar su perfil, y el coche se puso en marcha. Palpó la funda de plástico del asiento, una precaución contra el polvo de espionaje, aunque su ropa de disfraz ruso se había guardado en la estación y era poco probable que estuviera contaminada.

Se trataba de una recogida en el coche del agente, bastante peligrosa porque un oficial reconocible de la CIA iba en el vehículo de la espía, cuya matrícula era tan buena como que su nombre estaba impreso en letras mayúsculas en el lateral del coche. En general, se prefería el procedimiento inverso —recogida en el coche del oficial del caso—, pero seguía existiendo un riesgo: tener a una fuente sensible en un vehículo con matrícula diplomática estadounidense. «Elegid vuestro veneno —les dijo una vez Gable a Nash y Dominika durante unas prácticas—. No importa quién conduzca y a quién recojan. Solo importa que nadie os vea, a ninguno. Eso es todo».

Walters miró a DIVA, que, según le había dicho su jefe la noche anterior, era el «patrón-oro» absoluto, así que no podía cometer ningún error, ni uno solo, porque si metía la pata en este caso por un error técnico, estaría puliendo el suelo del vestíbulo de la sede central, asegurándose de que el gran sello de la CIA en el mármol de terrazo estuviera reluciente para cuando se presentara su sustituto. Sin presiones, eso sí, y diviértete ahí fuera.

No sabía qué esperar: una bibliotecaria tímida o una administradora rotunda, pero no se había imaginado que pudiera tratarse de la Venus que conducía el coche, no soñó con el clásico perfil helénico, labios de pétalo de flor, luminoso cabello castaño recogido en lo alto de la cabeza, concentrada en el tráfico, ojos azul eléctrico que se desviaban constantemente entre los espejos. Sus elegantes manos sujetaban el volante con profesionalidad en la posición de las diez y diez, y se movía entre el tráfico con agresividad, pero cambiando con discreción de dirección para salir del distrito, en dirección este, hacia la tercera circunvalación, zigzagueando entre el incesante tráfico azul, para salir de repente, de nuevo, en Lyuosinovskaya Ulitsa, en dirección sur, hacia el parque Kolomenskoye, de trescientas noventa hectáreas, junto al río. DIVA aparcó y caminaron a bastante velocidad entre multitudes de turistas —nadie les prestó atención—, pasando por delante de la iglesia blanca como el hueso de la Ascensión y el extravagante palacio de madera del zar Aleksey, del siglo XVII, lleno de frontones, cúpulas de cebolla y campanarios. Condujo a Ricky por una empinada ladera boscosa hasta un pequeño arroyo, con senderos cubiertos de musgo que seguían el agua, rodeados de espesos bosques. De repente, todo estaba oscuro y frío, y en absoluto silencio. Una ligera niebla se cernía sobre el hilillo de agua y Walters miró a su alrededor en busca de tres brujas agitando un caldero burbujeante. Sabía que podrían pasar más de los cuatro minutos requeridos en esta espeluznante cañada boscosa para la reunión. Buena proyección.

—Esto es bastante espeluznante —dijo en inglés. No hablaba ruso—. Podríamos encontrar un par de escondites de larga duración en algún lugar por aquí.

—Barranco Golosov —comentó DIVA, mirando a su alrededor—. Es muy famoso entre los moscovitas. Hay piedras sagradas, manantiales naturales sagrados y cuentos de fantasmas que aparecen entre la niebla. Gracias por venir. ¿Ves algún problema? —Este chico de la CIA parece inteligente, es tranquilo y se maneja bien en la calle. No como *bratok*, pero bastante sólido.

Walters sacudió la cabeza, abrió la cremallera de su mochila y repasó en su cabeza la agenda de la reunión.

—Gracias, coronel, por todo lo que ha hecho. Solo conozco una parte de su servicio, pero lo suficiente para saber lo que aporta.

Un encanto, como Nathaniel Nash, pensó. El mismo halo púrpura también. Apasionado.

—Llámame Dominika. ¿Tienes mi equipo de repuesto? —Vio cómo se le desencajaba la cara. Le habló rápidamente de la situación del SRAC y le dijo que Simon Benford estaba trabajando para conseguirle el equipo de comunicaciones lo antes posible. Mientras tanto, el señor Benford quería que ella tuviera esto. Le tendió un grueso reloj deportivo dentro de una bolsa de plástico, como precaución contra la metralla—. ¿Hablan en serio? —Metió con cuidado la mano en la bolsa, sacando el reloj con los dedos. Se apresuró a explicárselo.

—Sin SRAC, tendremos que usar reuniones personales, o escondites secretos, para pasar información y requisitos. Conoces todos los sitios de señal de llamada, ¿verdad? —Dominika asintió—. Esto es diferente. El reloj es una baliza, para emergencias. Está conectado a algo llamado sistema de rescate Cospas-SARSAT, que es un localizador de salvamento marítimo con capacidad GPS —le explicaba el agente—. La frecuencia de la baliza está codificada y va saltando. A los receptores cercanos les parece ruido de fondo. No hay triangulación.

—Muy bonito, pero ¿cuál es su propósito?

Él no conocía la oposición militante de Dominika con respecto a la exfiltración.

—Un disparador de exfiltración. Siempre que actives la baliza y geolocalicemos la señal en Moscú, lo comprobaremos todos los días a las 21.00 horas en el punto de recogida del centro —dijo Ricky, leyendo en una pequeña tableta—. ¿Lo recuerdas, los teléfonos gemelos a la derecha de la entrada de la estación de metro de Filevsky Park? Está a menos de un kilómetro de tu apartamento actual. —Dominika asintió—. Si geolocalizamos tu baliza cerca de Petersburgo, usaremos la Ruta Roja Dos. Ya conoces ese sitio. Si tu baliza transmite desde el cabo Idokopas, que hemos designado como lugar de exfiltración en el mar Negro, esperas en la playa a que te recojan.

—¿Otra exfiltración? ¿Otro submarino? —preguntó Dominika, con voz, de repente, nerviosa. Una vez había rescatado a un agente de la CIA que había sido descubierto entregándolo a un minisumergible tripulado por los SEAL de la Marina en la bahía de Neva, cerca de Petersburgo.

—No, hay diferencias —respondió el americano, sudando a pesar del aire húmedo del barranco. Pasó el dedo por la tableta—. Un minisubmarino tripulado tarda en desplegarse y es lento. Tenemos algo nuevo que siempre está listo, y es muy rápido. Te sacaremos de la playa en un USV, un buque de superficie no tripulado. —Le mostró imágenes en *streaming* de una lancha rápida de quince metros de eslora y cubierta al ras de suelo, pintada de gris, con motivos ondulados de camuflaje blanco y negro. Dominika lo miró con algo de incredulidad.

—¿Me estás diciendo que este barco no tiene a nadie conduciendo? ¿No hay tripulación? —Ricky tragó saliva. Gable le había advertido que DIVA tenía una gran capacidad para cambiar su estado de ánimo en cuestión de segundos y ponerse en modo tocapelotas sin que lo vieras venir.

—Se controla con precisión por ordenador, se dirige por satélite, es indetectable por radar, puede merodear toda la vida y está siempre disponible. Con esta plataforma, la exfiltración marítima desde el palacio de Putin en el mar Negro es una opción viable.

—Solo estaré en el cabo durante la recepción de cuatro días del presidente este otoño, en noviembre, así que no es un sitio viable. Además, *gospodin* Benford conoce mi opinión sobre la opción de huir y desertar. ¿No te lo ha mencionado?

—Lo siento, no lo entiendo —dijo Walters, tratando de conservar la calma. Lidiar con los agentes. Más bien era como tocar la flauta pungi de un encantador de serpientes delante de una cobra que se balancea. Se apresuró a buscar en su mochila otro sobre de plástico—. Esperas en la orilla, de día o de noche, y llevas estas gafas de sol infrarrojas para ver la luz estroboscópica IR del USV a dos kilómetros mar adentro. Te quedas ahí y entonces se fijará en el reloj de pulsera. Se desplazará sola, se deslizará hacia ti sin hacer ruido, como un caballo buscando un terrón de azúcar. Subes por los estribos de la popa, abres la escotilla de cubierta y entras; cuidado con la cabeza, es estrecho. Hay un sillón reclinable, un cinturón de seguridad, auriculares, comida y bebida, control de la calefacción. Cierras la escotilla y el USV hará el resto. —Le mostró más imágenes.

—¿A dónde se supone que me lleva esta cosa?

—A una velocidad de cincuenta nudos estarás a más de treinta kilómetros de la costa en el punto de recogida con casco gris en veinticuatro minutos —dijo orgulloso.

—Donde ustedes, caballeros, me recibirán a bordo del barco de la armada, y observaremos desde la barandilla cómo zarpamos y mi Rodina se hunde bajo el horizonte para siempre —terminó la explicación Dominika, con dulzura—. Y habré desertado sin vuelta atrás de mi país.

Agente cabreado. Walters no recordaba que esta situación se hubiera planteado en los ejercicios de simulación de la Granja. Buscó las palabras adecuadas.

—Es un plan de exfiltración, coronel... quiero decir, Dominika. Solo en el caso de que vayan a por ti, para ponerte a salvo. —Ella sacudió la cabeza, terminando de discutir, y le entregó el termo a su agente de enlace, quien lo limpió para deshacerse de las huellas de DIVA.

—Dentro de la carcasa hay seis hojas escritas a un espacio y a doble cara. Si lo aplastas para romperlo...

—Conozco el truco del termo. —Sonrió—. ¿Qué más?

—Por favor, dile a *gospodin* Benford que estaré en Viena dentro de diez días para reunirme con mi norcoreano. Llamaré para confirmar mi hotel, pero en otras ocasiones hemos utilizado el König von Ungarn, en Schulerstrasse, detrás de San Esteban. Por favor, dile que creo que el profesor Ri aceptará la introducción de un interrogador adicional. Ya lo hemos hecho antes, con el señor Nash haciéndose pasar por un oficial ruso, gracias a su dominio del idioma. En este caso, sería más fácil, ya que nuestras reuniones se celebran en inglés. La CIA puede atender sus propias necesidades norcoreanas sin riesgo. —Walters asintió.

—Si lo habláis en inglés, cualquier analista nuclear puede...

—Preferiría que el oficial fuera Nathaniel Nash —lo interrumpió—. Hemos trabajado juntos durante años y operamos de forma compatible.

Incluyó la petición-demanda de DIVA en su tableta, sin saber que la frase «operamos de forma compatible» daría lugar a miradas cómplices en el cuartel general, pues desconocía la relación prohibida. Esta mujer era algo especial.

—Comunicaré tus indicaciones —dijo Ricky. El rostro de Dominika se ensombreció y su voz se volvió grave y seria.

—También, por favor, dile que puedo confirmar que el presidente Putin aprobó el asesinato de la disidente Daria Repina en Nueva York.

—Eso creó el pánico en Washington. Salió en todos los periódicos. ¿Quién lo hizo?

—No importa su nombre. Sé quién es el responsable y me encargaré de él.

—Se lo diré. —Esta amazona va en serio. Mira esa cara—. Supongo que debo decir, para que conste, que no deberías intentar ninguna acción peligrosa o arriesgada contra el asesino. Eres demasiado valiosa y...

—¿Y una mujer frágil? —preguntó. Walters levantó las manos en señal de armisticio. Su tableta, un dispositivo TALON de segunda generación, estaba grabando su conversación, procedimiento estándar para casos de manejo restringido. Cuando la reproduzcan, me darán una medalla si consigo pasar esta reunión sin que DIVA me dé un puñetazo en la cara.

—No es eso, en absoluto —dijo Ricky, pensando con rapidez en la palabra correcta—. Solo quería decir que eres demasiado preciosa para nosotros. —Preciosa. Palabra fortuita.

El rostro de DIVA se suavizó.

—No quería ser brusca contigo —dijo a modo de disculpa, y luego volvió a ponerse seria—. Siguiente punto. He escrito detalles de una acción encubierta del GRU en Turquía. Proponen suministrar armas y explosivos a los separatistas kurdos de Estambul. A pesar de las objeciones de los servicios de inteligencia, el presidente Putin aprobó anoche la operación. He incluido todos los detalles.

—Cuánta información. Tus informes saldrán esta noche —dijo mientras guardaba el termo en la mochila.

—Una última cosa. ¿Estás al tanto de la situación con alguien llamado MAGNIT? —le consultó. Conocía la inclinación de Benford por la compartimentación y no quería decir demasiado. Walters asintió.

—Simon Benford me informó por teléfono seguro cuando me contactaron para reunirme contigo. Conozco los hechos generales, tanto como cualquiera de nosotros lo sabe.

—He informado de todo lo que he oído, pero por favor, recalca a Benford que MAGNIT está siendo considerado para un puesto no especificado en la Administración. El Kremlin está muy entusiasmado. Aún no conozco la identidad de MAGNIT.

—Esto desatará una tormenta en el cuartel general.

—Creará más que una tormenta si MAGNIT empieza a leer mis informes de inteligencia en su nuevo puesto, y empieza a pasárselos a

Moscú —dijo Dominika. Ricky, por primera vez en su joven carrera, vio y apreció el gélido peligro con el que esta mujer (y todas las agentes) vivía cada día, y se maravilló del valor necesario para seguir operando.

Comprobó el contador de tiempo transcurrido en la tableta.

—Quince minutos, debería ponerme en marcha —señaló, recordando un último asunto—. El señor Benford quería que te pidiera confirmación, cuando puedas, sobre quién estuvo detrás de la muerte de nuestro difunto director Alex Larson. Está obsesionado con averiguarlo.

Dominika se miró los zapatos.

—Por favor, dile a Simon que solo el presidente podría haber dado la orden. Sospecho que Anton Gorelikov sería el encargado de diseñar semejante plan. Lo confirmaré cuando pueda.

Walters asintió.

—Hablarás con Nash dentro de diez días.

Dominika no pudo estrecharle la mano; había oído que el FSB había dejado de utilizar *metka* cuando su uso contra diplomáticos occidentales se convirtió en una embarazosa historia internacional en los embriagadores años de la *glastnost*, pero la CIA continuó con el protocolo profiláctico a pesar de todo.

«¿Confías en que Putin no vuelva a rociarnos el culo?», había bufado Gable. Cuando se vieran en Viena, le preguntaría a Nate por los resultados del uso de polvo espía en SUSAN. Su Nate. Por muy enfadada que estuviera con él en Atenas, lo echaba de menos y ansiaba verlo.

Ella le sonrió.

—¿Conoces el camino de vuelta? Ten cuidado con el termo. Y gracias por el reloj y las gafas.

Se encogió de hombros cargando la mochila.

—Cuídate, Dominika. Estaré en cualquier momento, en cualquier lugar, si me necesitas. Comprobaré las señales todos los días. —Se dio la vuelta y desapareció por un recodo del arroyo, agitando la niebla del suelo mientras se movía. Que uno de los fantasmas tártaros del siglo XVII que viven en el musgoso barranco de Golosov te acompañe a casa, pensó Dominika.

* * *

Benford despotricaba en su despacho, lo que llevó a Dotty, su secretaria desde hacía ocho años, a sacudir la cabeza en señal de advertencia a varios agentes del CID que deseaban hablar con el jefe esta mañana. «Mejor no; tal vez esta tarde», era el estribillo susurrado.

El último chisme de Dominika sobre que el presidente estaba considerando a MAGNIT para un puesto importante debería haber facilitado la clasificación de los posibles, pero necesitaba un nombre. Benford ya sospechaba y se temía lo peor: la vacante de alto rango hacia la que el Kremlin dirigía a MAGNIT era la que los propios rusos habían creado al matar a su amigo Alex Larson, el último DCIA. Sabía que buscaba a un alto cargo que, en algún momento de la última década, hubiera sabido lo suficiente sobre el cañón de riel de la Marina estadounidense como para haber informado de los detalles técnicos a los rusos. En teoría, ahora podía reducirse el número de miembros del personal de la Marina —oficiales, reclutas, científicos y contratistas civiles—, ya que era probable que el presidente no interviniera a ninguno de ellos. ¿O se trataba de alguien en quien no habían pensado? De la docena de burócratas de alto rango, solo el actual secretario del Departamento de Energía había sido informado, de manera ocasional, sobre el cañón de riel, pero también había pasado años en otros departamentos y en otros proyectos. Según Dominika, MAGNIT había sido una fuente de información activa durante una década. Una anomalía. ¿Podría haber falseado los hechos? Y lo que era más inquietante: ¿podría ese astuto bastardo de Anton Gorelikov estar repartiendo variantes de la misma historia a distintas personas —lo que en este juego se conoce como enema de bario— como prueba de lealtad para ver qué variante aparecía y así señalar al traidor?

En Londres, el MI6 denominó a la trampa de bario prueba de tinte azul, describiendo, con esa metáfora, el mismo principio de captura de topos como verter tinte azul por una tubería para observar de qué cloaca, aguas abajo, acabaría saliendo el tinte. En una conferencia de enlace de contrainteligencia celebrada en Londres varios años antes, Benford había declarado que la terminología británica era una idiotez, señalando que los colectores —en especial las decrépitas cañerías del Reino Unido y Europa— se atascaban, o se rompían bajo tierra, y que la metáfora de un enema de bario era más de su agrado. «Eso, Simon, es porque eres un *uphill gardener*», dijo C., el jefe de los Seis, jerga que Benford no entendía, y nadie le dijo que significaba «marica hijo de puta». Gracias a Dios por la salud de las relaciones entre los dos países, respiraron los británicos en la sala.

Gable y Forsyth se reunieron con Benford para almorzar en el comedor ejecutivo de Langley, donde intercambiaron ideas y teorías. La elegante sala —tan estrecha como el vagón restaurante de un tren—, situada en la séptima planta del cuartel general, con vistas al arbolado río Potomac, tenía las mesas muy juntas, de modo que los recién llegados se veían obligados a caminar entre ellas, saludando con la cabeza a sus amigos o ignorando a sus enemigos. Todo el mundo veía a todo el mundo, y con quién almorzaba, por lo que las cábalas, camarillas y bandos entre los veteranos de Langley eran de dominio público. Benford pidió un plato de pasta con anchoas, perejil, *pangrattato* y limón, mientras que Forsyth se decantó por la bisque de cangrejo, y Gable, las gambas a la plancha.

—Esto me preocupa —dijo Benford mientras comía pasta—. Un topo ruso podría acabar en la sala del Gabinete.

Gable ensartó una gamba.

—Lo que no entiendo es que Domi diga que el cabrón lleva trabajando una década. Eso significa que su trabajo anterior era de interés para los rusos.

—Me preocupa que sea una trampa, una prueba antes de que Putin le dé el puesto de SVR —dijo Forsyth—. Santo Dios, nosotros investigamos a nuestros directores antes de proponerlos. También podría hacerlo el Kremlin.

El jefe de la Oficina de Asuntos del Congreso, Eric Duchin, un galopante arribista, entrometido y cotilla, llegó con un pelotón de sus chupapollas, abriéndose paso entre las mesas, deteniéndose a saludar a los compañeros jefes de División entre grandes risotadas y carcajadas. Duchin se detuvo en la mesa de Benford, rodeado de sus sonrientes acólitos, conocidos como «los mamones gilipollas» en las plantas de operaciones. Duchin tenía la cabeza cuadrada como un chicle, el pelo blanco como la nieve y la cara estrecha. Los alumnos de la Granja lo apodaban «el tampón».

—Simon —dijo, asintiendo.

—Eric —dijo Benford. Se hizo el silencio. Gable agarró la brocheta en la que le habían servido las gambas.

—Voy a convocar una reunión el viernes —dijo por fin Duchin—. El SSCI, el Comité Selecto del Senado, quiere que la CIA ofrezca sesiones informativas de cortesía a los posibles candidatos al puesto de director. Solo un aviso para que se preparen. El comité quiere que todos los postulantes puedan hablar de las operaciones actuales durante las audiencias a puerta cerrada, incluyendo tus payasadas rusas.

Benford dejó el tenedor, prefiriendo ignorar la palabra «payasadas».

—¿Debo entender que las sesiones informativas operativas deben proporcionarse a múltiples individuos, solo uno de los cuales será confirmado como director de la CIA? Es costumbre proporcionar una sesión informativa limitada al candidato final, y solo al candidato final.

Duchin se encogió de hombros.

—Tus preciados secretos estarán a salvo con ellos —dijo—. Te enviaré sus biografías. Todos tienen autorizaciones SI/TK (Inteligencia especial / Talento clave), de alto secreto, incluidas entradas del Programa de Acceso Especial. Además, el director quiere que se haga así. Mayor transparencia. —Tras el ahogamiento de Alex Larson, se había nombrado un director en funciones, al que el servil Duchin ya llamaba «director».

Benford se enfadó.

—¿Mayor transparencia? ¿En un servicio de inteligencia? —espetó—. Duchin, eres incapaz de desarrollar un pensamiento consciente. Eres, sin lugar a dudas, mi enemigo nato. Márchate.

Duchin se encogió de hombros.

—Háblalo con el director. Se ha comprometido a que la transición sea fluida. Nos vemos el viernes.

Los tres se quedaron sentados en silencio a la mesa, pensando en un par de ojos azul eléctrico solos en el Kremlin, revoloteando por los rostros flojos y fornidos alrededor de la mesa, cualquiera de los cuales apretaría el gatillo contra ella sin dudarlo. Las sesiones informativas de estos nominados incluirían, sin forma de evitarlo, como mínimo, una mención a una penetración de la SVR dirigida por la CIA, y en el peor de los casos, el verdadero nombre de DIVA. Sacrilegio.

—¿Cómo funciona esto de que todos los posibles candidatos a director sean informados y entrevistados por el SSCI? —dijo Gable—. ¿Qué ha pasado con Potus eligiendo a su hombre, una única persona, y nominándolo? ¿Qué coño es esto, un concurso de belleza?

—El director en funciones lo sugirió —respondió Forsyth—. De esta forma puede impulsar diferentes candidatos, todos los cuales desmantelarán las políticas de Alex Larson, aplacarán al Congreso y mantendrán a la Agencia centrada en los asuntos medioambientales en lugar de en la producción de kilotones del artefacto de uranio que los nokos detonaron bajo tierra hace dos meses.

Benford se estremeció, apartó el plato y miró a Forsyth.

—¿Qué acabas de decir?

—El director en funciones lo quería así.

—No, antes de eso.

—Que examinemos y aprobemos a nuestros propios directores antes de proponerlos.

—Exacto —dijo Benford. Y los rusos mataron a Alex, y estamos buscando un topo.

—¿Quién va a conseguir un trabajo importante en la rama ejecutiva? —dijo Gable.

—La vacante es el director de esta Agencia. Ahora está claro. El candidato del Kremlin es para la DCIA —dijo Benford, golpeando la mesa.

Forsyth miró a Benford por encima de sus gafas.

—Será mejor que te asegures antes de activar la alarma de incendios. Ni siquiera Putin podría hacer esto.

—Puede que no —aceptó Benford—, pero ese cerebro de Gorelikov podría si lo que DIVA dice de él es cierto.

Gable dejó de hurgarse los dientes.

—¿Estás diciendo que uno de los tres candidatos para la DCIA es el topo? ¿Podrían hacerlo? —preguntó.

—Puede que sí, puede que no —murmuró Benford—. Pero no podemos quedarnos de brazos cruzados.

—Tenemos que informar a todos antes de que se elija a uno.

Forsyth gimió.

—Demasiado obvio —dijo Benford—. Veamos cómo verter un poco de tinte azul por la alcantarilla.

Gable empezó a hurgarse los dientes otra vez.

—Si estás hablando de enema de bario, tengo un inoculador en mi oficina.

Pasta al limón de Benford

Saltea los filetes de anchoa en aceite de oliva con los puerros cortados en dados finos hasta que los filetes se disuelvan y los puerros se ablanden. En una sartén aparte, tuesta las migas de pan (*pangrattato*) con un poco de aceite de oliva, ajo y escamas de chile rojo seco hasta que las migas estén doradas. Cuece los bucatini, escúrrelos y mézclalos con el aceite de las anchoas y los puerros. Espolvorea con perejil picado, pan rallado y un buen chorro de zumo de limón. Sírvelo sin demora.

14
Amoralidad expeditiva

El informe escrito por DIVA documentó con extremo detalle el debate del Consejo de Seguridad en el Kremlin sobre la acción militar encubierta del GRU en Turquía cifrada OBVAL, presentada por el comandante Shlykov, quien argumentó que Turquía se encontraba en una transición caótica: los partidos políticos islámicos fundamentalistas estaban erosionando las tradiciones militares laicas de Atatürk. Desde 1984, el país se enfrentaba a una prolongada insurrección urbana armada, de baja intensidad, del Partido Socialista de los Trabajadores del Kurdistán (PKK) en su lucha por los derechos políticos y la autodeterminación. La actual ayuda militar estadounidense a los Peshmerga kurdos en Irak había incomodado al Gobierno turco (aunque los Peshmerga iraquíes no tenían ninguna conexión política con los terroristas del PKK). Ankara confundió con mala fe este apoyo militar en Irak con el respaldo estadounidense a los deseos kurdos de separarse del país y reclamar una franja considerable de territorio turco soberano como su patria heredada. Los planificadores de la URG, reconociendo el cisma bilateral que se estaba gestando y la consiguiente oportunidad de abrir una brecha entre Washington y Ankara —algo que Putin y su camarilla de lameculos sabían hacer mejor—, habían desarrollado un plan para Turquía.

La narración de DIVA —impresa en ruso en letras ahorradoras de espacio tan pequeñas que los traductores tenían que utilizar lupas para leer el texto— informaba de que el agresivo Shlykov había trazado su plan por el cual Moscú suministraría a las células del PKK en Estambul cohetes antiblindaje RPG-18 «Mukha», minas antipersona MON-200 y minas explosivas a presión PMN-4 de mayor tamaño, para utilizarlas en ataques terroristas urbanos en Estambul, diseñados para crear una crisis en el Gobierno, exacerbar las tensas relaciones con Washington y, en última instancia, desestabilizar a la propia Turquía, el tradicional baluarte meridional de la OTAN.

Las fuerzas especiales navales rusas apoyarían la operación. El material se entregaría en una serie de incursiones nocturnas en pequeñas embarcaciones disfrazadas de pesqueros a miembros del PKK que esperaban en un merendero aislado, fuera de temporada, a orillas del arroyo Riva, a siete kilómetros navegables tierra adentro de la costa turca del mar Negro. A continuación, el PKK transportaría las armas en camiones hasta Estambul, las almacenaría en una serie de depósitos y las distribuiría entre las células. A pesar de las objeciones de los servicios de inteligencia civiles al plan de acción encubierta, el presidente Putin había aprobado la operación. Estaba dispuesto a emprender esta aventura en el extranjero y correr los riesgos —que el GRU evaluó como mínimos— para debilitar a la OTAN, y en especial para desestabilizar al único Estado miembro musulmán de la coalición. Después de eso, ya nadie se opuso. DIVA concluyó su informe escribiendo sobre Shlykov: «Este "joven de oro" pretende proporcionar suficientes explosivos al PKK para incendiar Estambul a ambos lados del Bósforo, desde Europa hasta Asia».

* * *

El informe de DIVA desencadenó una apresurada reunión en la sede de la CIA en Langley.

Benford había designado, no hacía mucho tiempo, a Gable como principal responsable de DIVA.

Benford, Forsyth, Gable. Estos tres veteranos oficiales eran tan diferentes en temperamento y estilo como se pueda imaginar. Pero se habían unido como un equipo cuando Nate Nash reclutó a DIVA en Helsinki, y bajo su sutil tutela se había convertido en una fuente de información de talla mundial. Nash, el cuarto y más joven miembro de la camarilla, no asistió a la reunión: acababa de ser destinado como jefe de Operaciones de la CIA en Londres, a primera vista una asignación de primera en una carrera en sólida progresión, pero en realidad diseñada para tenerlo ocupado y alejado de DIVA. Forsyth —el mejor agente de caso entre ellos— había calificado a Nash de «mago» en la calle, trabajando contra la vigilancia hostil en zonas denegadas. Forsyth había sido jefe de estación de Nate en dos ocasiones anteriores, y sabía lo buen agente que era, a pesar del problema del sexo con DIVA.

—Me parece recordar tu enamoramiento no aprobado hace veinte años de cierta guardiana de un piso franco en Roma —le había recordado una vez Forsyth a Gable mientras hablaban de Nash—. Sabías que iba contra las reglas, pero solías correr hasta allí con las piernas arqueadas para verla todas las semanas.

—Eso era diferente —gruñó Gable—. Éramos jóvenes, ella me cocinaba carbonara y yo la ayudaba.

Forsyth lo miró inexpresivo.

—¿Carbonara? ¿Usó panceta, *guanciale* o algún otro producto del cerdo?

—Muy gracioso. Si era para tanto, ¿por qué no me diste una patada en los huevos? —dijo Gable con la cara roja.

—Tal vez sabía que podías tenerlo controlado, o tal vez sabía que tenías la disciplina para mantenerla a salvo. Como tal vez le damos a Nash la misma holgura. No digo que sea un niño de coro, pero Domi tiene la mitad de la culpa. Maldita sea, están enamorados, tú mismo lo has dicho.

Gable negó con la cabeza, pero estuvo de acuerdo. Hoy, Forsyth había incluido a Lucius Westfall, que, como nuevo ayudante de Benford, estaba autorizado para el material DIVA y, por lo tanto, figuraba en la pequeñísima lista BIGOT del caso, la lista abreviada de oficiales que habían leído su expediente y que estaban autorizados para el compartimento RH (manejo restringido). Westfall se sentó sin más en una silla del rincón: sabía cuál era su lugar en la cadena alimentaria de la sala.

—La facilidad de estos rusos para el caos es impresionante —comentó Forsyth. Levantó la vista de los informes de DIVA sobre Estambul y se colocó las gafas de media luna sobre la cabeza.

—Son unos cabrones —soltó Gable—, pero si llevamos esto al enlace turco y los ayudamos, nos besarán el culo durante una década.

—Estoy de acuerdo —dijo Forsyth—. Pero no a TNIO, los chicos de inteligencia. No se fían de nosotros. Se lo llevamos a la TNP, la Policía Nacional turca; son serios y accesibles.

—Y cuando dices «ayudarlos» —intervino Benford dirigiéndose a Gable—, ¿a qué te refieres en concreto?

—Interceptar los envíos, empapelar a los santurrones que esperan la entrega en el pantano, dejar que el TNP los haga sudar y limpiar el resto de las células —respondió Gable. Lucius Westfall se aclaró la garganta y se removió en su asiento. Gable lo miró. El joven le caía bien, pero al igual que con Nate, el protegido de Gable, nunca lo diría.

—Si tienes algo que decir, dilo. No esperes a que se nos ponga dura.

—Estaba pensando… Estambul tiene más de catorce millones de habitantes. Los kurdos de la ciudad son unos cuatro millones.

—Admirable dominio de los hechos, que confío en que pronto se demuestre que son relevantes para esta discusión —dijo Benford, frotándose la cara.

—La cuestión es que nunca estaremos seguros de acabar con el cien por cien de las células del PKK con un par de redadas y una veintena de detenciones —prosiguió Westfall, tragando saliva—. La ciudad es demasiado grande, la población kurda es demasiado difusa. Tenemos que considerarlo en tres partes.

—Sigue —dijo Benford. Le gustaba el pensamiento lineal, del que, según decía, carecía el Gobierno estadounidense.

—Tenemos que interceptar todo el equipo ruso sin excepción. No podemos dejar pasar ni una mina. Luego tenemos que identificar lo mejor posible la organización del PKK en la ciudad. Por último, tenemos que neutralizar la fuente del problema: el comandante del GRU Valeriy Shlykov.

Los hombres de la sala se removieron en sus asientos.

—Eres un Alfred Einstein cualquiera —dijo Gable—. Continúa. —A pesar de su rudeza, Gable sabía cómo atraer a los jóvenes oficiales, hacer que pensaran y que defendieran lo que creían.

—Para desarticular todo el asunto, creo que tenemos que localizar las armas antes de que lleguen a Turquía —dijo Westfall—. De esa forma las rastreamos desde la ensenada interior, al almacén, a la maceta del patio trasero, al sótano del piso franco, y así los cogemos a todos.

—¿Antes de que lleguen a Turquía? —preguntó Gable—. ¿Igual que en Rusia? —Los demás se quedaron callados, pensando lo mismo.

—Ni hablar —quiso zanjar Benford—. DIVA ya está en peligro como está, informando de esta inteligencia única. La jodimos en Estambul, ella es uno de los veinte miembros del Consejo en la sala, ni siquiera miembro de pleno derecho todavía, que saben de la acción encubierta del PKK. Intentar algo con el cargamento cuando aún está en Rusia sería doblemente suicida para ella.

—Puede que no —objetó Westfall—. DIVA ha dicho que las cajas iban a ser transportadas en camión a Sebastopol y guardadas en un almacén, y luego transportadas a través del mar Negro hasta Turquía en pequeños barcos pesqueros, cuando recibieran luz verde de Shlykov. Es una acción encubierta del GRU; guardarán esto en secreto, y se mantendrán alejados de las instalaciones navales oficiales rusas. Será un almacén comercial, un blanco fácil.

—Vale, campeón, ¿asumes la responsabilidad de invadir Rusia y empezar la Tercera Guerra Mundial? —dijo Gable. Westfall se quedó callado.

Benford se levantó del sofá y empezó a pasearse, mirando a Westfall de reojo.

—¿Cómo propones entrar sin ser detectado en un almacén de Sebastopol controlado por los rusos e instalar balizas en una docena de cajas?

—Nos vendrían bien los WOLVERINE —respondió Westfall.

Se levantaron las cabezas de la sala.

—¿No se han retirado todos? —se interesó Gable.

—Están en situación de reserva —aclaró Forsyth—. No les gustaba quedarse fuera de juego. Los mantuve ocupados todo el tiempo que pude.

—He oído que eran bastante eficaces —continuó Westfall—. El archivo es fascinante.

—Volver a la Guerra Fría —pensó en voz alta Benford con la cabeza ladeada—.

—Olvídalo —atajó Gable—. Eran polacos locos anticomunistas, fuera de control. ¿Quién va a manejarlos?

—Necesitaríamos a alguien que hable ruso, un operador fuerte, un experto en zonas inaccesibles —sugirió Westfall.

Todos pensaban en el mismo nombre.

—¿Y quién podría ser? —dijo Benford.

—Nate Nash —contestó Westfall sin rodeos. Nadie dijo nada. Westfall no sabía nada de la situación de Nash en el área.

—Vamos a dejar eso aparcado de momento —dijo Forsyth—. ¿Qué hacemos con Shlykov?

—He estado pensando en eso —dijo Westfall, tragando saliva—. DIVA dice que Gorelikov quiere hundir a Shlykov. ¿Y si le damos una razón para hacerlo? ¿Podría parecer que el propio Shlykov es el responsable del hundimiento de toda la acción encubierta en Estambul?

—Continúa —exigió Gable. Los tres veteranos escuchaban ahora con atención.

—Creo que los oficiales de operaciones lo llamáis «quemar» a alguien. ¿Y si hacemos que parezca que Shlykov está haciendo doblete, cogiendo dinero de la CIA y no informando de ello? Los rusos son tan suspicaces que se lo creerán.

—Es mucho pedir. Tendría que ser convincente —comentó Forsyth calculando ya el operativo—. Cuenta bancaria, equipo de espionaje bajo el colchón, señales.

—En realidad no tiene que ser cien por cien convincente —siguió hablando Westfall—. DIVA y Gorelikov necesitan lo justo para hundirlo: implicar y condenar a inocentes son formas de arte rusas.

—Y el investigador principal se lleva el mérito de atrapar a una rata —continuó la trama Forsyth.

—Una jefa de Línea KR de ojos azules —se sumó Gable—. La protege y se apunta otra cabellera del CI.

—Sigue siendo un riesgo. Se supone que Shlykov es muy bueno y popular —dijo Benford, mirando alrededor de la habitación. Estaban pensando en el mismo nombre... otra vez.

—Llamaré a Londres —dijo Forsyth—. Puede estar aquí en dos días.

—Quiero verlo yo en persona —dijo Benford—. Deberíamos reunirnos todos cuando llegue. Si vamos a desbancar a este rufián del GRU, Nash debe ser brillante al respecto. —Dejó de caminar—. Decidle a Nash que Benford, en particular, dice que debe esforzarse por ser brillante.

—Y enviaré la llamada de reactivación a los WOLVERINE —dijo Forsyth—. Estarán encantados.

—¿Contento? —resopló Gable—. ¿Quién les va a decir que Stalin ha muerto?

Westfall tragó saliva dos veces.

* * *

Nate entró en el despacho de Benford al mediodía del segundo día, después de haber tomado el vuelo de Londres a primera hora de la mañana. El telegrama del jefe EUR Forsyth por el que se le llamaba al cuartel general solo mencionaba que se le requería para «consultas», lo que en la jerga de los enlaces podía significar que tenía problemas por una transgresión desconocida, o que había sido elegido como chivo expiatorio para ser asignado a un puesto de enlace en el cuartel general de la FEEB, un exilio de pesadilla que ningún oficial de operaciones deseaba; o que había una operación espectacular de la que Benford quería que se encargara. Nate, el encargado del caso, estudió la cara de bulldog francés de Benford en busca de alguna pista, pero el cazador de topos se mostró inescrutable. Benford señaló una silla junto a su desordenado escritorio —toda su oficina parecía Pompeya después del Vesubio—, abrió un archivo de manejo restringido y leyó en silencio.

Como cualquier operador astuto, Nate leyó el título de letras mayúsculas al revés en la portada de RH: GCDIVA. ¿Qué era aquello? ¿Iban a sancionarlo por la riña que había tenido con Dominika en Atenas? De eso hacía semanas.

Nate sabía que sus relaciones con Benford, Gable y Forsyth se habían resentido desde Helsinki debido a su relación con DIVA. También sabía muy bien que no había sido separado sumariamente del Servicio solo como un acomodo para mantener al agente controlado. Así las cosas, pendía de un hilo. La mente de Nash volvió al principio.

El paréntesis en el contacto con Dominika entre las reuniones en Europa siempre enfriaba las cosas, pero estos oficiales no eran tontos. Benford esperaba reincidencias; Forsyth lo comprendía, aunque con pesar; Gable era el peor: conocía a Nate y a Dominika como protegidos, podía leerlos como el feriante que adivina tu peso en la feria del campo. Peor aún, podía oler el coito desde el otro lado de la habitación. El desastroso final del contacto en Atenas, lleno de lágrimas, no había ayudado.

Nate se preocupaba por la futilidad y la falta de profesionalidad de su relación amorosa: era *besperspektivnyak*, una situación desesperada, un ejercicio infructuoso. Dominika lo amaba con pasión desmedida y no le importaban las reglas. Se burlaba de él por actuar como un ruso adusto mientras ella se mostraba como una amante estadounidense liberada. El tema de su deserción y reasentamiento era la yesca que siempre iniciaba las discusiones.

¿Qué sientes por ella ahora?, pensó para sí, agradecido de que entre las habilidades vampíricas de Benford no estuviera incluida, eso esperaba, la lectura de mentes. Era una suerte, ya que Nathaniel Nash sabía en ese momento, siempre lo había sabido, que amaba a la hermosa rusa de ceño serio que se fundía en una sonrisa vertiginosa desde el otro lado de la calle cuando lo veía acercarse. Le encantaba la forma en que ella pronunciaba su nombre —Neyt, con la amplia vocal rusa— cuando hacían el amor y cómo echaba la cabeza hacia atrás, con los párpados agitados y la barbilla temblorosa, gimiendo *Ya zakanchivayu*, estoy acabando (los rusos nunca dicen «me voy a correr»).

La burbuja estalló cuando Benford levantó la vista y habló.

—¿Tienes *jet lag*, Nash?

—No, Simon, estoy bien. Es un vuelo fácil —respondió Nate, tratando de borrar la imagen de la cara de Dominika en la almohada.

—Tenemos algo pensado para ti, algo bastante importante.

—Pero no me digas que debo comprar un plan de comidas de doce meses para la cafetería del edificio J. Edgar Hoover. —Nate había querido decir esto como una broma, para fomentar la armonía y para sugerir, o suplicar, que no lo enviaran al FBI a trabajar en el grupo de trabajo conjunto. Bromear con Benford era como cazar leones a caballo con una lanza: en teoría se podía hacer, pero lo más probable era que no saliera bien.

Benford se quedó mirando a Nate durante diez segundos.

—¿Sabes algo de ciencia, Nash? Quiero decir, aparte de la mecánica de fluidos de las emisiones nocturnas, de la que estoy seguro de que eres estudiante desde hace mucho tiempo. —Nate se encogió de hombros, ya arrepentido de su broma—. Como la luz viaja más rápido que el sonido, algunas personas parecen brillantes hasta que las oyes hablar... Esfuérzate por no ser una de esas personas. Un buen punto de partida es no hablar a menos que te hablen.

—De acuerdo, Simon.

—Ahora tenemos por delante una operación crítica. Es bastante complicada, ya que consta de tres partes. Por muy alarmante que sea, tú tendrías un papel axial en cada parte. —Nate abrió la boca para hacer una pregunta, pero Benford levantó la mano y sacudió la cabeza con cara de «no lo estropees»—. Si me permites te haré un resumen —dijo Benford. Se sentó en la silla y apoyó los pies en el escritorio, provocando una pequeña avalancha de papeles que cayeron al suelo—: DIVA acaba de informar de que el Kremlin busca desestabilizar Turquía suministrando cohetes antiblindaje y minas de presión a los insurgentes separatistas del PKK en Estambul. Primera parte: balizaremos las cajas de armas en su punto de almacenaje en Sebastopol utilizando un experimentado equipo de asalto de reservistas que, teniendo en cuenta tu experiencia en lengua rusa y en zonas denegadas, dirigirás tú. La operación no debería durar más de dos días, con un tiempo sobre el objetivo de, más o menos, dos horas.

—¿Reservistas de la Tormenta del Desierto o de Afganistán? —preguntó Nate.

—No, más cercanos a los años del Muro de Berlín.

—¿Perdón? ¿El Muro de Berlín?

—El Muro de Berlín. Tal vez te lo perdiste mientras veías *Dance Fever* en televisión.

—¿*Dance Fever*?

—No importa. No hay razón para que hayas oído hablar de ellos, los WOLVERINE. Se dieron a conocer durante la Guerra Fría en Polonia.

—¿Cómo se dieron a conocer? —preguntó Nate—. ¿Hicieron explotar cosas?

Benford agitó la mano en el aire.

—Déjame continuar. Segunda parte: estarás en contacto con la Policía Nacional turca mientras preparan redadas antiterroristas contra el PKK, informados por nuestro rastreo de balizas de todo el equipamiento. Esos preparativos incluyen escuchas telefónicas de la *rezidentura* del SVR en Estambul, y del mayor del GRU Valeriy Shlykov, que es el oficial de inteligencia ruso sobre el terreno que apoya a las células del PKK, razón por la cual necesitamos de nuevo tu dominio del ruso. Tercera parte: al mismo tiempo, necesitamos quemar al camarada Shlykov. Una idea es hacer que parezca que es un activo de la CIA, y sugerir que subvirtió su propia acción encubierta. Creemos que esta idea tiene mérito, pero el plan está sin formar; hay que pulirlo. Una característica de este acto final es que la propia DIVA investigue, exponga y difame a Shlykov, lo que la protegerá como fuente, además de otorgarle un crédito adicional de contraespionaje como jefa de la Línea KR.

—¿Prevés encuentros personales con ella en Estambul? —consultó Nate con indiferencia. Podremos...

—Marty Gable es el controlador principal —atajó los pensamientos de Nate—. Puedes participar en las reuniones, pero quiero que seas inteligente, que actúes con moderación.

Nate se miró las manos.

—Restricción. Confío en que haya quedado claro —explicitó Benford.

—Sí, señor. Nunca pondría en peligro su seguridad. Lo digo en serio.

El rostro de Benford se conmovió.

—Por mi parte, recuerdo que fuiste tú, un joven oficial de casos que acababa de ser expulsado de Moscú por ese inútil de Gondorf, quien reclutó a DIVA. Fue un gran logro. Se ha convertido en una fuente que supera a estrellas de la Guerra Fría como Penkovsky y Polyakov, e incluso Korchnoi en la era moderna. —Nate sintió calor en la cara; Benford nunca halagaba a nadie—. Razón de más para preservar el caso y protegerla todo el tiempo que podamos —dijo Benford.

—Y luego sacarla y reasentarla en algún lugar seguro —dijo Nate.

—Tal vez —comentó Benford—, si en algún momento quiere desertar. Pero no lo hará. Y a menos que quiera salir, este Servicio la mantendrá tanto tiempo como podamos, para preservar el flujo de información hasta que se detenga.

Nate examinó el rostro de Benford.

—Quieres decir hasta que sea capturada y ejecutada —dijo Nate tajante.

—No seas dramático —dijo Benford, sentándose e inclinándose hacia delante—. Todos hacemos todo lo posible por protegerla.

—Pero preservamos la información, es lo que estás diciendo, por encima de todo, incluso de su vida, hasta el último informe.

—Si es necesario, sí. Para salvaguardar la seguridad nacional y preservar la República, si me perdonas la pomposidad. Es lo que hacemos.

—Se comprometió con nosotros. Está arriesgando su vida por nosotros —dijo Nate, levantándose de la silla—. Me reuniré con Gable para hablar de todo y te daré más detalles.

Se dirigió hacia la puerta; ya tenía la mano en el pomo, cuando Benford habló:

—Nash, operamos en un banco de niebla hostil, lidiamos con la ambigüedad y, si debemos hacerlo, aplicamos la amoralidad expeditiva para lograr objetivos morales. Acéptalo o dime qué otra cosa quieres hacer con tu vida.

La carbonara del piso franco de Gable

Saltea las tiras de *guanciale* hasta que estén crujientes. Bate las yemas de huevo y el pecorino romano rallado hasta formar una bola dura. Cuece la pasta un minuto menos que al dente y, a continuación, utiliza el agua de la pasta para batir la bola de huevo y queso hasta que quede cremosa. Mezcla la pasta cocida con la mezcla de *guanciale* y huevo y sírvela de inmediato.

15
La segunda Guerra Fría

La petición de DIVA para que Nash participara en la segunda reunión con su reclutamiento nuclear norcoreano no gustó a Benford, que quería que Gable se encargara de ello. Pero Ricky Walters, desde Moscú, informó de que Dominika había reiterado que quería que Nash estuviera allí; además, solo iba a durar un par de horas apresuradas, pues la casa de campo estaba muy cerca de la sede del OIEA y de las miradas indiscretas de los gorilas de seguridad de Noko. Benford cedió, razonando que en dos horas no tendrían tiempo de discutir sobre la exfiltración, y mucho menos de enzarzarse, en palabras de Gable, en ningún «grito ahogado».

Nate voló sin escala a Copenhague y tomó el vuelo de dos horas a Viena en Austrian Air, después reservó una habitación en la Pension Domizil, a media manzana de Schulerstrasse del hotel de Dominika. Le dejó una nota con el número de su habitación y desayunó en el comedor con cortinas. Ella entró justo cuando él terminaba. Iba elegante con falda negra, chaqueta de cuero con cuello estrecho de piel y botines de cuero negro. Habían pasado tres semanas desde Grecia y, como solía ocurrir entre ellos, la dulce ausencia apagó la acritud por su determinación de seguir espiando, a pesar de los crecientes peligros. No quiso desayunar y miró una y otra vez su teléfono de operaciones de la Línea T encriptado, en busca de mensajes de Ioana, que esperaba en la cabaña segura por si el profesor Ri llegaba antes de su reunión programada a las doce. Tendrían dos horas con él, la totalidad de una larga pausa para comer a la que estaban acostumbrados los cinco mil euroburócratas mimados que trabajaban en el Centro Internacional de Viena en Donaustadt, al norte del río. El complejo de relucientes edificios en forma de Y albergaba de forma continua una Torre de Babel de oficinas de la ONU, desde las que cadenas de oficinistas internacionales elaboraban kilómetros de documentos, todos ellos, sin duda, vitales para la supervivencia del planeta: OIEA (energía atómica), ONUDI (desarrollo industrial), ONUDD (drogas y delincuencia) y UNOOSA (asuntos del espacio exterior).

Dominika volvió a mirar el teléfono, se inclinó sobre la mesa, agarró el jersey de Nate y tiró de él para besarlo.

—Nuestro agente no llega hasta dentro de dos horas, y se tardan siete minutos en llegar en el tranvía número ocho —dijo, sentándose de nuevo—. Me gustaría subir a tu habitación y chocar sobre ti.

Nate se relajó y se echó hacia atrás.

—Solemos decir «saltar sobre ti» para describir lo que estás pensando.

—¿Por qué? —dijo Dominika—. Creo que «chocar» describe mejor lo que pienso.

Arriba, Nate apenas tuvo tiempo de colgar el cartel de *bitte nicht stören* en el pomo y cerrar la puerta. La chaqueta de cuero de Dominika chirriaba mientras hacían el amor, vestidos, en un sillón, con las bocas pegadas y el pelo de Dominika caído sobre los hombros, con mechones pegados a sus mejillas sudorosas. La segunda ronda consistió en arrancarse la ropa de forma frenética, tirar el extravagante edredón austriaco de la cama y la reinvención de lo que los historiadores llamaron por primera vez la postura del misionero, pero sin ninguna de las restricciones evangélicas originales.

Sentados en asientos separados en el tranvía, uno frente al otro, con las piernas todavía temblorosas y los rostros sonrojados, intentaban no mirarse. Dominika se había peinado, pero un mechón suelto que le colgaba a un lado de la cara dejaba entrever un reciente libertinaje de doncella. Salieron del tranvía y caminaron por el jardín del Arcotel, por el sendero que rodeaba el lago Kaiserwasser y por el último tramo de Laberlweg, una frondosa carretera que discurría a lo largo de una lengua de tierra frente al Danubio superior, un plácido brazo del río que se unía al río principal corriente abajo. Todas las residencias eran bonitas casitas de verano de dos habitaciones con contraventanas ornamentales rojas o azules y porches con mosquitera. Tenían patios delanteros cubiertos de hierba que llegaban hasta la orilla, cada uno con un muelle de pontones para canoas y esquifes de verano, ahora desnudos y meciéndose con suavidad en el lento movimiento del agua en invierno.

Acababan de dar las doce y el profesor Ri aparecería dentro de unos minutos. Nate desempeñaría un papel subordinado durante el interrogatorio, preguntando por las necesidades de información de la CIA en los momentos oportunos. Ioana daría un paseo durante la reunión, procedimiento estándar, pero también conveniente porque así Dominika no tendría que explicar quién era Nate, al menos no de inmediato. Dominika había estado acariciando la idea de reclutar a Ioana para la CIA —ella adoraría a *bratok*, estaba segura— y la idea de que una subagente, una confederada, la ayudara en este trabajo era algo que quería discutir con Benford. Estaba segura de que funcionaría, sobre todo si Ioana pasaba de la categoría de gorrión a la de operativa.

Cuando abrió la puerta de la casa, supo que el mundo se había derrumbado. El pequeño salón era un amasijo de muebles astillados y estanterías caídas, incluido un sillón volcado y empapado en sangre que había sido acuchillado una docena de veces y cuyo relleno estaba esparcido por el suelo. La cocina estaba llena de platos y vasos rotos. Nate hizo un gesto silencioso hacia la puerta, indicando que debían largarse, pero Dominika sacudió la cabeza y susurró «Ioana». Pasando por encima de los detritus del salón, revisaron cada uno de los diminutos dormitorios. En uno de ellos, la ropa de Ioana estaba esparcida por la cama y una lámpara de noche había sido tirada a un rincón y destrozada. Dominika tenía la cara blanca.

Encontraron al profesor Ri boca abajo en la bañera del cuarto de baño, con restos de los cinco litros de su sangre esparcidos por las paredes de la bañera, la mayor parte de ella ya había desaparecido por el desagüe y ya habría alimentado a las carpas del Danubio. Volvieron al salón, con el rostro de Dominika como una máscara sombría.

—Ha sido Shlykov. Acaba de terminar con mi caso de Corea del Norte.

Nate siguió mirando a su alrededor, escuchando pasos.

—¿Shlykov hizo esto?

—No. Esto es obra de su bulldog Spetsnaz. Un hombre llamado Blokhin, que mató a Repina en Nueva York.

—¿Dónde está tu chica? ¿No estaba aquí esperando a tu agente?

—No lo sé. Estoy preocupada. —Chasqueó los dedos—. La grabadora.

Se dirigió al aparador, que no había sido tocado, y sacó la grabadora que Ioana había instalado antes de la reunión. La enchufó a la toma de corriente, le dio cuerda y pulsó *play*. Solo se oía el silbido del aire inerte.

—Se activa por voz. Lo habría puesto en modo de espera antes de que llegara Ri.

El siseo cesó y Dominika se quedó paralizada, mirando las bobinas.

Los dos micrófonos inalámbricos ocultos habían captado una conversación amortiguada.

De repente se oyó con claridad la voz de Blokhin, que hablaba inglés (así que el muy cabrón habló inglés todo este tiempo, ocultándolo, pensó Dominika). Su voz era tranquila y sedosa, luego la voz de Ioana, enfadada e indignada, luego Blokhin cambió al ruso, áspero y brutal, seguido de la cacofonía de una lucha. Ioana era fuerte y ágil, y el forcejeo se prolongó durante algún tiempo, con el sonido de su respiración entrecortada, primero débil y luego fuerte, según se alejaba o se acercaba a los micrófonos. El ruido de los muebles al romperse era constante. Dominika miró implorante a Nate, luego de nuevo a la grabadora, mientras Ioana gritaba un abrupto «*nyet!*», seguido de un gemido, luego silencio, luego gemidos y la sedosa voz de Blokhin de nuevo, en inglés, preguntando cuándo esperaban al caballero asiático, y si Egorova vendría con él, y la voz de Ioana escupiendo una obscenidad. El sonido de una bofetada, luego un grito desgarrador, amortiguado de inmediato, y Ioana diciendo una y otra vez que la reunión se había pospuesto, que Egorova ni siquiera estaba en la ciudad, y otro grito. ¿Qué le estaba haciendo? ¿Estaba atada a una silla? Luego unos débiles golpes en la puerta principal y la voz de Blokhin alejándose, luego desapareciendo del todo hasta que se oyó apenas el agudo lamento de un hombre mientras Blokhin hacía en la bañera lo que había decidido para el norcoreano. Mientras él estaba fuera de la habitación, Ioana, respirando nerviosa, habló al micrófono oculto en un susurro tembloroso y urgente. Su voz era metálica y flotaba en el aire.

—Es un ruso, sesenta años, metro y sesenta y ocho centímetros, noventa kilos, cara carnosa con cicatrices en la frente, brazos gruesos, muy fuerte. Le hice un corte en la mejilla con un vaso, pero no le hizo retroceder. —Ioana se echó a llorar por un instante, luego se detuvo y resopló—. Creo que me ha roto la muñeca. Me ha atado las muñecas y los tobillos y está usando el borde de un plato roto entre mis piernas. —Dominika, con los ojos desorbitados, miró a Nate horrorizada. Ioana sabía que iba a morir, pero le estaba dejando un mensaje—. Pregunta por ti, cuándo llegarás. Le he dicho que no vendrás, pero no me cree. Quiere matarte a ti también. Rezo para que no estés en camino. Cuando empiece de nuevo gritaré como una loca, tal vez me oigas, tal vez él huya. Mi muñeca rota está doblada de lado. Espera. Oigo gritos desde el baño. El científico está muerto. Soy la siguiente, va a volver. Mátalo si puedes. *Ya tebya lyublyu*, te quiero, cuídate, *scumpo*, cariño.

Dominika puso la cabeza entre las manos y sollozó.

La voz de Blokhin volvió al alcance del micrófono, de nuevo interrogando a Ioana sobre cuándo llegaría Dominika, quizá no antes de que Ioana hubiera ablandado al profesor con aquella cosita tan bonita entre las piernas, y otro grito de pesadilla que se redujo a un sollozo, y Ioana balbuceando una y otra vez que Egorova no iba a venir, entonces empezó a gritar, bramidos que le salían de la boca del estómago, una y otra vez, y sus gritos se interrumpieron de repente, seguidos de espantosos gorgoteos y jadeos —Nate reconoció el sonido de alguien que se ahogaba en su propia sangre a causa de un corte en la garganta—, luego un gruñido de Blokhin como si se la hubiera echado al hombro, el sonido de las chirriantes bisagras de la puerta mosquitera. Después de varios minutos de silencio, Blokhin volvió a entrar, había tres minutos enteros de sonidos suyos destrozando todo lo que no estaba roto en la casa, luego la puerta principal se cerró de golpe y no se oyó nada más que el siseo de la grabadora.

Dominika señaló el sillón volcado, el cojín del asiento empapado de sangre. Ioana había muerto allí. Nate se acercó a la puerta mosquitera que daba al patio y al río, y la empujó un par de centímetros con un dedo. Chirrió como en la cinta. Blokhin la había sacado fuera. Estaba en el río, flotando río abajo hacia Budapest, si es que no había aparecido ya en el recodo de un tronco flotante. Nate impidió que Dominika, con los ojos rojos y los dientes enseñados, saliera.

—Para. Podría estar ahí fuera. Déjame comprobarlo.

El patio estaba vacío, pero había gotas de sangre en el muelle de pontones donde Blokhin había caminado para llegar a aguas más profundas y la había arrojado. Nate caminó hasta el final del muelle, conteniendo la respiración, casi esperando verla mirándolo desde el agua azul y negra bajo los flotadores del pontón. Nada bajo el agua y nada más lejos en la corriente.

El afluente del Alte Donau fluía sin cesar para unirse a la arteria principal del Danubio varios cientos de metros al sur, y había más de una posibilidad de que su cuerpo fuera visto chocando contra las pilastras del paso elevado de la A22 o de otro puente río abajo, a menos que él hubiera atado algo pesado alrededor de sus pies, en cuyo caso aparecería en primavera, blanqueada e hinchada, una desconocida no identificable que confundiría a las autoridades austriacas hasta que acabara en la sección común del cementerio de Zentralfriedhof, otro gorrión que acabó lejos de su hogar, sin ser reclamado por el país al que servía, sin que su familia conociera su destino ni su tumba.

Nate oyó que Dominika se acercaba por detrás; la cogió y la sacó del muelle, y ella miró el agua negra del invierno, gritó, se agachó y vomitó en la hierba. La condujo de nuevo al interior, le salpicó la cara con agua, se embolsó la bobina de alambre de la grabadora, rebuscó en el dormitorio de Ioana y recuperó su pasaporte con alias rumano. Ambas sabían que no podían pensar en avisar a la policía. El profesor Ri sería dado por desaparecido, pero Dios sabe cuánto tiempo pasaría antes de que lo encontraran en una casa de alquiler junto al río. Los forenses de la policía estatal austriaca eran muy minuciosos. Al cerrar la puerta principal de la casa de campo, Nate limpió el pomo, pensando que entre la bañera, los muebles, la vajilla y el dragado del fondo del río bajo el muelle, el propietario tendría un poco de limpieza de primavera que hacer antes de que empezara la temporada de alquileres de verano.

Volvieron por Laberlweg, por donde habían venido, con las mejillas de Dominika húmedas de lágrimas. Mientras caminaban, Nate esperaba que Blokhin saliera del Kaiserwasser en una explosión de espuma, como un cocodrilo del Nilo emboscando a una cría de gacela. También estaba bastante seguro de que Blokhin ya estaría a medio camino de Schwechat y el aeropuerto. Se había cargado al agente de Dominika siguiendo instrucciones, había masacrado al guardián del piso franco como recompensa, pero no había esperado a Egorova, porque habría sido designada solo como objetivo de oportunidad: atrápala si puedes, pero no merodees por los alrededores y que no te arresten. Los gritos de Ioana le habían apresurado a seguir su camino. Su llegada tardía y la pronta aparición del norcoreano en la cabaña les habían salvado la vida. Nate no pensaba que fuera oponente para Blokhin en un combate cuerpo a cuerpo.

Se sorprendió de la brutalidad del asesino Spetsnaz. Debía de ser todo un animal. Todos esos tipos eran casos difíciles, pero a este le faltaba un tornillo. Ahora era obvio que Dominika era un objetivo y estaba en peligro. ¿Podrían protegerla sus nuevos patrones del Kremlin? Dentro del palacio, seguro, pero ¿en la calle? Nemtsov, líder del partido de la oposición, había sido tiroteado en el concurrido puente Bolshoy Moskvoretsky, a la sombra de la Torre Vodovzvodnaya del Kremlin. Una cosa era segura: Dominika estaba muerta a menos que la CIA pudiera acabar con ese gilipollas de Shlykov y su oso bailarín, Blokhin.

Dominika se hundió contra él, con el cuerpo tembloroso y la voz entrecortada.

—Estábamos en tu habitación, haciendo el amor, mientras la torturaban, ganando tiempo, entregándose para salvarme. —Sollozó—. Tuvo el valor de describir al hombre que la torturaba, aun sabiendo que iba a morir. Oh, *neschastnyy* Ioana, pobre hermana desgraciada. Deberíamos haber estado allí.

—No lo sabíamos, y si hubiéramos estado allí, también estaríamos en el río. Ese tipo no iba a dejar escapar a nadie.

—Debería haber estado allí.

Nate se detuvo en medio del camino y la sacudió por los hombros.

—Escúchame. No es culpa tuya. Un poco menos de culpa y mucho más de pensar en sobrevivir. ¿Este Shlykov te dará una paliza en Moscú?

Dominika se encogió de hombros y se lo quitó de encima.

—En la Rodina puede pasar cualquier cosa.

—Entonces acabar con él en Estambul es crítico. ¿Serás capaz de acabar con él si podemos complicarle la vida?

—Si fracasa y avergüenza al presidente, está perdido. Pero, ¿qué vais a hacer?

—No me creerías si te lo dijera —dijo Nate. Mientras caminaban, esbozó el plan para quemar al comandante Shlykov, y el papel de ella en la operación. Ella dejó de llorar, sus ojos ardían, y pensó en Ioana.

* * *

En Washington, el pesado proceso de selección de una nueva DCIA se aceleró y pidieron a Langley que preparara sesiones informativas para uso de los candidatos durante su comparecencia ante el Congreso. Benford recibió este requisito con inquietud.

La única postura política del presidente que preocupaba a Benford era la desconfianza de este hacia la CIA y su convicción de que se trataba de una organización anacrónica, propensa a cometer fechorías y actos ilegales y que, en consecuencia, debía ser desarticulada y reorganizada en profundidad. Por suerte, dijo el presidente, una nueva DCIA iniciaría reformas críticas. Para ello, la Casa Blanca estaba presentando tres candidatos para la DCIA, uno de los cuales sería seleccionado por su personal para su confirmación por el Senado. El poco comprensivo SSCI aprobó el plan y ordenó a la CIA que informara por igual a los tres candidatos para preparar las audiencias de confirmación. Informar sobre fuentes y métodos a los candidatos, antes de que se hubiera seleccionado un candidato formal, era una herejía, pero tanto el director en funciones como el lameculos del Congreso Duchin se encargaron de que los jefes de División cumplieran.

Benford estaba sentado al final de la enorme mesa de conferencias ovalada de la séptima planta del cuartel general, escuchando con amargura cómo Forsyth terminaba de informar a los tres nominados para la DCIA sobre un activo sensible de la División EUR: el representante de la Autoridad Palestina ante el Tribunal Internacional de Justicia de La Haya, cuyo caso estaba reportando gran cantidad datos de inteligencia sobre el apoyo iraní a la OLP y Hezbolá. La presentación de Forsyth había sido precedida de una sesión informativa del jefe de la División de América Latina, el locuaz Johnny Cross —con bigote de lápiz y tan guapo como un ídolo de matiné—, sobre un caso en Caracas, el viceministro de Energía reclutado, que se había convertido en una mina de oro de información sobre la moribunda industria petroquímica venezolana, incluidos pagos secretos multimillonarios de China para mantener a flote al maltrecho Gobierno. La siguiente fue la jefa de la División de Asia Oriental, Brenda Neff, rubia, pechugona y profana, que hablaría a los candidatos sobre un activo del EA, un capitán de la Marina filipina que estaba proporcionando útiles evaluaciones e imágenes de los atolones fortificados en el mar de China Meridional que estaba construyendo Pekín.

Benford observó con ironía que sus colegas estaban informando sobre activos importantes, pero de nivel medio. Ningún jefe de División iba a levantarse del todo la falda y entregar una joya de la corona, al menos de momento. Duchin sabía lo suficiente como para sospechar que iban despacio, y cuando el director en funciones se enterara —como sin duda lo haría por boca de ese pájaro carpintero que era Duchin—, los jefes recibirían la orden de abrir los libros a los candidatos por completo. Solo era cuestión de tiempo.

Los tres elegibles se sentaron en los extremos opuestos de la mesa, respectivamente aburridos, atentos y desconcertados. La senadora estadounidense Celia Feigenbaum estaba furiosa: gracias a sus muchos años en el Comité de Asignaciones del Senado, estaba convencida de que la engañosa CIA debía ser reducida al máximo, si no abolida, empezando por ceder varias direcciones al Departamento de Defensa, la NSA y el FBI. Si era confirmada como DCIA, estaba decidida a limpiar la casa y, para Benford, se trataba de una idea calamitosa, aún más asombrosa por la opinión expresada por la senadora de que los principios clandestinos de la Agencia —robar secretos y explotar vulnerabilidades para subyugar a objetivos humanos— eran inmorales. «No es lo que somos, no es lo que Estados Unidos representa», murmuraba la senadora de manera frecuente y piadosa a cualquier periodista que le pusiera un micrófono delante. Era una de las principales candidatas, en parte porque sus puntos de vista fariseos reflejaban los del presidente.

La senadora había llegado acompañada de su director de personal, Robert Farbissen, y exigió sin contemplaciones que recibiera las mismas sesiones informativas que los tres candidatos, a lo que el jefe de Asuntos del Congreso, Duchin, accedió de inmediato, ya que Rob también tenía autorizaciones del TS. Benford apretó los dientes; era una concesión escandalosa. Lo sabía todo sobre Farbissen: había sido un fijo en Washington durante décadas, revoloteando de personal en personal, causando estragos con sus fiebres revanchistas y su moquillo partidista. Bajito y achaparrado, con la boca ladeada y los dientes caídos bajo una nariz de manzana de seto, Farbissen se sentó victorioso a la mesa de conferencias para escuchar los secretos más preciados de las cámaras acorazadas de la detestada CIA. Se volvió para darse cuenta por primera vez de que Simon Benford estaba sentado a su lado, puso cara de gran desagrado, se levantó y se apartó tres asientos, como si Benford fuera el «paciente cero» de un pabellón de peste. La medida del hombre, pensó Benford, es la distancia de tres asientos en la mesa.

Más atenta estaba la vicealmirante de la Marina estadounidense: Audrey Rowland. Ataviada con su uniforme de servicio azul oscuro, estaba sentada con las manos cruzadas sobre la mesa, y las gruesas bandas doradas de las mangas de su rango de tres estrellas resplandecían sobre la oscura mesa de conferencias de nogal. Había sido nombrada Alumna Distinguida tras cursar estudios avanzados en la Escuela Industrial de las Fuerzas Armadas de Fort McNair, en Washington. Durante los veinte años siguientes, había ocupado puestos cada vez más importantes, el último como comandante de la Oficina de Investigación Naval a orillas del río Potomac, en Virginia. En la ONR, supervisó sin desfallecer a casi tres mil científicos, investigadores civiles permanentes y contratistas, al tiempo que gestionaba un presupuesto anual de investigación de más de mil millones de dólares.

Audrey había ascendido a la velocidad de la luz, pasando en dos años del grado de simple contraalmirante al de contraalmirante respetado y valorado, y tres años más tarde le concedieron su tercera estrella como vicealmirante. Benford la observaba con disimulo, advirtiendo que llevaba más condecoraciones en el pecho que Bull Halsey, incluyendo la Medalla al Servicio Superior de Defensa, la Legión al Mérito, la Medalla al Servicio Meritorio de Defensa, la Medalla al Servicio Meritorio (tres condecoraciones), la Medalla de Encomio de la Armada y el Cuerpo de Marines (cuatro condecoraciones) y la Medalla al Logro de la Armada y el Cuerpo de Marines. Ninguna era una condecoración por combate o servicio en el mar.

A sus cuarenta y nueve años, la vicealmirante Aubrey Rowland era la mujer moderna y poderosa de la Marina estadounidense del siglo xxi: brillante, hábil administradora y decorosa. Nunca se había casado —las inevitables habladurías circulaban de vez en cuando, sobre todo entre sus envidiosos colegas masculinos, que seguían siendo humildes capitanes al mando de grupos de destructores en Yokosuka—, pero, por lo demás, era considerada una doncella benigna, dedicada en cuerpo y alma a la Marina y a su misión. Cuando se hizo la convocatoria de posibles candidatos para la DCIA, su nombre fue propuesto de inmediato por el jefe de Operaciones Navales, el secretario de Marina y secundado por el presidente de los Estados Unidos.

Había precedentes: un almirante había dirigido la CIA a mediados de los setenta; hacía mucho tiempo que no recordaba el daño duradero causado por la llamada Masacre de Halloween de aquel adusto intruso en 1977, cuando doscientos oficiales de operaciones fueron despedidos por no ser esenciales, seguidos de otros ochocientos oficiales de casos hasta 1979, desarraigando de un plumazo a toda una generación de experimentados veteranos de la calle, la mayoría con conocimientos de idiomas casi nativos, un bien de valor incalculable. Pero eso fue treinta años atrás, y hoy en día la Marina estaría encantada de volver a tener a uno de los suyos dirigiendo la CIA, ninguno de cuyos oficiales de operaciones mostró nunca mucho respeto por la inteligencia naval o el NCIS, el servicio de investigación criminal. Benford estudió el rostro alargado y varonil de la almirante, su barbilla prominente y su pelo rubio recogido en un moño trenzado por detrás, pero con un rizo alborotado por delante que, incluso para el nulo interés de Benford por la moda, resultaba extraño. Rowland se dio cuenta de que Benford la miraba, asintió con la cabeza y sonrió con amabilidad, mostrando un incisivo izquierdo que sobresalía. De acuerdo, quizá los almirantes físicos no tengan que tener un aspecto encantador, sobre todo los inteligentes, pensó. Como DCIA, como era de esperar, se centraría en la parte científica y tecnológica de la casa, pero con suerte, al menos, apoyaría un servicio clandestino que necesitaba con urgencia una reanimación.

En el extremo más lejano de la mesa, sin lugar a dudas, desconcertado por al menos dos tercios de lo que se había informado hasta el momento, se sentaba el tercer candidato a la DCIA, el embajador Thomas «Tommy» Vano, que había actuado como actor de películas de serie B en los años ochenta (*Space Rage*, *Maniac Brainiac*), y fue elegido el hombre vivo más sexi en 1985, pero empezó a desvanecerse y salió de Hollywood antes de estrellarse por completo. Con los modestos ingresos del cine, empezó a comprar centros comerciales en Florida, junto con un cuñado empresario, al comienzo del *boom* inmobiliario de los noventa. Más afortunado que previsor, Vano ganó millones y creó una empresa, un consorcio de inversores que compraba materias primas mundiales, incluidos metales raros y preciosos. Durante las dos décadas siguientes, siguió los pasos de sus socios y ganó más millones, varios de los cuales donó a la campaña de la derecha, y en 2008 fue nombrado embajador en España. Permaneció cuatro años en un perpetuo, aunque agradable, estado de leve desconcierto, donde descubrió, y se sintió transportado por ellos, los vinos de Rioja y los caparrones, el terroso guiso riojano de alubias blancas y pimentón ahumado.

Sin explicación aparente, fue retenido por el Departamento de Estado tras su regreso de Madrid, y se convirtió en embajador en Misión Especial para Inteligencia, lo que significaba que tenía un despacho cutre en un pasillo interior de Main State, con un equipo de dos personas, y asistía a innumerables reuniones. El puesto había estado vacante durante dieciocho meses, sobre todo porque ningún diplomático de alto rango del Departamento de Estado quería mojarse los zapatos en la turbera blanda del mundo del espionaje. Pero al embajador Vano las reuniones de enlace con diversas agencias de inteligencia de la ciudad le resultaban interesantes, y no muy exigentes, y como representante del Departamento de Estado rara vez se le pedía que participara (el leproso en el baile de la plaza, había murmurado un ingenio de la NSA). Como jefe de Misión en Madrid, había recibido informes de inteligencia que le parecían emocionantes, como guiones de cine.

Sin embargo, un día Tommy Vano interrumpió una discusión sobre metales estratégicos comprados y acaparados por Moscú y Pekín, y mencionó por casualidad que su consorcio estaba familiarizado con los mercados mundiales de materias primas, los ministros del Gobierno, los compradores comerciales, las minas de extracción y las reservas. Nada más y nada menos. A partir de ese día, tuvo un sitio en la mesa y, a pesar de ser más afable que perspicaz, fue aceptado como experto en la materia. Cuando se hizo la convocatoria de candidatos para la DCIA, el secretario de Estado saliente (que aún creía en el código de conducta según el cual los caballeros no leen el correo de los demás), propuso al honorable Thomas Vano para la DCIA, citando su perspicacia para los negocios, su experiencia en el extranjero como diplomático y sus atributos como actual embajador general de Inteligencia, con profundos vínculos y contactos dentro de la comunidad de inteligencia.

Sin duda se trataba de un discurso de Washington, un sinsentido patente, pero Vano pasó el corte para la terna final.

Era alto, pecho palomo, el pelo negro ondulado como el de un bucanero, ojos límpidos y una hendidura a lo Cary Grant en la barbilla. Benford observó con interés que la única persona visible que respondía a la vibración sexual de Vano por el dinero de Hollywood era el jefe de la División EA, Neff, un conocido espíritu libre al que el adjunto de la sección de crimen organizado de la División Antinarcóticos se refirió en una ocasión como receptor habitual de bienes hinchados. La senadora Feigenbaum era demasiado vieja y mezquina como para importarle, y la almirante Rowland no movió sus galones dorados ni un milímetro, y parecía ajena a los encantos de Vano.

Que Dios nos proteja, pensó Benford. Una arpía del Capitolio empeñada en destruir la Agencia; un torpe físico de la Marina, y un millonario de peluche que, como embajador en Madrid, pensaba que las siglas ETA del grupo terrorista vasco significaban «hora prevista de llegada».

Benford se había negado en la sesión informativa de ese día, «en aras del tiempo», a hablar de ningún caso ruso, y estaba decidido a dar largas el mayor tiempo posible. MAGNIT seguía ahí fuera, Nash acababa de informar de que el GRU tenía en el punto de mira a DIVA, y el infierno iba a estallar en Estambul si no hacían algo con urgencia. Estambul iba a ser un desastre.

Los WOLVERINE. En Sebastopol. Dios nos ayude, espero que sean tan incisivos como Forsyth jura que son. La primera Guerra Fría terminó hace treinta años. Ahora estamos luchando en la segunda.

Guiso de caparrones riojanos

Fríe el chorizo cortado en rodajas y la cebolla y el ajo picados en aceite de oliva hasta que estén blandos. Añade el pimentón y las hojuelas de chile rojo y sigue friendo. Añade los tomates frescos picados, el agua, el caldo de verduras, los tomates picados en conserva y la pasta de tomate. Lleva a ebullición y deja cocer a fuego lento tapado. Añade el perejil picado y las alubias blancas (variedad canela o navy) y deja que siga cociendo a fuego lento hasta que espese, con una consistencia intermedia entre la de una sopa y la de un guiso. Deja reposar una hora (o toda la noche) y vuelve a calentar para servir bien caliente, con un chorrito de aceite de oliva y un huevo escalfado por encima.

16
Los WOLVERINES

En los lejanos tiempos de la Guerra Fría, la llegada sin aliento a la bulliciosa estación de Roma de Tom Forsyth, oficial de casos de primera misión, recién salido de la formación en la Granja, fue recibida de diversas maneras por sus colegas. Algunos de ellos le mostraron Roma y le indicaron las mejores *trattorias* de *cucina povera* romana y dónde encontrar una botella de Cesanese del Piglio del Lacio. Su jefe de sección lo apuntó en la lista de invitados a media docena de celebraciones del Día Nacional en embajadas extranjeras para que pudiera empezar a buscar objetivos por su cuenta. El jefe de Información se sentó con él y repasaron las listas de posibles activos para que supiera qué buscar.

Gale Stack, oficial superior de la comisaría de Roma, tenía cincuenta y cinco años y estaba a punto de jubilarse. En los primeros años de su carrera había tenido oportunidades como directivo, pero no le habían salido bien por culpa de sus prioridades, que incluían almuerzos de tres martinis, contabilidad creativa de su fondo rotatorio de operaciones (RF) y charlar con las camareras de los bares. Stack estaba resentido porque nunca se le había apreciado por lo que aportaba al combinado. Lo habían pisado y pisoteado mucho. La llegada del joven Forsyth —estaban en cubículos de oficina contiguos— brindó a Stack la oportunidad de descargar un molesto caso encriptado VZWOLVERINE. No iba a ninguna parte, al menos no con la cantidad de esfuerzo que Gale estaba dispuesto a dedicarle. El activo, un joven emigrante polaco llamado Witold Zawadzki, se había ofrecido voluntario para entrar en la embajada, y Stack había apartado a otros oficiales para el caso. Pensó que sería una mina de oro —mucha información a cambio de poco trabajo—, así como una buena partida en su RF para descontar comidas y cenas.

VZWOLVERINE procedía de una familia aristocrática de Cracovia, una de las *szlachta*, la nobleza polaca, que se remonta a 1360 y al rey Casimiro III el Grande. Enviado a Roma de niño, a vivir con una tía, Witold, que ahora tenía veinticinco años y era ciudadano italiano, odiaba a los soviéticos solo un poco menos de lo que odiaba a los *zdrajcy*, los polacos traidores que vendieron a su propio país. En su primera reunión como agentes, el fogoso joven polaco —nervioso, delgado, con el pelo rubio peinado hacia atrás— miró con detenimiento a su agente, un hombre blanco con las uñas cuidadas, cuya mano temblaba mientras sacaba del palillo la aceituna del martini con sus grandes dientes blancos. Witold se inclinó hacia delante y le dijo al agente de la CIA que estaba dispuesto a regresar a Polonia y que su familia conocía a polacos patriotas afines en el Gobierno, el partido y el ejército. Stack eructó, pidió otro martini y le dijo a VZWOLVERINE que pidiera lo que quisiera del menú, cualquier cosa.

En un segundo almuerzo, lleno de alcohol, en el muy caro restaurante de mariscos La Rossetta, a la sombra del Panteón, VZWOLVERINE trajo una lista de familias polacas influyentes que, con un cuidadoso estímulo, proporcionarían información sobre el liderazgo del Partido Comunista Polaco, la actividad de la inteligencia soviética en Polonia y los niveles de preparación militar del Pacto de Varsovia. Dejando a un lado su pinza de langosta, Gale Stack cogió el papel con un pulgar untado de mantequilla, se lo guardó en el bolsillo del abrigo y le dijo a Witold que «rastrearía» los nombres. Conteniendo su temperamento, VZWOLVERINE le dijo a Stack que quería hablar con otra persona de su organización. Sonó la alarma. Mala idea dejar que otro agente de la comisaría metiera las narices en el asunto para ver cómo Stack se gastaba las comidas en este caso, por no hablar de dejar que este aspirante a luchador por la libertad se quejara de su agente.

Al día siguiente, Stack le dijo al jefe de la sucursal que VZWOLVERINE era un emigrado amargado, sin acceso a información, y que recomendaba a la comisaría que acabara con el activo con una prima de despido de mil dólares (le daría al joven quinientos y se quedaría con el resto como calderilla) y dejara de perder el tiempo. El jefe de la sucursal pensó, sin pizca de interés, que estaba de acuerdo, sin embargo, algo le hizo cambiar de opinión, y le dijo a Stack que pasara el caso a otro agente, porque tal vez cambiar la química ayudaría. Alarma. Un oficial experimentado de la comisaría vería la verdadera historia e informaría. Entonces Stack se acordó de Forsyth, el chico nuevo del cubículo de al lado. Aún no conocía el oficio; sería perfecto. ¿Qué te parece?, preguntó

Stack. Un caso fácil en el que curtirse, empujar al activo a desarrollar el acceso, despacio y con calma. El jefe de sección se encogió de hombros y dijo que adelante.

Ese fue el comienzo de la red WOLVERINE. Tras una reunión de presentación, Tom Forsyth y su nuevo agente, Witold Zawadzki, empezaron a tantearse el uno al otro: Witold vio que su nuevo agente novato era honesto, enérgico y estaba deseoso de tener éxito; Forsyth vio que el compromiso feroz del joven e impaciente polaco necesitaba ser controlado. No se conseguiría nada realizando misiones suicidas. Las incursiones de regreso de VZWOLVERINE a Polonia empezaron a llegar a un ritmo pausado —cubiertas como viajes de compras comerciales para una empresa de diseño italiana— permitiendo que el SB, el Sluzba Bezpieczenstwa, el servicio de inteligencia polaco controlado por los soviéticos, se acostumbrara a ver al joven ir y venir con pasaporte italiano.

Después de dos viajes, VZWOLVERINE reclutó a un amigo de la infancia, ahora capitán del ejército polaco, que fue encriptado como VZWOLVERINE/2. Dos amigos de la familia, VZWOLVERINE/3 y /4: una atractiva exestudiante de arte, ahora asistente especial en la secretaría del partido, y un sargento de policía, respectivamente, fueron adquiridos en los seis meses siguientes. El siguiente reclutamiento de Witold fue VZWOLVERINE/5, su primo, que, por casualidad, era comunicador en la sede del Ministerio del Interior y procesaba el tráfico de mensajes del KGB entre Varsovia y Moscú. Los flujos de inteligencia comenzaron a llegar poco a poco. WOLVERINE/1 (como agente principal) recogía informes de esos subagentes y se los llevaba a Forsyth en Roma.

La dirección de la estación de Roma se interesó y empezó a prestar atención, y luego le siguió la sede central. Los informes de los WOLVERINE eran magníficos, e incluían fotografías de documentos clasificados del Pacto de Varsovia y del Ejército Rojo soviético nunca antes vistos. Los analistas de contrainteligencia se mostraron escépticos: una información demasiado buena para ser cierta siempre despertaba sospechas, pero los informes se corroboraban y seguían llegando. Forsyth tenía que frenar una y otra vez a Witold, decirle que fuera más despacio, que equilibrara la producción con el riesgo. En su continuo esfuerzo por proteger a sus WOLVERINE, Forsyth adiestró a Witold en fotografía clandestina, comunicaciones impersonales, redacción secreta e informes avanzados de inteligencia, quien a su vez adiestró a los miembros de su red dentro de Polonia.

Un mes después, Witold presentó a Forsyth una cinta de audio de una reunión a puerta cerrada del frenético Comité Central del Partido

Comunista Polaco en la que se discutía si cumplir o ignorar una orden del director del KGB Chebrikov de arrestar a los díscolos mineros de Wujek y a los trabajadores de los astilleros de Gdánsk del movimiento Solidaridad. Antes de la reunión, WOLVERINE/3, la escultural ayudante de secretaría que se llamaba Agnes Krawcyk y que, hasta límites alarmantes, era una adicta a la adrenalina, había colocado un micrófono y una pequeña grabadora (montados por WOLVERINE/5, el genio de la electrónica llamado Jerzy) bajo el estrado del presidente. Incluso mientras presentaba los informes —que después fueron calificados con una rara O de sobresaliente—, Forsyth se asustó. Los WOLVERINE no durarían si seguían asumiendo los locos riesgos de los últimos meses, le gritó a Witold. Y el uso de dos WOLVERINE en la misma operación violaba el principio de mantener a los miembros de la red WOLVERINE separados unos de otros. Ya era bastante arriesgado que Witold supiera el nombre de todos. Esto tenía que acabar.

Durante una cena festiva a base de *zrazy zawijane*, suculento rollo de ternera con cebolla, champiñones y sedosa salsa oscura, en el apartamento de su tía en Roma, Witold sonrió a Forsyth —lo lejos que habían llegado juntos— y dijo que, dada la preocupación maternal de Forsyth, pospondría por el momento su plan de secuestrar al presidente del KGB en Varsovia y entregárselo atado a Forsyth a tiempo para Navidad. Brindaron con un vaso de Chopin de vodka. En los tres años de gira de Forsyth por Roma, la red WOLVERINE había producido cientos de informes de inteligencia de gran interés y había informado a los responsables políticos de Washington sobre los peligrosos últimos coletazos de la dominación soviética de Europa del Este. El cuartel general ascendió a Forsyth y entregó la Medalla al Mérito a Witold.

* * *

Cuando la Unión Soviética colapsó en 1989 y Polonia volvió a la luz, Forsyth propuso que sus cinco WOLVERINE se mantuvieran juntos y en la lista de servicio activo. Imaginó al equipo viajando como representantes comerciales de varias empresas polacas que vendían maquinaria, bombas y *software* en zonas inaccesibles —Corea del Norte, Cuba, Irán, Rusia— países muy difíciles para los agentes de la CIA cubiertos. Además, la escultural Agnes Krawcyk había ingresado en la Facultad de Conservación y Restauración de Obras de Arte de la Academia de Bellas Artes de Cracovia, donde obtuvo el título de conservadora licenciada de obras de arte antiguas de terracota, yeso y cerámica. Forsyth preveía para Agnes viajes operativos al extranjero con cobertura como restauradora de obras de arte.

Según Forsyth, la relativa libertad de movimientos en estos países permitía al equipo llevar a cabo, con discreción, las operaciones requeridas. Los WOLVERINE habían recibido formación a lo largo de los años y dominaban la vigilancia callejera, la entrada subrepticia, la exploración de lugares, el reclutamiento y la elaboración de informes de inteligencia. Todos ellos hablaban polaco y ruso con fluidez, además de los necesarios: francés, el alemán y el protoinglés por satélite. Eran autosuficientes, agresivos, valientes por naturaleza y, sin ningún tipo de dudas, leales a Forsyth, que era como un dios para ellos. Entonces intervino el cuartel general.

La propuesta de Forsyth sobre los WOLVERINE fue objeto de prolongadas disputas burocráticas. La nueva generación de dirigentes de la CIA —en su mayoría antiguos analistas y administradores con ambiciones políticas, que durante décadas habían resentido el brío y la hegemonía de la Dirección de Operaciones y que ahora pretendían reformar la DO sin límites de perversión, hasta hacerla caer en el olvido— veía a estos cinco fanáticos eslavos (o lo que fueran) como dinosaurios retro de la Guerra Fría. Además, la recolección de información en la era moderna se estaba desplazando hacia los drones, los satélites y los puestos de escucha electrónicos masivos. La clásica HUMINT (inteligencia humana), como un oficial hablando con una fuente clandestina, la única forma segura de obtener los planes y las intenciones de la oposición, se estaba atrofiando como método de recopilación demasiado peligroso y lento. La mayoría de los burócratas de la CIA, desesperados por evitar colapsos operativos, no querían tener nada que ver con oficiales de casos, recolectores, operadores, vaqueros, cortadores de cabelleras, indomables, putas viejas, cazadores de cabezas, o cinco malditos WOLVERINE de Europa del Este para el caso, que solo podían generar una triste ruina y acabar con ellos frente a un comité de supervisión del Congreso.

* * *

Cuando parecía que la ignorancia y la desidia de la central iban a prevalecer, y que los WOLVERINE iban a ser desarticulados, en 2001 surgió una crisis en la que estaban implicados empleados de la CIA en Siria. Tres analistas visitantes —dos mujeres y un hombre— de la Oficina de Análisis de Oriente Próximo y Asia Meridional (NESA) habían hecho caso omiso de las directrices de la estación de Damasco de permanecer en el recinto de la embajada en el centro de la ciudad, en la avenida Abu Ja'far al Mansur. Estaban en Siria para recabar la «verdad sobre el terreno» de la guerra civil siria y pensaban que sabían lo que hacían. Dos de ellos hablaban un árabe rudimentario. Salieron un martes por la mañana con la intención de visitar las oficinas de la Cruz Roja Internacional en la plaza Arwada, el Hospital Italiano en la avenida Omar Al-Mukhtar y el zoco Al Khoja en la calle Al Thawra, un viaje de ida y vuelta de tres horas y menos de veinte kilómetros.

Cuando no regresaron a la embajada al cierre de la sesión, el oficial de seguridad llamó a la policía metropolitana, que varias horas más tarde encontró el cadáver de una de las mujeres en el suburbio oriental de Jobar, en la planta baja del edificio incendiado de la Torre de los Maestros, un cascarón ennegrecido de diez plantas entre escombros y tanques oxidados con las escotillas abiertas de par en par y las orugas desprendidas de las ruedas motrices. La mujer, de cuarenta y seis años, divorciada y madre de dos hijos, estaba atada con alambres, en ropa interior Maidenform, a un oxidado somier apoyado contra una pared agujereada por la metralla, y una brida de plástico alrededor del cuello. Con un encogimiento de hombros, la policía dijo que podían haber sido soldados sin escrúpulos de las Fuerzas de Defensa Nacional, o insurgentes suníes, o una unidad de Hezbolá, quién lo iba a decir, pero que esperaban que la cinta de tortura llegara a la embajada en varios días.

Esa noche, el agente de seguridad recibió una llamada frenética de los otros dos analistas. Se habían librado por los pelos de ser secuestrados corriendo por un callejón cuando su taxi había quedado bloqueado por dos coches. Habían hecho señas a un anciano en un camión abollado y se habían ofrecido a pagarle para que los llevara a la embajada, pero los controles de carretera de Hezbolá y una atronadora explosión a una manzana de distancia habían sembrado el pánico en el conductor que, en realidad, condujo a los analistas manifestantes a su casa en el pueblo de As Saboura, a quince kilómetros al oeste de la ciudad por la Ruta Uno. El anciano y su esposa estaban aterrorizados ante la posibilidad de que los insurgentes islamistas locales descubrieran a los estadounidenses y los asesinaran a todos: por la noche, las calles estaban llenas de bandas armadas de hombres con pañuelos *keffiyeh*. Los analistas estaban atrapados, y eran incapaces de moverse. Tenían agua y les habían dado de comer: la anciana había preparado una hornada de kurrat-barasya, un aromático guiso sirio de puerros y cordero, para toda la semana. Pasaron la noche en el sofá, escuchando voces en el patio. No tenían mucho tiempo: algún vecino acabaría dándose cuenta y hablaría, o los militantes registrarían las casas.

Para complicar aún más las cosas, alguien en la policía había informado al comandante local de la Fuerza Qods iraní que dos oficiales de la CIA estaban varados y escondidos en algún lugar de Damasco. Desde Teherán se hizo un llamamiento a los órganos de seguridad, milicias y unidades del ejército sirios para que encontraran y detuvieran a los traidores estadounidenses que, como es lógico, no estaban acreditados ante el Gobierno sirio y, por tanto, carecían de inmunidad diplomática. A pesar de las repetidas protestas del embajador en funciones, se establecieron barricadas de Hezbolá alrededor de la embajada estadounidense. Los agentes de la estación intentaron despejarla varias veces y conducir hasta ella, pero tuvieron que abortar cuando detectaron una fuerte vigilancia de acoso. Se retiraron.

En el cuartel general, la grave situación en Damasco fue el primer tema de discusión durante la reunión nocturna de revisión ejecutiva del director en la sala de conferencias del séptimo piso. Los califas de Langley que, por lo general, se sentaban en las sillas de respaldo alto a esperar órdenes desde la central, estaban sombríos: tenían un analista muerto entre manos, y la posibilidad de perder dos más no dejaría de causar problemas. Nadie tenía ninguna idea, ni nadie iba a sugerir una solución, y la conversación se marchitó. El silencio dispéptico se rompió cuando el jefe EUR Forsyth explicó a los dirigentes reunidos que su equipo de agentes polacos podría infiltrarse en Damasco sin llamar la atención, ponerse en contacto con los dos analistas supervivientes y exfiltrarlos fuera de Siria, lo más lógico sería hacia el oeste, al Líbano. No habría contacto con la estación asediada. Las caras se iluminaron alrededor de la mesa. Era una solución a dos niveles: o bien se rescataba a los analistas, o bien se podía culpar a Forsyth y a su séquito de *polkadancing* del fracaso de la operación.

Tres WOLVERINE volaron al Aeropuerto Internacional de Damasco a través del vuelo intermitente de Syrian Air desde Argel, haciéndose pasar por representantes del Consejo Empresarial Polaco en busca de oportunidades de negocio en nuevos proyectos de renovación urbana, una tapadera que resultaba lo bastante plausible dada la creciente devastación de los suburbios de Damasco. Otros dos WOLVERINE, entre ellos el amigo de Forsyth, Witold, viajaron en *jeep* desde el Líbano y actuaron en Jdeidat Yabous, una ciudad siria situada a cuarenta y cinco kilómetros al oeste de Damasco. Estaba a tres kilómetros de la frontera libanesa, el paso fronterizo oficial. Witold y su colega llegaron en un Toyota

Land Cruiser blanco con el logotipo de Heritage for Peace en la puerta, una organización familiar dedicada a proteger sitios del Patrimonio Mundial y antigüedades en Siria. Ningún lugareño les prestó atención.

Tras una llamada desganada al Ministerio de Vivienda y Construcción, los WOLVERINE de Damasco informaron de que eran invisibles y funcionaban a la perfección. Localizaron la casa geolocalizando los teléfonos móviles de los analistas en As Saboura con una unidad CANINE, un sistema de seguimiento por satélite y GPS propiedad de la CIA, operado desde una inocua tableta de siete pulgadas y con una precisión de cinco metros. Los exhaustos analistas fueron despertados a las cuatro de la mañana por VZWOLVERINE/4, el exsargento de policía polaco que, de alguna manera, había entrado en la pequeña casa sin hacer ruido. Los metieron en un coche que los esperaba y los condujeron hacia el norte por la Autopista Uno, donde se encontraron con el Toyota de Witold al amanecer. En el vehículo de Witold, los analistas de la CIA recibieron camisas de campo y vaqueros caqui, sombreros flexibles, botas del desierto y pasaportes belgas. A continuación, Witold condujo hasta la frontera, programando el cruce a mediodía, cuando el tráfico de camiones era más intenso y los barrigones funcionarios de aduanas estaban pensando en el almuerzo. Uno de los aduaneros sirios golpeó con el dedo el pasaporte belga de uno de los aterrorizados analistas y le hizo una pregunta en francés, un idioma que no hablaba. El analista, desmayado, vomitó los restos de guiso de puerro y cordero sobre las botas del aduanero. Witold le explicó con pesar que su colega había bebido agua de un arroyo al pie del último pueblo y que llevaba enfermo dos horas. Sacudiendo la cabeza ante los *ajami*, esos bárbaros no árabes —todo el mundo sabía que había que beber de los arroyos antes de atravesar las ciudades—, el aduanero les hizo pasar. A la mañana siguiente, los analistas salían de Beirut en un vuelo con destino a París. Mientras tanto, los otros tres WOLVERINE regresaron a Damasco para reunirse de nuevo con el desconcertado ministro, dejaron el todoterreno de alquiler y volaron a Abu Dabi al día siguiente. Sin dejar rastro, sin alboroto, por cortesía de los WOLVERINE. La estación de Damasco respiró aliviada, los grandes de Langley se pavonearon y Forsyth tuvo a su equipo de WOLVERINE intacto.

* * *

Los WOLVERINE permanecieron en servicio activo durante otros tres años, pero con su patrocinador y defensor Tom Forsyth destinado en el extranjero y luego en el cuartel general, fueron, en último término, retirados, y se les pagaron las considerables anualidades que habían acumulado a lo largo de los años. Hubo una ceremonia de entrega de premios en el cuartel general en la que los cinco WOLVERINE recibieron, a título individual, Medallas por Servicios Distinguidos, una Mención por Unidad Meritoria, así como relojes de sobremesa de latón y madera grabados con un bisel de hora mundial y el logotipo de la CIA en la esfera. La mujer que leyó las condecoraciones —había nacido el año en que Witold eludió a los perros guardianes en el bosque de Kampinos, a las afueras de Varsovia— tuvo algunos problemas con los nombres en polaco, pero el director adjunto había memorizado *gratulacje*, felicidades en polaco, que repetía sin cesar mientras estrechaba las manos.

Gracias a su actuación en Siria, Forsyth mantuvo a los WOLVERINE en la lista de reserva, pero solo había trabajo de forma circunstancial, y todos acabaron por dispersarse y retirarse cómodamente, aunque sin entusiasmo. Tres regresaron a Polonia con sus familias. Agnes, la única mujer de la red, era soltera, nada pretenciosa y todavía una niña salvaje. Se instaló en el sur de California y encontró trabajo restaurando obras de arte en el Museo Getty. Witold, siempre serio y motivado, y de por vida soltero, eligió vivir en Nueva York, donde a veces trabajaba como consultor de seguridad autónomo.

Así pues, la inesperada llamada de Forsyth para que los WOLVERINE hicieran las maletas y se reunieran en Nueva York fue la ansiada evasión de sus anodinas existencias. La cita tuvo lugar en el exclusivo club Tiro A Segno (fundado en 1888) de Mulberry Street, en el Village, del que Witold —gracias a su nacionalidad italiana— era socio. Era un lugar especial: la fachada del club, compuesta por tres aburridas casas de piedra rojiza, solo se identificaba por una placa de latón y un toldo rojo. El vestíbulo de entrada estaba adornado con dos escopetas antiguas colgadas en la pared. El bar, los salones y las salas de juego eran de madera y cuero, y la mesa de la sala de billar era de un precioso fieltro naranja. El comedor estaba bañado por la tenue luz de los colgantes de cobre, y las mesas íntimas brillaban con cristal y mantelería blanca. En el aire del club se respiraba el aroma de los sabrosos platos de la cocina italiana. Los miembros de Tiro (así se llamaba) se conocían y se saludaban con cortesía.

Witold había reservado la estrecha sala privada con una mesa para treinta comensales y había pedido una cena sencilla a base de *mozzarella di bufala* importada con *prosciutto*, un *risotto* de bogavante pecaminosamente rico y fruta fresca de postre. Los WOLVERINE llegaron pronto y Witold los recibió con una copa de prosecco. Sus rostros se iluminaron cuando Forsyth entró en la sala, y los polacos se levantaron para estrecharle la mano y besarlo en ambas mejillas, era un feliz reencuentro de la Guerra Fría. Había pasado demasiado tiempo. Los rostros se volvieron de nuevo hacia la puerta cuando Nate Nash entró en la sala. Atento y en forma, moreno e intenso, Nash llevaba una americana sobre una camisa de rayas y una corbata azul oscuro. Los WOLVERINE hicieron sus evaluaciones individuales: Witold observó sin perder detalle a Forsyth cuando se dirigía a Nash para calibrar el estatus del joven; Ryszard, el antiguo capitán del ejército, observó cómo Nash establecía contacto visual al hablar; Piotr, el antiguo sargento de policía, registró la fuerza del apretón de manos de Nash; Agnes, desde lejos, apreció los hombros de Nash bajo la americana.

—Todos vosotros habéis estado holgazaneando —dijo Forsyth—. Tenemos trabajo que hacer. —Piotr, el expolicía, resopló.

—Ya nos has hecho esperar bastante —dijo.

—No estaba seguro de que no te hubieras vuelto gordo y lento con la jubilación —respondió Forsyth inexpresivo.

—Piotr es el más gordo —apuntó Jerzy, el genio de la electrónica—. Demasiado *sernik*, tarta de queso polaca.

—No te preocupes por mí —dijo Piotr—, deberías preocuparte por tu pérdida de pelo.

El espigado Jerzy había perdido bastante pelo por arriba.

—Thomas, como puedes ver, la disciplina es tan mala como siempre —dijo Ryszard—. Estos inútiles no han cambiado.

—Basta —dijo Witold, siempre al mando—. Thomas, dinos qué trabajo tienes para nosotros.

Siempre aristócrata, vestía un traje de doble botonadura de color carbón claro.

—Rusia, Crimea, Sebastopol.

—*Fenomenalny*, maravilloso —dijo Ryszard—. El tiempo será cálido y soleado.

—¿Cuánto tiempo? —preguntó Witold. Dio un sorbo a su prosecco y miró a Nate por encima del borde de la copa.

—Dos días, tres a lo sumo; el objetivo es un almacén —informó Forsyth. Las caras se volvieron de nuevo hacia Nate.

—Pero primero cuéntanos algo de este joven —pidió Agnes. Era alta y de rasgos afilados, con ojos grises y un espeso cabello negro que le caía hasta los hombros. Tenía un mechón blanco como la nieve, que empezaba en la frente y caía hacia atrás. Llevaba un vestido de punto negro que se ceñía a un cuerpo que parecía el monte Rushmore.

—Este es Nathaniel Nash. He trabajado con él durante seis años. Él coordinará la operación.

Los polacos guardaron silencio.

—¿Coordinará o dirigirá? —preguntó Piotr.

—Líder. Tiene una gran experiencia en operaciones en zonas inaccesibles.

—¿Puedo preguntar dónde? —dijo Witold en voz baja. Forsyth sabía que esto no iba a ser fácil.

—Moscú —dijo Nate hablando por primera vez—. Helsinki, Roma, Atenas. —Agnes pensó que era atractivo, el hombre-niño seguro de sí mismo.

—*Vy govoríte po-rússki?* —preguntó Ryszard—. ¿Hablas ruso?

—Estudié en la universidad y seguí haciéndolo después —dijo Nate en ruso. Los polacos percibieron al instante en su acento y su fraseología que hablaba con fluidez, con seguridad mejor que cualquiera de ellos.

—Es el mejor agente que he visto en la calle —dijo Forsyth. Nate se miró los zapatos. Sí, bueno en la calle, con el culo en pompa, pensó. Piotr dio un sorbo a su bebida y Agnes ladeó la cabeza, sin dejar de mirarlo.

—Thomas, perdóname, pero creo que *pani* Nathaniel, el señor Nate, es demasiado joven para ser tan bueno —dijo Piotr. Las cabezas se giraron. Todos conocían a Piotr el policía: estaba tanteándolo. Forsyth contuvo la respiración. Vamos, Nash, pensó.

—Si estuviera de acuerdo contigo —dijo Nate en ruso coloquial, mirando a Piotr a los ojos—, ambos estaríamos equivocados.

Hubo un momento de silencio y luego Witold le tendió una copa a Nate.

—¿Quieres un poco de prosecco?

* * *

Después de añadir la *mozzarella*, tenían veinticinco minutos antes de que el *risotto* llegara a la fase final de la *mantecatura*, en la que se añade mantequilla fría al arroz terminado, así que Witold sugirió que bajaran al campo de tiro del sótano. El nombre Tiro A Segno significaba de hecho galería de tiro, y el extraño campo con un alcance de cincuenta yardas con tres puntos de tiro acolchados de cuero era popular entre los socios. Piotr miró a Nate y señaló los rifles de cerrojo de percusión anular situados en dos de los puestos de tiro, se puso las orejeras, introdujo el cargador de cuatro cartuchos en el rifle y accionó el cerrojo para disparar una bala. Nate hizo lo mismo, y ambos apoyaron los codos en el acolchado de cuero y miraron por los visores. Las dianas de papel eran simples ojos de buey de tres anillos colgados de pinzas con carril que podían recogerse a lo largo del campo de tiro iluminado, para variar las distancias o para recogerlas de cerca para inspeccionarlas.

Agnes se colocó detrás de Nate y le susurró *udachi*, buena suerte, en ruso. Los pequeños rifles estallaron y cada blanco se agitó cuando las balas del 22 hicieron agujeros irregulares en el centro del papel: grupos excelentes y apretados en las dos dianas. Al cuarto disparo, tanto Forsyth como Witold vieron que el cañón del rifle de Nate vacilaba durante un segundo. Los rifles se aseguraron y los blancos volvieron a la línea de tiro. El blanco de Nate era perfecto; todas las balas habían atravesado el mismo orificio expandido en el anillo más pequeño. Piotr dio un grito. Su blanco tenía un agujero fuera de los anillos, cerca del borde del papel: un comienzo desastroso. Nate estrechó la mano de Piotr con expresión seria. Piotr miró a Forsyth y Witold, que sonreían con la cara roja. Volvió a mirar a Nate, que seguía serio, pero sus ojos centelleaban. Piotr por fin lo entendió: Nate había disparado a través de los carriles para colocar el tiro en la diana de Piotr, una vieja broma del maestro de campo de tiro que Gable le había gastado una vez al propio Nate. Piotr se agarró a la mano de Nate con el ceño fruncido.

—*Beris druzhno, ne budet gruzno* —dijo Nate en ruso—. Si colaboramos todos, no resultará demasiado pesado.

Piotr le dio una palmada en el hombro a Nate.

—Ahora te invito a una copa.

Zrazy zawijane • Rollo de ternera polaco

Corta lonchas de filete redondo muy finas. Pon rodajas finas de cebolla y pepinillo y cada rebanada (de un dedo) de pan francés; enrolla y asegura los rollos con palillos de dientes. Pon a hervir las setas secas en caldo de carne. Pasa los rollos de carne por harina y dóralos en mantequilla con más cebollas en una olla holandesa. Cubre los rollos con el caldo y hornea hasta que la carne esté tierna y el líquido de cocción se haya reducido a una rica salsa.

17
Primera fase

El estrecho puerto en forma de S de Balaklava, en la costa sur de la península de Crimea, era demasiado corto para llamarlo fiordo. Protegido por escarpados promontorios coronados por las ruinas de un fuerte genovés construido en 1365, el soleado puerto estaba flanqueado por almacenes vacíos y dos restaurantes tranquilos con mesas y sombrillas. Al final del puerto, en el lado oeste, bostezaba una decrépita galería de hormigón que era la entrada a la desaparecida base subterránea soviética de submarinos, con un canal de quinientos metros construido bajo la montaña durante la Guerra Fría para proteger a los submarinos de la Flota Roja de un ataque nuclear. Agrupados en las colinas sobre el lado este del puerto estaban los edificios más nuevos de la ciudad, incluido el Hotel Dakkar Resort, de tejados rojos y balcones de piedra con vistas a la pequeña joya del puerto. Por la noche, bajo las fulgurantes estrellas de Crimea, las escasas luces de la ciudad brillaban sobre el agua quieta.

Nate y los WOLVERINE entraron en el puerto de Balaklava a medianoche, a bordo de un crucero de cincuenta y dos pies de eslora, con casco azul oscuro y elegante cubierta barnizada. El yate, alquilado con dos tripulantes de la Sección Marítima de la CIA, había zarpado de Varna (Rumanía) y en dos días había navegado quinientos kilómetros y medio, sin tocar tierra, hasta llegar a la bahía de Balaklava, en la plácida costa de Crimea, cubierta de pinos e islotes rocosos. El barco atracó en un amarradero vacío del modesto Golden Symbol Yacht Club, demasiado tarde para registrarse con las autoridades. A la mañana siguiente, los desinteresados aduaneros ucranianos registraron los pasaportes con alias polacos de los pasajeros de un crucero de vacaciones por toda la costa. En lugar de alojarse a bordo del yate, los pasajeros reservaron seis habitaciones en el hotel Dakkar y pasaron el resto del día recorriendo la pequeña ciudad, subiendo la colina hasta las ruinas del castillo y haciendo la visita organizada a los refugios marinos soterrados, ahora convertidos en museo. Al final del día, se habían cerciorado de que la policía local o los servicios de seguridad regionales no los vigilaban. Se había tenido en cuenta que Nate —conocido por el FSB de Moscú como oficial de la CIA— se encontraba, en teoría, en la Crimea controlada por Rusia, pero era anónimo en compañía del equipo.

Comieron en el abarrotado Café Argo, mojando pan crujiente en ensalada de remolacha georgiana de color bermellón, exprimiendo limones sobre *shashlik*, crepitantes brochetas de cordero espolvoreadas con orégano silvestre, acompañadas de cervezas Lvivski heladas. Los WOLVERINE estaban atentos pero tranquilos. Nervios templados, profesionales de primera. Nate trató de contener su expectación, el nerviosismo que siempre sentía antes de una operación. Vio que Agnes lo miraba desde el fondo de la mesa, percibiendo su estado de ánimo. Mañana se pondrían en marcha, viajarían a Sebastopol e irrumpirían en el almacén; DIVA había informado de la dirección desde Moscú. Nate y los WOLVERINE habían ensayado cómo etiquetarían las cajas con balizas rápidas, y Nate vio lo buenos que eran. Tan buenos, de hecho, que ampliaron el plan original. Había estrechado lazos con los polacos durante los dos días de entrenamiento: Witold y Ryszard, firmes y correctos; el inteligente Jerzy, bueno, cerebral, y el rudo Piotr, una versión polaca de Gable. Agnes no había dejado de mirar a Nate, clasificándolo, evaluándolo. Ahora, en Balaklava, parecía tranquila y serena; tal vez el único signo de nervios preoperatorios fuera su costumbre de enroscarse un mechón de su espeso cabello en un dedo.

Una hora más tarde, Nash estaba de pie en el balcón de su habitación de hotel, en penumbra, antes de irse a la cama, mirando el puerto sombrío y la luz de las estrellas en las colinas al otro lado del agua. Dominika. La vería pronto, si nada se torcía en los dos días siguientes. Se imaginó lo que le diría en Estambul. Gable estaría revoloteando, observándolos, con su gran cabeza de perro pastor vuelta hacia el viento, olfateando. Santo Dios, quería abrazar a Dominika, ponerle las manos en la espalda y estrecharla contra él. Si hacía eso, Gable lo echaría a los leones.

Pero él sabía, lo tenía muy claro, que Dominika montaría en cólera si la rechazaba; ya lo había hecho antes. Era de la opinión de que podía ser espía y seguir enamorada de su superior de la CIA, a quien deseaba. Y no simpatizaba ni un ápice con el dilema del americano de que sus superiores desaprobaran que hicieran lo que ambos más deseaban. Ella se encargaría de que no lo despidieran. Si se querían, con eso bastaba.

«Si me amas, nada más importa», le había dicho Dominika. A Nate le molestaba estar en esta situación, le molestaba que Benford le mirara por encima del hombro todo el tiempo, le molestaba la agudeza de Gable, le molestaba la maldita incorregibilidad rusa de Dominika. Y mañana él y su equipo irrumpirían en un almacén a plena luz del día y jugarían con explosivos antipersona diseñados para hacerlos saltar por los aires. Tranquilo, ¿qué te pasa?, pensó. Oyó un clic en el pestillo de la puerta y se giró para ver un resquicio de luz en el pasillo que se ensanchaba y volvía a oscurecerse. Había alguien en su habitación. ¿EL FSB? ¿Se había perdido la cobertura hostil de hoy? Respira. Los latidos suben. Nate se alejó en silencio del balcón y cogió el pesado cenicero de cristal de la mesa auxiliar. Olió a perfume y se le revolvió el estómago. No podía ser. Agnes salió de la sombra y se asomó a la luz de las estrellas que atravesaba la habitación. Llevaba una camisa de dormir holgada y estaba descalza.

—Las cerraduras de estas puertas son demasiado fáciles de abrir.

Nate tragó saliva.

—Agnes, ¿qué estás haciendo? ¿Estás bien? —Sabía la respuesta.

—Siempre estoy un poco nerviosa antes de una operación. ¿Tú no lo estás?

—¿Nerviosa por qué?

—Bueno, nerviosa, como tal, no —dijo Agnes pasándose los dedos por el pelo.

—¿Entonces?

—Más bien amorosa… —dijo ella.

—¿Amorosa?

—Como cachonda —dijo, acercándose a él. Le tocó la mejilla.

—Agnes, esto no es una buena idea. Mañana tenemos trabajo.

—Nos calmará los nervios —dijo ella, bajando la mano por el pecho de él.

—Mis nervios están bien —dijo Nate. Su perfume era cítrico y le hizo pensar. Era exótica y primitiva. Sintió el calor de su mano a través de la camisa y se mareó. Benford, Gable, Domi, los reglamentos, expulsados de la CIA, separados del Servicio, el florecimiento cítrico y almizclado de ese diapasón de enormes pechos llamado Agnes de pie a un palmo de distancia, respirando sobre él. Sus brazos se movieron al margen de su voluntad por un instante; sabía que en tres segundos iba a enroscar sus dedos en aquella melena de pelo con la coleta blanca y aplastar sus bocas juntas. Podía ver la subida y bajada de sus pechos bajo la camisa; el dobladillo inferior vibraba mientras su cuerpo temblaba. Tres, dos, uno. Joder. Para. Sus manos se quedaron a los lados. Agnes le quitó la mano del pecho, dio un paso atrás y se sacudió el pelo.

—Pienso en el equipo, nada más, en que lo hagamos bien —dijo Nate.

—¿Entonces debo irme?

Nate tomó su mano caliente entre las suyas. No quería que se fuera enfadada. Lo último que necesitaban en territorio hostil.

—Eres muy hermosa y sexi. ¿Pero no crees que no es lo correcto?

—Creo que es lo correcto —dijo con seguridad rotunda. Se dio la vuelta y salió por la puerta sin hacer ruido. Jesús, está furiosa.

Nate se despertó una hora después, con la habitación a oscuras y el olor a cítricos de nuevo en la nariz. Sintió que Agnes se deslizaba desnuda bajo la sábana individual, le aplastaba los pechos y le pasaba una pierna por encima de la cadera. Sintió una suave humedad en la pierna. Su piel estaba febril y ella le respiró al oído.

—He cambiado de opinión —susurró. El mechón blanco de su pelo le cayó sobre la cara de Nash.

* * *

La bulliciosa ciudad portuaria de Sebastopol hervía bajo el sol de Crimea. Sus ocho ensenadas festoneadas estaban bordeadas por parques conmemorativos de la guerra, playas públicas de guijarros y elegantes mansiones encaladas. Más hacia el interior, los rascacielos de apartamentos se apretujaban entre calles atestadas de tráfico. En el mayor de los puertos, la bahía de Sebastopol, estaban los enormes muelles de hormigón de la Flota rusa del mar Negro, una docena de cascos grises erizados amarrados a popa. Sebastopol estaba a doce kilómetros de la pequeña Balaklava, por encima de las montañas. A mediodía, Nate y los WOLVERINE tomaron el autobús *marshrutka* número 9 desde el puerto de Balaklava hasta el intercambio de cinco kilómetros a las afueras de Sebastopol, y luego montaron en el autobús urbano número 14 hasta la parada de Omega Beach, en el fondo de la bahía de Kruhla. La ruta había sido trazada por fotoanalistas del cuartel general que habían «recorrido» los doce kilómetros con imágenes digitales por satélite. Los pequeños autobuses iban abarrotados y Nate compartió asiento con Agnes, que aquella mañana parecía haber recorrido una larga distancia a caballo, lo cual no era del todo inexacto. Mientras los demás dormitaban en el caluroso y bamboleante autobús, Agnes empujó su muslo contra el de Nate.

—¿Cuándo conoceré a tus padres? —preguntó Agnes en ruso.

Nate cerró los ojos.

—Agnes, deja de bromear.

Sentía remordimientos a dos niveles: acostarse con Agnes —un miembro del equipo que dirigía, con un delicado trabajo por delante— era una imprudencia. Acostarse con ella semanas antes de ver a Dominika era peor. Había sido como si se observara a sí mismo desde una esquina opuesta de la habitación, incapaz de controlar los acontecimientos. Joder, ¿se había debilitado tal vez como una forma de desafiar a sus gruñones superiores? ¿Quizá para crear algo de espacio entre él y Domi? Adelante, pensó, racionaliza hasta la saciedad. Agnes se había mostrado activa e insistente, pasándose la mano por la boca para no despertar a todo el hotel. Mojada, le había cogido la cara entre las manos y le había susurrado *jestes taka sliczna*, eres muy guapo, en polaco, sin que Nate supiera lo que había dicho. Ahora era la mujer mayor y libertina, con el brillo de la mañana siguiente, divirtiéndose.

—Nunca te he dicho que sepa cocinar —susurró—. ¿Qué tipo de pastel te gusta?

—No te estoy escuchando —murmuró Nate. En secreto le divertía y le interesaba. Aquella mujer, desde los veintipocos años, lo había arriesgado todo luchando en la sombra por su país. Solo era superada por Witold en las sesiones de planificación, y era evidente que él la respetaba. Durante el entrenamiento, Benford le había mirado mal una vez, y ella le había devuelto el gesto, ganándose la aprobación a regañadientes de Benford. Nate solo había visto dolor en sus ojos una vez, cuando Piotr se burló de ella por haberse convertido en una solterona. Era diferente, fuerte y apasionada.

—Oh, sí, me siento de maravilla esta mañana —comentó ella—. Eres todo un artista, ¿lo sabías? —dijo. Se apartó el pelo húmedo de la nuca y se abanicó con un cartón.

Nate negó con la cabeza.

—Concentrémonos en el día de hoy. No lo tendremos claro hasta que estemos en el barco esta noche y fuera del límite de los veinte kilómetros.

—No te preocupes, estoy lista. Todos estamos listos —dijo Agnes. Le puso la mano en el brazo—. Lo conseguiremos, ya lo verás.

Nate sí que lo vio. Desde la parada de Omega Beach, el equipo caminó por separado y despreocupadamente por la concurrida calle Mayachina, de seis carriles, mezclándose con los compradores de la tarde y los ciudadanos que se dirigían a casa. Tres llevaban mochilas al hombro y los otros tres bolsas de la compra con cremallera, muy habituales en los mercados al aire libre. Mantenían entre sí las mismas distancias que las personas vigiladas, convirtiéndose en su propia contravigilancia. A mitad del bulevar se separaron en tres parejas: la primera cruzó un descampado; la segunda caminó por frondosos patios entre bloques de apartamentos; la tercera se adentró en una polvorienta callejuela sembrada de basura. Además de la vigilancia hostil, buscaban *druzhinniki*, los jubilados sentados en taburetes frente a los bloques de apartamentos que eran la guardia no oficial del barrio. Nate estaba en modo hiperdetección, con los sentidos alerta, escaneando, escuchando, oliendo. Nada. Quizá los ciudadanos estaban todos en la playa. Estado: invisibles. Comprobación de tiempo. Vamos.

Confluían desde tres direcciones hacia los cuatro almacenes de metal gris, colocados en fila sobre una plataforma de cemento llena de maleza. Apenas se oía el rugido del tráfico en Mayachina, a una manzana de distancia. Los edificios estaban manchados de óxido y los tejados caídos. Los flanqueadores hacían señales con la mano para indicar que no había nadie. Un pájaro gorjeó y un grillo zumbó entre la maleza. Nate se puso en cuclillas y respiró hondo. ¿Demasiado silencio? Un pensamiento de emboscada parpadeó en su mente. ¿Dejaría el GRU municiones así sin vigilancia? Procesó los sonidos y miró en las sombras bajo los árboles lejanos. Todo despejado. Witold se arrodilló a su lado.

—¿Qué pasa? —preguntó Witold. Tenía la espalda mojada.

—¿Qué te parece? —dijo Nate.

—Sé lo que quieres decir. Hacer esto a la luz del día no es normal. Pero necesitamos luz, y los autobuses paran a las nueve. El plan es sólido.

—¿Dejarían cohetes y minas sin vigilancia?

—No hay que olvidar que se trata de rusos —dijo Witold—. Se trata del GRU involucrado en una operación ilegal; estarán decididos a mantenerla en secreto, sobre todo de cara a los ucranianos locales.

—¿Alarmas? ¿Trampas explosivas? —sugirió Nate. DIVA no había informado de nada, pero quizá no le habían hablado de esos detalles.

—Jerzy comprobará la puerta y buscará sensores de movimiento. No hay un sistema que no pueda destripar —intentó tranquilizarlo Witold—. Ryszard buscará cables trampa.

Nate hizo una señal y Jerzy se arrodilló junto a la abollada puerta lateral de hojalata y recorrió los bordes con los dedos, buscando salientes o huecos en la puerta que pudieran indicar la presencia de cabezas de alarma al otro lado. Sacudió la cabeza. Nate asintió a Piotr, que forzó la cerradura deslustrada con un rastrillo de serpiente y una llave de torsión en quince segundos, y luego abrió la puerta un centímetro mientras Jerzy volvía a pasar los dedos por los bordes. Negativo. Piotr abrió la puerta, se asomó al interior, volvió a sacar la cabeza y les hizo señas para que avanzaran. Nate hizo un chasquido suave con los dedos y los dos últimos integrantes del equipo salieron del otro lado.

El interior del almacén era, más o menos, pequeño. El suelo de hormigón agrietado estaba empolvado con fino polvo gris. Unas oxidadas vigas verticales de acero clavadas en el suelo sostenían las vigas enrejadas del tejado.

—Fíjate en las huellas de pies y manos —susurró Nate a Witold, señalando el suelo polvoriento. No había ventanas a lo largo de las paredes, pero la luz lechosa provenía de dos claraboyas con manchas de pájaro. Una forma angular en el centro del almacén estaba cubierta por una lona de color verde oscuro. Las cajas.

—No toques la lona —susurró Ryszard—. Podría estar conectada a una espoleta.

Nate asintió. Empezó a caminar alrededor del montículo cubierto, pero Ryszard lo detuvo.

—Ilumina el suelo.

Nate apuntó su linterna, una NEBO SLYDE de 250 lúmenes, hacia delante. En el suelo apareció una línea doble: un cable trampa invisible y su sombra, que corría hasta la viga más cercana, donde había atada una caja negra con un cono de cobre sujeto por un brazo metálico. El cono era como un pequeño megáfono y apuntaba al montón cubierto de lona.

—Dispositivo antipersona SM-70 —susurró Ryszard—. Ochenta pequeños cubos de acero, veinticinco metros de zona de muerte; solían ponerlos en las vallas fronterizas.

—¿Puedes desactivarlo? —preguntó Nate.

—Hay que dejarlo intacto. Se darían cuenta si lo desarmamos. Tenemos que trabajar en una zona de muerte. Tomémonos el tiempo necesario. No debemos fijarnos en el cable trampa. Quieren que sigas la línea y pases por alto una placa de presión oculta en otro lugar. Una trampa para tontos.

Con calma, quitaron la lona de las cajas. El cable trampa del SM-70 desapareció bajo la caja cercana.

—No levantéis ni mováis esa —dijo Ryszard, señalando.

Había un total de quince cajas de pino sin pintar, con tapas abisagradas, pernos de tracción metálicos estampados y asas metálicas plegables en cada extremo. No había marcas de estampaciones de ningún tipo que indicaran el contenido. Las tapas y los fondos de cada caja estaban reforzados con patines de madera para facilitar el apilamiento. Nate calculó que ocho de las cajas medían cerca de metro y medio —parecían el ataúd de un niño— y que podrían contener los lanzagranadas RPG-18 Mukha y las granadas de propulsión separada. Las siete cajas restantes eran cuadradas y profundas, con asas de cuerda en los extremos. Esas serían las minas.

Nate y los WOLVERINE empezaron a trabajar en silencio, con movimientos coordinados y eficaces. En condiciones normales, un equipo de seis personas sería demasiado grande para este tipo de trabajo, pero ahora significaba que podían trabajar más rápido, dividiendo las tareas. Basándose en lo bien que lo habían hecho en el entrenamiento, sabían que, además de balizar las cajas de madera, habría tiempo para inutilizar las minas y los cohetes. Sabotearon las minas explosivas PMN-4 de plástico negro —cada una del tamaño de una tarta de frutas navideña, pero un poco menos letales— levantando las tapas de los émbolos y cortando las puntas de los percutores a ras de los émbolos de resorte Belleville. Los pasadores cortados nunca entraban en contacto con los detonadores de la carga principal de cada mina, de cincuenta y cinco gramos de RDX de alta velocidad. Las granadas propulsadas por cohetes, colocadas en cajas de madera de seis en seis, se fijaban con tres gotas de Super Glue en cada orificio de retención para congelar el accionador del motor del cohete secundario que guiaba el proyectil hasta su objetivo. Los sorprendidos artilleros del PKK apuntaban ahora con los lanzadores, apretaban los gatillos y se quedaban boquiabiertos ante los proyectiles que salían del tubo a un metro de distancia y rodaban por la acera, inofensivos.

Mientras tanto, Agnes y Witold habían vaciado el contenido de las mochilas y las habían colocado en fila en el suelo. Eran patines de madera duplicados que se cambiarían para sustituir a los tacos originales. Cada nuevo patín había sido cajeado y contenía dos balizas: una de proximidad HAMMER de corto alcance, diseñada para su uso en entornos urbanos densos, y otra baliza de geolocalización QUICKHATCH que informaba de la posición a larga distancia vía satélite GPS. Con QUICKHATCH se podía seguir a un camello a través del Sáhara desde un ordenador portátil en Manhattan. Con sumo cuidado, los patines originales se desatornillaron y los sustitutos «calientes» se fijaron en su sitio con silenciosos destornilladores de empuje. Agnes era una maravilla, recogía la madera desechada, contaba las herramientas y se aseguraba de que las cajas quedaran tal y como las encontraron, comparando las fotos que había tomado con su móvil en cada fase de la operación. Una vez verificadas, las fotos se borraban.

El sol de la tarde se atenuaba y Nate miró el reloj. No quería trabajar con la linterna. Witold lo vio, sonrió y le dijo:

—Cinco minutos más.

Nate dio un cauteloso paseo por el exterior, todavía preocupado por la posibilidad de una trampa aún no activada, pero la zona alrededor del almacén estaba despejada, nada se movía. Volvió a entrar y Agnes estaba esperando cerca de la puerta, fuera del alcance del oído de los otros WOLVERINE.

—Ya casi hemos terminado. —Sonrió—. Todo ha ido como la seda.

Nate asintió.

—Hacéis un buen trabajo —reconoció Nate—. Forsyth cree que vuestro equipo es el mejor, y yo también.

Agnes se alisó el pelo.

—¿Crees que nos iremos esta noche o mañana?

—Si volvemos a una hora razonable, no hay razón para no salir esta noche, como si hiciéramos un crucero a la luz de la luna —dijo Nate.

—Me preguntaba si pasaríamos otra noche en el hotel —dijo Agnes, mirándolo con sus ojos grises.

—Oh, no —dijo Nate, sacudiendo la cabeza—. No empieces.

—Ese barquito con todos nosotros a bordo, sin privacidad…

Nate trató de imaginar a Agnes desnuda en una estrecha litera superior con Piotr roncando en el estante inferior.

—Creía que el comienzo de una operación te hacía sentir así. Se acabó; hemos terminado.

—A veces antes de una misión, a veces después —respondió ella suspirando—. A veces durante.

Nate alargó la mano y se la cogió.

—¿Qué voy a hacer contigo?

Ella le apretó la mano.

—¿Tengo que decírtelo o puedes adivinarlo?

Los WOLVERINE terminaron su trabajo, dejando la pila de cajas tal y como las encontraron y colocando la lona igual que estaba al principio, según las fotos digitales que Agnes había tomado del interior del almacén antes de empezar. Soplaron las huellas manchadas y levantaron una nube de polvo que cubrió deforma uniforme las cajas, la lona y el suelo como antes. Nate comprobó las fotos de Agnes para verificar la escena —ella estaba cerca de él, sosteniendo la cámara, con el calor de su cuerpo palpable—, retrocedieron y observaron cómo Jerzy volvía a cerrar la puerta y limpiaba las superficies, aunque no parecía que los rusos fueran a buscar huellas en el polvo, teniendo en cuenta la forma desordenada en que habían almacenado las municiones.

El vaivén del autobús de vuelta a Balaklava a través del crepúsculo de Crimea parecía durar más. Nate escuchaba las sirenas y el sonido de las motocicletas que se acercaban por detrás, y se esforzaba por concentrarse más adelante, en las curvas, buscando las balizas rayadas de un control de carretera, los coches en ángulo a través de la carretera. Nada.

Permanecieron agachados para pasar todavía más desapercibidos mientras el crucero se alejaba con calma del muelle, bajaba por el puerto, pasaba la boya marítima y se adentraba en mar abierto. Ahora era de noche, el horizonte al oeste todavía un poco iluminado, la negrura al este y al sur impenetrable. La tripulación le hizo una señal a Nate cuando habían recorrido algo más de veinte kilómetros, fuera de las aguas territoriales de Putin, y Piotr abrió una botella de Sliwowica, se quedaron juntos en la cubierta de popa y bebieron bajo las estrellas. Agnes se las arregló para chocar los hombros con Nate mientras Ryszard cantaba «Hej Sokoly» («Hola halcones»), de la guerra polaco-soviética. El crucero se balanceaba en el suave oleaje del mar. Fase uno terminada, pensó Nate, dos y tres en camino. Estambul. Gable. Dominika.

Ensalada de remolacha

Pon las remolachas cocidas, las ciruelas pasas deshuesadas, el ajo, las nueces y la nata agria en un robot de cocina y tritura hasta obtener una pasta granulosa. Decora con nueces picadas y cilantro. Sirve con pan crujiente.

18

Segunda fase

El principal contacto de enlace de Nate en el TNP era un capitán de treinta años llamado Hanefi. Era bajo y moreno, con una sola ceja en forma de oruga y un espeso bigote negro que se le movía hacia los lados cada vez que se agitaba. Estaba aprendiendo inglés e intentaba utilizarlo en cuanto tenía ocasión. Hanefi tenía el dorso de las manos como salido de *El fantasma de la Ópera*, quemado durante una explosión, y ocultaba la brillante deformidad guardándoselas en los bolsillos. Nate y Hanefi trabajaron bien juntos, pero solo a partir de que el tenaz agente de policía empezara a confiar en Nate. Gable le había advertido sobre el trabajo con turcos:

—Nada de intentos de reclutamiento, nada de movimientos de oficial, ni siquiera si uno de ellos se ofrece voluntario. Se toman su tiempo para entrar en calor, pero una vez que están convencidos de que no estás intentando reclutarlos, son tus amigos de por vida. Pero si luego te pillan intentando robarles del bolsillo, nunca lo perdonarán ni lo olvidarán.

Nate pasó horas con Hanefi, revisando las escuchas telefónicas de Shlykov con Moscú y varios líderes de células del PKK —se utilizaba el ruso y un inglés imperfecto— hablando de la próxima entrega de armas. Para un oficial de su rango, el sentido de la seguridad de las comunicaciones telefónicas de Shlykov era inexistente. Cada llamada interceptada a un separatista identificaba a cinco miembros más, esos cinco, a diez más… Cada ubicación identificada llevaba a las dos siguientes, luego a las tres siguientes, todas ellas en los suburbios más oscuros de Estambul: Cebeci, Alibeyköy, Güzeltepe; un apartamento en un rascacielos manchado de óxido, un cobertizo de adobe en una calle fangosa o una granja perdida en un barranco asfixiado por la basura. Había tantos lugares que se trajeron unidades de policía adicionales de Ankara para ayudar a vigilarlos todos.

Entonces llegaron las municiones, y un helicóptero TNP con un receptor HYENA vectorizó a los equipos de vigilancia TNP —eran mejores de lo que Nate había podido ver en cualquier otro lugar— hasta los almacenes donde se guardarían los explosivos antes de su dispersión. Los pacientes turcos se instalaron en cada lugar, vigilando y marcando a los sospechosos. Se ultimó un plan de asalto coordinado. Los turcos estaban impresionados con las balizas de Nate. «Son una maravilla», había dicho Hanefi.

—¿Cómo lo has hecho, Nate *bey*? —preguntó Hanefi una noche en un puesto de escucha lleno de humo, refiriéndose a las cajas. Nate sonrió.

—Si me preguntaras si lo hicimos en Rusia, no podría decírtelo —dijo Nate. Hanefi echó la cabeza hacia atrás y se echó a reír.

—*Aferin, sen Osmanli* —dijo Hanefi. Quería decir: bravo, eres un otomano, un semental honrado.

La noche de las múltiples incursiones, Nate comprobó las lecturas de las balizas QUICKHATCH desde un terminal del consulado. Los turcos no podían acceder a esa tecnología —no conocían el sistema redundante—, pero todas las localizaciones estaban corroboradas al cien por cien. Benford llamó por el teléfono seguro y elogió de forma poco habitual la actuación de Nate tanto en Sebastopol como en el trabajo con los turcos en Estambul, que calificó de «satisfactorio». Benford confirmó que el equipo técnico para la Fase Tres llegaría al día siguiente. Parte del plan de Nate para inculpar a Shlykov ya llevaba un tiempo en marcha, una estratagema de denigración tan insidiosa que un risueño Gable había dicho que Shlykov ya estaba jodido, solo que aún no lo sabía.

—Buena suerte, esta noche —le dijo Benford, y dio por terminado el enlace seguro.

* * *

Nate colgó, recordando que Agnes también le había deseado buena suerte después de que los WOLVERINE regresaran en barco a Varna. Él no lo sabía, pero Agnes había reservado un vuelo un día más tarde que el resto del equipo. Nate también estaba esperando su vuelo a Estambul, y se alojaba una noche en el Hotel Central, un deslucido complejo rumano del mar Negro donde el vestíbulo, los pasillos y las habitaciones olían a aceite caliente de ascensor. Agnes había cogido a hurtadillas una habitación contigua, y lo sorprendió aporreando su puerta mientras anunciaba «*¡Servitoare*, servicio de limpieza!».

Nate se alegró en secreto. Pensaba pasar una noche triste solo en su raída habitación viendo por televisión el Festival Euro Pop de Berlín. Agnes tenía otras ideas. Cualquiera que fuera el servomotor que funcionaba en su interior, el casto crucero de regreso de tres días lo había puesto al rojo vivo. Hicieron el amor en todas partes, menos en la cama: en el suelo, en un sillón, en la bañera, con un chorro de agua que chisporroteaba y de pie, en el pequeño balcón iluminado por el letrero de neón del hotel en el tejado. Su perfume embriagador —ella le dijo que era Chanel Cristalle Eau Verte— se mezclaba con el tufillo a combustible Bunker C del puerto que rodeaba el cabo. Ella había susurrado *czuje miete dla ciebie*, siento *menta* por ti, en polaco literal, lo que significaba que sentía algo por él. La *menta* no era lo único que sentía.

Horas más tarde, con las manos temblorosas, Nate le sirvió a Agnes agua embotellada, pero ella estaba dormida en la cama, boca arriba, con la boca abierta en un síncope de seis orgasmos, el pelo abierto en abanico sobre la almohada, con su mechón de bruja visible en gran parte. Nate la cubrió con una manta y se sentó en el sillón del otro lado de la habitación, mirándola respirar. Acostarse con Agnes la primera vez había sido un impulso de medianoche alimentado por los nervios previos a la operación. Esta noche era una celebración, un alivio por haber salido de Rusia de una pieza, tal vez una despedida agridulce. Nate se frotó la cara y gimió. Tal vez quería poner impedimentos entre él y Dominika, para no tropezar —no podía— con ella de nuevo. Resolvió actuar como apoyo de Gable durante las reuniones en el piso franco. Llegaría tarde y se marcharía pronto, asegurándose de que Gable estuviera siempre en la sala. Dejaría que Gable le explicara a DIVA por qué Nate actuaba como un cachorro asustadizo, y que él se ocupara del inevitable arrebato. Solo había un problema: Nate amaba a Dominika. Como si Agnes pudiera oír sus pensamientos, murmuró entre dientes mientras dormía, y se dio la vuelta. Siente algo por mí, pensó Nate, abatido.

Al día siguiente, esperaban sus vuelos en el aeropuerto. Con una blusa blanca, falda rosa y sandalias, Agnes parecía tranquila y serena.

—¿Crees que soy demasiado mayor para ti? —le preguntó a Nate, que levantó la cabeza alarmado.

—Después de lo de anoche, te avisaré en cuanto mi quiropráctico me vuelva a alinear la columna.

—Hablo en serio.

—No, no creo que seas demasiado mayor para mí. Pero Agnes, debe haber alguien en tu vida.

—Creo que hay alguien en tu vida —dijo ella, ignorando su comentario.

—¿Por qué dices eso? —dijo. Un buen radar, pensó.

—*Zerkalo dushi* —respondió Agnes en ruso, mirándolo a los ojos. El espejo del alma, pensó Nate. Dios mío.

—Es complicado —dijo Nate, que no tenía intención de hablar de su situación personal, ya de por sí enrevesada.

—Vives en Londres, ¿verdad?

—Y tú vives en California.

—No por ahora —dijo ella, sin mirarlo. Nate no contestó—. ¿Sería mala idea visitar Londres alguna vez? —preguntó, y luego le dio un beso de despedida.

* * *

La línea exterior de la comisaría sonó y la voz de un excitado Hanefi se escuchó al otro lado.

—Nate *bey*, ven rápido; hay un coche de policía esperándote abajo —gritaba por encima del sonido de los disparos, muchos disparos, incluidas armas automáticas.

—Hanefi, ¿dónde estás? —gritó Nate—. ¿Estás bien?

—Maldita sea, zorra de mierda —mascculló Hanefi, que aún estaba aprendiendo a jurar correctamente en inglés—. *Çabuk olmak*, ven enseguida.

El trayecto en el abollado coche de policía, con las luces azules parpadeando y la sirena sonando, conducido por un cabo de policía veinteañero con orejas de cántaro que aporreaba el volante cuando el tráfico no se apartaba, fue trascendental. Nash recordó la frase de Gable «asustado como un pecador en un ciclón». Las cajas metálicas de munición esparcidas sobre el asiento trasero se deslizaban de un lado a otro en las curvas. Zigzaguearon entre el tráfico cruzando el puente Gálata, y se lanzaron por el lado sur del Cuerno de Oro, pasando junto al oscurecido Patriarcado Ortodoxo Griego, bajo la O-1, y adentrándose en el lúgubre barrio de Eyüp. El cabo tomó una empinada carretera cuesta arriba, con los neumáticos chirriando y el guardabarros rozando el guardarraíl de piedra. En una de las curvas se divisaba Estambul en toda su extensión, con las luces de la ciudad divididas por el talud sombrío del Bósforo; el final de Europa y el principio de Asia. Dominika estaría allí, y estarían juntos en dos días.

El coche de policía frenó en seco y se detuvo. Había más coches de policía delante, apilados detrás de un blindado Kobra de grandes ruedas con los colores azul y blanco del TNP. El conductor puso dos cajas de munición en las manos de Nate, cogió dos él mismo, sacudió la cabeza y echó a correr cuesta arriba. Era una calle empinada y estrecha, con casas a ambos lados, en cuyos cristales se reflejaban las dos decenas de luces azules parpadeantes. El eco de los incesantes disparos se hizo más fuerte. Agrupados en la esquina de un muro, más adelante, había un grupo de agentes del TNP, algunos de uniforme, otros con vaqueros y chaquetas de cuero, asomándose por la esquina del muro. Hanefi vio a Nate y corrió a saludarlo.

—Dame munición —dijo dándole una palmada en la espalda a Nate. De repente, el muro de enfrente recibió una interminable ráfaga de balas que astillaban el cemento y llenaban el aire de polvo. Hanefi acercó a Nate a la pared.

—Hanefi, ¿qué está pasando?

—Cuatro personas, PKK, en el apartamento de arriba —informó mientras cargaba un cargador para su MP5. Otros agentes hurgaban en la munición como niños alrededor de un cuenco de caramelos. Nate miró más allá de ellos. La calle estaba cubierta de casquillos gastados, miles de ellos, con el latón parpadeando bajo las luces intermitentes.

—¿Cuánto tiempo lleváis disparando?

—Muchas horas; nos quedamos sin munición. —Le tendió el arma a Nate—. Toma, inténtalo tú. —Nate negó con la cabeza. Hanefi ladró algo en turco a otro oficial, que le tendió su arma, un rifle de asalto más pesado—. Prueba este. —Nate levantó las manos en señal de educada negativa.

Sonó un megáfono y el tiroteo se ralentizó, luego se detuvo. Hanefi tiró de Nate por la manga para asomarse a la esquina. El pequeño edificio de apartamentos estaba bañado por los focos. El apartamento del último piso tenía miles de agujeros de bala, las ventanas eran huecos irregulares en las paredes y la barandilla de hormigón del balcón estaba astillada y rota. Era un milagro que alguien pudiera sobrevivir allí arriba. Y esto ocurre en todo Estambul, pensó Nate.

Hanefi dio un codazo a Nate y señaló con la barbilla. Dos sombras —comandos de policía— se deslizaban muy despacio, bocabajo, por el tejado. Cuando llegaran al borde, pasarían por encima del canalón y lanzarían granadas de fragmentación contra el apartamento del PKK. Antes de que estuvieran en su sitio, una joven con una parka roja salió corriendo al balcón con un RPG al hombro. Hanefi gritó e intentó hacer retroceder a Nate. La mujer les apuntó y disparó el misil, pero la onda expansiva de la carga de lanzamiento rebotó en el pequeño espacio y lanzó a la mujer por el balcón. Dio una voltereta de cuatro pisos y cayó sobre un montón de escombros, seguida del misil, que cayó al suelo sin causar daños. Hanefi miró a Nate con asombro.

—Mala suerte —dijo Nate.

Las granadas estallaron y una fina columna de humo gris salió por una de las ventanas. Otro estampido fue seguido por una ráfaga de disparos, luego el silencio y después el estridente estallido de un silbato.

—Se acabó. Subamos —sentenció Hanefi. El interior del pequeño apartamento se había convertido en un hiriente mortuorio, con un agujero de bala en cada centímetro cuadrado de la habitación. El papel pintado colgaba enroscado de las paredes, los pocos muebles habían quedado reducidos a leña y una alfombra de oración humeaba en un rincón. En el aire, flotaban trozos de relleno de tapicería. Dos hombres yacían en el suelo de espaldas, con las camisas ensangrentadas subidas hasta la barbilla. En el dormitorio del fondo, una mujer joven yacía entre la pared pulverizada y un colchón destrozado, con los puños cerrados y la boca fruncida, los ojos entreabiertos. El pelo negro asomaba bajo un pañuelo.

Hanefi miró con interés el rostro de Nate, que se había puesto algo pálido. No se burlaría de su nuevo amigo americano. Palmeó el hombro de Nate.

—Es nuestro trabajo. —Levantó cuatro dedos—. *Dört*, cuatro terroristas, capturados muertos —resumió utilizando la lengua vernácula del TNP.

La acción encubierta de Shlykov se había ido al carajo: veinticuatro células del PKK habían sido interceptadas; las morgues ya estaban llenas. Se habían recuperado las municiones rusas, y la publicidad sería devastadora cuando las armas se expusieran ante las cámaras de televisión. Ahora llevaremos a Shlykov a dar un paseo, pensó Nate, y luego le toca a Dominika.

* * *

Más o menos cuando el comandante Shlykov llegó a la ciudad para supervisar sus envíos de armas de acción encubierta, la base de la CIA en Estambul había empezado a transmitir mensajes electrónicos de agentes encubiertos al consulado ruso. Todos los días durante una semana, los oficiales de la base, con cables rígidos bajo sus chaquetas y cálidos paquetes de baterías en fundas de elastano bajo su ropa, caminaron entre las multitudes que iban de compras por Istiklal Caddesi y pasaron por delante de la puerta del consulado, coronada con el águila bicéfala de la Federación Rusa. Dispararon ráfagas de tres segundos y cinco vatios contra el edificio. La energía rebotó sin que se pudiera ver por las ornamentadas escaleras de mármol, rebotó por los pasillos y se elevó como humo claro hasta los receptores del ático; el consulado estaba inundado de señales de baja potencia. Eran galimatías encriptados, pero las propias señales eran detectables y registradas con diligencia por los oficiales rusos de SIGINT (inteligencia de señales) que vigilaban sin cesar las frecuencias de todo el espectro. Al instante se envió un informe a la FAO/RF, a la sede central SIGINT de Moscú. Las misteriosas transmisiones diarias continuaron con regularidad. Una semana más tarde, cuando las interceptaciones telefónicas indicaron que Shlykov estaba viajando de Estambul a Ankara para entrevistarse con el presidente de la República, cesaron las transmisiones en Estambul y comenzaron en Ankara. Dos veces al día, los agentes de la CIA pasaban por delante de la embajada rusa en Cinnah Caddesi, pulsaban los botones empotrados y lanzaban la energía encriptada por encima de la valla de la embajada, a través de los muros de granito, hacia los elegantes salones barrocos y salían por la parte trasera del edificio hacia los marchitos jardines pomposos situados detrás de la embajada. Esto no había ocurrido antes. Los asombrados funcionarios rusos de SIGINT en Ankara también informaron de sus lecturas a la FAO/RF. Estos informes, a su vez, fueron enviados al FSB. Como posible asunto de contrainteligencia, ni Shlykov en la sede central del GRU ni el SVR estaban al tanto de los informes SIGINT, ni sabían que se había abierto un expediente secreto del FSB sobre «actividad de mensajería electrónica cifrada no identificada en Estambul». Las señales de este tipo eran sofisticadas y clandestinas, y sugerían con total claridad que alguien del contingente diplomático ruso en Turquía era el destinatario. La suposición genética y reflexiva del Kremlin de que había un traidor entre ellos —una paranoia cultural introducida por primera vez por los zares, alimentada por los bolcheviques, refinada por los soviéticos y perfeccionada por Putin— tembló en Moscú.

Shlykov regresó a Estambul, y las transmisiones cesaron en Ankara y volvieron a seguirle. Y cuando viajó a Moscú, para realizar consultas sobre su operación de encubrimiento, las transmisiones se detuvieron por completo, solo para reanudarse a su regreso a Turquía, cuando aterrizó en el aeropuerto Atatürk de Estambul. El registro SIGINT de estas señales cifradas creció y el archivo de contrainteligencia del FSB engordó. No pasó mucho tiempo hasta que el análisis de señales relacionó las transmisiones con los movimientos de Shlykov.

Esto hizo las delicias de Gorelikov, cuyo exterior, refinado y amable, ocultaba una capacidad inagotable para el subterfugio y la conspiración. Cuando Dominika informó del asesinato de su activo norcoreano, Gorelikov escuchó implacable la explicación desdeñosa de Shlykov de que los norcoreanos habrían detectado la traición de Ri por algún error de Egorova y habían eliminado al científico ellos mismos. Y en cuanto a la desaparecida gorrión, o los norcoreanos se habían ocupado de ella o se había escapado con un instructor de esquí del Tirol. Gorelikov escuchó más tarde la grabación de la voz de Blokhin en la casa de campo, y había, casi de manera contradictoria, sonreído. Pruebas adicionales para colgar a este apóstata del GRU, pero ni un pensamiento para Ioana, observó Dominika con amargura.

Gorelikov se llevó aparte a Dominika y durante un día la puso al corriente de los acontecimientos en Estambul. La operación de Shlykov había fracasado, las municiones habían sido interceptadas, los turcos estaban furiosos y Rusia iba a quedar en ridículo en la escena internacional. El presidente ya no contaba con Valeriy Shlykov como uno de sus favoritos. Comenzaron a coreografiar una discreta investigación de contraespionaje —VVR tendría el papel principal en el campo exterior— dirigida con extremo detalle por una obediente coronel Egorova.

—Es una pena que tengas que volar hasta Estambul; las conclusiones de la investigación ya están redactadas —dijo Gorelikov—. Shlykov es responsable del desastre del OBVAL, por el que debe responder, pero ahora es más grave. Es sospechoso de espionaje. Pero ahí está, las apariencias importan, y tú debes interpretar el papel. —Y entonces llegó la astuta pregunta sobre la que Benford le había advertido—. ¿Qué crees que está pasando en Estambul con estas transmisiones? ¿Sospechaban algo los americanos? ¿Por qué se centraron en Shlykov?

—En Turquía podría deberse a un amplio abanico de posibilidades; por eso esta acción encubierta me pareció inútil —respondió Dominika, con naturalidad—. Los turcos tienen sin duda informadores dentro del PKK; tal vez un problema comercial con la entrega de armas; el SIGINT estadounidense podría estar escuchando conversaciones…

Gorelikov se lustró las gafas de montura metálica.

—O podríamos tener un topo en el Kremlin —dijo en voz baja. Dominika hizo lo posible para que no se le erizara el cuero cabelludo.

—Siempre es una posibilidad, pero poco probable. Todos en el Consejo aprobaron el plan.

—Excepto tú, Bortnikov, y yo.

—Me costaría creer que el jefe del FSB trabaje para la oposición, y sé que yo no soy un topo…

—Lo que me deja a mí —dijo Gorelikov divertido.

—Un peligroso contrarrevolucionario de la banda criminal de Trotsky. La Línea KR tendrá que vigilarte —dijo Dominika, y el momento pasó. ¿Es solo un pésimo juego para decirme que cree que soy un espía? Ten cuidado. Gorelikov era una serpiente, moviendo la lengua, tanteando el aire sin parar. Esa noche, escribió los detalles y se los dejó caer a Ricky Walters para que se los pasara a Benford. Tendría que tener mucho cuidado.

* * *

En Estambul, los agentes de la CIA, además de enviar transmisiones en ráfaga, habían empezado a marcar señales —marcas de tiza en los muros de piedra, cinta adhesiva en los postes de la luz, chinchetas en los árboles— a lo largo de la ruta a pie de Shlykov entre su apartamento temporal de Estambul y el consulado ruso. Como Shlykov no las buscaba, no se fijó en ellas. Una vigilancia muy discreta del comandante, realizada desde el frente y por fases, pronto determinó qué cafés y restaurantes prefería para almorzar y cenar en solitario. Uno de ellos estaba en Cicek Pasaji, un soportal cubierto con celosía Beaux Arts del siglo XIX y techo de cristal. Cada vez que Shlykov comía allí —casi siempre pedía *kadinbudu köfte*, muslos de mujer, deditos de carne de cordero y ternera, fritos, crujientes por fuera y suculentos por dentro—, uno de los seis oficiales de la CIA se sentaba cerca, siempre frente a él, siempre con un periódico doblado, o un libro, o una funda de gafas sobre la mesa a la vista. Nunca se intentó el contacto.

A la dirección de Shlykov llegaba un flujo constante de folletos comerciales, anuncios y octavillas que anunciaban excursiones al Bósforo, pisos en venta en Esentepe y excursiones en autobús a Bulgaria. El correo basura era recogido y entregado por su desdentado conserje. Shlykov no les dio importancia y tiró la mayoría de los folletos, pero uno o dos quedaron olvidados en los cajones del escritorio. Todos habían sido rociados con insecticida doméstico, uno de cuyos componentes químicos es la fenolftaleína, reveladora de escritura secreta. No había mensajes en este correo basura, todo rígido y brillante con la pátina seca del aerosol.

* * *

Nathaniel Nash estaba sentado en una anodina furgoneta Fiat Scudo, aparcada en una estrecha calle lateral de Estambul, con tres oficiales técnicos de Langley. Era el atardecer y hacía unos minutos que había terminado la última llamada a la oración; el empinado barrio de Beyoğlu, de mugrientos edificios de apartamentos y tiendas en el primer piso, estaba tranquilo y oscuro. Había tormentas intermitentes en la ciudad, y los callejones, las escaleras y las alcantarillas se inundaban cada dos por tres con un quimo marrón, cuya composición no había cambiado desde el Imperio bizantino. Un gato estaba sentado bajo el alero de la ventana de un apartamento de la planta baja sacudiendo la pata. La furgoneta estaba aparcada tres puertas más abajo de un edificio de apartamentos de ladrillo y piedra con un toldo de tela sobre las puertas dobles de cristal de delante. Estaban esperando a que la vieja conserje del edificio dejara su pequeño escritorio en el vestíbulo de entrada y bajara a su apartamento del sótano para preparar la cena a su marido. En lugar de eso, asomó la cabeza por la puerta y pinchó la parte inferior del abultado toldo con el mango de una fregona para vaciarlo del agua de lluvia acumulada.

Nate y los tres técnicos estaban esperando para entrar en el apartamento personal de Valeriy Shlykov. La furgoneta estaba llena de las numerosas fragancias pestilentes de las mochilas de herramientas que cada uno de ellos llevaba en el regazo: el hedor amargo del aceite de motor eléctrico, la acritud de la masilla para madera y la pintura de secado rápido, el tufillo arenoso del polvo de grafito, la dulzura del talco. Los técnicos, veteranos todos ellos, permanecían sentados en silencio, mirando al frente; tres buenos muchachos, dos del sur profundo, que no usaban loción para después del afeitado porque podía quedarse en los pomos de las puertas y en los tiradores de los cajones, y que no fumaban porque a veces tenían que estar tumbados boca abajo en un ático durante setenta y dos horas seguidas.

Los libros los clasificaban como técnicos de acceso encubierto, pero era menos formal que eso: estos hombres se habían colado en embajadas, tocadores, salas de códigos y búnkeres de misiles de todo el mundo. Se hacían llamar *rum dubbers* o piratas del acero; con sus Harley-Davidson y sus hebillas de Jack Daniel's se habían colado entre listones y vigas, bajo cables electrificados, alrededor de tendidos de cables, sobre tejas cubiertas de nieve. Más viejos ahora, entre los cincuenta y los sesenta, viajaban menos. Se necesitaba una nueva estirpe —masticadores de cutículas con ordenadores portátiles— para sortear las cámaras de infrarrojos y las cerraduras electrónicas biométricas. La edad de oro de los técnicos de acceso encubierto había pasado. Ningún jefe de operaciones moderno de la comunidad de inteligencia querría, hoy en día, autorizar una delicada operación de entrada física con el riesgo de acabar con su propia carrera profesional.

Pero había excepciones. En el caso de Shlykov, el objetivo de este *festejo* no era colocar micrófonos o cámaras, ni abrir cajas fuertes y copiar en segundos material clasificado con una cámara enrollable. Más bien, el objeto de esta entrada subrepticia era dejar cosas.

Kadinbudu köfte • Muslos de mujer

Divide la carne picada de cordero y ternera en tercios. Saltea dos tercios de la carne picada mezclada con cebolla picada hasta que la carne esté cocida y la cebolla blanda. Mezcla con el tercio restante de carne cruda, el huevo, el perejil, la sal y la pimienta. Amasa la mezcla para incorporarla y refrigerarla hasta que esté firme. Forma *köfte* gruesos del tamaño de un dedo, pásalos por harina, báñalos en huevo y fríelos en aceite hasta que estén crujientes por fuera. Sirve con ensalada de tomate y aliño de ajo y yogur.

19
Jaque mate

Nate y los tres oficiales técnicos se encontraban en el oscuro pasillo frente al apartamento de Shlykov. La vieja portera había abandonado por fin su puesto por la noche y los hombres de la CIA habían subido en silencio cuatro tramos de escaleras, cada uno pisando al rebufo de la huella de los demás. El último de la fila, Nate, vio que, aunque la escalera era de mármol bien lavado, la vieja guardia, por costumbre, caminaba por la parte exterior de los peldaños para evitar chirridos; cada paso lo daban, también, apoyando solo la parte exterior de las suelas de sus botas de vaquero, lo que eliminaba el sonido de las pisadas en el hueco de la escalera.

Todo esto había sido un plan de Nate, las transmisiones fantasma, las señales, la vigilancia. Para el acto final, había sugerido, sin miramientos, una entrada en el apartamento Beyoğlu de Shlykov. Pero Nate nunca antes había entrado con un equipo veterano de entrada subrepticia; estaba nervioso, ya que todo el espectáculo giraba en torno a este allanamiento. Gracias a Dios, estos veteranos eran imperturbables. El técnico principal, un pueblerino de Alabama, de cincuenta y cinco años, llamado Gaylord, se arrodilló ante la puerta de Shlykov. Tenía barriga y manos nudosas; su pelo blanco era ondulado. Sus compañeros de equipo le habían dicho a Nate que podía forzar cualquier cerradura. Gaylord miró la cerradura, se volvió hacia los demás y susurró:

—Tenemos a un ruso, en un apartamento de Turquía, y la puerta tiene una cerradura Yale.

Nate no estaba seguro de si el descubrimiento de una cerradura Yale en Turquía era bueno o malo, pero concluyó que debía ser bueno. Con dedos de pajarillo en aquellas manos de buey, Gaylord introdujo una llave de tope de latón en el chavetero, sintiendo los pasadores en las puntas de los dedos. Asentó la llave con firmeza, aplicó una ligera presión sobre el cilindro y golpeó con contundencia el arco de la llave con el mango de goma de un destornillador. Los pasadores saltaron por el golpe transmitido a través de la llave, el cilindro giró y el equipo pudo entrar. Ninguno de ellos se emocionó; se enderezaron y entraron en silencio en el oscuro apartamento.

El apartamento de Shlykov ofrecía un olor neutro, como una unidad de cuidados intensivos: cálida y desinfectada. No estaba ni desordenado ni ordenado; no tenía muchas posesiones. Los grandes refugios para los secretos de un hombre —los cajones de la mesilla de noche— estaban vacíos: sin libros, sin porno, sin fotos. Vacíos. La segunda ventana a la vida de un hombre, la nevera: sin cerveza; sin verduras; sin especias; sin hielo. Todo era frío y rancio. Nate no podía identificar dónde estaba el lugar personal de Shlykov en ese apartamento. Ningún sillón con lámpara de lectura; ningún sofá desgastado por el uso frente al televisor; ninguna silla de lona en el mugriento balconcito. ¿Acaso este tipo se colgaba de los talones de la barra del armario hasta el anochecer?

Nate consultó su reloj. Disponían de una hora. Shlykov estaba apoyado en una pared en una fiesta, observando a sus compatriotas rusos, sin interactuar con la multitud. Era demasiado importante para preocuparse por ningún objetivo. Él tenía la acción encubierta para impulsarlo a su ascenso. Tres oficiales de la base formaban un círculo alrededor del ruso, comiendo, bebiendo, riendo y sin quitarle el ojo de encima; avisarían a Nate cuando el mayor empezara a moverse.

Los técnicos se movían por separado en el apartamento, en una coreografía delicada y ensayada, dividiendo las habitaciones en sectores de búsqueda cilíndricos —alto, bajo, centro—, en busca de los cables delatores de micrófonos o cámaras, aunque era poco probable que el arrogante mayor Shlykov tomara tales precauciones de seguridad. Sin tocarse, sin hablar, adaptando la vista a la penumbra; Nate se paró en medio del salón y esperó.

El chico de Mississippi llamado Lee, el benjamín del grupo a sus cincuenta y dos años, se dirigió al dormitorio de Shlykov y en treinta segundos había encontrado una maleta rígida y bien gastada debajo de la cama. La sopesó en la mano y asintió. Rebuscó en la pequeña bolsa que llevaba colgada del hombro, sin dudar, sin hacer ruido, y sacó un par de tenazas que parecían haber sido utilizadas por primera vez en 1415 en Agincourt. Nate se arrodilló a su lado mientras Lee retiraba con delicadeza el tapajuntas de aluminio que rodeaba la tapa superior y, con una espátula larga y fina, separaba con cuidado las dos capas de plástico moldeado en forma de sándwich. Chasqueó los dedos sin hacer ruido para atraer la atención de Nate. De su propia bolsa, Nate sacó el sobre de papel cristal y deslizó con cuidado dos carbones de escritura secreta —especializados, esenciales e incriminatorios— entre las capas de la tapa. A continuación, Lee apretó las capas, aplicó un punto de adhesivo y encajó el tapajuntas alrededor del borde de la tapa. Engarzó bien el aluminio y señaló con el dedo. Nate vio que la herramienta de engarce de Lee había dejado a propósito pequeñas marcas de dientes en el aluminio. Lee volvió a deslizar la maleta bajo la cama.

Nate volvió a mirar el reloj con algo de preocupación y regresó a la sala de estar. Mientras tanto, Gaylord y el tercer técnico —un alegre Falstaff del norte del estado de Nueva York, llamado Ginsburg— habían extendido un paño de tachuelas en el suelo y palpaban con manos de artesano la veta de un gran tablero de ajedrez de madera apoyado en su borde. ¿Dónde lo habían encontrado? A todos los rusos les encanta el ajedrez, pensó Nate. ¿Era este el pasatiempo que definía a Shlykov? Era su mala suerte, fuera lo que fuese. Ginsburg sacó de su bolsa un instrumento de la Inquisición, con empuñadura negro, raíles para guía y batería. La herramienta en sí no hizo más que un leve crujido de termitas cuando hundió una mortaja de cinco centímetros de profundidad en la madera a lo largo del extremo; Gaylord aspiró el serrín con una silenciosa aspiradora de mano a medida que se desprendía de la broca, y limpió el agujero. Ambos miraron a Nate, que se adelantó e introdujo en la cavidad un pequeño bloc de notas cuadrado de cinco centímetros con los bordes engomados: un bloc de un solo uso, llamado OTP. Se trataba de un bloque de páginas diminutas con números impresos en secuencias aleatorias que se utilizaban para proporcionar una clave siempre cambiante (y, por tanto, indescifrable) para cifrar mensajes. Las libretas de un solo uso se habían utilizado desde siempre: en la Gran Guerra, en las mazmorras de la Bastilla y en las calzadas romanas de Judea.

Mientras tanto, Gaylord había tomado el serrín recogido y lo había mezclado en un vaso de precipitados poco profundo con un producto químico inodoro de una botella exprimible para crear una pasta espesa. Colocó un tapón de plástico en la cavidad para proteger el OTP, untó la pasta en el orificio de la mortaja y la extendió a lo largo del borde de la tabla, sin tropiezos, como un pastelero alisando el glaseado de un pastel. Sopló en el lugar, lo acarició con las puntas de unos dedos tan extrañamente sensibles y, en pocos minutos, lo lijó. Nate iluminó con la linterna mientras Gaylord acercaba una rueda de colores al tablero de ajedrez, y luego pintó la zona; desapareció en el tono exacto de la madera.

—¿Estás seguro de que encontrarán esto? —susurró Nate.

Ginsburg le miró de arriba abajo.

—Si lo están buscando, garantizado. La cavidad se iluminará en un fluoroscopio como un pólipo en tu colonoscopia.

Nate miró a Ginsburg y asintió pensativo; dada su edad, el canoso técnico quizás hablaba por experiencia reciente. Fuera lo que fuera lo que Ginsburg pretendía decir, había una cierta ironía anatómica: cuando el tablero de ajedrez y la maleta fueran descubiertos por los agentes de contraespionaje rusos, Shlykov, en sentido figurado, sería doblegado y experimentaría el largo brazo de la justicia del Kremlin.

* * *

Resultó que sí, y así fue. Tras un mes de comunicaciones en ráfaga calentando las antenas rusas de SIGINT en Turquía, seguido de los tiroteos, el Kremlin tuvo suficiente. La coronel Egorova viajó sin previo aviso a Estambul para observar la situación en el consulado, acompañada de dos pesos pesados del FSB prestados por su propio jefe: Bortnikov, que esperaba que Egorova desacreditara a Shlykov y demostrara al presidente que los miembros del Consejo de Seguridad que se opusieron a la precipitada operación OBVAL habían tenido razón.

Cuando el vuelo de Aeroflot de Dominika procedente de Moscú llegó al aeropuerto Atatürk de Estambul, una lluvia intermitente procedente del mar de Mármara azotaba la pista. Mientras el avión rodaba hacia la puerta de embarque, con la lluvia golpeando las ventanas empañadas, Dominika sintió el pulso filiforme bajo la mandíbula; estaba a punto de iniciar una *konspiratsia* contra un peligroso adversario y, suponía, su guardián de la Spetsnaz, aunque Blokhin no había sido visto en la ciudad. Ahora se encontraba en un país extranjero y los turcos eran astutos y agresivos. Aquel era territorio hostil, y ella estaba aquí para llevar a cabo un simulacro de investigación de contrainteligencia, cuyo resultado debía ser la detención de Valeriy Shlykov por traición. Tenía que desempeñar un papel delicado; una conclusión demasiado fácil de su investigación podría levantar sospechas. Tendría que «descubrir» las pruebas contra este ambicioso oficial de forma plausible y convincente. El juego de rol empieza ahora, pensó mientras el avión se detenía con rudeza.

Al entrar en el moderno vestíbulo de llegadas, con su elevado techo abovedado, el aroma a nuez quemada del café turco la envolvió y le recordó que se encontraba en el misterioso Oriente, entre los hombrecillos morenos que observaban a todos los *yabanci*, los extranjeros, con desconfianza e incertidumbre. Pasó por delante de una pequeña cantina de comida para llevar, con el calentador de alimentos cargado de aperitivos: pimientos y ajos asados, *köfte* plano espolvoreado con zumaque, una bandeja de *kabak graten*, calabacín dorado gratinado. Al pasar la aduana, dos nerviosos funcionarios del consulado ruso se apresuraron a saludarla, moviendo la cabeza. Un coronel del SVR era un visitante importante. Con el mentón levantado, Dominika caminó con ellos hasta el coche que la esperaba, sin decir nada.

Estambul era esta mañana un amasijo de carreteras bloqueadas, tráfico congestionado y vehículos de emergencia. La acción policial de anoche se había saldado con la captura de munición letal de fabricación rusa. Las interminables noticias de televisión informaban de la muerte de decenas de separatistas del PKK en otros tantos tiroteos. La Asamblea Nacional se reunió en sesión de urgencia. El TNP expuso las minas terrestres y los tubos lanzacohetes intervenidos. En el consulado ruso, un apoplético Valeriy Shlykov maldecía. Sospechaba perfidia y traición de alguna parte. Mientras Shlykov deliraba, los oficiales subalternos de la *rezidentura* estaban atemorizados, desorientados. Este ambicioso mayor del GRU se había enseñoreado de todos y no les había informado de la acción encubierta, para garantizar la compartimentación y la seguridad, pero en realidad para poder acaparar el mérito.

Gorelikov lamenta que tenga que hacer este viaje, pensó Dominika, pero yo no. Aparte de comprometer a Shlykov, el viaje a Estambul sería, por supuesto, una oportunidad para verse con sus guías de la CIA, su primer contacto desde Nueva York. Le habían pasado la dirección de un *yali* de Estambul, una elegante mansión barroca turca de madera de tres plantas en Anadolu Kavagi, una ciudad turística en el lado asiático del Bósforo, designada como piso franco de la CIA: AMARANTH. La mansión había sido alquilada por una empresa inmobiliaria de Beverly Hills, en teoría para la peripatética ejecutiva de estudios de Hollywood Blanche Goldberg, que utilizaba la casa dos veces al año para reunirse con la hipnótica estrella de cine francesa Yves Berléand, con quien había mantenido una relación amorosa intermitente durante tres años o más (con un amante francés nunca se sabe). Blanche solo sabía que la casa había sido pagada por la CIA —no preguntó el motivo—, pero contribuyó a encubrir el nido de amor guardando en un armario, en el dormitorio, lencería y artículos de tocador caros de Beverly Hills, incluido un frasco de lubricante Swiss Navy en el elegante armarito del baño principal.

En Moscú, Dominika había recibido descripciones de las maniobras de la CIA para desacreditar a Shlykov a través de memorias USB colocadas en un punto de entrega programada en el tupido arcén contra el muro ornamental del Templo Zhivonachalnoy Troitsy, en Kosygina Ulitsa, en el límite sur de Vorobyovy Gory (parque de las colinas de los Gorriones), en la curva Luzhniki del río Moscova. El propio Benford había incluido la información clave sobre lo que Dominika debía buscar en el apartamento de Shlykov: folletos tratados con químicos, forro de maleta con tapajuntas engarzado, tablero de ajedrez.

El resultado fue que Dominika estaba al tanto de todos los matices de la operación secreta de la CIA y podía dirigir su investigación de manera infalible hacia las pruebas, ante la asombrada admiración de sus compañeros del FSB. Observó que unos extranjeros occidentales sospechosos estaban sentados frente a Shlykov durante el almuerzo (¿le estaban haciendo señas?). Los chicos del FSB los siguieron y resultaron ser empleados del consulado estadounidense, presumieron que de la CIA. Vio una señal de chincheta en un árbol cercano al apartamento de Shlykov que estaba demasiado baja para pegar un cartel. Una marca de tiza horizontal que se observó un día en una pared del edificio de apartamentos de Shlykov tenía un nuevo trazo cruzado vertical dos días después. Y los mensajes electrónicos continuaron. Las cosas iban de mal en peor para el mayor Shlykov.

* * *

A Shlykov, en ningún momento, se le ocurrió relacionar el enorme fracaso operativo que culminó en tiroteos con la policía en veinte puntos de la ciudad con un fallo personal en el manejo de las comunicaciones, la seguridad o la planificación. Rara vez le preocupaba la reflexión. Ahora había llegado la ridícula Egorova para llevar a cabo una absurda investigación sobre una tontería de transmisiones, y el momento le aseguraba que estaría allí para presenciar su humillación. Se le había ordenado permanecer en Estambul hasta que finalizara la autopsia de OBVAL.

La entrevista con un ceñudo Shlykov sentado en una mesa de la sala de seguridad de la *rezidentura* se desarrolló con normalidad: Valeriy reaccionó con violencia cuando le preguntaron por las misteriosas transmisiones, afirmó no conocer a ningún estadounidense en la ciudad y tachó de ridícula la existencia de señales clandestinas cerca de su apartamento. Los agentes del FSB presentes se miraron unos a otros con escepticismo. Las cosas se pusieron más interesantes cuando Shlykov se negó en redondo a que los «burros» del FSB registraran su apartamento. El halo amarillo que rodeaba su cabeza, blanqueado por la rabia y palpitante de miedo, decía mucho a Dominika. El miedo a la desintegración de su carrera se veía eclipsado por su *bol'shoe samomnenie*, su prepotencia y su indignación al verse desafiado y cuestionado, en especial por una mujer. Se ahorcará con ese ego, pensó Dominika. Iba a ser más fácil de lo que esperaba.

—Es una situación incómoda para todos nosotros —dijo una ecuánime Dominika—. Lamento la necesidad de entrevistar a un colega del GRU.

—Entonces regrese a Moscú y déjeme trabajar. Tengo tareas operativas críticas, que, debería darse cuenta, tienen prioridad.

Miró a Dominika con el desdén de la privilegiada juventud dorada soviética.

—Sí, bueno, los tiroteos de la policía en esta ciudad con sus protegidos terroristas parecen sugerir que sus tareas operativas críticas no han tenido un éxito total; de hecho, han sido desastrosas sin paliativos —comentó Egorova—. Es casi seguro que resultarán perjudiciales para la Federación Rusa y embarazosas para el presidente.

En el silencio que siguió, todos los rusos presentes en aquella sala de entrevistas sabían que perjudicar al país era, con mucho, el menor de los delitos.

—Yo me ocuparé de las operaciones —escupió Shlykov furioso. Decidió añadir un insulto mayúsculo—. ¿Por qué no se concentra en lo que mejor sabe hacer: filmarse seduciendo hombres?

—Le sugiero que tome una actitud menos desafiante. Es lamentable.

Los hombres del FSB oyeron algo en su voz que les hizo removerse en sus asientos. Shlykov pareció no darse cuenta del peligro.

—Se han detectado anomalías en sus movimientos —dijo la doble agente—. Confío en que no lleguen a nada, pero estoy aquí para confirmar que no hay problemas de contrainteligencia.

—¿Cree que estoy trabajando para los americanos? —gritó—. Es ridículo, *Po'shyol'na hui*, váyase a la mierda.

Se levantó y se cernió sobre Dominika.

—Le aconsejo que se siente y coopere —desafió Dominika, mirándolo. Shlykov se inclinó sobre ella y acercó su cara a la de ella. Los hombres del FSB se sentaron en el borde de sus sillas.

—Su reputación la precede. La chica maravilla con el gran *sis'ki*, la prostituta bien dotada entrenada para chupar…

La mano de Dominika salió disparada y agarró el labio inferior sobresaliente de Shlykov entre el índice y el pulgar, y tiró con fuerza hacia abajo. El mayor gruñó de dolor y cayó de rodillas. Ella le retorció el labio y le golpeó la cabeza contra el borde de la mesa. Shlykov se sentó en el suelo y se sujetó la cabeza. El labio ya se le había hinchado y puesto morado, y tenía el ojo derecho cerrado.

—Considérese confinado en la *rezidentura* —dijo, poniéndose de pie—. Puede dormir en el catre de guardia. Un oficial de seguridad estará con usted en todo momento. —Se volvió hacia los hombres del FSB—. Consiga las llaves de la residencia del camarada Shlykov, tanto de la puerta principal como del apartamento. Quiero ir allí ahora.

En el apartamento, los sabuesos del FSB hicieron el trabajo de Dominika por ella, sin que ella tuviera que pedirles nada. De hecho, alabó su diligencia. Recogieron todos los papeles del cajón del escritorio de Shlykov, encontraron la maleta debajo de la cama y mostraron a la coronel Egorova las marcas reveladoras de la tapa, que sugerían alguna manipulación. Levantaron el gran tablero de ajedrez de madera que encontraron en el estante superior del armario delantero, sacudieron la cabeza e iban a dejarlo, sin embargo, ella se encogió de hombros, sacó más cajones y rebuscó en el armario.

—Qué raro —murmuró—. ¿Han encontrado piezas de ajedrez, un juego de ajedrez?

Los hombres del FSB miraron a su alrededor, negaron con la cabeza y sugirieron llevarse el tablero de ajedrez al consulado, donde lo inspeccionaran con el fluoroscopio utilizado para examinar el correo y los paquetes entrantes. Dominika puso cara de duda.

—Muy bien. Es mejor comprobarlo, ser minucioso.

—*Bez truda, ne vitashis i ribku iz ruda* —dijo altivamente uno de los hombres del FSB: sin esfuerzo no se saca un pez de un estanque.

—Supongo que tiene razón. Veamos qué encontramos.

* * *

Iosip Blokhin no había aparecido por Estambul durante el desastroso fracaso de OBVAL. Se había producido un tiroteo entre tropas de choque del TNP y miembros de una célula del PKK atrincherados en una casa particular del histórico barrio de Rumelihisari, junto al Bósforo, que había sido feroz y prolongado, lo que sugería que los terroristas del PKK, por lo general poco sofisticados, habían recibido asesoramiento táctico de un profesional. Un piquete policial en el bosque que rodeaba la casa detuvo a un hombre corpulento que se abría paso entre los árboles cuando el tiroteo empezaba a remitir, y fue detenido y llevado a la comisaría de Arnavutköy por carecer de identificación.

Cuando el hombre corpulento, en un inglés del bloque del Este, afirmó que era un diplomático ruso y exigió ver a un funcionario del consulado, el teniente de policía llamó al capitán coordinador (era Hanefi), quien a su vez llamó a su amigo estadounidense Nathaniel Nash y le ofreció la oportunidad de hablar con el ruso, de quien los turcos sospechaban que era un soldado profesional. Hanefi dijo que podía darle a Nash una hora a solas con el detenido antes de que llegaran los entrometidos rusos para soltarlo. Nate aceptó y llamó a Benford para decirle que este tenía que ser Blokhin quien, Dominika estaba segura, había matado a las dos mujeres y a los dos policías en Nueva York, a su activo norcoreano y a su gorrión en Viena.

—Sé duro con ese simio —dijo Benford—. Denúncialo, de todas formas, estos bolcheviques ya te han descubierto, y dile que sabemos lo que ha hecho. Dile que lo tenemos en las cámaras de seguridad del Hotel Hilton, así protegeremos a DIVA. Dile al hijo de puta que la próxima vez que muestre un pelo de su culo fuera de Rusia, lo extraditaremos a Nueva York para ser juzgado por el asesinato del disidente. Déjale claro que ya no es útil para los suyos.

—Es muy poco probable que eso ocurra, pero ¿y si está listo para jugar a la pelota? ¿Hasta dónde estás dispuesto a llegar para inutilizarlo? —preguntó Nate.

—Tres años trabajando con intensidad en el interior, recibe un millón de dólares. Si quiere salir ahora, recibirá doscientos cincuenta mil dólares después de un interrogatorio concienzudo en Estados Unidos. Dinero condicionado a la producción. Lo de siempre. A ver si eso le hace temblar el pulso. Consigue algo sólido de él como señal de buena fe antes de acordar nada —dijo Benford.

—Vale, hablaré con él esta noche y te lo haré saber. Me estoy preparando para la reunión de mañana con Domi. Iré temprano y prepararé todo para Marty. ¿Cuándo llega?

—No va a ir —dijo Benford en voz baja—. Tuve que enviarlo a Sudán; un problema inesperado en la estación de Jartum.

—¿Marty no viene? —preguntó Nate, con el estómago revuelto.

—Confío en que me hayas oído, a menos que tus oídos se hayan visto afectados por la sangre que corría hacia tus genitales.

—Gable es el principal responsable de DIVA.

—Y tú eres su oficial de refuerzo. Ya sabes cómo funciona esto, Nash.

Tú la interrogas, revisas las comunicaciones y los sitios, te aseguras de que esté operando con seguridad. ¿Has recibido el cable de requisitos?

—Llegó esta mañana.

—Entonces ve y haz tu trabajo. Y procura no arruinar el activo con tus detestables modales. ¿O tengo que ir yo en persona?

—No, yo me encargo. Recibirás un cable cuando hayamos terminado.

—Buena suerte —dijo Benford y colgó.

* * *

Blokhin estaba en una pequeña sala gris de interrogatorios de la comisaría, vacía salvo por dos sillas metálicas. Hanefi se reunió con Nate delante de la puerta y se turnaron para mirarlo por la mirilla.

—*Bir esek oglu* —murmuró Hanefi: un hijo de mala bestia—. Nate *bey*, parece peligroso. *Dikkatli ol*, ten cuidado. ¿Quieres un hombre en la habitación? —Nate negó con la cabeza—. ¿*Tabanca*? ¿Una pistola?

—No. Quiero apretarle y no quiero que pierda la cara. Pero si me oyes gritar, entra y dispárale.

—Creo que está en Estambul para organizar las células —dijo Hanefi—. Sin papeles diplomáticos lo meteríamos en la cárcel de Silivri durante veinte años, pero como Ankara teme problemas con Moscú, quedará libre cuando acabéis con él. *Iyi sanslar*, Nate *bey*, buena suerte.

Nate abrió la puerta de un tirón y entró en la habitación muy poco iluminada por una única bombilla desnuda. Blokhin estaba en un rincón, apoyado contra la pared, con los brazos en forma de tronco cruzados sobre el pecho. Tenía un moratón bajo el ojo derecho, sería por un golpe de amor correctivo de un carcelero del TNP al que no le gustaban los rusos. Nate se sentó en una de las sillas y deslizó la otra con un pie hacia Blokhin, una invitación a sentarse, pero el sargento permaneció de pie. Nate sabía que era poco probable que diera con los activadores de aquel tipo, pero no había nada que perder. Se había hecho con una breve biografía de Blokhin, pero no había gran cosa.

—Sargento Iosip Blokhin —dijo Nate en ruso fluido—. Felicidades por la *sharada*, la farsa de anoche. Creía que Spetsnaz era mejor que eso. —Blokhin lo miró con determinación—. Es difícil imaginarte siguiendo un plan tan mediocre, pero así es el GRU, vosotros... sois unos aficionados —Blokhin no se movió. Pulsa otro botón—. Sin lugar a dudas te culparán de la insatisfactoria operación. Nadie en el Kremlin, ni en el Consejo de Seguridad, ni en el Estado Mayor te apoyará. El comandante Shlykov te echará a un lado, como el animal de carga que cree que eres. Puede que incluso te echen de Spetsnaz. ¿En qué grupo estás? ¿Alfa o Vympel?

Blokhin descruzó los brazos, se apartó de la pared y se colocó detrás de la silla metálica mirando a Nate. Se sentó despacio, con la espalda recta y las manos sobre los muslos. Nate se preparó para una embestida.

—¿Es de la CIA? —preguntó Blokhin. Su voz era como la grava vertida de un cubo.

—Si te echan de Spetsnaz, ¿qué harás en Moscú? —siguió Nate, ignorando la pregunta—. ¿Convertirte en conductor de un tranvía urbano? ¿Cobrar entradas en el estadio del Dynamo? ¿Tienes familia que alimentar? ¿Padres? —Vamos, grandullón, dime algo, lo que sea.

—¿Vienes de Washington? —preguntó Blokhin, ladeando la cabeza como si Nate hubiera hecho sonar un silbato para perros.

—Washington está cerca de Nueva York. ¿Has estado allí alguna vez? ¿Has estado alguna vez en el Hilton de la Sexta Avenida?

El rostro de Blokhin seguía impasible, pero las pupilas estaban dilatadas.

—¿Qué quieres? —dijo por fin Blokhin, echándose hacia atrás en su silla. ¿Un hueco? Trabaja en ello.

—Ambos servimos con lealtad a nuestros países, a veces soportamos penurias, pero en tu sistema no hay recompensas, salvo el orgullo de haber servido. Eso desaparecerá cuando vuelvas a la Rodina. Te lo quitarán en un suspiro. —Blokhin no dijo nada—. No somos enemigos —dijo Nash con cara seria—. Los dos somos soldados, con uniformes diferentes por supuesto, pero los dos entendemos la lealtad. En Estados Unidos valoramos la lealtad y la amistad, y... las recompensamos. Nuestros soldados se jubilan con beneficios y viven con mucha comodidad.

—¿Qué quieres? —repitió Blokhin.

—Tengo una propuesta, una forma de que coseches los beneficios que te has ganado. Algo para ti, aparte de Rusia, y Spetsnaz, y Shlykov. —Blokhin esperó—. Háblanos de lo que pasa en Rusia, en el ejército, en Spetsnaz. Hazlo por ti; te mereces la recompensa.

—Deshonraría mi uniforme, mi juramento —respondió Blokhin, sacudiendo la cabeza.

—Ellos ya te deshonran.

—Me deshonras tú; tu propuesta es un insulto.

No preguntó cuánto, solo dio un portazo.

—Quiero que sepas que las autoridades de Nueva York tienen huellas dactilares y ADN encontrados en la habitación de hotel de Daria Repina —le dijo Nate—. Las compararán con las muestras que acaban de tomarte los turcos. No hay duda de que pronto habrá una orden de detención de la Interpol contra usted, y Washington solicitará tu extradición para que seas juzgado.

Blokhin esbozó una fina sonrisa. Sabía que Moscú nunca lo aceptaría.

—Lo que significa que estarás obligado a permanecer en Rusia de forma indefinida, para evitar la detención inmediata por parte de cualquier Gobierno extranjero —continuó Nate—. Tus días como operador militar clandestino han terminado. Esta *neudacha*, este fiasco, en Estambul será tu última operación, un desafortunado legado profesional por el que serás recordado.

Un poco dramático. Nate sabía que Shlykov ya estaba bien inculpado, y Blokhin, como mucho, sería criticado y degradado por su papel. La indignidad añadida de ser devuelto por los americanos después de ser arrestado sería intensa. Blokhin se levantó de la silla, volvió al rincón y se apoyó en la pared.

—Espero que nuestros caminos vuelvan a cruzarse —dijo Blokhin en inglés.

* * *

Al salir de la comisaría, Nate borró a Blokhin de su cabeza. Había quedado con Dominika al día siguiente. Nate respiró hondo. Maldita sea, puta mierda, como diría Hanefi. Esto iba a ser complicado. Podía ocuparse del interrogatorio con profesionalidad, sin problemas. Primero la información, luego operaciones e inteligencia. Establecer un esquema para futuras reuniones, luego revisar la seguridad, los sitios y las señales. Hacer todo esto en cinco horas (el último ferri del Bósforo de vuelta a la ciudad salía a las 18.00 horas) iba a significar que se sentarían y trabajarían sin tiempo para nada más. Significaba que Nate debía concentrarse en su trabajo, aunque Dominika le pusiera la mano fina y fría en el brazo, o aunque su pelo recién lavado le rozara la mejilla, o aunque se riera y le sacara la lengua. Ignoraría esa característica mirada de reojo que significaba que ella lo deseaba, siempre acompañada del apenas perceptible levantamiento del dobladillo de su falda, una insinuación de su pasado de gorrión. Podía imaginarse el comentario de Gable («Nash estará echando un polvo con ella en cinco minutos») y Forsyth sacudiría la cabeza con pesar, decepcionado.

Tal vez sorprendería a todos y, en cambio, la convencería de irse con él, desertar, renunciar, dejar el peligro, y el temor, y el riesgo, y empezar una nueva vida, juntos. ¿Y si ella dice: «Sí, vámonos, ahora mismo, estoy lista»?, pensó Nate. Además de significar el fin de su carrera en la CIA y del trabajo que lo definía, también significaría la pérdida de la mejor fuente rusa de la Agencia, con un acceso irremplazable al Kremlin de Putin. Y él sería la causa.

Surgieron oscuros pensamientos colaterales: ¿podría alguno de los dos vivir sin la emoción de este trabajo, el ajetreo de la calle al filo de la navaja, la adrenalina de robar secretos a un enemigo implacable? ¿Cómo sería su vida de jubilados? ¿Contemplarían las Montañas Rocosas nevadas desde el porche de una cabaña de madera, o desayunarían en un balcón blanco con vistas a la bahía de Biscayne? ¿O echarían otro leño al fuego en una acogedora granja de Nueva Inglaterra? ¿Un sueño conyugal o una pesadilla agobiante? ¿Podría alguno de los dos sobrevivir a la jubilación? Gable siempre decía que los espías se secaban y morían cuando dejaban el juego. La mayoría de los desertores rusos se alejaban de la Rodina; echaban de menos la Madre Patria, la tierra negra y los pinares. ¿Podría hacerle eso a ella? ¿Se lo podía hacer a sí mismo? Santo Dios, quizá estaba asustado, quizás ella también vería la luz. Quizá pasarían al siguiente nivel casto y profesional de superactivo y sagaz agente, ocupándose con frialdad de los asuntos contra Vladímir Putin y su cleptocracia depredadora. Tal vez.

Y, de todos modos, ¿qué hacía ese maldito Gable en Jartum, justo ahora?

Calabacín turco gratinado

Corta los calabacines pequeños por la mitad a lo largo, saca los huecos y rellénalos con queso feta cortado en dados, eneldo picado y perejil. Cubre los calabacines con la bechamel y hornea a media altura hasta que los calabacines estén blandos y la bechamel dorada.

20
La gran confluencia

Era medianoche. Desde la ventanilla del avión, Gable vio el protuberante y luminoso Hotel Corinthia, de cristal azul, sobre el río, una ancha lágrima que se elevaba por encima de los bajos tejados marrones de Jartum, por lo demás destacado solo por un bosque de minaretes iluminados. Su avión se inclinó un poco más y pudo divisar al-Mogran, la gran confluencia, donde el Nilo Azul, de color marrón chocolate, se unía al Nilo Blanco, de color azul lechoso. Fuera de la terminal, los frenos del taxi amarillo canario chirriaban como un babuino cabreado. Eso es por el polvo rojo sudanés de las pastillas, pensó Gable. Esa mierda llega a todas partes. El trayecto desde el aeropuerto hasta la embajada de Estados Unidos —estaba al sur de la ciudad, a orillas del Nilo Azul— duró una hora, por la alborotada calle Madani, de cuatro carriles y cubierta de tubos de escape azules, con tráfico entrando y saliendo de todas direcciones, incluso a esa hora. Era un zoológico familiar. Jartum. Gable estaba de vuelta en su antiguo terreno, el tercer mundo en decadencia, donde se interrogaba a los generales reclutados con caras brillantes de sudor en Land Rover arenosos aparcados en callejones apestosos, y las tormentas de arena —parecía que se elevaba como gigantescos algodones de azúcar de trescientos pies de altura— hacían temblar la casa, la arena roja silbaba bajo la puerta a pesar de las toallas mojadas pegadas al umbral, y te acostumbrabas al repentino golpeteo de los neumáticos al conducir por la noche, que o bien se debían a un cuadrúpedo y peludo, o bien a un lugareño durmiendo una borrachera de cerveza *tshwala* en medio de la carretera. No te parabas a averiguarlo, no cuando era de noche.

El tercer mundo. Los diplomáticos rusos destinados en París no necesitaban que los de la CIA les compraran *baguettes*, pero si te encontrabas con un ruso solitario en la estéril y alienígena Jartum, con su familia en Moscú, y le dabas un poco de *shchavelya sup*, sopa de acedera, como la que solía preparar su madre, y ponías un DVD, y abrías una botella de *bourbon*, entonces podrías hablar con él sin parar sobre los salarios americanos, o los *muscle cars*, o los coños de Las Vegas, o tal vez solo sobre la libertad de elegir, y alguna noche de tormenta de polvo con el traqueteo de las persianas, diría que sí, y tendrías un reclutamiento de la SVR en la bolsa. Algunas de las mejores cabelleras de Gable vinieron del Sandbox.

Gordon Gondorf, COS Khartoum, estaba sentado en su escritorio de la estación, en el último piso de la embajada, un edificio de dos alas y tres plantas situado en un recinto de cinco hectáreas, con ventanas de rendija a prueba de granadas y una especie de galería de acero curvado. El COS Khartoum era bajito, con ojos de cerdo y estúpido hasta decir basta. Gable solía decir que Gondorf era incapaz de sacar agua de una bota, aunque las instrucciones estuvieran impresas en la suela. Conocido como «pies pequeños» por los atribulados oficiales de sus comisarías, Gondorf parecía reaparecer cada dos años, como un grano en el culo. Había sido jefe en Moscú, donde intentó joder la carrera de Nash, luego pasó a arruinar la División de América Latina, y después se convirtió en COS en París, donde se negó a movilizar recursos para buscar a un traidor de la CIA fugado y suelto por la ciudad. Esta constante actuación le había valido el desprecio eterno de Benford, que consiguió que recibiera su actual mando, una incómoda comisaría de tercer nivel en la que, antes de sentarte, tenías que comprobar si había una culebra arborícola enrollada bajo el borde, descansando en el frescor de la porcelana del inodoro.

El despacho de Gondorf estaba dominado por un enorme escritorio de madera, reflejo de su creencia de que cuanto más grande era, más seriedad proporcionaba a la persona que se sentaba tras él. El hecho de que el tablero de cristal llegara a la altura del pecho del jefe desvirtuaba un poco esta teoría y daba la impresión de que un niño con la cara roja se sentaba ante el escritorio de su padre en un día de «los hijos visitan la oficina de papá». En un rincón había un polvoriento fusil A4, como si el jefe se ocupara en persona de las células terroristas de Jartum todos los días antes de comer. Por supuesto, estaba la habitual pared de los tocadores, cubierta de fotografías de Gondorf siendo recibido por miembros del Congreso, dignatarios extranjeros y diplomáticos de esmoquin. Una sola fotografía enmarcada de Gondorf vestido, sin sentido alguno, como un beduino con una *jambia* —la daga ceremonial curva del mundo árabe— en el cinturón, personificaba su carrera de baratija. Un camello al fondo de la foto lo miraba como si el nómada del desierto le debiera dinero.

Gable solo estaba al corriente del dilema de Gondorf. Benford no le había contado los detalles. La historia surgió en frases entrecortadas, salpicado de «por causas ajenas a mi voluntad», o «nadie podría haberlo previsto», o «acontecimientos que escapan al control de cualquiera». Meses atrás, Washington había decidido suministrar de forma encubierta misiles tierra-aire de hombro a los rebeldes de Darfur (sur de Sudán) para compensar la masiva ayuda militar de Rusia y China al Gobierno genocida de Jartum. Era vital que la ayuda estadounidense se mantuviera en secreto para evitar fricciones bilaterales. En el último momento, una vacilante asesora de Seguridad Nacional cambió de opinión, con lo que se cancelaron los planes de entrega de los misiles. Un palé —doce cajas de aluminio verde oscuro de metro y medio con asas metálicas— con los misiles quedó abandonado en un almacén de seguridad en el sótano de la embajada.

Las cajas se introdujeron de contrabando como material de construcción, pero sacarlas de allí era otra cosa. No podían llevarse en coche al aeropuerto y salir en el vuelo semanal de apoyo. Si los funcionarios de aduanas sudaneses inspeccionaban el palé, el alboroto diplomático sería insostenible. Durante una acalorada reunión de directores de embajada, el embajador se declaró poco dispuesto a mantener de por vida en su cancillería una docena de misiles Stinger FIM-92 con ojivas de fragmentación anular de alto poder explosivo. El agregado militar (llamado Milatt), el coronel de marina Claude Bianchi, confirmó, con todo respeto, que no tenía forma de extraer las cajas hasta que el portaaviones USS Nimitz transitara por el mar Rojo dentro de una semana, momento en el que se podría volar con un helicóptero Seahawk para extraer los misiles; se podrían instalar tanques de largo alcance en el helicóptero para realizar un vuelo de setecientos kilómetros. El COS Gondorf, deseoso de ganarse el favor de su jefe de misión y de eclipsar al Milatt, declaró, con su habitual carácter pusilánime, que disponía de «medios» capaces de deshacerse de las municiones en ese mismo momento. En esto se excedió.

Haciendo gala de un mal juicio monumental, Gondorf había ordenado a tres recursos de apoyo sudaneses de bajo nivel que cargaran las cajas en un camión de troncos de madera, salieran por la puerta trasera de la embajada, condujeran cien metros hacia el este a través de un campo de girasoles en barbecho y las arrojaran al río.

Gable se levantó.

—¿En el maldito Nilo?

—Las cajas se hundieron sin problema alguno —dijo el mezquino de Gondorf.

—No me importa, como si había un maldito glaciar por allí. ¿Las tiraste a cien metros de la embajada?

—Lo hicimos de noche, para que nadie pudiera verlo.

—No sé qué te pasa, Gondorf, pero apuesto a que es difícil de pronunciar.

—Hay otro problema —dijo Gondorf. Se acercó a la ventana, levantó las persianas, le dio a Gable unos prismáticos y señaló hacia el río. Gable enfocó la orilla, bordeada por una fina línea de vegetación.

—La gran puta.

El banco de barro negro estaba lleno de cajas de misiles, algunas de lado, otras sobresaliendo, como ataúdes desarraigados en un cementerio inundado.

—Se supone que los ríos no tienen mareas —dijo Gondorf.

Siglos de faraones egipcios, nómadas de la tribu Baggara y agricultores de la cuenca del Nilo conocían las inundaciones amarantinas. Pero Gondorf no. Entre julio y octubre, el Nilo crecía por el deshielo de las montañas etíopes. En junio, el río se calmaba y dejaba tras de sí un lodo fértil y oscuro, *kemet* en árabe. Gondorf había tirado las cajas hacía meses, con el río crecido. Ahora tenía un banco de lodo de quince metros con cajas de misiles sobresaliendo del fango a cien metros de la ventana de su oficina. Gable miró la cara estrecha y picada de viruela, los ojos achinados de *jerboa* y la boca torcida llena de «no es culpa mía» justo detrás de los dientes.

—Hay patrullas de la milicia por todas partes, barcas en el río, carroñeros en las orillas —explicó Gondorf.

—¿Cuánto tiempo llevan esas cajas ahí? ¿Por qué no haces que tus estúpidos hombres de confianza las recuperen?

—No puedo. Están fuera de contacto.

—¿De qué estás hablando? ¿No puedes contactar con tus activos?

—No puedo encontrarlos; no responden.

—Dios mío —dijo Gable, pasando los prismáticos a Gondorf. Caminó por el pasillo hasta el despacho de Milatt y se presentó al coronel Bianchi, que era alto, moreno, con el pelo peinado hacia atrás y brillante por la gomina. Vestía de paisano: un traje claro con camisa azul y corbata negra lisa. Llevaba un pin del cuerpo de marines en la solapa. Gable se sentó y le explicó el problema. Bianchi negó con la cabeza.

—He conocido a muchos de los vuestros... espías, a lo largo de los años —dijo, con un tono de voz tranquilo—. Pero ese chico tuyo se cayó de espaldas y se rompió el cipote...

—Sí, es un verdadero imbécil. Coronel, esas cajas han estado sumergidas durante tres o cuatro meses, y ahora están cubiertas de barro. ¿Alguna posibilidad de que esos aguijones sean funcionales?

—Esas fundas son resistentes al agua, pero no impermeables. Si algunas de las juntas de esas cajas hubieran aguantado, es probable que algunas se encendieran y saltaran por los aires. Pero no es seguro. —Sacudió la cabeza—. Pero eso no es preocupante. Si la milicia encuentra esos Stingers habrá más problemas políticos de los que podemos gestionar.

—¿La milicia es buena?

—Recorren la ciudad, cuatro en un *jeep*, con AK, buscando problemas. Sin mucho entrenamiento, pero con bastante mala intención.

—¿Tienes a alguien que pueda ayudarme a sacar esas cajas esta noche? —Bianchi negó con la cabeza.

—Mi oficina se queda con dos personas, mi adjunto está de vacaciones en casa, y el embajador no aprobaría usar a los marines. Algo pasa ahí fuera y perdemos a nuestros vigilantes de la embajada. —Observó la reacción de Gable antes de volver a hablar—. Puede que tengamos suerte. Dos SEAL del Equipo Ocho que trabajan con AFRICOM están aquí haciendo inspecciones de evacuación de embajadas. Puede que estén dispuestos a ayudar. —Cogió un teléfono y en dos minutos los SEAL llamaron a la puerta.

Ambos eran veinteañeros, delgados y tranquilos. Vestían vaqueros y chanclas. El suboficial mayor Gilbert «Gil» Lachs era rubio y pecoso. Era un *breacher*, un experto en demoliciones, capaz de abrir una lata de melocotones con unos pocos granos de RDX sin derramar el almíbar. El contramaestre de primera clase Richard «Ricky» Ruvo era un italiano moreno con ojos de sabelotodo de Staten Island. Era un francotirador capaz de clavar un clavo en un árbol a mil quinientos metros. Se desplomaron en las sillas, con los brazos cruzados sobre el estómago, mirando a Gable como leopardos dormidos en la rama de un árbol.

—Necesito refuerzos. Me imagino que conseguiremos un camión con cabestrante y sacaremos esas cajas del barro —dijo Gable. Se volvió hacia Bianchi—. ¿Qué armas tenemos?

—Poca cosa. Glocks de 9 mm y Remington 870. Tenemos casquillos *slugs* y *buck*.

Gable asintió.

—Encantado de ayudar —dijo Ruvo—. Yo vigilaré mientras vosotros cogéis las cajas.

—Y una mierda —dijo Lachs—. Te supero en rango. Tú métete en el barro.

—Gil, no acertarías ni en una diana —dijo Ruvo.

—Siempre disparo primero y llamo blanco a lo que doy en el blanco —dijo Gable.

Los SEAL asintieron. Se había transmitido y recibido un código tácito: Gable era de los buenos.

—¿Seguís reclutando buzos? —preguntó Lachs, cuyo tiempo en los Equipos se estaba acabando.

—Sí, tenemos toda una División que les enseña buenas maneras —dijo Gable—. Se está llenando rápido.

Ruvo, Lachs y Bianchi se echaron a reír.

Estaba oscuro como la boca de un lobo cuando Gable condujo el camión F-350 en segunda a través del polvoriento campo con las luces apagadas, y metió el morro del camión en los frondosos matorrales de la ribera. Al borde del río había un cobertizo de pescador destartalado hecho de chapas irregulares de hojalata ondulada. Lachs se asomó por un hueco en la chapa y sacudió la cabeza. Vacía. Ruvo metió cinco cartuchos Sabot en la 890, subió la corredera y trepó al techo de la cabina. Hizo un giro de 360 grados y susurró «Adelante». Gable y Lachs se pusieron las pistolas en las fundas del cinturón a la altura de la espalda. Maldiciendo en silencio a Gondorf, Gable se metió en el barro hasta las rodillas, sacando el cable metálico del carrete, mientras Lachs se colocaba junto al cabrestante, sujetando el mando a distancia. Con una linterna táctica entre los dientes, Gable vadeó hasta la caja más cercana, colocó el mosquetón en una de las asas metálicas e hizo un gesto a Lachs. El camión se balanceó un poco, pero el tirón de noventa y cinco kilos del cabrestante pudo con la ventosa y la caja se deslizó por la orilla. Una menos, quedan once.

Una hora más tarde, quedaban tres cajas más, pero Lachs tuvo que meterse hasta los muslos para ayudar a Gable a quitar el barro y poder engancharse a un asa. Los dos estaban a ambos lados de una caja medio enterrada, con las linternas en la boca. Lach estaba de espaldas al río oscuro. Entonces ocurrió. Ruvo dio un grito de advertencia segundos antes de que un cocodrilo del Nilo de metro y medio saliera del agua detrás de Lachs en una explosión de salpicaduras, con las fauces abiertas. Incapaz de moverse en el fango, Lachs solo pudo arrojarse por encima del lodazal. Gable no se había movido más rápido en su vida. Desenfundó su pistola y disparó las diecisiete balas de 9 mm en la boca blanca como el algodón del cocodrilo, pero este sacudió la cabeza y cerró las mandíbulas sobre las nalgas de Lachs. Tal vez distraído por la luz de Gable, el cocodrilo, de puro milagro, no mordió la carne, sino que enganchó un diente del ojo en la funda de la cadera de Lachs, le desgarró los pantalones de carga hasta los tobillos, sacudió la cabeza, escupió el arma y se volvió para morder de nuevo.

La escopeta de Ruvo ladró desde la orilla. Una mancha de cinco centímetros entre los ojos del cocodrilo chorreó sangre y este se desplomó en el barro, con la cola azotándole dos veces y el cerebro del tamaño de una nuez vaporizado. El sonido de los disparos resonó en el río y en los campos. Un perro empezó a ladrar. Gable miró a Lachs, que levantó el pulgar. Ambos miraron al agua negra, a otras dos formas grises que avanzaban hacia ellos.

—A tomar por culo —dijo Gable, que tan rápido como pudo enhebró el mosquetón a través de las asas de la primera caja, luego de la segunda, luego de la tercera, y le hizo la señal a Ruvo. El cabrestante gimió, las asas se doblaron, las cajas gimieron y cedieron un poco; las tres se soltaron y se deslizaron por la orilla. Gable y Lachs tiraron el uno del otro hasta tierra firme, con los gruñidos de los cocodrilos en el río a sus espaldas. Lachs estaba sin pantalones y embarrado hasta el pecho.

—Es la primera vez que veo a un cocodrilo meterse en los calzoncillos de alguien —dijo Ruvo.

—Gracias por quitarme a ese cabrón de encima —dijo Lachs—. La bala pasó junto a mi oreja izquierda.

Ruvo había clavado el disparo en la cabeza a veinte metros con la mira de hierro de una escopeta, con poca luz, desde la orilla superior, un tiro extraordinario.

—Iba a esperar a ver lo grande que era la polla de un cocodrilo, pero te agachaste —dijo Ruvo. Lachs le hizo una seña.

Terminaron de cargar las mugrientas cajas en el camión cuando el sonido de un *jeep* que se acercaba surgió de la noche, el haz de luz de su faro rebotando mientras el vehículo saltaba sobre los surcos secos del campo. Milicia.

—Atención, señoras —murmuró Gable. Colocó un nuevo cargador en su Glock.

—Ninguno de estos cabrones se va a casa —sentenció Ruvo, sujetando su escopeta escondida tras la pierna.

El coche se acercó, su motor dio vueltas hasta quedar en silencio. Los cuatro hombres del *jeep* llevaban una colección de gorras de reloj, *kepis* y boinas. Los estadounidenses permanecían de pie a la luz del único faro que funcionaba. El conductor se incorporó en su asiento y dijo:

—*Kayfa halak?*

Llevaba la camisa desabrochada y manchada de sudor. El copiloto también se levantó de su asiento para mirar a los hombres por encima del sucio parabrisas agrietado. No se veían armas. El conductor volvió a gritar:

—*Kayfa halak?*

Entre carcajadas estridentes, el copiloto señaló las piernas desnudas de Lachs, dijo algo y escupió al suelo, lo que provocó más risas.

—A ese tío le gusta tu paquete, Gil —dijo Ruvo.

—Estos cabrones están todos chiflados, mascando *khat* todo el día —susurró Gable.

El conductor metió la mano bajo el salpicadero y tiró del cañón de un AK-47.

—Arma —ladró Ruvo mientras sacaba la escopeta. Disparó a través del parabrisas y expulsó al conductor del *jeep* en una nube de cristales pulverizados. Gable disparó al copiloto en 1,5 segundos con un doble toque en el pecho, y un tercer disparo en la cabeza, un triple llamado El Mozambique. El tipo se desplomó y se deslizó bajo el salpicadero. Incluso antes de que cayera al suelo, Ruvo y Lachs avanzaron sobre el vehículo en una trepidante lucha cuerpo a cuerpo, disparando tres tiros cada uno, derribando a la vez a los dos del asiento trasero sobre la parte trasera del vehículo. El sonido de los disparos se propagó por el aire nocturno, y más perros a ambos lados del río empezaron a ladrar. De la oscuridad del río llegaron gruñidos aspirados. El pasajero muerto del coche resbaló hasta quedar acomodado de lado. Toda la intervención había durado doce segundos.

—¿Son tan buenos los de la CIA? —preguntó Lachs. La última vez que había visto utilizar El Mozambique fue en Panamá.

—Sí, es el cuidadoso entrenamiento que recibimos —dijo Gable—. Y los instructores de arma son de Texas.

Los SEAL miraron de reojo a Gable.

—Te vendría bien más tiempo en el campo de tiro —le sugirió Ruvo a Lachs—. Le diste a ese último tipo un poco de casualidad.

—No lo oí quejarse —dijo Lachs.

—Larguémonos de aquí —dijo Gable—. Revisa a estos tipos; sus identificaciones; suelen ser pequeñas libretas de papel.

—Llevaré el *jeep* detrás del cobertizo —dijo Lachs—. ¿Quieres que prepare una explosiva sorpresa en el encendido?

Gable negó con la cabeza.

—Lo más probable es que algunos niños lo encuentren primero. Que se lo queden.

—¿Y estos chicos? —preguntó Ruvo, mirando la maraña de piernas en el suelo.

—Un momento —pidió Lachs—. Escuchad.

El sonido de varios vehículos cruzando el campo y el murmullo de voces excitadas eran débiles, pero cada vez más fuertes.

—Joder —dijo Gable asomándose por la maraña de maleza ribereña—. Más milicianos. Tres jeeps, vienen despacio.

Ruvo encañonó la corredera de la escopeta.

—No son más de doce amantes del *looping*; nos cargamos cada uno un coche y ya está.

Gable negó con la cabeza.

—Oyeron nuestros disparos. Vendrán buscando problemas. Es muy probable que pase algo y perdamos los misiles.

Lachs puso una caja de misiles embarrada en la plataforma del camión.

—Usemos tres de estos cachorros para derribar los tres *jeeps*.

—¿Seguro que van a encenderse? —dudó Ruvo—. —Llevan mucho tiempo sumergidos.

Gable volvió a mirar entre la maleza.

—Se mueven despacio, avanzan por la orilla; no saben lo que buscan. Vosotros llevad el camión campo a través hasta la embajada. Bianchi está esperando en la puerta y abrirá el almacén. Meted esos misiles y ponedlos a salvo.

—¿Qué coño crees que vas a hacer? —dijo Ruvo.

—Apagaré un par de faros, me arrastraré entre la maleza y los mantendré inmovilizados. No se darán cuenta de que vosotros y el camión cruzáis el campo.

—Hay doce de esos gilipollas —dijo Lachs—. Yo me quedaré y Ruvo podrá poner a salvo las cajas.

Gable negó con la cabeza.

—Llevadlas a la embajada, uno conduce y el otro va de copiloto, sin parar por nada.

Los SEAL eran profesionales y no discutieron. Ruvo conservó su pistola, pero entregó a Gable la escopeta y un bolsillo lleno de cartuchos.

Lachs entregó su pistola Browning y dos cargadores de repuesto. Gable se metió la pistola en el cinturón y se llenó los bolsillos de munición.

—Volveremos con más potencia de fuego lo antes posible —le dijo Lachs—. Solo ten la cabeza baja y quédate en la maldita maleza. No te hagas el héroe.

Gable estrechó sus manos.

—Gracias por echarme una mano esta noche. Habéis hecho que el mundo siga siendo seguro, al menos, por otra semana.

Lachs señaló a Ruvo.

—Igual denuncio a este gilipollas a la Federación Mundial de la Naturaleza por matar a una especie de reptil fluvial en peligro de extinción.

—Si este gilipollas no te hubiera quitado ese cocodrilo, no tendrías culo —dijo Ruvo. Los ruidos incesantes de los *jeeps* se acercaban, los haces de los faros ondeaban en el aire mientras los neumáticos rebotaban sobre los surcos secos del campo.

—Quédate alrededor de estos hierbajos y no te vayas hasta que empiece a disparar a esta escoria. Luego dirígete a la lámpara amarilla en la esquina de la embajada. Guardad las cajas bajo llave.

Los SEAL subieron al camión, dieron marcha atrás y se sentaron a esperar. Ruvo levantó el pulgar a Gable.

Gable estaba de pie detrás de la pequeña cabaña ondulada, asomándose por la esquina para ver los faros que se acercaban. A medida que el campo se ensanchaba, habían pasado de estar en fila a formar una fila de a uno, gritándose unos a otros, sin prestar atención. Pero todos llevaban sus rifles en las manos. Esto va a ser complicado, pensó Gable. Los *jeeps* aminoraron la marcha y se detuvieron a ocho metros de la cabaña —un tiro de pistola largo—, pero todas estas tropas tenían AK-47 oxidados y las balas atravesarían las paredes de hojalata de la cabaña como un cuchillo caliente la mantequilla. Gable pensó en disparar en esa dirección, escabullirse entre la maleza y dejar que esos chicos se divirtieran demoliendo la chabola mientras él se atrincheraba entre la maleza, lo que daría tiempo a los SEAL para llegar a la puerta trasera de la embajada. Gable vio que el miliciano situado más a la derecha se levantaba y señalaba el campo. Había divisado el capó del camión asomando entre la maleza. En el siguiente segundo, se arremolinarían en esa dirección y atacarían el camión, justo lo que él no podía permitir que ocurriera.

Gable salió de detrás de la choza al resplandor de seis faros, accionó la bomba tan rápido que los disparos sonaron simultáneos, y disparó tres cargas de perdigones contra el *jeep* de la derecha, cuyo parabrisas se desintegró; los dos hombres del asiento delantero cayeron al suelo, muertos. Los dos del asiento trasero, uno de los cuales se lamentaba por las heridas, saltaron y se escondieron detrás del vehículo. Antes de que los muertos cayeran al suelo, Gable pivotó para disparar tres veces más al vehículo del medio, matando al conductor, mientras los otros tres saltaban y se escondían bajo el coche. Apuntó sus dos últimos disparos al *jeep* más alejado, derribando a un pasajero del asiento trasero. Según el recuento de Gable, cuatro habían caído y tal vez uno o más estarían heridos. Quedaban al menos siete y quizás ocho. Los milicianos estaban escondidos debajo de los respectivos vehículos, todos ellos gritándose unos a otros lo que a Gable le sonó a «Ahmed, levántate y empieza a disparar», y más balbuceos que sonaban a «¿Estás loco? Levántate tú y dispara».

Gable introdujo cuatro de los proyectiles de color verde oscuro en la Remington, sus últimos proyectiles; eran las balas estriadas —proyectiles cónicos de plomo sólido del tamaño de una canica, el equivalente a una bala del calibre 50— y uno a uno introdujo una bala en el radiador de cada *jeep*, provocando una gran explosión de vapor y una cascada de agua bajo cada vehículo. Aquellos *jeeps* ya no iban a ninguna parte. Los SEAL podían marcharse.

Por el rabillo del ojo, Gable vio movimiento a lo largo de la pared trasera de la casucha; el metal se flexionaba cuando alguien se deslizaba por el interior. Gable disparó la última bala contra el metal abultado, derribando un panel de la pared trasera y haciendo volar al miliciano a través de una sección de la pared delantera. La escopeta estaba vacía, quedaban dos pistolas de quince balas con dos cargadores de repuesto y quizá siete milicianos con AK. Mierda de probabilidades.

Más movimiento en los juncos junto al río. ¿Dónde estaban los cocodrilos cuando se les necesitaba? Gable se zambulló en el cobertizo, de momento estaba a salvo, pero desde luego no contaba con ayuda; se arrastró muy despacio detrás de unas cajas de madera rotas que apestaban a pescado, y se agachó mientras un miliciano asomaba la cabeza por el agujero de la pared y Gable le disparaba en la cabeza, pero otros dos entraban por la puerta disparando desde la cadera. Gable derribó a uno de ellos de un certero tiro en la cara, y sintió un puñetazo en el hombro derecho, sin dolor, solo entumecido hasta la mano, por lo que disparó al segundo con la mano izquierda dos veces en el pecho, sintiendo otra ráfaga impactar en su muslo. Dolía como una puta aguja de tejer caliente, y las ráfagas comenzaron a venir a través del metal endeble, cada agujero creando un rayo de luz de los faros del *jeep*. Gable se escondió en un rincón, colocó un cargador nuevo con una sola mano sujetando la pistola entre las rodillas con el hueco del cargador apuntando hacia arriba —recarga de emergencia—, soltó el retén de la corredera y empezó a disparar a los dos cabrones que entraban por la puerta, pero sintió que dos balas más le daban en el pecho, y las balas seguían atravesando el metal. Se sentía entumecido y era como si respirara a través de una pajita, no conseguía tomar suficiente oxígeno. Vio a Nash en la estación de Atenas, y a Dominika con un vestido de verano, y a Moira tocando el piano descalza, su único remordimiento, cómo arruinó su matrimonio, y su muerte antes de que él tuviera la oportunidad de arreglarlo. Recordó el feliz primer mes, la luna de miel en Cudjoe Key, y pudo oler el aire salado.

Los dos milicianos supervivientes estaban apoyados en el guardabarros de su siseante *jeep*, encendiendo cigarrillos con las manos temblorosas cuando les estalló la cabeza a ambos y cayeron como marionetas cortadas con hilos, con los cigarrillos aún en la boca. Ruvo y Lachs salieron de la oscuridad y miraron a los soldados muertos alrededor de los vehículos destrozados, luego miraron dentro de la choza. Cinco milicianos yacían amontonados frente a Gable, que estaba sentado contra la pared, con los ojos cerrados y la parte delantera de la camisa negra por la sangre.

Ruvo le tomó el pulso.

—Se ha ido. Maldita sea.

Se quedaron en silencio un segundo, compañeros gladiadores llorando a uno de los suyos.

—Vamos a llevarlo de vuelta —dijo Lachs. Los SEAL nunca dejan atrás a sus caídos.

—Primero tenemos un poco de trabajo que hacer —dijo Ruvo.

* * *

A la mañana siguiente, con el coronel Bianchi sentado en una silla frente a su escritorio, Gondorf informó por teléfono seguro a Benford, quien tras un silencio atónito al oír que Gable había muerto, maldijo durante cinco minutos y le dijo que se quedara al lado del teléfono. En secreto, prometió expulsarlo del Servicio. Gondorf palideció cuando Bianchi le habló del tiroteo con las patrullas de la milicia, pero no pareció preocuparse más por los misiles, ahora que habían sido devueltos con seguridad al almacén de la embajada. Y no pareció importarle que un oficial de la CIA estuviera en una bolsa de plástico, tendido sobre un palé en la nevera de la embajada. Vio una forma de desviar la culpa y se convirtió en el burócrata de pacotilla que sus colegas sabían que era.

—¿Tus hombres mataron a doce miembros de la milicia? ¿Están locos? Habrá graves repercusiones cuando los encuentren.

Gondorf pensaba en protestas oficiales, disturbios en la puerta de la embajada, un embajador furioso, expulsiones diplomáticas.

—Más bien catorce. Tu hombre mató a ocho él solito. Nadie va a encontrar nada —dijo Bianchi—. Aparcaron los *jeeps* en la carretera, detrás de un almacén, con las llaves puestas.

—Son unos maníacos. Cuando encuentren a los hombres, se desatará el infierno.

—Esos tipos no vendrán a casa a cenar. Toma. —Bianchi volteó una pila de libretas de identificación de milicianos sobre el escritorio de Gondorf. Estaban empapadas de sudor y sangre, una de ellas con un agujero de bala en el centro. La boca de Gondorf se curvó de asco al abrir una con la punta de un lápiz.

—Jesús —dijo Gondorf—. Ese es uno de mis activos de apoyo, uno de los que se deshizo de los misiles al principio.

—¿Algo más? —dijo Bianchi. Gondorf abrió los otros cuadernillos con el lápiz. Se le cayó la cara de vergüenza.

—Este también, y este otro, tres de ellos. No conozco a los demás.

—Una red de agentes bastante eficiente la suya, señor jefe de estación, reclutando milicianos de Jartum como activos clandestinos —dijo Bianchi.

—A los que tus SEAL abatieron anoche, como a unos mafiosos.

—Tus supuestos activos venían anoche a recuperar esos misiles…, gilipollas —dijo Bianchi—. Gable fue eliminado para salvarte el culo, en el que, dicho sea de paso, me gustaría meterte un tiro.

—¿Y los misiles? —preguntó Gondorf, ignorando la amenaza—. Los quiero fuera de aquí.

—¿Los quieres fuera? Llamé a un Seahawk-60 de la Nimitz en el mar Rojo. La Marina los sacará volando, a Gable también.

Gondorf miró al Milatt, intentando decidir cómo reforzar su posición, pues siempre había alguna maniobra burocrática, alguna escapatoria. Pensó en crear una polémica de distracción con el Departamento de Defensa como chivo expiatorio. Señaló a Bianchi.

—Tu oficina va a tener que responder por el asesinato de esos hombres. Voy a presentar un informe oficial de crímenes al DOJ.

—¿Basado en qué? —desafió Bianchi, levantándose de la silla. Los SEAL volaron anoche hacia Little Creek. (Todos los vuelos salieron de

Jartum después de medianoche, cuando las pistas de alquitrán, blandas y tostadas por el sol, se endurecieron con el aire más frío de la noche)—. El Pentágono no te va a ayudar, por la forma en que actúas con los equipos, y el embajador está cabreado por tu espantosa *buena actuación*. Supongo que quienquiera que fuera el de Langley gritando por teléfono te hará sentir como si te hubieran tragado los lobos y te cagaran desde un precipicio.

Bianchi se dirigió a la puerta del despacho.

—Te olvidas de una cosa —dijo un Gondorf sudoroso—. Cuando encuentren a esos hombres, va a haber una tormenta de mierda y tú estarás justo en el centro.

Bianchi miró al río a través de las persianas.

—Los SEAL se encargaron de ello. Como te he dicho, esos milicianos no vendrán a cenar —dijo Bianchi por encima del hombro—. Los cocodrilos del río ya los invitaron a cenar anoche.

Shchavelya sup · Sopa de acedera

Saltea las verduras (tradicionalmente acedera silvestre; puedes sustituirla por diente de león, berros o espinacas) con cebollas picadas hasta que esté sofrito y blando. Añade el caldo de pollo, lleva a ebullición y cuece a fuego lento. Retira del fuego, añade azúcar y zumo de limón para equilibrar. Atempera las yemas de huevo con el caldo, incorpóralas a la sopa y deja cocer a fuego lento sin que llegue a hervir. Sirve caliente o fría con nata agria.

21
Apesta a rata

Benford despertó a Nate en mitad de la noche con la triste noticia sobre Gable. Nate sintió que un frío helador le recorría la espalda, y se levantó agarrando el auricular. Gable. Indestructible. Un tiroteo en Jartum. Imposible. Ese pedazo de mierda de Gondorf. Nate preguntó por los servicios, el funeral, las exequias.

—Eso no importa —dijo Benford—. Ve al piso franco mañana y haz tu trabajo.

—¿Cómo se lo digo? Era como un hermano para ella...

—No se lo digas, bajo ningún concepto. No puede desmoronarse, ahora no. Mantenla concentrada. Tiene que llevarnos a MAGNIT, tenemos que acabar con ese ilegal en Nueva York, y tiene que asegurarse de que Shlykov sea encarcelado.

—Una lista de tareas bastante larga, Simon; te olvidaste «enterrar a Marty Gable». —Nate se preparó para la explosión, sin importarle nada. Para su sorpresa, la voz de Benford se apagó.

—Sabes, quizá mejor que la mayoría, lo que te habría dicho ahora mismo. Te habría dicho que hicieras tu trabajo, protegieras a tu activo, obtuvieras la información y prepararas el siguiente contacto. Yo añadiría que deberías hacer que se sintiera tan orgulloso de ti como siempre lo estuvo.

Nate tragó saliva.

—Te enviaré el telegrama cuando hayamos terminado —dijo Nash.

* * *

El refugio de Estambul, AMARANTH, estaba detrás de una enorme puerta de madera con montantes de hierro rematados por picas medievales. El camino de grava descendía con sutileza hacia el agua. La ornamentada villa —*yali* en turco—, con su inclinado tejado de tejas rojas, se alzaba solitaria entre pinos, justo al borde del Bósforo, con sus cimientos siempre mojados por las suaves olas de los cargueros que pasaban por el mar Negro. El interior del *yali* era magnífico, lleno de sofisticadas molduras labradas, techos pintados y paredes decoradas con interminables motivos geométricos islámicos en oro y turquesa. Un amplio salón central estaba adornado con una fuente de mármol burbujeante. El salón estaba flanqueado por salones en ángulo que daban al Bósforo, refrescados por la brisa que entraba por las ventanas panorámicas de la galería. Los salones de las esquinas estaban amueblados al estilo otomano, con sofás bajos y enormes bandejas de cobre sobre patas de madera tallada. En la segunda planta, subiendo por la escalera curva de mármol rosa, había cuatro amplios dormitorios con camas con dosel de color azul pavo real. Cada dormitorio daba a un baño que hacía juego con la decoración. Nate condujo hasta el piso franco a través de un tortuoso camino por el puente Fatih Sultan Mehmet hacia Asia, donde encadenó una serie de curvas escalonadas y bucles en los barrios montañosos de Üsküdar, Ümraniye, Görele y Zerzavatçi. En una de las curvas, en el monte bajo, se detuvo en un desvío y utilizó las escarpadas colinas circundantes como espacio de captación de sonido para escuchar el ronroneo de aviones de ala fija o rotatoria, un truco de área restringida que Gable le había enseñado. Nada. Eran barrios pobres, con callejuelas de barro y antenas parabólicas oxidadas, camiones en ruinas en equilibrio sobre bloques de hormigón y montañas de neumáticos desechados visibles tras muros de chapa ondulada atados con alambre de espino. Este Estambul asiático no se parecía en nada a los glamurosos enclaves de la carretera de la costa en el lado europeo.

Era invisible; ningún equipo de vigilancia —ni siquiera aquellos profesionales del TNP— podría pasar tan desapercibido y, aun así, saber dónde estaba. Aquella mañana había alquilado el pequeño Hyundai en el vestíbulo del hotel Mövenpick de Maslak, así que no le importaban las balizas de los vehículos. Sabía que DIVA sería igual de meticulosa y que seguiría una ruta limpia antes de subir al ferri. Dado el revuelo que había montado al atrapar a Shlykov, una ausencia demasiado prolongada de la *rezidentura* sería arriesgada. Nate no estaba seguro de que dispusieran siquiera de cinco horas para informar. La última etapa de Nate en el SDR —memorizada, estudiando mapas, como un actor memoriza líneas— fue a lo largo de Macar Tabya Caddesi, sin dejar de prestar atención a sus espejos y vislumbrando el agua entre los árboles.

Atravesó la verja, la cerró tras de sí y bajó por el camino de grava hasta la casa. Tenía tres plantas y un tejado cuidado, pintado de rosa, con adornos de pan de jengibre blanco, incongruente en el bosque de pinos.

Nate examinó con ligereza el opulento interior. Unas puertas triples en el salón de la planta baja daban al exterior, a la fresca veranda, con el Bósforo brillando con el sol de la mañana. Había una estrecha franja de césped entre la casa y el muelle. A lo largo del muro del rompeolas había faroles blancos de hierro forjado. Algún pachá debía de celebrar veladas en esta casa, pensó Nate. Comprobación de la hora. Las 09.00 horas. Llegaría dentro de tres horas. Se sentó en un sofá bajo del salón de estilo otomano y repasó sus notas. Había ensayado lo que le diría a Dominika, pero no sabía si podría evitar hablarle de Gable a pesar de las órdenes de Benford. ¿Seguiría enfadada con él? Ahora estaba en el Kremlin, envuelta en el abrazo aprobador del presidente Vladímir Vladímirovich. Todo apuntaba a que se convertiría en directora del SVR, y estaría aportando inteligencia increíble para Langley. Sus últimos informes habían evitado una apocalíptica campaña de terror en la ciudad en la que se encontraban en ese momento.

Nate estaba sentado en la relativa oscuridad de la habitación, con las puertas abiertas y los largos visillos de gasa flotando al viento. Percibió movimiento en el césped. Era Dominika, con un pequeño maletín en la mano. De algún modo, había atravesado la verja (¿o el muro?) y dado la vuelta a la casa. Dos horas antes. Nate no se movió, observándola a través de las puertas francesas. Miró hacia el agua, dejó caer el bolso, se sacudió el pelo con la brisa y miró un carguero que avanzaba por el canal. Levantó un pie, luego el otro, y se quitó las sandalias. Su vestido de verano azul oscuro ondeaba con la brisa, como salido de *Cumbres Borrascosas*. Nate se acercó a la puerta abierta y se apoyó en el marco.

—Lo siento, pero la propiedad no está en venta —dijo. Dominika no se volvió, sino que siguió mirando el agua.

—¿Es usted el dueño? —preguntó Dominika por encima del hombro.

—Represento a los propietarios. —Nash bajó al césped y caminó hasta ponerse detrás de ella.

—¿Estás seguro de que no se plantearán vender? —Se dio la vuelta y se apartó el pelo de la cara. Dio un paso hacia él. Estaban a escasos centímetros.

—¿Cuánto estás dispuesta a ofrecer?

—Te aseguro que el precio no es un problema. —Le rodeó el cuello con los brazos y enterró la cara en su hombro. Nate la sujetaba con suavidad por la cintura. Permanecieron así un largo minuto, hasta que Dominika dio un paso atrás y se secó la mejilla mojada.

—*Kak ty?* —susurró, ¿cómo estás?

—*Privet.* Te extrañé. —Negocios ahora—. ¿Cómo llegaste tan temprano? ¿Cuánto tiempo tenemos hoy? Tengo muchas preguntas.

—Tomé otro ferri, luego un autobús y después caminé. Fue una mañana preciosa.

—¿Cuándo te esperan de vuelta?

—Les dije que estaba realizando un estudio de seguridad; nadie me cuestionará.

—¿Cuánto tiempo? —preguntó de nuevo Nate, que podía sentir su suave melena.

—Mañana por la noche. Vuelvo a Moscú a la mañana siguiente.

—¿Puedes estar fuera tanto tiempo? ¿Estás segura?

Dominika asintió.

—¿Y dónde está *bratok*?

Rara vez faltaba a una cita con ella.

—Está de viaje —dijo Nate en tono neutro.

Tenían dos días juntos. Ellos dos solos. Nate la miró, los pómulos altos, la nariz recta, la frente lisa. Había nuevas líneas tenues alrededor de aquellos ojos azules que revoloteaban sobre su rostro, leyendo las comisuras de sus labios, buscando pistas sobre ellos. La burbuja estalló cuando Nate dijo que debían entrar y ponerse a trabajar. Dominika sonrió, le cogió la mano y entró descalza con él en la casa. Su halo había parpadeado cuando mencionó a Gable, pero ella lo ignoró.

* * *

Dominika estaba en el suelo de parqué, sentada con las piernas cruzadas sobre un cojín de felpa de kilim rojo óxido. Nate estaba en el sofá, cubierto de folios amarillos de las últimas tres horas de interrogatorio. Nate también había grabado toda la sesión en su tableta TALON, así podría trabajar con más calma toda la información después. Era práctica común grabar y tomar notas: lo primero sería un registro preciso de las palabras de Dominika y de los informes de inteligencia, lo segundo un resumen más conveniente a partir del cual redactar los cables a la central.

En el suelo había un mapa en espiral de Moscú. Dominika había ido anotando en él para designar posibles nuevos puntos de contacto y de SRAC, si alguna vez recibía equipo de SRAC de repuesto. Revisaron los lugares de recogida de exfiltraciones, los que el oficial del caso de Moscú, Ricky Walters ya había descrito. Ella creía que los lugares de exfiltración debían reservarse para aquellos activos histéricos que aceptaran desertar en tiempos de crisis.

—Domi, deja de ponerte dramática. Tenemos que estar preparados para sacarte si pasa algo.

Pero lo dijo sin mucho entusiasmo. Por lo general, discutían sobre la deserción con mucha pasión. Ella lo notó.

Después de tres horas, ambos estaban cansados. Egorova había aportado muchos detalles a sus abreviados informes anteriores, recibidos en Moscú. No se vislumbraba ninguna sustitución del equipo SRAC. Y seguía sin haber pistas sobre MAGNIT.

—Hay otra cosa importante. Por favor, asegúrate que Benford es consciente de ello. —Nate asintió—. El SVR ha establecido contacto con el servicio de inteligencia chino.

—¿El MSS? ¿Rusia y China? —Esto podría ser grande, pensó—.

—A las órdenes del presidente. Pero algo no está funcionando. No confiamos en ellos y ellos no confían en nosotros.

—Entonces, ¿qué sentido tiene abrir relaciones?

—Estamos explorando posibles áreas de interés mutuo —respondió—. Pero creo que mi exaltado presidente quiere algo más grande. Dile a *gospodin* Benford que supongo que Putin hará todo lo posible por empeorar las relaciones entre China y Estados Unidos. Es solo una suposición mía, pero díselo.

La opinión de un agente —un comentario de una fuente— era valiosa.

—Domi, esto es importante. ¿Puedes obtener más detalles a medida que avancéis?

—Por supuesto. El Kremlin... Putin, ya ha designado a la Línea KR como oficina principal para reunirse con los representantes chinos. Quiere que yo le informe en persona. No he recibido instrucciones operativas específicas, pero el MSS es engañoso. *Podozrevat*, hay pato encerrado.

—Hay gato encerrado —corrigió. Dominika se encogió de hombros. Había estirado sus delgadas piernas y se tocaba los dedos de los pies para relajarse—. Cuando sepas más, avísanos. Pero ve con cuidado.

—Gracias por la lección —respondió ella con indiferencia, intentando no sonreír—. Debo reunirme con el general chino en Moscú cuando regrese. —Nate tomó más notas.

Sabía que algo iba mal. El halo de Nate se desvanecía y menguaba.

—¿Te preocupa algo? —le preguntó.

Nate enterró la cabeza en su tableta.

—¿Por qué?

—Estás actuando de forma extraña. —Se preguntó si alguna vez le hablaría de los colores. Decidió intentar distraerlo—. Deberías intentar estirarte, para relajarte, como hacíamos en *ballet*.

Colocándose con recato el vestido, extendió cada pierna hacia un lado en una división perfecta, con los dedos de los pies en punta, y luego se inclinó hacia delante para tocar el suelo con la barbilla.

—En yoga, se llama Upavistha Konasana —dijo—, en la Escuela de Gorriones: la vara de adivinación. ¿Cómo se llama en la CIA? —Con la barbilla aún en el suelo, miró a Nate y parpadeó una vez.

Irreprimibles instintos de gorrión, pensó Nate, mirando cómo se flexionaban los músculos femorales y aductores de sus muslos. La pasión familiar estaba allí: no sentía la lengua y tenía un punto entumecido en la punta de la barbilla. Pero el rostro de Gable seguía entrometiéndose. Ahora su resolución de seguir siendo profesional, tanto por el bien de ella como por el suyo, era también por el recuerdo de Gable.

Se enderezó, subió las piernas y se abrazó las rodillas, y volvió a parpadear mirándolo.

Dominika vio el halo púrpura palpitante alrededor de su cabeza y sus hombros, y le preocupó que hubiera cambiado, que estuviera cansado de su intransigencia o que sus problemas disciplinarios hubieran acabado por quemar su amor por ella. Ella no había cambiado su opinión de que, a pesar de las protestas de los altos mandos de la CIA, su relación amorosa era aceptable, algo que la animaba, una excepción justificable de las normas del oficio y del trato a los agentes.

Bozhe, Dios, lo deseaba. La expectativa de estar con él había crecido cuando se había impulsado por encima del muro de la villa esta mañana. Le vino a la mente el eslogan del gorrión n.º 99, «Un samovar silbante nunca hierve». Pero la rusa decorosa que había en ella no sería tan *nekulturny*, tan rastrera, como para ponerse de pie delante de él en ese momento, encogerse de hombros con esos tirantes tan estrechos y quitarse el vestido. No lo empujaría hacia atrás en el sofá, con las manos en su pecho, y le pasaría los pechos por la cara. No, no lo haría. Se miraron titubeantes a través de la luz del mediodía. La bocina de un barco sonó en el canal, como indicando el final del primer asalto.

* * *

Nate recogió todos sus apuntes y los metió en su petate. Fueron a la cocina a buscar algo para comer. La moderna cocina estaba bastante bien abastecida por el guardián del piso franco. Examinó el frigorífico y llevó un montón de ingredientes a la gran mesa central. Dominika se subió a la encimera y lo observó mientras balanceaba las piernas. Picó cebollas, machacó ajos, cortó unos champiñones en rodajas, cortó dos tomates en dados y dos pechugas de pollo en trozos del tamaño de un bocado. Lo salteó todo con orégano y un vaso de Kavaklidere blanco, luego cubrió el guiso con queso Kaşar rallado y una cucharada de *ezme*, salsa de tomate turca picante, de un tarro que había en la nevera. A continuación, metió la sartén en el horno para que el queso se derritiera hasta dorarse.

—Es como nuestro pollo Orloff —dijo Dominika, olfateando el aire—. Pero nosotros no tenemos esa fascinación sureña por el ajo.

—Claro que no. Recuerdo el metro de Moscú en verano: axilas, vodka y cigarrillos. No podrías oler a ajo aunque lo intentaras.

—Bastante divertido —respondió Dominika, pero sabía que tenía razón.

—Solo hay una regla sobre el ajo. Todos los comensales tienen que comerlo. —Rodeó la mesa y se acercó a la barra entre las piernas colgantes de ella. Le puso las manos sobre los hombros y, con total naturalidad, le dio un beso en la boca—. Esta noche haré salteado chino sin ajo. He visto pimientos.

Se acercó al horno para comprobar la sartén. Aún no estaba listo.

El beso fraternal le produjo un cosquilleo en los labios. ¿Se estaba burlando de ella? ¿Pretendía calentarla? Lo observó. Evaluaba el color púrpura que rodeaba su cabeza y sus hombros. ¿Intentaba actuar con profesionalidad y no hacer el primer gesto? ¿La estaba poniendo a prueba? Se sorprendió a sí misma agitando las piernas. No seas *nekulturny*, se dijo a sí misma.

Utilizando un paño de cocina para agarrar el asa, Nate sacó la sartén del horno y la puso sobre una tabla en la mesa. Buscó dos cuencos, cubiertos y servilletas. Dominika lo miró después del primer bocado y asintió.

—Está muy bueno. No se nota el sabor del ajo.

Sin pensárselo, cogió el asa de la sartén, aún caliente, para echar un poco más en el cuenco y se llevó la mano al pecho con un grito de dolor. Nate le cogió la mano —tenía una quemadura carmesí en las yemas de los dedos— y se la acercó al lóbulo de la oreja. Ella lo miró asombrada.

—Los lóbulos de las orejas están llenos de sangre, que atrae el calor, como un difusor —le explicó.

—¿Dónde has aprendido eso? ¿Quién eres tú?

Nate sonrió y se llevó la mano a la oreja.

—Me siento mejor. Pero todavía me duele. También me quemé la palma de la mano.

Nate la condujo hasta el lavabo y le pasó agua fría por la mano, luego cambió a agua caliente al cabo de un minuto, para estimular la circulación, le explicó. Le cogió la mano bajo el agua, con las caras a escasos centímetros, los hombros y las caderas en contacto. Una lágrima le corrió por la mejilla y le tembló el labio inferior. Sus ojos se encontraron y la mano de Nate se cerró con ternura sobre la de ella.

—Siempre te protegeré —susurró. Dominika le rodeó el cuello con el brazo bueno, acercándole la cabeza y envolviéndola con su aura púrpura.

—*Dushka*, cariño. Siempre te querré.

Ella acercó su boca a la de él, pero se detuvo a un centímetro, esperando. Él acercó su boca a la de ella. Ella lo abrazó con fuerza y suspiró.

Lo hizo una mano quemada. El dique fracturado de su determinación se había derrumbado bajo el agua de su pasión, Dominika agarró la muñeca de Nate como si temiera que escapara y lo condujo por la escalera de mármol hasta uno de los dormitorios de color azul pavo real. Se quedó inmóvil, con los ojos cerrados, y sintió cómo él la desnudaba. Dominika empujó con cuidado a Nate sobre la cama y le mostró el n.º 47, «Barcos que navegan en la noche». Su aliento era caliente en su muslo cuando al fin se estremeció y susurró *da*, y rodó sobre él, gimiendo.

Nate perdió la cuenta de cuántas veces tartamudeó Dominika *da, da, da* aquella tarde dorada, con el pelo alborotado esparcido por la almohada, los pechos agitados y los brazos abrazándose a sí misma para detener las convulsiones. Se durmieron, pero se despertaron hambrientos y Dominika rebuscó en el enorme armario de la esquina del dormitorio algo que ponerse y salió con un camisón ajustado (cortesía de Blanche Goldberg de Hollywood), que al parecer había sido confeccionado con una red de pesca. Nate dijo que estaba bien —todo era visible bajo la fina malla— y bajaron de puntillas en la oscuridad, el sombrío salón iluminado de forma indirecta por las luces del muelle exterior. La fuente central salpicaba casi en silencio. Comieron estofado de pollo frío en la oscuridad, compartiendo tenedor, y ella le limpió la boca con el pulgar y lo besó, y bebieron de la misma copa de vino, y se terminaron la botella. Dominika lo miró con ojos radiantes.

En el salón, Nate encontró un mueble con un tocadiscos anticuado y una pila de discos de vinilo y Dominika dijo «ese», los valses para piano de Schubert, y Nate se sentó en la oscuridad mientras Dominika permanecía de pie a la luz de la luna, se recogía el pelo y se ponía la camisa por encima de la cabeza. Estaba desnuda a la luz de la luna, con los ojos cerrados e inmóvil de perfil, algo minoica sobre un ánfora, escuchando la música, viendo las cabriolas de colores en el aire. Empezó a bailar, despacio al principio, luego con fuerza, sobre las puntas de los pies, con las pantorrillas tensas, las manos alargadas y delicadas, siguiendo los colores. Observó cómo se ensanchaba su caja torácica, cómo las cicatrices se entrecruzaban plateadas a la luz de la luna, marcando con una X la posición de su corazón. Las líneas de su cuello resaltaban cuando doblaba el cuello.

Distraída por sus éxtasis privados, no se dio cuenta de que el aura de Nate en la oscura sala de estar estaba agitada e inquieta. Era típico de él que, mientras observaba su forma reluciente, empezara a pensar en Gable. Mientras observaba a su bailarina de caja de música girar en medio de la habitación, se dijo a sí mismo que había traicionado una vez más la confianza de Gable, solo que era peor ahora que se había ido. Ni siquiera la última información y el creciente estatus de DIVA en el Kremlin justificaban su debilidad.

Y aumentaría el peligro para Dominika. La iniciativa con los chinos tendría a los analistas en vilo durante meses, y tendrían que ejercer una implacable protección de las fuentes: la CIA pronto empezaría a recibir detalles sobre el enlace entre el SVR y el MSS que solo podían proceder de ella, algo muy peligroso. La iniciativa con el MSS tenía el familiar tufillo soviético de un complot desconocido a punto de urdirse, como el indefinible olor a zarigüeya muerta bajo la cama.

Y estaba el asunto del topo en el cuartel general. Si MAGNIT leyera una lista de los principales agentes rusos que trabajan en la actualidad en Moscú, DIVA estaría perdida en el momento en que la Línea S recibiera el informe.

Pero había algo más. Los funcionarios soviéticos solían decir que el principio de la ruina de uno coincidía con el día en que se convertía en el favorito de Stalin. Putin era igual, quizá más telegénico, más sabio en cuestiones de comercio y relaciones públicas, pero con las mismas sospechas y la implacable expectativa de que ni siquiera se podía confiar en los confederados de confianza. Y tenía la capacidad de Stalin para la violencia. El cuello de Dominika estaría en juego a cada minuto. Todos los sitios de exfiltración del mundo no la salvarían si disgustaba a su zar de ojos azules, o si daba un paso en falso, o si caía en desgracia con uno de los *siloviki*.

Había dejado de bailar y permanecía de pie en medio de la sala, respirando con dificultad, con un riachuelo de sudor entre los pechos. La música terminó, y ahora sí se fijó en los colores oscilantes sobre él. *Dai bog*, bendice al hombre, pensó, con la inevitable inquietud. No iba a desperdiciar esa noche, ni la mañana siguiente, en esa hermosa villa con su Neyt. Desnuda, se dirigió hacia él, se arrodilló entre sus piernas y apoyó la barbilla en su pecho.

—Eres un tonto —le dijo, mirándolo a los ojos. Nate levantó la vista hacia el techo abovedado que brillaba con incrustaciones de turquesa. Su halo púrpura se arremolinaba como agitado por la brisa marina.

—Deberíamos revisarlo todo una vez más —dijo Nate, sonando estúpido. No podía garantizar que Dominika saliera el mes siguiente, ni dentro de dos años, ni nunca más. Ella le leyó la mente.

—*Glupets.* Tonta. Tenemos hasta mañana. Luego me voy a casa.

—Quiero repasar otra vez las rutas de exfiltración —musitó Nate, como un profesor de francés.

—Me las sé todas.

—Debemos asegurarnos de los lugares de recogida.

—No hablaremos de la exfiltración, esta noche no —dijo con firmeza.

—¿Alguna vez sueñas con que esto acabe? —dijo Nate. Ella levantó la cabeza para mirarlo.

—*Dushka*, estoy demasiado cerca para pensar en eso ahora. El presidente me quiere en el proyecto con los chinos. Me estoy reuniendo con los *siloviki*. Pronto me dirán la identidad de MAGNIT. Puedo sentirlo; hay enormes posibilidades.

—Acercarse a Putin no tiene precio. Pero es muy peligroso. Estará vigilando todos tus movimientos.

—¿Qué te pasa? —Nate sintió que se deslizaba por una pendiente.

—Marty Gable siempre me decía que lo más importante era mantenerte a salvo.

Dominika se rio.

—Para mantenerme a salvo y recibir la inteligencia. Eso es lo que siempre decía. Si estuviera aquí, te lo diría —aseguró Dominika, acariciándolo. Nate tenía el pecho entumecido, pero no podía contenerse.

—Marty Gable está muerto. Murió en Jartum hace dos días.

Dominika se quedó boquiabierta. Por un momento buscó su rostro, luego sus ojos se llenaron de lágrimas que corrieron en silencio por su cara. Se enderezó y se apartó de él.

—¿Qué ocurrió? ¿Estuvieron involucrados los rusos? ¿Lo sabías desde que llegué? ¿Cuándo ibas a decírmelo? ¿Después de otra hora en el dormitorio, o cuando terminara de bailar desnuda para ti en el salón?

—No iba a decírtelo. No quería disgustarte. No ahora.

—¿Pensaste que no podría continuar, que mi dolor me vencería?

—No. Sabía que tenía que decírtelo. No sabía cómo.

Dominika se levantó, aún resplandeciente a la luz de la luna, y comenzó a caminar hacia la escalera.

—¿Qué haces? —preguntó Nate.

Dominika se dio la vuelta.

—Me voy a la cama a llorar por mi *bratok*. Luego volveré a la embajada en el ferri temprano y volaré de vuelta a Moscú mañana por la noche. —Su pecho subía y bajaba por la rabia—. Estoy dispuesta a arriesgarlo todo por mi país, por Forsyth, Benford y *bratok*. Por mis padres, y por Korchnoi, Ioana y Udranka. Y sobre todo por nosotros. Solo necesito una cosa para poder continuar. Necesito saber que me quieres.

Nate se levantó e iba a cogerla en brazos, pero ella levantó una mano para impedírselo. El salón estaba en silencio, salvo por el incesante zumbido de la aguja del tocadiscos clavada al final del disco.

—Nos despediremos por la mañana, y entonces podrás decírmelo —dijo Dominika.

—Sabes que te quiero.

Dominika se dio la vuelta y subió la escalera, una visión de alabastro que atravesaba las barras de luz de la luna.

—Lo sé. Solo quiero oírlo por última vez.

La sirena de niebla de un barco que pasa por el canal del Bósforo se escuchó aplacada por las ventanas de la galería y llenó la sala hasta el techo turquesa.

Kasarli tavuk • Salteado de pollo con queso

Sofríe las cebollas, el ajo, los champiñones y los tomates en aceite de oliva, mantequilla y un chorrito de vino blanco. Añade trozos pequeños de pechuga de pollo y cuece a fuego lento, tapado, hasta que esté tierno. Cubre el estofado con queso Kaşar (o *mozzarella*) y cubre con *ezme* turco, o una salsa de tomate picante. Hornea hasta que el queso se haya fundido y esté dorado. Sirve con arroz.

22
Fracaso elefantino

Ni siquiera la dejaron pasar por la aduana del aeropuerto de Sheremetyevo. Un hombre pequeño con un traje que no se podía abrochar bien se le acercó en la zona de espera de llegadas. Un agente de policía uniformado estaba detrás de él, con los talones juntos, observando el rostro de Dominika. Un nanosegundo de pavor helado, luego normalidad. El hombrecillo se inclinó y dijo que era de Protocolo, y que había un coche fuera, código para «vamos ahora mismo al Kremlin, el presidente está esperando». Otro día, la recepción podría haber sido igual de cordial, hasta que la escoltaran a una sala de recepción donde unos jóvenes rubios —una docena de Valeriy Shlykov— la empujarían a una silla de respaldo recto, con un brazo alrededor del cuello, y la desnudarían mientras la sujetaban por brazos y piernas para que no pudiera tragar nada. Y luego la llevarían a la prisión de Butyrka. Eso sería otro día.

El familiar tamborileo de los adoquines del Kremlin llenó el empalagoso Mercedes perfumado de agua de rosas mientras atravesaba a toda velocidad la torre almenada de la Puerta Borovitskaya. ¿Cuántas veces oiría gemir los neumáticos sobre esas piedras, la preparación armónica antes de la siguiente sinfonía de Putin? El coche rodeó el campanario de Iván el Grande y pasó por delante del Tsarsky Kolokol, la campana del zar, de doscientas toneladas, agrietada, nunca tocada, nunca repicada, una metáfora del régimen de Putin. Atravesaron la plaza Ivanovskaya, la explanada pavimentada y custodiada por el Tsarsky Pushka, el Cañón Imperial del Zar, una inmensa bombarda de bronce fundido jamás disparada en guerra; después atravesaron la estrecha puerta del edificio del Senado. En el patio circular, los asistentes de traje oscuro esperaban en la escalinata. En otra época, habrían vestido librea imperial rosa fresa con botones de pinza y pelucas empolvadas.

Bañados en el amarillo pálido de la adulación, los tres ayudantes —tantos factótums era un indicio notable de su estatus— guiaron a Dominika a través del Salón de Catalina, de cúpula circular y columnata rica en capiteles corintios dorados, por interminables pasillos en los que se reflejaba la luz de un centenar de arañas de cristal, y por un pasillo final con un techo abovedado al fresco lleno de ángeles, querubines y serafines. (¿Qué habrán visto y oído desde 1917? Los apartamentos privados de Lenin y Stalin estaban en esa tercera planta). Se detuvieron ante una discreta alcoba de madera sin adornos. Un ayudante llamó con delicadeza una vez, abrió la puerta e inclinó con minuciosa gestualidad la cabeza hacia ella. El despacho de Putin tenía paneles de madera y era estrecho, con un escritorio poco atractivo contra la pared del fondo. El presidente estaba de pie detrás de la mesa, pasando las páginas de un expediente. Llevaba un traje azul oscuro, camisa blanca y corbata roja. Levantó la vista cuando Egorova entró en la sala y, sin mediar palabra, le indicó que se sentara ante la mesita que había frente al escritorio. Ella se sentó con las manos en el regazo. El sencillo vestido de viaje que había llevado en el avión apenas era apropiado para el Kremlin, pero Dominika decidió no darle importancia. Gorelikov no estaba presente, lo cual era extraño, y sintió un cosquilleo en la espalda. Sin hablar, se sentó frente a ella y apoyó las manos en la mesa. Su aura azul —inteligencia, astucia, cálculo— era fuerte y brillante.

¿Esperaba que ella hablara primero? ¿Su actuación como detective en Estambul había levantado sospechas? Esto es lo que Stalin solía hacer: convocar a subordinados aterrorizados y mirarlos fijamente. Al menos no eran las tres de la mañana en una dacha sobrecalentada.

—¿Qué pasó en Estambul? —dijo Putin, sin preámbulos.

Me reuní con mi contacto de la CIA y, además de dictarle catorce informes de inteligencia sobre las actuales operaciones compartimentadas del SVR, alerté a Langley de la iniciativa turca de medidas activas diseñada para neutralizar a un aliado occidental e instigar a su impío régimen. Mi contacto de la CIA y yo hicimos el amor después de bailar desnuda para él en el gran salón de una mansión del Bósforo, pensó DIVA.

—El comandante Shlykov es un ególatra galopante, a quien los americanos sobornaron con emolumentos que aún están por determinar —respondió sin mostrar ningún tipo de sentimiento—. Los investigadores de la Línea KR extraerán pronto la verdad. —Sostuvo la mirada de Putin.

—Olvídalo —dijo Putin, agitando una mano en el aire—. Shlykov se suicidó anoche en su celda.

¿Suicidarse? No es probable; se quería demasiado a sí mismo, pensó Dominika. Duerme bien, cabrón, ibas a volar niños por los aires en Estambul.

Mantuvo el rostro impasible, pero sintió el frío helador de los ojos del presidente.

—Lástima —dijo Dominika—. Nunca hubo duda de su culpabilidad.

No había forma de que Putin anunciara un fracaso de la acción encubierta con un ruidoso juicio público, pensó. Shlykov estaba condenado desde el principio. Morir en secreto y sin duelo en la cárcel era un destino común de los malhechores desde los tiempos de los bolcheviques.

—La felicito de nuevo, coronel; su diligencia y energía son ejemplares. Se está convirtiendo en todo un cazador de topos.

Dominika se obligó a quedarse quieta.

—*Spasibo*, señor presidente, gracias. —Se quedó callada. Leyó con atención a ese hombre, observó su aura coloreada. No valoraba a los aduladores y parlanchines: buscaba eficacia, discreción y lealtad.

—Una vez más, los estadounidenses se entrometen. Estambul fue una debacle.

Dominika volvió a reprimir la risa. No tienes ni idea *zolotse*, estúpido, pensó DIVA.

—Quieren aislar a Rusia en la *mirovaya zakulisa*, las bambalinas del mundo. —Ahí estaba, la figura retórica eufemística favorita de Putin: la conspiración de los líderes occidentales contra Rusia para avivar el nacionalismo y distraer la atención de la escasez de alimentos en las ciudades. No importa que el complot terrorista de Putin fuera derrotado. No importa que el patrimonio neto personal estimado de su querido presidente procedente del saqueo de las arcas nacionales fuera de cien mil millones de dólares.

—Existe una oportunidad trascendental para desbancar a Estados Unidos —dijo el presidente en respuesta—. Deseo que formes parte en nuestros planes.

—Por supuesto, señor presidente.

¿Va a mencionar a MAGNIT?

—Quiero que trabajes con Gorelikov en el caso.

—¿Este caso es el que llevan Shlykov y el GRU? —preguntó Dominika.

El presidente le dedicó una sonrisa de vinagre y negó con la cabeza.

—El caso me pertenece —respondió Putin. Su aureola cerúlea palpitaba con el tácito pensamiento añadido que Dominika podía leer claro como el agua: y a ti también.

* * *

Gorelikov estaba almorzando, esperándola en su despacho, molesto por no haber sido invitado a la reunión privada entre el presidente y Dominika. Junto a su mesa había un carro de comida. Su halo azul ardiente sugería que estaba nervioso por si Putin pensaba que él y Egorova se habían confabulado para socavar a Shlykov y su operación.

Consciente de que las arañas del Kremlin oyen todas las conversaciones, Dominika le tranquilizó con discreción.

—El presidente me felicitó por un golpe de contraespionaje —dijo con complicidad. El rostro de Gorelikov se relajó. Le acercó un plato de dorados buñuelos de zanahoria de Crimea y le untó uno con salsa de yogur.

—¿Te has enterado de lo del mayor Shlykov?

—¿Suicidio en su celda? —cuestionó ella.

Gorelikov se inclinó hacia ella, susurrando.

—Su leal ayudante Blokhin tuvo la oportunidad de expiar su culpa por haber sido detenido por los turcos y devuelto por los americanos. Al parecer, toda una desgracia entre los grupos Spetsnaz.

—¿Blokhin lo mató? —Nate le había hablado sobre el caso de Blokhin en una comisaría turca. El muy animal debe haber sido humillado.

—La tradicional bala detrás de la oreja —susurró Gorelikov—. Nos parece útil conservar algunas de las viejas tradiciones. Los nervios de Shlykov lo abandonaron en el último momento. Le metieron un trapo en la boca para detener sus gritos, como a Yehzov en 1940 y a Beria en 1953; en realidad, nada ha cambiado desde los encantadores primeros días de la Revolución.

—La lealtad a los superiores está muy arraigada en el GRU, es evidente —dijo Dominika.

—Blokhin es un maníaco. Pero con la desaparición de Shlykov creo que la acción encubierta de Estambul quedará en el olvido. El jefe del FSB, Bortnikov, también está satisfecho. Le dijo al presidente que admiraba la forma en que resolviste el asunto.

No me lo agradezcas a mí, agradéceselo a los americanos, pensó la rusa.

—¿Otro buñuelo de zanahoria? —ofreció Gorelikov, tendiéndoselo, como si fuera la hora de comer en el zoo. Ejecuciones en sótanos y buñuelos de zanahoria con yogur. La Rusia de hoy. Gorelikov cogió una carpeta—. Ya hemos hablado de esto antes, pero me gustaría que reservara unas horas para conocer al nuevo representante del MSS en Moscú, el general de tres estrellas Sun Jianguo, de la Seguridad del Estado china. Depende del ministro de Seguridad del Estado en el Consejo de Estado en Pekín, sin intermediarios. Habla un inglés excelente, ya que estuvo destinado en Londres. Pekín ha iniciado contactos en estos días, de forma discreta, alegando que quieren mejorar y ampliar la cooperación con Moscú, y la relación entre los servicios de seguridad es un buen punto de partida. El general Sun llegó la semana pasada para asumir sus funciones. Después del *glavnyy protvnik*, el enemigo principal, estas *termity* chinas, estas termitas, son la mayor amenaza para la Rodina en el futuro —continuó Gorelikov, mirando de reojo a Dominika—. Tú conoces la contrainteligencia, hay maneras de ganar, así que a ver lo que este come arroz tiene que decir, lo que tiene bajo la lengua. El presidente quiere saber cómo podemos beneficiarnos.

Maneras de ganar, pensó Dominika. Seguro que se refiere a mis habilidades en operaciones.

—¿Crees que es vulnerable? —preguntó Dominika.

—Si tiene… inclinaciones, se manifestarán con el tiempo —dijo Gorelikov con despreocupación—. Hombres, mujeres, niños. Espíritus, drogas, juego. Saborear el dolor o infligirlo, pronto lo sabremos.

Dominika sonrió con complicidad, ocultando su desprecio. Mi Rodina, la patria de tierra negra y pinos fragantes, mi país, transformado por vosotros, héroes, en un callejón del vicio.

—Aunque vigilemos con atención al dragón —prosiguió el tío Anton—, China puede ser útil para mermar la influencia estadounidense en un segundo frente. —Se inclinó para preparar otro buñuelo para Dominika, pero ella levantó una educada mano en señal de rechazo—. China podría ser muy útil —comentó Gorelikov, contando con los dedos—: mercados alternativos de petróleo, venta de equipos militares, operaciones cibernéticas contra la infraestructura estadounidense, un desafío tangible a la hegemonía naval estadounidense en el Pacífico. Una alianza de cooperación en potencia con Pekín podría ser muy beneficiosa. Sin lugar a dudas, sabrás evaluar la viabilidad de las operaciones de inteligencia contra estos maoístas aquí, en Pekín y en Hong Kong.

—Buscaré pistas en el general Sun. Quizás aparezca algo útil. —Gorelikov negó con la cabeza—. Estamos haciendo esto por nuestra cuenta, tú y yo; veamos a dónde nos lleva esto.

Dominika se dio cuenta de que se estaba convirtiendo en la solucionadora operativa personal de Putin. Otro éxito, con el enlace chino, por ejemplo, le valdría casi con toda seguridad la dirección del SVR.

Dio otro golpe a MAGNIT.

—El presidente mencionó el caso sensible de Shlykov. ¿Cuál es la situación al respecto?

Gorelikov sonrió.

—Todo a su tiempo.

Puede que no haya tiempo para esperar antes de que tu maldito topo lea mi nombre, pensó Dominika.

* * *

Dominika se reunió con el general del MSS para almorzar en el White Rabbit, el restaurante de fama internacional situado en la decimosexta planta del edificio Smolensk Passage, en el Arbat, en la plaza Smolenskaya, el largo comedor situado bajo un tejado curvo de cristal con impresionantes vistas del río Moscova y el imponente rascacielos gótico del Ministerio de Asuntos Exteriores de Stalin. El interior del restaurante era un país de ensueño con extravagantes obras de arte colgadas por todas partes, sofás de colores brillantes y un bar iluminado con neón, todo ello bajo las nubes de principios de verano. Dominika eligió un traje oscuro a rayas calcáreas, con una blusa blanca abotonada al cuello, medias oscuras y zapatos planos negros. Nada de escotes ni tacones.

Egorova ya estaba sentada en una mesa esquinera para cinco personas, al fondo de la sala, con el dosel transparente hacia abajo, cuando el general Sun apareció junto a la mesa del *maître*. Lo acompañaba un joven alto que recorrió la sala, se inclinó para susurrar al oído del general y señaló a Dominika. Guardaespaldas. Sun bajó los dos escalones y atravesó solo el comedor entre las mesas. El joven permaneció en la entrada, sin apartar los ojos del general.

El general Sun era bajo y corpulento, rondaba los sesenta años, tenía la cara lisa y plana y el pelo negro azabache, sin duda teñido. Unos ojos negros y llorosos bajo unas cejas arqueadas hacia arriba le daban una perpetua mirada inquisitiva, como si se esforzara por entender lo que le decían. Un halo amarillo canario rodeaba su cabeza, señal de engaño, de cálculo, de falta de sinceridad.

Se detuvo ante la mesa e hizo una leve reverencia, luego ofreció su mano en un leve y fugaz apretón de manos. Vestía un traje gris perla con una camisa blanca almidonada y una corbata de rayas apagadas.

—Es un placer conocerla, coronel —dijo Sun en un inglés muy acentuado. Se sentó frente a ella, desenrolló su impecable servilleta de lino y se la puso en el regazo. En la academia le habrían recomendado que tomara asiento junto a ella, para establecer una conexión, para situarse dentro de su espacio, pero eso es lo que harían los rusos agresivos del SVR. Los cautelosos e introvertidos funcionarios chinos, en pleno modo defensivo en la capital rusa, serían diferentes. Sabía que Nate, en cambio, acercaría su silla para que sus rodillas se tocaran y pasaría su brazo por el respaldo de la silla de ella. Pero ¿qué otra cosa se podía esperar de los *nekulturny* americanos? Nate volvía a entrometerse en sus pensamientos.

—¿Está disfrutando de Moscú, general? ¿Se aloja en su apartamento?

Sabía que todos los diplomáticos de la embajada china tenían normas estrictas y estaban obligados a vivir *kak seledka v bochke*, hacinados como sardinas en lata, en rascacielos prefabricados en el recinto amurallado de cinco acres de la embajada, en la calle Druzhby, cerca de la Universidad Estatal de Moscú.

—Tengo la suerte de que me hayan asignado un piso cómodo en un gran edificio de Minskaya Ulitsa, en el barrio diplomático, no lejos de la embajada. Puedo ir andando cuando el tiempo lo permite. Mi ayudante y un ama de llaves viven conmigo.

Interesante. Se le permite vivir fuera del recinto, muy inusual. ¿Exige su independencia para poder operar en Moscú? Vivir separados también significa que podemos llegar a él, si en algún momento encontramos un resquicio. ¡Bienvenido a Moscú! Tu atractiva vecina gorrión podría necesitar una taza de azúcar alguna noche.

—Confío en que pronto podamos recibirlo en la sede de Yasenevo —dijo Dominika.

—Estaré encantado —dijo el general Sun, reservado.

—Tengo entendido que su servicio está interesado en ampliar la cooperación.

—Por supuesto. Mi organización, discúlpeme por el nombre tan largo, el Zhonghuá Rénmín Gònghéguó Guójia Anquánbù, el Ministerio de Seguridad del Estado, está muy interesada en la reconocida experiencia de su servicio en contrainteligencia. Como usted es la jefa de ese departamento, deseamos aprender de usted.

Se inclinó desde su asiento. ¿Le preocupaba al MSS algún problema específico de CI? Sabía que los oficiales del SVR en la *rezidentura* de Pekín estaban buscando contactos chinos escurridizos, pero Dominika no tenía conocimiento de ninguna operación importante en curso del

SVR contra China. Tal vez sus colegas de la CIA estuvieran causando problemas.

Esto es bueno, muy bueno, pensó. Dominika podría explotar esta relación de enlace a tres niveles: obtendría la filosofía y las técnicas de contraespionaje del MSS; podría pasar *dezinformatsiya*, desinformación, a Pekín sobre las intenciones rusas hacia China (a Gorelikov le gustaría); e informaría de todo a Benford y Nate. El general Sun parecía apacible y educado, pero su instinto le decía que, al igual que con Gorelikov, no debía subestimarlo.

* * *

Benford estaba sentado en una mesa de conferencias de la sede central con Tom Forsyth, Nate Nash y Lucius Westfall. Tazas de café, archivos, carpetas y blocs de papel cubrían literalmente la mesa. La silla vacía en el extremo de la pequeña mesa les recordó a Gable, y sintieron su presencia en la sala. Deseaban que estuviera con ellos, porque era una reunión desesperada. Una cacería de topos. A instancias de Benford, Westfall y Nash habían investigado con detenimiento los antecedentes, sin la aprobación de la oficina del director en funciones, de los tres candidatos a nuevo director, lo que suponía una violación de al menos una docena de normas de la Agencia, si no de un puñado de normas federales. Todos eran cómplices con su presencia en esta sala.

—Examinamos tres criterios —dijo Westfall—: acceso sustantivo al programa de cañones de riel de la Marina estadounidense; acceso continuado de interés para los rusos durante los últimos cinco años, y la última categoría, que es subjetiva, vulnerabilidad, motivación, inclinación… tendréis que decidirlo vosotros mismos.

—¿Por qué cinco años? —preguntó Benford—. DIVA informó que MAGNIT ha estado pasando información durante al menos doce años.

Westfall tragó saliva.

—Pensamos que, si identificamos cinco años de acceso, tendremos un indicio. Además, MAGNIT puede haber estado inactivo o en la nevera durante un par de años.

Benford asintió.

—Cuando nos informes de los hallazgos, y si no pone a prueba tu intelecto milenario, recuerda que estamos buscando tanto razones para excluir a cualquiera de los tres como sospechoso como pruebas incriminatorias. Los rusos no pueden estar dirigiendo a los tres. Y no tenemos mucho tiempo.

—Vale, la senadora Feigenbaum lleva veinte años en los comités de inteligencia y servicios armados —comenzó con los datos Westfall—. Votó a favor de financiar el cañón de riel durante todo el proceso de desarrollo y puede solicitar cualquier información a la Marina cuando quiera.

—¿Motivación? —cortó Forsyth—. Ella es una senadora de Estados Unidos por el amor de Dios.

—Discutible —cuestionó Nate—. Ha viajado mucho al extranjero durante toda su carrera, incluyendo muchos contactos con los soviéticos. Quizá se jubile pronto y quiera un puesto en el gabinete. Pensamos que tal vez esté llenando su cuenta de ahorro.

—Pero descubrimos que no lo necesita —dijo Westfall—. Hicimos una inmersión financiera completa en todos los candidatos. La senadora tiene treinta millones de dólares en el banco y en propiedades inmobiliarias.

—No hay que descartar la acumulación de títulos y poder —aportó su granito de arena Benford—. Es lo que mueve a todo el Congreso. El afrodisíaco definitivo entre una gran manada de narcisistas.

—Sabemos que la senadora odia a muerte a la CIA —añadió Westfall.

—Tal vez el Kremlin le está pagando para derribar la Agencia —sugirió Benford—. Le gustaría hacerlo, a ella y a su lameculos Farbissen.

Forsyth no se lo creyó, pero le hizo un gesto a Westfall para que continuara.

—A continuación tenemos a la vicealmirante Audrey Rowland. Ha estado dirigiendo el proyecto del cañón de riel desde que empezó. Ahora dirige todos los laboratorios de la Marina con ciencia, armas y material de ocultación que a los rusos les encantaría robar.

—¿Motivación? —preguntó Nate.

—Es la más limpia del grupo —respondió Westfall—. Tercera estrella, medallas, cerebro de física, chica de póster de la Marina. También se queda en casa. No pasa tiempo con la flota en el mar. Pensión militar cuando se jubile.

—¿Aficiones? ¿Vicios? ¿Hábitos? ¿Adicciones? ¿Vulnerabilidades? —preguntó Forsyth, el encargado del caso, buscando un asidero.

Westfall negó con la cabeza.

—Nada, excepto las cabezas de las muñecas de porcelana.

—¿De qué va eso? —se interesó Forsyth.

—La almirante es una gran coleccionista. Incluso se la menciona en algunas páginas web.

—Maravilloso —dijo Benford—, ¿pero qué son? Dime que son de Rusia, ¿puede ser?

—No. ¿Conoces esas muñecas antiguas de porcelana de la Gran Bretaña victoriana o de la Alemania del siglo XIX, con esas miradas espeluznantes y esas bocas en forma de arco de Cupido, y esas mejillas enrojecidas por la fiebre? No las muñecas enteras, ni los vestidos antiguos, la almirante solo colecciona las cabezas. Tiene cientos de ellas, todas en algún estante, con la mirada fija en algún punto.

—A estas alturas, Marty Gable haría un chascarrillo sobre las muñecas hinchables «del amor» —dijo Benford.

Todos se callaron un segundo.

—Malditas muñecas. Pregúntales a los psiquiatras qué significa —rompió el silencio Nate—. Tal vez la almirante tiene una vida secreta.

—¿Con ese pelo? —masculló Benford—. Se parece a Martha Washington.

—Ese comentario es un poco antipatriótico —dijo Nate. Benford manoteó al aire como si estuviera espantando mosquitos.

—No importa lo limpia que parezca estar la almirante. No subestimes la cultura militar —prosiguió Forsyth—. El ascenso lo es todo, en especial para las mujeres en los servicios. Llevar la disciplina militar a un organismo civil puede resultar atractivo para su mente científica. Para los oficiales con rango de bandera, encontrar un trabajo con influencia tras la jubilación es importante. Pueden ser muchos factores.

—Sigo pensando que la almirante es la más limpia del grupo. No la veo reuniéndose con los rusos y escondiendo diamantes de sangre bajo el suelo.

—¿Y el tercer tipo? —espetó Benford.

—El embajador. Una especie de peso ligero, pero durante sus cuatro años en la embajada de Roma leyó un montón de cables clasificados. Ahora está en el grupo de trabajo de Inteligencia, lo que le da un acceso relativo que los rusos podrían querer. Muchos viajes de negocios al extranjero durante años, incluyendo negocios de materias primas en Bielorrusia, por lo que es una bandera roja. Estuvo en Hollywood una vez, y le gusta el dinero. Vale unos cien millones de dólares, así que quizá convertirse en director sea solo una cuestión de ego.

—Pero sin acceso al cañón de riel, ¿verdad? Podemos tacharlo —propuso Forsyth.

Westfall le entregó una hoja de papel.

—Eso es lo que yo pensaba. Pero resulta que trabajó en un contrato de cinco años para un cañón de riel de la Marina, porque su empresa de metales preciosos fabricaba difusores de calor cerámicos de óxido de berilio para los rieles magnéticos, que se calientan con todo el jugo que corre por ellos, y el embajador Tommy Vano conoce el diseño de cañones de riel en profundidad. Ganó otro dineral con el contrato, hizo donaciones a la campaña de la derecha, es, más o menos, liberal, pero mira por sí mismo, y se convirtió en embajador.

—Y piensa que puede dirigir la CIA. Santo Dios. Así que cualquiera de los tres podría ser MAGNIT —concluyó Forsyth—. La almirante es la menos probable, por motivos e ideología, ¿estamos de acuerdo? Y mañana hay otra reunión informativa. El director en funciones quiere que esta vez se informe de los casos de Rusia.

—No vamos a abrir nuestros casos restringidos a estos cabrones —rugió Benford.

—No es inteligente, Simon —intentó calmarlo Forsyth—. Al director le encantaría acabar contigo mientras sale por la puerta.

—No informaré a ninguno de los tres sobre DIVA. Estaría muerta en una semana.

Se hizo el silencio en la mesa, hasta que Benford levantó la cabeza.

—Necesito hablar con Nash. ¿Podemos volver a reunirnos en dos horas? Gracias.

* * *

La sala de conferencias se despejó en pocos segundos. Benford miró con detenimiento a Nash durante un minuto entero.

—Por favor, no abras la boca hasta que yo termine de hablar.

Benford siempre le decía a la gente que no hablara, pero el tono de su voz esta vez le decía a Nash que estaba bailando un vals en el borde del volcán. Benford le entregó un telegrama de Moscú, una traducción de una nota que Dominika había pasado a Ricky Walters durante un peligroso encuentro personal. Había escrito que la muerte de Gable la había afectado profundamente y que restringiría sus reuniones personales hasta que pudiera reabastecerse de SRAC. Por supuesto, informaría a sus colegas siempre que estuviera en Occidente para organizar reuniones, pero no más contactos internos.

—Te aconsejé que le ocultaras la muerte de Marty, dado su cariño hacia él. He consultado los calendarios gregoriano, juliano y copto y he llegado a la conclusión de que no hay tiempo suficiente antes del próximo solsticio para que enumere las estupideces que has cometido —le dijo, enseñando los dientes y con su cara de la caída de la antigua Roma, la que usaba el emperador mientras veía cómo los cristianos se convertían en comida para los leones en el Coliseo. Sus ojos, que no parpadeaban, se clavaron en los de Nate, algo poco frecuente en

Benford, y eso indicaba verdadero peligro—. Que consintiera que desarrollaras un vínculo romántico con un activo sensible fue una supresión temporal de mis normas personales y profesionales y un fracaso por mi parte como gestor operativo.

Esto era malo. No solo había metido la pata a nivel personal, sino que, además —Nate se daba cuenta en ese momento—, había causado a Benford una preocupación profesional. Se preguntaba si el día terminaría con su salida del edificio de la sede, escoltado por dos guardias de la Oficina de Seguridad vestidos con americanas azules que le arrancarían la placa de identificación de la solapa mientras las puertas automáticas se abrían para darle la bienvenida a un soleado mundo civil sin espías ni secretos, y sin Dominika.

—Así que ahora debemos contemplar la magnitud de tu cagada. No solo te has tirado sin contemplaciones a la principal penetración de esta Agencia en el Kremlin, con todo lo que eso augura, sino que no has podido, o no has querido, ocultarle noticias devastadoras, con el resultado que ahora tienes en tus manos: un cese de la información oportuna por su parte mientras un topo ruso es, con toda seguridad, nombrado director de esta Agencia.

Nate contuvo la respiración; no se atrevió a ofrecer una explicación.

—Es un axioma de nuestra profesión que este trabajo es experiencial; uno no nace para ello, solo se hace más hábil con el tiempo. En el curso de tu carrera bañada en semen, puedes presumir de notables logros y, ahora, de un elefantiásico fracaso. La pregunta que me hago es si es posible la redención. La redención no es automática; solo se da una segunda oportunidad si se merece. Dios sabe que hemos sufrido a compañeros abyectos e irredimibles en nuestro servicio: Gondorf, Angevine, los directores autocomplacientes que solo leen sobre operaciones, pero nunca las gestionan…

Benford frunció el ceño pensativo. Detrás de él había una fotografía de un muro cubierto de nieve con una V invertida marcada con tiza en la mampostería: una señal de Moscú de los años sesenta.

—¿Eres redimible, Nash? —interrogó Benford—. O, mejor dicho, ¿mereces ser redimido?

Benford miró de nuevo a Nate con detenimiento durante veinte segundos, poniéndolo a prueba, evaluando sus nervios.

—Habla.

Vale, gilipollas, la frase más importante del resto de tu vida, pensó Nate.

—Simon, Marty Gable me dijo una vez que un oficial del Servicio nunca puede alcanzar la grandeza, a menos que falle a lo grande, al menos una vez. No voy a explicarte mis errores, porque ya sabes cuál es la situación entre DIVA y yo. Estoy comprometido con ella y con este trabajo. Sabes lo que he hecho, y lo que todavía puedo hacer, si me das una oportunidad. Preguntas si vale la pena redimirme. Bueno, Simon, dímelo tú. Pero con todo respeto, si te rindes conmigo, eres más imbécil de lo que todos creen. Estoy listo para ir a trabajar y hacer cualquier trabajo, así que tú decides. ¿Me quedo o me echas?

Nate hablaba en serio, pero ¿se tragaría el siempre procaz Simon la insubordinación? Nate pensó que todo dependería de lo que Benford comiera ese día. Nate esperó a que cayera el martillo. Benford se pasó los dedos por el pelo ya alborotado.

—Tienes cojones de hablarme así. Jesús, suenas como Al Gore. Muy bien, ahora sal de aquí y ponte a trabajar.

Buñuelo de zanahoria con salsa de yogur

Exprime toda el agua del calabacín y las zanahorias rallados, y mézclalos con la cebolleta, el perejil, el eneldo y el ajo picados. Añade harina y huevo hasta formar una pasta húmeda y sazona. Forma una bola con una cucharada grande de la mezcla e introduce una aceituna deshuesada y empapada en salmuera (kalamata, Picholine o niçoise) en el centro. Aplasta un poquito el buñuelo en una sartén y fríe en aceite de oliva hasta que se dore. Sirve caliente con salsa de yogur (mezcla puré de ajo, vinagre de vino tinto y aceite de oliva en el yogur).

23

Un poco de quejas y gruñidos

Así fue como Simon Benford envió a Nathaniel Nash a Oriente. Al principio, Nate pensó que la asignación temporal era, además de un bendito indulto, una forma de exilio geográfico para tenerlo separado de Dominika. Pero al día siguiente, cuando fue con el analista Lucius Westfall a reunirse con Elwood Holder, el jefe de Operaciones en China, y fueron informados de lo que había ocurrido en Hong Kong, supo que había un verdadero fiestón en marcha, una oportunidad tan astronómicamente lucrativa que incluso Benford convino más tarde en que los riesgos para contrainteligencia al operar en territorio chino eran superados por los beneficios potenciales.

Holder era un veterano con treinta y cinco años de experiencia en Operaciones en China, propietario de un barco, un *daaih ban*, un apreciado *taipan*, uno de los primeros empleados de la Agencia en China que hablaba mandarín con fluidez y escribía tanto en chino simplificado como en chino tradicional con pluma o pincel. Las paredes de su despacho estaban decoradas con pancartas de papel de arroz cubiertas de logogramas que el propio Holder había pintado. Lucius admiró un pergamino bastante trabajado.

—Sun Tzu, siglo v antes de Cristo —dijo Holder, pasando el dedo por el papel—. En todos los asuntos militares, nadie es más valioso que el espía, nadie debe ser recompensado con más generosidad que el espía, y nadie debe trabajar con mayor sigilo que el espía. —Volvió a su escritorio, se sentó y se reclinó en la silla—. ¿Cuál de vosotros es Nash?

Nate hizo un movimiento de cabeza para atraer su atención hacia él. Holder miró a Westfall.

—¿Y tú eres el nuevo asistente personal de Benford, de la DI? Buena suerte y bienvenido a la Dirección de Operaciones. Notarás que el general Tzu no dijo «En todos los asuntos militares, ninguno es más valioso que el analista», pero al menos ahora trabajas con el Príncipe Oscuro.

Lucius no dijo nada; se estaba acostumbrando a la jerga de este lado del edificio. Holder era bajo y corpulento, con el pelo ralo y arenoso y unos alegres ojos azules detrás de unas gafas octogonales con montura de alambre, ojos a los que no se les escapaba nada y que dejaban de parpadear cuando empezaba a hablar de arrancar cabelleras —reclutar fuentes humanas—, algo que había hecho con frecuencia en todo el mundo, desde el estrecho de Taiwán hasta el Tíber. El famoso reclutamiento de Holder en 1985 fue el de un técnico telefónico de treinta años en la secretaría del Partido Comunista de China. A cambio de cintas de vídeo de las treinta y una películas de Elvis Presley y una fotografía firmada de Ann-Margret, identificó la caja de conexiones en Pekín que daba servicio al *Zhuan xian*, el sistema telefónico interno encriptado del 12.º Politburó Central. Esto dio lugar a la intervención de la línea, que produjo un flujo de asombrosa inteligencia de palabras clave durante treinta y seis meses.

—La estación de Hong Kong ha estado quemando los cables durante una semana, una docena de cables inmediatos de manejo restringido —dijo Holder—. COS Hong Kong es una vieja puta, un profesional de primera, conoce China como la palma de su mano, se llama Barnabus Burns. Por cierto, no le llames nunca Barn para abreviar; odia el apodo de Barn Burns.

—El representante local del ASIS de Hong Kong, el Servicio Secreto de Inteligencia Australiano, llamó a Burns y le hizo una propuesta urgente para una operación conjunta. Parece que llevan seis meses buscando a un general de alto rango del EPL, Ejército Popular de Liberación, un *zhong jiang*, un general medio, equivalente a teniente general. Este general chino, de nombre Tan Furen, viene de Guangzhou, en el sur. Pero suena muy fuerte en el Zhōngguó Rénmín Jiěfàngjūn Huǒjiànjūn, la Fuerza de Cohetes del Ejército Popular de Liberación, PLARF para acortar, un objetivo de inteligencia superior durante años. La PLARF posee todos los misiles balísticos terrestres y submarinos chinos, y conserva sus armas nucleares, ya sabes, todo ese asunto.

Holder leyó en una carpeta de rayas negras.

—Los australianos, para su deleite, descubrieron que al general Tan le gusta jugar en los casinos de Macao; es adicto. Podría decirse que hay corrupción generalizada en el EPL. Para alcanzar el grado de general hay que desembolsar quinientos mil dólares, y una vez que te colocan las estrellas, puedes ganar el triple con los contratos y los sobornos. Están todos muy sucios.

Se frotó las manos, como si estuviera llegándole el olor de una sopa agridulce.

—Tan ha estado apostando en secreto, y perdiendo, fondos oficiales del ejército. Los australianos creen que ha perdido un millón de dólares. Si Pekín lo descubre, lo pondrán contra la pared y lo fusilarán.

—¿Cómo saben cuánto ha perdido? —preguntó Westfall.

—ASIS es un servicio pequeño, pero agresivo. Tienen oídos en todos los casinos. El juego en Macao es mayor que en Las Vegas, y lo tienen cubierto. Dicen que Tan está muerto de miedo y desesperado, y quieren que financiemos su colaboración: le damos al general el dinero para... cubrir su apuesta, y él empieza a informarnos sobre el PLARF.

—Y compartimos gastos —dijo Nate—. Eso es mucho dinero. ¿Lo vale?

—Pagaríamos el doble por lo que vale. Los chinos dicen que un *ding zi*, para empujar un clavo, para reclutar una fuente dentro de sus fuerzas de cohetes. Verdadera información estratégica.

—¿Irán a por ello? —preguntó Nash. Holder asintió.

—Es empezar a espiar o que te corten la cabeza. Pero hay un problema. ASIS dice que el general es un auténtico *chicom*, un incondicional del comunismo chino, un verdadero creyente. No aceptará si el lanzamiento viene de Occidente, especialmente de Estados Unidos. Es complicado, todo envuelto en *miàn zi*, pérdida de prestigio, reputación, vergüenza.

—Parece que no está en condiciones de exigir nada —comentó Westfall.

—Uno pensaría que es así, pero los he visto dar marcha atrás por salvar las apariencias, aunque eso signifique que luego vayan a la cárcel —dijo Holder—. Yo mismo perdí unos cuantos buenos reclutas por intentar forzarlos, créeme.

—¿Y cómo dulcificamos el asunto? —preguntó Nate.

Holder le señaló.

—Ahí es donde entras tú. Benford te ofreció como voluntario.

Así que Benford ya me tenía en el punto de mira para el trabajo mientras hablaba de la redención, pensó Nate. Sonrió para sus adentros.

—Rastreamos basándonos en información de ASIS —siguió Holder—. El general Tan fue agregado militar en Moscú en los años noventa. Habla algo de ruso y le gustan los rusos; hay una facción en el EPL que todavía se traga la patraña de la amistad chino-rusa, y él es uno de ellos.

—¿Qué estoy oyendo? ¿Una bandera falsa?

—Así es. Presentas a Tan en Macao como un amistoso oficial del SVR que se ofrece a ayudar con discreción a un aliado a cambio de secretos del PLARF. Los australianos no tienen a nadie que hable un ruso fluido y que pueda hacer esto. Benford me ha dicho que hablas como un nativo.

Nate recordó cuando había interpretado a un oficial de informes ruso con Dominika —había sido idea de ella— con un científico iraní en Viena. Hacía un millón de años.

—Lo hablo bastante bien.

—Tienes que hablarlo mejor que jodidamente bien —dijo Holder—. El general Tan huele a CIA y saldría por piernas. El MSS lo llama *dǎ cǎo jīng shé*, golpear la hierba y asustar a la serpiente, telegrafiar tu intención. Queremos evitar eso.

—Haré lo que pueda. ¿A ASIS le parece bien que haga esta captación?

—El COS propuso a ASIS la idea de utilizarte como ruso y les gustó —dijo Holder con una sonrisa—. Ocultamos la participación occidental, Tan salva la cara, y embolsamos una fuente sensible dentro del PLARF. Un reclutamiento épico de una vez por década.

Le encanta esta mierda del desierto de los espejos tanto como a Benford, pensó Nate.

—Está el pequeño asunto de presentar a un teniente general chino en Macao, controlado por China —recordó Westfall, mostrando el analista cien por cien práctico que lleva dentro.

—Los australianos tienen un agente de acceso en el casino que ha estado engatusando al general —respondió Holder—. Pueden llevarlo a un restaurante tranquilo en la playa, fuera de la ciudad. Desde el punto de vista operativo, no es tan difícil. Macao no es más que casinos, una Región Administrativa Especial bajo el control de la MSS de Guangzhou, que se burla de Pekín. No hacen nada demasiado sucio para molestar al sector turístico: todos ganan dinero bajo cuerda.

—Mientras no estén vigilando ya al general, existe la posibilidad de que podamos arreglárnoslas —aceptó Nate—. Si dice que sí, ¿cómo se gestionará el activo?

—Ponedle los arreos y nosotros haremos el resto —dijo Holder, sin querer dar más detalles, lo que sugirió a Nash que Holder ya tenía contactos en Pekín. No necesitaban saberlo—. Un agente de ASIS en Hong Kong te vigilará el culo.

Westfall se removió en su asiento.

—Sé que soy nuevo en esto y todo eso, pero tengo una pregunta. Nash estaría de servicio temporal en Hong Kong. No hay inmunidad diplomática para el personal en comisión de servicio en caso de que haya problemas, ¿verdad?

Nate hizo una leve mueca de dolor. Westfall no sabía qué hacer.

—Nada es perfecto —quitó importancia Holder—. Esto es demasiado grande como para no intentarlo.

Westfall parpadeó. Holder señaló un pergamino enmarcado con caracteres chinos en la pared detrás de él.

—¿Sabes lo que dice? «Si te ofendo, te ayudaré a hacer la maleta». Viejo proverbio confuciano.

* * *

Ocho mil cuatrocientos kilómetros al este de la oficina central de Elwood Holder, el aeropuerto de Gelendzhik, en el distrito federal meridional ruso de Krasnodar, limitaba al oeste con una cadena baja de montañas marítimas cubiertas de árboles, y al este con la amplia bahía Gelendzhilskaya, en forma de herradura, que desembocaba en el mar Negro, convertido en una lámina azul intenso de cristal inerte en esta época del año. Dominika fue recibida al pie de la escalerilla del Sukhoi 100 por una azafata rubia de cortesía que miraba de reojo a la despampanante mujer morena que caminaba con una cojera apenas perceptible, y que vestía lo que la azafata identificó como el estilo europeo. Iba «al cabo» —nadie lo llamaba palacio de Putin en voz alta—, lo que significaba que era alguien importante. Pero la chaqueta a medida, los zapatos y las caras gafas de sol significaban que no pertenecía a ningún Ministerio de Moscú, ni era una de las cariñosas señoritas de compañía que llevaban para las fiestas de fin de semana largo, la mayoría de cuyas prendas de vestir eran lentejuelas o plumas. En Rusia, las personas que no encajan en las categorías conocidas suelen ser peligrosas y es mejor dejarlas tranquilas, así que la azafata no dijo nada mientras se aseguraba de que aquella belleza sin sonrisa se sentara en el lujoso asiento del helicóptero VIP AW139 reservado para ella, cerraba y aseguraba la puerta y, con los talones juntos, saludaba con la mano hasta que los motores empezaron a rugir y los rotores a girar, momento en el que se agarró el sombrero y echó a correr. El helicóptero se elevó, giró con brusquedad, se enderezó y siguió la costa rocosa durante diez minutos antes de girar, de nuevo sin demasiado cuidado, sobre una península boscosa que terminaba en un acantilado en ruinas que descendía hacia el mar. Dominika vislumbró una enorme mansión de estilo italiano rodeada de árboles y flanqueada por jardines geométricos y solemnes que se extendían desde la casa principal en todas direcciones. El palacio de Putin. A medida que descendían, distinguió senderos a través del bosque que conducían a una docena de casas más pequeñas, algunas de ellas encaramadas al borde del acantilado junto al mar. En tierra, otra azafata con un portapapeles —era bajita, morena y alegre— se sentó con Egorova en el asiento trasero de un carro eléctrico detrás de dos cabezas huecas con trajes negros.

Como su nuevo mecenas, Vladímir, le había regalado una lujosa dacha —«Vova» era un diminutivo de su nombre, una familiaridad reservada a madres, abuelas y amantes—, ella había seguido la sugerencia de Gorelikov de volar el fin de semana para ver la dacha y agradecer el honor. Antes, el presidente le había hablado de la gala que se celebraría allí a finales de otoño, época de buen tiempo en la costa meridional. «Amigos y colegas se reunirán allí a principios de noviembre con motivo de la festividad del Día de la Unidad», había dicho Putin. El Día de la Unidad es una fiesta tradicional reinstaurada en 2005, que en origen conmemoraba la victoria rusa de 1612 sobre los invasores polacos. Un día festivo más y unas cuantas coronas colocadas en los monumentos mantuvieron altos los índices de aprobación popular, y fueron motivo de una bacanal de dos días en el palacio de Putin.

—Espero que vengáis a disfrutar del paisaje —dijo Putin, con una media sonrisa perfeccionada por primera vez en el año 41 después de Cristo por Calígula.

—Ve lo antes posible y familiarízate con el terreno —había añadido Gorelikov en privado, frotándose las manos, con un halo azul palpitante—. A los envidiosos les impresionará que te haya dado una dacha. Todos asumirán lo obvio y te temerán.

Me está preparando para ser directora, pensó. Me pregunto cuándo se convertirá en mi *svodnik*, mi chulo.

La dacha, *su* dacha, era una moderna y austera villa de cemento de tres plantas, decorada en un elegante estilo escandinavo, con sillas de cuero blanco y acero inoxidable. La planta principal constaba de un vestíbulo, un salón con puertas correderas de cristal que daban a un balcón con vistas al acantilado y al mar, y una moderna cocina blanca con detalles de acero inoxidable. En la planta superior había un amplio dormitorio principal con una cama de dos plazas y su propio ventanal y balcón, mientras que en la planta inferior había otros dos dormitorios y una pequeña *banya* forrada de cedro, una sala de vapor rusa. Al asomarse a la barandilla del balcón, pudo ver un pedregoso camino de cabras junto a la villa que abrazaba la pared del acantilado y descendía hasta una playa de cantos rodados situada setenta metros más abajo. El chalé estaba encaramado a un lado de la pendiente, y los balcones se elevaban sobre el acantilado.

Bozhe, Dios, era precioso. Dominika abrió todas las puertas correderas para oler el aire marino y los fragantes pinos, se quitó los zapatos, abrió las puertas de los armarios, botó en la cama, se quitó la chaqueta y la falda y se tumbó en ropa interior en una tumbona del balcón superior bajo el cálido sol de octubre. Encontró una botella de champán georgiano en el pequeño frigorífico, se sirvió una copa y volvió a sentarse fuera para contemplar el mar lejano y escuchar el zumbido de las cigarras en los árboles. No se veía ninguna otra casa, ningún ruido artificial. En Moscú estaba casi helando, y algo de escarcha espolvoreaba los tejados. Aquí aún era verano.

Esto era lujo, esto era privilegio, esto era un universo alejado de la sombra de Moscú. La brisa marina agitó las cortinas blancas cuando Dominika se metió en la ducha de azulejos grises, olisqueó el jabón perfumado de rosas y dejó que el agua caliente le aflojara los músculos; se giró intentando imaginar a Nate de pie, enjabonándole la espalda, pero en su lugar estaba Blokhin, sonriendo como Shaitan, con el agua corriéndole por la cara y las zarpas ensangrentadas; se sacudió la imagen, de repente se sintió fría a pesar del agua caliente, y cerró los ojos.

Con gran dolor se dio cuenta de que aquella villa moderna que se elevaba sobre el mar era *lipovyy*, literalmente una flor de tilo, pero en sentido figurado representaba algo falso, una falsificación. Su abuela de San Petersburgo solía susurrarle historias de la Biblia, sobre la tentación. Esta dacha no era más que la bandeja de plata de Satán en el desierto que tentó a san Antonio. Vladímir Putin cambiaría esta casa por su lealtad, la dirección del SVR por su conciencia y su incorporación como *silovik* por su alma. Estaba empapada en la ducha, temblando. La villa era ahora gris y fea, la luz del sol dura y reveladora, las cigarras zumbaban dañando sus oídos. Había venido este fin de semana por curiosidad, para ver su dacha, para agradecer el regalo de Putin, para alejarse de los muros almenados del Kremlin. Ahora sabía que no habría descanso en esta caja de cemento. Tendría que pasar una noche desabrida y regresar a Moscú al día siguiente en el vuelo lanzadera.

Vestida con un ligero jersey y con zapatos planos, Dominika caminó al anochecer por el sendero pavimentado hacia la enorme casa principal; a través de los árboles vio sus luces encendidas en todas las plantas; el personal estaría preparándose para la próxima gala del Día de la Unidad. Mientras caminaba bajo la luz mortecina, vio el resplandor cereza de un cigarrillo en el bosque, y luego otro al otro lado. El recinto estaba repleto de agentes de seguridad. Un matón estaba sentado en un carro donde el camino se cruzaba con otro. La miró pasar a su lado sin asentir ni reconocerla.

La escolta personal de Putin pertenecía al SBP, el Servicio de Seguridad Presidencial, que era un elemento autónomo del FSO, Federalnaya Sluzhba Okhrany, el Servicio Federal de Protección, una agencia reorganizada y leal solo a Vladímir Putin; encargada en exclusiva de la protección de la Federación Rusa, lo que significaba cualquier cosa que los *siloviki* quisieran que significara. Dominika había oído rumores sobre el temor del presidente, en apariencia indiferente, pero no en su fuero interno, a ser asesinado; sobre los envases de plástico de las comidas preparadas, sellados y firmados por catadores de alimentos, y sobre los hombres de mayor confianza de su equipo de protección, nuevos millonarios incultos a los que había dado lotes de acciones en los conglomerados estatales de petróleo, manufacturas y ferrocarriles como recompensa por su lealtad. Se preguntó si al presidente se le escapaba la enorme ironía de que el líder de una nación moderna, con armas nucleares y un programa espacial, temiera el asesinato político, como los zares que le precedieron temían el cordón de seda del estrangulador. Incluso Josef Stalin lo sentía. Es famosa su frase: «¿Os acordáis del zar? Pues yo soy como un zar».

El patio interior del palacio, cuidado hasta el último detalle, era enorme. Una fuente de mármol blanco burbujeaba en el centro, y cuerdas de luces blancas colgaban de postes y estaban ensartadas a lo largo de las ventanas del segundo piso de la mansión. Dominika fue conducida a un pequeño comedor privado en el que una camarera que no levantó ni una sola vez la cabeza para mirarla a la cara la atendió en silencio. La selección de platos se prolongaba durante páginas, con ingredientes que no se encontraban en toda Rusia, ni siquiera en los restaurantes de cinco estrellas de Moscú o San Petersburgo. Eligió un carpacho de atún con pomelo e hinojo, como el que había comido en Roma, solo para ver qué hacían con él. El atún, cortado en finas lonchas, venía en un gran plato frío espolvoreado con hojas de hinojo y rociado con aceite de oliva y vinagre balsámico. Estaba delicioso.

Dominika se sentía un poco ridícula sentada sola en un pequeño comedor, pero la mansión y todo el complejo —incluido el anfiteatro al aire libre, el balneario, la sala de proyecciones, las piscinas, una cubierta y otra al aire libre, la biblioteca y la enorme terraza para barbacoas— estaban desiertos: la calma previa a la llegada del presidente y decenas de invitados en noviembre. Se resignó a caminar de vuelta a su dacha en la oscuridad, vigilada por ojos en el bosque, e irse a la cama. Pensaría en Nate, como hacía siempre por la noche, y desearía que estuviera allí con ella, tumbada en la tumbona del balcón, trabajando para hacerse invisible. Se levantó de la mesa y caminó por el pasillo hacia la salida cuando oyó una voz detrás de ella que la llamaba en ruso forzado.

—Disculpe, señorita, pero ¿tiene tiempo? —Un joven de unos veinte años, moreno y de ojos azules, estaba de pie junto a una puerta abierta. Llevaba camisa de trabajo y vaqueros, era musculoso y delgado, con fuertes antebrazos que sostenían ambos lados del marco de la puerta. Tenía la cara enrojecida y sin afeitar, y la boca más parecida a la de una mujer, con labios carnosos.

—Llevas un reloj en la muñeca izquierda —dijo Dominika, respondiendo intuitivamente en inglés—. Un instrumento que se utiliza a menudo para determinar qué hora es. —Esto provocó una sonrisa intensa en el joven, que era, Dominika tuvo que admitir, algo encantador.

—Hablas inglés, bien, mi ruso es terrible —dijo sonriendo—. Te preguntaba si tenías tiempo... para tomar una copa con nosotros. —Otra sonrisa incandescente, traviesa, querúbica—. No hay nadie por aquí y llevamos ya dos semanas.

Intrigada, Dominika volvió hacia él y se asomó a la puerta. Era una cafetería, un comedor para el personal. Otros dos jóvenes y dos mujeres eran los únicos en la sala sentados a una mesa llena de platos y vasos. Había cuatro botellas de vino vacías agrupadas. Todos fumaban y en el centro de la mesa había un cenicero rebosante. Los comensales sonrieron, eran polacos, y el joven le acercó una silla y le sirvió un vaso de vino. Dominika se presentó como organizadora de un evento, algo vago.

El encantador joven era Andreas. Era el jefe del equipo del Departamento de Conservación y Restauración de Obras de Arte de la Academia de Bellas Artes de Varsovia. Presentó a sus colegas, todos expertos en restauración de obras de arte, atractivos, atentos. Todos hablaban a la vez, todos inteligentes, polacos de la nueva generación que conocían bien el inglés (la generación posterior a la retirada de los soviéticos, los escolares de Europa del Este ya no estudiaban ruso de buena gana). La academia de Varsovia había sido contratada por Rosimushchestvo, la Agencia Federal para la Gestión de la Propiedad Estatal, para realizar trabajos de restauración de emergencia en la mansión en un gran número de murales de techos y paredes. Las tuberías de las paredes habían goteado o reventado incluso cuando se estaba terminando el palacio, lo que obligó a reformarlo casi en un edificio nuevo, que

Dominika pensó en silencio que era una metáfora de la Federación Rusa: roto antes de estar terminado.

Los polacos habían estado trabajando en el palacio vacío, supervisados por matones de seguridad de ceño fruncido y un capataz ruso caviloso, y tenían ya algo de claustrofobia. Al parecer, no les preocupaba hablar libremente.

—Los murales son espantosos. —Rio Anka, una rubia.

—Un artista sardo las pintó cuando se construyó el lugar —dijo Stefan, con rostro serio—. Los rusos son los únicos que pensarían que son elegantes. —Anka le hizo callar con una palmada en el brazo. Dominika sonrió para demostrar que no estaba ofendida.

—Resulta que los fontaneros rusos conectan las tuberías tan bien como los sardos pintan —dijo Andreas—. Han tenido roturas de tuberías de agua por todas partes, se han dañado muchos paneles, y estamos aquí para reparar el yeso y restaurar las pinturas.

Dio un sorbo a su vino, interesada.

Sentada a la mesa con aquellos polacos de rostro fresco, cuyo país había sido un Estado satélite, pero que ahora se enfrentaba con entusiasmo a los retos de un futuro en el que muchas cosas eran posibles, Dominika pensó en su madre, en su diminuto apartamento de Moscú provisto por el Estado, con el papel pintado cubierto de hollín sobre los radiadores siempre tibios, nunca calientes, y la foto de la universidad de su difunto padre en la repisa de la chimenea junto a la foto de su madre de pie en la Gran Sala del Conservatorio de Moscú, recibiendo con total serenidad los aplausos, con su violín bajo el brazo, y la cajita de madera en el alféizar de la ventana exterior para mantener la comida más fría que cualquier congelador, y la pequeña mesa con una lata abierta de *sardinka*, sardinas en aceite salpicadas de sangre, un taco de pan negro del día anterior untado con manteca blanca en lugar de mantequilla. Esto es lo que la generosidad de Vladímir Putin había dado al pueblo de Rusia, mientras el agua caía en cascada por los frescos de su palacio en el mar Negro.

—¿Cuánto tiempo más estaréis aquí? —preguntó—. Se están preparando para una gran reunión en noviembre.

Los polacos pusieron los ojos en blanco.

—Ya lo sabemos. Ese capataz maloliente siempre nos dice que trabajemos más rápido —respondió Stefan—. Pero hay demasiados daños. Es probable que necesitemos que venga más gente de Varsovia. A los rusos no les importa y pagan lo que pedimos. Hemos oído que esta es la casa del presidente.

—Es mejor no especular —dijo Dominika, con un guiño. Todos los polacos se rieron. Era una reunión alegre. Un vaso de vino más tarde, Andreas preguntó a Dominika si quería ver algunos de los murales en los que estaban trabajando. Subieron por una magnífica escalera de caracol doble hasta una serie de largos pasillos con techos abovedados pintados. Todas las luces parecían encendidas, pero el lugar estaba desierto. ¿Dónde estaba la seguridad? Un andamio de aluminio recorría una pared manchada de agua. Había láminas de plástico protectoras por todas partes. Andreas estaba de pie junto a un panel, con sus largos dedos trazando una línea y el rostro concentrado.

—Esto no es más que una restauración mecánica, una cuestión de renovar el pigmento nuevo que se ha dañado. No tiene nada que ver con la restauración de un retablo pintado por Giotto en 1305. Nada.

Dominika vio fuego en sus ojos. Se giró y la sorprendió mirándolo. Se sonrojó.

—Deberías ver lo especial que puede llegar a ser. Seguir las pinceladas del maestro, limpiar la suciedad y el barniz de los años, ver cómo el azul que mezcló con su propia mano vuelve a la luz, es mágico. —Con timidez, evitó mirarla.

Pasaron de una gran sala a otra, con destellos de pan de oro brillando a la luz, las lámparas de araña colgando con gravedad, una tras otra, a lo largo de las interminables habitaciones. Exquisitos cuencos de cerámica llenaban los armarios con frentes de cristal y las cortinas de seda se ataban con cuerdas de raso. Más adelante, Andreas apoyó ligeramente la mano en el hombro de Dominika, ladeó la cabeza y abrió una enorme puerta doble. Entraron en un enorme dormitorio con techo dorado, intrincados suelos de parqué y una enorme cama con dosel cubierta con cortinas brocadas. La habitación estaba llena de muebles antiguos, el tocador del Rey Sol.

—Tuvimos que reparar los medallones del techo —dijo Andreas, mirando hacia arriba—. Este es el dormitorio del presidente. ¿Qué te parece?

—Es magnífico, ¿verdad? —dijo Dominika, sin compromiso. Cabía la posibilidad de que estas habitaciones estuvieran vigiladas de algún modo. Andreas se inclinó hacia ella y le susurró al oído.

—Me parece obsceno. Nadie debería vivir así, no con lo que lucha la gente en tu país. —Se enderezó, la miró y sonrió—. Pero yo solo soy un técnico de arte, ¿qué sé yo?

Una hora más tarde, el esbelto cuerpo de Andreas resplandecía a la luz de la luna que se colaba por las puertas correderas de su dacha.

Dominika estaba tumbada sobre él, con la espalda bañada en sudor, los dedos de los pies acalambrados y el pelo apuntando en todas direcciones.

—Para ser técnico de arte, sabes bastante.

Había ocurrido sin más. Fuera de su control. No, no había querido controlarlo. Andreas la había acompañado de vuelta a la dacha y había aceptado una copa de champán. La opulencia del palacio de Putin la había asqueado, y todo el pan de oro se le había atascado en la garganta. Su vida era un caos. Estaba rodeada por el venenoso encanto de Gorelikov, por la codicia de Putin, por la implacable presión de ser espía, por la misantropía de Benford, por la lágrima en su corazón por *bratok*, por el incierto dolor por Nate y, *chyort*, maldita sea, por estar sola, siempre sola, acosada por exigencias y encargos, cada uno más crítico, o más urgente, o más mortal que el anterior. El Kremlin seguía siendo el coto de cerdos usurpadores rateros que, con cada año, con cada rublo robado, condenaban a su Rusia a futuras privaciones tan infinitas como la tundra siberiana. Estos cerdos y este palacio de los cerdos pertenecían a un *skotoboynya*, un matadero.

La cabeza le daba vueltas cuando se acercó a Andreas, le puso la mano en la nuca y aplastó su boca contra la de él —no pensó en actuar como un gorrión, ni en su genuino amor por Nate— y no le importó lo que pensara Andreas, ni prestó atención a las convenciones, solo quería pasión, y que le temblaran las piernas, y el sabor y el olor de él, y lo atrapó entre sus piernas y lo besó hasta que las tuberías se rompieron y derritieron los murales y le hicieron temblar las piernas. Después esperó no haberle hecho demasiado daño al morderle el labio inferior.

Andreas no sabía quién era ella ni qué había pasado, pero el instinto de supervivencia selvático de su cerebro le decía que no debía pasar la noche allí. A Dominika no le importó cuando salió de puntillas. Lo que *bratok* Gable había llamado una vez «horizontalizarse» era lo que ella había necesitado. Pensar en Gable le recordó lo mucho que lo echaba de menos.

Luego, pensar en *bratok* le hizo pensar en el topo sin rostro de Washington que, si Benford no lo atrapaba, pronto leería su nombre en una lista de los activos clandestinos rusos de la CIA, y en los equipos de detención del FSB que en sus furgonetas Škoda negras se desplegarían en abanico por Moscú, y hombres con cara de perro llamarían a los timbres de las puertas y tirarían de los sospechosos por las escaleras y los meterían en las furgonetas para conducirlos a Lefortovo, donde pronto se demostraría su culpabilidad. Se preguntó si no debería empezar a dormir con la ropa puesta para no estar en camisón cuando la arrastraran a la calle.

Carpacho de atún

Enfría un plato de 25 centímetros. Corta el atún rojo crudo en rodajas muy finas, luego aplástalas bajo una capa de film transparente y coloca las láminas en el plato. Déjalo enfriar. Corta el bulbo de hinojo en rodajas finas y mézclalo con las supremas de pomelo y la sal. Ralla el jengibre muy fino y espolvoréalo sobre las rodajas de atún, luego amontona el hinojo y el pomelo en el centro del plato, y espolvorea las chalotas picadas y las hojas de hinojo picadas por encima. Rocía con aceite de oliva y vinagre balsámico, y espolvorea con sal marina. Sírvelo lo antes posible.

24
Siento algo por ti

El vuelo de Nate a Hong Kong requería pasar la noche en Los Ángeles. Desde la llegada del transporte aéreo comercial, todos los funcionarios estadounidenses destinados en el extranjero estaban obligados por ley a «volar en American» para apoyar a las compañías aéreas nacionales, por desgracia, lo hacían a costa de los contribuyentes estadounidenses. Esto se traducía siempre no solo en billetes más caros, sino también en horarios, rutas y conexiones imposibles. Pero la norma era férrea. El vuelo matutino de Nate desde Washington D. C., llegaría a Los Ángeles antes del mediodía, y tendría todo el día para estar dando vueltas por la ciudad. Entonces pensó en Agnes Krawcyk y en el mechón blanco de su pelo.

Desde la misión de Sebastopol, se habían mantenido en contacto por correo electrónico y dos o tres incómodas llamadas telefónicas. Agnes había querido visitar a Nate en Washington, pero las reuniones de operaciones con Dominika eran inminentes, así que Nate la aplazó. Después, habían hablado con más frecuencia y habían hecho vagos planes para verse. Entonces surgió lo de la fiestecilla de Hong Kong.

Agnes se había instalado en la zona costera de Palos Verdes, al sur de Los Ángeles, un suburbio semirrural de colinas ondulantes y escarpados acantilados junto al océano, cubierto de eucaliptos, canelos y pimenteros, y poblado por artistas, niños prodigio envejecidos de los años sesenta y cientos de pavos reales asilvestrados de la India. Vivía en una cómoda casa de estilo artesano con dos dormitorios, columnas de piedra que sostenían el porche y macetas en las ventanas. Con experiencia en restauración de obras de arte de su Polonia natal, Agnes había sido contratada por el Museo Getty de Brentwood como conservadora; su especialidad eran los paneles de altar italianos del siglo XVI.

Cuando Nate llamó a Agnes para decirle que pasaría el día en Los Ángeles y para invitarla a comer, ella le dijo que se dejara de tonterías. Lo recogería en el aeropuerto y le daría de comer en su casa, donde pasarían la noche, y lo llevaría de vuelta al aeropuerto a la mañana siguiente a tiempo para su vuelo. Ese era el plan, sin discusiones. Como toda una profesional, no le preguntó adónde iba ni por qué.

Nate se debatía entre sentimientos encontrados. Sabía que el indulto de carrera que le había concedido Benford dependía de su buena conducta continuada y del éxito en el reclutamiento del despilfarrador general Tan Furen en Macao. Parar en Los Ángeles y ver a Agnes no le parecía a Nate un comportamiento inaceptable, pero no estaba seguro de que Benford lo considerara reincidencia. Por otro lado, estaba el tema de Dominika: con Benford echando fuego por la boca y la negativa de ella a contemplar la posibilidad de retirarse antes de que ocurriera lo que nadie quería que ocurriera y la atraparan. ¿Habían terminado? ¿Volverían a verse? ¿Volverían a estar juntos? Nate sabía que la quería, eso no había cambiado, pero se enfrentaba a la posibilidad de que ella saliera de su vida de forma tan permanente como si la hubieran pillado escondiendo una entrega en Moscú, juzgada y ejecutada en el sótano de la prisión de Butyrka. La mortificación por sus recientes errores profesionales se había transformado en soledad y en el deseo de poder hablar con un amigo. Gable se había ido. Benford era inaccesible. Forsyth tenía sus propios problemas como jefe de División. Ver a Agnes tal vez sería un bálsamo para sus maltrechas emociones. Era inteligente, valiente, terrenal y, aun rozando los cincuenta, imposiblemente sexy. Conocía el trabajo, conocía la vida, lo entendía. Y a juzgar por la respuesta a su llamada, él seguía gustándole. Estaba deseando estar con ella. Solo como amigos.

* * *

Agnes estaba en la hamaca de tejido maya de Mazatlán, de vivos colores, colgada del alero saliente de su casita, en su pequeño patio trasero iluminado por la luna. Unas antorchas *tiki* de bambú, con canalones y apestando a queroseno, proyectaban sombras saltarinas sobre el patio de losas y sobre los helechos, cactus y arbustos en flor que llenaban el jardín. Habría sido una escena más bucólica si Agnes no hubiera estado tumbada desnuda a lo ancho de la hamaca, con los dedos de los pies enganchados a las cuerdas, las piernas extendidas en forma de uve, balanceándose; en cada subida ponía en contacto su monte de Venus con un Nate desnudo, de pie a un palmo de distancia sobre las losas, preparado para cada impacto mientras calculaba a la desesperada la trayectoria y la deriva para el siguiente acoplamiento enérgico. La cabeza de Agnes colgaba del otro lado de la hamaca mientras gemía *mocniej*, que Nate descubrió más tarde que significaba «más dura» en polaco, y menos mal, porque si hubiera sido más fuerte habría caído de espaldas en el estanque de peces ornamentales.

Más tarde, con un kimono corto con cinturón, Agnes le enseñó a Nate una tablilla de madera, parte de un altar de 1534 de una capilla de Florencia, que podría o no haber sido pintada por un alumno de Miguel Ángel. Tenía un plazo de entrega y le habían dado permiso para llevárselo a casa y trabajar en él.

—Te estoy apartando de tu trabajo —dijo Nate. Agnes sonrió, se sacudió el pelo y le puso las manos en los hombros.

—A Miguel Ángel puedo verlo todos los días. Ahora estás aquí conmigo, en mi casita, y eso es todo lo que necesito. ¿Recuerdas lo que te dije en Rumanía? *Czuje miete dla ciebie*, siento algo por ti. —Se apartó un mechón de pelo de la frente y se inclinó para besarlo, despacio al principio, luego con más urgencia. De repente se detuvo y lo miró a los ojos—. ¿Sigue esa otra mujer en tu vida? Todavía puedo sentir que la llevas dentro.

Nate había olvidado lo perceptiva que era Agnes. Por algo tenía el mechón blanco como el de una bruja.

—Sigue siendo muy difícil. Implica trabajo, y no ha ido bien. Puede que la haya puesto en peligro, y eso es imperdonable.

—Espero que esté a salvo —susurró Agnes—. Echo de menos el trabajo, la emoción; echo de menos a los antiguos compañeros, y echo de menos Polonia. —Guardó silencio un momento—. No te preguntaré más por ella. Me alegro de que hayas venido. ¿Tienes hambre? Ven.

Fueron a la cocina, donde Agnes preparó en un visto y no visto salmón al horno en *papillote* y una ensalada polaca de pepino llamada *mizeria*, miseria, porque era un alimento básico de los campesinos. Se sentaron fuera en la oscuridad a comer a la luz de las antorchas, Agnes observaba la cara de Nate mientras comía. Más allá de la valla del jardín, un pavo real emitía su espeluznante llamada de apareamiento que suena como un trino soprano «veeen, veeen».

—La última vez que oí a un pavo real aullar así estaba en los bosques del norte de Grecia, conociendo a alguien especial —recordó Nate—. Me dio un susto de muerte en aquel momento.

Agnes se inclinó hacia delante, con la barbilla entre las manos, sonriéndole.

—No creo que te asustes con mucha facilidad.

—No sé, parece que ahora tengo más miedo que cuando era más joven. Supongo que lo da la experiencia. Supongo.

—¿Te asusto?

—No, Agnes, creo que eres maravillosa —dijo Nate. Sus ojos brillaban de emoción y Nate sintió que una oleada de ternura brotaba de su interior.

—Cuando vuelvas estaría bien que me visitaras más tiempo, que te tomaras unas vacaciones. Podría colarte en el taller del museo y enseñarte los paneles de los Medici; son especiales.

Buscó en sus ojos una reacción.

—Me encantaría. Pero no habrá más en esa hamaca. Creo que tengo una contusión en la cadera.

—¿Una contusión? —dijo Agnes. Nate se levantó y le puso la mano en el hueso magullado de la cadera.

—¿Ves? Las hamacas están fuera de nuestros planes, por favor.

—¿Te he hecho daño? *Jeny kochane*, cariño, ¿qué puedo hacer para aliviar tu dolor? —dijo con fingida preocupación. Nate la besó, y ella se apretó contra él, acariciándole el cuello y mordiéndole suavemente el labio inferior. La cogió de la mano y la llevó a su dormitorio, donde Agnes se tumbó en la cama boca arriba. Nate estaba de pie junto a ella, desabrochándose con pausa la hebilla del cinturón. Fuera, el pavo real gritaba «veeen, veeen».

—Sé cómo se siente ese pájaro —susurró Agnes, desatando el cinturón de su kimono.

* * *

Nate tomó el Airport Express desde el aeropuerto de Chek Lap Kok, mirando por la ventanilla mientras el tren se mecía entre lagunas azul esmeralda y los picos verde oscuro de las islas dispersas en el mar de China Meridional. La reluciente terminal ferroviaria del centro de Hong Kong era un hervidero de actividad ordenada. La fila de taxis de color rojo cereza esperaba a los pasajeros, y las puertas traseras de los vehículos se abrían con solo pulsar un botón, lo que a Nate le parecía la quintaesencia de China, que daba la bienvenida a Oriente a los extranjeros con una reverencia. El taxi atravesó el bullicioso distrito comercial del centro, con las aceras atestadas de peatones y repartidores empujando carritos llenos de cajas. El taxi subió como un cohete por la empinada curva de Garden Road y se detuvo con un chirrido frente al consulado de Estados Unidos, una caja de hormigón de cuatro pisos con ventanas cuadradas tintadas, la bandera estadounidense colgando sin fuerza en el aire húmedo. Nate deslizó su pasaporte bajo el cristal de la recepcionista —una ciudadana de Hong Kong que prestaba servicio en el extranjero— y fue conducido por un zumbido al puesto 1 de la guardia de seguridad de los marines, donde un joven y férreo marine vestido con uniforme azul C, camisa caqui y corbata, y con un arma en la cadera, examinó de nuevo el pasaporte de Nate. Una joven se acercó al vestíbulo para recogerlo, lo condujo a través de la puerta blindada y subió en ascensor hasta la cuarta planta. Tras mirar de reojo al recién llegado, se presentó como secretaria del jefe y pulsó un botón rojo para abrir una gruesa puerta acorazada que se abrió con un gemido eléctrico. Entraron en una enorme sala amueblada con moqueta gris azulada en el suelo y en las paredes, un recinto acústicamente aislado y estanco a las escuchas electrónicas externas. En el interior, el ambiente era frío y seco; los empleados de una docena de mesas vestían chaquetas ligeras.

El jefe de la estación de Hong Kong, Barnabas Burns, estaba sentado en el cubículo más grande de una fila, todos ellos con puertas correderas, tan estrechos como un camarote de barco, nada que ver con los grandes despachos de los jefes de estación de las majestuosas embajadas europeas, una incomodidad evidente en una estación de la CIA que operaba en territorio controlado por China. Burns tenía cincuenta años, pelo canoso y mandíbula cuadrada, era duro como un látigo y sus antebrazos le sobresalían de las mangas de la camisa. Se acercó para saludar a Nate con un apretón de manos de cascanueces y le indicó con la cabeza un pequeño sofá que había contra la pared del cubículo para que se sentara. Burns le tendió a Nate una botella de agua de plástico que había en un pequeño frigorífico de la esquina y se sentó a su lado, estirando las piernas. Mitad hombre de Marlboro, mitad James Bond, pensó Nate, tomando un sorbo de agua.

—Debería haber sido una cerveza —dijo Burns—, pero aún no son las cinco. ¿El vuelo ha ido bien? ¿No muy cansado? —Nate negó con la cabeza—. Te hemos conseguido un bonito apartamento temporal, cerca de Old Peak Road, al otro lado de los jardines botánicos. Es un breve paseo cuesta abajo por la mañana, a través del zoo —tienen hasta un leopardo—, pero sudarás de lo lindo cuesta arriba por la noche. Te acostumbrarás a eso en Hong Kong… a sudar.

—Es mi primera vez aquí. Por lo poco que he visto, va a ser difícil encontrar vigilancia en la calle.

Burns se rio.

—Tienes razón. Elwood Holder, de Operaciones en China, me dijo que te hiciste un hueco en Moscú, pero este lugar es único, un entorno urbano apilado con gente por todas partes y una cámara en cada esquina. Pasea y hazte una idea del lugar.

—Lo haré. ¿Cuál es la información sobre el general? ¿Cuánto tiempo tengo antes de que lo embolsemos?

—Podría ser mañana, podría ser dentro de un mes —dijo Burns—. Ha estado viniendo a Macao a jugar muy a menudo; le va mal, y cuando aparezca, lo interceptaremos. Los australianos tienen sus métodos para avisar, así que sabremos cuándo vuelve a las mesas. Mañana te llevaré a conocer al jefe de ASIS, y al oficial del caso con el que trabajarás. Estos australianos son serios, talentosos y honestos. No son como los británicos, con los que tienes que contar los cubiertos después de una cena de enlace. —Nate se echó a reír.

—Voy a estar aquí esperando a que se encienda la bengala, así que hazme saber qué más puedo hacer —dijo Nate—. No quiero entrometerme en las operaciones de la estación, pero estoy dispuesto a ayudar en todo lo que pueda: puntos de intercambio, gestionando SDR, hablando con los oficiales más jóvenes.

—Te lo agradezco. Agradecería tu experiencia en Moscú, sobre todo tu evaluación de cómo el MSS podría cubrirnos en la ciudad. Hemos trabajado mucho en la calle, pero tu punto de vista sobre el KGB podría ser útil. Hong Kong está en el distrito del MSS de Guangzhou; son una panda de vaqueros: ignoran las directivas de su cuartel general, hasta el punto de que incluso llevan a cabo operaciones en Estados Unidos, si pueden, sin decírselo al Ministerio en Pekín. Eso los convierte en necios impredecibles.

—Holder dijo que también están todos en el ajo, esquilmando los casinos de Macao y aceptando sobornos.

—Lo llaman *zhēng xiān kǒng hòu*, luchar por salir adelante: en su agitada economía todos temen quedarse atrás. Impensable hace diez años. Nuestro general es un ejemplo extremo.

—Me gustaría leer el expediente del general antes de intentar un enfoque de falsa bandera —dijo Nate—. Ha vivido en Moscú y conoce a los rusos. Tengo que ser perfecto.

—El oficial australiano del caso, se llama George Boothby, pero todo el mundo lo llama Bunty, maneja al agente de acceso en Macao que está cerca del general Tan.

—¿Bunty Boothby? —preguntó Nate.

—Buen tipo. Es una estrella en su servicio, un verdadero semental, con un montón de cabelleras en su cinturón ya. Tenéis más o menos la misma edad. Bunty ha estado informando al agente de acceso desde que el general llegó a su alcance. Te dará un informe completo.

—¿Crees que le molesta que la CIA haga la captación de su objetivo? Sé que yo estaría un poco molesto —comentó Nate—. No quiero que se sienta como si le estuviera robando el reclutamiento.

—No creo que eso les preocupe, vinieron a nosotros por la pasta gansa. Si conseguimos al general Tan Furen, Bunty se llevará el mérito. Embolsarse a un general del EPL es tan importante en ASIS como lo sería para nosotros, y compartiremos el manejo y la recaudación.

—Cuando tengamos al general a solas, ¿habrá contravigilancia? Sé que el agente de acceso nos lo traerá, pero ¿tenemos que preocuparnos por las garrapatas del MSS en Macao?

Burns se encogió de hombros.

—Quién sabe. Al haber demasiados occidentales moviéndose, el general podría asustarse. Puedes discutir la mecánica con Bunty. Una cosa es segura: el general está muerto si algo sale mal. Lo pondrán de rodillas en un campo de judías, le pegarán un tiro en la nuca y facturarán a su familia el coste de la bala.

* * *

Cuando Nate salió del consulado con el oficial de administración de la estación, la recepcionista china se fijó en la pareja —el oficial era conocido por «trabajar en el piso de arriba», lo que significaba que el joven y apuesto visitante también sería de la CIA— y memorizó el nombre de Nate para la lista semanal de visitantes del consulado estadounidense que pasaba cada viernes a la oficina de Hong Kong de la MSS, situada en el Bloque Amatista de la central del Ejército Popular de Liberación; ese complejo fue, hasta 1997, la estación costera de la Marina Real británica en Hong Kong. Los dos oficiales se dirigieron en coche al alojamiento para invitados temporales, a medio camino de Old Peak Road. El apartamento del octavo piso tenía dos dormitorios, muebles básicos, suelos de parqué de madera y un pequeño televisor de pantalla plana en una estantería. Un pequeño balcón cubierto con una tumbona ofrecía unas vistas magníficas. A la derecha, la suave selva verde se elevaba hasta la cumbre cubierta de niebla. A la izquierda, el imposible, sinuoso y erizado centro de la ciudad de rascacielos, bancos y hoteles tronaba en el calor subtropical.

A través de la espesura de los rascacielos, Nate pudo distinguir los transbordadores Star Ferries, verdes y de dos pisos, que surcaban en ambas direcciones un puerto repleto de juncos chinos con velas rojas y oxidadas, transbordadores *kai-to* que prestaban servicio a las islas periféricas y cargueros que, agazapados en el agua, eran remolcados por resistentes remolcadores. En el lado de Kowloon del puerto, una expansión urbana más modesta estaba dominada por el altísimo ICC azul grisáceo, el Centro de Comercio Internacional de 118 plantas, que arañaba el techo del cielo.

Nate dio las gracias al oficial de administración, deshizo con premura la maleta y bajó la colina hacia el centro. Atravesó la plaza de las Estatuas, pasó por delante del Cenotafio y del edificio del Consejo Legislativo, achaparrado y con columnas, ambos eran vestigios de la dominación colonial británica, entre las torres de cristal y acero de los mandarines. Mientras caminaba, Nate puso el interruptor interno en modo callejero y empezó a prestar atención. Como recién llegado al consulado de Estados Unidos, ¿sería objeto de atención? Caminó por las aceras atestadas de trabajadores de la ciudad con la cara desencajada, contando caras, pasando por delante de tiendas de lujo con los nombres de Gucci, Rolex y Bally en los escaparates.

Consultó un mapa doblado que llevaba en el bolsillo, giró hacia el oeste por Lockhart Road y se adentró en el distrito de Wan-Chai, más ruidoso, más cantones que Manhattan ahora, dejando atrás innumerables restaurantes idénticos, todos ellos perfumados con el dulce aroma del polvo de cinco especias, decenas de patos asados del color del caramelo colgados en los escaparates. Entre los expositores de patos había emporios de masajes de azulejos blancos; ancianas en sandalias saludaban a Nate para que entrara a frotarse. La sobrecarga sensorial se apoderó de él y trató de encontrar alguna zona más tranquila. Serpenteó por calles más despejadas, por callejones agrios y por pasarelas elevadas sobre la estruendosa Connaught Road, atestada de taxis y camiones que se balanceaban escupiendo gases de escape azules. Nate se concentró en la ropa y los zapatos, buscó comportamientos de vigilancia y señales de cobertura de salto, pero no vio nada. Si tenía que acudir a una reunión de agentes dentro de dos horas, pensó, era imposible que estuviera seguro de que era invisible.

Se detuvo a comer un tazón de fideos con carne de cerdo picante y se metió en Delaney's, un pub inglés con suelo de baldosas a cuadros situado en la esquina de Jaffe y Luard. Cinco televisores en el techo emitían un partido de *rugby*, y dos turistas británicos charlaban con un par de chinas risueñas en bragas. Nadie entró para ver dónde estaba o si había quedado con alguien. Ningún movimiento, ningún seguimiento perceptible, ningún cosquilleo. ¿Cómo voy a llegar a Macao sin arrastrar a medio Guangzhou conmigo? Deberían haber utilizado un CON de habla rusa, pensó. Espero que Bunty Boothby, el jefe de operaciones, conozca su oficio.

Nate se apresuró a coger un taxi y se dirigió a Sheung Wan, en dirección oeste, para regresar a pie a Mid-Levels, por Queen's Road, Elgin Street y Upper Albert Road, calles más tranquilas que recordaban a los antiguos decanos de la Colonia de la Corona, que se curvaban, serpenteaban y volvían sobre sí mismas, pasando por delante del viejo y rechoncho Club de Corresponsales Extranjeros, con su fachada de rayas rojas y blancas alternadas. Subió a la escalera mecánica al aire libre de Mid-Levels, que ascendía ochocientos metros hasta Robinson Road. No detectó ningún seguimiento paralelo en los laterales de la línea de escaleras mecánicas. Esperó en una puerta, escuchando el sonido de pies corriendo, no obtuvo nada, y volvió a dirigirse al zoológico y jardín botánico. Nate perdió la cuenta del número de cámaras de videovigilancia que había a lo largo del recorrido. No se había acercado a identificar nada destacable de vigilancia activa, pero no estaba seguro de que lo tuvieran vigilado. Tenía la camisa pegada a la espalda y le dolían las piernas de tanto caminar cuesta arriba. Jesús, esto no se parecía a nada de lo que había vivido. Esta ciudad era un escenario de cuento de hadas en el vaporoso delta del río Perla, una ciudad de capas, piadosos fantasmas coloniales mezclados con siglos de perseverantes cantoneses; ambos, ahora, a la larga sombra del politburó de Pekín, esa colección de hombres con cara inexpresiva y trajes holgados idénticos que reclaman la ciudad como de su propiedad, pero que en realidad no la poseen.

Losos pieczony de Agnes • Salmón al horno en *papillote*

Seca el salmón. Sazónalo con sal y pimienta. Coloca el filete, con la piel hacia abajo, sobre papel de aluminio. Mezcla por separado la mantequilla, el eneldo, el ajo, el zumo de limón y el vino blanco. Unta la mezcla por encima del filete de salmón y enrolla el papel de aluminio formando un paquete suelto y bien cerrado. Hornea a temperatura media-alta hasta que el filete esté bien cocido. Sirve con ensalada *mizeria* de pepinos rallados mezclados con nata agria, azúcar, vinagre blanco y eneldo fresco picado.

25
Caldera Bunny

Nate y Bunty Boothby habían acordado reunirse esa noche en el bar del Hotel Peninsula de Tsim Sha Tsui para tomar una copa y conocerse, tras lo cual la novia de Bunty, Marigold Dougherty, se reuniría con ellos para cenar en Felix, el restaurante ultramoderno del vigésimo octavo piso del hotel. Marigold era oficial de informes en la estación ASIS, llevaba cinco años viviendo en Hong Kong y conocía la ciudad a la perfección. Nate necesitaba acelerar su conocimiento de la zona, y esperaba que ambos australianos le ayudaran a aprenderse la ciudad lo antes posible.

Nate se había encariñado enseguida con Boothby durante su encuentro inicial en el consulado australiano. Bunty era bajo y rechoncho, de cara ancha y ojos grises. Tenía los hombros anchos de un nadador y el pelo rubio, blanqueado por el sol y siempre rebelde, de un surfista empedernido. Había sido reclutado por ASIS nada más graduarse en la Universidad de Melbourne y, gracias a su pasión por cabalgar olas monstruosas, operó durante sus tres primeros años con la bastante notable tapadera de *surfie*, un chico de playa trotamundos en busca del *point break* perfecto. Fue uno de los primeros extranjeros en surfear la tristemente célebre Silver Dragon, la estruendosa ola de ocho metros de altura provocada por la luna llena en el río Qiantang, cerca de Shanghái, durante un tiempo récord de cincuenta y dos minutos, surcando y cortando la ola marrón chocolate sobre su tabla corta Twin Fin a lo largo de diecisiete kilómetros. Al día siguiente, el discreto surfista de veintitrés años, en bermudas y chanclas, restableció el contacto con una fuente de información clandestina de ASIS —un coronel del

61398 *bùdui*, la secreta unidad de ciberguerra del EPL en Shanghái— con la que se había perdido el contacto, un acto operativo muy arriesgado, teniendo en cuenta que el joven de pelo largo no tenía inmunidad diplomática en China.

Bunty era lacónico, irreverente e ingenuo, todo un australiano informal y de extremidades relajadas, un irónico observador de los «gilipollas, pajilleros y ratas» que vagaban por la Tierra y que, en ocasiones, mancillaban su amado servicio. Pero Nate no tardó en darse cuenta de que el papel de Bunty de huraño cascarrabias era el camuflaje de un oficial de operaciones con un ojo astuto y un instinto asesino para reclutar fuentes de inteligencia humana. Bunty, un veterano con diez años de servicio, había cambiado su collar de conchas de *puka* por una corbata y un traje de dos botones, pero seguía siendo un inconformista, un alma salvaje.

El bar del Hotel Peninsula era todo de madera oscura, latón pulido y cristalería brillante. Se sentaron en dos sillones de cuero en un rincón del bar y, por recomendación de Bunty, pidieron dos cócteles Rolls-Royce. Nate se reclinó en la silla.

—Hace dos días, caminé durante seis horas —dijo Nate—. Al final del día, no sabría decirte si me estaban vigilando o no.

Bunty dio un sorbo a su bebida, mirándolo por encima del borde del vaso.

—Bienvenido a Honkers —dijo Bunty con voz grave—. Tus reglas moscovitas son tan útiles en esta ciudad como un cenicero en una moto. Demasiados lugareños, demasiado movimiento. No creemos que el MSS nos vigile con regularidad. Tienen cámaras por todas partes, y vigilantes estáticos, e informadores de su propiedad, pero son bastardos pacientes que están dispuestos a esperar. Si creen que ocurre algo grave, pueden desplegar un gran equipo para rescatar a un objetivo.

Nate levantó la mano.

—¿Qué quieres decir con «rescatar a un objetivo»?

Bunty dio otro sorbo a su bebida.

—Lo siento. Jerga australiana; es una costumbre; lo digo sin pensar, así que detenme cuando diga algo ininteligible.

—¿Y si fuera pagar la fianza de alguien?

—Te vigilarán a todas horas, controlarán tus movimientos, te obstaculizarán en cualquier sentido.

—Gracias. Entonces, ¿cómo vamos a llegar a Macao sin que el MSS lo detecte?

Bunty sonrió.

—Mantendremos los ojos abiertos, por supuesto, pero el hidrodeslizador y las dos terminales marítimas están cubiertos, así que empezaremos a hacer limpieza cuando pisemos tierra en Macao.

—¿Y después qué?

—Nuestro hombre llevará al general a la playa de Hac Sa, en el extremo sur de la isla. Hay un pequeño y aislado restaurante portugués justo en el agua, Fernando's, donde podéis tener una tranquila cena; probad el pollo rojo con miel, por cierto. Estaré en otra mesa, al otro lado de la sala, por si acaso. Solo somos nosotros dos. Estamos solos.

—¿Cómo crees que reaccionará el general? —preguntó Nate.

—Estará bien... Quiero decir que saldrá bien. Mi pajarito lleva meses hablando con el general, ablandándolo. Está asustado y desesperado, y suplicó ayuda para reponer los fondos oficiales que perdió. Mi confidente le dijo que conocía a un funcionario ruso que podía sacarle del apuro, y el general cree que los rusos lo mantendrán en secreto. Nuestro general es todo un *drongo*, un idiota, en australiano; está esperando una oferta.

Bunty dejó de hablar de repente y se levantó del sillón. Una mujer entró en el bar y saludó con la cabeza al camarero, que se puso en guardia. Se detuvo unos segundos ante una mesa para saludar a una pareja occidental, turistas, sin lugar a dudas. Luego se acercó a su mesa y estrechó la mano de Bunty, sonriendo con astucia. Se volvió hacia Nate y asintió mientras Bunty la presentaba como Grace Gao, subdirectora general del Hotel Peninsula. Con estudiada indiferencia, clasificó a Nate a la manera de todos los hoteleros, evaluando en tres segundos su situación económica, social y profesional. Ni pestañeó.

Los instintos de agente de casos de Nate temblaron como una araña sobre una roca caliente. Grace Gao era una de las mujeres más hermosas que había visto en su vida. Tenía la frente ancha y las cejas rectas sobre unos ojos marrones almendrados. Llevaba el pelo negro recogido en un moño trenzado en la nuca, con mechones sueltos a ambos lados. Unos pómulos sonrojados enmarcaban su rostro ovalado y un cincelado mentón varonil. Una incongruente nariz recta, una nariz romana con una ligera curvatura, acentuaba su rasgo facial más notable: una boca en forma de taza de porcelana con labios rosados. Era china, sin duda, pero con la sangre de un marinero portugués o un comerciante holandés en sus venas, ese toque euroasiático de cardamomo y clavo.

Detrás de la belleza, pero no por ello, su rostro irradiaba desconfianza, impaciencia, desdén. Charlaba con Bunty, ignorando a Nate. Era bajita y delgada, vestida con una falda negra y una chaqueta negra suave con solapas anchas, sobre una camisola negra elástica que no hacía más que insinuar una figura prodigiosa más común en Manhattan o Malibú. Llevaba unos caros zapatos negros de punta. Nate se fijó en las venas azules que asomaban por la piel de sus manos y sus delgados pies, lo que indicaba que practicaba ejercicio físico con frecuencia y que gozaba de buena salud. Estrechó la mano de Bunty, volvió a ignorar a Nate, se dio la vuelta y salió del bar exhibiendo unas pantorrillas como pelotas de tenis que se tensaban al caminar. Otra mujer tiene piernas así, pantorrillas de bailarina, pensó Nate, sintiendo una punzada de anhelo culpable. Bunty se sentó, echó la cabeza hacia atrás para terminar su bebida y miró a Nate.

—Bienvenido al club, amigo —dijo Bunty.

—¿Qué club?

—El club de fans de Grace Gao. La mitad de los expatriados de Honkers quieren bucear en el lago Gao, y varios multimillonarios de Singapur y Shanghái le han ofrecido la luna. Que yo sepa, nadie ha entrado en el jardín, y mucho menos por la puerta principal. Trabaja dieciséis horas al día en el hotel y luego se va a casa, a una pequeña casa en Grenville House, en Magazine Gap Road, por casualidad... no muy lejos de donde estás tú.

—¿Cómo sabes dónde vive? —dijo Nate. Bunty no mostró expresión alguna.

—Por curiosidad la investigué un poco.

—¿Curiosidad?

—Su única afición es el yoga; ya se ve lo en forma que está. Estudia con alguna vieja leyenda en Kowloon, y de vez en cuando da clases particulares para los huéspedes del hotel. Por lo visto es bastante buena; una yoguini de nivel tres, signifique eso lo que signifique.

—¿Y ningún hombre en su vida?

—Amigo, a todos los hombres de la sala se les rompe un dedo cuando ella entra por la puerta, pero es inaccesible.

—¿Si supusiera que «se les rompe un dedo» significa que se les pone dura, estaría muy equivocado?

Bunty consultó su reloj.

—Para ser yanqui, aprendes rápido. No se lo digas a Marigold.

* * *

Atravesaron la galería comercial Peninsula, pasando por delante de escaparates llenos de cachemira, cuero y oro, hasta llegar al ascensor privado que conducía al restaurante Felix. Las paredes interiores del ascensor estaban cubiertas de paneles de madera oscura tallados en fantásticas crestas ondulantes. A medida que el ascensor subía hasta el piso veintiocho, las luces normales se atenuaban mientras se encendían lentamente manchas azules, moradas y rojas, como si hubieran ascendido a una mesosfera de tinta. Las puertas se abrieron a un estrecho pasillo también iluminado de forma tenue con luces de colores y entraron en el restaurante, una sala altísima con enormes columnas de antracita, luminosas escaleras de Lucite que conducían a los niveles superiores del bar y ventanales del suelo al techo con una magnífica vista del puerto Victoria, los zigurats y obeliscos de la isla de Hong Kong en llamas, el reflejo de un millón de luces brillando en las oscuras aguas del puerto.

Marigold Dougherty estaba sentada en una mesa cercana a la ventana y saludó con la mano para atraer su atención. Tenía unos treinta años, era bajita y delgada, con una masa de pelo rubio hasta los hombros en tirabuzones, pobladas cejas rubias y gafas hípster de montura cuadrada. También había sido surfista y era irreverente y descarada, con una risa contagiosa que dejaba ver unos dientes blancos y rectos. Estrechó la mano de Nate con firmeza y señaló las sillas de su mesa.

—¿En qué cara quieres apoyarte? —dijo Marigold. Todas las sillas de acero tubular del restaurante estaban forradas de tela blanca, y en cada respaldo aparecía serigrafiada la imagen de un sonriente empleado de Peninsula, incluida la cara del aclamado chef de Félix. Nate se echó a reír.

—¿Hay una silla con la cara de Grace Gao? —dijo Bunty—. Esa es la que quiere Nate.

Marigold se volvió hacia él.

—Oh no, Nate. No me digas que tú también.

Nate se encogió de hombros.

—Acabo de conocerla en el bar, pero Bunty confunde la lujuria con el interés operativo. Una subdirectora general en este hotel podría ser un activo útil. ¿Nadie ha intentado ficharla?

Los australianos se miraron mientras se sentaban. Un camarero abrió una botella de vino.

—Un *brit* de la estación del MI6 de hace tres o cuatro años lo intentó —respondió Bunty—. ¿Cómo se llamaba?

—Nigel. Nigel algo —dijo Marigold.

—Pero no se hizo ningún progreso. Al parecer, nuestra Grace fue a la universidad en el país de la toalla seca. Detesta Inglaterra —dijo Bunty. Nate miró a Marigold en busca de una explicación.

—Toalla seca porque los británicos se bañan una vez a la semana. —Se rio.

—Bueno, debe venir de una familia con dinero para haber ido a la escuela en el Reino Unido —dijo Nate.

—Nadie lo sabe. Los británicos la estudiaron de cerca, y nosotros también, pero no encontramos gran cosa —continuó Marigold, la analista—. Podría ser de Foshan, cerca de Macao, lo que podría explicar su aspecto euroasiático.

—Lo que a su vez puede explicar por qué es tan huraña —dijo Bunty, ya en su papel de responsable del caso—. A los chinos les hacen gracia las mujeres mestizas, las llaman *ham shui mui*, «chicas de agua salada» porque, en teoría, fueron concebidas en barcos en el puerto.

—¿Cómo se llama en chino? —preguntó Nate. Era costumbre que los chinos que trataban con occidentales eligieran un nombre occidental más fácil de pronunciar. Marigold negó con la cabeza.

—Es algo extraño, pero no lo recuerdo. Puedo buscarlo mañana.

—Basta de hablar del delta del río Pearl —dijo Bunty—. Estarías perdiendo el tiempo con ella. Tenemos que darle un poco de caña a este asunto de Macao. Todo extraoficial, amigo, por favor.

Nate asintió.

—Somos socios en esta operación. Dispara.

—La Mano Tonta acaba de tener la Red de Invierno —empezó a informar Bunty—. Y nuestro codicioso general del APA encabezó el orden del día.

Marigold se anticipó a la pregunta:

—La Red de Invierno es una sesión trimestral de presupuesto y planificación en el cuartel general de ASIS. Como en «las enmarañadas redes que tejemos». Y nos referimos cariñosamente a nuestra sede en Canberra como «Mano Tonta».

—Llamamos a Langley el palacio de los enigmas —dijo Nate—. Mano Tonta es mejor.

—Los presupuestos anuales del servicio suben y bajan en función de los éxitos operativos —siguió Bunty.

—Por no hablar de las carreras de las altas esferas que se atribuyen el mérito de lo que ocurre en el campo —dijo Marigold—. Hemos tenido una larga lista de captadores a lo largo de los años: el Cumquat, Spud Ben Gurion, el Capitán Sucio.

—Nosotros también tenemos esa especie en nuestra sede —dice Nate.

—Para que lo sepas, hay mucha presión para que nuestro Macao sea un éxito —dijo Bunty—. El jefe de la sección que gestiona Hong Kong y Macao, al que llamamos JSGP, espera convertirse algún día en director general. Lo ha estropeado, la ha cagado, pero bien: enviando diez telegramas al día, cuestionando nuestros planes y, desde que has llegado, poniendo en duda tu pericia, habilidad y competencia.

—Y tu estirpe —añadió Marigold, pestañeando a Nate, con la barbilla en la mano—. Pero le dijimos que aún no conocíamos lo suficiente al maldito cabrón.

—Esto parece el comienzo de una hermosa amistad —murmuró Nate—. ¿Tu servicio me llevará en avión a Canberra para la ceremonia de entrega de medallas después de que nos carguemos al general?

—No cuentes con ello, amigo —descartó Bunty—. JSGP estará bloqueando la puerta, reclamando el crédito.

—Estoy deseando conocerlo. ¿Qué significa JSGP?

—Significa «joder, soy genial, pregúntame» —respondió Marigold.

—¿Estáis seguros al cien por cien de que no es de la central de la CIA? —bromeó Nate.

—Solo queríamos que supieras lo atractiva que es esta operación para nosotros —dijo Bunty.

—Os lo agradezco. Solo hay una cosa que hacer; traeremos la cabeza del general en una cesta de mimbre.

Marigold sacudió la cabeza.

—Apenas te entiendo con toda la jerga americana que utilizas.

Divertidos, intuitivos, inteligentes y hábiles, pensó Nate. Se alegraba de tener a esos dos de su lado, y sabía que podía confiar en que el COS Burns lo apoyaría en Langley, fuera cual fuera el rumbo de la operación. No sabía qué esperar del aterrorizado general del EPL; ni si su propio ruso sería suficiente; ni si podría vender el enfoque de falsa bandera; ni cómo enfrentarse al desafío del nudo gordiano de la vigilancia hostil del MSS. Los rigores de sus anteriores operaciones internas en las calles de Moscú parecían más sencillos en comparación.

En ese momento, Grace Gao cruzó el comedor, saludando a los comensales con la cabeza, hablando con el *maître* e inspeccionando los ya impecables servicios de mesa. Si vio a los australianos y a Nate, no los saludó. Desde el otro lado de la sala, Nate observó sus movimientos: ligeros y equilibrados, y cómo sostenía las cosas en las manos: un menú, una copa de vino, una servilleta de lino. Cuando se ponía de perfil, Nate notaba la ligera hinchazón de su vientre y sus nalgas, la fina línea de su mentón y su mandíbula, la nariz prominente y recta, y la subida y bajada de su camisola, estirada y plana como un parche de tambor. No tenía ni idea de que la observaban y, con seguridad, no le habría importado. Marigold se inclinó sobre la mesa y le entregó a Nate un menú.

—Ella no es una posibilidad —dijo en voz baja—. No es reclutable. Inaccesible.

—Quizá tengas razón —dijo Nate, levantando su copa de vino—. Por el general.

El cóctel Rolls-Royce

Llena un vaso mezclador con hielo. Vierte en el vaso una cucharada de Benedictine, 15 mililitros de Vermut Mancino Secco, 15 mililitros de Vermut Mancino Rosso y 60 mililitros de Ginebra Tanqueray N.º 10. Remueve durante diez segundos. Saca un vaso frío del congelador y cuele la mezcla en él. Sirve con una espiral de naranja para decorar.

26
Como una puerta en un vendaval

La señal del agente de Boothby llegó dos días después, antes de lo que nadie esperaba. Zhong Jian Fang, el teniente general Tan Furen del PLARF, había aterrizado pasada la medianoche en el aeropuerto internacional de Macao en un turbohélice de corto alcance Xian de la Fuerza Aérea del PLA, y había sido conducido a su hotel habitual, el Conrad Macao en el Cotai Strip, uno de los tres hoteles-casino de lujo apilados uno junto al otro como brillantes sujetalibros de neón a lo largo de la Estrada do Istmo, colapsada por el tráfico.

El general Tan fue conducido a una suite VIP —su condición de general del EPL estaba subordinada a su designación en el casino como tiburón de grandes apuestas— y, tras una hora en su habitación, con un escolta favorito de Sudáfrica conocido como «Air Jaws», bajó a la sala de juego donde, a altas horas de la madrugada, perdió otros cincuenta mil dólares en el *blackjack* y el *fāntān*, una no muy conocida variante china de la ruleta. Como de costumbre, su ardor por el juego se vio eclipsado de repente por visiones del paredón de fusilamiento, y llamó al agente de Boothby a su suite a las 5.00 de la madrugada para rogarle con urgencia que concertara una reunión con su *amigo* ruso que, esperaba el general, aceptara convertirse en su benefactor. Había que darse prisa, balbuceó el general, porque esa noche los funcionarios del casino habían mostrado una inusitada reticencia a aceptar sus apuestas de juego, un fatal indicador de que el escándalo estaba a la vuelta de la esquina.

El agente de Boothby —su criptónimo era CAESAR— había enviado de inmediato un mensaje de texto: *yǒu yuán qiān lǐ lái xiāng huì*, al móvil de operaciones no atribuible de Bunty, el proverbio chino que significa «El destino une a las personas por muy lejos que estén». Era la señal de que la reunión con el general en el restaurante Fernando's de la playa de Hac Sa estaba fijada para esta noche a las 19.00 horas. Una ráfaga de cables de operaciones a las 6.00, hora local, en Canberra (donde eran las 8.00) y Langley (18.00 del día anterior) mantuvo los canales encriptados brillando en rojo cereza durante toda la mañana. El jefe de ASIS en el sur de China, JSGP, dictó un par de fastidiosos e inútiles cables advirtiendo sobre «emboscadas y provocaciones», mientras que el jefe de operaciones en China de la CIA, Elwood Holder, envió un mensaje de «Buena suerte, buena caza». Para no quedarse atrás, el jefe de Contrainteligencia de la CIA, Simon Benford, publicó un cable de dos palabras que decía simplemente: «Me acojona». Comienza el juego.

Bunty y Nate se reunieron a las 10.00 en la terminal de ferris de Macao, en Kowloon, y embarcaron en el robusto hidroplano de color burdeos que durante una hora recorrió las islas del mar de China Meridional, cuyas montañas estaban envueltas en una bruma húmeda. Los dos oficiales se deslizaron a bordo en medio de una multitud de parlanchines chinos y se sentaron separados en los asientos de avión con fundas de tela en los reposacabezas, escuchando el chirrido de los remaches de los paneles superiores con la vibración, mientras el hidroplano se deslizaba sobre un mar en calma, lanzando una estela de rocío blanco tras de sí. Nate llevaba un ligero traje de verano y una camisa de cuello largo y puntiagudo; en el bolsillo llevaba una corbata floreada con el estampado de vértigo preferido por los funcionarios rusos de todo el mundo. Se había peinado el pelo oscuro con una pomada perfumada suministrada por Marigold y llevaba gafas de montura de alambre con cristales un poco ahumados. El ligero disfraz rompería su perfil.

Se aseguraron de salir de la terminal de Macao en medio de la misma multitud de turistas y caminaron varias manzanas antes de encontrar un taxi al azar en la calle. Como Bunty hablaba un chino pasable, contrataron al conductor para todo el día y emprendieron un serpenteante recorrido turístico, atravesando la isla de Taipa, de treinta kilómetros cuadrados, en busca de indicadores de vigilancia. Hicieron una parada en el Pabellón del Panda Gigante de Macao, tomaron una carretera de montaña llena de curvas, a través de la selva tropical hasta la Aldea Cultural A-Ma, luego giraron hacia el suroeste hasta la aldea colonial portuguesa de Coloane, y caminaron entre las villas de colores pastel y los escaparates de las tiendas, terminando en la pintoresca plaza del Marqués, pavimentada con adoquines blancos y negros en un patrón ondulado, vestigio del pasado marítimo de la colonia. Se adentraron en los frescos recovecos de la capilla amarillo canario de San Francisco Javier, con el ábside frontal azul real pintado de nubes y gaviotas. Nate se asomó a una ventana y chasqueó los dedos para atraer la atención de Bunty.

Un chino bajito vestido con pantalones negros y camisa blanca merodeaba bajo un arco de la columnata que flanqueaba la plaza, el primer posible seguimiento que habían detectado en todo el día. De momento, nada concluyente, pero era hora de tensarlo un poco para ver qué hacía. Serpentearon por las estrechas calles del pueblo, ejecutaron dos reveses naturales y entraron en tres tiendas distintas, pero el hombre no volvió a aparecer. ¿Era un observador? ¿Había un equipo más grande vigilando desde las alas? ¿Estaban metidos en una emboscada y no lo sabían? ¿Cómo podía ser tan buena la cobertura? Este era el infierno familiar de la detección de vigilancia. No ver nada. No saber. Continuar.

De vuelta en el taxi, avanzaron por el extremo sur de la isla, pasando por las negras playas volcánicas en amplias bahías de herradura, y luego salieron de nuevo de la carretera principal por un camino sinuoso y lleno de baches hasta la capilla de Nuestra Señora del Dolor. «Jodidamente apropiado», murmuró Bunty, con la camisa pegada a la espalda. A diferencia del Pabellón Panda, este claro en la cima de la montaña estaba desierto. No aparecía ningún vehículo, ningún peatón salía de entre los árboles. Dejaron al taxista en el aparcamiento y siguieron un camino de cemento lleno de maleza y curvas que se adentraba en la apestosa jungla, y en tres minutos llegaron a un claro y a un conjunto de cinco casitas abandonadas, de estilo colonial portugués con columnas y pórticos, y una magnífica vista del mar abajo. Unas escaleras de piedra rotas conducían a unos porches derruidos y dinteles caídos. Los marcos de las ventanas estaban llenos de enredaderas. Los interiores en ruinas se veían verdes de musgo y goteaban en el aire acre. La casa del medio, en el semicírculo de las cinco villas, tenía una balaustrada astillada a lo largo del porche, antaño elegante, con hierros oxidados que sobresalían del cemento descascarillado. Una gran urna de piedra ornamental se alzaba a un lado de la astillada puerta de entrada, su gemela a juego hacía tiempo que había caído y se había hecho añicos. Los dos agentes miraron con detenimiento la profunda urna y luego se miraron el uno al otro. «Opción invisible», susurró Nate, y Bunty asintió. Ahora tenían al menos un punto de entrega en Macao para usar con el general.

De vuelta en el taxi, Bunty preguntó por las cinco villas abandonadas en la selva. Esto provocó una larga explicación en un agitado chino por parte del conductor, que se giró varias veces para mirar a sus pasajeros, y lo hacía siempre cuando el taxi entraba en una curva cerrada, y que iba acompañada de un violento roce de manos y una pantomima muy ruidosa de estornudos violentos. Bunty se recostó en el asiento y se echó a reír.

—¿Qué es tan gracioso? —dijo Nate—. ¿Qué ha dicho?

—Jesucristo, el maldito lugar era una colonia de leprosos en los años veinte —dijo Bunty—. El conductor sugirió que nos laváramos las manos antes de cenar.

* * *

—*Dobry vecher*, buenas noches —dijo Nate tras sus lentes ahumadas—. Me llamo Dolgorukov. —Se sentía como Peter Lorre en una película de cine negro, sujetando un cigarrillo entre el pulgar y el índice.

El general Tan se sentó en el comedor casi vacío del restaurante Fernando's. Las doce mesas de la sala estaban cubiertas de paños rojos y provistas de platos de terracota y jarras de agua de grandes asas. Las sillas de respaldo alto eran de ratán tejido y crujían sobre el suelo de baldosas rojas. Bunty se sentó en una mesa en el otro extremo de la sala, detrás del general y a la vista de Nate. Habían acordado dos señales sencillas: si Bunty daba golpecitos en la esfera de su reloj de pulsera, significaba que Nate debía concluir la cena en los próximos quince o veinte minutos; si, por el contrario, hacía la mímica de chasquear un palillo entre las manos, significaba que se trataba de algún tipo de emergencia y que Nate rompía en ese momento el contacto y sacaba, en sentido literal, al general por las puertas francesas, a través del patio de losas al amparo de una pérgola, hasta la playa de Hac Sa, donde el agente de Bunty, CAESAR, con suerte, lo metería en su coche y despejaría la zona.

Tras un interminable día inspeccionando el terreno, con un calor de ochenta y cinco grados y una humedad del noventa por ciento, los agentes estaban cansados y pegajosos, pero más o menos satisfechos de ser invisibles.

Habían pagado al conductor y se sentaron fuera de la vista en un banco junto a la playa, esperando la hora de cenar. Repasaron lo que habían discutido con sumo detalle varios días antes en el consulado australiano. En su papel de agente abusivo de la SVR, Nate tenía que mantener un delicado equilibrio: debía mostrarse comprensivo y consciente de la importancia de dejar que el general salvara las apariencias y, al mismo tiempo, informarle con toda la crudeza rusa de que la liberación financiera tenía un coste. Los «superiores» de Nate solo entregarían el dinero cuando recibieran información clasificada sobre las Fuerzas de Misiles del Ejército Popular de Liberación, y solo después de que esa información hubiera sido validada por expertos en Moscú.

El agente de Bunty, CAESAR, había sido entrenado para sugerir al general que un ofrecimiento preliminar de secretos del PLARF no solo demostraría buena fe y allanaría el camino hacia un acuerdo, sino que también eliminaría peligrosos retrasos.

—*Qiān lǐ sòng é máo* —le había dicho CAESAR al general—, traiga una pluma de cisne que se encuentre a dos mil kilómetros de distancia. —Un regalo insignificante que, sin embargo, deja claro el interés del remitente. El general, que ahora tenía un agujero de cerca de un millón cien mil dólares, captó el mensaje.

Nate también había memorizado una breve lista de requisitos prioritarios elaborada por los analistas del Departamento de Defensa sobre las Fuerzas de Cohetes del PLA, una lista alfabética de las armas chinas que más preocupaban al Pentágono: el misil de crucero de largo alcance CJ-10 con sus aletas pectorales en forma de tiburón; el vehículo de planeo hipersónico en desarrollo WU-14; el rechoncho misil balístico lanzado desde submarinos JL-2, y el misil balístico intercontinental DF-41 de veinte metros de largo, tan grande como una chimenea industrial en posición vertical sobre su lanzador móvil.

Se había producido un intenso debate entre los dirigentes de la CIA y de ASIS sobre la mejor forma de poner el anzuelo para garantizar que el general se convirtiera en una fuente habitual de información. JSGP insistió en que, de entrada, solo se entregaran quinientos mil dólares al general, para mantener un control positivo. El jefe de Operaciones en China, Holder, argumentó que era básico que la prevaricación del general se cubriera lo antes posible:

—Si se descubre su uso indebido de fondos oficiales, su carrera como fuente de información llegará a una conclusión inmediata y mortal. En cuanto al control positivo, ha robado dinero del EPL; ha mantenido contactos no declarados con lo que él cree que es la inteligencia rusa; ha aceptado nuestro dinero y ha proporcionado información clasificada a cambio. El anzuelo está bien puesto. No está en posición de incumplir el acuerdo. Y Nash no le recordará con tanta amabilidad ese hecho. Podemos darle toda la maleta de dinero.

Con el tiempo corriendo, JSGP acabó accediendo a regañadientes, no sin antes decir que no sería culpa suya si se producía un alboroto.

El general Tan Furen era bajo y corpulento, con la tez rubicunda de un sureño de Guangzhou. Su rostro era plano y robusto, con nariz ancha y labios finos. Llevaba el pelo negro azabache, corto por los lados y recogido en una espesa coleta que acentuaba su cabeza cuadrada. Vestía un traje que no le sentaba bien, camisa blanca almidonada y una sencilla corbata roja. Sujetaba el borde de la mesa con ambas manos y miraba a Nate, sin lugar a dudas, luchando con una situación en la que estaba subordinado a un hombre mucho más joven.

—Nuestro amigo común me ha dicho que ha sufrido usted una desgracia que no es del todo culpa suya —dijo Nate en un ruso florido, manteniendo la voz baja para que el general tuviera que escuchar con atención—. Es una lástima que un líder de su rango y prestigio se haya visto en esta situación por culpa de usureros sin escrúpulos. Acepté reunirme con usted para ofrecerle cualquier tipo de ayuda y manifestarle mi gran admiración por su país. —El general Tan asintió una vez, escudriñó el rostro de Nate. Salvando las apariencias… No es culpa tuya, viejo gilipollas.

—¿Puede ayudarme? —preguntó el general.

Nate sirvió un vaso de agua de la jarra para el general, un acto de respeto.

—Mis superiores en Moscú me encargaron que encontrara una solución a sus problemas.

—¿Conoce la cantidad?

Nate asintió, lamiéndose los dientes como si estuviera aburrido.

—¿Qué moneda es preferible? —mostró interés Nate—. ¿Renminbi, euros, dólares? —El general Tan parpadeó. Era demasiado fácil. Había esperado que el ruso intentara *li yong ruo dian*, explotar sus vulnerabilidades.

—Dólares servirían —respondió el general con tranquilidad. El tipo de cambio con el yuan chino le reportaría un pequeño excedente para su bolsillo.

—Comunicaré su petición —dijo Nate con solemnidad—. Podríamos reunirnos de nuevo dentro de, digamos, treinta días. —El general levantó la cabeza. Ahora vienen los negocios, ahora viene el mordisco en la boca.

—¡Treinta días! Eso es inaceptable. Quiero decir… eso supone un problema. El tiempo es esencial en esta situación.

Un camarero dejó dos platos de *ayam masak madu*, pollo indonesio a la miel roja, perfumado con curry, jengibre y canela, y dos botellas de cerveza Zhujiang helada. Ignorando al general, Nate, alias Dolgorukov en ese momento, empezó a comer, rebañando la salsa picante con un trozo de pan rústico. Sin tocar su plato, el general Tan observaba a Nate con una línea de sudor en el labio superior. El camarero se acercó y preguntó si le pasaba algo a la comida del general. El general le gritó en chino que se alejara de la mesa. Respiró hondo y luchó contra la tentación de gritarle a Nate.

—Verá, camarada, me preocupa que con el paso del tiempo puedan descubrirse ciertas irregularidades. Me hicieron creer que era posible una rápida resolución de la situación. —El general Tan se secó el sudor del labio. Nate dejó el tenedor.

—¿Una resolución rápida?

—Sí. Mi posición es algo comprometida.

—Lo entiendo. Y confío en que se pueda actuar con rapidez si con total confianza puedo asegurar a la sede central que se puede acordar un protocolo beneficioso para ambas partes. —Estaba siendo todo lo pedante que podía en ruso. El ruso de Tan era básico, en el mejor de los casos.

—Puede, puede asegurarlo.

El momento de la verdad.

—En la actualidad, ¿está asignado a las Fuerzas de Misiles del Ejército Popular de Liberación?

—Sí —confirmó el general Tan, en voz baja. Sabía lo que venía.

—En Moscú hay un gran interés por el PLARF. La disposición de activos, investigación y desarrollo, doctrina estratégica... Podría seguir, pero espero que pueda proporcionar información autorizada, con total discreción, información relevante, sobre temas de interés para Moscú.

—Eso es fácil de hacer —dijo el general sin querer ocultar su incomodidad—. Anticipándome a tal petición, me tomé la libertad de traer una muestra. —Sacó un cartucho de plástico del bolsillo interior de su abrigo y se lo deslizó a Nate por el mantel—. Se trata de una cinta de almacenamiento magnético de archivos, un amplio resumen de las operaciones, el liderazgo y los programas de desarrollo armamentístico de la unidad. —Nate ya había visto antes este tipo de cartucho de almacenamiento de datos: en el borde había una pegatina en la que se leía IBM 3590.

—Es una ofrenda bienvenida y previsora —aceptó Nate, guardándose el cartucho en el bolsillo—. ¿Necesita que se lo devuelva? —El general negó con la cabeza—. Por supuesto, nuestros expertos en Moscú desearán evaluar la información. —Por si acaso estás intentando vender comida para gallinas, viejo escarabajo.

—Creo que su gente en Moscú estará satisfecha con el contenido. Hay datos sobre almacenamiento y gestión de armas en la Base 22 de la cordillera de Qinling, en la provincia de Qinghai, cerca de la ciudad de Xian. —Santo Dios, pensó Nate, almacenamiento de armas nucleares chinas—. Pero perdóneme si le repito que el tiempo es crítico.

Como si lo hubiera oído, Bunty, al otro extremo de la sala, dio unos golpecitos en la esfera de su reloj de pulsera. Llevaban noventa minutos en el restaurante; hora de separarse.

—Los expertos de Moscú revisarán hoy mismo el contenido de la cinta —informó Nate terminando el último trago de su cerveza—. Si es satisfactorio, se lo haré saber a nuestro amigo común y me reuniré con usted en el pabellón del extremo norte de esta playa mañana por la tarde, con una maleta de ruedas que comprobará que pesa bastante. En ese momento discutiremos la forma en que continuaremos reuniéndonos, la información inmediata, no en archivo, que requiero, y el sustancioso salario que propondré a la sede central para usted, además de esta «prima introductoria», por su amistad continuada. ¿Le parece satisfactorio?

El general asintió, por un lado, aliviado de que estaba cerca de evitar, por el momento, las acusaciones de corrupción y prevaricación, pero, por otro, tragándose la bilis al darse cuenta de que, en el transcurso de una cena de pollo picante, se había convertido en un traidor al Estado.

Así fue como el teniente general Tan Furen, del PLARF —denominado como SONGBIRD en una encriptación conjunta por los exultantes responsables del cuartel general en Canberra y Langley—, se convirtió en la fuente de información más prolífica sobre el ejército chino en la historia de las Operaciones en China. JSGP fue incluido en la lista de preseleccionados para el puesto de subdirector general de ASIS; el oficial de casos de ASIS George «Bunty» Boothby recibió un ascenso de dos grados y se comprometió con Marigold Dougherty; la estación de Hong Kong de la CIA recibió una mención de unidad, y Nathaniel Nash fue condenado a muerte por el politburó del Partido Comunista de China.

El problema era que Nash aún no lo sabía.

* * *

—¿Es un diamante de verdad? —preguntó Nate, poniendo la mano de Marigold delante de su cara para admirar su anillo—. ¿Qué es esa decoloración dentro de la piedra? ¿Has llevado el anillo a una tasación independiente?

Marigold se echó a reír y Bunty le miró de reojo.

Habían pasado diez días desde Macao. Estaban tomando unas copas en el bar de la azotea del restaurante Felix, un bar circular elevado con bancos acolchados de color beis y ventanas curvadas que daban al puerto de Hong Kong, para celebrar el exitoso traspaso de SONGBIRD a un equipo conjunto de ASIS/CIA de gestión interna que había desplegado con éxito el nuevo sistema de comunicaciones por satélite BRAINBAG para permitir a SONGBIRD transmitir gigabytes de información, desde la comodidad de su nueva oficina en Pekín, en Zhōnghuá Rénmín Gònghéguó Guófángbù, el Ministerio de Defensa Nacional de la República Popular China, donde acababa de ser nombrado inspector general, un cargo que le daba acceso ilimitado a todas las facetas del Ejército chino.

No es que importara, pero el general Tan seguía creyendo que estaba informando a los fraternales aliados comunistas de Moscú: incluso el transmisor de ráfagas BRAINBAG tenía interruptores y botones rotulados en cirílico. Por suerte, la oportuna introducción de un sistema de comunicación por satélite había liberado a Nate de la responsabilidad de reunirse en persona con SONGBIRD en Macao. Nate planeaba terminar su papeleo y concluir su asignación de TDY a Hong Kong en una semana. El futuro no estaba claro: podía volver a Londres para terminar su gira, o esperar a que le asignaran otro destino, o quedarse atrapado en el palacio de los enigmas. Todo dependería de Simon Benford. Con el reclutamiento de SONGBIRD, la situación de Nate con Benford, en teoría, mejoraría. ¿Podría eso significar que sería reasignado al caso DIVA? ¿Le permitiría ver a Dominika? ¿O continuaría la cuarentena y le asignarían a un lugar alejado de las operaciones rusas para evitar, incluso, la remota posibilidad de reunirse con ella? Pensó, por pensar en algo, en solicitar un destino en una estación nacional —imágenes de Agnes en una hamaca en Palos Verdes— o tal vez perderse en la División Sudamericana.

Vio que la cara de Marigold cambiaba y se giró para ver a la subdirectora general, Grace Gao, de pie junto a su mesa. Llevaba un ceñido vestido negro de punto acanalado, con cuello alto y mangas largas ajustadas, que dejaba muy poco a la imaginación. Llevaba el pelo recogido, mostrando así unos delicados pendientes de aro plateados, y en la muñeca izquierda lucía un brazalete chino clásico de plata y con piedras de coral salmón. Sus labios brillantes eran del color del pomelo rosa.

—¿Veo un anillo? ¿Es una celebración? —preguntó Grace—. Permítame ofrecerle una botella de champán. —Señaló con la cabeza al camarero que estaba detrás de la barra en forma de dónut y luego miró a Nate—. Me alegro de volver a verlo en el Peninsula. Por favor, hágame saber si necesita algo, señor… —Nate sonrió.

—Nash, pero por favor llámame Nate. El hotel es magnífico. Hace un gran trabajo de dirección.

Grace sonrió.

—Estamos muy orgullosos del «Pen». ¿Conoce su historia? Quizás algún día pueda enseñársela.

—Me gustaría conocerla.

—Llame a mi ayudante cuando quiera —dijo Grace. Sonrió a la mesa, se dio la vuelta y salió del bar. Silencio absoluto. Marigold y Bunty miraban, sin disimulo, a Nate, intentando no reírse.

—¿Qué? —dijo Nate.

—Vaya cambio de comportamiento —dijo por fin Marigold—. De repente le gustas.

Nate extendió los brazos.

—No es difícil de creer. Por fin entró en razón, eso es todo.

—Eso sería una raíz traviesa, amigo —dijo Bunty.

—Lo que significa…

—Tener sexo, lo cual es una muy mala idea —dijo Marigold.

—Estoy pensando en reclutarla, no en seducirla —dijo Nate, todo presumido y justiciero.

—Pensé que era lo mismo —cortó Marigold.

—Mira, Nate —dijo Bunty—. No puedo poner el dedo en la llaga, pero hay algo sospechoso en la joven Grace; podría ser un conejito caliente, como en esa película de novias locas, ¿cómo era, *Algo Atracción*? ¿Por qué arriesgarse? Vas a dejar Honkers pronto; déjame presentarte a Rhonda de nuestra oficina. Empleada del registro. Pelirroja. Muy divertida. Estalla como una puerta en un vendaval.

Marigold gimió, sacudió la cabeza y extendió la mano, moviendo el dedo anular.

—Los hombres sois unos cerdos. Coge tu anillo.

Bunty la ignoró.

—Ten cuidado. Es todo lo que digo.

—Solo estoy pensando en el trabajo —dijo Nate.

—Otra vez con la jerga americana —condenó Marigold.

Ayam masak madu • Pollo rojo picante con miel

Espolvorea los muslos y los contramuslos de pollo con cúrcuma, sal y pimienta; colócalos en una bandeja de horno y hornéalos hasta que estén hechos. En un wok, sofríe la pasta de chile, la pasta de tomate, el ajo picado, el jengibre picado, el curry en polvo, el anís estrellado, la canela, los clavos, la miel, la sal y el agua hasta que desprendan aroma. Añade las cebolletas y las cebollas cortadas en aros y remueve para integrarlo. Añade el pollo y deja cocer a fuego lento hasta que la salsa esté espesa y las cebollas blandas. Sirve con arroz.

27
La opción del día del juicio final

El reclutamiento de la fuente del PLARF, SONGBIRD, y el subsiguiente flujo de información secreta sobre las capacidades de combate chinas desencadenó el habitual frenesí de alimentación, ya que los arribistas de Washington y los altos funcionarios de Canberra trataron de sacar el máximo provecho político del reclutamiento inesperado. Esto lo hicieron sobre todo tratando el caso —sobre el que no sabían nada— en la ciudad, como si ellos mismos hubieran concebido, planeado y dado luz verde a la operación, y hubieran nadado en persona hasta la playa de Hac Sa a medianoche con cuchillos de comando entre los dientes.

La División de Operaciones de la CIA en China trató de proteger la identidad de SONGBIRD elaborando una lista BIGOT en la que se documentaba el número limitado de oficiales, analistas y gestores que tenían acceso al archivo operativo con el nombre real. Se creó un espacio estanco de información independiente, cifrado HYACINTH, con información general sobre el Ejército chino procedente de diversas fuentes, diseñado para ocultar la posición y el acceso específicos de SONGBIRD.

En Canberra, un subsecretario australiano de Seguridad Interior había oído hablar muy por encima de «recientes informaciones excepcionales» sobre submarinos chinos, y había repetido el comentario en una recepción del Día Nacional en la Embajada de Indonesia, al alcance del corresponsal de la Nueva Agencia de Noticias de China, que intentaba abrirse paso entre los diplomáticos que se agolpaban en la mesa del bufé. El representante de la NCNA informó de ello al agregado militar de la embajada china al día siguiente.

En Washington, un moreno y engreído asesor adjunto de seguridad nacional de la Casa Blanca, conocido por su barba de tres días y su imperiosa confianza en sí mismo, le dijo a su amante taiwanesa —que era miembro de un grupo de presión del Hyundai Motor Group en el Capitolio— que su disfunción eréctil de esa misma noche se debía, casi con toda seguridad, a la preocupación por la expansión militar china en el mar de China Meridional. «Eso son noticias viejas», le dijo mientras se metía al señor blandito en la boca, sin más efecto que provocar un vanidoso: «No, es información nueva, y tú también estarías distraída si leyeras lo que yo leo». Su amante informó de su comentario a la mañana siguiente a su verdadero empleador, Zhōnghuá Mínguó Guójiā Ānquánjú, la Agencia de Seguridad Nacional de la República de China (Taiwán), un servicio de inteligencia tan dominado por el MSS que la información estaba en Pekín a la mañana siguiente. Más o menos, al mismo tiempo, en Macao, la policía detuvo a una banda local de jóvenes que habían sido sorprendidos en una acción de contrabando de MDMA (éxtasis) desde Guangzhou para venderlo a los clientes de los casinos que acudían a las fiestas. Desesperado por congraciarse con los interrogadores, uno de los hombres —un camarero del restaurante Fernando's, en la playa de Hac Sa—, dijo que sospechaba que en Macao ya operaban bandas rusas de delincuencia organizada, y describió una cena de negocios que había observado entre un funcionario chino con corte de pelo militar y un joven ruso. Dada la conexión rusa, la policía remitió la transcripción del interrogatorio a la oficina del MSS de Guangzhou, y esta acabó llegando a la sede central.

En Pekín, Bao mi dan Wei, la Oficina de Protección de la Seguridad del MSS, reunió los rumores y llegó a la conclusión de que había un topo dentro del Ejército Popular de Liberación, un topo, con certeza, recién reclutado, y, por supuesto, por los estadounidenses o los australianos. Se preguntaron por el único avistamiento de un ruso, lo que llevó a los oficiales más cínicos de la unidad a plantear que el SVR estaba trabajando ahora con la CIA contra China. Esta teoría fue descartada de inmediato, pero el jefe del MSS en Moscú, el general Sun Jianguo, recibió instrucciones de acercarse a su contacto en el SVR y determinar si los rusos estaban implicados.

Mientras barajaban las escasas pistas, la Oficina de Seguridad comprobó todos los viajes recientes al extranjero de oficiales generales del EPL. Aunque Macao era, sobre el papel, territorio soberano chino, se encargó a un investigador de la oficina de Guangzhou del MSS que determinara cuántos generales y almirantes habían viajado a Macao en los últimos seis meses. La lista de nombres espeluznantemente prominentes de oficiales del EPL era tan larga que la oficina de Guangzhou, de mentalidad independiente, decidió no informar de nada. El nombre de SONGBIRD, en consecuencia, nunca salió a relucir.

* * *

Dominika estaba sentada en la sala de reuniones, decorada con buen gusto, del centro de recepción de enlace independiente del cuartel general del SVR en Yasenevo, recordándose a sí misma que no debía hacer botar el pie delante del general Sun. En la mesa, entre los sillones, había una bandeja de *salaka*, pescado ahumado sobre pan con mantequilla y queso fundido, y una jarra de *kompot*, una bebida de frutas fría que era habitual en la sala de enlace, mientras que el vodka se reservaba para ocasiones más ceremoniosas.

Siguiendo la orden del presidente de que la coronel Egorova estableciera una relación con el MSS, había visto al empalagoso general tres veces, una de ellas para almorzar, pero la conversación nunca se extendió más allá de las sutilezas de enlace y los habituales temas intrascendentes. Necesitaba entablar una relación más estrecha con el viejo abuelo chino, pero no había hecho ningún progreso. Había evaluado cada vez al general para identificar sus motivaciones, descubrir sus puntos débiles, olfatear sus debilidades —mujeres, *whisky*, dinero—, pero no había nada. Los intentos de averiguar quiénes eran sus contactos en Moscú y si participaba en operaciones clásicas de reclutamiento tampoco dieron resultado. Su aura amarilla no cambiaba con sus estados de ánimo.

—Buenos días, coronel —dijo el general Sun—. Gracias por reunirse conmigo con tan poca antelación. Le pido disculpas por la urgencia de mi petición. —Llevaba puesto su uniforme verde bosque, con un modesto bloque de cintas en el pecho y tres estrellas amarillo brillante en las charreteras, que eran del mismo tono que el halo imperturbable que tenía en la cabeza. Como de costumbre, sus ojos no se detuvieron en el busto ni en las piernas de ella —nunca había habido ni el más leve atisbo de interés lascivo— y Dominika había aparcado por el momento la idea de maquinar un encuentro de otro tipo del general con un gorrión.

—Siempre es un placer verlo, general Sun. ¿En qué puedo ayudarlo?

—El asunto es delicado y embarazoso. Nuestras unidades de contrainteligencia han descubierto indicios infundados de que un oficial de alto rango del EPL podría haber sido objeto de reclutamiento, no hace mucho, por parte de un servicio desconocido.

—Siempre es un acontecimiento perturbador. —El general juntó y soltó las manos. Dominika obligó a su pie a quedarse quieto.

—Me duele incluso plantearlo, pero hay informes infundados de un posible encuentro entre un funcionario chino y un joven ruso en Macao. Nada está justificado; todo lo que tenemos es el único avistamiento.

—¿Cuál es su pregunta, general? —dijo Dominika sin alterarse.

—Perdóneme, pero debo preguntarle de manera oficial, como jefe de Contrainteligencia, ¿hay operaciones de reclutamiento del SVR en China?

Dominika mantuvo la boca cerrada mientras el pensamiento le hervía en el estómago, le subía por la columna vertebral y le daba vueltas en la cabeza.

Es Nate, pensó. Estoy segura, lo presiento, es un montaje de falsa bandera, Benford está detrás, vuelven a las andadas presentando como ruso a un oficial que no lo es. Muchas gracias, compañeros, podríais haberme avisado, pero eso no habría pasado, ni en un millón de años.

—General, puedo responder con total honestidad que no hay operaciones personales del SVR, en China, ni contra los intereses chinos en ninguna parte —dijo Dominika. En sentido estricto, decía la verdad: no había operaciones de reclutamiento de personas en curso, pero eso no incluía los masivos programas rusos de recopilación de información SIGINT y ELINT a lo largo de la frontera norte de China y la costa del Pacífico del Lejano Oriente. El general Sun sonrió. Era consciente de la distinción y reconocía la evasiva.

—Yo nunca lo pensé. Pero tenía que preguntar. Por favor, disculpe la presunción. —Su halo amarillo era firme.

—Pero su problema de contrainteligencia persiste —dijo Dominika—. ¿Cuáles son sus próximos pasos?

—Con la muy grata confirmación de que su servicio no está implicado, podemos proceder a investigar otras posibilidades.

—¿Tienen otras pistas que seguir?

El general se inclinó hacia delante en su silla.

—Sí, una posibilidad concreta con la que creo que usted puede ayudar. Hace varias semanas, los activos en Hong Kong informaron de la llegada de un oficial de la CIA en una misión temporal limitada, algo inusual, coincidiendo con el marco temporal aproximado del turbio contacto entre un funcionario chino desconocido y un ruso no identificado.

Bozhe moy, Dios mío, ya están investigando a Nate, pensó. La contrainteligencia china es insidiosa. Sigue pescando, debes obtener toda la información que puedas.

—No tenemos información sobre este oficial —prosiguió Sun—. Por lo que parece, nunca ha operado contra la República Popular, pero solicito, con total amabilidad, rastros del SVR en caso de que tengan un archivo sobre él. Pekín querría revisar su biografía, historial operativo y, lo más importante, si habla ruso.

El *delo formular* de Nate, el archivo operacional, tiene cinco volúmenes, hará desmayarse al SVR. Responde ahora, pensó, tienes que estar de acuerdo, no hay otra respuesta posible.

—Por supuesto, general. Por favor, envíeme el nombre de este americano y yo misma haré un rastreo completo de él para su revisión.

—Gracias, coronel.

—¿Y cuál será su curso de acción? —se interesó Dominika.

—Nuestra prioridad, por supuesto, es identificar al traidor. Si el oficial estadounidense de la CIA ha reclutado a un agente, conoce su nombre. Pekín ha ordenado a un activo que desarrolle una relación con el americano, para intentar sonsacarle el nombre del traidor.

—No será fácil. Según mi experiencia, los estadounidenses son disciplinados y cautelosos. —La última ironía, pensó Dominika. Hace cien años, me enviaron a sonsacarle a Nate el nombre de Korchnoi. Mira cómo resultó.

—Nuestros operativos son muy eficaces. He oído hablar de vuestro servicio y de sus métodos, así que sé que lo entenderéis. No sois los únicos que empleáis lo que creo que llamáis gorriones.

—Gorriones —repitió Dominika, tragando saliva—. Fueron eficaces en su día. La atracción sexual puede ser una herramienta poderosa, pero los tiempos han cambiado y los métodos han evolucionado con los años.

—Muy interesante. Pero a nuestros gorriones, los llamamos *zhènniǎo*, a veces se les pide que realicen funciones que van más allá de la mera seducción y coerción —dijo el general. Dominika sintió que su pie rebotaba—. *Zhènniǎo* se traduce como «pájaro de plumas venenosas», parte de un antiguo mito.

—Con exactitud, ¿qué quiere decir? —preguntó Dominika.

—Tanto si nuestro agente consigue sonsacar al oficial de la CIA el nombre del topo como si no, su complicidad está clara. Se le ordenará asesinar al americano. Está más que entrenada en las habilidades requeridas.

Maravilloso. Una asesina china suelta, un maldito pájaro de plumas venenosas, sea lo que sea eso.

—Usted conoce mejor sus procedimientos, general —dijo Dominika, fingiendo desinterés y sintiendo los latidos de su corazón detrás de sus ojos. Intentaba calmarse con suavidad, pero sin éxito—. Debo mencionar que desde hace mucho tiempo observamos una regla tácita de que no ofrecemos violencia contra los oficiales de la oposición. La consideramos contraproducente y costosa.

—Entiendo. Por desgracia, el resultado de esta política de moderación no evitó, como sabemos, la disolución de la Unión Soviética, una sombría lección histórica señalada por nuestro propio politburó —expuso el general, haciendo gala de una franqueza poco característica—. Creemos que es saludable enviar, cuando es necesario, un mensaje dramático al enemigo para disuadirles de futuras acciones ofensivas, en especial dentro de China.

—No estoy convencida de que sea una medida acertada.

El general se encogió de hombros.

—Pekín insiste. Pero me gustaría proponer algo un poco fuera de lo común.

—Tiene toda mi atención.

—¿Consideraría venir a China, Hong Kong, para asesorarnos en la fase de contrainteligencia, la trampa, de la operación contra el americano? Su servicio tiene muchos años de experiencia operando contra América y los americanos, en particular contra la CIA. Estaríamos encantados de recibir su orientación y, por supuesto, de intercambiar métodos y técnicas. Usted sería la estimada invitada del ministro.

¿Qué era esto? ¿Una intrincada trampa de CI? ¿Alguna forma de vincular a Nate con ella, algún triple movimiento de Gorelikov para incriminarla? No seas paranoica, tu seguridad está intacta. Estos chinos eran taimados e intrincados, pero no son estúpidos. Una rara invitación a China para observar las operaciones del MSS sería un triunfo. Putin se maravillaría de su perspicacia y habilidad; nunca antes se había invitado a un alto funcionario del SVR a supervisar una actividad compartimentada en curso.

—Se trata de una petición extraordinaria —admitió Egorova— Sería fascinante compartir observaciones y técnicas, con la advertencia de que no deseo formar parte de ninguna operación letal.

—Podemos atender la condición con mucho gusto —dijo el general, con su halo amarillo. No estaba claro si se refería a que el MSS archivaría los planes de asesinar a Nate o a que la sacarían de la sala antes de que la señorita Coño Venenoso se soltara de la correa. ¿Podría convencerlos de que renunciaran al asesinato?

—Les agradezco su amable invitación. Es una idea inspirada, general Sun. Creo que puedo conseguir la autorización del director... —En realidad quiero decir de Putin—. Y hacer ese viaje.

El general inclinó la cabeza.

—Estoy encantado de tener la oportunidad de recibirla. Pero hay que darse prisa; nuestro agente ya se ha puesto en contacto con el americano. ¿Sería, tal vez, posible que volara mañana mismo a Pekín? Es un vuelo de ocho horas, con tres horas adicionales a Hong Kong desde Pekín.

No tienes SRAC, pones en espera las reuniones personales. Incluso si hubiera tiempo —no lo había— para esconder un mensaje, pasarían días antes de que un oficial en Moscú pudiera recogerlo y comunicar que Nate era un objetivo y debía ser sacado de Hong Kong de forma inmediata. Si lo conocía lo suficiente, Nate estaría tratando de reclutar a esa *zhènniăo*. *Idiotka*, todo lo que puedo hacer es ir a Hong Kong y de alguna manera tratar de advertir a Nate, o estropear el enfoque sin quemarme. No podía soportar la idea de que tanto Gable como Nate desaparecieran de su vida.

—Estaré lista mañana —dijo Dominika.

* * *

Dominika llamó al Kremlin. Gorelikov estaba encantado con la perspectiva de su viaje a Hong Kong, y dijo que informaría al presidente, que también estaría muy satisfecho de sus notables progresos. No tenía precedentes que un alto funcionario del SVR fuera invitado a China, y mucho menos que se le pidiera que asesorara en una operación de trampa.

—Tu especialidad —celebró Gorelikov, a lo que Dominika le dijo en silencio que se fuera al infierno, y pensó tristemente en Ioana y en todas sus hermanas gorriones—. El presidente preguntó ayer mismo si te gustaba su dacha en el cabo. Está deseando enseñarte la mansión, explicarte las obras de restauración y mostrarte las famosas antigüedades del zar Alejandro.

Dominika leyó el mensaje: su fin de semana en la dacha (cómo no) era de sobra conocido, pero sus andanzas por el palacio con el joven polaco Andreas habían llamado la atención (¿cámaras, micrófonos o seguridad?), incluidas sus incursiones en la *suite* principal. Ahora recordaba que Andreas le había dicho que la cama ornamentada había pertenecido al zar Alejandro. El final de la velada con Andreas en su dacha, suponía, también era conocido, pero no le importaba. Hacía tiempo que Gable le había dicho que supusiera siempre que las habitaciones no controladas tenían micrófonos ocultos, y que la mejor manera de tranquilizar a los vigilantes era fingir no conocer la vigilancia y demostrar inocencia sin culpa. «Que te vean sola en la cama —había dicho Gable—, las manos bajo las sábanas gimiendo, haz que se desborde el vaso del yogur. Dales un espectáculo». Dominika había fingido estar sorprendida, diciéndole a Gable que las chicas rusas no hacían eso. «Por eso la mayoría tienen bigote», había dicho él, y ella le había llamado *nekulturny*, riéndose. Cómo lo echaba de menos.

Había otro componente en la invitación del presidente: con la agudeza de un gorrión, sabía que Putin no dudaría en conducirla a su espacioso dormitorio, despedir a sus guardaespaldas y determinar si su nueva directora del SVR seguiría todas y cada una de las instrucciones. ¿Qué haría ella?

Benford, con seguridad, le diría que no había límites, que el acceso era el objetivo final. Gable le diría que se trajera unas tijeras de hojalatero y acortara un par de centímetros más al ya diminuto presidente. Nate se pondría colorado, atrapado entre el deber y los celos. El sabio y experimentado Forsyth la llevaría aparte, con las manos sobre los hombros, y le aconsejaría que le dijera a Vladímir que si quería un gorrión ella se lo conseguiría, pero que si quería un jefe del servicio de inteligencia extranjero no se podía pensar en nada más; ella mataría por él, pero no compartiría su cama. Dios sabía cuál sería su reacción.

Seguía sin resolver el problema de cómo advertir a la CIA de que Nate era un objetivo. Gable le había hablado una vez de una «opción del día del juicio final», una situación hipotética en la que Dominika se enterara de, digamos, un inminente ataque nuclear ruso a Estados Unidos, el inicio de la Tercera Guerra Mundial, sin forma de pasar la información. En ese caso, debía mostrar sus credenciales de coronel de la SVR, abrirse paso a hombros entre la guardia militar del FSB en la puerta principal de la embajada de Estados Unidos y hacer llegar la información al jefe de estación. Quemaría sus puentes, sería el final de su etapa como espía, y con toda seguridad de su vida, pero una crisis así sería el umbral. Pero ni siquiera había tiempo para pensar en ello. No le quedaba tiempo. Había reflexionado toda la tarde y estaba agotada mientras preparaba una pequeña maleta en casa.

Sabía muy bien que la vida de un oficial solitario era prescindible, incluida la suya, en el gran esquema. Sabía que la CIA no equipararía el posible asesinato de Nate con el inicio de la Tercera Guerra Mundial. Benford diría que la vida de DIVA era mucho más valiosa, y que las igualdades no estaban ni siquiera cerca. Él diría que Nash tenía que correr el riesgo, y ella tenía que permanecer segura. Le temblaban las piernas. Estaba de camino a China para aconsejar a esos fanáticos del MSS cómo acabar con Nate, sin poder salvar al hombre que amaba. No podía ver cómo lo masacraban, no podía ver cómo su sangre se esparcía en un charco bajo su cabeza. Que la atraparan mientras lo avisaba en Hong Kong equivaldría a revelarlo todo al MSS, y se correría la voz hasta Moscú. La estarían esperando en Sheremetyevo a su regreso, ya no sería la chica favorita del club, ahora sería una *predatel*, una Judas traidora. El pánico era como un nudo en su garganta y sentía una opresión en el pecho.

A la mañana siguiente, la limusina negra se detuvo frente al apartamento de Dominika en Moscú, se abrió la puerta y salió el general Sun, resplandeciente con su uniforme de gala. Por primera vez, su aura amarilla palpitaba, tal vez ante la expectativa de regresar al Reino Medio, su tierra natal. El conductor se apresuró a meter la maleta de Dominika en el maletero.

—Bien, coronel, ¿está lista para nuestra más excelente aventura?

Le abrió la puerta.

—No puedo expresar lo emocionada que estoy —respondió Dominika.

Kompot • Bebida de frutas rusa

Pon una olla grande con agua a hervir. Deshuesa y corta los albaricoques, deshuesa las cerezas, lava los arándanos, añade la fruta a la olla y deja que hierva, sin tapar, hasta que la fruta se haya deshecho. Retira del fuego, añade azúcar al gusto y deja enfriar. Cuela el zumo y refrigéralo. Sírvelo frío.

28
El gong tibetano

—No está mal —dijo el COS Burns, poniendo los pies sobre su escritorio—. ¿Crees que tienes tiempo suficiente para hacer un desarrollo adecuado?

—No lo sé —dijo Nate—. Grace Gao, de repente, se volvió amistosa, me invitó a una visita guiada por el hotel. Podría ser que se sienta sola, podría ser que esté cachonda, aunque no creo que se trate de eso, y podría ser ese algo indefinible: cansancio vital, está cansada de la mano pesada de Pekín y del aliento grasiento de todos los millonarios asiáticos que buscan una concubina guapa. Quizá solo quiera jugar en el equipo americano, establecer un pequeño seguro de vida.

—Hay que ser discreto. Estamos en su territorio; hay muchos ojos ahí fuera. Tú determinas qué es lo mejor, pero yo sacaría los encuentros del hotel en cuanto fuera posible, que fuerais a restaurantes, de pícnic, que tomarais el ferri a la isla de Lantau y besarais al gran Buda de la colina. Quizás empiece a hablar de su fe.

—Bunty Boothby dice que es una yoguini de nivel tres. Es la única otra cosa en su vida además del hotel.

Burns se rascó la cabeza.

—¿Qué demonios es una yoguini de nivel tres?

—Supongo que es como un cinturón negro, pero en yoga. Parece ser que es muy buena, lleva años estudiándolo y tiene un cuerpo que lo demuestra. Si es importante para ella, puedo conseguir que comparta su vida de yoga conmigo; será una sólida herramienta de evaluación.

Burns lo miró de reojo.

—Sí, pero ten cuidado con esa herramienta de evaluación tuya. Buscamos una contratación sólida que dure. No quiero que te conviertas en un agente enamorado que suspira por el capitán Picard cuando salgas de Hong Kong.

Nate parpadeó dos veces.

—¿Quién es el capitán Picard? —dijo Nate.

—El calvo de Star Trek, con la cabeza como una polla —dijo Burns—.

—¿Ves Star Trek?

Burns negó con la cabeza.

—Mis hijos. Veinte horas al día. Me vuelve loco, pero la cabeza del tipo parece la punta de un...

—Bunty lo llama pijo.

—Has dado en el clavo —aprobó Burns.

—De acuerdo, jefe. Iré despacio y con cuidado. Además, los australianos creen que Grace puede estar un poco fuera de sí, en cuestiones emocionales. Solo estoy jugando como un hermano mayor, tratando de identificar lo que ella necesita de la vida.

—Bueno, juega tus cartas con inteligencia. Mantén los ojos abiertos a cualquier desvío y vigila tu culo. Si esto sale bien, podría ser útil. A mi primer jefe le gustaba decir que toda comisaría necesita tres tipos de activos de apoyo: alguien que trabaje en el mejor hotel de la ciudad, que pueda darte a escondidas las llaves de las habitaciones para las reuniones de los agentes y que te avise de cuándo hay peces gordos en la ciudad; un técnico de líneas telefónicas que pueda hacer saltar un poste y pinchar una conexión telefónica, y un taxista de confianza contratado que pueda llevarte de un lado a otro, hacer labores de vigilancia, entregar un paquete...

—¿Todavía tenéis líneas telefónicas? He oído que hoy en día todo es digital —dijo Nate, inexpresivo. Vio que Burns reprimía una sonrisa.

—Ya tengo bastante comedia hablando con la Jefatura. Tráeme la llave maestra del Hotel Peninsula.

* * *

Nate se alegró de tener que quedarse en Hong Kong durante un tiempo para trabajar en el desarrollo de Grace Gao, sobre todo si eso significaba evitar el envolvente pozo de alquitrán de Langley. A menudo se preguntaba cómo avanzaba la caza del topo de Benford en Washington, sobre todo porque la vida de DIVA pendía de un hilo. Una parte de él deseaba regresar a Langley para ayudar en esa tarea. Pronto sabría si Grace era reclutable; vería los signos de esa armonía metafísica entre dos personas que piensan igual, tienen las mismas necesidades y confían la una en la otra. El reclutamiento clásico se produce cuando el encargado del caso sabe de antemano que la respuesta del agente será: «¿Por qué has tardado tanto?». El agente de casos busca el punto óptimo cuando dos personas están en sintonía, cuando una mirada entre ellas es todo lo que se necesita para conectar.

Grace era una mujer impresionante, pero Nate sabía que tenía que centrarse en su mente y sus necesidades, convertirse en su amigo y confidente, y explorar su disposición a hablar con la inteligencia estadounidense en una relación clandestina sobre su hotel y sus huéspedes VIP. En un caso acelerado debía presionar sin apretar —Gable lo explicó una vez como «tomarse su tiempo, con prisa»—. Benford había aceptado esta prórroga de su asignación de TDY, pero no duraría para siempre, y la orden de retirada llegaría en el instante en que se estancaran los avances en el caso.

Grace se reunió con él en la puerta principal del hotel, bajo la verja de acero con el cartel del Peninsula en letras doradas. Un nervioso manojo de asistentes con trajes blancos y porteros con librea verde se mantenían a respetuosa distancia, preguntándose qué hacía la jefa fuera, de pie, junto a uno de los dos leones guardianes imperiales de piedra que gruñían a ambos lados de las puertas principales. La yuxtaposición de la señora Gao y las míticas estatuas resultaba molesta para el personal. El taxi de Nate se detuvo en el camino circular bordeado por media docena de limusinas Rolls-Royce Phantom de color verde bosque de la flota de coches de lujo del hotel. Grace se adelantó para estrecharle la mano a Nate, que casi tropezó con el bordillo al mirarla, una visión de Shanghái en 1920. Iba vestida con un ajustado *qípáo cheongsam* negro que le llegaba justo por encima de la rodilla, con cuello mandarín, mangas casquillo y botones de nudo chino escarlata en la parte delantera. Solo le faltaba la tradicional abertura lateral. Nate decidió que el vestido se lo habían dibujado con espray esa misma mañana, porque era imposible que alguien pudiera meterse en él. Llevaba zapatos de tacón negros sobre medias negras transparentes.

—Bienvenido al Peninsula, Nathaniel —saludó Grace.

¿Nathaniel? Le pasó por la cabeza la idea de que, de alguna manera, ella había investigado su nombre. Él le había dicho que se llamaba Nate. El subdirector general de un hotel de cinco estrellas tenía que ser ingenioso. Siguió su mirada mientras él observaba la hilera de coches relucientes.

—Estamos muy orgullosos de nuestra flota de Rolls. Tenemos catorce.

Ven por aquí, quiero enseñarte algo. —Se dirigió a la primera limusina de la fila, lo que provocó que no menos de tres porteros se apresuraran a abrirle la puerta trasera de la limusina. Grace se agachó y pulsó un botón empotrado en el extremo de la puerta, encima del mecanismo de cierre, y salió el mango de un paraguas de seda. Lo sacó del todo y lo blandió—. Lo abriría para enseñarte el nombre de Peninsula, pero eso traería mala suerte. —Volvió a colocar el paraguas en la puerta de la limusina.

—No me digas que es supersticiosa —tanteó Nate. Grace se limitó a sonreír, se dio la vuelta y se dirigió al vestíbulo de entrada, dando una palmada en la cabeza a una de las estatuas del león guardián al pasar, mirándolo por encima del hombro. Quizá supersticiosa, pero sin duda juguetona. Nate siguió el vestido y las medias transparentes hasta el vestíbulo del hotel.

Durante la hora siguiente, Grace guio a Nate en un fascinante recorrido por el venerable hotel, desde las relucientes cocinas de acero inoxidable y el helipuerto de la azotea hasta la piscina infinita de la octava planta. En la silenciosa sala VIP con paneles de madera de la última planta, Grace abrió un libro de fotografías que documentaba la historia del Peninsula. Estaban hombro con hombro mientras Grace pasaba las páginas señalando datos interesantes. Nate la miraba de reojo, observando cómo sus ojos revoloteaban por las fotos, sus pestañas se agitaban y su boca se fruncía en señal de concentración. Se había puesto un toque de algo lila o lavanda, y él podía sentir el calor de su brazo a través de la manga de su chaqueta. Llevaba el pelo recogido en un moño con dos palillos lacados en negro atravesados. Dejó de pasar páginas y lo sorprendió mirándole el pelo. Nate sonrió.

—Tu pelo es muy bonito. No muchas mujeres americanas lo llevan de ese modo. —Un cumplido. Mencionar Estados Unidos. He aquí un hombre observador. Ella tocó los palillos cohibida.

—No sé por qué lo llevo así, se me siguen cayendo algunos mechones —dijo. Ninguno de los dos dijo nada, y Nate se quedó expectante. ¿Cómo manejas el silencio? ¿Qué dices?—. ¿Te gustaría ver el club de salud y spa? Está en el séptimo piso. —Recuperación suave. Sin nervios. Bajo control.

El gimnasio contaba con el habitual despliegue de costosas máquinas dispuestas a lo largo de ventanales con vistas al puerto. El spa, la sauna y las salas de masaje estaban equipados con gran lujo. Mientras paseaban, Nate se quejó con pesar de que nunca parecía tener tiempo suficiente para hacer ejercicio. Hora de plantearse el yoga.

—¿Qué haces para mantenerte en forma?

—Practico yoga —respondió Grace.

—¿Hace mucho que lo haces? —Pregunta sin sentido. Adrede. Háblame.

—Desde que era pequeña —respondió sin mucho interés. ¿Reticencia? No está convencida de que me interese, así que véndelo.

Nate había estado leyendo sobre estilos de yoga la noche anterior.

—Tenía una amiga que hacía lo que creo que llamaba Ashtanga yoga, ¿es así? ¿Y cómo se llama ese yoga caliente? ¿Ese en el que calientan la sala? —Grace lo miró a través de las pestañas, evaluando su sinceridad. Te pido información. Enséñame.

—Sí, Ashtanga, Vinyasa, Bikram; son estilos modernos y muy populares.

—¿Qué estilo practicas tú?

—Un estilo más antiguo, algo basado en un libro antiguo —dijo, mirando al suelo. Un punto de tensión. Con calma ahora.

—¿Cómo se llama? —Grace lo miró a los ojos, su rostro de muñeca de porcelana dudó un instante y luego tomó la decisión de compartirlo.

—En el año 1500 antes de Cristo, se escribió un libro de versos hindúes llamado *Rigveda*. Mi yoga se basa en ese libro. Se llama Kundalini yoga. Ahora es un estilo popular.

—Nunca he oído hablar de ello. ¿Cómo es? ¿Tienes que pararte de cabeza? —Vamos, acláramelo.

—Es un estilo muy intenso —respondió con una sonrisa—. No quiero aburrirte.

Nate negó con la cabeza.

—No me aburres. Explícamelo.

—Es el uso de posturas, cantos y respiraciones especiales, los tres para liberar la energía de nuestro cuerpo —le explicó Grace—. Cuando nuestra energía está bloqueada, no podemos crecer. Cuando la liberamos mediante la disciplina del yoga, hay salud, estabilidad y paz. Sé que suena muy místico y tonto, pero a mí me ha ayudado.

Nate señaló con la cabeza una zona de ejercicios con suelo de madera rodeada de espejos de cuerpo entero.

—Enséñame algo que pueda aprender sin arrancarme el hombro de cuajo —pidió Nate. Grace lo miró con escepticismo. Nate se quitó los zapatos y extendió los brazos, como un extranjero que quería conocer su mundo.

—Muy bien. Esto es Adhu Mukha Svanasana, no es muy difícil. Te lo mostraré, luego lo intentas.

Ella se quitó los tacones, caminó sobre la madera, plantó los pies, luego se inclinó hacia adelante y puso las manos en el suelo, caminando con ellas hacia adelante hasta que estuvo en posición de pica, con las caderas en el aire, la cabeza baja entre los hombros. Nate vio cómo se le flexionaban los tríceps, se le contraía el vientre en forma de cintura de avispa y se le ondulaban los músculos de los muslos. Un suave siseo salió de su boca mientras exhalaba durante lo que parecieron diez segundos. El vestido entallado le subió por los muslos, dejando ver la parte superior de encaje de las medias y, en el espejo que había detrás de ella, un atisbo del encaje negro de sus bragas. Vaya. Interesante. ¿Es algo inconsciente o está coqueteando? Es imposible que sea promiscua.

Grace se enderezó y le hizo un gesto a Nate para que lo intentara. Él apoyó las manos en el suelo y copió la postura tal como ella la había hecho. Grace observó con satisfacción que la forma de Nate era muy buena y que era fuerte. Se alegró de que lo hubiera hecho bien.

Este primer contacto había ido bien. Grace era simpática y modesta, y había respondido a Nate haciéndose la americana informal y amable. No era tan tímida como para no hacer una demostración de pose de yoga con una falda corta. Ahora llega el segundo encuentro, pensó Nate, un contacto crítico en cualquier desarrollo, cuando el objetivo decide si la relación continúa. Medias bordadas y labios de pomelo rosa aparte, Nate esperaba que así fuera.

* * *

Tres días después, Nate invitó a Grace a cenar. Ella conocía Hong Kong y sugirió que fueran al China Club, un elegante restaurante de estilo colonial shanghainés con paredes rojas y biombos chinos, una ornamentada escalera alfombrada que conducía al comedor y divertidos daguerrotipos enmarcados de Marx, Lenin, Stalin y Mao en las paredes, un panteón retro irónico de la tripulación que hundió el mundo en llamas. El club estaba en las tres últimas plantas del antiguo edificio del Banco de China —el primer rascacielos de la posguerra en la Hong Kong británica de entonces, con un vestíbulo clásico de los años cincuenta, con columnas de mármol pulido y suelos de terrazo—, en Des Voeux Road, en el distrito Centro. Grace sugirió a Nate que probara la berenjena Ma Po en salsa de ajo, una especialidad. Aromática, picante, brillante; estaba deliciosa, le dijo Nate.

Grace tomó dos copas de vino durante la cena y le dijo con timidez que su nombre chino era Zhen, que significa precioso y raro. Llevaba un sencillo vestido negro, un doble collar de perlas y unos pendientes de perlas diminutas. Su perfume era exótico y ahumado; Nate nunca había olido nada igual; se le quedó en la nariz y en la boca. Soltó una risita cuando Nate le ofreció un camino para compartir datos sobre ella, bromeando sobre su infancia en una familia de rapaces abogados sureños, cebando la bomba para que empezara a hablar de sí misma. Su historia surgió entre vacilaciones. Era huérfana; sus padres, de ideas liberales, uno profesor y el otro artista, fueron encarcelados durante la Campaña contra la Contaminación Espiritual en 1983, el año en que ella nació. Fue entregada a una familia de acogida asignada por el Gobierno, que recibió un estipendio por acoger a la niña. Nunca volvió a ver a sus verdaderos padres. Sufrió una adolescencia infeliz, pasó cuatro años de completa soledad en una universidad británica y regresó a una China cínica y contaminada por el *smog*, con nuevos millonarios y un Internet censurado, una superpotencia emergente paradójicamente atrapada en su pasado imperial. Con un futuro incierto, Grace estudió hostelería, se trasladó a Hong Kong y prosperó hasta convertirse en subdirectora general del Peninsula.

—¿Cómo es que fuiste a la universidad en Gran Bretaña? —preguntó Nate. Grace bajó los ojos y bebió un sorbo de vino.

—Recibí una beca —dijo, sin querer dar muchos detalles más.

Vaya. No es habitual, pensó Nate, a menos que tengas un mecenas que te pague. O a menos que el Estado pague por ti. Aquí hay algo que suena a falsedad. Da la vuelta y pregúntale más tarde.

—¿Y el yoga? —preguntó Nate. Grace se inclinó hacia delante, ya no había esa actitud defensiva.

En busca de consuelo y compañía en una infancia desarraigada, Zhen, de doce años, pasaba horas en la trastienda de la tienda Zhōngyī del barrio, que vendía medicinas tradicionales chinas. La anciana morena que barría el suelo era una india bengalí y que, por alguna extraña circunstancia, había terminado varada en China tras un naufragio, susurraba a la niña, se convirtió en su *jiàomŭ*, su madrina, y le cantaba el antiguo mantra védico en sánscrito, el Gayrati. La anciana era una yoguini, una gurú de la antigua práctica, y empezó a enseñar las posturas de Gracia en las ásperas esterillas de coco de la aromática habitación del fondo, repleta de frascos de ámbar con serpientes enroscadas, frascos amarillos de bilis de oso y setas *lingzhī* secas y grises, apilados en estanterías de madera de haya. Además de sus beneficios físicos, con el tiempo Grace descubrió la perdurable espiritualidad del yoga. Le dio serenidad e hizo soportable su melancólica adolescencia. Nunca dejó de estudiar yoga, ni siquiera cuando se mudó a Hong Kong.

—Así que aquí estoy —dijo, inclinando su copa y aceptando una tercera.

Se apartó un mechón de pelo de la cara, se mordió con sutileza el labio inferior y parpadeó a Nate.

—Sin familia, jornadas de catorce horas, nada más que mi yoga para mantenerme entera. —Bebió otro sorbo de vino—. No sé lo que me depara el futuro.

Joder, pensó Nate, esto es un batiburrillo psicológico. Procesó su historia por partes: resentimiento persistente contra el sistema; ausencia de ideología comunista; fuerte ética laboral y meticulosa atención al detalle; sensación de aislamiento y privación de derechos y contemplación de un futuro incierto; compromiso y dependencia de los aspectos espirituales del yoga. Se trataba de una asombrosa colección de motivaciones explotables sacadas del libro de texto, casi demasiado bueno para ser cierto.

Un poco más de interés, una escucha comprensiva y una sonrisa amistosa, y pudo determinar la voluntad de Grace de ayudarlo, su necesidad de pertenecer a una causa, su deseo de dar sentido a su vida, de trabajar por una China más libre. El agente de casos que había en él observó que ella no le hacía preguntas, lo cual era un poco extraño.

Después de cenar, caminaron por el distrito Centro, por aceras vacías entre edificios demasiado altos para ver sus cimas cubiertas de niebla. Grace enlazó su brazo con el de Nate —lo envolvió con aquel perfume misterioso— y él la sujetó un poco. Hicieron señas a un taxi, que subió por Garden Road hasta Magazine Gap Road y llegó a la puerta principal de Grenville House, quince pisos de apartamentos de lujo encaramados en la ladera de la colina selvática que miraba por encima de los rascacielos del siguiente nivel, con partes del puerto visibles entre el bosque de edificios. Grace dijo que el Hotel Peninsula le pagaba un alquiler astronómico; de lo contrario, estaría viviendo en un piso mohoso en Kowloon. Nate le dio las buenas noches en la mejilla y se disponía a marcharse, pero a ella se le cayó el bolso en el suelo del vestíbulo buscando las llaves y soltó una risita diciendo que no debería haberse tomado la tercera copa de vino. Nate la acompañó, como todo un caballero, en el ascensor y metió la llave en la puerta. Ella ladeó la cabeza y le dijo que debería entrar a ver cómo vivía porque, después de todo, parecía interesado en ella.

—Estás interesado en mí, ¿verdad, Nathaniel?

Vale, tómatelo con calma, pensó.

Grace se quitó los zapatos y lo condujo a un gran salón con ventanales y suelo de parqué en espiga, sin un solo mueble ni nada en las paredes blancas. El aire desprendía la misma fragancia. Tres grandes cestos de mimbre estaban alineados contra la pared. Al fondo de la habitación, un inmenso gong (del Tíbet, dijo Grace con solemnidad) colgaba de un marco de pie barnizado, con una gran almohada blanca en el suelo delante del disco de bronce de dos metros y medio. A ambos lados del gong había consolas de laca negra con candelabros chinos de *cloisonné* a juego, un cuenco de cobre y una escultura de granito negro que Grace llamó *shivalinga*, un ídolo de la deidad hindú Shiva, el dios patrón del yoga.

Esto es nada menos que un altar en un templo del yoga, pensó Nate.

Nate cogió el martillo del gong, pero Grace dijo:

—No, así no, te enseñaré. —Pasó con suavidad la cabeza de fieltro del martillo por el borde del disco con hoyuelos que arrancó un gemido grave al iniciarse las vibraciones palpables, que luego se superpusieron con un gemido más agudo al mezclarse los armónicos. Ella dejó caer el martillo y se sacudió, y Nate supuso que el vino estaba haciendo efecto, pero se enderezó y se acercó a él. Se preparó tanto para un beso como para un vómito. Sin embargo, ella le preguntó en voz baja si quería ver la energía Kundalini, su estilo de yoga, la serpiente enroscada en la base de la columna vertebral. Era un poco espeluznante. Nate recordaba a Bunty pensando que tal vez era un conejito caliente, pero ella se ofrecía de buen grado a mostrarle el manantial de su alma después de dos citas, y él dijo que sí, por supuesto; la serpiente en la base de la columna, claro. Entonces las cosas se pusieron raras.

Grace retrocedió dos pasos, se desabrochó la cremallera del vestido de cóctel y se lo quitó, con los tirantes del tenso sujetador balconette de encaje negro sueltos sobre los hombros y las bragas. Se sentó en el cojín frente al gong, dobló las piernas en la clásica Padmasana de yoga y apoyó las manos en las rodillas.

—Primero viene Kapal Bhati, la iluminación craneal —susurró. Empezó a respirar lenta y controladamente, con inhalaciones profundas y exhalaciones explosivas.

Después de una docena de respiraciones, le hizo un gesto con la cabeza a Nate. Vale, haz que el gong suene como ella te ha enseñado. Empezó el estruendo tibetano grave, y Nate pudo sentir el zumbido en su propia columna vertebral, pero tuvo que concentrarse en un suave movimiento circular con el martillo cuando empezó la segunda nota más aguda, y miró a Grace, que estaba sentada, balanceando el torso en un movimiento circular, con la barbilla levantada y los ojos cerrados, ganando velocidad, y empezó un canto indescifrable con la misma nota musical que el gong. Cuatro minutos, cinco, seis, los hombros en círculo hacia delante y hacia atrás, las manos apoyadas y los ojos cerrados, y el sudor empezó a brotarle de la cara y a correr en riachuelos entre sus pechos relucientes, y por el estómago hasta empapar la cinturilla de las bragas. A Nate se le estaba cansando el brazo, pero temía que si dejaba de tocar el gong ella le lanzaría fuego y saldría levitando por el balcón hacia el cielo nocturno.

Después de unos diez minutos de violento balanceo del torso, Grace se echó hacia atrás, arqueó la columna vertebral sobre la madera y apoyó la parte posterior del cráneo en el suelo. Su sujetador transparente por el sudor se tensó; juntó las manos en un Ksepana Mudra por encima del corazón. Se inclinó aún más hacia atrás, con la caja torácica dilatándose como un fuelle, las manos en actitud de oración, apretadas entre los pechos, y empezó a temblar, con espasmos de tsunami que le subían por el vientre, los largos músculos de las piernas palpitantes, los pies crispados y la barbilla temblorosa apuntando al techo. De repente se tensó, sus ojos se pusieron en blanco y su boca se abrió mientras expulsaba un enorme suspiro y se quedaba inmóvil, con las manos flojas sobre el pecho.

Nate supuso que el teléfono que utilizaría para llamar a la ambulancia estaría en la cocina, pero primero se inclinó sobre Grace, que estaba tumbada en el suelo, con los ojos cerrados y las piernas abiertas y extendidas. Su caja torácica seguía dilatándose con la respiración.

—¿Estás bien? —le preguntó poniéndole la mano en el hombro. Abrió los ojos muy despacio y se centró en él. Ella sonrió, le puso una mano detrás del cuello y atrajo su boca hacia la suya para darle un beso, una simple caricia en los labios. Su dulce fragancia lo envolvió y su cabeza se agitó—. ¿Qué es ese perfume? —preguntó. Ella volvió a acercar su boca a la suya.

—*Ylang-ylang* —le susurró al oído, pronunciándolo ee-lang, ee-lang—. Es muy antiguo.

—¿Estás bien? ¿Qué te ha pasado?

Grace se puso en pie, se desabrochó el sujetador empapado sin cubrirse y se dirigió a una de las cestas de mimbre, sacó un kimono de lino y se lo puso.

—¿Qué ha sido eso? —insistió Nate. Grace se pasó los dedos por el pelo y luego se anudó el cinturón del kimono, mirándolo a los ojos sin pestañear, nada avergonzada.

—Despertar Kundalini. Es cuando me pierdo a mí misma.

—Despertar ¿qué?

—¿Has oído hablar de los siete chakras del cuerpo? ¿Los centros de la fuerza vital? ¿No? Te lo explicaré en otro momento. Esta noche es demasiado tarde.

Otro beso acariciador junto a la puerta.

Nate se dirigió a casa por Bowen Road, redactando en su cabeza el cable del día siguiente para el comunicado del COS Burns sobre lo que parecía ser un comienzo positivo en el reclutamiento de Grace Gao, alias Zhen Gao. Las antenas de oficial de casos de Nate vibraban un poco, evaluando los factores. El proceso iba más rápido de lo normal, ¿quizá más rápido de una forma poco natural? Esto de la energía Kundalini era inesperado; ¿podría aprovecharlo? Se le había pasado la borrachera muy rápido. Era un enigma, pero irresistible: erótica, sin ser salaz; seductora, sin ser lasciva; sofisticada e ingenua a la vez. Si lo conseguía, tenía la sensación de que podría ser una captación excepcional. La becaria extranjera en el Reino Unido seguía siendo una anomalía inexplicable, al igual que su aparente falta de interés por su historia personal. Eran notas falsas, pero las resolvería.

* * *

El equipo de contrainteligencia del MSS en el apartamento de al lado escuchó la cinta de audio de la cena en el China Club, y revisó el vídeo de Zhènniaǒ, la actuación del pájaro de plumas venenosas en el apartamento trampa de miel al otro lado de la pared desnuda, con la coreografía del gong y Matsyasana, la provocativa postura de su cuerpo arqueado y el casto beso, y estaban satisfechos con la velada y con las perspectivas de atrapar al oficial estadounidense de la CIA y obtener el nombre de su agente. Su asesinato estaba cantado. El jefe del equipo saludó con amabilidad a su apreciada invitada de Moscú, la bella oficial rusa de ojos azules del SVR, que estaba sentada en un sillón frente a los monitores, sin poder parar los movimientos del pie. Sus consejos sobre cuál sería la mejor manera de inventar la ficticia leyenda personal de Grace Gao para convencer al estadounidense fueron sibilinos, casi como si supiera cómo pensaba él.

Ma po · Berenjenas al ajillo

Mezcla la carne picada de cerdo con el vinagre de arroz, la salsa de chile, la maicena y la salsa de soja. Refrigera. Corta las berenjenas asiáticas por la mitad a lo largo, úntalas con aceite de cacahuete, sazónalas con sal y ásalas con el corte hacia abajo en una bandeja de horno hasta que estén tiernas y chamuscadas. Mezcla el caldo de pollo con el sake, el azúcar, el aceite de sésamo, la pasta de judías y la salsa de soja. Sofríe las cebolletas picadas, el ajo y el jengibre hasta que desprendan aroma, añade la carne de cerdo y dórala; luego añade la mezcla de caldo de pollo y lleva a ebullición. Cuece a fuego lento hasta que la salsa espese. Coloca las berenjenas con el corte hacia arriba en una fuente y cúbrelas con la carne de cerdo. Adorna con cebolletas cortadas en rodajas. Sirve con arroz al vapor.

29
Tus chakras se manifiestan

Dominika había llegado a Hong Kong varios días antes, tras un día de ceremoniales visitas de cortesía en el cuartel general del MSS en el Ministerio de Seguridad del Estado. El general Sun estaba en Pekín porque tenía varias reuniones, por lo que un capitán anglófono de la oficina del MSS de Guangzhou, llamado Yuán Chonghuan, se hizo cargo de la recién llegada. Había elegido el inexplicable nombre comercial occidental de Rainy, *yu tien* en mandarín, fonéticamente cercano a Yuán y de carácter lírico, o eso creía él. Rainy Chonghuan era muy bajo y delgado, con todas las patologías inherentes del enano de manual. Tenía el temperamento tóxico de un oficial de bajo rango que en un momento disfruta maltratando a sus subordinados y al siguiente adulando sin vergüenza a sus superiores. Tenía los dientes color caramelo y los dedos rechonchos con las uñas mordidas. La aureola que rodeaba su cabeza y sus hombros también era de color caramelo, el color que se obtiene cuando el amarillo de la traición se mezcla con los marrones de la pereza y la envidia. Dominika sabía que debía tener cuidado con él.

La coronel Dominika Egorova, de la SVR, era un ser extraño para Rainy: la eslava de piernas largas, pechos grandes y pómulos altos bien podría haber sido de otro planeta. Su inglés, aprendido en la escuela de oficiales de la SVR, era lo bastante fluido como para discutir con ella la estrategia de la operación para atrapar al estadounidense. Sin embargo, Rainy Chonghuan se dio cuenta enseguida de que el general Sun y la cúpula del MSS tenían en alta estima a esta rusa, lo que significaba que él se arrastraría todo lo necesario (y más). Además, vio que tenía una larga experiencia trabajando con objetivos americanos. Las enmiendas que sugirió al plan para hacer que cayera en la trampa, incluida la modificación de la historia personal de Zhènniaŏ para apelar a los instintos operativos del yanqui, fueron impresionantes. Cualquier cosa que le asegurara el éxito y le reportara crédito y ascensos era bienvenida. Rainy proporcionó una copia traducida de la hoja de servicios de Zhènniaŏ para que la revisara la coronel Egorova, y sugirió que las dos mujeres se reunieran para discutir los matices del cebo de néctar. Para su sorpresa, la rusa se mostró reticente, explicando que los gorriones del Servicio ruso operaban con mayor eficacia si tenían menos distracciones. Rainy se apresuró a aceptar, felicitando a la coronel por su previsión y sabiduría.

A Dominika, el expediente personal de Zhen Gao le parecía fascinante. La autobiografía que le había recitado a Nate era, en su mayor parte, ficción, con alguna salpicadura de verdad. No había perdido a sus padres, no era adoptada y nunca fue a una escuela de hostelería. Nunca le enseñó yoga una yoguini experimentada cuando tenía doce años, sino que lo aprendió más tarde, como una forma de mantenerse en forma y ayudarla a seducir objetivos.

Zhen Gao era hija de un profesor de escuela pública de Anxin, en la provincia de Hebei, a orillas del lago Baiyangdian. A los dieciséis años, Zhen ya era una belleza despampanante y llamó la atención de un administrador provincial, que apreció el cuerpo de la mujer bajo la bata de colegiala. Utilizó su influencia para instalar a la joven como doncella en una villa controlada por el Estado, le arrebató la virginidad y, de vez en cuando, la compartía con otros funcionarios municipales para ganarse su favor. Cuando Zhen tenía dieciocho años, el administrador fue sorprendido aceptando sobornos y fue juzgado, condenado y ejecutado por corrupción. Sin patrón y con una inmerecida reputación de «chica del placer», fue enviada a Tianjin, una ciudad de quince millones de habitantes situada en la costa noreste, a dos horas al sur de Pekín, e ingresó en la Escuela Estatal 2112, una academia de formación dirigida por el MSS que, según se explicaba por encima en el expediente, entrenaba a mujeres jóvenes en «técnicas de inteligencia», que incluían la seducción, la captación, el reclutamiento y el chantaje. Las graduadas eran conocidas como *Yèyīng*, ruiseñores.

En función de sus estudios, su rendimiento y una evaluación de sus aptitudes ideológicas, un puñado de ruiseñores fueron elegidos para continuar sus estudios en el Instituto 48 de Pekín, una instalación clasificada en el distrito de Shangjialou, al noreste del país, donde se entrenaba a los estudiantes en el uso de armas de fuego, armas exóticas y venenos. A los veinte años, Zhen fue auspiciada por una sociedad de cooperación anglo-china, controlada por el MSS, para estudiar en el Reino Unido, tanto para dominar el inglés como para conocer las costumbres occidentales. Cuatro años después, se graduó como seductora-asesina del Estado, conocida como Zhènniaŏ, el pájaro de las plumas envenenadas. Debido a su excelente inglés y a sus modales británicos, Zhen fue colocada, con toda la discreción posible, en un puesto encubierto como subdirectora general en el Hotel Peninsula de Hong Kong, disponible para cualquier misión que se le encomendara.

Bozhe, pensó Dominika al leer el expediente, una joven mancillada por un cerdo, hundida en el barro y obligada a ingresar en la versión china de la Escuela de Gorriones. Se le aceleró el pulso al leer la historia de la vida de Zhen: era como la suya propia.

Pero los gorriones rusos no matan a la gente, se dijo Dominika. Tú sí, ¿verdad?

A lo largo del segundo volumen del expediente, se referían a Zhen como Zhènniaŏ. Dominika preguntó a Rainy qué era un pájaro de plumas venenosas, y él describió con vacilación el pájaro mitológico, de plumaje negro como el carbón, que solo se alimentaba de serpientes y cuyas plumas eran, por tanto, muy venenosas. Con una sola de esas plumas se podía agitar un vaso de vino y volverlo mortalmente tóxico, dijo. Esto solo podría ocurrir en China, pensó Egorova.

El archivo documentaba catorce asesinatos atribuidos a la ruiseñor; el más reciente, el de un jefe de policía birmano traficante de drogas que había sido envenenado con un destilado de la flor del acónito. No hubo testigos ni conexión con Pekín. Dominika consultó un anexo farmacológico del expediente en el que figuraba que el acónito es una planta venenosa que produce aconitina, una tetrodotoxina letal que se absorbe con facilidad a través de la piel. Incluso un ligero contacto con la delicada flor púrpura en forma de campana induciría, entre dos y ocho horas después, arritmia cardiaca, taquicardia ventricular y fibrilación ventricular que llevaría a parálisis respiratoria o paro cardiaco. Zhènniaŏ había aplicado el veneno sobre la piel del jefe de policía, mezclado con *ylang-ylang*, un aceite esencial perfumado utilizado en aromaterapia.

* * *

Mientras observaba la demostración de Kundalini de Zhen en el monitor de vigilancia —todo el apartamento estaba lleno de cámaras y micrófonos en las lámparas, la marquetería y los techos—, a Dominika se le paró el corazón cuando oyó a Zhen decirle a Nate que su perfume se llamaba *ylang-ylang*. Así es como lo harían con él. Zhen le untaba aceite perfumado con la toxina del acónito durante una sesión de yoga, lo que lo mataría a la mañana siguiente.

¿Nate sentiría el peligro? ¿Por qué iba a hacerlo? Era un oficial de operaciones a la caza, con la intención de reclutar a una hermosa chica china. Benford y la CIA no tenían ni idea de la amenaza; no le podían advertir. Ella misma se encontraba en una situación muy peligrosa. No podía llamar a la CIA; estaba en China. No podía tirar un paquete por encima del muro del consulado estadounidense, ya que estaba rodeado de vigías del MSS. La acompañaban a todas horas unos escoltas del MSS, y el diminuto Rainy Chonghuan estaba siempre a su lado.

La habían alojado en un lujoso apartamento de invitados situado un piso más arriba, justo encima de ese en el que se encontraba en ese instante, y no dudaba de que también estaría repleto de micrófonos y cámaras, por lo que era muy arriesgado intentar salir del edificio y ponerse en contacto sobre la marcha con Nate, que, según supuso, también estaba vigilado por el MSS.

Si actuaba para salvar a Nate y cometía un error, los chinos informarían al Kremlin y ella estaría perdida. Dominika había intentado enviar a Nate sutiles advertencias. Había aconsejado a la MSS que Zhen no pareciera demasiado inquisitiva y que no hiciera preguntas personales, la marca de un oficial de inteligencia. Recomendó a Zhen que restara importancia a sus años universitarios en el Reino Unido, limitándose a decir que los había pagado con una «beca». Dominika dijo a sus anfitriones que era «más seguro ser imprecisa», pero en realidad se trataba de notas incoherentes que esperaba que fueran la advertencia silenciosa en la cabeza de Nate para empezar a olerse una trampa. También aconsejó a Zhen que mencionara el restaurante Fernando's de Macao para sobresaltar al estadounidense y que soltara algo procesable, sabiendo que, en realidad, sería una nota prematura y agresiva, que debería alarmar a Nate. Temía que fueran advertencias demasiado sutiles y difusas. ¿Las captaría Nate? No podía intentar un sabotaje más directo, porque los chinos eran demasiado listos. Dominika no sabía de qué otra forma alterar los planes del MSS para matar a Nate.

* * *

Grace había invitado a Nate a su apartamento a comer comida casera, en pago por la cena en el China Club. Abrió la puerta, sonrió y lo llevó de la mano al interior. Llevaba un vestido camisero beis que le llegaba a medio muslo, con las mangas remangadas por encima de los codos. Se apretó contra él por unos segundos, durante los que pudo sentir la suavidad de sus pechos bajo la camisa, y apenas lo besó. Caminó descalza por el salón —el aire estaba cargado de *ylang-ylang*—, dobló la esquina y entró en una cocina pequeña, pero moderna, toda de azulejos blancos y acero inoxidable. Sobre la encimera había varios ingredientes y un pequeño cuchillo chino de mango negro.

—Estoy haciendo una ensalada birmana de tomate —dijo Grace—. La palabra para ensalada en birmano es *lethoke*. Significa mezclar a mano.

—¿Estuviste alguna vez en Birmania? —preguntó Nate—. ¿Cómo se llama ahora?

—Myanmar. Solo como turista. Pero una birmana de allí me enseñó a hacer la ensalada. Se llamaba Kyi Saw.

Grace picó los ingredientes con destreza, batió vinagre de citronela, aceite de canola y salsa de pescado, y luego salteó cebollas y ajos en rodajas en una pequeña olla con aceite. Nate observó cómo se movía sin esfuerzo por la cocina, con manos rápidas y hábiles. Preparó la ensalada en un gran cuenco de madera, la removió un poco con las manos hasta que todo se incorporó y le dio un tenedor a Nate. Él probó una fina rodaja de tomate. El sabor era salado, dulce y picante, con un ligero crujido de cacahuetes triturados.

—Esto es delicioso. Nunca he probado algo así.

Grace se apoyó en el mostrador y le miró de reojo.

—Creo que sirven una versión de la ensalada en un restaurante de Macao —dijo—. Es un pequeño restaurante en la playa llamado Fernando's. Deberíamos ir allí algún día y te lo enseñaré.

Nate se mantuvo inexpresivo. No me gusta nada cómo suena eso, pensó. ¿Coincidencia? Puede que sí, puede que no.

—Suena divertido —dijo Nate. Sacaron los platos de ensalada al balcón y comieron mirando el puerto y las nubes del cielo nocturno, sonrosadas por las luces de la ciudad—. Me parece inconcebible que esta vibrante ciudad haya sido devuelta a China y ahora esté bajo el dominio de Pekín. ¿Crees que el espíritu de Hong Kong puede sobrevivir?

—La gente de aquí lo está intentando, resistiendo y exigiendo sus derechos. Pero no sé si lo conseguirán —respondió ella.

—Sé que el resto del mundo espera que tengan éxito.

—Yo también.

—Sería un esfuerzo digno, para ayudar a Hong Kong a seguir siendo libre. Algo con significado. —Se detuvo y soltó el acelerador, poniendo punto muerto, sin querer exagerar el tema. Podrían volver sobre ello; en el momento oportuno, Nate podría decirle cómo podía ayudar. Trabajar para la CIA.

—Lo entiendo. Ahora mismo me dedico al hotel, nada más. Y el yoga es mi única escapatoria.

—Tengo que ser sincero contigo —dijo Nate—. Cuando me mostraste ese Despertar Kundalini, me sobresalté un poco, incluso me asusté. No sabía lo que te había pasado.

Grace se rio.

—¿Quieres aprender un poco más? Puedo hablarte de los chakras, los puntos de energía de tu cuerpo. Son muy importantes; lo controlan todo —dijo Grace.

Vale, semental, mantén esto bajo control, se dijo Nash.

Hasta ahora, Nate había mantenido una relación platónica, a pesar del sujetador negro, la espalda arqueada y los besos inocentes. Podía imaginarse la reacción de Benford si se enterara de que había reclutado a Grace Gao acostándose con ella; sería una afirmación de la persistente creencia de Benford de que Nate no debía seguir trabajando para la CIA. Hacía tiempo que no pensaba en ello, pero ahora Nate contemplaba la pesadilla que supondría que lo echaran de la Agencia y tener que volver a casa, a Richmond, Virginia, donde su familia siempre había rebuznado que Nate no triunfaría como espía, sin importarles que su derrota hubiera llegado tras diez años y no dos, como habían predicho. Entonces, ¿cómo manejar a esta belleza china que quería mostrarle los chakras?

Se sentaron en el suelo frente a frente, con las piernas cruzadas y las rodillas casi tocándose. Grace cogió un ancho cuenco de cobre de una de las mesas del altar, lo puso en el suelo junto a ellos y golpeó con suavidad el borde con un pequeño perno de madera. El cuenco emitió una nota clara y suave, como el carillón de un reloj de pie.

—Cuenco cantor —dijo Grace—, sirve para despejar la mente.

Pasó el perno por el borde del cuenco, que empezó a emitir un zumbido pulsante que se convirtió en un segundo tono de rana toro que se superponía al primero. Dejó de acariciar el cuenco y los tonos se desvanecieron poco a poco. Se movió hacia delante para que sus rodillas se tocaran.

—Hay siete chakras en tu cuerpo, y todos representan emociones diferentes. —Sacó un frasquito del bolsillo del vestido, desenroscó el tapón y lo inclinó hacia delante para mojar la punta del dedo. La vertiginosa fragancia del *ylang-ylang* los envolvió, y Grace arrastró la yema del dedo por los lados del cuello de Nate, por la parte inferior de las muñecas y por los tobillos—. El aceite te ayudará a relajarte.

Le tocó la parte superior de la cabeza.

—Este es el séptimo chakra, el chakra violeta, la coronilla, que trae la dicha.

Se inclinó hacia él y le besó la frente.

—Este es el sexto chakra, el chakra índigo, el entrecejo, que controla la intuición.

Le besó los párpados.

—El quinto, azul, la garganta para curar.

Se movió más abajo y le acarició la garganta con los labios.

Jesús, se dirige al sur, ¿hay un chakra del capitán Picard?, se preguntó Nate.

—El cuarto, verde, el corazón para el amor.

Grace le desabrochó la camisa y le besó el pecho.

—El tercero, amarillo, el plexo solar, los objetivos.

Sus labios rozaron su estómago.

—El segundo, naranja, el bazo del deseo.

Le pasó los dedos por el ombligo.

Grace movió la mano entre las piernas de Nate y por debajo de su cuerpo, presionando a través de los pantalones la carnosa almohadilla del músculo perineal.

—El primero, el chakra raíz, rojo, controla la pasión.

Mantuvo los dedos allí y lo miró a los ojos.

En un momento así, con los dedos de Grace emanando *ylang-ylang*, señalando su primer chakra, Nate recordó, de forma inexplicable y psicótica, a Kramer, su colega oficial en Viena, que una vez le dijo que el perineo se llamaba comúnmente «trampa» porque «no son tus pelotas ni tu culo». Nate se preguntó qué estaría haciendo ahora aquel cabrón. Se estremeció mientras Grace retiraba la mano.

—Y cuando despiertas la Kundalini —dijo Nate, intentando no retorcerse—, estos chakras hacen, ¿qué?

—La energía se expande desde el chakra raíz, como una serpiente desenrollada, por la columna vertebral hasta la cabeza, como una corriente eléctrica. Aporta una conciencia profunda.

—Puedo sentir cómo se expande la mía mientras hablamos —dijo Nate. Grace avanzó hasta sentarse sobre las piernas dobladas de Nate y le rodeó la espalda con las suyas. Le rodeó el cuello con los brazos y lo miró a los ojos. Estaban a centímetros de distancia, tanto la nariz como la entrepierna, y Nate podía sentir el calor de su cuerpo, como si estuviera sentado demasiado cerca de una estufa de leña.

—Esto se llama Yab Yum, sentarse así. La unión de la sabiduría y la compasión. —Le cogió la mano, la apretó contra su corazón y la mantuvo allí—. ¿Puedes sentir mi corazón? Déjame sentir el tuyo. —Permanecieron inmóviles, con los ojos cerrados, las manos en el corazón del otro, las frentes rozándose ligeramente—. Ahora no podremos movernos durante mil años hasta que alcancemos el Samadhi —dijo ella.

—El Samadhi, sea lo que sea eso, va a ocurrir antes que eso —dijo Nate—. Solo te lo advierto.

—Deja de hablar. Samadhi es un estado mental. Concéntrate.

Nate sintió que su respiración se hacía más profunda y que los latidos de su corazón se ralentizaban, y pudo oírlo en su cabeza, y pudo sentir que sus propios latidos coincidían con los de ella. Sus piernas lo rodeaban con fuerza, sus talones se enganchaban con suavidad en su espalda. De repente, Nate sintió ligereza en la pelvis, las piernas, la columna vertebral y los brazos.

Un fuerte ruido le llenó la cabeza, como si estuviera en una gruta subterránea sobre una atronadora cascada. La ligereza se trasladó a su cabeza, detrás de sus ojos y debajo de su lengua.

—¿Lo sientes? —susurró Grace. Nate asintió—. El Samadhi es maravilloso. Puede llevarte, llevarte por encima de las montañas y a través de los océanos. ¿Qué hay sobre el océano para ti, Nate? ¿Qué hay en tu corazón?

—Una mujer muy lejana —respondió él con los ojos aún cerrados, maravillado por la sensación en su cerebro y por su respuesta, que salió de su boca antes de que pudiera pensar. Grace se acercó más a él y le rodeó el cuello con los brazos.

—Respira conmigo —susurró, inhalando hondo. Puso su boca sobre la de él y empezó a inhalar y exhalar en su boca, rodeándolo de terciopelo caliente y electricidad. Su respiración controlaba la de él. Se balanceó un poco y se inclinó hacia delante, de modo que sus estómagos en expansión se tocaron. Grace le susurró en los labios—. ¿Quién más está en tu corazón?

Nate pensó en Agnes en Palos Verdes, y en Hannah asesinada, y en el canoso general Korchnoi asesinado, y en Gable también muerto, y en Benford, Forsyth y Burns, que eran sus colegas y su familia, y en la imagen con cabeza de cubo del general Tan del EPL, ese escarabajo despilfarrador al que Nate acababa de reclutar, y estuvo a punto de decir su nombre en voz alta. Mierda, ¿qué es esto?

Nate forcejeó, parpadeó tres veces, muy deprisa, y ella supo que lo había perdido, al menos de momento. Retrocedió con lentitud, separándose de él.

* * *

Dominika estaba sentada en el sillón, con las piernas cruzadas, apretando los muslos y sudando. Se había obligado a quedarse quieta mientras miraba el monitor e imaginaba la sensación del cuerpo de Nate apretado contra el de Grace en Yab Yum, y le hormigueaban los labios imaginando aquellos besos. Gracias a Dios no tenía que ocultar un orgasmo, sentada a un metro del espantoso Rainy Chonghuan, que miraba la pantalla con la boca abierta. Había sentido pánico cuando Grace había untado el cuello de Nate con aceite perfumado, pero se había dado cuenta de que aquella no era la noche del asesinato.

Ese último beso. Estaba asombrada por la aparente habilidad de Grace para arrastrar a Nate a un estado de meditación, algo que ella sabía que nunca podría hacer. Sin embargo, no estaba enfadada con él; verlo después de tantos meses en una pantalla de alta resolución fue un *shock*, y se sintió a un millón de kilómetros de distancia. Sabía que él no había planeado que eso sucediera, que estaba trabajando con la mujer china y que había sido ella quien había iniciado el contacto. Sin duda, le rompería un jarrón en la cabeza la próxima vez que lo viera (si lo hacía), pero se dio cuenta de que seguía queriéndolo; él había dicho que amaba a una «mujer muy lejana»; sabía que se refería a ella. Fue la primera persona en la que pensó desde su subconsciente adormecido. Oh, cómo el espionaje se había interpuesto entre sus vidas.

Pero ahora mismo los celos, el despecho, el anhelo y la calentura eran superfluos. Dominika no sabía si Nate podría resistirse a los encantos alucinantes de aquella preciosa china, pero sabía que, tanto si el MSS le sonsacaba el nombre del agente de Nate como si no, muy pronto le darían a Zhen la orden de eliminarlo. Era un escarabajo en una caja de cerillas y lo iban a pisar.

Rainy Chonghuan observó la pantalla mientras Grace le daba las buenas noches a Nate en la puerta principal del apartamento. Ordenó a los técnicos que apagaran los monitores de vigilancia y los micrófonos, y se volvió hacia la coronel Egorova.

—Puede ver que Zhènniaǒ está muy entrenada y preparada en todos los detalles. Utiliza los aspectos místicos de este yoga para manipular a sus objetivos, para emplear el *tao qu de zuo fa*, métodos para sonsacar. Si tiene éxito, sucederá la próxima vez. Si al concluir el siguiente contacto, el americano no revela el nombre del topo, se dará la orden de eliminarlo.

—Usted es quien mejor conoce esta operación —dijo Dominika,

despreocupada, preguntándose si habría una mancha de humedad en la parte trasera de su falda—. Pero eliminar al americano ahora parece prematuro. Su chica está haciendo buenos progresos. Podrían obtener más secretos de este agente sobre las operaciones de la CIA en China.

Rainy se encogió de hombros.

—Pekín insiste. Le invitará a otra cena dentro de dos días, y ya veremos qué pasa. Zhènniaŏ se quedará en el apartamento a partir de esta noche, por si el americano se siente solo y amoroso, y decide visitarla sin avisar.

—¿Y cómo eliminará al objetivo?

Rainy Chonghuan mostró una sonrisa viscosa.

—Zhènniaŏ es experta con armas de fuego, armas blancas, la cuerda y una variedad de armas clásicas. También es experta en el combate cuerpo a cuerpo. Sus conocimientos sobre venenos y toxinas son enciclopédicos. La condición, como en la mayoría de estos casos, es enmascarar la mano del Servicio. Ella elegirá el método apropiado.

—No parece que vaya a tener problemas —respondió Dominika, sintiéndose de repente abrumada. El persistente terror que la esperaba en Moscú si el topo de Washington la descubría volvió a ella de repente. Tanto ella como Nate estaban al borde de la muerte.

Kyi saw • Ensalada birmana de tomate

Corta unos tomates medianos en medias lunas, los tomates cherry por la mitad y la cebolla dulce en medias lunas y colócalos en un bol; añade las semillas de sésamo tostadas, los cacahuetes triturados, las gambas secas en polvo, los chiles cortados en dados y el cilantro picado. Fríe el ajo y las cebollas restantes hasta que estén crujientes y añádelos al bol. Bate el vinagre de citronela (o sustitúyelo por vinagre de arroz), el aceite de canola, la salsa de pescado, el zumo de lima y el azúcar de palma, y viértelo sobre la ensalada. Mezcla con las manos y decora con el ajo y las cebollas fritos reservados y un poco de cilantro. Va bien con un filete poco hecho.

30
Desolación

A Zhendis no le gustaba alojarse en el piso-trampa. Su piso personal estaba en un edificio más pequeño en Mid-Levels, donde estaba rodeada de sus libros, material de yoga y muebles cómodos. Quedarse en este apartamento casi vacío era un inconveniente. Además, significaba que se acercaba la fase de asesinato, y aunque no tenía reparos en eliminar a un objetivo, siempre se deprimía al concluir una operación. Disfrutaba de la caza: la ingeniería del primer contacto, el tímido desarrollo de la relación, la embriagadora emoción de la seducción y la vertiginosa anticipación del acto final, hasta el momento en que introducía una aguja de acero entre las vértebras cervicales del cuello, o enrollaba una cuerda de seda alrededor de la garganta, o veía cómo los ojos de la víctima se alarmaban al sentir por primera vez los efectos de un veneno que le oprimía el pecho. Pero después había un vacío, una depresión, una melancolía. Un abismo que el yoga ayudaba a aliviar.

Zhen siempre se decía a sí misma que trabajaba como un pájaro de plumas venenosas para alimentar su estómago, y practicaba yoga para alimentar su alma. La práctica le daba perspectiva, energía y la fuerza para aceptar lo que no podía cambiar. Pero había algunas cosas que sí podía cambiar. Su infeliz infancia y posterior explotación como concubina adolescente, y los humillantes años de degradaciones y vejaciones en la Escuela de Ruiseñores y en el Instituto de Pekín aprendiendo a matar aumentaron su determinación de no dejar que nadie volviera a maltratarla. La primera vez había sido en Londres, en la universidad, donde había sido señalada como una penosa exótica por un grupo de estudiantes varones, la mayoría de los cuales eran simples matones, pero uno de ellos había querido más. Zhen no se llevó al Reino Unido ninguna de las armas habituales del instituto, salvo dos *gongfu shàn*, abanicos plisados de lucha kung-fu, uno negro y otro rojo, anchos y delicados, con alas expansibles de metal ribeteado fijadas a los pliegues del abanico. Eran armas medievales de artes marciales y Zhen podía hacerlos aletear como alas de pájaro, abriéndolos y cerrándolos con un sonido similar al de un disparo.

También había un complicado protocolo social en el uso de los abanicos, antiguas convenciones chinas en realidad perdidas para la mayoría de los británicos, pero Zhen las había estudiado porque serían muy relevantes cuando volviera a Oriente como seductora. Dibujar un abanico cerrado a lo largo de la mejilla significaba «te deseo». Tocar ligeramente con los dedos el borde del abanico extendido significaba «quiero hablar contigo». Tocar los labios con un abanico cerrado significaba «bésame». Nada de esto se aplicaba al espigado Romeo británico llamado Rowdy White, que una noche entró a empujones en el dormitorio de Zhen y se quedó mirándola, sonriente, mientras ella sostenía ante sí dos enclenques abanicos doblados, lista para defenderse. La experiencia acumulada de Rowdy con los abanicos se limitaba a las grandes variantes de plumas de avestruz que utilizaban las bailarinas en los clubes de estriptis de High Street.

Cuando Rowdy intentó agarrar a Zhen por el brazo, el abanico negro se abrió con un chasquido, desviando su mano. Riéndose para sus adentros, Rowdy volvió a agarrarla y el abanico rojo se abrió de golpe, le bloqueó el otro brazo, se dobló en un abrir y cerrar de ojos y le atravesó la muñeca. Eso dolió. Gruñó, dio un paso adelante, con los brazos extendidos, y ambos abanicos se abrieron con un estruendo como el de las palomas que levantan el vuelo en un parque, y el borde de ataque de uno de ellos le atravesó la cara unos centímetros por encima de las cejas, cortándole la frente y cegándole mientras la sangre le corría por los ojos y las mejillas. Era la primera vez que Zhènniaǒ ayudaba a alguien a desangrarse, y estaba un poco sorprendida de lo fácil que había sido.

* * *

No tenía hambre, pero preparó una olla pequeña de sopa *shēngcài*, una sencilla sopa de lechuga, y la dejó enfriar en el fogón apagado. Abrió la puerta del balcón para que entrara la brisa nocturna y se sentó desnuda sobre la gran almohada en el suelo de la oscura y vacía sala de estar, inhalando grandes bocanadas de aire, distendiendo primero el estómago, luego el diafragma, después los pulmones, y expulsando el aliento en orden inverso, tirando del ombligo hacia dentro y hacia arriba, y bloqueando el chakra raíz. Repitió en voz baja el Adi mantra: *ong namo guru dev namo*, me inclino ante el maestro interior, y siguió respirando. Se puso en pie y se inclinó hacia delante en una embestida profunda, con el cuerpo reluciente, los pechos tensos, los brazos musculosos por encima de la cabeza, y luego adoptó una serie de posturas, con la respiración firme y sibilante al exhalar. Pero algo iba mal. Esa noche no estaba concentrada. Le gustaba el joven americano, y tuvo que admitir que era decente y encantador. Sus comentarios sobre la libertad y Hong Kong eran, sin lugar a dudas, argumentos de reclutamiento, pero ella estaba de acuerdo con ellos. Se preguntó cómo sería en la cama —no se acostaba con hombres después de haber pasado por la Escuela de Ruiseñores—, aunque no le importaba mucho si el americano vivía o moría. Estaba sola en el mundo, no alineada con nadie, ni con Pekín, ni con el MSS, ni con el hotel al que dedicaba todas sus energías. Sabía que Nate era de la CIA y que quería reclutarla. Había utilizado sus artimañas profesionales para animarlo, había flirteado con él y le había besado, todo para que entrara en la zona letal. Su reclutamiento era imposible, por supuesto —ella nunca se aliaría con los estadounidenses— y, además, el MSS lo estaba observando todo. A Zhen le habían dicho que tenía que sonsacarle (o engañarlo, o joderlo) el nombre de un topo, pero si después de dos noches no lo conseguía, debía asesinarlo. Ocurriría al día siguiente por la noche.

Tomaría un frasco de destilado de acónito mezclado con aceite perfumado de *ylang-ylang* y, con sumo cuidado, porque una sola gota en su propia piel podría ser mortal, aplicaría el veneno sobre la piel de Nate (había establecido la costumbre de rociarle con el aceite durante las dos últimas noches), esta vez con un aplicador de vara de bambú. La aconitina inundaría poco a poco su organismo y lo mataría horas más tarde, mucho después de que regresara a casa. Zhen se puso en pie, se dobló hacia delante con las palmas de las manos apoyadas en el suelo y exhaló. Se enderezó y se dirigió al dormitorio para darse una ducha antes de acostarse, apagando las luces mientras recorría el apartamento. Encendió unas velas de sándalo y se duchó a la luz de las velas. La fragancia amaderada del sándalo era un cambio agradable con respecto al aceite de *ylang-ylang*, que flotaba pesadamente por todas partes sin disiparse, como el hedor a cobre de la sangre rancia en un osario.

* * *

Casi medianoche. Menos mal que Benford y Nate no iban a enterarse de lo que planeaba Dominika. No había otras opciones. Iban a matar a Nate mañana por la noche. No tuvo que pensar mucho lo que iba a hacer ella: iba a matar a Zhènniaǒ, el pájaro de plumas venenosas, o al menos lo intentaría. Dominika estaba de pie en la oscura sala de estar de su piso de invitados del MSS, preguntándose si sobreviviría a la siguiente media hora. Llevaba pantalones negros de pijama y una camiseta negra sobre un sujetador deportivo que le aplastaba el pecho y le abrazaba las costillas. No quería preocuparse del bamboleo de sus pechos si tenía que enfrentarse a Zhen cuerpo a cuerpo. Se preguntaba si la técnica de lucha Systema, derivada de los Spetsnaz rusos, que había aprendido a lo largo de los años, se acercaría siquiera a lo que imaginaba que sería la habilidad marcial de un asesino chino. Pero tenía que intentarlo. De lo contrario, Nate estaba muerto.

Dominika no tenía intención de enfrentarse cara a cara con Zhen. Tendría armas escondidas por todo el apartamento, no lo dudaba, por no hablar de balas, flechas, dardos y dagas, todas ellas bañadas en compuestos letales. Tras haberla visto moverse, con el monitor de vigilancia de por medio, también sabía que Zhen era fuerte, ágil y flexible, y sin duda sería capaz de absorber mucho castigo en una pelea cuerpo a cuerpo. Por lo tanto, tenía que tenderle una emboscada e incapacitarla al instante. Sería la única manera de ganar.

Y todo esto tenía que hacerse en un edificio controlado por el MSS, lleno de cámaras de vigilancia y docenas de guardias de seguridad, que responderían al instante al escándalo de una pelea de gatas. Si Dominika no podía sacar a la chica china de forma rápida y silenciosa, los guardias de seguridad que respondieran podrían además volver a encender el equipo de vigilancia del apartamento, documentando para Gorelikov y Putin sus esfuerzos por salvar a Nate. Sacarían la misma conclusión al instante: Egorova trabajaba para los americanos. La arrestarían en Hong Kong, la llevarían en avión a Pekín para interrogarla, la meterían en el interminable vuelo a Moscú y luego la llevarían en una furgoneta cerrada hasta las puertas de la prisión de Butyrka, donde le esperaría algo más que un interrogatorio. Eso si Zhènniaǒ no la mataba antes.

Sabía que esta noche no podía limitarse a salir por la puerta de su apartamento —seguro que estaba conectado a una alarma—, bajar un piso y llamar sin más a la puerta de Zhen —que también estaría conectada a una alarma— para invitarse a sí misma a una última copa. Había echado un vistazo a su balcón y al del piso de Zhen, justo debajo. Pensó que podría trepar por la barandilla de su balcón, descender todo lo posible y columpiarse en el balcón de Zhen. Si se equivocaba en el impulso, o si se le resbalaban las manos, nada más importaría ya. Estaban a nueve pisos de altura. Dominika había registrado su apartamento en busca de posibles armas. La cocina no estaba abastecida; no había cuchillos de chef. Había encontrado una pequeña caja de herramientas en el armario, de la que sacó un cúter con hoja retráctil y un martillo de carpintero de peso medio. Ambas armas potenciales eran de corto alcance e ineficaces, pero era todo lo que tenía. Replegó la hoja, se metió el cúter en el sujetador y el mango del martillo en la cintura. Era hora de ir a cazar pájaros venenosos. Se acordó de abrir la puerta de su apartamento desde dentro para poder volver a entrar después de llegar a un acuerdo con Zhen.

El edificio de Grenville House estaba a oscuras. Dominika se sintió aliviada al descubrir que colgándose de los dedos de las manos podía tocar la barandilla del balcón inferior con los dedos de los pies, y pudo dejarse caer sin hacer ruido en el oscuro balcón del apartamento de Zhen. La puerta del balcón estaba abierta y entró de puntillas, atravesando un muro de fragancia de *ylang-ylang*. El sonido del agua de la ducha provenía del dormitorio, y Dominika buscó el martillo mientras avanzaba en la oscuridad. No había martillo. No lo había oído deslizarse fuera del pantalón del pijama ni golpear la calzada nueve pisos más abajo.

Dominika se asomó al cuarto de baño. La vacilante luz de las velas apenas permitía ver a través de la mampara de cristal empañado de la gran ducha. Zhen estaba de espaldas, bajo el cabezal rectangular de la ducha, disfrutando de la suave lluvia, con los brazos por encima de la cabeza, los músculos de las nalgas agitándose al moverse y el pelo mojado resbalando sobre su cráneo. Intentó recordar la ubicación de las principales venas y arterias del cuerpo humano, sabiendo que la cuchilla del cúter solo medía dos centímetros. Ponte a ello, se dijo, antes de que empieces a gruñir jadeante.

Una oleada de rabia hirvió en sus entrañas por lo que estaba a punto de hacer, por lo que la estaban obligando a hacer. Midió la distancia a través de la abertura del cristal y buscó el cúter, pensando en un tajo, no una puñalada, un tajo en la garganta, los ojos, el cuello. Justo antes de dar un paso adelante, su vista se fijó en un kimono que colgaba de la pared y, dejando el cúter a un lado, se acercó al cinturón de seda, lo liberó y, con rapidez, hizo un nudo corredizo con dos lazos, se metió en la ducha y deslizó el lazo por encima de la cabeza de Zhen, apretando el nudo. Moviéndose más rápido de lo humanamente posible, Zhen se volvió hacia ella e intentó inclinar la cabeza para deslizar el lazo, pero Dominika salió del cristal, pasó el cinturón por encima del borde superior y tiró de él hacia abajo con todas sus fuerzas, añadiendo el peso de su cuerpo, empujando la mejilla de Zhen hacia un lado contra el interior del cristal con un golpe seco y, con otro tirón, la sacó de sus pies. El cristal mantuvo las manos y los pies de Zhen alejados de ella.

Los dedos de los pies de Zhen tamborileaban contra la pared de la ducha; sus pechos, sus pezones marrones y el delta de su pubis se aplastaban contra el cristal mojado, sus dedos arañaban el material que le rodeaba la garganta, pero la seda empapada se había apretado hasta formar un nudo imposible, el lazo le tiraba de la cabeza a la altura de la oreja, y ella se agitaba como un pez de lado a lado, e intentaba zafarse del cristal con los pies, con los muslos flexionados.

De su boca abierta salían gruñidos ásperos, pero el ruido de la ducha tapaba el sonido. Después de tres minutos de violentas sacudidas, a medida que el oxígeno de su cerebro se agotaba, sus patadas disminuyeron, sus manos se apartaron de su garganta y se estremeció durante otros tres minutos, con la cabeza inclinada hacia un lado y saliva escurriéndole por la comisura de los labios. Remolinos de agua corrían por el cristal mientras Zhen la miraba a través de él con los ojos muertos y la boca abierta. Dominika se había dejado caer en el suelo del cuarto de baño, los pies apoyados, sujetando el cinturón, los brazos doloridos, mirando al cadáver mojado, sin poder apartar los ojos de la ruiseñor.

Cinco minutos, diez, una hora más tarde, no estaba segura del tiempo que había pasado, hizo que sus manos acalambradas se soltaran del cinturón y Zhen se deslizó por la mampara, con sus pechos aplastados chirriando contra el cristal mojado, lo que habría sido un sonido subido de tono y erótico durante el sexo en la ducha, ahora era feo y mortal. Zhen quedó tumbada boca arriba, con la barbilla levantada y las piernas abiertas, mientras el agua de la ducha le llenaba la boca y le caía por las mejillas. Dominika cerró el grifo. El clop, clop, clop del desagüe que goteaba bajo el cuerpo fue su único réquiem.

Secándose como una loca enrabietada los pies y las piernas, Dominika avanzó deprisa por el salón, ya no había chakras que palpitaran con gongs vibrantes, abrió la puerta principal, ignorando la posibilidad de una alarma silenciosa, y la dejó entreabierta, se metió en el hueco de la escalera y tiró de la manivela de la caja de la alarma de incendios que había marcado el día anterior. Ahora quería ruido y confusión. La peculiar alarma de incendios de Hong Kong era una molesta sirena que sacaría a los inquilinos al pasillo, dándole a ella la oportunidad de subir corriendo un piso hasta la puerta de su apartamento, entrar y ponerse una bata, para luego quedarse de pie en el pasillo, con aire inseguro y asustado. Rainy Chonghuan llegó corriendo por el pasillo con una camiseta sin mangas manchada de salsa hoisin y unos calzoncillos bóxer, y la bajó, de forma protectora, nueve pisos por una escalera atestada de residentes gritando, niños llorando y una cacatúa graznando en una jaula de bambú.

Esa noche, Dominika fue alojada en la suite de un lujoso hotel de Kowloon; su ropa, sus artículos de tocador y sus pertenencias fueron empaquetados y entregados a la mañana siguiente. Rainy, conmocionado y avergonzado, le contó que los bomberos que respondieron a la alarma habían encontrado a Zhen Gao asesinada en el apartamento operativo, estrangulada en la ducha. En el MSS estaban convencidos de que la había matado un equipo de acción de la CIA —pensaban que habían hecho rápel desde el tejado— y de que el estadounidense Nash habría colaborado. Se barajaron otras teorías en busca de explicaciones.

—Una sola persona no podría haber cogido desprevenida a Zhènniaŏ y haberla superado en combate —dijo Rainy—. No hay otra explicación plausible.

—¿No podría haber sido un crimen al azar? ¿Una violación? ¿Un robo? —preguntó Dominika.

Rainy negó con la cabeza.

—Imposible. Podría haber tirado a un ladronzuelo por la barandilla del balcón con un brazo.

—Un final desafortunado y frustrante para esta operación —dijo Dominika—. ¿Qué pasará ahora?

Rainy quería recuperar algo de prestigio a la luz de esta debacle.

—El *gweilo*, el diablo extranjero Nash, está en Hong Kong de forma temporal, sin inmunidad diplomática. Pekín me ha ordenado que ordene a la Policía de Hong Kong que detenga a Nash como sospechoso de asesinato. Será encarcelado en la prisión de Stanley hasta que se celebre su juicio y se dicte sentencia, y después será enviado a un Laogai, un campo de trabajo, en el oeste de China, donde aprenderá a extraer carbón de las minas. Eso, si no le ocurre algo peor mientras está detenido.

Esto era un peligro nuevo. Si Nate era arrestado y encarcelado, el MSS no tendría que asesinarlo. Organizarían un juicio dramático, con cobertura internacional. Moriría en un campo de prisioneros en las estepas azotadas por el viento del oeste de China. Tenía que salir de Hong Kong de inmediato. ¿Pero se enteraría a tiempo la estación de la muerte de Grace y de la orden de arresto? ¿O se presentaría Nate como un tonto en su apartamento esta noche con un ramo de flores? *Bozhe*, Dios, podría ir directo a sus brazos.

Dominika luchó contra el pánico: ¿tendría que irrumpir en el consulado estadounidense para dar un aviso? Soñó despierta. El final de su carrera como espía y el comienzo de una vida junto a Nate. Era un sueño cálido. Él se sorprendería al verla en Hong Kong, al otro lado del mundo. Imaginó su primer beso en el vestíbulo del consulado, sin importarle quién los viera. Espabila.

Pero el MSS decidió por ella. Una acompañante se quedó con ella en la habitación del hotel por la noche y, a la mañana siguiente, Dominika fue conducida al aeropuerto por un dispéptico Rainy Chonghuan y embarcada en un vuelo directo de Air China a Moscú, sin que se le propusieran ni ofrecieran más visitas de cortesía en Pekín. No fue en sí un desaire: los chinos estaban nerviosos y desconcertados. El MSS, el general Sun y el ministro de Seguridad del Estado, además, se sentían frustrados por su fracaso operativo, presenciado en directo por una oficial de inteligencia rusa. El desprestigio era demasiado grande como para recibirla como invitada en el Ministerio.

¿Qué pensarían si llegaran a enterarse de que su excelsa invitada de un servicio fraternal era la que había estrangulado a la muy cualificada verdugo tan bien entrenada?, se preguntó Egorova.

Ahora era una carrera contrarreloj. ¿Se enterarían los americanos de la orden de detención antes de que Nate fuera encarcelado por la policía de Hong Kong? No lo sabría hasta el día siguiente. El vuelo duraría diez horas. Ella leería los informes de SVR Asia por la mañana. Nate estaba solo.

* * *

Resultó que Dominika no tenía por qué preocuparse. Un joven y cooperativo teniente de la policía de Hong Kong que recibía un sobre cada mes por «charlas confidenciales» con Bunty Boothby le pasó la noticia del asesinato y la orden de detención. El oficial de ASIS solicitó una reunión urgente con Nate y el COS Burns. Todos se quedaron conmocionados al enterarse de que la preciosa Grace Gao era un perro de presa del MSS. Nate se quedó boquiabierto cuando el agente de Bunty añadió que Grace había formado parte de una operación del MSS para sobornar a Nate y sonsacarle el nombre de su nuevo recluta del EPL. Por los pelos. Pero ¿quién la había matado? El comandante Burns se paseaba por el metro y medio de su despacho.

—Ahora mismo, no importa quién lo hiciera. Lo averiguaremos tarde o temprano —dijo. Señaló a Nate—. Acabas de evitar tu propio Little Bighorn.

Nate apoyó la cabeza en las manos.

—La universidad, el restaurante... debería haberlo visto —dijo casi para sí mismo—. Estaba demasiado concentrado en captarla.

—No hiciste nada malo —dijo Burns—. Seguiste las normas. He leído y dado salida a todos tus cables e informes de contacto.

—Estas cosas pasan, amigo —dijo solícito Bunty, con una pierna enganchada en el brazo del sofá del despacho de Burns—. Dime que por lo menos te ha hecho una buena mamada.

* * *

Nate no podía salir de Hong Kong ni de Macao por aire, pues ambos aeropuertos estaban siendo vigilados de cerca. No había cruceros en el puerto. Bunty propuso la idea de que Nate podría, tal vez, tomar un tren desde la estación Hung Hom de Hong Kong hasta la estación Este de Guangzhou, y tomar un vuelo a Seúl o Tokio desde allí. Pensó que el MSS nunca esperaría una maniobra tan audaz. Esa opción obligaría a Nate a esperar un tiempo indeterminado para obtener un pasaporte alias de Langley, lo cual suponía un problema. No podía esconderse por tiempo indefinido en el consulado, había demasiados nativos.

Al final, el riesgo de que Nate viajara a China para salir del país convenció al COS Burns de que la opción no era viable. El cuartel general de la CIA, mientras tanto, estaba inundando la estación de Hong Kong con cables interrogatorios sobre el caso de captación de Grace, su asesinato, la seguridad continuada del nuevo activo SONGBIRD y propuestas para sacar a Nate de Hong Kong. Benford habló con Nate por el teléfono seguro y parecía tranquilo y apacible.

—Tu actuación con SONGBIRD y con esta mujer fue ejemplar —dijo Benford—. Mantenme informado de tus planes de exfiltración y vuelve aquí lo antes posible.

Colgó antes de que Nate pudiera responder, pero viniendo de Benford eso era como una carta de amor. Al menos tenía eso.

Un día después, el COS tenía un plan. Pidieron prestado un uniforme al curioso pero cooperativo agregado militar adjunto, un comandante de la Marina estadounidense. El oficial técnico de la Estación combinó el color del pelo de Nate con un bigotillo postizo, añadió unas patillas algo más largas de lo normal y unas pesadas gafas de carey para redondear su rostro. La tarde siguiente, húmeda y nublada, el comandante Nash subió a un autobús del parque móvil con veinte empleados del consulado, la mayoría de los cuales eran de la comisaría. El autobús bajó por Connaught Road, atravesó el túnel bajo el puerto y se detuvo en el muelle municipal de Canton Road, en Kowloon, para una visita pública del USS Blue Ridge, un buque de mando anfibio de casi doscientos metros de eslora, el buque insignia de la Séptima Flota de la Marina estadounidense, que hacía su escala bianual amistosa en el puerto. A su llegada, Bunty Boothby y Marigold Dougherty insistían a la policía de Hong Kong, de servicio al pie de la pasarela, para que les dejaran subir a bordo sin invitaciones. Marigold llevaba un vestido largo y tacones, gritaba a Bunty por haberse olvidado las invitaciones en casa, le llamaba *nong* y rompía a llorar. Llegó el autobús cargado de empleados del consulado y los abrumados agentes de policía se apresuraron a hacer el recuento y dejar subir a todo el mundo. Ni siquiera parpadearon al ver a Nate en medio de la confusión. Bunty brindó por Nate en la sala de oficiales, le dio las gracias por ser su compañero y señaló que Pekín se enfadaría «como una serpiente mordisqueada» cuando se dieran cuenta de que Nathaniel Nash había salido de China.

Al final de la velada, un joven contramaestre cambió su lugar con Nate y bajó del barco mientras Nate permanecía a bordo, oculto.

El Blue Ridge partió de Hong Kong a la mañana siguiente y regresó al cuartel general de la flota en Yokosuka, Japón, en tres días, un trayecto de mil kilómetros, durante el cual Nate permaneció en su camarote, comió solo en el comedor de oficiales y vio media docena de películas. Reflexionó sobre Grace, se preguntó sobre Dominika y la caza del topo, la reunión informativa para los candidatos de la DCIA y su relación con Benford y Forsyth, y esperó con inquietud lo que tenían pensado para él. ¿Una misión en el extranjero? ¿Una comisión de servicio en el FBI? ¿Un pequeño cubículo en el sótano de la central?

No sabía por qué, pero tenía la sensación —en realidad lo sabía— de que vería a Dominika muy pronto.

Zhènniăo's shēngcài · Sopa de lechuga

Rehoga en mantequilla las cebollas blancas cortadas en dados y el ajo picado en una olla sopera, remueve hasta que se ablanden. Añade cilantro picado, sal y pimienta. Añade las patatas peladas y cortadas en dados, las hojas de lechuga enteras (sin cortar las costillas) y agua hasta cubrirlas. Lleva a ebullición, tapa y deja cocer a fuego lento hasta que las patatas estén blandas. Haz un puré con el líquido hasta obtener una textura aterciopelada, añade la mantequilla y sazona al gusto. Sirve caliente o a temperatura ambiente.

31
Sociedad de las Naciones

—Eres tan malo como Angleton —le dijo el director en funciones Farrell a Benford, que estaba de pie delante de la impecable mesa del despacho de la DCIA en la séptima planta del cuartel general. Desprovisto de cables, memorandos o planes de operaciones, el espacio de trabajo del director contrastaba de forma notable con el escritorio de Benford, tres plantas más abajo, en el CID, que se parecía más a la estación de Tokio después de que Godzilla lo devastara—. Los fanáticos de la contrainteligencia perdéis el tiempo persiguiendo sombras que no existen. —Angleton había sido el celoso y mesiánico jefe de CI en los setenta que veía desinformación y provocación soviética debajo de cada piedra. Benford no se sentía demasiado cómodo.

Farrell era un analista económico de pelo lacio de la Dirección de Inteligencia que, a los ojos de los desaprensivos trabajadores de Langley, era una elección insólita para dirigir la Agencia, aunque fuera por un tiempo. Tenía los ojos siempre llorosos, una tez cerúlea, una voz de caricatura y un interés permanente y singular en promocionarse. En un principio, Potus se había fijado en Farrell por ser un colega internacionalista con una sana aversión a los vaqueros de la CIA. Farrell se había ganado aún más la simpatía de la Casa Blanca tras declarar en público que daría crédito a las valoraciones de los analistas del cuartel general sobre la situación política de cualquier país, en lugar de confiar en las estimaciones del jefe de estación sobre el terreno, una apostasía cada vez más en boga tras el ahogamiento del DCIA Alex Larson. Cuando el comentario de Farrell se hizo de dominio público, los oficiales de operaciones sobre el terreno en el extranjero continuaron su trabajo, brindando en silencio por el director en funciones en las cenas de reclutamiento celebradas en todo el mundo.

—Este topo es un verdadero problema —dijo Benford, controlando el impulso de decirle a este pesado burócrata que era una cacatúa engreída—. Su existencia ha sido corroborada por un activo sensible en Moscú. —El director resopló.

—Siempre es lo mismo —exclamó Farrell—. Un agente sensible dice algo, y nos lanzamos a una búsqueda inútil. Es absurdo. ¿Qué agente informó de esto?

El director tenía derecho a preguntar por cualquier fuente, incluido el nombre verdadero, pero Benford protegía con celo sus casos de acceso restringido, y por lo general solo se refería a ellos mediante criptónimos.

—DIVA, nuestra principal fuente en Rusia, su información ha sido impecable, ha robado secretos desde dentro del mismísimo Kremlin.

Farrell hizo una mueca.

—Prefiero evitar esa frase tan manida, «robar secretos». Robar implica métodos extralegales y reprobables en la esfera de la moral.

—Es la definición de espionaje, desde que Judas besó a Jesús —respondió Benford—. ¿Cómo lo llamas tú?

El director en funciones levantó la vista, molesto por el tono. Los dos hombres se miraron desafiantes.

—Nosotros no robamos secretos.

Benford se mantuvo serio.

—He oído esa homilía antes, en alguna parte. Es tan absurda ahora como lo era entonces.

Farrell giró en su silla, dando la espalda a Benford.

—No te he hecho venir para escuchar tus cantinelas retrógradas de viejo cuño. Te he llamado porque tengo entendido que no estás informando como he pedido a los tres candidatos al puesto de director. Debes informarles a todos sin reservas, sin evasivas, incluido el informe de este activo estrella tuyo. ¿Entendido? Informes completos.

—El activo está en una posición precaria. Informar sobre ella podría ir contra ella —dijo Benford, sabiendo ya lo que iba a hacer.

—Basta de charlatanería —espetó Farrell—. Todos los candidatos tienen autorización de alto secreto. Infórmales. A todos. ¿Entendido?

* * *

—Vas a conseguir que te despidan, Simon —le dijo Forsyth. Estaban sentados en el despacho de Benford. Lucius Westfall estaba apretujado en el sofá, intentando evitar que una tambaleante pila de expedientes cayera sobre él y sobre el suelo.

—Sospechamos que uno de los candidatos a próximo director de la Agencia Central de Inteligencia es un topo dirigido por la sede central de Moscú. El candidato del Kremlin. Si MAGNIT es elegido como DCIA, la Agencia dejará de existir, y Estados Unidos estará ciego ante las amenazas exteriores. Será peor que Philby, peor que Ames o Hanssen.

—Tendríamos que exfiltrar y reubicar cientos de activos —dijo Forsyth—. No solo los rusos, sino fuentes en China, Corea del Norte y Cuba.

—El pasillo de los cereales del supermercado de Alejandría va a parecer la Sociedad de las Naciones, con todos los exagentes haciendo la compra —murmuró Westfall, que una vez hizo de canguro de un desertor chino, y sabía lo intratables que podían ser la mayoría de los desertores.

—Eso, con los que lleguemos a un acuerdo. Quedarán muchos otros de bajo nivel, a los que meterán en la cárcel o jubilarán sin pensión —añadió Forsyth.

—Os olvidáis de los que no se irán y tratarán de salir adelante —continuó Benford—. A los que echarán a los leones.

Todos pensaban en Dominika.

—¿Así que estás dispuesto a arriesgar tu carrera para desafiar al director? ¿Qué serías capaz de hacer por recuperar a DIVA? —Todos sabían la respuesta a la pregunta, incluido el novato del sofá, que ya se sentía como un incansable protector de la rusa de ojos azules.

—Es el momento de un enema de bario —señaló Benford—. Lucius, necesitaré tu ayuda.

Los ojos de Westfall se abrieron de par en par. Desesperado, se preguntó si podría tratarse de un rito secreto medieval de iniciación en la Dirección de Operaciones o, lo que era igual de plausible, de una desagradable práctica personal de Benford en la que él, como factótum, debía ayudar de algún modo. Estaba seguro de que no figuraba entre sus obligaciones profesionales.

Westfall se sintió muy muy aliviado, aunque alarmado por el alcance de la sedición, cuando Forsyth y Benford le explicaron lo que significaba «enema de bario» —un experimento de contrainteligencia— y lo que querían. Justo entonces, la secretaria de Benford entró con el almuerzo: una caja de cartón con vasos de poliestireno de sopa de huevo de la cafetería, que se había hecho popular con el reclutamiento de SONGBIRD. Repartió los vasos y la sala quedó en silencio, salvo por el sonido de los sorbos de Benford.

* * *

Fue una suerte que, para la siguiente ronda de sesiones informativas, todos los candidatos tuvieran conflictos de agenda, así que las sesiones individuales tuvieron que programarse a horas diferentes. Benford, obediente, informó a la senadora Feigenbaum y a su acólito Farbissen, que fruncía el ceño, sobre una delicada operación para reclutar a un empleado de códigos ruso en Buenos Aires, sin basarse en ninguna vulnerabilidad o transgresión normativa demostrada, simple y llanamente porque se observó que el joven soltero estaba solo. Farbissen resopló burlón y la senadora murmuró «expedición de pesca» en voz baja, sin reconocer ninguno de los dos el inmenso valor de reclutar a un empleado de códigos.

En realidad, Benford había urdido toda la operación. Si Feigenbaum o Farbissen eran los topos, la sede central llamaría de inmediato al intachable empleado de códigos a Moscú —algo que el cooperativo servicio argentino sabría en minutos— para sacarlo del punto de mira de la pérfida CIA. Benford perdió una hora interpretando el papel, tratando de convencer a estos dos bivalvos del Congreso de que la operación tenía mérito. Para entonces, se había acabado el tiempo, y Benford había evitado informar de sus casos más delicados por hoy. Era un truco que solo funcionaría una vez.

Al día siguiente, Forsyth informó a la vicealmirante Rowland. Benford había sugerido que Forsyth utilizara un poco de su encanto para ver si la deprimente almirante reaccionaba ante él. Más tarde, Forsyth declaró con malhumor que coquetear, por poco que fuera, con la almirante era como lanzar bolas de algodón a una placa de acero remachada.

—Por Dios —dijo Forsyth—. Me puse mi traje oscuro con el pañuelo italiano, le dediqué una sonrisa de oficial de casos, fui encantador y la felicité por su inspirada gestión de la ONR. Dejé que me viera mirándole las piernas y le conté una historia sobre mi prometida, que se perdió en el mar durante un tifón. Nada. Ninguna reacción. He visto a norcoreanos en recepciones diplomáticas reaccionar más que ella. Esa noche me fui a casa y lloré sobre la almohada.

—La edad es el gran factor igualador. Nos alcanza a todos —entonó Benford, compadeciéndose—. Aunque puede que haya sido el pañuelo italiano del bolsillo.

Forsyth había informado a la almirante sobre un caso preocupante en Ciudad de Panamá que implicaba a un senador reclutado, pero caprichoso, en el Parlamento panameño que se había hecho amigo de un diplomático ruso no identificado (e imaginario) que «hablaba sin saber». El senador se había negado a identificar al ruso hasta que la estación accediera a subirle el sueldo. Benford sabía que incluso la posibilidad de que un desconocido diplomático ruso se hiciera amigo de un agente de acceso de la CIA provocaría un apresurado acercamiento ruso al vendido senador en un intento de identificar al diplomático díscolo. (El senador, de hecho, era un activo leal desde hacía mucho tiempo que denunciaría cualquier contacto o vigilancia de la CIA sobre él).

—La almirante escuchó con educada paciencia, pero estaba claro que no le interesaba —dijo Forsyth.

—Puede que estuviera pensando en impedancia magnética y julios —sugirió Benford—. Sigue siendo la menos probable de las tres, en mi opinión. —Se volvió hacia Westfall—. Mañana toca informar al embajador Vano. Parece menos preocupado por el rango y es de naturaleza ecuánime, por lo que es de suponer que no pondrá objeciones a una sesión informativa con un júnior. Hazlo con entusiasmo juvenil y haz que parezca que te estás extralimitando en tus funciones. Observa su reacción. Es un exitoso hombre de negocios con contactos, vanidoso e inexperto en asuntos de inteligencia. Aprovecha esa baza.

Para ser un analista junior recién llegado a la Dirección de Operaciones, Lucius desempeñó su papel con mano de hierro como el analista demasiado serio con los hechos y las cifras al que le gustaba oírse hablar. Le habló al embajador de un (ficticio) capitán de navío ruso de la Flota del Norte destinado en Múrmansk que pretendía desertar y pasar de contrabando con su familia a Finlandia en la parte trasera de uno de los cientos de camiones de dieciocho ruedas que pasaban por Vaalimaan Rajanylityspaikka, el paso fronterizo finlandés más meridional de la E18. Westfall se jactó de que el capitán ruso comandaba un submarino balístico de la flota, que podría llevar consigo kilos de documentos navales de alto secreto y que intentaría cruzar la frontera en dos meses. Esto sería un cebo irresistible para los rusos, que destrozarían todos los camiones que salieran de la Federación, provocando un auténtico caos en la frontera, lo que sería notorio sin grandes despliegues técnicos de vigilancia. Benford estaba entusiasmado ahora que había esparcido su rastro de migas de pan a los pies de cada candidato.

—Preveo que el FSB y el SVR colaborarán, y que DIVA participará en las investigaciones —dijo Benford—. Por lo tanto, dispondremos de información positiva sobre qué variante se comunicó a Moscú.

—Si alguna vez conseguimos una comunicación fiable —refunfuñó Forsyth—. No podemos seguir encontrándonos con ella en la calle.

—Hearsey me dice que se ha probado un nuevo equipo de comunicaciones y que pronto estará listo para su despliegue. Vendrá a hacer una demostración esta tarde. Todos deberíais estar aquí para evaluar su idoneidad para DIVA, en especial Nash, cuando vuelva de Oriente.

* * *

Nash regresó al día siguiente, fue felicitado con especial sarcasmo por Benford por haberse resistido a utilizar su pene en las operaciones de Hong Kong, y fue informado de la caza del topo. Hearsey acudió al despacho de Benford y saludó con la cabeza a los oficiales que se encontraban en la sala. Sin duda está imitando a Gary Cooper, pensó Nate, al darse cuenta de la costumbre de agacharse, como por instinto, un poco bajo el marco de la puerta. Hearsey llevaba una chaqueta deportiva ligera sobre una camisa a rayas y pantalones caqui, y portaba un maletín plateado de Halliburton ZERO. Detrás de él, arrastrando un gran baúl Pelican de plástico negro, iba otro técnico al que presentó como Frank Mendelsohn, bajo, delgado, moreno, tímido y nervioso, sobre el que Benford susurró: «el tipo al que no quieres montando la bomba en el sótano».

Hearsey saludó con la cabeza a Nate. Los oficiales de operaciones ya habían trabajado antes con Hearsey; había entrado en una fábrica alemana con Gable para sabotear piezas de centrifugadoras destinadas a Irán, y había entrenado a la amiga de Nate, Hannah Archer, antes de que la destinaran a Moscú. Hearsey era lo que llamaban un técnico operativo, un ingeniero formado que sabía que no se podía colar un dispositivo de escucha en una oficina si venía en doce piezas y pesaba trescientos kilos. Entendía de operaciones, y sus soluciones técnicas reflejaban esa comprensión, una *rara avis*.

Como era habitual en él, Benford había pasado por alto al orondo director de la OET y había pedido en privado a Hearsey que estudiara soluciones al problema de comunicación de DIVA ahora que iba a ser directora de SVR. Pidió al espigado técnico que pensara con originalidad y diera con una solución. Para Hearsey era un poco arriesgado aceptar y trabajar en un proyecto ilegal para Benford sin el conocimiento de su propio jefe, pero no podía soportar a su jefe, un extraño no técnico al que llamaba gerente gaviota: «Entra en picado, empieza a gritar, se caga en todo y luego se va volando», le había dicho Hearsey a Benford.

Hearsey se sentó en el sofá, con las rodillas a la altura del estómago.

—Supongo que puedo hablar con detalle delante de todos —dijo.

Benford asintió—. Tuve el principio de una idea, así que pedí a la NGA, es decir, la Agencia Nacional de Inteligencia Geoespacial, la gente que maneja los satélites, que tomara imágenes del cuartel general de la SVR en Yasenevo. Hicieron una toma ELINT, que lee las emisiones electrónicas, y la siguiente fue una toma MASINT, que mide la energía. Buscaba dos cosas: que los edificios principales irradiaran energía eléctrica al exterior y que solo hubiera un transformador principal en una central eléctrica independiente, porque los transformadores reductores bloquean la energía.

—¿Cómo te ha ido? —le preguntó Forsyth.

—Dos de dos. Los edificios irradian, así que debe de haber kilómetros de cableado dentro de las paredes, y los transformadores están en una central eléctrica propia al otro lado del recinto.

—Se me acelera el pulso, pero, con exactitud, ¿qué nos estás diciendo? —dijo Benford.

Hearsey sonrió.

—Esto te va a gustar, Simon. Los rusos reforzaron su sede por dentro contra las escuchas externas, pero no pensaron en la energía que se filtraba a través de los cables del exterior al bosque de pinos circundante. La conclusión es que los dos edificios principales de la sede central del SVR en Moscú son en esencia una gran antena —dijo—. Incluso las formas de los dos edificios, una torre de quince plantas conectada a un ala de cinco plantas en forma de Y, actúan como una antena direccional Yagi.

—No voy a preguntar qué es una antena Yogui. Pero ¿en qué nos ayuda eso? —se interesó Benford.

—Yogui, no; Yagi. Es justo lo que necesitamos.

Hearsey se volvió hacia Mendelsohn, que abrió la maleta y sacó una elegante lámpara de escritorio compuesta por una gran base de ébano, un brazo de acero inoxidable en forma de L y una amplia pantalla negra. Hearsey sonrió y colocó la lámpara en el brazo del sofá.

—Pon esta lámpara en la mesa de tu agente y enchúfala a la pared. Ya está. Puede dictar, grabar o teclear mensajes a Simon a través de esta lámpara, utilizando los cables eléctricos del edificio como soporte, incluso con personas presentes en el despacho del agente —les explicaba Hearsey—. Otra función: si alinea los documentos a lo largo de la base bajo la pantalla, podrá fotografiarlos, incluso mientras los firma justo delante de una secretaria que la supervisa por encima del hombro. Y la lámpara la avisará cuando le esté esperando un mensaje de Simon.

—¿Cómo puede hacer eso? —intervino Nate.

—Un anillo de vórtice de aire —dijo Hearsey—.

—¿Qué significa eso? —preguntó Forsyth.

—Le soplará en la oreja —respondió Hearsey.

—Eso no debería ser un problema —dijo Westfall.

* * *

Hearsey se marchó al cabo de dos horas, tras haber demostrado las posibilidades de doble juego de la lámpara de escritorio para el equipo de comunicaciones encubiertas de DIVA. Hearsey les dijo que el sistema se había encriptado como BOLERO, lo que a un Simon muy serio le pareció una bobada. No obstante, estaba satisfecho. Hearsey se había superado a sí mismo, apoyado por la brillantez ingenieril de Frank Mendelsohn, cuyo apodo en la oficina, no entendía por qué, era «final feliz». El transmisor-receptor BOLERO era interactivo, multifuncional y estaba protegido de la manipulación mediante una conexión de acción voluntaria con escáner de retina. Los mensajes o imágenes que Dominika cargaba en el dispositivo se almacenaban hasta que este detectaba el código de autentificación del satélite de telemetría BATTLEFAT en órbita geosíncrona sobre el círculo polar ártico. En 3,5 segundos, los mensajes almacenados de Dominika inundarían la red eléctrica del edificio hasta llegar al satélite, y los mensajes entrantes simultáneos serían leídos por la lámpara BOLERO situada en el otro extremo del enchufe de pared del despacho de DIVA.

—¿Serán detectables estas transmisiones dentro del edificio? —preguntó Nate—. ¿Es seguro?

—Los expertos en seguridad informática del SVR nos resolvieron el problema —le explicó Hearsey—. Blindaron el edificio contra escuchas externas, de modo que nuestras comunicaciones no emanan del interior. Tuvimos suerte.

—Tengo una pregunta —pidió la palabra el Westfall analista—. Tengo entendido que las transmisiones a los satélites son vulnerables a la interceptación por radio o a la radiogoniometría.

—Supongo que te refieres a la triangulación, ¿no? —dijo Hearsey—. No con este sistema. La potencia es baja, como con su equipo SRAC, y, lo que es más importante, las transmisiones son difusas. Es la diferencia entre rastrear un haz en el cielo nocturno para encontrar el reflector y meter humo en un saco de arpillera.

Benford gruñó como señal de aprobación ante aquello. Una metáfora que podía entender.

A continuación, Frank Mendelsohn explicó los principios de la comunicación háptica (táctil), la interfaz de usuario orgánica y la visualización flexible con interacciones curvas hasta que Benford empezó a ponerse morado. La no insignificante consideración de llevar la lámpara de escritorio al cuartel general de la SVR sin levantar sospechas parecía ser un problema hasta que Nate dijo que Dominika podría llevarla ella misma mientras se trasladaba al despacho del director y elegía el mobiliario nuevo. La lámpara le sería entregada por la propia estación de Moscú. Arriesgado, pero factible. Y una vez que la lámpara estuviera en su escritorio, no tendría que poner un pie en la calle para encontrarse con un agente del caso: los encuentros personales se reservarían para cuando DIVA viajara fuera de Rusia. Benford dijo que debían desplegar BOLERO lo antes posible.

DIVA volvería a estar en línea, y Benford podría empezar a leer de nuevo los envíos de información, con la excepción de los mensajes de y para MAGNIT. Y ese era el problema.

Sopa de huevo de la CIA

Calienta el caldo de pollo y mezcla un poco con la maicena hasta obtener una papilla. En el caldo restante, añade el jengibre, la salsa de soja, las cebolletas cortadas en dados, los champiñones cortados en láminas finas, la pimienta blanca y lleva todo a ebullición. Añade la papilla de maicena, remueve bien y cuece a fuego lento. Bate los huevos con energía en un cuenco aparte y viértelos despacio en la sopa mientras remueves el caldo. Los huevos tienen que cocer y formar hebras. Un ingrediente opcional es el maíz en grano (o en crema). Decora con más cebolletas picadas y sirve rápido para que no se enfríe.

32
Diente de sierra

El regreso de Dominika de China —los rumores de su comisión secreta a Pekín tenían a los *siloviki* (excepto Gorelikov y el jefe del FSB, Bortnikov) frenéticos de envidia y temor— coincidió con el anuncio de su ascenso a general de una estrella y al puesto de directora del SVR. Tras la reunión del Consejo de Seguridad, rostros rechonchos y con papada se agolpaban a su alrededor para felicitarla, envolviéndola en un efluvio demasiado empalagoso de colonias que competían con el olor del sudor terroso y temeroso de los funcionarios que tenían millones escondidos en cuentas en el extranjero. Por lo tanto, era importante establecer buenas relaciones con esta *shlyukha*, esta antigua zorra, que ahora disponía de los medios organizativos y las autoridades para investigar cuentas bancarias en el extranjero, siempre que Vladímir Vladímirovich lo ordenara. Manos de buey con uñas cuidadas y anillos en los meñiques estrechaban su mano; los halos amarillos temblaban sobre sus sonrisas amarillas, intercaladas por las raras coronas azules de los pocos pensadores pragmáticos del Consejo, las ocasionales gacelas que vagaban entre los búfalos que solían meterse en todos los lodazales ilícitos. Los pensadores tenían un bajo índice de supervivencia en las selvas del Kremlin.

La ceremonia oficial de promoción tuvo lugar una semana después en la dorada Sala Andreyevsky del Gran Palacio del Kremlin, frente a las puertas abovedadas de filigrana dorada de cuarenta pies, sobre las que montaba guardia el águila bicéfala negra de la Federación Rusa, con las alas desplegadas y el orbe y el cetro en las garras. Las reliquias representaban el dominio de Dios sobre la Tierra y el régimen benévolo y justo del monarca sobre su pueblo. Dominika contempló la imponente ironía de la benevolencia y la justicia en la Rusia moderna, mientras el presidente se acercaba a ella para prenderle la Orden al Mérito a la Patria, Primera Clase, en la solapa de su casaca verde bosque, el uniforme militar que los jefes de servicio llevaban a los actos ceremoniales para reflejar sus rangos de bandera. Odiaba el corte holgado de la chaqueta de doble botonadura, las rígidas charreteras y la falda verde de líneas rectas, más propia de una bibliotecaria o de la secretaria judicial de bodas. Tampoco quería mirar los vulgares zapatos negros de servicio.

—*Pozdravlyayu*, general —dijo Putin, mirándola a los ojos. Felicitaciones. Sus dedos se detuvieron mientras le colocaba la medalla en la solapa, alisando solícitamente la cinta de color granate que colgaba, rozando con dedos cómplices el comienzo de la turgencia de su pecho izquierdo. Dominika se preguntó sin mucho interés si a continuación le entregarían la hebilla de un cinturón de general, lo que daría al presidente otra oportunidad de alisar los pliegues de la falda de su uniforme.

—Gracias, señor presidente, seguiré sirviendo a la Rodina con todas mis energías —agradeció Dominika, de pie, ante lo que ella imaginaba que era una expresión de atención. El halo azul de Putin palpitó una vez, y él le dedicó una sonrisa de aceite de oliva que transmitía, sin lugar a dudas, no, sírveme *a mí* con todas tus energías, déjate de la Rodina, mientras le estrechaba la mano y se ponía de lado de la otra medallista, una campeona de gimnasia rítmica de veintisiete años, que se retiraba del deporte y había sido nombrada organizadora de distrito de Yedinaya Rossiya, el Partido Rusia Unida, el partido gubernamental que controlaba el setenta y cinco por ciento de los escaños parlamentarios. Dominika se preguntó cómo se había cualificado para ese puesto. El presidente se volvió hacia ella después de colocar, no sin esfuerzo, una medalla deportiva a la sonrojada gimnasta.

—Estoy deseando recibirte en la recepción del cabo dentro de unos días —murmuró Putin, lascivo. Egorova se preguntó si su dacha estaría preparada para sonido y vídeo, y si el presidente tendría llave de la puerta principal. Preguntas estúpidas.

—Allí estaré, señor presidente. Gracias por la invitación. Y debo darle las gracias de nuevo por el uso de la dacha. Es muy bonita.

Putin asintió.

—La vista del mar desde esa dacha en particular solo es superada por la vista desde el apartamento más importante de la casa principal —respondió como si estuviera vendiendo acciones de un esquema Ponzi.

Dominika sonrió.

—No me cabe la menor duda —comentó sin comprometerse. No iba a sacar pecho, mojarse los labios y decirle que se moría de ganas de comparar los dos puntos de vista. ¿Cómo mantener a un déspota desconfiado, codicioso y cachondo alejado de ti durante dos o tres días sin provocar su ira o, peor aún, avergonzarlo en cuanto a su rendimiento? En las calles de Moscú corría el rumor de que Dimitri Medvédev, el diminuto primer ministro de Putin, un protegido que había intercambiado el liderazgo con Putin para cumplir las leyes de limitación de mandatos, estaba mejor dotado y era más salvaje que su, en teoría, superviril patrón. El apodo de Medvédev de aquellos años era «nanopresidente», pero la simple idea de que Putin no fuera el lobo alfa rampante de toda la manada no podía ser contemplada ni de lejos.

—Hasta entonces —murmuró el presidente antes de marcharse. Sintió pasos que se acercaban detrás de ella.

—Enhorabuena, directora —exclamó un sonriente y jubiloso Gorelikov acompañando su felicitación de un gesto teatral—. Te has ganado este honor, y conseguiremos grandes cosas en los próximos meses.

Grandes cosas, sin duda, pensó ella. Desbaratar democracias, subyugar inocentes, habilitar sustitutos de pezuña unguladas, tal vez iniciar la próxima guerra mundial. Pero Anton se deleitaba con las posibilidades ahora que su ingenua creación había conseguido el gran trabajo.

—Con el anuncio de tu nuevo puesto, me tomé la libertad de trasladar tus pertenencias a tu nuevo ático en Kutuzovsky Prospekt. Lo encontrarás elegante y muy cómodo.

Qué amable y atento. El cortés favor fue una oportunidad para que el equipo de Gorelikov rebuscara entre sus pertenencias. *Bozhe*, gracias a Dios enterré mi equipo SRAC roto antes de irme.

—El ático perteneció a Andropov antes de convertirse en primer secretario. —Sonrió Anton.

Encantador. Espero que hayan quitado la cama del hospital y las botellas de oxígeno desde entonces.

—Por descontado, tu agenda diaria estará cargada con más tareas de representación, que comenzarán mañana por la tarde con una recepción diplomática formal en la Sala Georgievsky, aquí, en el Gran Palacio del Kremlin. Además de las embajadas, habrá varias delegaciones.

El primer pensamiento irracional de Dominika fue que no tenía ropa para una recepción formal. Gorelikov era un brujo que leía su mente.

—También me tomé la desvergonzada libertad de llenar con una selección de vestidos de noche tu armario —informó como si fuera un ayuda de cámara—, pero debo disculparme de antemano por mi absoluta falta de estilo. Espero que al menos uno de ellos te sirva.

El elegante Gorelikov, vestido hoy con un exquisito traje gris de franela de corte británico, camisa blanca de cuello abierto y corbata negra de punto, habría elegido, no le cupo duda, elegantes y caros vestidos de su talla exacta. Bienvenida al club, pensó Dominika. Ahora te visten como a una muñeca.

—Estoy segura de que serán preciosos, gracias —agradeció la general, con la mente en blanco. Sabía que Benford se enteraría en tan solo un día de su esperado ascenso: TASS y Pravda harían público el anuncio, destacando, cómo no, el hecho de que la general Dominika Egorova era una de las mujeres de más alto rango en el Gobierno. La Rusia moderna avanza a pasos agigantados, pensó la recién ascendida, a pesar del hecho inevitable de que todo el país no era más que una gran gasolinera con armas nucleares y montones de disidentes asesinados.

La multitud no hizo ademán de dispersarse, nadie llegaba a un acto de Estado después que el presidente y tampoco nadie se marchaba antes que él, así que Dominika siguió hablando con Gorelikov, y pronto se les unió un amable y elogioso Alexander Bortnikov, del FSB, con un precioso uniforme azul adornado con galones dorados en solapas y puños. Después de todo, Bortnikov era teniente general con tres estrellas. Estrechó la mano de Dominika mientras la felicitaba, y su apretón cortés, pero firme, era cortante, pero también cálido, su halo azul firme —igualado por el aura también firme sobre la cabeza y los hombros de Gorelikov— denotaba reserva y sensatez. Tal vez podría llegar a contar con ellos como verdaderos aliados en este laberinto del Kremlin. Entonces recordó que aquel abuelo protector y razonable había planeado y autorizado el asesinato de Litvinenko en Londres. Nadie allí sería un aliado, se recordó Dominika.

Las miradas de reojo de los *siloviki* que se arremolinaban eran mal disimuladas; las narices neurasténicas ya habían olfateado el aire e identificado un posible triunvirato recién formado: Gorelikov y los directores del SVR y del FSB, una potente cábala favorecida por el propio presidente. Pero Dominika recordó la advertencia de Benford cuando se planteó el tema de que ella se convirtiera primero en jefa del SVR: «Estarás cerca de la cima, pero, aunque te vuelvas indispensable para Vladímir, también serás considerada una amenaza para su soberanía». Nate tuvo que traducir esa palabra, pero supo que tenía razón. A partir de ahora, su vida oficial estaría plagada de pruebas ocultas, astutas trampas y constantes evaluaciones de su lealtad. Se dijo a sí misma que destripar el Kremlin para Benford, Nate y Forsyth sería una triple satisfacción a partir de ahora. Siempre que sobreviviera.

La familiar angustia se agolpó en su pecho. ¿Dónde estaba Nate ahora? ¿Dejarían que se vieran? Tendría que elegir un viaje al extranjero, el primero como directora, para poder reunirse con sus amigos de la CIA; a partir de ahora tendría que lidiar con ayudantes revoloteando y personal de seguridad siempre presente.

Dominika estaría ocupada en las próximas semanas, y tendría que alterar su modo de operar. Tendría que inventar una razón para salir sola sin escolta, poner una señal para un encuentro personal con Ricky Walters, y hacer los arreglos para un viaje al extranjero en un futuro próximo. Le llevaría unas semanas organizarlo. Tenía mucho que comunicar a sus superiores y necesitaba con urgencia una comunicación fiable y segura. Aún no había decidido si contarles a Benford y a Nate que le había salvado la vida en Hong Kong. Pero, por el momento, tenía que prepararse para una fiesta.

* * *

El Salón Georgievski del Gran Palacio del Kremlin era una serie infinita de techos artesonados, macizos y ornamentados, sostenidos por estriadas columnas en espiral de mármol en cada pilar, con intrincados capiteles y zócalos, una arcada de marfil y oro de deslumbrante opulencia iluminada por colosales lámparas de araña que colgaban alineadas de cada cúpula, tres, cuatro, cinco, seis de ellas, con galaxias de luces que se reflejaban en el pulido suelo de parqué con incrustaciones de coloridas piezas de maderas preciosas, dispuestas en patrones tan complejos como una alfombra Tabriz de Persia. El bullicioso cuerpo diplomático extranjero de Moscú abarrotaba la sala, empujándose y llevando copas de champán por encima de la cabeza mientras se abrían paso entre la multitud. Los oligarcas se arremolinaban en un rincón, preguntándose si se apropiarían de sus fortunas anteriores a Putin, cuándo y con qué pretexto. Los *siloviki* revoloteaban alrededor del presidente mientras este se movía entre la multitud, esbozando una sonrisa irónica o, en contadas ocasiones, una sonrisa ladeada, lo que conllevaría un alto precio para alguien.

Los militares rusos de alto rango del Ejército de Tierra, la Marina y las Fuerzas Aéreas permanecían segregados en sus manadas, respectivamente verde, azul marino o azul claro, como rebaños de antílopes africanos, los kudús aparte de las martas, separados de los impalas.

Dominika sabía que Gorelikov llenaría su armario de vestidos fabulosos. Dos de París (un Vuitton y un Dior) y uno de Milán (un Rinaldi), pero ella se había puesto el Dior, más recatado, un vestido de seda rosa champán con estampado floral de cuentas, corpiño reloj de arena, cintura fruncida y escote profundo. Anton la guio entre la multitud, haciendo presentaciones. Ella ya conocía a los búfalos del Consejo de Seguridad y al secretario del Consejo, el adusto Nikolai Patrushev, que se quedó con ella unos minutos charlando, mientras miraba la parte delantera de su vestido. Nikolai se alejó cuando Bortnikov se relajó y mantuvo a Dominika entretenida durante quince minutos susurrándole al oído para señalarle quiénes eran los funcionarios de inteligencia extranjera conocidos y sospechosos de las respectivas embajadas.

—¿Es el representante alemán del BND? —preguntó Dominika—. Parece un *godovalyy bychok*, un cerdo de cría. No puede estar activo en la calle.

Bortnikov señaló a un hombre delgado de pelo blanco que hablaba con un grupo de diplomáticos.

—El jefe de estación estadounidense Reynolds, capaz, astuto y tramposo —dijo Bortnikov—. Sus oficiales están activos en la calle, pero no hemos detectado sus actividades… todavía.

Sigan con el buen trabajo, telegrafió Dominika al americano.

De repente, Gorelikov se excusó y se abrió paso entre la multitud, sorteando obstáculos a lo largo de los cien metros de la sala. Uniformados de la Marina rusa se habían reunido en una puerta para saludar a otro grupo de una docena de oficiales de la Marina extranjera que llegaban —Gorelikov susurró que eran estadounidenses, una delegación de la Marina de los Estados Unidos—, y parecía que había tantos galones de oro y tantos pechos llenos de cintas en los estadounidenses como en los rusos.

—¿Qué hacen aquí? —se interesó Dominika.

Bortnikov se encogió de hombros.

—Fruto de unas estúpidas discusiones que proponen una cooperación naval contra los piratas somalíes y malayos. Patrushev ha decidido que no tenemos tiempo ni recursos para tales aventuras, pero los invitamos de todos modos para guardar las apariencias y recopilar datos de evaluación sobre estos almirantes. Algún día puede que nos enfrentemos a ellos en combate —respondió Bortnikov, riendo entre dientes. Dominika observó cómo Gorelikov, Patrushev y los almirantes rusos saludaban con rigor al contingente estadounidense, que iba acompañado por el embajador de Estados Unidos y una tropa de ayudantes, entre ellos, para alarma de Dominika, el joven Ricky Walters, su oficial de caso en Moscú para reuniones personales. *Bogu moy*, Dios mío, si viera a Dominika ¿tendría la capacidad suficiente para mantenerse inexpresivo? Decidió no acercarse a los estadounidenses en toda la velada, un comportamiento un tanto incongruente para la nueva directora de la SVR, de quien se esperaba que se pegara a los visitantes de la Marina estadounidense. El pensamiento despertó un cosquilleo sobre un hecho accesorio que no pudo recuperar.

Dominika seguía escrutando la habitación, «cortando el pastel», como le enseñaron hace una eternidad en la Academia, dando vueltas en sentido contrario, para mantenerse alejada de los americanos, pero también para no perderlos de vista. ¿Se atrevería a garabatear una nota e intentar deslizarla en el bolsillo de Walters? ¿Para decir qué? ¿Y si Gorelikov la veía? No. Mil veces no.

Sin duda, Gorelikov estaba pasando mucho tiempo injustificado con el contingente de la Marina estadounidense, repartiendo copas de champán, levantando su copa para brindar por el oficial de mayor rango del grupo, el jefe de Operaciones Navales, pero luego se giró y brindó por otro almirante que Dominika vio que era una mujer varonil. Dominika se abrió paso entre la multitud para ver más de cerca, y algo se agitó en su interior: la mujer almirante le resultaba familiar, de algún modo. Había sonreído ante una ocurrencia de Gorelikov, mostrando una dentadura desigual. ¿De qué se trataba? Gorelikov estaba recomendando canapés de la bandeja de un camarero que pasaba, en la que había un surtido de *salaka*, *brioche* tostado con arenque y queso fundido. Un diente de sierra. Hace doce años. El Hotel Metropol. La trampa de miel del GRU. La flaca estudiante naval. El mordisco. Su hombro. Ella nunca había preguntado, ni se había preocupado, por el resultado de la trampa. Era posible, probable, que el chantaje no funcionara, ya que el porcentaje histórico de éxito de las trampas de miel era solo del veinticinco por ciento. Si funcionaba, el Kremlin había estado dirigiendo a un almirante estadounidense durante más de una década.

Entonces Dominika se detuvo, congelada como un maniquí idiota en medio de la sala, zarandeada por los asistentes a la fiesta bajo los candelabros llameantes, y sintió que se le helaba la columna vertebral. La selección de la DCIA. Benford le había escrito con los nombres de los candidatos. La que estaba aquí esta noche tenía que ser la almirante naval Rowland. Su visita a Moscú en esta delegación podía no significar nada, pero también podía significar mucho. Las piezas rodaban en su cabeza como un techo de mosaico derrumbado. Shlykov. Cañón de riel naval. Sabía quién era, y sabía por qué Gorelikov la estaba adulando. Ahora todo lo que tenía que hacer era avisar a Benford para que averiguara si a MAGNIT le gustaban las tostadas con arenque. Sin comunicaciones, ella era muda y Benford ciego.

* * *

Gorelikov estaba sentado en un sofá de terciopelo rojo al fondo del salón vacío, con los pies apoyados en una silla de brocado, la corbata aflojada y una copa de champán sin gas en el suelo a su lado. Dominika se sentó en el otro extremo del sofá. Los camareros que quedaban se apresuraban a recoger los últimos restos de la vajilla de las doce mesas de bufé que habían sido colocadas a lo largo del salón. Después vendría un ejército de limpiadores para pulir el magnífico suelo y quitar el polvo de las lámparas de araña.

—Los oficiales de la marina estadounidense son muy hábiles en situaciones sociales desconocidas, como la recepción de esta noche —dijo Gorelikov, frotándose los ojos—. Reciben formación en conversación y comportamiento diplomáticos, y se manejan con confianza. En comparación, nuestros oficiales superiores son *krestyane*, campesinos y labradores, vacilantes a la hora de decir algo por miedo a revelar el color de los cascos de nuestras naves. Es muy soviética su forma de actuar.

Dominika quería saber un poco más.

—Entonces todos estaban aterrorizados por Stalin —dijo—. Purgó a todo el cuerpo de oficiales en los años treinta.

—Sí, ¿pero ahora? El presidente apoya a las fuerzas armadas.

—Las viejas costumbres no suelen desaparecer muy rápido —continuó Dominika sin comprometerse—. Pero, ¿quién era la almirante con la que hablabas? Era la única mujer del grupo. —El halo de Gorelikov vaciló, y ella entendió que iba a mentir.

—No recuerdo su nombre. Por lo visto es un genio de la ciencia. Pronto se jubilará, y sin duda le ofrecerán puestos en consejos de administración de contratistas de defensa como asesora. Estos almirantes poco más pueden hacer en su retiro.

Interesante. No sabe su nombre ni dónde trabaja, pero no se le ha escapado que se jubila pronto. Dominika se obligó a bostezar, mientras su mente se agitaba. *Si* esta almirante era la chica a la que sedujo doce años atrás en el Metropol, y *si* Gorelikov había tenido éxito presentándola como MAGNIT, y *si* la ilegal SUSAN, con base en Nueva York, se reunía ahora con ella sin ser detectada, y *si* era seleccionada y confirmada como directora de la CIA, lo primero que Gorelikov y Bortnikov le pedirían sería la lista de fuentes de la CIA reclutadas en activo dentro de Rusia. DIVA/Egorova sería la primera de la lista. Un montón de síes, pero sabía que había un grave peligro.

¿Por qué Gorelikov no le dijo que la almirante era MAGNIT? ¿Codicia profesional? ¿Órdenes del presidente? ¿Era sospechosa de alguna manera? No. La habían seleccionado a ella y solo a ella para reunirse con SUSAN en Staten Island. ¿Estaban esperando su promoción y una nueva demostración de lealtad? Tal vez.

Dominika siguió alejada de la delegación estadounidense. Dios sabe los problemas que podría haber si la almirante la reconocía. Tras un día de reuniones de enlace con un mando naval ruso poco cooperativo, los estadounidenses harían escala en Londres durante dos días, tras los cuales la almirante regresaría a Washington para celebrar más reuniones informativas preliminares y esperar la selección del candidato definitivo. A continuación, audiencias de confirmación en el Congreso. En no más de diez días Gorelikov sabría quién dirigiría la CIA. Dominika hizo rápidos cálculos mentales para saber si tendría suficiente tiempo para tener una reunión de emergencia con el oficial Walters y transmitir una advertencia urgente a Nate y Benford.

Gorelikov, el brujo clarividente, pareció leerle la mente.

—¿Volarás mañana conmigo a la recepción en el cabo? He reservado el Falcon 7 antes de que Bortnikov o Patrushev puedan reclamarlo. Todos tenemos que volar por separado; es una norma.

Esto es una prueba leve, pensó Dominika. ¿Vuelo con él, o muestro un poco de independencia y me voy unos días más tarde, intentando hacer una reunión con la estación mientras tanto? No. Nunca te librarás de tus nuevos guardaespaldas, y nunca llegarás a la estación. Actúa con naturalidad. Quédate con Anton por ahora.

—Me sentiría decepcionada si no me hubieras invitado. ¿Cuántos invitados se esperan?

—En total, en los cuatro días, no más de doscientos. Pero tú tienes tu dacha y tu intimidad. Los demás nos quedamos en la casa principal del ala presidencial, elegante, pero nada como tu propia vista al mar. ¿No te sientes sola?

Dominika sabía que Anton no estaba coqueteando.

—No, no me siento sola.

Gorelikov sonrió.

—Seguro que no.

Querrá decir cuando Randy Vlad venga a restregarse, pensó Dominika.

* * *

Cuando la almirante Rowland fue invitada por primera vez a acompañar a la delegación a Moscú por el jefe de Operaciones Navales, casi le entró el pánico y se negó. Para MAGNIT, el topo, visitar Moscú y codearse con los oficiales de inteligencia que la dirigían era una auténtica locura. Un poco más de reflexión sobre el asunto convenció a Audrey de que aquel viaje abrillantaría sus credenciales para ser seleccionada como DCIA, y que el suave Anton Gorelikov se aseguraría de que no se intentara ningún contacto comprometedor. Bastaría con que los rusos la vieran al otro lado del salón de baile y se maravillaran de su sangre fría y su audacia. Aceptó la invitación para viajar a Rusia, envió un breve mensaje a SUSAN para informar a la sede central de que llegaría, y empaquetó sus mejores uniformes.

Tras llegar a Moscú, Audrey se mantuvo cerca de sus colegas, porque seguía nerviosa por su seguridad. Tras saludar, como era pertinente, a Gorelikov y a otros funcionarios en la recepción del Kremlin, Audrey supuso que ese sería el único contacto con su controlador y que el peligro había pasado. Podía terminar su estancia en Rusia, volar a Londres y regresar a Washington para averiguar si había sido seleccionada por Potus como DCIA. Sería la penetración más audaz de un servicio de oposición en la historia del espionaje. Ella debería haberlo sabido. Los rusos no pudieron resistir la tentación de entrar en su suite del hotel de Moscú por la puerta de una habitación contigua la última noche de su estancia en la capital. La habitación estaba a oscuras, y Audrey se incorporó en la cama cuando la silueta de Anton se deslizó por la habitación, a contraluz de las luces de la ciudad que entraban por la ventana. Sin decir palabra, acercó una silla y se sentó junto a su cama, se inclinó hacia ella y le dio unas palmaditas en la mano.

—Nos alegramos mucho de verte —dijo Anton—. Ha pasado mucho tiempo. ¿Te encuentras bien? ¿Es satisfactorio el contacto con la mujer de Nueva York?

Audrey estaba asombrada de que Anton se arriesgara a ir a su habitación.

—Sí, sí. Todo es satisfactorio. Es una locura venir aquí así.

Anton volvió a acariciarle la mano.

—Es imposible que no quisiera pasar unos segundos con nuestra amiga más productiva. Estamos muy ilusionados y esperamos las mejores noticias sobre el proceso de selección. Mientras hablamos, estamos trabajando en un plan de comunicación mejorado para ti si eres nombrada directora.

—Más vale mejorar las comunicaciones —susurró Audrey—. No debes tomar ningún atajo. Tú te quedas aquí sentado en Moscú y lees la información que te envío mientras yo corro todos los riesgos. No quiero más reuniones en Washington con esos zoquetes del GRU; a partir de ahora solo quiero reunirme con SUSAN. —Demasiados riesgos, pensó. ¿Y si alguien de la delegación americana llamara a mi puerta ahora mismo?

Gorelikov sonrió.

—Te damos plena discreción operativa para aceptar o rechazar cualquier plan o equipo. Si te conviertes en directora, incluso reunirte con SUSAN sería un problema. Por eso estamos desarrollando un sistema de mensajería informático que utiliza una extensa red de servidores internacionales, que creo que conoces como la nube. Es indetectable e irrompible. Estoy seguro de que lo aprobarás. —Hizo una pausa—. Nos preguntábamos sobre otro aspecto si eres seleccionada para el puesto... No quiero entrometerme, pero con un servicio de seguridad de veinticuatro horas, debemos pensar en cómo gestionar con discreción tus actividades sociales.

Anton sabía que había llegado el día de la verdad. Estaba preocupado por las implicaciones sobre la seguridad de las particulares inclinaciones sexuales de MAGNIT.

El rostro de Audrey se endureció. Alisó la sábana sobre sus piernas y contempló la silueta de Gorelikov en la oscura habitación.

—Supongo que se refiere a mi vida amorosa. ¿Me está diciendo que se van a acabar los días de nuestras vacaciones secretas en el extranjero?

—Sí. Supongo que sí. No puedo imaginar otro camino.

—Eso sería, en una palabra, inaceptable —siseó Audrey en la oscuridad—. Espero que busques una alternativa adecuada.

La almirante de tres estrellas dando órdenes, pensó Gorelikov. Hemos recorrido un largo camino desde aquella científica mansa con complejo de padre.

Anton se inclinó hacia ella solícito.

—Audrey, las medidas de seguridad que se nos exigirán si te conviertes en directora se multiplicarán por diez, y con ellas vendrá un importante sacrificio personal. Cuando termine tu mandato en Langley, comenzarán tus vacaciones personales permanentes. Tendrás dinero para hacer lo que quieras.

—Maravilloso. ¿Y mientras tanto? Me querrás allí el mayor tiempo posible, ¿verdad? Algunos DCIA han servido cinco años. ¿Qué propones que haga todo ese tiempo?

—Podrías ocuparte de tu colección de muñecas —dijo Anton, con su voz de martillo y hoz—. Esas encantadoras caritas de porcelana. Todas te mirarán desde las estanterías de tu salón con aprobación de tu profesionalidad y disciplina.

Audrey levantó la cabeza.

—¿Has estado en mi casa? ¿Intentas decirme que has puesto micrófonos en mi puta casa?

Prozreniye. Epifanía. Llegaba en la carrera de todo agente, la comprensión de a qué equivalía con exactitud la relación, quién era vasallo y quién amo. Era el turno de Audrey, esta noche, en una oscura habitación de hotel.

—Que en tu casa tengamos micrófonos o no es irrelevante —dijo Gorelikov sin mostrar emoción alguna—. Eres una de las fuentes de inteligencia clandestina más fértiles del servicio de la Federación Rusa. Estás a punto de convertirte en la mejor espía americana de Rusia. Lo tú que quieras y lo que no quieras carece de importancia. Te exijo que te dediques sin reservas y que recuerdes la misión. Si eso significa que debes vivir tres años sin meter los dedos en una prostituta de Buenos Aires, eso es lo que harás.

—No puedes hablarme así —respondió con voz temblorosa.

—Claro que puedo, querida —dijo Gorelikov, echando hacia atrás su silla en silencio—. Me perteneces.

Salió por la puerta de comunicación, sus pasos sonaban amortiguados por la agria alfombra raída.

* * *

El nuevo apartamento de Dominika en Moscú estaba en un enorme edificio de una manzana en Kutuzovsky Prospekt, con dos extravagantes torres neoclásicas. El número 26 que ocupaba, había sido la residencia de los primeros ministros Brezhnev y Andropov, y del ideólogo del partido Suslov. La seguridad del edificio estaba repleta de cámaras, ascensores controlados, puestos de control con personal y servicio de aparcacoches y comida las veinticuatro horas del día. Su Mercedes negro estaba siempre listo para ella en el garaje subterráneo. ¿Podría decirle al conductor que siguiera una ruta de detección de vigilancia? El ático había sido remodelado con mucho cuidado en beis y marrón, con lujosos cuartos de baño y una reluciente cocina en la que a Nate le encantaría cocinar. Miró el teléfono exterior de línea privada que había en el aparador. Una llamada suicida desde el extranjero al número SENTINEL de la CIA para soltar su epifanía sobre MAGNIT quedaría grabada (en ambos extremos), y ella estaría acabada, pero al menos Benford lo sabría. Del mismo modo, irrumpir en la puerta de la embajada americana para contárselo al COS Reynolds quemaría para siempre sus puentes. Se convertiría en una exiliada de por vida dentro de la embajada, viviendo en uno de los apartamentos temporales, una rareza histórica como el cardenal húngaro Mindszenty, que se asiló en la embajada estadounidense de la Budapest comunista durante quince años. Dominika envejecería, la belleza descolorida dando clases de ruso a jóvenes esposas americanas, incapaz ella misma, incluso, de salir a la calle en el recinto de la cancillería por miedo a los francotiradores. Un buen final. No haría eso. Sin tiempo para un encuentro personal, y sin SRAC, no tenía forma de comunicar la información que salvaría su vida.

Mientras hacía las maletas para la recepción en el cabo, acarició con los dedos el reloj deportivo que Nate le había regalado, la baliza por satélite que transmitiría una señal de emergencia solicitando la exfiltración. El principio de un plan empezó a fraguarse en su cabeza. Nate siempre está intentando que deserte. Vale, amor mío, ven a rescatarme.

Kremlin salaka

Tuesta triángulos de pan y úntalos con mantequilla. Coloca un filete sin espinas de arenque ahumado sobre el pan y cúbrelo con un queso blando fundente como el *bryndza* ruso. Coloca bajo el grill hasta que el queso esté fundido. Sirve con *ogrutsky* y pepinillos en vinagre.

33
Exfiltración

Cuando la señal de exfiltración de DIVA fue retransmitida por los receptores de rescate marítimo SARSAT a la mesa de Simon Benford en Langley, este le gritó a Dotty a través de la puerta que convocara a Forsyth, Nash, Westfall y Gable al instante. Ella sabía que había incluido a Gable como acto reflejo y no tuvo valor para corregirlo; vio lo mucho que había sentido la muerte de Gable en Jartum. Benford también dijo que quería a Phineas «Finn» Nikula, el extravagante y vivaracho jefe de la rama marítima, la sección del Estado Mayor Paramilitar (PMS) que controlaba todos los activos marítimos de la CIA. Junto con otros barcos, Finn Nikula controlaba la flota experimental de naves de superficie no tripuladas de la Agencia, y Benford sabía que necesitaría la cooperación de Finn para liberar a una de sus preciadas USV, montarla en un casco gris en el mar Negro y programarla para recuperar a DIVA en cabo Idokopas, aunque Benford no creía ni por un minuto que DIVA quisiera la exfiltración. Su transmisión estaba destinada a indicar algo más, estaba seguro de ello. Solo que no sabía qué.

Westfall fue el primero en llegar, luego Forsyth, y después Nash irrumpió sin aliento por la puerta, sabía que esta llamada de emergencia solo podía significar que Dominika estaba en apuros. Nikula llegó quince minutos más tarde, procedente del otro lado del edificio de la sede, donde la oficina principal de la PMS estaba lo más alejada posible del director dispéptico y de los analistas que se escandalizaban con facilidad, alérgicos a la propia idea de las operaciones paramilitares. Nikula era ancho de hombros y musculoso, y su chaqueta deportiva de *tweed* se tensaba alrededor de los bíceps y a lo largo de la espalda. Era conocido por enfrentarse a la gente en las reuniones relinchando como un burro, dando a entender que eran burros. Tenía un rostro ancho y robusto, una mirada azul hielo, sin cejas y la cabeza afeitada, lo que, según Benford, sin duda haría retroceder alarmado a un frenólogo. En una ocasión, Gable le había dicho a Finn a la cara que estaba loco, y desde entonces eran buenos amigos. Finn se había ofrecido voluntario para traer el féretro de Gable desde Jartum, pero Benford envió a Nash en su lugar, seguro de que Finn apalearía a Gondorf con un cartucho de tóner y lo arrojaría al Nilo. Benford quería a Gondorf vivo para poder despedirlo.

—La transmisión se recibió a las 11.00 GMT, es decir, a las 14.00 en la costa del mar Negro —informó Benford.

—Está en el complejo de Putin para la recepción de cuatro días —dijo Nate—. Tenemos mapas de ese tramo de costa, e imágenes. Puedo mostrarte dónde está su dacha y la playa debajo de la casa.

—¿Tiene una dacha? —preguntó Finn, frotándose la cabeza—. ¿A quién le ha comido la mazorca?

La cara de Nate se crispó.

—Ahorrémonos ese tipo de bromas. Son una mierda.

—¿Tú crees? —dijo Finn.

—Acabemos con las discusiones operativas antes de que los dos salgáis a la calle para liaros a puñetazos —dijo Benford.

—Que ganaría yo —dijo Finn, sonriendo.

—Callaos los dos —ordenó Forsyth—. ¿Alguien piensa que DIVA quiere salir después de negarse a considerar la deserción una y otra vez?

—Lo ha decidido —dijo Nate—. Ha cambiado de opinión.

—No parece coherente —consideró Forsyth.

—Estoy de acuerdo —dijo Benford—. La transmisión es una señal para algo más.

—Entonces ¿qué? ¿Enviamos el USV de Finn a la playa? —dijo Forsyth.

Nate se revolvió en su asiento.

—Tenemos que hacerlo. Ha enviado la señal de exfiltración. Estará en esa playa en tres días.

—Decidíos —dijo Finn—. No quiero enviar un USV de cuatro millones de dólares a aguas territoriales rusas si no va a haber nadie en esa playa.

Nate se abalanzó sobre él.

—Estará allí.

Westfall se aclaró la garganta y habló:

—Una observación, si se me permite.

—¿De dónde sale este? —murmuró Finn a Nate, mirando las gafas empañadas de Westfall. Lucius lo ignoró.

—Sabemos que DIVA ha sido ascendida estos días a rango de bandera y que el presidente Putin la ha nombrado directora del SVR. Ella es consciente de nuestro intenso interés por la identidad del topo al que los rusos llaman MAGNIT. Lo único que sabemos es que MAGNIT es un alto funcionario que puede que esté optando a un puesto mucho más alto. Simon, mediante un proceso de eliminación, ha reducido los sospechosos a los tres candidatos que se barajan para la DCIA, basándose en sus respectivas conexiones con el proyecto del cañón de riel de la Marina y su acceso subsidiario a información de interés para la sede central de Moscú.

—¿«Subsidiario»? Simon, creía que solo tú hablabas así —dijo Finn—. ¿Haces seguimiento a los candidatos? ¿Leyendo sus correos?

—Hemos investigado sus antecedentes, que es todo lo que podemos hacer sin alertar al topo. Continúa —dijo Benford, volviéndose hacia Westfall.

—Creo que es lógico suponer que el acceso de DIVA ha mejorado de manera significativa de la noche a la mañana, puede incluso conocer algunos de los planes e intenciones no escritos del presidente Putin. Sin duda, ha participado en conversaciones informales durante las reuniones del Consejo de Seguridad, y ha compartido apartes confidenciales con su patrón, Gorelikov.

—Estamos esperando el titular —dijo Benford, pero Westfall no se apresuró.

—DIVA lleva tres meses sin SRAC. No la hemos visto desde Viena. Está en el complejo de Putin en el cabo, sin posibilidad de reunirse cara a cara con un agente del caso en Moscú. Creo que es lógico suponer que, primero, ha descubierto la identidad de MAGNIT y, segundo, ha activado la baliza de exfiltración, un acto incoherente dada su decidida negativa a desertar, para hacérnoslo saber. Era la única opción que le quedaba.

La sala quedó en silencio.

—¿Y qué hacemos al respecto? —dijo Forsyth.

—¿Crees que quiere el USV para enviarnos un mensaje? Ya sabes, poner una nota dentro de la cabina del USV y enviarlo de vuelta vacío —dijo Finn. Estaban desarrollando USV más pequeños, no más grandes que un torpedo de dos metros, justo para ese tipo de servicio.

—Aún no podemos descartar que, junto con todos los factores que Lucius ha enumerado, ella esté en peligro y quiera salir —intervino

Nate—. Ese es el plan de exfiltración que le informamos. Tenemos que seguir el guion.

Forsyth negó con la cabeza.

—Todo eso son especulaciones. La gala en cabo Idokopas dura cuatro días. Cuando DIVA vuelva a Moscú podemos tener al oficial del caso preparado para reunirse con ella en cuanto llegue.

—Para entonces será demasiado tarde —dijo Nate.

Westfall volvió a aclararse la garganta. Finn Nikula le ponía nervioso, como solía hacer Gable.

—Según mis investigaciones, DIVA, al ser directora, cuenta ahora con un equipo de seguridad de dos o cuatro hombres, un chófer y al menos dos asistentes domésticos. ¿Cómo va a salir sola por la noche? Tenemos que conseguir que tenga la lámpara de escritorio de Hearsey lo antes posible.

—¿Qué tal dirigirla para que inicie un romance con alguna estrella de cine rusa? —dijo Finn—. Sus guardaespaldas se quedarán en el vestíbulo mientras tu chica entierra el mango de la bomba donde no se oxide, y ella puede dejar sus informes escondidos en su apartamento, y nosotros entramos cuando él no esté en casa y recuperamos su información. Sencillo.

Forsyth esperó a que Nate explotara.

—¿Poner en peligro a la fuente involucrándola con un desconocido involuntario y hacer que deje información incriminatoria en un apartamento de Moscú? —dijo Nate—. Eso es una estupidez.

Finn se encogió de hombros.

—Mejor que lo que tienes ahora —respondió mientras se giraba hacia Benford—. No estoy tan seguro de poder desplegar un USV si no estáis seguros de que habrá alguien en la playa.

Nate se inclinó hacia delante.

—¿Y si puedo garantizar que habrá alguien para llevar a bordo?

—Cuéntame lo que piensas, Nash —pidió Benford—, así podremos informar a los médicos de la naturaleza de tu enajenación cuando los llamemos para que te acompañen a la enfermería.

—Escucha, Simon, Lucius tiene razón. Domi sabe quién es MAGNIT. Puede que quiera desertar o puede que no, pero tenemos que contactar con ella. Puedo colarme en ese complejo, verla a solas y ver qué pasa.

—¿Cómo te propones penetrar en el coto privado del presidente de la Federación Rusa durante una gala exclusiva?

—Domi me dijo que hay un grupo de jóvenes restauradores de arte polacos trabajando en la mansión; siempre están yendo y viniendo.

Podemos hacer que me identifiquen como estudiante de arte polaco. Mi ruso me hará pasar. Puedo entrar y salir en dos días.

Benford negó con la cabeza.

—Nada plausible, precipitado, poco convincente, fuera de lugar. Te cogerían en la puerta principal.

—No si llego con otros auténticos expertos en arte y nativos polacos.

—Sigue —dijo Benford.

Nate se volvió hacia Forsyth.

—Tom, Agnes Krawcyk vive en Los Ángeles. Una de tus antiguas WOLVERINE. Es restauradora de arte, una auténtica polaca, y está aburridísima. Sería creíble. Ella todavía está en la reserva y puede manejarse sola. Volamos como expertos en arte, tal vez con un grupo más grande de estudiantes de Varsovia, nos reunimos con Domi, hablamos durante diez minutos, y luego nos escondemos en la playa hasta que su lancha rápida nos recoja.

Nate miró a Finn.

—¿Caben dos personas en tu USV? —preguntó Nate. Finn asintió.

—¿Y si DIVA también quiere salir? —se interesó Forsyth.

Todos miraron a Finn.

—Tres personas la harán más lenta, y estarán un poco apretados. Dos de vosotros tendréis que tumbaros uno encima del otro con fuertes turbulencias, durante cuarenta y cinco minutos. Irías rebotando todo el viaje.

Benford ahogó una débil sonrisa.

—Eso no supondrá ningún problema para Casanova, aquí presente.

—Vamos a intentarlo, Simon, por el amor de Dios —dijo Nate—. Mira, si el candidato equivocado, es decir, MAGNIT, es seleccionado y confirmado en menos de una semana, Dominika Egorova será el primer nombre sobre el que se informará a Moscú. Putin y compañía estarán tan escandalizados y avergonzados que ella desaparecerá, sin más, sin juicio, sin intercambio de espías. Irá de cabeza a una fosa sin lápida. Traeré el nombre del topo y la mantendremos viva.

Benford miró a Forsyth, que asintió imperceptiblemente con un gesto. Benford se volvió hacia Finn.

—¿Puedes tener una de tus máquinas infernales en la playa bajo el cabo Idokopas en tres días?

Finn asintió.

—Entonces, Nash, te sugiero que te prepares para colarte en la fiesta del presidente Putin.

Parecía divertido por lo peligroso que sería.

Maíz mexicano

Mezcla bien la mayonesa, la crema agria, el queso Cotija, el chile en polvo, el ajo y el cilantro en un bol grande. Asa las mazorcas de maíz desgranadas hasta que estén bien cocidas y doradas por todos lados. Espolvorea la mezcla de queso sobre las mazorcas calientes. Espolvorea más queso y chile en polvo. Sirve caliente con gajos de lima.

34
Castillo de naipes

Mientras Nash hacía los preparativos para la misión de infiltración en el complejo de Putin en cabo Idokopas, Benford se sentó a solas con Forsyth. Simon estaba de mal humor, introspectivo, preocupado y con el corazón roto. La pérdida de Gable y Alex Larson le había afectado de un modo que no podía prever y, además ahora, tener que enviar a Nash a Rusia con una tapadera tan chapucera le preocupaba. Con DIVA en peligro inminente, el panorama era aún más sombrío. Le dijo a Forsyth que creía que Nash no llegaría ni siquiera cerca de DIVA, que estaría rodeada de ministros, jefes de servicio, invitados VIP y el propio presidente, además de un importante despliegue de seguridad. ¿Cómo podrían Nash o la polaca acercarse a ella?

—Quizás Agnes pueda seguirla hasta el servicio de señoras —dijo Forsyth, medio en broma.

—Tal vez, pero me preocupa que esto termine siendo una operativa ruinosa, con el riesgo añadido de una posible pérdida de un activo estrella y dos oficiales —dijo Benford.

—Nash es uno de los mejores —dijo Forsyth intentando calmar a Benford—. Lo conseguirá. El hijo de puta tiene una ventaja: la quiere.

Benford resopló.

—Supongo que no se te ha escapado que parece haber mantenido *contacto* con tu antigua WOLVERINE, ¿cómo se llama? Agnes, sí, bueno, supongo que no hay razón para que este caso infernal no pueda continuar como un *ménage à trois*.

El estado de ánimo de Benford no mejoró cuando recibió la noticia de que esa tarde tenía que informar por última vez a los tres candidatos antes de que uno de ellos fuera seleccionado de forma oficial por el presidente de Estados Unidos y compareciera ante el Congreso para ser confirmado. El proceso sería más rápido de lo habitual, porque el presidente estaba ansioso por instalar en Langley al sustituto elegido a dedo para empezar a hacer retroceder lo que consideraba el hiperactivo enfoque operativo de la CIA bajo el difunto Alexander Larson. El director en funciones Farrell tenía razón: la CIA debía ser una organización dedicada a la recopilación de información, que evitara los trucos sucios, los asesinatos y cualquier otra artimaña que pareciera estar siempre tramando. De hecho, a Farrell se le había prometido el puesto de director adjunto: todo el mundo en Washington sabía que era un sapo servil propenso a fastidiarla, pero como adjunto sería un ideólogo eficaz que abogaría por lo que él describía como una cara más humana del espionaje. «Como Mikhail Suslov en su tierna infancia», dijo Forsyth, refiriéndose al jefe del politburó de línea dura de Brezhnev en los setenta.

Como de costumbre, los conflictos de agenda obligaban a celebrar tres sesiones informativas distintas, una molestia infernal. Forsyth y Westfall asistirían a las sesiones como apoyo moral. Para informar a la senadora Feigenbaum y a su baboso mayordomo Farbissen habría que apretar los dientes y aguantar el desprecio de la senadora y las acusaciones de mentir de su pastoso ayudante. Informar a la almirante Rowland sería cuestión de atravesar una cortés aunque impenetrable indiferencia hacia los asuntos de inteligencia: si no se trataba de ciencia naval, no parecía interesarle. El embajador Vano había parecido apreciar las sesiones informativas anteriores, aunque era evidente que solo entendía la mitad de lo que se le decía.

Benford pasó la mañana encerrado en su despacho. Ni siquiera Forsyth podía entrar a verlo. En la primera de las sesiones informativas de la tarde, Forsyth observó alarmado cómo Benford entraba en la sala. Estaba blanco como la tiza y avanzaba encorvado, como si sufriera dolores físicos. ¿Un infarto? Forsyth hizo ademán de levantarse, pero Benford le hizo un gesto para que se retirara. Revolvió entre los papeles de su carpeta. Antes de empezar a informar a la senadora, se volvió hacia Forsyth y Westfall, se inclinó hacia ellos y susurró. Le temblaban los labios.

—Os pido que no hagáis ningún comentario y que no mostréis ni una pizca de sorpresa o aprobación cuando informe a los candidatos. Ninguno. ¿Podréis hacerlo?

—¿Qué vas a hacer? —siseó Forsyth—. ¿Qué te pasa?

—Pienso vender mi alma.

—¿Qué significa eso? —preguntó Westfall—. No puedes engañar a estos candidatos.

—No es eso lo que ha querido decir —dijo Forsyth, en un susurro, adivinando la verdad en un instante—. Va a salvar a Dominika.

* * *

—Senadora, tengo que informarle de un nuevo acontecimiento. Estoy seguro de que usted y el señor Farbissen lo encontrarán fascinante —dijo Benford. Ambos parecían aburridos.

—¿Otro fallo de inteligencia? —dijo Farbissen—. ¿Cuál es la media, una cagada al año?

—Una al año sería un buen dato —dijo la senadora Feigenbaum. Benford sonrió.

—Nada de eso —dijo de pronto—. Es lo que llamamos una inmersión de emergencia. Algo bastante urgente.

—Sí, todo lo que hacéis es urgente —se mofó Farbissen.

—Estoy seguro de que le interesará saber que un importante activo nuestro en Moscú ha descubierto la identidad de un topo de alto rango en el Gobierno de Estados Unidos, pero, por desgracia, no puede transmitir la identidad del topo debido a dificultades técnicas. Hemos enviado a un agente a Rusia para que exfiltre al agente, cuyo nombre en clave es HAMMER, e informe del nombre del topo para que podamos detener al traidor.

Benford oyó el chirrido de la silla de Forsyth, pero no se atrevió a mirarlo.

—¿Cómo piensa llevar a su hombre a Rusia para que se reúna con este HAMMER? —preguntó la senadora, con calma, sin alarma en su rostro—. ¿Y cómo se propone sacarlo del país? —Sus décadas en comités de inteligencia la habían familiarizado con ese juego, aunque despreciaba y menospreciaba a la Agencia con vigor.

—HAMMER estará entre los invitados a una gran recepción en la finca del presidente Putin en el mar Negro —prosiguió Benford—. Obtener acceso será, más o menos, fácil para nuestro oficial del caso, en realidad más fácil que hacerlo en Moscú. La exfiltración se llevará a cabo mediante un avión JAVELIN, un planeador furtivo propulsado. Los numerosos valles y llanuras de la zona son más que adecuados para que los aviones STOL entren y salgan. —Lo del avión de despegue y aterrizaje cortos era una tontería, pero sonaba bien.

—¿Y dónde está ese topo ruso? —preguntó Farbissen, algo agitado, no se sabía si por miedo o por desdén congénito.

—No lo sabemos —respondió Benford—. Todo lo que sabemos es que ha estado activo durante algún tiempo.

—Creía que eras una especie de legendario cazador de topos —ironizó la senadora.

—Quizás haya perdido el toque —intentó burlarse Farbissen, mirando a Benford—. Quizás ha llegado el momento de entregar su placa.

Desde atrás, Forsyth vio las manos de Benford temblando. Santo Dios, qué tipo de apuesta era esa. Qué elección. Poner adrede a Nate como cebo final. Ni siquiera los conspiranoicos rusos considerarían algo tan extremo como una trampa de contrainteligencia. Sacrificar a un oficial de caso —por ejemplo, abandonándolo tras el Telón de Acero— para salvar a un agente descubierto ya había ocurrido antes durante la Guerra Fría, pero nunca se había tendido una trampa a propósito a un oficial para proteger a una fuente. Ambos lo vieron; la cara de Benford mostraba que estaba cambiando su alma por vender a Nate. Forsyth sabía que era una decisión mortal para Simon, una decisión tomada sin posibilidad de redención o exculpación. Todos somos prescindibles, le había dicho una vez Benford a Nash. Hoy, eso incluía la devoción y la conciencia de Benford.

Dio la misma información a los otros candidatos, cada uno con nombres en clave diferentes, la clásica trampa de enema de bario. A la vicealmirante Rowland le dijeron que el activo de la CIA con el que Nate contactaría y rescataría estaba cifrado CHALICE. Se mostró tranquila y serena ante la noticia, aburrida como de costumbre. Al embajador Vano le dijeron que el agente estaba encriptado como CHRYSANTHEMUM, pero su mirada inexpresiva hizo que Benford le dijera, gracias a Dios, que el agente también era conocido como FLOWER. Si él es el topo, pensó Benford, observando aquel perfil tan atractivo alimentado por un coeficiente intelectual a temperatura ambiente, los rusos deben de ser mejores de lo que pensábamos.

Para los tres oficiales de la CIA, la tarde fue un interminable mal sueño, un tropiezo interminable sin poder ver nada a través de un pantano nebuloso, cada una de las mentiras compuestas de Benford se hacía más amarga al traicionar a Nate. En una ocasión, la almirante Rowland se animó al mencionar el planeador sigiloso JAVELIN e hizo preguntas técnicas sobre el fuselaje, cuyas respuestas Benford prometió dar. Se preguntó en silencio si Westfall podría investigar los planeadores e inventar una variante que pudieran llamar JAVELIN. Para entonces esperaba que no importara.

Mientras Benford informaba, Westfall se inclinó hacia Forsyth, con el rostro ceniciento y los ojos muy abiertos.

—¿Por qué no decírselo a Nash con antelación? —susurró—. Hay que avisarlo con tiempo.

Forsyth negó con la cabeza. Sabía cómo pensaba Benford.

—La sorpresa tiene que ser auténtica —respondió Forsyth—. Los rusos buscarán notas falsas. Además, Simon sabe que Nash entrará de todos modos, sabiéndolo o sin saberlo. Se dará cuenta en los primeros diez segundos y seguirá la mentira.

—¿Y qué pasa con Nate? —seguía susurrando Westfall. Le molestaba esa mierda del macho que se inmola por el bien del equipo con estos maníacos de operaciones. Hacerle esto a Nate con premeditación era incomprensible para Lucius.

—Lo arrestarán, lo interrogarán y lo meterán en la cárcel. Lo golpearán un poco, nada malo. Sé que Simon persuadirá al Departamento de Justicia para ofrecer a MAGNIT y SUSAN en un intercambio por él. A los rusos les gusta recuperar a su gente. Salvan la cara. Nash estará en casa para Navidad.

—Creo que no deberíamos tener que recurrir a las misiones kamikaze —comentó Westfall, mirando al suelo.

Forsyth lo agarró del brazo.

—Cualquiera de estos estimados candidatos puede ser MAGNIT, yo apuesto por ese lameculos de Farbissen; una cosa es segura: no dejarán de informar de esta operación a Yasenevo, para salvar su propio culo.

—¿Y qué hay de la mujer polaca, Agnes? —dijo Westfall—. ¿Qué le harán los rusos?

Forsyth negó con la cabeza.

—¿No te has dado cuenta de que Benford no la ha mencionado durante sus sesiones informativas? Los rusos no esperarán que se infiltren dos agentes. Nash y Agnes llegarán con una pandilla de nuevos estudiantes de arte de Varsovia, parte de la rotación del equipo de restauración. Los rusos olfatearán a los estudiantes y a Agnes, pero con Nate en el bolsillo solo tendrán una preocupación: quién de los doscientos invitados es el topo dirigido por Estados Unidos. El criptónimo que utilicen los interrogadores nos dirá quién es MAGNIT. HAMMER, CHALICE o FLOWER.

—¿Y cómo averiguamos cuál de los tres es el que sale a la luz? —insistió Westfall—. ¿Cómo sabemos que esto funcionará? Las anteriores historias cebo de Benford nunca han conseguido el efecto deseado.

Forsyth se encogió de hombros.

—No todas las trampas cazan a un oso. El topo no informa, nadie en Moscú lo cree, deciden esperar antes de actuar. Podría ser cualquier cosa.

—¿Y cómo sabremos que criptónimo han usado?

—DIVA pondrá un mensaje en el USV —dijo Forsyth.

Mierda de castillo de naipes, pensó Westfall. Vendiendo a Nate por un nombre.

—¿Nate volverá para Navidad?

—Sano y salvo. Y DIVA empezará a informar de las primicias sobre el SVR y el Kremlin desde su mesa de directora.

—A menos que pierda el control —dijo Westfall.

Forsyth se dio cuenta de que el joven analista utilizaba una jerga más operativa. Y también tenía razón: a menos que pierda el control.

* * *

En Moscú, Gorelikov estaba ocupado intentando mejorar las posibilidades de MAGNIT. Había puesto en marcha dos minuciosas y sutiles *activniye meropriyatiya*, medidas activas, implicando a dos agentes del redil de innumerables activos utilizados por el Kremlin para las campañas de influencia política de Putin en todo el mundo. Estas fueron las tácticas favoritas durante la Guerra Fría para difundir el ideario comunista. Ahora se diseñaron para sembrar la discordia entre quienes buscaban debilitar la cleptocracia de Putin. Las medidas activas eran más eficaces cuando la desinformación se entretejía en un macramé de verdad, que ofuscaba con eficacia el engaño. La caja de herramientas era diversa: influir en las elecciones, desacreditar a los líderes de la oposición, desbaratar lealtades enemigas, apoyar a déspotas amigos, hacer circular desinformación, filtrar falsificaciones y, en casos extremos, utilizar a personas como Iosip Blokhin para eliminar a los enemigos más tenaces del Estado. El intento de asesinato en 1981 de un Papa de origen polaco que animaba el movimiento Solidaridad en los astilleros de Gdansk fue un ejemplo extremo de medida activa.

Un insulso periodista llamado Günter Kallenberger —en nómina de Gorelikov desde hacía décadas— de la revista alemana de investigación *Der Spiegel* pidió una entrevista con el jefe de personal de la senadora Feigenbaum, Rob Farbissen. Conocedor de los datos de evaluación del Kremlin sobre el petulante jefe de personal, Kallenberger preguntó a Farbissen que si la senadora se convertía en DCIA, ¿no se convertiría seguramente Farbissen en director ejecutivo, o quizás en subdirector de Administración? Si ese fuera el caso, ¿qué cambios o reformas dentro de la CIA podrían esperar las agencias de inteligencia aliadas en los próximos años? Era la clásica pregunta abierta de un periodista, en ruso una *lovushka*, una caída mortal, una trampa, diseñada para dar a Farbissen cuerda suficiente para ahorcarse (y ahorcar a su jefa). El voluble Farbissen no defraudó. Le espetó a Kallenberger que la CIA había pasado de ser una colección de cazadores de nazis de la posguerra a una agencia anacrónica, inútil e indisciplinada, propensa a los fallos de inteligencia e incapaz de detectar las lagunas de inteligencia relevantes. En lugar de ello, la CIA dedicó su tiempo y sus recursos a tratar de subyugar a codificadores rusos en Sudamérica en lo que él denominó trampas sexuales. La tormenta de fuego que estalló en el Congreso y en Europa, y en los indignados editoriales de RIA Novosti y TASS, se prolongó durante una semana, al final de la cual la senadora Feigenbaum retiró su nombre de la consideración para la DCIA. Farbissen abandonó el equipo de la senadora y se sumó a un *lobby* para la ACA, la Asociación Americana del Carbón.

Coincidiendo con la escandalosa entrevista de Farbissen, un artículo del periódico financiero *Business Standard* de Nueva Delhi informaba de un nuevo contrato de suministro de minerales firmado con el presidente bielorruso Alexander Lukashenko e IPL, Indian Potash Limited. El artículo describía las caóticas prácticas del grupo estatal bielorruso de fertilizantes Belaruskali, que en 2013 provocaron el desplome de los precios mundiales, como en 2008 y 2009. Una columna —redactada por Gorelikov y dirigida por un editor del *Business Standard* a sueldo del Kremlin— mencionaba que el empresario estadounidense y exembajador de Estados Unidos en España, el honorable Thomas Vano, había sido miembro de un consorcio internacional de materias primas que se había beneficiado de información privilegiada del Gobierno bielorruso para invertir en futuros de minerales volátiles y luego venderlos en corto. El artículo terminaba estimando que el uso de información privilegiada había reportado al grupo del embajador Vano mil quinientos millones de dólares solo en 2013, beneficios obtenidos mientras era empleado del Gobierno estadounidense, una grave violación de la ética. Los hechos fueron falseados: no se facilitó información privilegiada (¿quién lo confirmaría en Minsk?) y la cifra de mil quinientos millones de dólares era una invención, pero no se podía comprobar, lo que daba la impresión de que se trataba de ocultación de divisas y evasión fiscal. Aunque Vano no retiró su nombre como candidato a la DCIA, el nombramiento del embajador fue calificado de «inverosímil» por el *Wall Street Journal*, y de *vozmutitelnyy*, escandaloso, por el Canal Uno de Rusia en Moscú.

En dos hábiles movimientos, Gorelikov había eliminado a los demás candidatos como contendientes realistas. Sabía que, en teoría, esto ayudaba a los cazadores de topos de Langley, que ahora podrían concentrarse en investigar a la almirante Rowland, pero no le preocupaba. La almirante no tenía defectos detectables en su tapadera, y la decisión final de confirmarla era inminente. Por lo que sabía la CIA, uno de los candidatos descartados podría ser el topo; el Kremlin se tragaría su decepción, y dirigiría a su activo a un puesto igual de delicado, pero en otro lugar de Washington.

En el cuartel general, Benford también reconoció que los obvios hachazos a Feigenbaum y Vano ponían en el punto de mira a la almirante Rowland, pero ese era el problema. En el mundo de la contrainteligencia, en especial con los rusos, nada era lo que parecía. La aparente descalificación de Feigenbaum y Vano podría ser en realidad una insidiosa pista falsa para desviar la atención, como el falso desertor Yurchenko enviado para proteger a Ames. El objetivo sería que mientras Benford perdía el tiempo buscando bajo la cama de Rowland, el verdadero topo estaría libre para escarbar en otra parte: el NSC, el Pentágono, el Ala Oeste. Quedaba una esperanza. La sede central no sabía nada de la trampa final de Benford.

* * *

La almirante Rowland no tenía programadas unas vacaciones de aventura desde hacía al menos seis meses. La próxima primavera iba a ir Argentina: planeaba ir de excursión a la Patagonia, porque había investigado, con discreción, en un ordenador no atribuible de la biblioteca de Seguridad Nacional del centro de la ciudad —que ya estaba rebosante de porno descargado— y había leído sobre el Club Cocodrilo en Barrio Norte, en Buenos Aires, que abastecía chicas. No estaba segura de lo que eso significaba en sentido estricto, pero sonaba interesante. Se encontraría con Anton en BA y se divertiría.

Luego leyó sobre el vino argentino. Y sobre la comida. Había un camión de comida argentina en el centro de D. C. que servía deliciosos choripanes (minibocadillos de chorizo a la parrilla con cebolla y salsa chimichurri). Si los choripanes de Buenos Aires fueran tan sabrosos como la comida callejera, se lo pasaría en grande. Pero la embriagadora perspectiva de conocer a una exótica amante latina se vio superada por la conmoción de la reunión informativa de la CIA de esa tarde.

Había un problema, un gran problema, y necesitaba hablar con el tío Anton. No con la sede central. No con el Kremlin. No con Moscú. Necesitaba hablar con Anton. Si aquel trasgo desaliñado de Benford en la CIA decía la verdad, en un par de días un agente de la CIA estaría hablando con alguien llamado CHALICE que, de alguna manera, sabía que Audrey Rowland, vicealmirante de la Marina de los Estados Unidos, estaba espiando para los rusos, y que había estado espiando durante más de una década. Tenía que decírselo a Anton, lo que significaba que tenía que llamar a SUSAN para transmitirle el mensaje. Aquella noche, sacó su rudimentario teléfono encriptado de la Línea T del compartimento oculto con bisagras en el brazo de un sofá de su dormitorio, un mueble de mala calidad que le había entregado el GRU hacía años. Grande como un ladrillo, se trataba de un teléfono seguro encriptado FIPS140-2 con suplantación de ubicación, cuyo *software* enmascaraba la posición del teléfono interrumpiendo la conexión del dispositivo a las torres de telefonía móvil más cercanas mientras permitía que la llamada se realizara a través de torres más lejanas. Por tanto, una llamada de Audrey en Washington a SUSAN en Nueva York se dirigía primero a Las Vegas, luego rebotaba a través de Traverse City, Michigan, hasta el teléfono de SUSAN en Nueva York, que utilizaba un enrutamiento similar a través de Cheyenne, Wyoming hasta Tarpon Springs, Florida y de vuelta a Audrey en Washington.

SUSAN no contestó a su teléfono especial en tres intentos distintos —no había posibilidad de dejar mensajes, demasiado inseguro—, así que Audrey tuvo que pasar toda la noche en vela y, por fin, conectar con una irascible SUSAN a la mañana siguiente. ¿Qué demonios estaba haciendo? Era una emergencia. Usando su voz de almirante, Audrey le ordenó a esa mujer que se pensaba que era mejor que ella, que enviara un mensaje inmediato a Anton sobre la inminente infiltración de un oficial de la CIA en la recepción de Putin para conectar con un espía llamado en clave CHALICE, ¿lo pillas? CHALICE, y va a sacar al topo en un planeador sigiloso. No, no dijo desde dónde, pero ese bastardo de CHALICE sabe mi nombre, y una vez que se lo digan a Langley, estoy acabada. ¿Entendido? Y quiero reunirme contigo en Washington lo antes posible: tengo nueva información sobre pruebas de propulsión por cavitación, no importa lo que sea, y más chismes sobre los que la CIA ha estado informando, sobre reclutamientos de rusos, así es, reclutamientos, y una cosa más, quiero estar lista para salir si el tipo de la

CIA saca a CHALICE de Rusia; sí, bueno a la mierda la autorización, porque si me arrestan les voy a hablar sobre una empleada de la revista en Nueva York que trabaja para Vladímir Vladímirovich, entonces tú misma estarás cruzando el Río Grande para llegar a México. ¿Lo tienes todo? Hazlo ahora, no me importa la hora que sea allí, puede que el tipo de la CIA ya esté comiendo entremeses en la mesa del bufé con CHALICE. Y llámame sobre nuestro encuentro aquí. Adiós.

La mente ordenada de Audrey no se dejaba llevar por el pánico, todavía, pero, como cualquier científico astuto, medía con atención los indicadores para determinar el grado de peligro e identificar el momento propicio para contemplar la posibilidad de huir. No era la primera vez que se producía una alarma de seguridad en sus doce años de carrera como espía. Había tenido largas discusiones con Anton sobre el oficio, el espionaje y la disciplina mental necesaria para que un topo recopilara, almacenara y transmitiera secretos confidenciales dentro de una gran organización. La intrincada disciplina atraía a su cerebro cuantitativo. La Armada estadounidense contaba con muchos niveles de seguridad diseñados para proteger secretos, pero ningún sistema de contrainteligencia naval podía concebir, y mucho menos permitir, que un almirante de tres estrellas y director de la ONR operara como fuente clandestina para el Kremlin. El NCIS, el Servicio de Investigación Criminal de la Armada, estaba mal equipado para detectar los matices técnicos de un topo dirigido por Rusia. Pero eran los pequeños hombres grises y desaliñados como aquel molesto Simon Benford de la CIA, quienes constituían el verdadero peligro. Le pareció irónico que el famoso cazador de topos en persona le hubiera hecho la advertencia que la mantendría alejada de los problemas. Si la seleccionaban para la DCIA, la ironía continuaría.

Pensó en su reclutamiento en el Metropol de Moscú y se preguntó qué habría sido de la despampanante rusa que tanto tiempo atrás le había mojado la barbilla entre los muslos. Desde luego, ahora no era una almirante de tres estrellas. Aquella noche de sexo había sido el comienzo de todo: Audrey empezó a espiar como una forma de impulsar su carrera, y en particular, para demostrar al hijo de puta al que llamaba papá que podía igualar, no, superar, su propia carrera en la marina. A medida que se multiplicaban los galones en su manga, Audrey se reafirmaba en su creencia de que había tomado la decisión correcta con respecto a los rusos, a pesar de las circunstancias iniciales. Ahora estaba en peligro. Su mente ordenada contempló las probabilidades, y no sintió miedo, confiada en su propio intelecto y en la habilidad de Anton. Estaba preparada para dejar la Marina, y si se convertía en la DCIA significaría dos, tres o cuatro años más de torpeza burocrática, espectaculares ganancias para Moscú, el colapso de la CIA y continuos pagos de anualidades por parte del Kremlin, tras lo cual ella, Audrey Rowland, desaparecería y se retiraría a una playa en algún lugar con chochitos calientes y fríos en pareos, corriendo con su pelo trenzado. Ya no tendría que estar sola.

Pero primero tenía que sobrevivir a esta inminente amenaza a su libertad, y confiar en que SUSAN estuviera en ese momento hablando con Anton, quien a su vez alertaría a la seguridad del complejo de Putin, y que tanto el oficial de la CIA como su confundido topo serían arrestados y eliminados para que su secreto permaneciera a salvo para siempre.

Choripanes argentinos

Parte y tuesta panecillos pequeños en una plancha hasta que estén dorados. Corta el chorizo por la mitad a lo ancho, luego por la mitad a lo largo, y ásalo hasta que esté caramelizado y tostado por ambos lados. Asa las cebollas blancas, cortadas en rodajas, hasta que también estén caramelizadas y termina con un chorrito de vinagre balsámico. Pon el chorizo y las cebollas en los panecillos tostados y úntalos con salsa chimichurri. (Tritura zanahorias ralladas, perejil, vinagre, hojuelas de pimiento rojo, ajo, aceite de oliva, sal y pimienta hasta obtener una salsa espesa).

35
Estupidez, no desfachatez

La tardía transmisión de SUSAN del aviso urgente de MAGNIT sobre el oficial de la CIA que intentaría penetrar en la ostentosa fiesta del presidente para contactar con el topo conocido como CHALICE se recibió en la sede central, pero se retrasó aún más por el laborioso y especial tratamiento que requerían todos los mensajes entrantes de ilegales. Al final, fue reenviado desde Yasenevo a la unidad de comunicaciones de cabo Idokopas, donde fue leído por Gorelikov con una mezcla de alarma y triunfo. Hizo una consulta apresurada a la oficina de seguridad: aún tenían tiempo; el nuevo turno de restauración de arte procedente de Polonia llegaría a la mañana siguiente. Convocó una reunión ejecutiva de emergencia en la sala de seguridad del barracón de comunicaciones con la general Egorova, del SVR, Bortnikov, del FSB, y Patrushev, del Consejo de Seguridad.

—Es una *szloba*, una desfachatez, por parte de estos estadounidenses, intentar esto en el complejo del presidente —dijo Bortnikov con su halo azul—. Podría entender que lo hicieran en Moscú, sería lo normal, pero esto es demasiado.

Patrushev no tenía tiempo para juegos. Su propio halo amarillo de engaño y crueldad brillaba en la pequeña habitación gris. Señaló a Gorelikov con su nariz de cosaco.

—Estupidez, no desfachatez. ¿Dónde está la complicación? Cuando llegue el americano con el contingente polaco, será sencillo arrestarlo de inmediato. —Señalando con la cabeza a Dominika y Bortnikov, continuó—: Que nuestros colegas de aquí organicen un interrogatorio enérgico, determinen la identidad de ese CHALICE y zanjen el asunto.

El americano y su topo pueden compartir celda en Black Dolphin, en Orenburg.

Gorelikov mostraba su cara de respeto para no ofender.

—Estoy de acuerdo con usted, pero si me permite un momento. —Se sacudió como ausente las mangas de su camisa francesa, revelando unos magníficos gemelos de plata cepillada y coral rojo—. Propongo, para su consideración, una discreta alternativa a la detención e interrogatorio inmediatos, por muy lógica y adecuada que sea su propuesta. Planteo que si, en lugar de ello, dejamos que el americano deambule con libertad durante los tres días de la recepción del presidente, bajo constante y estricta vigilancia, es probable que intente establecer contacto y, sin saberlo, nos conduzca sin más al individuo que buscamos, el topo CHALICE.

A Bortnikov, cuyos equipos de vigilancia del FSB eran prodigiosos, le gustó la idea. Más mérito para él y para su agencia si conseguía atrapar tanto al agente del caso como al topo. Dominika mantenía el rostro impasible, pero en su interior sabía que esa diabólica táctica de emboscada podría hacerla saltar por los aires en cuarenta y ocho horas. Y sabía algo más. Sería Nate Nash quien viajaría desde Washington; ella lo conocía, y estaba segura de ello. Por muy bueno que fuera en la calle, a Nate se le podía mantener bajo estricto control mediante vigilancia estática que siguiera todos sus movimientos por el complejo presidencial a través de cámaras imposibles de detectar. Si se dirigía hacia ella, convencido de que era invisible, se acababa el juego.

Algo no tenía sentido. ¿Cómo se había enterado MAGNIT de la misión de Nate? ¿Y de dónde había surgido el criptónimo CHALICE? Adivinó la respuesta, pero no podía creerlo. Llevaba en esto el tiempo suficiente, y conocía a Benford lo bastante bien como para llegar a la incalificable conclusión de que aquello era lo que los americanos llamaban un enema de bario, diseñado para hacer salir a MAGNIT utilizando a Nate como *primanka*, un señuelo prescindible, un cebo. Una táctica desesperada. Iba a ser sacrificado.

¿Qué irónico sería que Nate fuera, sin saberlo, el motivo de que ella estuviera en riesgo? Tan irónico como lo que Dominika sabía que tenía que hacer en ese momento. Con cuidado, pensó, ser objetiva y acabar con esta idea sin ofender a Gorelikov ni alertar a los otros dos lobos de hocico húmedo de la mesa.

Se sentó erguida, cruzó sus elegantes manos sobre la mesa frente a ella y los miró a todos a los ojos.

—Es un plan ingenioso, pero, como todos saben, el enemigo de este oficio es la complicación innecesaria. Si algo puede salir mal, saldrá mal. Todos ustedes lo saben. No quiero dar la impresión de negatividad, pero la lista de escollos potenciales es significativa. —Dominika tomó aire—. Los agentes de casos de la CIA, entrenados en operaciones en zonas inaccesibles, son ingeniosos. Este hombre que vendrá mañana podría eludir nuestra cobertura y frustrar nuestros planes. Podría usar disfraces. Podría distraer a nuestras unidades de vigilancia mientras un segundo confederado desconocido lleva a cabo su misión. Podría tener algún dispositivo técnico infernal... todos sabemos cómo confían los americanos en sus pequeños dispositivos, que le permitiera ponerse en contacto con CHALICE delante de nuestras narices, sin ni siquiera acercarse a él. Y lo peor de todo, el oficial de la CIA podría detectar la vigilancia, abortar su misión y escapar en el avión furtivo que MAGNIT informó que formaba parte del plan, dejándonos en ridículo y en peor situación que antes. Hay que admitir, caballeros, que todas estas son posibilidades remotas, pero son posibilidades. ¿Podemos permitirnos el riesgo de volver con las manos vacías?

Por eso... estoy intentando persuadiros *tarakany*, cucarachas, para que arrestéis al hombre que amo con todo mi corazón, y me permitáis estar presente cuando lo golpeéis, y ver cómo lo meten en la cárcel para que se pudra hasta que muera o quede roto y arruinado, porque no puedo hacer otra cosa.

Para disgusto de Gorelikov y Bortnikov, Patrushev estuvo de acuerdo.

—Estoy de acuerdo con Egorova. Arresto inmediato e interrogatorio. Es la única forma de mitigar el riesgo. ¿Estamos todos de acuerdo? ¿O deberíamos consultarlo con el presidente?

Nadie quería eso —no en el estado de ánimo de Putin—, así que se acordó que el agente de la CIA sería detenido de inmediato. Dominika respiró aliviada mientras su corazón se enfriaba y moría.

* * *

Nate y Agnes volaron en LOT, la aerolínea polaca, de Varsovia a Bucarest y luego a Odesa. En el mismo vuelo viajaban tres resacosos aprendices de restauración de arte de Varsovia. Los aburridos funcionarios de Aduanas e Inmigración sellaron el pasaporte polaco de alias de Nate sin mirarlo. Otra hora de vuelo en un Embraer 170 de Ukraine International y estaban en el pórtico delantero del aeropuerto de Gelendzhik, esperando la furgoneta que transportaba al personal y a los trabajadores a cabo Idokopas. La suave brisa subtropical agitaba la falda de Agnes, y olían el aire salado del mar. Nate llevaba gafas de montura de alambre, vaqueros y una camiseta con la inscripción «Warszawa» en letras sobre el pecho; ambos llevaban pequeñas bolsas de viaje. Un malhumorado conductor ruso apareció en un ruidoso monovolumen UAZ y los llevó a toda velocidad por la M4 hasta Svetly, donde se desviaron de la autopista y entraron en un serpenteante asfalto de dos carriles que ondulaba cuesta abajo a través de valles cubiertos de pinos, marcados por acantilados de piedra caliza, y, por fin, a través de la puerta del recinto con un coche de la milicia a un lado de la carretera, y más despacio ahora, pasando por casetas de vigilancia y *jeeps* militares aparcados entre los árboles, hasta detenerse en la escalinata de un gran edificio tipo dormitorio entre los pinos. A lo lejos, el tejado del enorme palacio principal se alzaba sobre las copas de los árboles. Agnes estaba tranquila y serena, se maravilló Nate; era más fría que él.

Esperaron ante una mesa para registrarse, entregar sus pasaportes y recibir tarjetas de acceso de seguridad para entrar al recinto y a los lugares de trabajo en el interior de la mansión. Un miliciano le dijo a un estudiante polaco que apagara el cigarrillo, y el joven fingió no entender, echando humo en su dirección. El miliciano dio un paso hacia el estudiante para quitarle el cigarrillo y algunos dientes de la boca, pero el subalterno le ladró en ruso que retrocediera y volviera a su posición. A Nate se le heló la piel al ver que otros milicianos permanecían atentos, se acercaban y lo miraban a él. Nate pensó al instante en derribar a un guardia y lanzarse por una puerta o ventana. Pero, ¿adónde iría? Había cientos de milicianos y tropas de las Fuerzas Especiales, además de doscientos agentes del SBP (Servicio de Seguridad Presidencial) en el recinto de setenta y cuatro hectáreas. Y Dios sabía dónde estaba Dominika. No podía correr hasta su dacha y esconderse debajo de su cama.

La eficacia de los rusos era escalofriante. ¿Cómo había sido socavada su tapadera tan rápido? ¿Significaba esto que había otro topo dentro de Langley que conocía su misión? Eso solo podía significar Forsyth, Westfall, o ese maníaco bola de billar de la rama marítima. Imposible. No había nada que los rusos pudieran haber sacado de los documentos de su alias, nada sobre su tapadera de la Academia de Arte Polaca. ¿Era posible que lo reconocieran de su primer viaje a Moscú? ¿Algún paso en falso en la aduana de Odessa? No, ni siquiera el FSB era tan bueno. Fuera cual fuera el motivo, comprendió lo que iba a ocurrir.

Se inclinó cerca de Agnes y susurró.

—Algo va mal, creo que estoy reventado. Aléjate de mí y quédate con los estudiantes.

Agnes no se movió, ni pestañeó; era toda una profesional.

—Si hay algún problema, te sacaré de aquí —dijo. Lo miró con ojos ardientes.

Nate le gruñó por un lado de la boca mientras se alejaba de ella.

—No harás tal cosa. Lo hemos ensayado. Pasarás desapercibida, trabajarás con el equipo de restauración durante dos semanas y luego volverás a casa. Mantente alejada de DIVA y su dacha, y no te acerques a la playa. Ella sabe lo suficiente para enviar el nombre de MAGNIT en el barco. ¿Entendido?

Agnes asintió.

—Seguiré tus órdenes, pero hay una cosa más —dijo—. Te quiero.

—Nate la miró durante un largo rato, intentando decirlo con los ojos. Aquella coleta blanca, Santo Dios. Se dio la vuelta.

El subalterno se levantó, la señal. Había llegado la hora. Ante la mirada hosca de los sorprendidos estudiantes, dos milicianos se colocaron detrás de Nate y lo agarraron con fuerza por encima de los codos, lo hicieron girar y lo condujeron a través de una puerta situada al final del vestíbulo de los dormitorios. Nate no opuso resistencia, haciendo acopio de sus fuerzas. Agnes no lo miró, y lo último que vio mientras lo empujaban por la puerta fue que nadie la había agarrado. Gracias a Dios.

Nate fue conducido por un cuidado camino de grava a través de un denso bosquecillo de pinos, cuyo fresco aroma competía con el aire salado. Nate creyó ver atisbos de agua a través de los huecos entre los árboles, pero los milicianos lo encañonaban cada vez que miraba a un lado. Al final del sendero, solitaria, en lo más profundo del bosque, se alzaba una ornamentada casita rusa de troncos con flecos decorativos que delineaban los empinados tejados, un par de ventanas abatibles con rústicas molduras diagonales y una puerta de madera pulida con bisagras de hierro forjado y un velador enrejado. Malditos Hansel y Gretel. Los guardias abrieron la puerta y lo empujaron a un profundo sillón tapizado en tela verde oscuro. Nate echó un vistazo al espartano salón con un solo sofá y dos mesas auxiliares. Una foto enmarcada de Lenin colgaba de la pared que quedaba frente a Nate, el retrato sin sonrisas de cuando estaba en el exilio, alrededor de los cincuenta años, con la mirada penetrante, la perilla, la boca recta, sin rastro de alegría o piedad.

Los troncos desnudos de las paredes y del techo inclinado eran de color claro y estaban pulidos, y su brillo iluminaba la estancia a la luz del atardecer. Se trataba de una casa de huéspedes aislada, o tal vez de las dependencias personales de algún cuidador. Los dos milicianos se colocaron a ambos lados del sillón y le empujaron de nuevo a la silla cuando intentó levantarse, pidiendo permiso para ir al baño. Quiso echar un vistazo a la cabaña en busca de puntos de escape y comprobar el grado de libertad de movimientos que le permitían, pero, de momento, no era posible. Nate sabía que podría ser difícil o fácil, un interrogatorio sofisticado o una entrevista básica a nivel policial. Para empezar, esperaba lo segundo. Mucho iba a depender de su actitud, del humor y la habilidad de los interrogadores, de lo que quisieran saber y de la urgencia de sus preguntas. Pensaba burlarse, cabrearlos y aguantar el mayor tiempo posible.

Al principio de su formación, Nate había asistido a clases de interrogatorio: resistirlo, no infligirlo. El instructor, un operador argentino —con un párpado que no paraba de temblar y llamado Ramón Lustbader (bautizado así por su madre en honor a la estrella de la pantalla muda Ramón Novarro), con una actitud peor que la de Gable— había dicho a la clase que lo esencial era que todo el mundo acababa rindiéndose; solo era cuestión de cuánto tiempo aguantabas el dolor o las drogas. El objetivo era aguantar cuarenta y ocho horas, un periodo en apariencia lo bastante largo para que un activo sacado a la luz o una red de activos comprometida se exfiltrara, pero eso era en gran medida cine negro anticuado, teatralidad de la Guerra Fría.

En realidad, decía Ramón, era el dolor del castigo físico, así como las técnicas auxiliares de privación del sueño, inanición y calor o frío extremos, lo que quebraba a los capturados. Las misteriosas y temidas drogas psicotrópicas como el etanol, el tiopental sódico, el amobarbital y la escopolamina que, en teoría, podían obligar a los presos a hablar y que, tras un uso prolongado, podían sumergir el cerebro humano al nivel cognitivo de uno de los simios menores, en realidad no obligaban a los sujetos a hablar, más bien, estas drogas desbloqueaban los recuerdos, reducían las inhibiciones y aumentaban las respuestas sugestivas que, en manos de un interrogador hábil, podían incitar a soltar la información deseada. El gas somnífero habitual en los dentistas, el óxido nitroso, tenía el mismo efecto.

El párpado de Lustbader palpitaba mientras sermoneaba a la clase:

—Si uno se concentra en un pensamiento o en una persona, o en un objeto externo, se concentra de forma obsesiva, la mente puede contrarrestar de manera eficaz los efectos de las drogas de interrogación que, casualidad, aumentan con rapidez su eficacia y luego se disipan de golpe. Salir de ella es como subir a la superficie después de una inmersión profunda. La euforia en esa fase, la carrera de vuelta a la luz, es el periodo de peligro en el que el sujeto eufórico es más susceptible de ser sonsacado. —Miró a los aprendices que soñaban con futuras glorias en el campo o pensaban en el almuerzo—. A menos que quieran convertirte en un mono gibón, aunque sospecho que algunos de vosotros en esta clase ya estáis a mitad de camino, no pueden usar más drogas durante otras doce horas, sin arriesgarse a hacerte daño.

Ninguno de los estudiantes soñó jamás que a lo largo de su carrera tendrían que recordar las palabras de Ramón.

* * *

Cuando SUSAN envió el mensaje flash encriptado que detallaba el informe verbal de MAGNIT sobre un oficial de casos de la CIA infiltrado en el complejo para contactar con un topo manejado por los estadounidenses, de nombre en clave CHALICE —un topo que, de alguna manera, conocía la identidad bien guardada de la almirante Audrey Rowland—, Gorelikov se quedó asombrado. La tenacidad de los estadounidenses para reclutar fuentes en lo más profundo de los pasillos de la Federación nunca parecía disminuir. Desenmascarar a este CHALICE no iba a ser fácil. Por mucho que Gorelikov hubiera dirigido MAGNIT con cautela como su propio activo en los últimos tiempos, había infinidad de posibles filtraciones y puntos de entrada en el caso: una docena de manipuladores del GRU de los primeros años, el doble de supervisores, empleados de registros, el personal del Consejo de Seguridad y expertos técnicos que evaluaban los voluminosos informes de MAGNIT. Pero ninguna de estas personas figuraba en la lista de invitados VIP a la gala del fin de semana del cabo Idokopas. Los doscientos invitados eran jefes de servicio, ministros y los babosos *siloviki* que rodean al presidente. Pero ¿quién conocía a MAGNIT? Bortnikov del FSB, ese idiota del GRU, el presidente. Pero no es así como se pierden los secretos: las amantes oyen cosas, la gente se emborracha y alardea en una fiesta, el propio presidente puede comentar algo sobre MAGNIT a un viejo amigo de los años de Petersburgo, y el pájaro está fuera de la jaula, imposible de rastrear hasta la fuente. Sin embargo, había una cosa: Egorova no conocía el nombre de MAGNIT, lo que la exoneraba, por el momento, y significaba que Gorelikov podía contar con ella para ayudar en la investigación de contraespionaje, pero no había tiempo para juguetear con sospechosos y entrevistas. CHALICE tenía que ser identificado y el caso resuelto en los cinco días siguientes. Desde la *rezidentura* de Washington se supo que las historias despectivas habían sido pregonadas a bombo y platillo por un cuerpo de prensa estadounidense con gusto por la calamidad política: la senadora Feigenbaum y el embajador Vano estaban fuera de la carrera por la DCIA, y la vicealmirante Rowland comenzaría pronto las audiencias de confirmación en el Congreso.

Gorelikov contempló la audacia de los americanos al enviar a un oficial de operaciones a Rusia, al complejo del presidente, para reunirse sin ambages con un agente y sonsacar el verdadero nombre de MAGNIT. El bastardo oficial del caso retenido en la cabaña de Gorki en el bosque era la clave: había que arrancarle de la garganta la identidad de CHALICE. Gorelikov había reunido a tres expertos en métodos de interrogatorio: un médico de la Universidad Estatal de Moscú especializado en drogas psicotrópicas; un psicólogo del Centro Científico Estatal Serbsky de Psiquiatría Social y Forense, y un científico del comportamiento de la Sección 12 de la Línea S del SVR, la dirección de ilegales. Mientras tanto, los invitados de honor a la fiesta iban llegando en limusina, autobús lanzadera o helicóptero personal, cada uno según su lugar en la cadena alimentaria. Y uno de ellos era CHALICE. Gorelikov llamó con insistencia a Egorova, le informó de la situación y juntos se apresuraron a atravesar el bosque hasta llegar a la cabaña. Egorova era inteligente y capaz. Gorelikov vio cómo se le iba el color de la cara al darse cuenta al instante del peligro inminente que corría MAGNIT.

* * *

El corazón de Dominika resonaba con fuerza en su pecho mientras caminaba por el sendero hacia la cabaña con Gorelikov. Sabía que el americano capturado tenía que ser Nate. Tenía que serlo. Pulsaste la señal de extracción para obtener una reacción, y la obtuviste, pensó. ¿Pero intentar entrar en el complejo? Sabía que Nate era descarado, pero ¿en qué estaba pensando Benford? Ahora tenía que supervisar los interrogatorios; ser delatada y perder su vida estaba a tan solo una confesión de distancia. Anton estaba desesperado por proteger a MAGNIT, de quien Dominika estaba cien por cien segura que era la almirante Rowland. Se acabaron las corazonadas. Dominika había leído los resúmenes diarios que circulaban desde el Departamento de las Américas: Rowland iba a ser confirmada esa semana como la siguiente directora de la CIA y la semana siguiente comunicaría el nombre de Dominika como activo de la CIA. Con Nate bajo custodia, a Dominika solo le quedaba una opción: tendría que enviar el nombre de Rowland a Benford en esa locura de lancha motora no tripulada —si es que la enviaban—

que estaría en la playa mañana por la noche. No tenía ni idea de si la información llegaría a Langley a tiempo.

Se le encogió el corazón cuando lo vio, pero si él se fijó en ella en la abarrotada y calurosa cabaña, no dio ninguna señal. Tres expertos, cinco guardias (tres milicianos y dos SBP), Dominika, Gorelikov y una taquígrafa se apretujaban en la habitación. Se esperaba a Bortnikov en un momento; se trataba de un asunto de seguridad interna que pertenecía al FSB.

Nate estaba en un sillón, llevaba gafas de pasta y una camiseta ridícula, estaba siendo interrogado por uno de los profesionales de Moscú. El médico del Instituto Serbsky —su halo amarillo denotaba duplicidad— estaba inclinado hacia él, con una mano paternal sobre la rodilla de Nate, y le hablaba en inglés con voz suave, que Dominika apenas podía oír. Distinguió frases como «esfuerzo inútil», «liberación anticipada» y «regreso a casa». Dominika se sentó en una silla de respaldo recto por detrás del sillón, fuera del campo visual de Nate. Anton se paseaba a lo largo del pequeño salón, mirando con impaciencia a Nate y al doctor, hasta que Dominika, con suavidad, lo agarró por el brazo y e hizo que se sentara. El elegante y flemático Gorelikov era un manojo de nervios. Oír la voz de Nate por primera vez fue como clavar un cuchillo en el corazón de Dominika.

—Doc, va a tener que darme un final feliz o quitarme la mano de la rodilla. —El médico se sentó y sonrió. Era el psicólogo jefe del Instituto Serbsky, la clínica donde se evalúa a los disidentes y eran enviados a pabellones psiquiátricos en lugar de a gulags siberianos.

—Aprecio su sentido del humor —dijo el médico, que tenía el pelo blanco como la nieve y un ojo más alto que el otro, lo que le hacía parecer un lenguado de Dover—. Pero está usted en serios problemas, señor... Perdone, no sé cómo se llama.

Nate sonrió.

—No se lo dije. Nathan. Nathan Hale. —Le tendió la mano. El taquígrafo garabateó a gran velocidad, pero ninguno de los rusos sabía quién era. Después de dejar huellas, todos recibirían una lección sobre la Revolución Americana. Gorelikov se levantó e hizo una señal de impaciencia. El médico con ojos de pez volvió a inclinarse hacia delante.

—Un placer conocerlo, señor Hale. Pero ahora debo pedirle que responda a mis preguntas. Su plan ha sido frustrado. Nada puede salir de esto. Su cooperación será vista con buenos ojos por las autoridades competentes, incluso al más alto nivel. Podemos evitar cualquier disgusto, y usted será devuelto a casa sin demora.

—¿Qué niveles más altos? ¿Y qué tipo de disgusto? Solo para poder informar a mis propias autoridades, a los más altos niveles, por supuesto. —Dominika cerró los ojos. Esa actitud de sabelotodo sería su perdición, y la de ella.

—¿Con quién han venido a reunirse? —espetó de repente el doctor—. Sabemos mucho. En cuestión de horas sabremos su verdadero nombre y un resumen de su carrera. Espero de veras que haya sido más ilustre que esta debacle.

Dominika conocía la técnica: menospreciar al sujeto, impresionarlo con el conocimiento absoluto ruso, quitarle esperanzas y luego devolverle un poco. Violento-delicado. Presionar-abandonar.

—Si sabes tanto —dijo Nate—, entonces sabes que estoy aquí para trabajar en el proyecto de restauración de arte, y echar un vistazo al recinto.

—¿Qué esperabas hacer en el recinto? —preguntó el médico. Nate se encogió de hombros—. Lo de siempre. Tomar latitud, longitud, coordenadas GPS. Así podremos bombardearlo más tarde.

El médico abofeteó la cara de Nate, perdiendo la calma.

—¿Quién es CHALICE? —gritó—. Lo sabemos todo sobre tu malogrado plan.

—No he oído nada sobre CHALICE en mi vida —dijo Nate, con la mejilla roja. Supo al instante que estaba al final de un enema de bario preparado por Benford y que la respuesta ya estaba aquí: CHALICE. Pero ahora tenía que volver a Langley. Quizá pudiera escaparse de su habitación por la noche y llegar a la playa. El médico hizo un gesto con la cabeza a uno de los guardias, que le dio un revés a Nate en un lado de la cara. Dominika estaba a punto de levantarse de la silla cuando intercedió el médico de la Universidad Estatal de Moscú. Su halo era azul. Peligroso.

—Sería contraproducente golpear al sujeto si voy a utilizar ciertos compuestos. Como estoy seguro de que mi estimado colega sabe, los puñetazos y las bofetadas elevarán sus niveles de adrenalina y endorfinas —dijo en voz baja, como si estuviera reprendiendo a su homólogo del hospital psiquiátrico que solo sabía de ataduras y terapia de choque.

—Estamos perdiendo el tiempo —comentó Anton—. ¿Cuáles son sus compuestos? ¿Funcionan?

—Vamos a ver —le dijo el médico a Nate. Dominika contuvo la respiración. El médico sacó tres jeringuillas distintas y las dejó sobre la mesa. Cada jeringa, se suponía, contenía un cóctel químico diferente.

—Espero que no lleves Polonio 210 en esa bolsita negra —dijo Nate. Un guardia sujetó con sus manos el brazo derecho de Nate, pero este se lo quitó de encima, le agarró de la solapa, se la retorció y tiró de él hacia delante para que se desplomara en el suelo con estrépito. Otros dos guardias sujetaron la muñeca de Nate. El médico clavó una de las agujas en una vena de su brazo y dio un paso atrás para mirarlo a la cara. Levantó uno de los párpados de Nate y le miró las pupilas.

—Ahora quiero que te relajes. La experiencia será muy agradable.

Nate sintió una oleada de calor que le subió por el brazo, las mejillas y la parte posterior del cráneo. Experimentó una intensa oleada de vértigo. Las paredes de la cabaña daban vueltas ante él y tuvo la sensación de caer a gran distancia del cielo. Se agarró a los brazos de la silla y soportó la sensación, mientras respiraba hondo para oxigenar los pulmones. La voz del médico le llegó desde muy lejos, como si hablara a través de una trompeta parlante:

—Las drogas psicotrópicas son sustancias químicas que cambian la función cerebral y producen alteraciones en la percepción, el estado de ánimo o la conciencia. Existe una amplia gama de compuestos; la eficacia de cada uno depende de la personalidad del sujeto. Se requiere un periodo de pruebas para determinar qué fármaco específico será más eficaz en un sujeto individual. He elegido una que suele ser bastante eficaz.

Anton parecía dispuesto a clavar la aguja en el cuello del propio doctor.

—Tal vez no haya observado que este interrogatorio debe realizarse con extrema urgencia —instó Gorelikov—. No tenemos tiempo para tus malditos análisis químicos, ni para los estúpidos intentos de este otro idiota de establecer la confianza del sujeto, ni para el lujo de las pausadas búsquedas de registros de la Línea S. Necesito un nombre, el nombre de uno de los doscientos invitados que están llegando ahora para la recepción del presidente. Un nombre. Lo necesito antes de que se ponga el sol esta noche. ¿Puede alguno de vosotros, *duraki*, imbéciles, conseguirlo?

El médico que había inyectado a Nate se puso rígido con nerviosa indignación.

—Comprendo la urgencia de la situación, puede estar seguro, camarada. Yo, por lo tanto, he seleccionado un compuesto robusto de 3-Quinuclidinyl benzilato y amobarbital mezclado con un derivado estabilizador de Valium. Observará el efecto en el sujeto muy pronto.

Acercó una silla y se sentó junto a Nate, que tenía la cabeza caída y la barbilla apoyada en el pecho. El médico miró nervioso a un Gorelikov que echaba humo, se inclinó hacia él y empezó a hablar en voz baja.

—Ahora, señor Hale, vamos a hacer un viaje agradable, usted y yo. Será muy agradable. ¿Está preparado? Por cierto, ¿quién es CHALICE?

* * *

La subrepticia respiración profunda de Nate impedía que los efectos de las drogas afectaran por completo a su cabeza. «¿Quién es CHALICE?», y la habitación seguía dando vueltas, pero su agarre al sillón era una ayuda, al igual que clavarse las uñas en la palma de la mano para poder concentrarse en el dolor, que se convirtió en su tenue asidero al borde del precipicio, al mundo real, sigue respirando, estaba al borde del abismo. «¿Cuál es el nombre de CHALICE?». Entre la conciencia y el estado de ensoñación en el que podría empezar a hablar una rayita azul. Sigue respirando maldita sea, piensa en Benford, mantén la cordura, Nash, y pensó en Forsyth. Eres más fuerte que ellos. Pensó en Gable: «Novato, no les des nada a estos cabrones, estoy orgulloso de ti». Pensó en todos ellos: Korchnoi, Hannah, Udranka, Ioana, en todos menos en Dominika, ella no existe. «¿Quién es CHALICE?». Pensó en Agnes hace dos días en la habitación del hotel de Varsovia. Sigue respirando. Cómo sentía sus manos en sus mejillas, siente la sensación, recuerda la sensación, no la sueltes, y la habitación daba vueltas y la voz del médico se inmiscuyó en sus pensamientos, amable, tranquilizadora, insistente. «¿Quién es CHALICE?». No la sueltes, quédate en esta habitación. Tenía la cara caliente y podía sentir el sudor corriendo por sus mejillas. Levantó la vista, las vueltas empeoraban con los ojos abiertos, pero allí estaba la fotografía de Lenin mirándolo con esos ojos negros de muñeca, la perilla mal recortada y la boca de labios apretados esperando a que Nate empezara a hablar, pero no hablaré a menos que tú lo hagas, cabrón, y Nate se concentró en esos ojos, se fijó en ellos, nada más, nada más, y esperó a que parpadearan o se movieran y cuanto más miraba la cara de Lenin más fuerte se volvía y seguía mirando el puente de la nariz de Lenin, tomando la foto entera. Baja de esa pared, bastardo, baja y hazte cargo del interrogatorio, porque las drogas no iban a funcionar. Nate sabía que ahora su cabeza estaba más clara, y seguía respirando y las vueltas de la habitación se ralentizaban. Seguía mirando la fotografía, y los ojos de Lenin ardían de odio, y la voz de Gable le decía a Lenin: «Puedes seguir adelante y parpadear primero, cabrón, porque no vas a conseguir una mierda de nosotros, y métete tu revolución proletaria por el culo». Nate seguía mirando la cara de Lenin, esperando que la fotografía ardiera en el fuego del Hades y oír el rugido de rabia al serle negada su voluntad. De repente, Nate atravesó el túnel y su cabeza se despejó con una enorme rapidez, su vista cristalina, notando la veta de la madera de la pared, una mosca en el cristal de una ventana, el cuello deshilachado de la camisa del médico. Todo zumbaba. Entonces le llegaron las palabras de Gable: «Escucha, novato, justo cuando las cosas parecen más oscuras, se vuelven negras». Nate respiró hondo y miró al doctor. Habían pasado veinte minutos, o tres horas, no tenía ni idea.

El médico miró a Nate y supo que lo había perdido, que las drogas ya se estaban disipando en su organismo. Por lo general se disparaban en la primera media hora y luego se desvanecían con gran velocidad. El médico siguió la mirada de Nate y vio la foto de Lenin y comprendió al instante que Nate había utilizado la fotografía para centrar su atención y resistir los efectos soporíferos de las drogas. Un joven inteligente. Entrenado. Tendría que esperar al menos doce horas antes de que otra inyección pudiera ser efectiva, de lo contrario una sobrecarga de drogas podría dejar al sujeto demasiado hundido e incapaz de responder desde ese deseado estado de media conciencia a la deriva. Este americano parecía menos susceptible; tal vez fuera su aparente falta de miedo. El médico miró a Gorelikov y sacudió la cabeza, mientras empezaba a preparar con nerviosismo su pequeña bolsa negra. Anton se dio la vuelta, disgustado, y Dominika dejó escapar un largo suspiro silencioso.

Alexander Bortnikov, del FSB, entró por la puerta del chalé y miró a su alrededor. Gorelikov le dedicó un encogimiento de hombros de rabia impotente. Bortnikov caminó hasta a la silla de Nate y se quedó mirándolo en silencio.

—Así que nada parece haber impresionado a nuestro joven amigo americano, ¿eh? Podéis marcharos —dijo a los médicos—. Solo un guardia. Si el americano se mueve, golpearlo. —Señaló a la taquígrafa—. Tú. Fuera. —Levantó el auricular del teléfono gris que había sobre una mesa auxiliar—. Serzhánt Riazanov a la casa de campo de Gorki, al instante. Veremos si podemos mantener su atención un poco más de cerca —masculló Bortnikov, con su halo azul palpitando.

* * *

Esperaron treinta minutos. Dominika permaneció sentada detrás de Nate para que sus miradas no se cruzaran. El sargento Riazanov tuvo que agachar la cabeza al entrar por la puerta. Debía de medir más de dos metros, un gigante. Lo primero en lo que se fijó Dominika fueron sus manos, enormes, con nudillos huesudos y dedos largos y gordos. Tenía la cara de un ogro —acromegalia era el nombre médico de la afección conocida como gigantismo—, con la frente prominente, la mandíbula inferior saliente, pómulos pronunciados, dientes de camello muy separados y una nariz enorme y carnosa. Dominika no dudaba de que los cráneos de los primeros parientes del sargento Riazanov se habían encontrado en cuevas del Pleistoceno en España y Francia. No llevaba uniforme, sino un mono de mecánico, con cremallera delante, sin mangas, y un par de enormes botas de combate. Ninguna insignia, ninguna marca de rango. El hecho de que hubiera sido convocado por Bortnikov le sugirió a Dominika que Riazanov era miembro de alguna unidad del FSB mantenida en reserva para tareas extraordinarias, como ahora mismo, en esta casita pintoresca.

El general Bortnikov señaló a Nate con la barbilla y el ogro se acercó al sillón, levantó a Nate por las axilas, lo sacudió como a un muñeco de trapo y lo arrojó de nuevo al sillón. Nate lo miró asombrado.

—Debías de ser el más alto de tu clase. ¿Te han examinado alguna vez para ver si tienes un tumor en la hipófisis?

Bortnikov, poco impresionado, asintió de nuevo al sargento Riazanov. El sargento le cogió la mano izquierda con una de sus zarpas de oso pardo y empezó a doblarle el meñique hacia la muñeca. Nate se agitó con fiereza, pero no pudo escapar del agarre del sargento mientras el meñique seguía doblándose hacia atrás, y hacia atrás, hasta que se oyó un chasquido, y Nash gimió y cayó en el sillón sujetándose el dedo roto. Mientras el sargento se alzaba sobre la figura doblada del americano, el general Bortnikov se acercó. Dominika se sintió desfallecer allí sentada. Qué manos tan dulces, pensó.

—¿Recuerda ahora el nombre de CHALICE? —dijo el general—. Nos gustaría conocer su identidad ya.

Nate sostenía su mano herida, con el dedo meñique azul oscuro. Desde atrás, Dominika vio el halo carmesí de Nate firme y brillante, alimentado por el coraje y, lo sabía, su amor por ella. Pero ¿cuánto tiempo podría resistir?

—Os digo, gilipollas, que no conozco a nadie que se llame CHALICE —dijo Nate. El rostro de Bortnikov enrojeció de ira.

—Rómpele el brazo izquierdo —le dijo a Riazanov. El gigante agarró el brazo izquierdo de Nate, le torció la muñeca, lo separó del cuerpo del americano y descargó un puño enorme contra el antebrazo con más fuerza que un tubo de hierro. El chasquido del cúbito hizo saltar a Dominika. Nate gritó y se sujetó el brazo destrozado mientras estaba doblado en la silla.

—Ahora, el nombre de CHALICE —repitió Bortnikov—. Seamos razonables. Todo lo que necesitamos es un nombre. A veces es más fácil escribirlo que decirlo en voz alta. —Sacó un bolígrafo y un cuaderno y los puso en el brazo de la silla de Nate con una sonrisa alentadora—. Como ves, de momento te hemos dejado el brazo y la mano derechos para que puedas escribir el nombre.

—La hospitalidad y el honor por los que Rusia es de sobra conocida —dijo Nate, jadeante y aún agachado. No cogió el bolígrafo.

—Deja que el sargento te ayude. —El gigante cogió el bolígrafo, lo colocó entre los dedos índice y anular de Nate y apretó, encendiendo el nervio cubital de la mano cuando el bolígrafo rozaba contra los huesos. La cabeza de Nate se echó hacia atrás en señal de agonía.

—¿CHALICE? —Preguntó Bortnikov. De repente, Dominika supo que tenía que hacer algo, cualquier cosa. Era la directora del SVR. Se levantó de la silla, puso una mano tranquilizadora en el hombro de Gorelikov y avanzó.

—Pongamos fin a esta exhibición. Me pregunto si los tres podríamos hablar fuera un momento —dijo, indicando a Bortnikov y Gorelikov. Los oficiales superiores se sorprendieron, sobre todo por el tono de su voz, y salieron al pequeño porche decorativo de la casa, dejando a Nate con el sargento Neandertal. Siguió a sus colegas, cerró de un portazo y se quedó mirando a los dos hombres sorprendidos—. ¿Qué coño estamos haciendo? —siseó Dominika. Aumentó su indignación—. Esto no es 1937, con Stalin desbocado.

Se paseó arriba y abajo por el pequeño porche, mientras Gorelikov y Bortnikov la seguían con la mirada. Dominika sabía que ambos eran capaces de tirar de galones, y lo harían, pero tenía que conseguir que dejaran de romperle cosas a Nate.

—No contamos con el lujo del tiempo —dijo Gorelikov—. Si este CHALICE informa del nombre de MAGNIT, perderemos el mejor activo de la historia del espionaje ruso.

Y la cabeza de ambos, pensó Dominika.

—Ya lo sé, Anton —dijo la general—. Pero ¿qué piensas hacer con este americano? ¿Romperle todos los huesos del cuerpo? Ningún oficial de la SVR estaría a salvo en los Estados Unidos o en el extranjero a partir de entonces. ¿Y a quién de vosotros le importaría explicarle al presidente que un oficial de inteligencia americano fue asesinado sin que nadie lo impidiera durante un interrogatorio?

—¿Qué propones que hagamos para descubrir la identidad de CHALICE? —preguntó Bortnikov.

—Piénsenlo, caballeros. —Egorova se rio—. Ya hemos encontrado topos antes. La lista de invitados es manejable. Doscientos sospechosos no es nada. —Fingía cordialidad y confianza—. Podremos tachar ciento cincuenta nombres enseguida, ustedes lo saben y yo también. Los imbéciles que dirigen las sociedades anónimas, los ferrocarriles rusos o el aluminio estatal RUSAL jamás podrían conocer semejantes secretos. Los cincuenta restantes pueden ser entrevistados, o puestos bajo vigilancia, o controlados electrónicamente. El FSB puede encargarse de eso sin despeinarse. Mejor aún, podemos ordenar a todos los principales sospechosos que asistan a una conferencia a puerta cerrada de una semana de duración, algo político como Gobernanza en Novorossiya, en Nizhny Novgorod, para que no haya posibilidad de que CHALICE se comunique con nadie. Para entonces será demasiado tarde y el propio MAGNIT podrá decirnos la identidad de CHALICE. El topo es eliminado, MAGNIT está en su sitio, e iniciamos la desestabilización sistemática de la CIA y del Gobierno de Estados Unidos.

Dominika hizo un esfuerzo consciente por utilizar el pronombre masculino al referirse a MAGNIT.

—¿Y el americano? —consultó Gorelikov.

Dominika se encogió de hombros.

—Es una pieza de ajedrez descartada. De momento, envíalo a Moscú y mantenlo de incógnito. No en una prisión, sino en un distrito remoto, o incluso en una capital provisional, bajo supervisión, arresto domiciliario. Lo mantenemos para uso futuro: un juicio si lo necesitamos; una concesión diplomática; un intercambio de espías. No se acercará a CHALICE, y el problema estará resuelto en una semana.

Bortnikov miró a Dominika bajo unas cejas pobladas.

—General, lo que dice tiene sentido. Su facilidad para las operaciones es evidente. Pero aún existe el riesgo de que no encontremos al topo a tiempo. ¿Está dispuesta a aceptar la responsabilidad si perdemos a MAGNIT?

—Ni siquiera sé el verdadero nombre de MAGNIT —dijo Dominika—. Esto funcionará y lo conseguiremos sin cubrir de sangre las paredes de esta espantosa casita. El sargento Riazanov tendrá que matar y comerse un oso esta noche en su lugar.

Gorelikov estaba impresionado con su protegida. Lo que dijo fue astuto; era una solución inteligente, sobre todo porque él, en secreto, no había aprobado los aspectos físicos del interrogatorio. Le parecían bárbaros. Miró a Dominika.

—¿Seguro que no es que estás prendada del guapo americano? —indagó Gorelikov.

¿Broma o indirecta? Anton siempre había dado vueltas alrededor de la lealtad de Dominika, husmeando y pinchando. Era espeluznante y siniestro, el mentor siempre poniendo a prueba al protegido.

—Tienes razón, Anton. Sin contar al sargento Riazanov, es el hombre más guapo de la sala —respondió.

Ambos hombres se rieron, con sus aureolas azules brillando.

Lenguado de Dover

Pon harina sazonada con sal, pimienta y eneldo en un plato llano. Seca los filetes de lenguado sin raspas, salpimiéntalos por ambos lados y pásalos por la harina. Calienta el aceite en una sartén grande, añade la mantequilla y remueve para mezclar. Cuando baje la espuma, añade los filetes y cocínalos hasta que se doren por ambos lados.

Para la salsa: calienta el aceite de la sartén, añade la mantequilla y deja cocer hasta que se dore un poco; retira del fuego y añade el vino blanco seco, el perejil picado, el zumo de limón y las alcaparras. Vierte la salsa sobre los filetes y sirve.

36
Preservativos Hussar

Eran las 22.30 y Dominika caminaba por su dacha apagando las luces. Se había quitado el vestido de fiesta y llevaba una camisa de dormir de satén con botones de broche en la parte delantera. Las puertas del balcón de la habitación de arriba estaban abiertas y las cortinas de gasa se movían de un lado a otro con la brisa de la tierra. Dominika sabía que no podría dormir, no con Nate esposado al asiento de un avión que volaba de regreso a Moscú, con el brazo y el dedo rotos y escayolados. Al menos había detenido el interrogatorio... por el momento. Había sido un alivio que Gorelikov y Bortnikov acabaran aprobando su plan de esconder a Nate en Moscú y mantenerlo en reserva como rehén. Una vez restablecida la comunicación con Benford, informaría a Langley del paradero de Nate y podrían comenzar las negociaciones diplomáticas para recuperarlo y devolverlo a casa. Según el plan de exfiltración, el barco no tripulado debía llegar a la playa bajo su dacha a medianoche. Dominika se reuniría con la silenciosa embarcación, abriría la escotilla y colocaría una memoria USB con un informe detallado de los acontecimientos de las últimas tres semanas, pero sobre todo con la presunta identidad de MAGNIT. El topo era la almirante de la Marina estadounidense: Rowland. Dominika disponía de unos cinco días antes de que la almirante fuera confirmada como directora de la CIA. ¿Llegaría la información de Dominika hasta Benford, desde la fragata de la 6.ª Flota que patrullaba en el mar Negro, pasando por la US Naveur en Nápoles, a través del laberinto del Pentágono, y hasta la mesa de Benford en ese corto periodo de tiempo? Ella, por supuesto, dirigiría el pendrive a la atención inmediata de Simon Benford, de la CIA, pero la pesada burocracia de la Marina estadounidense era una incógnita. ¿Actuarían con la profesionalidad y rapidez necesarias?

Su mente se afanaba en calcular todos los imponderables de la situación, su preocupación por Nate, su falta de comunicación. El primer día de la recepción de Putin había sido fastuoso, con dos días más por delante, y con comida y bebida suficientes para alimentar a medio Moscú durante un año. Las insulsas esposas de los *siloviki*, vestidas con escandalosos vestidos de satén y terciopelo en verde azulado, melocotón o mandarina, el colmo de la alta costura soviética, competían en vano con las esbeltas esposas trofeo de los oligarcas, con sus minivestidos ceñidos y sus casi visibles bronceados pechos. Los pesos pesados no podían compararse en el apartado sexual, pero sí en las mesas de bufé. Gorelikov, Bortnikov y Dominika habían observado de reojo a los exuberantes invitados mientras se arremolinaban, cuchicheando entre ellos, evaluando en privado la probabilidad de que uno de ellos pudiera ser el topo. Un uno significaba improbable, un dos posible y un tres finalista. Dominika siguió el juego de la Star Chamber, la Cámara Estrellada británica, con fingido entusiasmo y sombría determinación. Algunos de los tres iban a ver sus vidas alteradas de súbito la próxima semana en Moscú.

Dominika bajó las escaleras hasta la cocina de acero inoxidable de la dacha, sacó una botella de champán de la nevera y empezó a pelar el papel de aluminio y el alambre para descorcharla. Un rayo de luna plateada era la única luz de la habitación y atravesaba en diagonal la encimera de mármol. La brisa marina se levantó un poco y la casa se agitó.

—¿Necesitas ayuda con ese corcho? —dijo una voz femenina. Dominika dio un respingo. Una mujer robusta apareció de entre las sombras de la cocina y se dirigió hacia la isla. Iba vestida con una camiseta blanca y unas mallas negras que dejaban evidente un busto prodigioso y unas piernas atléticas. Era eslava. Atractiva. Pensó que podría tener cerca de cincuenta años, con una espectacular coleta blanca que desde el nacimiento de su pelo y se echaba hacia atrás con el resto de una espesa melena de león. Tenía un halo carmesí de pasión, como el de Nate, fuerte y brillante.

—¿Quién eres? —preguntó Dominika—. ¿Cómo has entrado en esta casa?

La mujer sonrió y se acercó más, pero sin ninguna amenaza.

—Por muy elegante que sea esta villa, las cerraduras instaladas son de calidad inferior, sobre todo las de las puertas correderas. Pero supongo que no tienes que preocuparte por la seguridad aquí en el recinto.

—En eso tienes razón. De hecho, puedo convocar una patrulla de seguridad a esta casa en unos noventa segundos.

—No lo dudo. Perdone mis malos modales, pero ¿eres la general Egorova?

—Por mucho que haya disfrutado de su visita no anunciada, creo que es hora de que llame a seguridad. ¿Quién eres? —La mujer parecía imperturbable. Se acercó y empezó a susurrar. Estaba claro que conocía las limitaciones de los emplazamientos de audio en una habitación grande con techos altos y paredes de cemento. Pero esta conversación era demasiado peligrosa en, Dominika lo sabía, un espacio intervenido.

—Sé que eres Egorova, y eres tal y como Nathaniel te describió.

Esta situación era demasiado extraña, demencial, inverosímil. ¿Era una trampa o un truco urdido por Bortnikov? ¿Pensaba que ella era una de las tres sospechosas?

—Me temo que no conozco a ningún Nathaniel, y esta es la última vez que te pregunto tu nombre.

Abrió un cajón del armario de la cocina y sacó una pequeña pistola PSM, la favorita de los altos cargos de los servicios de seguridad y los miembros del politburó. Hizo retroceder la corredera.

—Tienes motivos para ser prudente, pero antes de que me dispares, te agradecería una copa de champán —dijo la mujer. Su intuición la ayudó a comprender de qué debía tratarse: esta belleza polaca era de Langley. Sirvió una copa de champán a la mujer, mientras sostenía la pistola en la otra mano. Movió el cañón, indicando que subiera las escaleras. Una vez en el dormitorio, iluminado con luz tenue, Dominika condujo a la mujer al balcón. Sujetó el PSM a su lado y bebió un sorbo de champán. La brisa marina silbaba entre los pinos y la luna del mar Negro se cernía sobre el horizonte.

—¿Quién eres? —volvió a preguntar.

—Llegué con Nathaniel haciéndome pasar por supervisora de restauración de arte —susurró Agnes—. Me llamo Agnes Krawcyk. Nathaniel fue detenido a los cinco minutos de nuestra llegada. Me di cuenta de que no era parte del plan. Alguien debió de delatarlo.

Dominika dio un sorbo a su champán.

—¿Desde cuándo conoces a ese Nathaniel? —preguntó todavía cautelosa.

—Solo varios años. Pero trabajé durante la Guerra Fría en Polonia para Tom Forsyth.

—Describe a este tal Forsyth.

—Pelo entrecano, metro ochenta de estatura y delgado; lleva las gafas de leer en la parte superior de la cabeza. Muy experimentado, asombrosa capacidad operativa. Trajo a Nathaniel a Helsinki desde Moscú y salvó su carrera. ¿Satisfecha?

Su halo era firme, seguro. Dominika puso la pistola en la cornisa del balcón. Era el copiloto de Nate, y la inteligente adición de Benford: sacrificar a Nate, despejar el campo y esperar el éxito. Una locura, pero funcionó; esta mujer estaba aquí, ¿no?

—Estoy segura de que tus instrucciones eran no venir nunca a esta dacha —murmuró Dominika.

—Ya no me importan las reglas. Quiero salvar a Nathaniel. ¿Dónde está? ¿Lo sabes? ¿Está bien?

Más que un enfoque profesional, pensó Dominika. Aquí también hay una dimensión personal.

—Esta tarde estaban a punto de matarlo. Le rompieron un dedo y el brazo izquierdo. Se resistió a un tratamiento preliminar de psicofármacos. Como directora del SVR, propuse que se le mantuviera de incógnito en Moscú, en buen estado, para utilizarlo como futura moneda de cambio según la evolución de los acontecimientos. Ya está en un avión hacia la capital.

Agnes dejó su vaso.

—¿Lo enviaste a Moscú? No puedo llegar hasta él allí. No hay forma de que pueda escapar.

—Le salvé la vida enviándolo a Moscú. ¿Qué ibas a hacer, entrar a tiros en la sala de guardia, coger a Nathaniel y correr hacia la playa? Hay quinientos soldados en este bosque.

—Podría estar cinco años en una de vuestras cárceles —susurró Agnes.

—Me preocuparé por Nate más tarde —dijo Dominika—. Ahora mismo, tú y yo tenemos que lograr una cosa. Creo que los superiores de Nate en Langley organizaron una trampa para canarios para determinar la identidad de un topo de alto rango en Estados Unidos llamado MAGNIT. ¿Te dijo Nate algo de esto? No, puede que ni él mismo lo supiera. Durante el interrogatorio de Nate siguieron preguntando por un informante con nombre en clave CHALICE. Creo que es parte de una prueba de tinte azul, una variante incriminatoria reveladora, porque nunca la había oído. ¿Entiendes lo que es? ¿Conoces la palabra CHALICE? Forsyth y Benford necesitan conocer esa variante lo antes posible. La palabra CHALICE marcará la identidad de MAGNIT. ¿Lo entiendes?

Agnes asintió.

—Esta noche te subirás a esa lancha rápida teledirigida, comoquiera que la llamen, y llevarás de vuelta ese nombre en clave, y entregarás una memoria USB con los detalles. Exige hablar en persona con Simon Benford en cuanto subas a bordo del barco de la marina. En persona. Con Benford en la CIA. Con nadie más. ¿Entendido?

Agnes volvió a asentir con la cabeza.

—¿Cómo puedes proteger a Nate en una prisión de Moscú? —preguntó Agnes.

—Ahora solo hay una cosa importante —dijo Dominika, ignorando la terquedad de Agnes—: CHALICE. Lleva ese nombre a Benford. Yo me encargo de Nate en Moscú.

* * *

Sonó el timbre de la dacha, una extraña cacofonía de campanas tubulares que más bien parecían carillones de viento. Poniéndose un dedo en los labios, Dominika indicó a Agnes que se escondiera en el espacioso armario del dormitorio, junto a la enorme cama. Agnes se deslizó dentro y cerró las puertas de lamas sin hacer ruido. Dominika corrió escaleras abajo, puso la copa de champán de Agnes en el armario bajo el fregadero y dejó la suya en la encimera con media botella de champán. Tirándose del dobladillo del camisón y despeinándose, cruzó el salón hasta la puerta principal acristalada.

El presidente Putin estaba de pie bajo la luz de la entrada principal, el resplandor proyectaba sombras bajo sus ojos, nariz y barbilla, transformándolo en una gárgola de halo azul, una criatura de otro mundo en una visita nocturna a su nueva directora de Inteligencia Exterior, que estaba descalza y vestida con una camisa de dormir de satén que apenas cubría su sexo, y cuyo pelo salvaje estaba atado con una cinta azul. La camisa de satén no ocultaba en absoluto la turgencia de sus pechos, ni la huella de sus pezones, ni el rítmico aleteo de sus latidos. El séquito de guardaespaldas del presidente estaba agrupado en el camino pavimentado, más abajo, en tres o cuatro carritos de golf eléctricos, observando. En un destello ácido, Dominika supo que el jefe de Estado de la Federación Rusa estaría en diez minutos entre sus piernas, que aquel era el momento ineludible —se acabaron los espeluznantes frotamientos durante las visitas furtivas a medianoche—, el momento en que la agente de la CIA, DIVA, tendría que sacrificarse por el papel que había elegido como espía, seductora y enemiga implacable del monstruo del Kremlin. Pensó en Gable mientras se sentía a sí misma cerrándose, bloqueando las puertas internas de sus emociones, reuniendo fuerzas para superar la repulsión. Estaba entrando de lleno en el modo gorrión. Se preguntó si Gable la estaría mirando desde la coctelería del cielo.

—*Dobriy vecher*, señor presidente, buenas noches. Es una agradable sorpresa. ¿Tiene tiempo para una copa de champán? Yo también iba a tomarme una.

Putin hizo un gesto a sus hombres de seguridad para que se alejaran en la oscuridad después de que uno de ellos le preguntara si debía comprobar la dacha de antemano. Mientras se servía una copa de champán, se fijó en el anillo húmedo que había dejado la copa de Agnes en la encimera. Lo borró con la mano. Chocaron las copas y bebieron a sorbos.

—Por el rápido descubrimiento del traidor entre nosotros —dijo Putin, y Dominika pasó el champán por su lengua, saboreando el secreto.

—El americano sabe quién es. Se lo sacaremos como a un grano de pimienta bajo nuestro pulgar. Bortnikov y Gorelikov me informaron esta tarde sobre el oficial de la CIA. Me describieron el torpe interrogatorio preliminar de esta mañana sobre por qué vino aquí y lo que sabe. También me hablaron de tu propuesta de solución al problema, que me pareció astuta y oportuna. ¿Estás disfrutando de la fiesta?

Un típico giro conversacional de Putin que, Dominika estaba convencida, estaba diseñado para demostrar la rapidez mental del presidente.

—Les dije a ambos que no podemos eliminar a nuestros oponentes como si fuéramos bárbaros —continuó Putin.

Króme shútok. ¿Estás de broma?, se maravilló Dominika. Pensó en silencio en los nombres de los más de doscientos periodistas, disidentes y activistas políticos eliminados desde el año 2000 bajo el benéfico reinado de este presidente, por no hablar de la mitad de la población civil de Grozhny, en Chechenia.

—Gracias por su confianza en mí, señor presidente. Estoy segura de que podremos descubrir al topo americano a partir de una lista reducida de cincuenta nombres. De hecho, iba a sugerirle que revisara la lista final; su perspectiva sobre los individuos será inestimable.

Putin sonrió y asintió; podría purgar a otros enemigos en el proceso.

—En cinco días sabremos ese nombre, y todos los demás —dijo una Dominika tranquilizadora. Putin había respaldado su plan de no dañar a Nate y de mantenerlo en reserva como moneda de cambio. Ahora hablaba de machacar granos de pimienta. Se oyó un leve ruido en el piso de arriba y Dominika temió que Agnes creyera que ya no había ningún peligro y volviera a bajar. Vladímir había oído el ruido y miraba hacia las escaleras. ¿Le interesaría al zar hacer un trío?

—La brisa del balcón mueve las cortinas del dormitorio. Venga, se lo enseñaré.

Dominika dejó el vaso, cogió la mano del presidente, era callosa porque se la mordía, y lo llevó arriba, haciendo el mayor ruido posible.

—La vista desde el balcón es excepcional —dijo Dominika—. Debo agradecerle de nuevo el uso de la dacha.

Putin sacó la cabeza por las puertas correderas, echó un vistazo al mar y a la luz de la luna que brillaba en la superficie rizada por la brisa de tierra que empezaba tras la puesta de sol. Volvió al dormitorio. No le importaba la luz de la luna. Su halo azul palpitaba al compás de los latidos de su corazón.

—Una vista hermosa, pero no tanto como tú.

Dominika imaginó a Agnes cayendo del armario, con las manos sobre la boca. Silencio, *sestra*, hermana, nuestro zar es un poeta del amor, no arruines el momento.

—Señor presidente. ¿Siempre es tan poético? —Se acercó a él, le puso las manos en los hombros y se apretó contra él, aplastando sus pechos contra el suyo. Sus bocas estaban a pocos centímetros de distancia. Una uña en su ojo. Una llave de muñeca para llevarlo al balcón, un fuerte empujón por encima del muro y Rusia acabaría contigo. En lugar de eso, Dominika rozó sus labios con los de él y le quitó la camiseta por la cabeza. El olor a ciervo almizclado de él volvió a ella, en parte colonia de comino y canela, en parte axila y entrepierna del día anterior. Si hubiera sido Nate, habría pasado la barbilla y los labios por cada centímetro de él para inhalar su dulzura, pero ahora no. Dio un paso atrás y se abrió los tres broches superiores de la camisa, que colgaba abierta, revelando una pizca de escote (n.º 95: «Mantén la puerta de la *banya* ligeramente abierta para crear más vapor»).

Putin le metió las manos bajo su pequeño camisón y le pasó los dedos por los pezones.

—Creo que en estas circunstancias podemos prescindir del «señor presidente».

Tal vez para ilustrarlo, arrastró los dedos por el vientre plano de Dominika, luego más abajo, pasando los dedos por su pubis, y luego empujó hacia arriba y adentro. La entrenada gorrión ahogó un respingo —los hombres siempre metían los dedos por todas partes antes de tiempo, como si buscaran el interruptor de la luz—, y, en su lugar, cerró los ojos y susurró:

—*Oh, Volodya* —pronunció el diminutivo cariñoso de Vladímir—. No sé cómo llamarte —susurró—, no sea que alguien nos escuche en nuestra intimidad. —Lo que te pregunto, *svinya*, es si has puesto micrófonos en la casita de esta puta.

Putin se rio.

—Esta noche no. No te preocupes, nadie está escuchando.

Esta noche no, qué encantador. Micrófonos apagados por esta noche.

Cada vez que se acercaba a ella, le sorprendía lo hermosa que era. Sus ojos azules eran hipnotizadores, y era como si pudiera leer la mente, una habilidad psíquica que él mismo creía poseer. Su cuerpo exuberante desató su codicia orgánica: quería poseerla, dominarla, enredar los dedos en su pelo castaño y arrastrarla por la habitación, solo para hacer evidente el poder que tenía sobre ella. Sabía muy bien que era independiente e inteligente, y que sus logros operativos superaban con creces su propia tibia carrera en el KGB en los años ochenta en la Alemania Oriental comunista. Pero eso no importaba. Su control sobre los demás —incluidos sus amigos de confianza entre los *siloviki*— se basaba en el miedo, en el dinero, en la familia o, tan solo, en la concesión de acceso. Con Egorova sería diferente. Esa noche, Putin pretendía dominarla con carnalidad. Como exgorrión, ella captaría el mensaje.

Putin se despojó de sus pantalones de chándal mientras Dominika se quitaba el ligero camisón de satén y apagaba la lámpara de araña, dejando solo el suave resplandor de una lámpara de noche que bañaba sus suaves curvas con luz rosada. Si Putin vio las cicatrices plateadas de estilete en su caja torácica, no las mencionó; al fin y al cabo, representaban los sacrificios que sus vasallas tenían que hacer para preservar la Rodina, o para ser más exactos, la Rodina del presidente. Putin se deshizo de la colcha de la cama y la tiró al suelo como un torero que ejecuta el extravagante pase de rebolera del capote.

A continuación, Putin colocó sin mediar palabra un paquete rojo de preservativos de la marca Hussar en la mesa de noche, por razones no del todo claras, ya que no hizo ademán de ponerse uno. Estos preservativos se fabricaron solo en Rusia después de que el Gobierno prohibiera por decreto la importación de los profilácticos estadounidenses Durex, alegando que el producto estadounidense fomentaba la propagación del VIH, una transparente *dezinformatsiya* en represalia por las sanciones de Estados Unidos. Los preservativos Hussar eran conocidos en Moscú como las gomas de la ruleta rusa por su poca fiabilidad, por no hablar de su abrumador olor a petróleo. Esta escasez de profilácticos fiables había provocado la aparición de numerosos productos del mercado negro en la calle, incluidos los infames paquetes plateados de preservativos impresos con una caricatura del presidente sobre el logotipo en inglés, «*I've Got Something to Putin You*», algo así como «Tengo algo para ti, Putin». El *samizdat*, los materiales de protesta, habían cambiado mucho desde los tiempos de Solzhenitsyn y Sájarov, pensó Dominika. ¿Qué espera que haga con esto?, se preguntó. Deslizó el paquete de preservativos del presidente en el cajón de la mesilla de noche.

Empujó con cuidado a Egorova sobre la cama, boca arriba, y se acercó con las rodillas al colchón. La agarró por los tobillos y los separó a ambos lados, como si separara los muslos de un ganso asado. Vio que tenía la cara henchida de deseo, los pechos excitados con los pezones pidiendo batalla. Nadie podía fingir esas respuestas, ni siquiera un gorrión. Le aplastó los pechos con las manos, se las colocó a ambos lados de la cabeza y la miró a la cara. Putin se había acostado con muchas mujeres desde que se divorció de Lyudmila Putina tras treinta años de matrimonio: la gimnasta Kabaeva, la patinadora Butyrskaya, la boxeadora Ragosina. Todas ellas rubias, todas grandes atletas, campeonas, pero Egorova era diferente, de algún modo más continental, menos eslava. También era su nueva directora de la SVR, una fría operadora que empezó como gorrión, había desenmascarado al traidor Korchnoi y había matado a oponentes sobre el terreno. Aprobaba sus sugerencias, conocía las operaciones, parecía discreta y leal, y Gorelikov la aprobaba. Otras amantes apreciarían los ojos azules, o la sonrisa, o el espíritu caritativo, o incluso la exuberante libidinosidad, pero Vladímir valoraba otros atributos. Metió las rodillas entre las piernas de su objetivo nocturno.

A Putin le gustaba zambullirse sin demora, de inmediato, sintiendo el pellizco de los puntos secos, buscando la respiración agitada, la mueca de dolor ante la penetración inicial. Le gustaba cuando jadeaban así. Luego, cuando la mujer por fin se ofrecía mojada, él favorecía un ritmo de metrónomo medido —nada de carreras de conejo para él, no con su hernia discal provocada por el judo—, golpeando con fuerza el pubis contra el sexo de la mujer para provocar gruñidos de placer a cada húmeda palmada. Eso también le gustaba, sus resoplidos animales de placer. Tenía el control. Los pechos de Egorova oscilaban con cada descarga, tenía la cabeza hacia atrás, la boca entreabierta, respirando por la nariz. Vladímir sintió que la estaba haciendo trabajar de verdad: tenía los ojos cerrados.

Mantén los ojos cerrados para no tener que mirar su cara rubia de pastel de luna ni su pecho de eunuco pastoso, pensó Dominika; debe de haber al menos un albino, un primo o un sobrino, en su familia, los genes están ahí. Al menos no se le caía la baba sobre ella. En la cama con Nate, gemir en la boca del otro mientras ella se corría era un éxtasis, pero gracias a Dios no tenía que chuparle la lengua a Putin, que debería ser el título de una canción de la banda de chicas rusas disidentes Pussy Riot. Y ella sabía que los hombres rusos de su generación no hacían lo otro, meter la boca ahí abajo, y él había sido demasiado impaciente como para pedirle que se la metiera en la boca. Gracias a Dios por la mojigatería rusa.

Putin había puesto sus piernas sobre sus muslos abiertos, inmovilizándola como a un animal en la sabana, enseñando los dientes. Y Nate está en un avión rumbo a Moscú, por mi propia mano, y Agnes está en el armario, mirando como follo con este hombre a través de las rejillas, viendo cómo su *khuy* me parte en dos, y sé que ella también quiere a Nate. ¿Entenderá lo que está pasando?

El golpe de la bola de demolición del zar de todos los rusos no cambiaba nunca, solo un ritmo constante desprovisto de todas las embriagadoras variaciones de posturas, o conversaciones de almohada, sin los éxtasis de los adornos o las miradas, o lo que ella había visto en Hong Kong con aquellos chakras locos. Los ojos azules del presidente no se apartaban de su rostro, buscando el menor rastro de reacción fingida, que, estaba segura, en su mente se equipararía al engaño, y el equivalente a la deslealtad. Finge un orgasmo con Vlad, nena, y estarás fuera de su lista de favoritos. Ni siquiera Benford habría calculado ese truco.

En la Escuela de gorriones estudiaron sin descanso (y filmaron a cientos de mujeres experimentando) el clímax sexual, incluyendo las contracciones rítmicas físicas, la euforia psicosomática y la liberación química de endorfinas durante el periodo refractario. Por lo tanto, los gorriones que fingían el orgasmo estaban entrenados para evitar los gritos histriónicos de los principiantes, las sacudidas de cabeza, las sacudidas de pelo y los arañazos en la espalda de su pareja. En cambio, un gorrión profesional conocía las sutilezas orgásmicas de un cambio en la respiración, la rigidez de las extremidades, los breves y estremecedores escalofríos por todo el cuerpo, seguidos de un frenético levitar fuera de la cama si el hombre tocaba una tubería demasiado sensible antes de cinco minutos. Dominika se puso la máscara de placer-dolor de gorrión, como si esperara la salvación, el éxtasis, a manos de su zar azul. Entonces ocurrió lo imposible.

Empezó como un pequeño zumbido en el estómago —el susurro de un orgasmo real, no fingido— que se irradió a su entrepierna, luego creció y se quedó flotando como un jarrón antiguo en el borde de la repisa de la chimenea después de un terremoto, esperando el siguiente temblor que lo haría tambalearse hasta caer al suelo. Esto no puede estar pasando, pensó. No con esta lagartija limpiándole la chimenea. La sensación crecía; su orgasmo iba a suceder si ella lo permitía, y sería uno grande, había pasado demasiado tiempo sin Nate, un tiempo de estrés prolongado, y había acumulado un montón de, bueno, kilovatios, que estaban listos para arder y quemarle las cejas a alguien. Ya no utilizaba el cepillo de pelo de mango largo de su abuela, pues suponía que sus residencias oficiales —aquí y en Moscú— estaban llenas de audio y vídeo. *Bogu moy*, Dios mío, el jarrón de la repisa de la chimenea empezó a chirriar, vibrando cada vez más cerca del borde.

Esto no puede ocurrir. Esto no sucederá, pensó. Incluso cuando empezó la rutina de la Escuela del Gorrión en beneficio de Putin (n.º 44: «Un solo copo de nieve iniciará la avalancha»), Dominika apagó su clímax real, lo ahuyentó pensando en su *bratok*, lo desterró de vuelta a su bazo, o a su hígado, o a dondequiera que residiera. Era bastante fácil hacerlo, teniendo en cuenta el *dibbuk*, el ogro que estaba encorvado sobre ella, silbando con la nariz mientras entraba y salía.

El propio Putin se afanaba; a él también le estaba afectando: la imagen de aquella Venus inalcanzable, con la cabeza hacia atrás, la garganta ofrecida a su antojo, los ojos blancos en sus órbitas, estaba surtiendo efecto, por no mencionar la extraordinaria sensación de su músculo pubococcígeo ordeñando a fondo su órgano, con el resultado de que sintió la reveladora aglomeración en la ingle, el insidioso engrosamiento de su miembro y, por fin, la parálisis plomiza que recorre los miembros en el momento del *spuskat*, de la eyaculación. No dijo nada, parpadeó una vez —su expresión no cambió— y se retiró en cuanto hubo terminado, limpiándose la cara, deslizándose fuera de la cama y recogiendo sus pantalones de chándal del suelo. Al zar no le gustaban los besos cariñosos, ni las caricias en el pelo, ni los abrazos tiernos en el suave crepúsculo *après-sex*. Le bastaba con haber depositado sobre su encharcada directora de Inteligencia Exterior, un general del SVR, el botín imperial que marcaba uno de los límites de su rango depredador.

Estaba lánguida por fuera, pero respiraba con dificultad y sudaba entre los pechos. Los pensamientos de Dominika corrían como locos en el manicomio poscoital que era su cerebro. Tenía que deshacerse del presidente. Agnes, en el armario, tendría que hacer pis en algún momento. ¿Impediría la fresca brisa terrestre que el USV de Benford —que llegaría en cincuenta minutos— aterrizara en la playa? Tenía los muslos pegajosos. Como gorrión entrenada, sabía que un hombre sano eyacula unos cinco mililitros (una cucharadita) de semen, que contiene unos cien millones de espermatozoides. Eso significaba que cien millones de espermatozoides de Putin con cabeza de melón y cola de látigo estaban todos en movimiento dentro de ella, con la intención de anexionarse su cuello uterino como la península de Crimea. (Gracias a Dios por el DIU expedido por la Agencia, un dispositivo PARAGARD de bobina de cobre desarrollado, pura coincidencia, por Lockheed en 1962 durante la fase de diseño del avión supersónico de reconocimiento SR-71 Blackbird). El presidente estaba diciendo algo, y Dominika detuvo la cascada de sus pensamientos inconexos.

—Me gustaría que tuvieras esto —dijo Putin, deslizando una larga caja de terciopelo sobre la mesilla—. Póntelo mañana para el concierto.

El entretenimiento de mañana iba a ser una actuación en directo de un artista musical estadounidense muy famoso, también conocido como activista progresista vocal y comprometido que, a pesar de la ausencia de derechos humanos demostrables en Rusia, descubrió que podía aceptar cinco millones de dólares del Ministerio de Cultura de la Federación Rusa para viajar hasta el cabo Idokopas y entretener a los *siloviki*. Dominika abrió el estuche. En su interior había un collar de perlas multicolores de los mares del Sur y de Tahití, su valor era incalculable, cada una de ciento catorce milímetros, grandes como canicas, de color verde mar, dorado, marfil y moka, un collar sublime.

—Señor presidente, estas perlas son magníficas. No podría...

Putin levantó la mano para tranquilizarla, sacó el collar de la caja y se la colgó al cuello, donde una perla suelta anidaba pesada en el hueco de su nuca. Los regalos personales intercambiados entre colegas del Gobierno —la *pizda*, la entrepierna, de Dominika a cambio de las perlas— no planteaban el menor conflicto de intereses en la Rusia de este zar.

—Me gustaría que las aceptaras.

Dominika tocó las perlas.

—Gracias, señor presidente. Y gracias por una velada maravillosa. —Su halo azul brilló.

El activo estrella de la CIA, DIVA, vio a Vladímir Vladímirovich en la puerta. No le dio el beso de buenas noches, con todos los brillantes ojos de mapache del destacamento de seguridad fijos en ella en su kimono de seda desde la oscuridad. En lugar de eso, se dieron la mano, sintiendo los callos del presidente en la palma de la mano.

* * *

El zumbido eléctrico de los carritos de golf cuesta arriba se desvanece. El interior estaba en completo silencio, pero los pinos del exterior se agitaban bulliciosamente con la brisa. No había micrófonos trabajando esta noche en la dacha, ¿verdad? Dominika sacó a Agnes del armario y bajaron las escaleras en silencio. Dominika abrió otra botella de champán y sirvió dos copas, apoyada en la isla de mármol con los codos, la cabeza entre las manos, exhausta. Faltaban cuarenta minutos para la llegada del USV.

Agnes se pasó los dedos por la coleta blanca.

—Media taza de vinagre blanco con una cucharadita de levadura en polvo —dijo, también apoyada en la encimera de mármol. Eran como dos vaqueros en un bar.

—¿Qué? —dijo Dominika, mirando su vaso.

Agnes negó con la cabeza.

—No para beber; es una solución casera para las duchas vaginales. Supongo que preferirías no cargar con el presidente toda la noche. —Dominika se rio. Le gustaba esta guerrera fría polaca. Gracias a Dios que podía llevar su mensaje a Benford en persona. Y gracias a Dios que Dominika podría sacarla de Rusia de una pieza. Pero no tenía vinagre y no había tiempo—. ¿Con qué frecuencia ocurre esto?

—Es la primera vez —respondió, intentando no sonar a la defensiva. Observó la expresión vacía de prejuicios de Agnes—. Aunque espero que su atención se acentúe ahora que soy miembro de su círculo íntimo.

—Es importante no culparse. Nada de autorrecriminarse, nunca.

—No pienso en nada más que en hacer lo que tengo que hacer.

Agnes asintió.

—En Polonia me pasó lo mismo. Me acosté con la mitad del politburó por sus secretos, y con tres coroneles soviéticos del personal asesor militar en Varsovia.

—¿Confío en que duermas bien por las noches? ¿Sin pesadillas? —dijo Dominika, impresionada.

Agnes desvió la mirada.

—¿Y qué piensa Nathaniel de esto?

Dominika se puso rígida. Aquí estaba.

—Lo que Nate y yo tenemos no tiene nada que ver con esto. Lo nuestro... está al margen de esto —dijo con un hilo en la voz. Agnes miró al suelo—. Dime —dijo Dominika, incorporándose para mirar a los ojos a Agnes—. ¿Qué es lo que tú y Nate tenéis juntos, si se puede saber?

—Puedes estar tranquila, general Egorova —dijo Agnes con delicadeza—. Trabajamos juntos y quiero a ese chico, pero su corazón te pertenece a ti. No tienes nada que temer de mí.

Las dos mujeres conocían las partes no dichas, que no necesitaban más discusión.

Agnes miró su reloj.

—¿Cuándo llega ese maldito barco?

—A medianoche, dentro de unos treinta minutos. Debes llevar de vuelta el pendrive que explica toda la situación, la identidad de MAGNIT y la situación de Nate. Es imprescindible que hables con Benford o Forsyth. Aunque tengas que llamarlos desde una cabina telefónica en Varna, diles CHALICE.

—¿Tienes algo impermeable en lo que pueda llevar el pendrive? No quiero arriesgarme a que le entre agua de mar. —Dominika subió corriendo las escaleras, sacó la memoria USB, la metió en el condón Hussar sin envolver del cajón de la mesita de noche y le hizo un nudo apretado a la goma. De vuelta abajo, se lo dio a Agnes.

—¿Hablas en serio? —dijo sujetando la goma entre el pulgar y el índice.

—No te preocupes. Un solo dueño. Nunca ha sido conducido, bajo kilometraje.

—Bien, ahora es impermeable. Pero si no le hago llegar el mensaje a Benford a tiempo, estarás en grave peligro, ¿no es así? —preguntó Agnes.

Dominika asintió.

—Si consideras que la cámara de ejecuciones de la prisión de Butyrka constituye un grave peligro, entonces tienes razón.

—Así que si te ocurre algo, algo catastrófico, y Nate es liberado, eso deja el campo libre para mí, ¿no te parece?

—Por supuesto. —La miró a los ojos—. Sería todo tuyo.

Era un gato siseando a otro, estableciendo la relación. El halo carmesí de Agnes era firme y brillante. No traicionaría la causa más de lo que lo haría Dominika, y ambas lo sabían. Agnes miró de nuevo su reloj.

—De acuerdo. Vamos a la playa.

* * *

Dominika dejó a Agnes abajo un minuto mientras se vestía con mallas, top negro elástico y zapatos con suela de goma para caminar por las rocas de la playa. Se quedó quieta cuando oyó voces abajo. La voz del hombre era sin lugar a dudas la de Gorelikov. Las palabras eran indistinguibles, pero el tono era puro Anton: cortés, educado y modulado.

La voz de Agnes también era tranquila, pero Dominika tampoco podía distinguir sus palabras. *Bogu moy*, Dios mío, ¿qué posible tapadera podría explicar la presencia de Agnes en la dacha personal de la directora del SVR? ¿Amigas de la escuela? ¿Un interés común por las artes decorativas? ¿Ahorrar agua duchándose juntas? Apretó la mandíbula y bajó las escaleras para enfrentarse al desastre.

—Anton, ¿qué haces aquí a estas horas? —preguntó Dominika—. Acabas de perderte al presidente. Se fue hace unos minutos después de tomar una copa de champán.

Dominika asintió a Agnes como diciendo que su presencia era natural. Gorelikov miró de Dominika a Agnes y luego de nuevo a Dominika. Adelante, asume que somos *pizdolizi*, pareja.

—Acabo de tener el placer de conocer a esta joven —dijo Gorelikov—. Me ha dicho que es una de las expertas en restauración de Varsovia que han llegado esta mañana. En el mismo grupo que el americano.

Esto era un problema, un peligro sin diluir, sin paliativos. Dominika sintió la brasa de la rabia encenderse en sus entrañas.

—¿Recuerdas mi propuesta de dejar que el americano vagara sin limitaciones por el recinto para que nos guiara hasta el topo? —recordó Antón—. Esa idea fue vetada, en especial por tu insistente recomendación, por razones muy lógicas y muy buenas. —Gorelikov se dirigió a la isla y se sirvió una copa de champán—. Resolví llevar a cabo mi propio modesto experimento y seguir a esta joven que parecía conocer al americano. ¿Una coincidencia? Los demás polacos se quedaron en el dormitorio bebiendo vodka de cortesía. Excepto la señora Krawcyk, que caminó durante algún tiempo por el recinto siguiendo una ruta de lo más tortuosa. Y terminó aquí a medianoche, después de la visita del presidente, y ahora todos estamos bebiendo champán de un cáliz de cristal.

Esa palabra. Se quedaron mirándose. La pistola estaba en el cajón de la cocina, a un paso. Era poco probable que Anton estuviera armado. No era su estilo. Dominika sabía que era el fin, a menos que estuviera preparada para reaccionar con violencia para eliminar la amenaza. Cualquiera que fuera la bestia escamosa que vivía dentro de ella, se agazapó en la entrada de la cueva, con las garras agarrando la tierra, lista para saltar.

Fue Gorelikov quien rompió el silencio, mirando a Dominika. Su voz era tranquila, su rostro pacífico.

—Supongo que es propio del espionaje que cuanto más monstruosa es la traición, más eficaz es la operación. Gozabas de la confianza de tus compañeros, del Kremlin y del presidente. Es más, yo confiaba en ti.

Imagina la ironía. Eres directora del SVR, informando a los americanos, incluso mientras influimos en los acontecimientos para colocar a MAGNIT como DCIA. —Dejó el vaso y se alisó el pelo—. ¿Dónde nos deja eso? ¿Qué haremos para resolver...?

Ambas mujeres se movieron al mismo tiempo, por instinto. Agnes se abalanzó hacia delante y golpeó a Gorelikov con extrema fuerza, con el puño en martillo, en un lado del cuello, debajo de la oreja, sobrecargando el nervio vago, interrumpiendo las señales del ritmo cardíaco y la presión sanguínea al cerebro, y haciendo que se tambaleara y cayera sobre una rodilla. Sin pensárselo, Dominika lo rodeó por detrás y, sin tener nada más a mano, soltó las perlas de los mares del Sur del presidente y enrolló el collar alrededor del cuello de Anton en el sentido contrario al de las agujas del reloj, en el bucle siciliano, que coloca las manos detrás del objetivo empujando en cruz, ejerciendo una contracción más poderosa que separando las manos, una técnica que se enseña durante el entrenamiento de Spetsnaz *Systema*. Gorelikov empezó a forcejear, cayó de espaldas al suelo, llevándose las manos a la nuca, tanteando los ojos de Dominika, hasta que Agnes se lanzó sobre él, le sujetó las muñecas y se tumbó sobre las piernas de Gorelikov para que no pudiera patear. Era delgado y ligero y Agnes lo controlaba con facilidad. A través de su garganta cada vez más constreñida, gruñía una y otra vez: «¡No!».

Dominika esperaba que la hebra del collar se rompiera, esparciendo las valiosas perlas por el terrazo, pero lo que se había utilizado para ensartarlas debía de ser irrompible, alambre o monofilamento en lugar del tradicional hilo de seda, y su visión se nubló mientras se volvía un poco loca, se echaba hacia atrás, ponía la rodilla detrás del cuello de él y seguía aplicando torsión. Al menos las perlas grandes eran fáciles de agarrar, y el frágil Gorelikov no era demasiado fuerte. Mientras lo estrangulaba, se oyó a sí misma susurrándole a Antón que Rusia no era coto privado del Kremlin, que la Rodina pertenecía a los rusos, no a los chacales que se alimentaban de cadáveres, lo que le pareció que sonaba a uno de los primeros manifiestos de Lenin, pero estaba fuera de sí por el pánico a la sangre. No sabía si él la oía por encima de sus gruñidos carentes de aire. Mientras le susurraba, Agnes la miró con la boca abierta.

Agnes sujetó las muñecas de Anton y aguantó la última tanda de espasmos de sus piernas agitadas, y él se quedó quieto, pero no se movieron durante otros cinco minutos. Tensas. Supieron que se había ido cuando sus pantalones aparecieron mojados y un charco de orina se extendió por el suelo debajo de él. Agnes también estaba empapada, pero no dijo nada mientras se ponía en pie, con el pelo alborotado. Ambas miraron a Gorelikov, las dos jadeando como antiguas reinas asesinas: Clitemnestra y Electra, contemplando el agua carmesí del baño. Dominika vio que el halo de Agnes estaba blanqueado y descolorido. El cadáver de Anton estaba mojado de la cintura a la rodilla, tenía los ojos abiertos, el cuello amoratado y el halo había desaparecido. Interesante. Dominika se preguntó si con el tiempo sentiría remordimientos —después de todo, Gorelikov se había hecho amigo de ella y la había apoyado en el Kremlin—, en ese momento no sentía ninguno. El elegante *boulevardier* la habría ejecutado sin dudarlo.

Dominika volvió a ceñirse al cuello las perlas aún calientes; le pesaban y resbalaban contra la piel. Nunca volverían a ser lo mismo, y siempre tendría que enfrentarse al fantasma de Anton cuando las llevara puestas.

—¿Estás lista para hacer un crucero con *monsieur* CHALICE? —le preguntó a Agnes—. Ha decidido desertar.

* * *

—¿Vas a meterme en esa lancha con el asesor más cercano de Putin, y atarme a él para dar botes durante treinta minutos? —preguntó Agnes.

—Con el cadáver del asesor más cercano del presidente —puntualizó Dominika—. Su desaparición demostrará que era el topo, un escándalo devastador para el Kremlin y para el presidente en el plano personal.

—¿Gorelikov se convierte en CHALICE? ¿El hombre en quien más se confía en la Rusia de Putin resulta ser el topo que deserta? Nunca se lo creerán —dijo Agnes.

—*Posle dozhdika v chetverg*, ya veremos *Después de la lluvia, del jueves*; no tenemos ni idea de lo que pasará. Es la única prueba que tendrán, y tú también desaparecerás, el segundo agente de la CIA que todos pasamos por alto cuando nos obsesionamos con Nate —dijo Dominika—. La confirmación definitiva de que Gorelikov es el topo llegará cuando Benford detenga a MAGNIT.

Corrió escaleras arriba para arrancar la sábana usada de la cama y bajó corriendo al salón para envolver a Gorelikov en la sábana, un sudario funerario con olor a colonia de Putin.

—¿Cómo vamos a llevarlo por ese empinado camino hasta la playa? —le preguntó Agnes.

—Cada una coge un extremo y lo arrastramos hacia abajo —dijo Dominika, recogiendo un extremo de la sábana y levantándolo.

—Esto es una locura.

—¿Una locura? Ahora es el momento de la *vera*, de la fe y de la resolución inquebrantable, que sospecho que conoces muy bien.

Agnes asintió.

—*Wiernosc* en polaco.

Dominika asintió.

—Quítale el reloj de pulsera. Es uno de esos lujosos modelos suizos que valen miles. Quédatelo, es tuyo, cortesía del Kremlin. Considéralo un reembolso por esta loca misión. Nunca deberían haberte enviado. Fue un riesgo demencial.

—Nate vino a rescatarte y yo vine a ayudar a Nate. Así que supongo que todos hemos perdido.

—No hemos perdido. Pero ahora es el momento de poner fin a esto. Esta es una derrota para ellos. Los que duermen en sus camas, justo en lo alto de la colina, en la casa principal, mientras que nosotras estaremos tragando agua de mar por Gable, por un general de pelo blanco y dos jóvenes gorriones que dieron sus vidas. —Miró su reloj—. Tenemos veinte minutos antes de que llegue el barco y Anton haga su último crucero de placer por el mar Negro. Coge la sábana y ayúdame a levantarlo.

Salsa de muselina

Prepara el sabayón batiendo despacio agua fría en las yemas de huevo, hasta que se triplique el volumen. Bate el sabayón, añadiendo despacio la mantequilla clarificada caliente hasta que la salsa esté suave y brillante. Incorpora el zumo de limón, la sal y la cayena y sigue batiendo. Incorpora despacio y suave la nata montada batida hasta obtener picos firmes. Sirve sin demora.

37
Crucero por el mar Negro

Dejaron caer el cuerpo envuelto de Gorelikov dos veces mientras bajaban a trompicones por el camino de cabras con suelo de esquisto que conducía a la playa (una vez tuvieron que atraparlo justo antes de que rodara por el sendero hasta las rocas, treinta metros más abajo). La brisa nocturna se alejó del acantilado para crear una pequeña picada en el agua, que se rompió entre las numerosas rocas que sobresalían del fondo arenoso. ¿Podría una embarcación no tripulada estar preprogramada para zigzaguear entre estos afloramientos, arribar con delicadeza en este pequeño trozo de arena húmeda y volver a salir? Dominika y Agnes se turnaron para llevar las gafas de infrarrojos que captarían la baliza invisible de la luz estroboscópica de proa del USV, y Dominika llevó el reloj de pulsera de la baliza. Les pareció oír algunos de los sonidos de la fiesta nocturna más allá de la pared del acantilado. Mientras esperaban en silencio, escuchando el ruido de las botas de los centinelas, la brisa terrestre aumentó y las olas pasaron de ser pequeñas y gorgoteantes a rompientes más ruidosas de un metro que golpeaban algunas de las rocas salientes y rugían sobre ellas, lanzando de vez en cuando un poco de espuma al aire. Agitado, pero no imposible. Egorova miraba de vez en cuando la figura amortajada de Gorelikov, tendido en la arena fuera del alcance de las olas —esperaba que se incorporara y empezara a hablar— y se preguntaba, en primer lugar, cómo podría el barco acercarse lo suficiente a ellos con el oleaje y, en segundo lugar, cómo podrían cargar su cuerpo inerte en la cubierta del USV, que tenía un francobordo considerable.

Justo a medianoche, según su reloj, vio una luz azul intermitente en el horizonte. Con el paso de los minutos, la luz se hizo más brillante y se hizo visible la forma clara de una lancha motora baja con lo que parecían rayas de cebra a lo largo de sus costados y una pequeña ola blanca de proa en los dientes. La forma de la embarcación se materializó, desapareció y reapareció a medida que se acercaba, deslizándose entre los surcos de las olas y volviendo a salir. Al entrar en la zona de rocas, la embarcación aminoró la marcha y, como si la condujera un timonel, se abrió paso con lentitud entre las rocas hasta que la proa redondeada se deslizó hasta detenerse en la arena, justo a sus pies. Los puntos de embarque estaban en la popa del USV, pero el oleaje golpeaba el casco allí atrás. Dominika oía los chorros de propulsión del buque intentando mantener el casco recto y contrarrestar los efectos de las olas. En su camino hacia la escalera de acomodación de popa, una ola cubrió a Agnes hasta el cuello, luego fue golpeada por un asidero de la lancha y cayó de nuevo al agua, empapándose por completo. La segunda vez que estaba mojada esa noche. Por fin pudo trepar por los tres puntos de apoyo y equilibrarse sobre la cubierta del USV. Dominika se acercó a ella y le dio la bolsa que contenía la memoria USB envuelta en un preservativo, las gafas de infrarrojos, el reloj de baliza y el caro reloj de pulsera suizo de Gorelikov.

La escotilla con tapa de doble ataúd se abrió automáticamente y Agnes miró dentro, luego a Dominika, que estaba en el agua cubierta hasta los muslos, y le hizo un gesto con el pulgar hacia arriba. La general se mantuvo alejada de la popa del barco, que era golpeada por el oleaje de forma rítmica y provocaba fuertes estampidos que tarde o temprano atraerían a los centinelas. Ahora llegaba la parte difícil. Se acercó al cuerpo envuelto de Gorelikov, lo sentó, le puso el hombro en el estómago y, con un gruñido, lo levantó como si fuera un saco de harina. Se metió de nuevo en el agua y trató de elevarlo lo suficiente para que Agnes pudiera agacharse, agarrar una esquina de la sábana y subirlo a bordo. Era imposible con el chapoteo del agua y el casco sacudiéndose, pero Dominika lo impulsó por las piernas y, por puro milagro, Agnes pudo agarrar el borde superior de la sábana y tirar con todas sus fuerzas. El cadáver se deslizó por la borda hasta la cubierta del barco. Dominika regresó a la playa y esperó, observando cómo Agnes se deslizaba, rodaba y, por fin, arrojaba el cadáver de Gorelikov por la escotilla. Una vez abajo, tendría que recogerlo y colocarlo en uno de los asientos reclinables, atarlo, luego atarse ella misma, y accionar los interruptores que cerrarían la escotilla e iniciarían el rumbo programado de regreso a la fragata de la Marina estadounidense que la esperaba a unos treinta kilómetros de la costa. Antes de desaparecer por la escotilla, Agnes miró a Dominika a la luz de la luna y la saludó con la mano. A Dominika se le ocurrió que Nathaniel Nash era muy afortunado de que una mujer así lo amara, de que ambas lo amaran.

El sonido de las toberas de los reactores se hizo más fuerte a medida que el USV se alejaba de la playa, el oleaje seguía golpeando el montante de popa mientras se alejaba. A continuación, un golpe seco al chocar la popa con una roca plana que sobresalía de la superficie hizo que el USV se detuviera en seco. Por la espuma que rodeaba la popa, Dominika pudo ver que el USV intentaba avanzar y retroceder para liberarse del obstáculo invisible, pero seguía chocando contra el afloramiento y no podía avanzar más. Maldiciendo, Dominika se metió hasta el pecho, se la tragó una rompiente y luego consiguió nadar hasta el casco colgado y empujar la popa con todas sus fuerzas. Por suerte, una ola la levantó y oyó cómo el montante de popa chocaba contra la roca y se liberaba. Otra ola la hundió, pero los propulsores dieron marcha atrás y la embarcación a rayas de cebra salió silenciosa de la zona de rocas hacia aguas abiertas. Otra ola golpeó a Dominika, que tragó agua de mar y tuvo arcadas, pero se recuperó lo suficiente para ver cómo el USV giraba sobre sí mismo, se asentaba en la popa y aumentaba la velocidad, navegando mar adentro. Hizo una breve pausa para acuclillarse en el fondo marino. El agua de mar debería hacer el mismo trabajo que el vinagre y la levadura en polvo. Había cierta satisfacción en enviar el ADN del presidente al mar Negro. Dominika luchó por llegar a la playa, con la ropa empapada (ganaría el concurso de camisetas mojadas en la fiesta de esta noche), y miró hacia el mar. El buque furtivo ya había desaparecido de su vista.

Buena suerte, Agnes Krawcyk. No me falles.

Temblando, Dominika subió tambaleándose por el camino de cabras hasta su dacha, se quitó la ropa, recogió las copas de champán y limpió el desastre de Gorelikov sobre el mármol. Después se metió en una ducha caliente durante veinte minutos. Estaba demasiado cansada para pensar en la inevitable y horrible imagen de Grace Gao colgada por el cuello de la puerta de cristal de la ducha.

* * *

Nadie se dio cuenta de que Gorelikov había desaparecido antes de mediodía. Bortnikov ordenó una búsqueda intensa en el complejo, e hizo que aviones de reconocimiento y lanchas patrulleras rápidas de Sebastopol peinaran la costa por si Gorelikov había caído al mar desde el acantilado. Después de pasar lista de manera informal, se descubrió que Agnes Krawcyk, una de las restauradoras de arte, también estaba en paradero desconocido. Bortnikov y Dominika se reunieron en la sala de conferencias del edificio de control de seguridad del complejo para discutir cómo informarían al presidente de estos inquietantes acontecimientos. En el aeropuerto de Gelendzhik no había constancia de que ninguno de los dos hubiera subido a un avión, y todos los vehículos del complejo estaban localizados: se habían esfumado sin más. Bortnikov recordó que el MAGNIT había informado de la existencia de un plan de exfiltración que incluía un planeador motorizado que podía aterrizar en el valle de Balaklava sin ser detectado, pero no había forma de que Gorelikov o la mujer hubieran podido salir del complejo sin ser vistos y recorrer a pie los diez kilómetros de noche, por caminos rurales, hasta llegar a un punto de recogida para la exfiltración. Frustrado y furioso, Bortnikov ordenó un segundo registro completo de todas las estructuras del complejo, incluida el ala presidencial y los apartamentos privados del presidente. Nikolai Patrushev se dignó a asistir a la última reunión con Bortnikov y Dominika al final del día. A pesar del posible cataclismo, el halo amarillo de connivencia de Patrushev se mantenía firme e imperturbable. *Ya ha elegido un chivo expiatorio*, pensó Dominika. *No asumirá ninguna culpa.*

—La mujer polaca no tiene importancia —dijo Patrushev—. Podría haber sido llevada por uno de los soldados al bosque, violada y asesinada, y luego arrojada a un barranco. Llevaría meses encontrar su cuerpo.

Bortnikov lo miró boquiabierto.

—¿Estás loco? ¿Por qué supones eso?

Patrushev lo ignoró.

—Anton Gorelikov es harina de otro costal. Si ha desertado, es un desastre en potencia. Sus servicios deberían haber estado más atentos.

Bortnikov lo miró al otro lado de la mesa.

—¿Nos está echando la culpa a Egorova y a mí? ¿Lo dice en serio? Usted es el jefe del Consejo de Seguridad, con un estatuto de supervisión de todos los asuntos de seguridad del Estado. Usted comparte la responsabilidad.

Bortnikov estaba a punto de gritar, pero Patrushev se mostraba indiferente e impasible.

—El FSB existe para atrapar espías en la Rodina. Se supone que el SVR dirige activos extranjeros que pueden alertar a tiempo de tales infracciones —dijo Patrushev—. He observado que ambos no cumplieron con su deber y, en consecuencia, fallaron al presidente.

Ahí estaba, el acobardamiento, el cambio de culpas, famoso entre los *siloviki* del Kremlin, sin que nadie asumiera la responsabilidad, y todo el mundo angustiado y desaprobando cuando el presidente estaba mal asistido por otros. Dominika calculó que tal vez estas críticas la acercarían a Bortnikov, al menos hasta la siguiente crisis de palacio. Bortnikov seguía mirando boquiabierto a Patrushev, y su halo azul parpadeó agitado.

Dominika entendía lo que Nikolai estaba haciendo, distanciándose de cualquier responsabilidad. Pero ahora era directora del SVR. Era el momento de hacerse valer, de establecer una voz entre estos hombres que, junto con el presidente, serían sus competidores, aliados y rivales en los años venideros.

—Con todo respeto, creo que nadie merece ninguna culpa, y es indecoroso que Nikolai pretenda lo contrario —atajó Dominika—. Una cosa es cierta. Sabremos a ciencia cierta si Anton Gorelikov es un topo de la CIA, y sabremos la verdad muy pronto.

Patrushev y Bortnikov la miraron con detenimiento.

—La prueba será evidente dentro de cuatro o cinco días —siguió Dominika—. Si en la próxima semana se ven comprometidos importantes activos del SVR en Estados Unidos, entonces la conclusión ineludible será que Gorelikov es CHALICE. Esto es una conjetura, pero si ocurre, es una prueba irrefutable.

Eso debería clavar la noción de la culpabilidad de Anton.

—¿Cómo informamos de esto al presidente? —balbució Bortnikov. Patrushev no ofreció ninguna orientación.

Dominika se inclinó hacia delante.

—Dado que Anton era uno de los asesores más cercanos del presidente, creo que hay que tener cuidado, mucho cuidado, de no insinuar que el propio presidente haya sido un incauto, o demasiado confiado, o ciego ante las señales evidentes, si las hubo, de que Anton iba por mal camino.

Las dos urracas del otro lado de la mesa asintieron con la cabeza.

—Si les parece bien, caballeros —dijo Dominika, tocándose un llamativo collar de perlas—, puedo informar al presidente de esta difícil situación. Tenemos suerte de contar con el agente americano en Moscú como moneda de cambio. Podemos utilizar al americano para canjearlo por nuestros bienes, y además exigir la extradición a Rusia de Gorelikov.

—Puesto que fue idea suya —dijo Patrushev aliviado—. Sin duda sería apropiado que usted, general Egorova, informara al presidente. ¿No le parece? —sugirió a Bortnikov.

—Me parece lo más correcto —dijo Bortnikov—. El presidente confía en usted, y le gusta.

Dominika asintió.

—Será un placer. Entonces todo lo que tenemos que hacer es esperar. Tengo intención de volver a Moscú esta noche para seguir la situación desde Yasenevo.

Y quiero ver a Nate.

* * *

Audrey Rowland caminaba en el crepúsculo por el paseo elevado sobre la marisma del extremo norte de la isla Theodore Roosevelt, en el río Potomac, entre Rosslyn y el John F. Kennedy Center, en el corazón de Washington D. C. La isla formaba parte del Sistema de Parques Nacionales y cerraría en noventa minutos. El tráfico peatonal era escaso. Una vieja focha había estado pescando junto al puente elevado que conectaba la isla con el aparcamiento de la George Washington Memorial Parkway, y dos mujeres con el pelo azul y cámaras habían pasado junto a Audrey hacía quince minutos, parloteando como loros y buscando pájaros que fotografiar como tontas. Después de eso, estaba sola. Mientras caminaba sin hacer ruido por los tablones del paseo marítimo bajo la luz mortecina, algunas tortugas y ranas chapoteaban de vez en cuando en el agua salobre y llena de juncos, pero por lo demás la isla boscosa estaba inquietantemente tranquila.

El malecón se curvaba hacia el este y las luces de Georgetown y el centro de Washington se iban encendiendo, visibles a través del denso follaje. Audrey se detuvo y se sentó en el apartado banco designado como lugar de encuentro, miró el reloj, se recostó y escuchó. Los riachuelos y los chasquidos del bosque caducifolio quedaban amortiguados por el zumbido del tráfico vespertino en los cercanos puentes Key y Roosevelt. Por lo demás, nada. Audrey llevaba mucho tiempo celebrando reuniones clandestinas, y estaba acostumbrada al nerviosismo en el estómago y a la humedad en las palmas de las manos que sentía antes de entrar en contacto con su controlador del GRU o, de un tiempo a esta parte, con SUSAN, la agente ilegal de Nueva York. Reunirse con aquella zorra espeluznante era mucho más seguro que hacerlo con alguien de la embajada rusa, pero a Audrey no le gustaba. Había algo de superioridad en su actitud; no reconocía el rango ni la importancia de Audrey. La vicealmirante ya había resuelto decirle al tío Anton que quería un sistema de comunicaciones diferente, y estaba segura de que los rusos accederían, sobre todo porque estaba a dos días de ser confirmada por el Senado como nueva directora de la CIA.

Las audiencias de confirmación en el Capitolio habían sido de chiste: los legisladores leían incoherentes declaraciones preparadas y hacían preguntas superfluas a partir de listas que les entregaban funcionarios chapuceros recién salidos de la universidad. Audrey interpretó a la vicealmirante profesional de la Marina y a la científica preeminente en tecnología, armamento y comunicaciones, cuyos avances supondrían menos gastos y presupuestos razonables para la Marina sin dejar de garantizar la seguridad nacional. A los senadores atontados, demócratas y republicanos por igual, les gustaba el hecho de que la almirante Rowland fuera una intrusa, una mujer sin sexo, estaba claro que apolítica, y que dirigiera a la CIA en la dirección correcta, lejos del gasto despilfarrador y lejos de nefastas acciones encubiertas y comportamientos extralegales similares.

Audrey se estremeció cuando oyó un golpe seco acercándose a ella desde la oscuridad del paseo marítimo. Con la luz mortecina, la forma indistinta de un ser humano encorvado se hizo poco a poco más clara, y Audrey pensó en la ironía de ser abordada por una criatura de un estuario pantanoso mientras se encontraba con su adiestrador ruso en el centro de Washington D. C. Lo más probable era que se tratara de un contratista barrigón de la lista C, que salía al anochecer en busca de un chapero. Se relajó cuando se acercó un carcamal con sombrero de ala ancha y camisa de franela. El anciano usaba un andador, y el golpeteo de las patas acolchadas de su aparato resonaba en los tablones. Audrey saludó con un gesto al pasar, pero solo obtuvo un gruñido a cambio por parte del miserable bastardo, que se apresuraba a salir de la isla antes de que cerrara. Después de que el hombre desapareciera por el recodo, no había nadie más a su alrededor, ni se oían ruidos. Lo único que tenía que hacer era esperar a que SUSAN apareciera como un fantasma en la oscuridad. Audrey se palpó el bolsillo de la chaqueta para asegurarse de que la memoria USB y los dos discos con los últimos secretos de la Oficina de Investigación Naval estaban a buen recaudo. Pasaría la unidad USB y los discos, informaría de palabra a SUSAN sobre su nombramiento y escucharía las ideas de la sede central sobre las opciones de comunicación cuando se convirtiera en DCIA y tuviera un equipo de seguridad a tiempo completo.

Lo que Rowland no sabía era que el anciano que pescaba en la calzada, las dos mujeres que buscaban pájaros que fotografiar y el irascible y malhumorado que cojeaba detrás de un andador formaban parte del equipo de vigilancia ORION de Simon Benford, un grupo de agentes retirados de la CIA tan hábiles, pacientes y eficaces que superaban al equipo de vigilancia del FBI conocido como los G, que se ganaban la vida siguiendo a agentes de inteligencia extranjeros entrenados. La habilidad de los ORION consistía en anticipar a dónde iría un objetivo, llegar allí antes que el conejo y presenciar de forma indetectable un acto clandestino sin que el oficial de inteligencia (y su agente estadounidense) tuvieran ni idea de que estaban siendo vigilados. Benford dijo una vez que la diferencia entre la vigilancia ORION y los FEEBS era la misma que entre un gato que observa a un pájaro y un perro que persigue a un coche. Los ORION habían estado saltando por delante de la almirante Rowland durante todo el día, sin ser vistos, anticipando su ruta de marcha —el trayecto completo— y registrando su dirección general, y cuando, casi al final del día, la isla Theodore Roosevelt se convirtió en una posibilidad, cuatro de los doce de ORION que cubrían a Audrey habían cubierto la zona y estaban en el lugar antes incluso de que llegara al aparcamiento. El equipo geriátrico —las dos observadoras de aves eran abuelas— informó de que el comportamiento del objetivo indicaba un encuentro inminente. Eso fue suficiente para Simon. Benford había alertado al equipo de arrestos del FBI para que se desplegara, ya que los ORION no tenían autoridad para arrestar y no podían detener a un sospechoso mostrando sus tarjetas de la Asociación Americana de Jubilados.

* * *

Días antes, el encuentro se había producido a cuarenta kilómetros de la costa rusa del mar Negro. El USV había funcionado a la perfección, estableciendo contacto con el DDG-78, el USS Porter, un destructor de la clase Arleigh Burke de la 6.ª Flota, poco después de las 01.00 horas con mar en calma. El USV fue izado a bordo de la cubierta de helicópteros por un polispasto de popa instalado para la ocasión, y pasó sobre una plataforma rodante hasta el hangar de helicópteros de popa mediante una grúa de puente. Los marineros que abrieron la escotilla del USV se sorprendieron al ver salir a una mujer con un voluminoso busto, de mediana edad, con una camiseta mojada y una bolsa impermeable en la mano. También se habían sorprendido al ver la figura amortajada de un elegante caballero trajeado durmiendo en la segunda silla reclinable que, tras una inspección más minuciosa, se determinó que estaba muerto. El oficial ejecutivo del Porter despejó el hangar de tripulantes a instancias de un hombre bajo y desaliñado que vestía un chaquetón de la Marina y estaba acompañado por un civil más alto con el pelo rubio y un joven nervioso con gafas empañadas.

Agnes había estrechado la mano de Benford y Westfall, abrazado a Forsyth, repitiendo «CHALICE, CHALICE, CHALICE» hasta que le dijeron que parara, paró y les entregó la bolsa con el pendrive. Se sentaron, todos, en la vacía sala de oficiales, bebiendo café, leyendo el informe del dispositivo en un ordenador portátil. Un camarero sonriente le puso delante un plato de rebanadas de pan tostado bañadas en salsa blanca con carne picada, el alimento básico de la Marina conocido como «S.O.S.». Agnes olfateó con cautela, probó un bocado y devoró todo el plato. Llevaba doce horas sin comer. Mientras comía, les contó el resto sobre Dominika y Gorelikov. Forsyth se acercó y le apretó la mano. Westfall se había apresurado a enviar cables de emergencia a Langley.

—Alex Larson es, de alguna forma, vengado —dijo Benford apesadumbrado—. MAGNIT será arrestada, y Gorelikov se acaba de convertir en CHALICE. La Línea KR en SVR, *kontravietka*, contrainteligencia, estará haciendo evaluación de daños durante años. —Dio una palmadita en la mano de Agnes y la felicitó—. DIVA podrá maniatar a la inteligencia rusa, interna y externa, durante una década, sobre todo ahora que ha consumado su relación con Putin, y ya no hay competidor por la confianza del presidente. Ojalá Alex pudiera verlo todo.

Agnes se había echado hacia atrás la melena blanca y lo miraba con una mirada asesina que Forsyth recordaba de los viejos tiempos.

—Qué bien por DIVA —le espetó—. ¿Te contentas con dejar que tu activo se suba a su grupa cada vez que ese cerdo quiere? ¿Y qué hay de tu oficial languideciendo en una prisión rusa? ¿Dónde ves la fortuna en esta historia? Tu brillante trampa funcionó, pero ¿qué harás para pagarle a Nash tu traición?

Benford la fulminó con la mirada, colorado.

Forsyth la había sacado de la sala de oficiales y la había llevado a la cubierta de popa, donde permanecieron de pie apoyados en la barandilla de popa mientras amanecía, observando la estela blanca del barco que quedaba atrás, recta como un lápiz. Los dos llevaban abrigos demasiado grandes contra el frío matutino.

—Si crees que no está pasando un infierno por esto, te equivocas —dijo Forsyth—. Pero atrapar al topo es la primera prioridad de Simon, su única prioridad. Habría utilizado a cualquiera de nosotros para identificar a MAGNIT, incluido a sí mismo.

Forsyth pasó el brazo por el hombro de Agnes. Había adivinado el triángulo amoroso desde Sebastopol.

—Cuenta con que Dominika mantenga a Nash de una pieza y, con el tiempo, lo saque de Rusia, tal vez organizando un intercambio. Llevará algún tiempo: la Marina y los tribunales no permitirán que un traidor de la magnitud de Rowland evite la cárcel.

Todavía furiosa por la practicidad desalmada de estos hombres de la CIA, Agnes se sacudió el brazo de Forsyth.

—¿Así que Nathaniel se pudre en Rusia?

No le importaba si se le notaba su afecto por Nate.

Forsyth se encogió de hombros.

—Si los FEEBS también pueden identificar al manipulador de MAGNIT, un verdadero ilegal ruso, podría organizarse un intercambio de espías sin mucha demora.

Forsyth sabía que era una posibilidad remota. Benford se había quejado a Hearsey de que no habían conseguido nada espolvoreando el teléfono desechable de operaciones de DIVA con *metka*, el polvo de espía, como forma para identificar a SUSAN. Múltiples viajes a Nueva York con técnicos del FBI para inspeccionar a fondo las oficinas de revistas literarias marginales y progresistas de izquierdas de Nueva York —*New Politics, American Prospect, Salon, New School Quarterly* y *Harper's*— no habían dado como resultado ni una sola muestra de polvo de espía. Hubo cierta excitación inicial cuando el escritorio de un editor se había iluminado un poco bajo la luz negra, lo que llevó a un agente especial del FBI a decir que sabía que el lugar estaba lleno de simpatizantes comunistas, pero no había ninguna otra evidencia de *metka* en ningún otro lugar de la oficina. Hearsey determinó más tarde que las trazas de drogas recreativas, incluidas cocaína, metanfetamina y migas de setas de psilocibina en el escritorio, habían registrado un falso positivo. Más tarde, Benford llegó a la conclusión de que SUSAN o bien había utilizado un intermediario para recuperar el teléfono del pequeño cementerio del Village, o bien de alguna manera no había llegado a tocar el teléfono antes de tirarlo al East River. Una chica lista, esa SUSAN.

* * *

Audrey sintió, más que vio, que SUSAN se sentaba a su lado en el banco, en la penumbra. Malditos ilegales, acercándose así a hurtadillas.

—¿Algún problema para llegar hasta aquí? —preguntó. Audrey negó con la cabeza mientras le entregaba la memoria USB y los dos discos en una bolsa con cierre.

—Estos lo dirán todo por sí solos —dijo Audrey—. Espero la confirmación como DCIA en dos días o menos. Tendremos que discutir las comunicaciones con carácter prioritario.

—La sede central es consciente del requisito —dijo SUSAN cortante.

—Pues será mejor que se pongan en marcha. En menos de una semana voy a tener un destacamento de seguridad las veinticuatro horas del día, y...

Los oscuros bosques a ambos lados del malecón estallaron en un muro de luz cegadora. Una voz de megáfono ordenó a las dos mujeres que se quedaran quietas, era el FBI. Cegada por las luces, Audrey oyó el sonido de SUSAN lanzándose desde el banco y saltando desde el malecón al pútrido pantano, seguido de frenéticos chapoteos. Se oyeron voces, más chapoteos, bastantes chapoteos más, y Audrey, que no había reaccionado en absoluto debido al efecto cegador de las luces (y a la incapacidad natural de un cerebrito de la física para lanzarse a un movimiento físico rápido), sintió unas manos en los brazos y el chasquido de unas esposas en las muñecas. Vio que SUSAN había dejado la memoria USB y los discos en el banco, que el FBI estaba recogiendo y metiendo en una bolsa de plástico para pruebas. Parecía como si hubiera cientos de personas de un lado para otro vestidas con cazadoras azules con la inscripción «FBI» en la espalda. En todo momento sintió la presión de una mano agarrando su brazo.

Habría sido imposible describir la conmoción que sintió Audrey cuando la acompañaron de vuelta por el malecón hasta el aparcamiento, que ya era una feria de luces rojas y azules parpadeantes. Parte del *shock*, por supuesto, fue la sorpresa de la emboscada y la constatación de que unos cincuenta agentes especiales del FBI habían estado escondidos hasta las rodillas en el agua del pantano durante horas antes de la reunión. ¿Cómo lo habían sabido? La mente precisa y cuantitativa de Audrey también se tambaleaba ante la realidad de que sus doce años de espionaje inteligente y calculado habían sido detectados, y resultaba irritante no saber cómo. Aquellos hombrecillos rechonchos que buscaban topos eran más peligrosos de lo que parecían. La última y amarga gota de desesperada realidad golpeó a Audrey cuando la metieron en la parte trasera de un sedán del FBI que apestaba a Aqua Velva, con las manos todavía esposadas a la espalda, y le cerraron la puerta del coche de un portazo. Sabía que era el principio de un interminable periodo de constancias, interrogatorios, juicios y publicidad que acabaría con ella en la cárcel, así como el catastrófico final de su vida de privilegios y estatus en la Marina. No sentía ningún remordimiento más allá del hecho de que le harían un consejo de guerra y le quitarían los galones. Una agente especial se sentó detrás con ella y Audrey echó un vistazo al perfil juvenil y a las piernas con medias. La agente especial sorprendió a Audrey mirándola y la fulminó con la mirada. Aquella parte de su vida también había llegado a su fin, se dio cuenta Audrey con tristeza, sin haber visto nunca películas como *La cárcel caliente* o *Gatitas entre rejas*.

Su vida se había acabado, su mundo estaba patas arriba y, sin duda, envejecería y moriría en la cárcel, pero mientras el coche empezaba a avanzar por la autopista, Audrey pensó extrañada en lo que su odioso padre habría dicho en ese momento. Que se jodiera. Ella era una almirante de tres estrellas, y él nunca lo fue.

Ternera a la crema de la Marina de los Estados Unidos

Derrite mantequilla en un cazo, añade harina, sal y pimienta. Añade la leche y deja cocer a fuego medio hasta que hierva y la salsa espese. Desmenuza la carne seca y añádela a la salsa. Sirve sobre pan tostado.

38
La sierra de madera presidencial

—¿Me estás diciendo que no había ninguna contingencia concebible que hubiera sugerido la colocación de una patrullera o una lancha neumática en el río, dado que la emboscada estaba teniendo lugar en una puta isla? —le espetó Benford al jefe de Contrainteligencia del FBI, Charles Montgomery.

Benford acababa de recibir la noticia de que la mujer que se iba a reunir con la almirante Rowland se había zambullido en el pantano, había dejado atrás a una veintena de agentes especiales veinteañeros a través del agua del pantano hasta los muslos, había llegado a la orilla y había escapado a través del negro Potomac en lo que los cabizbajos agentes especiales pensaban que era un kayak. Esto se confirmó cuando, a la mañana siguiente, encontraron un kayak de alquiler abandonado en un banco de lodo con marea baja cerca del complejo de apartamentos Washington Harbour, en Georgetown. SUSAN había desaparecido, ya estaría de vuelta en la ciudad de Nueva York, editando preciosos y pretenciosos artículos en una revista literaria y, nadie lo dudaba, aún activa en el marco de operaciones para la Línea S de SVR, apoyando a otras fuentes, detectando talentos para posibles activos a reclutar y, por descontado, atendiendo entregas muertas y alijos desde Seattle a Key West. Benford profirió un juramento soez al contemplar cuántos MAGNIT más podrían estar operando sin impunidad en Estados Unidos.

Benford le había dicho a Forsyth que esperarían seis meses, para ver si DIVA podía hacerse con el expediente de SUSAN (los verdaderos nombres de los ilegales están compartimentados en la Línea S, en sentido estricto, incluso para la directora de SVR, que no tiene fácil acceso a la lista; además, se mantiene un estrecho registro de los altos cargos que solicitan su identidad). Ahora que Dominika era directora del SVR, había que tomar precauciones dobles y triples para protegerla. Mientras tanto, los dos hombres de la CIA empezaron a pensar en una estratagema de doble agente para dar a DIVA una razón para asignar a SUSAN un nuevo caso. Todos pensaban en tender una trampa y detener a un agente ruso —cualquiera— para que la CIA pudiera organizar el intercambio y liberar a Nash lo antes posible. Había cierta urgencia; los prisioneros, por lo general, no eran muy apreciados en las cárceles rusas.

La detención de Audrey Rowland fue, por supuesto, un triunfo del contraespionaje para Benford, pero no fue anunciada a bombo y platillo en la prensa por preocupación por el bienestar de Nash, sino solo que la almirante había sido relevada por causa justificada, con una vaga mención de mala conducta. No solo se eliminó un topo ruso activo dentro de la Marina estadounidense, sino que también DIVA y la lista de los demás activos rusos de la CIA volvieron a estar seguros. Sin embargo, la CIA seguía sin director: no había candidatos para sustituir al difunto Alex Larson como DCIA. Hasta que pudieran identificarse y presentarse nuevos candidatos, se había nombrado a un director interino. Se trataba del elegante Frederick Farrell.

* * *

A la mañana siguiente recibieron dos buenas noticias: un oficial de casos de la Estación de Moscú había entregado con éxito la lámpara de escritorio de comunicaciones de DIVA, sin ningún problema. Un activo de apoyo ruso le pasó el paquete a DIVA mientras esta recuperaba su abrigo del guardarropa de un restaurante de lujo, dándoselo de hecho a uno de sus guardaespaldas para que se lo llevara a la oficina. La División de Contrainteligencia ya había recibido un mensaje COVCOM de prueba de DIVA, indicando que el equipo estaba en su sitio y funcionaba bien. Un segundo mensaje (procedente del Pentágono) informaba a la CIA de que el cadáver de un ciudadano ruso no identificado había sido enterrado en el mar; su bolsa de lona lastrada se había deslizado hasta el mar Negro desde debajo de una bandera estadounidense, mientras era saludado por una guardia de honor de marineros estadounidenses. Benford transmitió el chivatazo a DIVA en Moscú, con sombría satisfacción.

La primera tanda de informes de inteligencia de la lámpara COVCOM de DIVA fue asombrosa por su perspectiva única y su extrema sensibilidad. Actas del Consejo de Seguridad, reuniones semanales con Bortnikov del FSB sobre casos de contrainteligencia contra embajadas extranjeras, reuniones del comité ejecutivo del presidente Putin, cuyas agendas indicaban que ya estaba preocupado por una clase trabajadora cada vez más descontenta y por las próximas elecciones rusas, actas del Consejo de Defensa sobre tecnología de misiles de combustible sólido compartida con Irán y Corea del Norte; las últimas estadísticas del Banco Central de la Federación Rusa, que señalaban una disfunción económica endémica y advertían de un inminente estancamiento financiero, y la reacción del Kremlin a la mayor cooperación entre los aliados del norte de Asia con Washington contra el expansionismo chino en el Pacífico y contra el mal comportamiento crónico de Corea del Norte. Además, por supuesto, del material habitual de DIVA: un resumen ejecutivo semanal de la actividad operativa del SVR en todo el mundo.

—Cien agentes trabajando durante diez años no podrían reunir este tipo de información —se jactaba Benford. Ordenó que se establecieran cuatro compartimentos de información separados, para que la mayor parte de la información de DIVA pareciera provenir de múltiples fuentes.

* * *

En Moscú las cosas estaban menos animadas. Putin había convocado una pequeña reunión en su sala de conferencias privada con Bortnikov, Patrushev y Egorova después de que aparecieran en la prensa estadounidense noticias más concretas sobre la detención de una almirante de la Marina estadounidense por espionaje. Dominika esperaba ser el principal foco de la ira del presidente Putin, dado que fue ella quien había abogado por una red de contraespionaje más laxa para identificar a CHALICE, con el infeliz resultado de que el presunto topo real (Gorelikov) había escapado y desertado. Ahora, con la detención de MAGNIT, se había perdido la oportunidad de destruir a la CIA. Pero Putin despotricó de los tres por igual, con su halo azul luminoso de emoción. En la mayoría de las reuniones, rara vez levantaba la voz cuando reprendía a los incompetentes que dirigían sus industrias estatales, o que gestionaban mal algún sector de su economía, o que desviaban miles de millones de las empresas a costa de la eficiencia y la productividad. Pero en esta ocasión gritaba.

Esta tarde, el presidente le dijo a Patrushev: «*Negó kak ot kozlá moloká*», que era tan inútil como las tetas en un toro. A un escandalizado Bortnikov le dijo: «*Mne nasrát', chto ty dúmaesh*», que le importaba una mierda lo que pensara, y dirigiéndose a Dominika, dijo que su trabajo era «*porót chush*», mierda de perro. Los miró uno por uno mientras se sentaban en silencio alrededor de la mesa de conferencias de caoba con la estrella soviética incrustada, diciéndose a sí mismos que estas blasfemias no podían compararse con las medidas disciplinarias que habría aplicado en los años treinta el negro *Vozhd*, el todopoderoso, Iosif Vissarionovich Dzhugashvili, el camarada Stalin.

Sentada a la mesa con las manos cruzadas frente a ella, Dominika tomó como una nota positiva el hecho de que recibiera el desprecio del presidente en igual medida que los otros dos. Esto sugería que Putin la consideraba un miembro de pleno derecho e igual a los tres grandes del Consejo. De ser así, sería un indicador importante para transmitir a Benford sobre su elevado estatus. Quizá Putin calculó que, con Gorelikov desertando a Occidente y, cómo no pensarlo, asesorando a la CIA en todas las cosas, necesitaba la visión cosmopolita de Egorova para contrarrestar las continuas depredaciones estadounidenses. Nadie a ambos lados del viejo Telón de Acero olvidó nunca que el traidor británico Kim Philby, aparte de su épica traición al MI6, durante los veinticinco años siguientes a su deserción a Moscú en 1963, había informado con frecuencia a audiencias del KGB para explicar las idiosincrasias nacionales y las vulnerabilidades culturales de los británicos y del Servicio Secreto británico. Los desertores buenos siguen hablando durante décadas, y todos los hombres suponían que Gorelikov haría lo mismo.

Putin se dio cuenta de que Dominika llevaba el collar de perlas que le había regalado (se preguntaba si el ADN de Gorelikov aún perduraba entre las perlas), su expresión, antes estruendosa, se suavizó un poco y le dedicó una media sonrisa, que no pasó desapercibida ni a Bortnikov ni a Patrushev. Nada bueno, sobre todo si se corría la voz de que la directora del SVR llevaba la *chemise cagoule* del presidente. En la Escuela de Gorriones eso significaba que estaban intimando, refiriéndose al camisón largo de la mujer medieval con el recatado y único orificio bordado para la cópula, precursor en la Edad Media de la lencería sin bragaduras. Eso no serviría.

* * *

La noche anterior, tras su regreso del cabo Idokopas, el presidente había visitado a Dominika en su nuevo apartamento de Kutuzovsky Prospekt, subiendo por el ascensor del garaje subterráneo. En apariencia, quería hablar de contraespionaje, pero era obvio que el presidente quería volver a encontrarse con ella. Putin estaba en ebullición aquella noche —era el día de la detención de MAGNIT y ya habían pasado cuatro días de la desaparición de Gorelikov—, pero sus preocupaciones no afectaron en lo más mínimo a su actuación de carpintero en la cama: la sierra de madera presidencial volvió a ser blandida con firmeza, pero sin inspiración, dejando que Dominika soñara despierta con Nate y se preguntara si podría arriesgarse a visitarlo en la cárcel. Estaba en la prisión de Butyrka, pero en el ala para presos políticos, donde los reclusos recibían un trato más suave. Eso no significaba en absoluto que estuviera fuera de peligro; el abogado disidente Sergei Magnitsky murió en el mismo bloque de celdas de Butyrka tras recibir una paliza y negársele atención médica. Dominika contuvo el impulso de plantear el asunto del intercambio de espías de Nash mientras seguía en la cama con Putin, sobre todo porque el presidente no era susceptible a la euforia poscoital.

Después del sexo, la velada no había terminado, porque el presidente se había quedado para charlar, así que Dominika se paseó por su nueva y espaciosa cocina con un negligé negro de algodón hasta las rodillas, con escote de pico, un tirante muy fino colgando, como por descuido, del hombro y el pelo recogido con una cinta. No se puso un tanga negro de satén debajo, por si a Volodya le apetecía sexo en la cocina (n.º 81: «La bechamel solo se espesa al removerla») antes de irse.

Sentado en un moderno taburete de bar de la lujosa cocina de piedra y madera de Dominika, Vladímir Putin estaba contento. Los titulares sobre la detención de Audrey Rowland no le preocupaban demasiado, por muy dolorosa que fuera la pérdida. Noticias escabrosas como esta eran buenas para la imagen de Rusia, eran buenas para su imagen de *muzhestvennyy*, líder viril que dirigía espías por todo el mundo. El mundo sabría que los servicios secretos de Rusia eran depredadores omniscientes que podían penetrar en los Gobiernos de sus enemigos, descubrir sus secretos y ejercer su voluntad sobre ellos. Por supuesto, los espías podían sufrir reveses, pero Putin disfrutaba viendo cómo los extranjeros —Gobiernos, empresas o individuos— moderaban sus comportamientos por miedo a su ira. Sus medidas activas estaban creando una discordia duradera en Occidente, a un coste mínimo, y si quería desbancar a un político estadounidense, solo tenía que publicar un correo electrónico embarazoso y sin cifrar a través de WikiLeaks dirigido por ese lánguido incauto escondido en esa exigua embajada latina en Londres. La histeria política partidista que ahora se apoderaba de la sociedad estadounidense haría el resto.

Y estaba haciendo de las suyas con Egorova, un extra delicioso. Miró las piernas de Dominika mientras alcanzaba un armario superior y vio cómo se tensaban los músculos de las pantorrillas de la bailarina de *ballet* cuando se ponía de puntillas. No le importaban en absoluto las habladurías que ya corrían por los pasillos del Kremlin de que ambos eran compañeros de cama. Nadie se atrevería a decir semejante chisme en voz alta, y eso servía para validar que el SVR le pertenecía, al igual que el FSB le pertenecía, al igual que los *siloviki* le pertenecían.

Para acompañar el champán georgiano que había abierto, Dominika preparó un rápido aperitivo mediterráneo con ingredientes disponibles solo en el economato especial del Gobierno, en la planta baja de su edificio: corazones de alcachofa marinados con alcaparras y aceitunas sobre *bruschetta* a la parrilla, algo que había probado por primera vez en Roma, cuando se reunió con Nate. Entonces estaban recién enamorados y se habían dado de comer con los dedos el uno al otro, riéndose y bebiendo Asti. Se le ocurrió que sus pensamientos siempre volvían a su Neyt. Ten cuidado, no sea que el zar te lo vea en la cara.

Se inclinó para sacar la bandeja del horno, sintiendo los ojos de él en sus nalgas. Era hora de intentar tener una charla. Se le daba mejor que a él, pero tenía que tener cuidado. Volvió a dirigirse de manera más formal.

—Señor presidente, dados los acontecimientos de los últimos cuatro días, tengo una sugerencia que me gustaría que considerara —dijo Dominika. Putin bebió una copa de champán que ella le había servido—. Recomiendo que el estadounidense sea trasladado de Butyrka a un piso franco especial, donde podría ser mantenido bajo estrecha supervisión, y donde el interrogatorio de bajo nivel por un equipo de cuidadores podría continuar sin interrupción.

Putin la miró de reojo.

—¿Por qué habríamos de evitarle al estadounidense la incomodidad de la cárcel?

—La CIA no dejó de montar una operación de rescate en el complejo del mar Negro. Odiaría que intentaran lo mismo en Moscú. No sería imposible. Los guardias de prisiones cobran poco y muchos son corruptos.

Putin observó la figura de Dominika bajo el camisón negro, con unas tenues venas azules atravesándole el escote. Los sabrosos corazones de alcachofa que salían del horno olían de maravilla.

—Podemos hablar de ello en la reunión de mañana por la mañana. Quiero hablar con los tres. A las ocho en punto. Para discutir todas las variables de seguridad.

Esa era la razón de que se hubiera quedado en su apartamento, bebiendo champán y observando la turgencia de sus nalgas mientras se movía por la cocina. Putin sabía cosas que los demás no sabían, y pretendía que la reunión de mañana fuera desagradable, porque había que sacudir las cosas, tal vez incluyendo algunas purgas y despidos. Ya lo había hecho antes con su Consejo, y había llegado el momento de repetirlo. La reorganización, al menos en el caso de la general Egorova, podía empezar esa misma noche. La cogió del pelo, la acercó a él y la miró a los ojos. Dominika mantuvo la mirada fija, sin pestañear, y dejó que él enredara los dedos en su pelo, imaginando que le asestaba una bofetada balística —un golpe de *Systema*— en la mandíbula. ¿Iba a empujarle la cabeza hacia su regazo? Le sujetó las muñecas a la espalda con una mano y la acercó hasta que sus labios se tocaron. Se llevó un aperitivo a la boca y sonrió.

Dominika sintió que la rabia se le agolpaba en las entrañas, pero resistió el impulso elemental de apartarse de aquel *neznatnyy*, aquel plebeyo con aires imperiales. Si él quería su boca en su regazo, ella usaría sus dientes y le escupiría su virilidad cortada en la cara mientras masticaba entremeses. Espera, espera. Son cinco minutos de humillación. Al final lo harás caer.

* * *

Pero a la mañana siguiente, en la sala de conferencias, con un Putin furioso, la situación cambió. La charla amorosa de Dominika —que la noche anterior le había arrullado *kroshka*, amor, *poppet*, cariño— era un recuerdo lejano, su entrepierna dolorida olvidada. Volvía a ser el califa de ojos azules, jugando duro y serio.

—MAGNIT ha volado, un valioso activo preparado durante más de una docena de años está comprometido —gritó Putin—. Y ninguno de ustedes tuvo el ingenio de manejar el caso para evitar su arresto.

Golpeó con fuerza la mesa teatralmente.

Patrushev, el del aceitoso halo amarillo, se recostó en su silla. Dominika esperó la inevitable prevaricación. Nikolai miró a un lado y a otro entre el presidente y sus colegas.

—Señor presidente, la traición y la deserción de Anton Gorelikov no se podían prever. MAGNIT era su caso, y no compartió los detalles operativos. Ni siquiera había informado a Egorova todavía. Una vez que Anton revelara todo a sus pagadores de la CIA, ninguna operación nuestra podría permanecer segura. Debemos completar una evaluación integral de los daños en relación con el alcance de su conocimiento. Sabía mucho.

Dominika se estremeció; Patrushev estaba criticando al propio Putin, aunque no de forma directa, por confiar tanto en Anton.

Putin miró a los tres uno por uno.

—Mis brillantes *tsaredvoreti*, mis leales cortesanos —dijo, cargado de ironía—. Gorelikov no desertó. Fue secuestrado —dijo con naturalidad.

La sala de conferencias estaba en silencio, mientras los tres permanecían quietos, preguntándose si la afición de Putin a leer la mente y prever el futuro se estaba manifestando ahora de forma psicótica. Dominika contuvo la respiración y se preguntó cómo lo sabía. ¿Significaba eso que también sospechaba de ella? Bortnikov habló.

—¿Secuestrado por quién? Señor presidente, con el debido respeto, es una teoría descabellada.

—Secuestrados, tomados como rehenes, asesinados, da lo mismo —dijo un Putin furioso—. Hemos sido el blanco de una operación diabólica de la CIA, un engaño sin parangón desde el apogeo de la Guerra Fría. —El zar instruía a sus profesionales.

El FSB de Bortnikov era responsable de la seguridad interna. ¿Cómo lo sabía el presidente? Esto era territorio del FSB, su territorio. Su aureola palpitó agitada.

—¿Qué engaño? —preguntó.

Putin resopló burlándose de sus tontos útiles.

—La CIA eliminó a Gorelikov, secuestrado, envenenado, arrojado a los tiburones, no importa, para que concluyéramos lo inevitable.

—Esto es imposible —dijo Bortnikov—. Usted sabe cómo se conciben y ejecutan las operaciones. Conoce al enemigo principal. ¿Cómo puedes creer...?

Putin levantó la mano.

—La CIA eliminó a Gorelikov para hacernos creer que era CHALICE, y que desertó. La detención de MAGNIT se produjo justo después, una coincidencia bien sincronizada, ¿no? Pero se lo digo con total seguridad: Gorelikov no puede ser el topo. CHALICE sigue entre nosotros.

Sin saber por qué, Patrushev asentía con la cabeza, como un juguete de fieltro que se vende en los quioscos del parque Gorki.

—¿En qué basa esta teoría? —preguntó Bortnikov, esforzándose por conservar un mínimo de deferencia. Dominika se dio cuenta de que estaba furioso con Patrushev, un *podkhalim* nato, un auténtico lameculos.

—Un solo hecho —contestó Putin—. Gorelikov concibió, planeó y dirigió la operación Kataklizm para eliminar a Alex Larson.

Silencio. Todos miraron a Putin asombrados. Sabían todo lo que ocurría en la Federación Rusa, pero ninguno de ellos había oído hablar de esto antes. ¿Eliminar a Larson? Dios mío. Dominika sabía que acababa de oír la información secreta más explosiva de la década: la complicidad del Kremlin en la muerte, en teoría, accidental del DCIA estadounidense.

—¿Gorelikov planeó la muerte de Larson? —susurró—. ¿Lo saben los americanos? Habrá *bedstviye*, habrá consecuencias desastrosas. —Cuando se lo diga, pensó Dominika.

A Putin no le importaba; sonreía ante su incomodidad, y su aureola brillaba. ¿Acaso no era el zar? ¿No gobernaba Novorossiya?

—Ningún activo bajo el control de la CIA llevaría a cabo el asesinato de su propio director sin avisar a Langley y desbaratar el complot —dijo—. Otros servicios podrían martirizar a los suyos, pero nunca a los estadounidenses. Los chinos, quizá, los norcoreanos, desde luego, y Stalin, sin pensárselo dos veces. Pero no a los yanquis.

—¿Así que el verdadero CHALICE está activo? —musitó Patrushev, sin detenerse en la enormidad de Kataklizm, o el crimen de Estado. Parecía ansioso por complacer al presidente, ansioso por estar de acuerdo.

Putin asintió.

—Es inteligente. Todos asumimos que Gorelikov es CHALICE; por lo tanto, el verdadero CHALICE está a salvo. Todos conocéis el juego. Nosotros mismos hemos llevado a cabo tales engaños. La muerte de Alex Larson prueba que Gorelikov no podía ser un activo americano. Su éxito en Kataklizm lo exonera.

—¿Y CHALICE? —murmuró Patrushev.

La cara de Putin cambió de narrador sonriente a fiscal flemático.

—Los tres debéis haceros esa pregunta —dijo Putin, mirándolos sin pestañear.

—Señor presidente, ¿qué está diciendo? —dijo Bortnikov, inmóvil. Que sospecha de uno de nosotros, pensó Dominika. Me extraña que no repartiera pistolas cargadas con balas de fogueo para ver quién disparaba a quién. Muy bien, ¿qué haría *bratok*? ¿Qué te diría? Si no mantienes la calma, si no compartes la indignación, sospecharán de ti. Como una sonámbula que se dirige al borde de un precipicio, Dominika se oyó hablar.

—El oficial americano Nash es la clave. Sin duda conoce detalles importantes, sin duda incluso la verdadera identidad de CHALICE. Es hora de que comience el interrogatorio reforzado. —*Idiotka*, mejor reza para no haber firmado su sentencia de muerte.

Putin asintió con satisfacción.

—Que así sea, y no se hable más de cómodos pisos francos ni de intercambios de espías —advirtió, señalando con el dedo a Dominika—. Tú estás al mando, pero os quiero a los tres allí. En la sala. Quiero ese nombre que el americano esconde tras los dientes. No me importa cómo lo consigas. Pero consíguelo. El equipo médico ya está en Butyrka, esperando. Vayan ahora.

Todos sabían que tenían que superar a Herodes para demostrar su inocencia. Con Putin, la inocencia demostrable no importaba; él solo quería culpar a alguien.

* * *

Ese mes, Lucius Westfall se incorporó de manera oficial a la Dirección de Operaciones, y pronto pasaría por el entrenamiento operativo en la Granja, como Nate, Gable y Forsyth; todos ellos lo habían hecho antes que él. Después de la Granja, estaba previsto que Westfall iniciara la formación en ruso como preparación para su primera misión en Moscú. La ironía no se les escapó ni a Benford ni a Forsyth, que miraban con benevolencia.

Mientras una renovada y más bien frenética búsqueda de candidatos para sustituir al director de la CIA agitaba las aguas políticas de Washington D. C., el director en funciones Farrell convocó a Benford a su despacho.

—El antiguo director de personal de la senadora Feigenbaum, Rob Farbissen, me ha dicho que engañaste de forma obvia y deliberada a los candidatos de la DCIA durante las sesiones informativas preparatorias y que les ocultaste información sobre los activos —declaró el director—. Duchin, de Asuntos del Congreso, corrobora las acusaciones de Farbissen. Se te ordenó expresamente que informaras a los candidatos de forma completa y exhaustiva, sin reservas.

Enderezó el papel secante de su escritorio, por lo demás impecable.

—Estábamos llevando a cabo una investigación de contrainteligencia —respondió Benford, con infinito cansancio—. Estaba convencido, tras una exhaustiva investigación, de que uno de los tres candidatos al puesto trabajaba para Moscú. Resultó que tenía razón. Estuvimos a cuarenta y ocho horas de tener un topo ruso como director de la Agencia. Fue la razón por la que Alex Larson fue asesinado.

Farrell se burló.

—No puedes dejar en paz a Larson. Eres un absurdo. Eso son especulaciones, pero no te excusa de tu negligencia. O de tu insubordinación. Benford, has sido un bellaco irascible e incontrolado durante toda tu carrera. ¿A qué crees que se debe?

Benford se encogió de hombros.

—No lo sé. Supongo que, a diferencia de ti, nunca me acostumbré al sabor de la polla.

Farrell se incorporó, con la cara roja, y golpeó el escritorio con el puño.

—Ya basta —gritó—. Estás despedido, con efecto inmediato, separado del Servicio. Ve a esa ratonera que llamas despacho, recoge tus objetos personales y dos agentes de Seguridad te escoltarán fuera del edificio. Puedes entregarles tu placa y adiós.

Benford salió del despacho del director sin decir una palabra más, pero cuando los dos chaqueteros azules lo acompañaron a través del torniquete de la entrada norte, doscientos empleados estaban alineados a lo largo del atrio, aplaudiendo. Benford miró a la multitud con el ceño fruncido y saludó con la mano una vez, luego se dio la vuelta y sacó su placa del bolsillo roto de su chaqueta, se la entregó a uno de los hombres de seguridad y atravesó las puertas automáticas, que se cerraron tras él con un siseo. A partir de ese momento, Simon Benford no podría haber entrado en la sede de la CIA con más facilidad que Vladímir Putin.

Aperitivo de alcachofas de Dominika

En un bol grande, mezcla los corazones de alcachofa marinados, las aceitunas Kalamata sin hueso, las alcaparras, los tomates cortados en cuartos y el ajo machacado con vino blanco, aceite de oliva, sal y pimienta. Extiéndelos y ásalos en una bandeja de horno hasta que los tomates estén tiernos. Rocíalos con aceite de oliva, espolvoréalos con sal y cúbrelos con hojas de albahaca picadas. Sirve sobre *bruschetta* tostada.

39
Sala de entrevistas 3

Prisión de Butyrka. Nate fue escoltado escaleras abajo desde su celda por dos guardias que tuvieron cuidado de no tocarle el brazo izquierdo escayolado ni el meñique entablillado, lo cual era bueno porque le dolía todo el costado izquierdo. Nate se sorprendió cuando no entraron en una sala de interrogatorios estándar de la planta baja, con la habitual mesa, sillas de acero y fotografías de Marx y Lenin, y el omnipresente cuenco de rosas que, por supuesto, ocultaba los micrófonos. En su lugar, descendieron al húmedo tercer sótano, con las paredes de color verde pálido desconchadas y las puertas de acero deterioradas que no daban ninguna pista de qué o quién languidecía tras ellas. Nate pensó que debía de ser el primer agente de la CIA al que hacían marchar por aquel pasillo sin ventanas. El silencio era absoluto cuando los guardias lo detuvieron frente a una puerta con el rótulo OPROS 3, sala de interrogatorios número tres.

Vaya sala de entrevistas. La sala era grande y parecía un quirófano, con baldosas blancas en el suelo y en las paredes, por encima de la altura del pecho. Olía a desinfectante y estaba iluminada de un blanco deslumbrante. Varias mesas con ruedas estaban alineadas contra la pared del fondo y en un rincón había unos enormes focos circulares de acero inoxidable, también con ruedas. Contra la pared opuesta había una extraña silla solitaria que parecía hecha de aluminio pintado, con respaldo y reposacabezas altos, brazos planos y salientes, y ruedas en las patas. La pintura blanca de la silla estaba desconchada y descolorida, sobre todo en las patas delanteras, los brazos y el respaldo alto. La silla, sola en un rincón de la habitación, parecía una trona de bebé del siglo XVIII apartada y olvidada. Cuando lo hicieron entrar, Nate vio una galería improvisada de cinco sillas de madera colocadas detrás de él. Los interrogatorios no solían tener público, pero quizás estas eran para los aprendices de interrogador que aprendían las sutilezas de su oficio. Era típico de la bestialidad rusa que los observadores estuvieran dentro de la sala, así podían oír, ver y oler los procedimientos de primera mano, en lugar de detrás de un cristal unidireccional.

Los guardias empujaron a Nate a una silla de madera de respaldo recto y se colocaron detrás de él, con las manos apoyadas en cada uno de sus hombros. Nash vio que los guardias llevaban pistolas automáticas OTs-27 Berdysh de 9 mm en fundas en sus cinturones. Se inclinó hacia delante para echar un vistazo al resto de la sala, pero lo empujaron hacia atrás para que se sentara derecho. Había botiquines con puertas de cristal llenos de viales e instrumental quirúrgico ordenado sobre paños estériles. También había una mesa de acero inoxidable en el centro de la sala, con tubos de desagüe en los extremos que conducían a desagües en el suelo; no había duda de que era la mesa de un funerario para realizar autopsias. A Nate no le gustaba el aspecto del suelo de baldosas onduladas que se inclinaba un poco hacia media docena de desagües repartidos por la sala. Tampoco le gustó el aspecto de una batería de camión sobre una plataforma rodante con un revoltijo de cables enrollados en las asas, apenas visible, apoyada contra el lateral del armario. El equipo resultaba incongruente en el reluciente quirófano; pertenecía a un mugriento garaje de automóvil destinado a hacer saltar camiones parados, no a esta habitación. El ánimo de Nate se agitó un poco al imaginar para qué servía la batería. No le hagas caso.

A pesar de su brazo y su dedo, se encontraba bastante bien. Se había dado cuenta de que Benford habría tendido una trampa al canario y había contado a los tres candidatos de la DCIA variantes de la misma historia. Con suerte, Dominika había pasado la voz a Langley. Con suerte, a tiempo para evitar una catástrofe. Nate aceptó que se trataba de la táctica radical y total de Benford para desenmascarar al topo, y comprendió que lo estaban utilizando como «rabo de lagartija», un operativo prescindible que es desechado y sacrificado para proteger valores mayores. No había visto a Dominika desde el interrogatorio en la casita del complejo de Putin, y le preocupaba que el topo la hubiera comprometido de alguna manera. También estaba preocupado por Agnes, y esperaba que estuviera a salvo fuera de Rusia. No. Si todo el mundo había volado, razonó, no era probable que lo pusieran a él en un aprieto. Todavía tenía agentes que proteger. Si escuchaba con atención, Nate esperaba poder hacerse una idea de las preguntas de los interrogadores sobre el estado de la caza del topo y la situación de seguridad de Dominika.

Evitando mirar la batería, Nate intentó prepararse mental y físicamente para el próximo ciclo de interrogatorios. Puede que volvieran a probar las drogas, pero con paciencia y disciplina, Nate creía que podría resistir. Si Dominika tenía alguna influencia en la gestión del interrogatorio, sabía que se las ingeniaría para mantener el castigo físico al mínimo y limitar las sesiones al máximo mientras Langley trabajaba en la organización de un intercambio.

Sin embargo, no debía tomar demasiado partido por él y levantar sospechas sobre sí misma. Eso era vital.

Fuera lo que fuera lo que los rusos tenían en mente, no tenía ninguna duda de que sobreviviría. Estaba prisionero en el Moscú de Putin, pero era la era moderna y los oficiales de inteligencia de los servicios de la oposición no sufrían daños, según un estricto protocolo. Puede que Putin haya eliminado a cientos de rusos disidentes, pero no a oficiales de operaciones de servicios rivales.

Nate sabía que le quedaba un largo camino por delante antes de que el Departamento de Estado se decidiera a iniciar conversaciones para conseguir su liberación. Podía estar en la cárcel un año, cinco, diez, pero la CIA nunca cejaría en su empeño de recuperarlo. A su regreso a Langley, habría medallas, un ascenso, elección de destinos, pero en realidad su carrera habría terminado. Se le consideraría demasiado quemado desde el punto de vista de las tapaderas y demasiado quemado desde el punto de vista psicológico. Para entonces, soñó despierto, Dominika habría terminado en el SVR y estaría lista para retirarse y desaparecer en una idílica reubicación con Nate. Era un camino muy largo para empezar por fin una nueva vida juntos, pero la espera merecería la pena. Por el momento, se proponía contar a sus interrogadores todas las patrañas posibles. Sabía que los rusos ya lo habrían identificado como Nathaniel Nash, el último contacto del general Korchnoi, uno de los mejores activos que la CIA había tenido en Moscú durante catorce años. También sabrían que Nash hablaba ruso con fluidez, lo que los enfurecería aún más.

Todos los pensamientos sobre resultados civilizados en el sótano de la prisión de Butyrka se evaporaron cuando el sargento Iosip Blokhin entró en la sala de interrogatorios 3. Iba vestido con un uniforme de camuflaje y llevaba botas de combate pulidas. Llevaba un cinturón verde de nailon ceñido a la cintura con una hebilla metálica a presión con el sello Spetsnaz de paracaídas y daga. Llevaba el uniforme almidonado y reluciente, pero no llevaba ninguna insignia de rango. Llevaba el pelo ralo peinado hacia atrás sobre la cabeza de bala; la frente llena de cicatrices brillaba con intensidad bajo las brillantes luces de la habitación y las manos en forma de corvejón le colgaban de los costados.

Se acercó a la silla de Nate y se inclinó hasta que sus rostros quedaron a escasos centímetros. Blokhin olía, sin motivo aparente, a queroseno, nítido y cristalino, no del todo desagradable.

—Nuestros *sudba* se cruzan otra vez, americano. ¿Cómo se dice en inglés? —dijo Blokhin con su grave graznido.

—Destino —dijo Nash en inglés—. ¿Has vuelto a Turquía desde la última vez que hablamos?

—No solo el destino, yanqui. *Sudba* también significa perdición.

Nate lo miró a la cara.

—¿La tuya o la mía? ¿O la del mayor Shlykov?

Blokhin hizo una señal a los guardias que estaban detrás de la silla de Nate para que lo levantaran y lo pusieran en la antigua y desportillada silla alta y la llevaran al centro de la sala, bajo una gran luz quirúrgica. Los guardias ataron las muñecas de Nate a los brazos planos de la silla y los tobillos a la parte delantera de las patas con bridas de plástico transparente, que Blokhin tensó con fuerza. A Nate le arrancaron las zapatillas de fieltro de los pies. Le pasaron una correa de cuero manchada de sudor alrededor del pecho y se la abrocharon por detrás. Estaba apretada, pero Nate podía respirar bien. Se dio cuenta de que esto podría ser peor de lo que había previsto: estas ataduras sugerían que iban a probar técnicas extremas que le harían caerse de la silla si no estaba atado. Tal vez sería el primer agente de la CIA en la historia de la Guerra Fría en ser torturado en el sótano de Butyrka. Tal vez le darían un premio Trailblazer cuando volviera a casa.

Probó las ataduras y se balanceó en la silla, haciéndola balancearse por el suelo irregular, justo cuando se abrió la puerta y entraron cuatro personas, tres hombres y una mujer, a juzgar por el modo en que los guardias se pusieron en guardia se trababa de peces gordos, al menos los tres que tenían una silla en primera fila. Nate levantó la cabeza para verlos. La mujer era Dominika, vestida con un traje oscuro y medias oscuras, una insignia de visitante de la prisión colgada del cuello, que se columpiaba mientras caminaba, con los tacones chocando de forma irregular contra las baldosas blancas del suelo debido a su ligera cojera. Era como un sueño verla ahora, aquí, así. Llevaba el pelo recogido, como siempre, y sus miradas se cruzaron por un instante. Habría sido lo más natural para ella acercarse a su silla, besarle en los labios, ordenar que le cortaran las ataduras y acompañarlo fuera de ese sótano, a través de la puerta principal mientras le cogía de la mano. Ella le daría algo de *khren*, algo de pena, como «*Dushka*, ¿no puedes hacer ni siquiera esto sin mi ayuda?». Olió un leve aroma de su perfume Calèche en la habitación, por encima del hedor del desinfectante carbólico. Oyó el roce de las sillas detrás de ellos cuando Blokhin apartó la silla de Nate hacia el centro de la sala, para que no pudiera ver a los visitantes; Nate también había reconocido a Bortnikov y Patrushev, antiguo y actual director del FSB. Dominika completaba la terna como directora del SVR. ¿Estos funcionarios estaban aquí para observar su interrogatorio? Inaudito. Quizás el Kremlin estaba entrando en pánico, o quizá Benford había embolsado a MAGNIT, los rusos no sabían cómo y estaban desesperados por identificar al topo americano. Nate se dijo a sí mismo que tenía que tener mucho cuidado: el topo estaba sentado en esta misma habitación, la de las piernas bonitas. Tenía que protegerla a toda costa.

Nate no podía saber que era más grave que eso. Tras ser reprendidos por Putin e informados de que Gorelikov no era el topo, los tres jefes de Servicio habían sido escoltados hasta sus coches oficiales y se habían dirigido por separado a Butyrka para observar el interrogatorio del oficial americano del caso. Por instinto, se mantuvieron separados para evitar la contaminación y no se dirigieron la palabra. La cabeza de Dominika estaba nublada; no recordaba el trayecto hasta la prisión por las calles de Moscú, no recordaba el té servido en la sala de protocolo por el director de la prisión, no recordaba los pasos resonando por los interminables pasillos y las escaleras llenas de basura. Su cabeza se despejó cuando entró en la habitación de baldosas blancas y vio a Nate en la silla, con su halo púrpura brillando con gran intensidad. Se le revolvió el estómago cuando vio a Blokhin y sus alas negras, esperando para empezar. Utilizarlo a él era otro sutil toque de Putin: odiaba a Nate por lo que le había ocurrido a Shlykov y, sobre todo, por el tremendo insulto de meterlo en la cárcel turca. Pondría mayores energías en el interrogatorio de Nash. Los halos de sus colegas se blanquearon de miedo. Este ejercicio era como un retroceso a las Grandes Purgas de los años treinta: todos eran sospechosos y acusados; un consejero de confianza sería destruido y los demás exonerados.

Blokhin se había puesto un delantal de matadero de cuero y se lo había atado a la cintura. Se puso unos gruesos guantes negros de goma, sacó la batería de un rincón de la habitación y desenrolló los cables. En el lateral de la batería había grabada una estrella roja. Los extremos de los cables estaban sujetos a los bornes de la batería. Los extremos opuestos terminaban en mordazas de cocodrilo de cobre mate envueltas en fieltro rojo, que Blokhin sumergió en un cubo de agua, empapando bien las envolturas de fieltro. Tocó los fieltros, pero no saltó ningún destello hollywoodiense. En su lugar, los fieltros empezaron a humear por la corriente, y Blokhin los volvió a sumergir en el cubo. Quedó un olor agrio, metálico, a tostada quemada. Nate oyó el ruido de una silla detrás de él y le pidió a Dominika que se quedara quieta. ¿Cuánto tiempo podría aguantar? ¿Cuánto tiempo permanecería Domi en su asiento? Vamos, nena, aguanta.

Blokhin se apoyó como si nada en el brazo de la silla de Nate.

—Necesito una cosa de ti, *amerikanskiy* —dijo en voz baja—. El nombre de vuestro agente en Moscú.

Nate le sonrió.

—El nombre es un secreto *malys*, pequeño imbécil; por eso usamos la palabra agente.

Blokhin entrecerró los ojos y enrojeció. Tocó con una almohadilla de fieltro cada lado del tobillo izquierdo de Nate y observó cómo este arqueaba la espalda y su pierna izquierda se estiraba fuera de su control. La descarga eléctrica fue insoportable, mitad martillazos y mitad espasmos musculares pulsátiles que le envolvieron toda la pierna. Mierda, esto podría durar días. Blokhin retiró los fieltros, y el repentino cese del dolor y el espasmo fue un alivio celestial. Pero anticiparse a la siguiente sacudida era suficiente para volverse loco, que era lo que se pretendía con las descargas: que el prisionero temiera la siguiente sacudida.

Blokhin volvió a sumergir los fieltros en el agua.

—¿El nombre del topo? Tenemos todo el día y toda la noche, hasta que se agote la batería o pierdas la cabeza, lo que ocurra primero.

Nate recordó lo bueno que era el inglés de Blokhin. Nate sacudió la cabeza para despejarse.

—Eres un gorila lameculos, *mandjuk*, gilipollas.

Con un gruñido, Blokhin presionó los fieltros en el interior de los muslos de Nate, a un palmo de su escroto. El torso de Nate se curvó hacia delante formando un arco rígido contra la correa del pecho, y la parte inferior de su cuerpo empezó a temblar con fuertes espasmos a causa de la corriente que recorría las fibras musculares de su esqueleto, desencadenando una contracción sincrónica. El dolor entre las piernas lo invadió todo, irradiándose a través de su pene, que se irguió, seguido de una pérdida de control de la vejiga. Blokhin retiró los fieltros y se apartó, evitando el goteo de orina bajo la silla de Nate. El americano levantó la cabeza, se enderezó y miró a Blokhin a través del pelo mojado, que le había caído sobre los ojos.

—Necesito el nombre, yanqui.

Nate sacudió la cabeza. No podía soportar mucho más los fieltros. Y le aterrorizaba que Dominika no tardara en reaccionar para salvarle. Solo había una esperanza: cabrear tanto a Blokhin que el sargento de los Spetsnaz lo matara o lo dañara tanto que el interrogatorio cesara, al menos por un tiempo, alejando así a Dominika de una reacción catastrófica. El botón sería el honor de Blokhin. Inténtalo, rápido. Sálvala. Le ardía la entrepierna y sus muslos se crispaban fuera de su control. Durante el último espasmo sintió como si le hubiera dado un tirón en un músculo de la espalda.

—Por eso te echamos en Estambul —dijo Nate en ruso con voz grave, para dar más filo al insulto—. No eres un hombre de honor, no eres digno de pertenecer a la hermandad Spetsnaz. *Ty zhenshchina*, eres una mujer.

Si alguna vez saliera de esta, Domi seguro que le daría la lata por eso.

Los ojos de Blokhin se entornaron ante el insulto, dejó a un lado los cables de la batería, dio una patada al carro de la batería, derramando el cubo de agua, se dirigió a un armario y sacó una barra de refuerzo de un metro. Sus ojos no parpadeaban, como los de un lagarto, y su frente llena de cicatrices era de un púrpura lívido.

Por lo que estamos a punto de recibir, pensó Nate recordando la oración, mirando la cara de Blokhin.

Blokhin lo golpeó con la barra de acero, a lo largo, en la espinilla izquierda, causándole una fractura conminuta de la tibia, rompiendo el hueso en varios trozos dentro de la pierna y desgarrando la membrana interósea que estabiliza la tibia y el peroné, lo que significaba que la pierna izquierda de Nate estaba, por debajo de la rodilla, con la consistencia aproximada de la pasta cocida. Nate rugió de dolor, pero era un rugido gutural de desafío, no el gemido agudo de un prisionero aterrorizado. Nate miró a Blokhin mientras rugía, como si fuera a desgarrarle la garganta con los dientes, pero el corpulento soldado no se inmutó y agarró la barra de refuerzo con las dos manos, con cariño, como Benny Goodman su clarinete. Blokhin examinó la pierna izquierda de Nate, que ya estaba hinchada y morada y doblada de forma antinatural hacia un lado. Nate podía sentir los surcos del brazo de la silla cuando clavaba las uñas en el aluminio blando; otros hombres y mujeres antes que él lo habían arañado intentando calmar el dolor, igual que él ahora. A pesar de los muchos talentos de Blokhin para generar el caos, los interrogatorios sofisticados no eran su especialidad.

—Necesito el nombre del traidor ruso que trabaja para los americanos —repitió. Nate levantó la cabeza y una gota de sudor cayó por su nariz.

El dolor le subió por la pierna hasta las tripas.

—Se supone que debes hacer la primera pregunta antes de golpear al prisionero, *zhopa*, gilipollas —susurró.

Más rápido de lo que Nate podía tensarse, Blokhin hizo caer la barra de refuerzo sobre la mano izquierda, inmovilizada, de Nate, rompiéndole el meñique, destrozando tres de las cinco articulaciones metacarpofalángicas, donde los dedos se unen con la palma, y pulverizando los pequeños huesos de la articulación intercarpiana de la muñeca. La mano destrozada de Nate se hinchó de inmediato y sus nudillos se convirtieron en hoyuelos. El dolor era abrumador, agudo, eléctrico, irradiaba por su brazo hasta la axila y a través de su pecho, los nervios asociados reaccionando a los aplastantes golpes de la barra de acero. Rugir como un animal le hizo hiperventilar y alivió el dolor. La brida de la muñeca izquierda se le clavaba en la carne y la mano se le ponía morada.

Nate gruñó cuando Blokhin se inclinó hacia él, apoyando la punta de la barra de refuerzo en el antebrazo derecho intacto de Nate, un aviso de lo que estaba por llegar.

—¿El nombre de tu activo en Moscú?

—Alguien cercano a la cúpula —tartamudeó—, pero no recuerdo el nombre, así que jódete.

A través de su dolor, Nate oyó a los tres altos funcionarios que estaban detrás de él removerse en sus asientos. Eso era: Putin sospechaba de todos, incluso de sus asesores más cercanos, y los estaba tratando igual que Stalin había denigrado, como costumbre, a sus lugartenientes. Por eso estaban presentes: para observar y sudar un poco, para diversión de Putin. Pero, ¿dónde estaba el augusto Gorelikov? ¿Estaba libre de sospecha?

—Espera —balbució Nate, mientras Blokhin apretaba la barra de refuerzo—. Hay un nombre que conozco. Los conspiradores se reúnen en casa de Blokhina, tu madre, cuando se van los marineros.

Más sonidos de agitación detrás de él. El americano iba a pagar caro ser un bocazas.

Blokhin pasó por detrás de la silla de Nate y miró a los tres altos funcionarios con sorna. Bortnikov estaba inquieto, no estaba claro si por haber presenciado la paliza o por ansiedad. El rostro de Patrushev era ceniciento: el doctor y antiguo ingeniero no tenía estómago para esto. El atractivo rostro de Egorova era una máscara desinteresada, sus piernas cruzadas estaban inmóviles. Parecía aburrida. Era la única asesina probada de la sala y, desde su viaje a Nueva York, Blokhin había querido dominarla, atarla y romperle los huesos. A ver si conseguía que vomitara por la paliza que le iba a dar al americano.

Oponerse sin tapujos a Egorova no era factible ahora, sobre todo si los rumores sobre su relación con el presidente eran ciertos. Ah, sí, Blokhin había sido informado de muchas cosas. Además de los dos guardias, un joven ayudante del Kremlin con ojos de gato estaba de pie contra la pared, observando con atención a los miembros del Consejo de Seguridad. Sin duda informaría al presidente. Y en el techo había tres globos de cristal ahumado que ocultaban cámaras. Blokhin volvió a escrutar sus rostros, se giró y, sin pensárselo dos veces, golpeó a Nate por detrás en la punta del codo derecho, rompiendo la brida de sujeción del cable, abriendo el olécranon, la punta del codo, como una castaña asada reventada, y desprendiendo después la articulación sinovial entre la cabeza del radio y la escotadura radial del cúbito. El brazo de Nate colgaba sin fuerzas del reposabrazos, con la articulación del codo destrozada y dislocada. Habría sido incapaz de levantar el brazo, aunque hubiera caído en llamas. Nate aulló de dolor, pero se contuvo, tembloroso, y logró soltar una risa entrecortada, lo que enfureció a Blokhin, que blandió la barra en un arco plano contra el hombro izquierdo de Nate no cubierto por el respaldo de la silla, fracturando el acromion y destrozando la apófisis coracoides de la clavícula. El golpe hizo que Nate se desmayara con un gemido espectral, y su cabeza y su pecho se desplomaron hacia delante hasta quedar sujetos por la correa de cuero que le rodeaba el pecho.

Dominika y Patrushev se levantaron de sus sillas al mismo tiempo, y Patrushev se dirigió a la puerta, dando un portazo al salir. ¿Estómago débil? ¿O pánico culpable? Dominika rodeó a Nate para mirarlo y levantarle la cabeza con un dedo bajo la barbilla. Mantuvo el rostro neutro, Blokhin la observaba como un mastín, pero su corazón latió desbocado al sentir el rostro sudoroso de Nate y ver sus cejas, sus labios agrietados y sus párpados cerrados, los párpados que ella solía besar para despertarlo.

Ninguna emoción, no mostrar nada, Dios mío, no podía quedarse inmóvil y ver cómo ese maníaco de los Spetsnaz lo hacía papilla, no podía, confesaría para salvarlo, lo enviarían de vuelta y Forsyth podría curarlo, no importaba lo que le pasara a ella, ¡pero no!, se trataba de una trampa, Nate se lo diría, Benford lo mismo, Gable lo gritaría desde el Valhalla, mantente entera, todos somos espías, fantasmas, fisgones, sobrevivir a cualquier precio, derrotar al monstruoso nido de víboras de Putin vale cualquier cosa, aunque tengas que ver morir a Nate, perdóname, *dushka, ya lyublyu tebya vsem serdtsem*, te quiero con todo mi corazón.

Dejó caer la cabeza de Nate como un melón rechazado en el mercado y se volvió hacia el joven sapo del Kremlin.

—Ve de inmediato al Kremlin y dile al presidente que este interrogatorio es una abominación, y que este pedazo subhumano de mierda Spetsnaz matará al oficial americano antes de que pronuncie una palabra. —Dio un pisotón—. ¡Vete! ¡Vete ahora, ya! —Señaló a uno de los guardias armados—. Tú, ve con él para ver que salga de la prisión sin problemas. ¿Me has oído? —El guardia y el sapo del Kremlin saltaron como escaldados y salieron corriendo por la puerta.

Dominika se volvió hacia Blokhin.

—¡Animal! Este americano tiene información importante, la identidad de un topo que opera dentro de nuestro Gobierno, pasando nuestros secretos más sensibles, y tú estás rompiéndole los brazos y las piernas con una barra de acero. Eres un imbécil.

Nate empezó a mover la cabeza y a gemir, y Dominika se acercó a un lavabo que había en el otro extremo de la habitación para mojar un paño y limpiarle la cara, y se volvió para ver a Blokhin de pie frente a Nate, pavoneándose, y Nate decía algo con los labios resecos y la lengua hinchada, y Blokhin se puso rígido, luego se enderezó y levantó la barra de acero por encima de su cabeza, y Dominika vio a Bortnikov saltar de su silla y gritar «no», pero Blokhin hizo caer la barra sobre el lado derecho del cuello de Nate con un golpe seco, rompiéndole la clavícula derecha en una fractura compuesta —la visible punta rota del hueso perforó la piel— y colapsando el nervio vago dentro del plexo braquial, lo que provocó una isquemia cerebral global, una interrupción catastrófica de la sangre al cerebro, que hizo que Nate se desmayara de nuevo y se desplomara hacia delante en su silla, Bortnikov y el guardia agarraron los brazos de Blokhin cuando este levantó la barra para golpear de nuevo a Nate, y Dominika se puso detrás del guardia, sacó la pistola automática Berdysh de la funda, cargó la corredera y apuntó a Blokhin, cuyos ojos se abrieron de par en par. Sus excepcionales reflejos le hicieron girar la cabeza casi fuera de la línea de tiro, pero Dominika estaba demasiado cerca y le disparó dos veces en la frente brillante y llena de cicatrices, salpicando de materia gris cerebral tanto al guardia de la prisión como al horrorizado director del FSB. Blokhin cayó de bruces al suelo. La cabeza le rebotó dos veces en las baldosas, y la sangre le salió de la cabeza en dos direcciones distintas hacia los dos desagües más cercanos, mientras sus piernas se movían sin control, porque el cerebro de la rana estaba muerto, pero sus piernas no lo sabían, y Dominika vio cómo Bortnikov y el guardia salían tambaleándose por la puerta, limpiándose la sangre de los ojos. Dominika limpió la cara ensangrentada de Nate y, consciente de las cámaras del techo, se limitó a atender al prisionero, y el paño frío lo reanimó y abrió un ojo, luego el otro, pero las pupilas eran de dos tamaños diferentes, y un pequeño hilillo de sangre salía de su orificio nasal derecho, y lo único que Dominika pudo hacer fue limpiarle la cara y decirle: «Americano, ¿estás bien?», y los iris de Nate se tambaleaban erráticamente en pequeños círculos. «Ahora estás a salvo», le susurró. Ella oyó el filo de su voz mientras gritaba «¡Médico!», por el pasillo, diciéndose a sí misma que debía controlar el pánico, y la sangre seguía saliendo de su fosa nasal a pesar de que ella seguía limpiándosela, y su respiración era agitada; le aflojó la correa del pecho para que pudiera respirar, pero por el sonido de su respiración, supuso que estaba aspirando sangre, y todo lo que podía hacer era limpiarle la mejilla y decirle: «Ya viene la atención médica», pero de alguna manera sabía que eso no cambiaría nada, y los ojos desiguales de Nate se clavaron en los suyos y hubo una leve sonrisa que pasó por sus labios y su halo se hizo brillante e irradió, y ella sintió la diminuta caricia de un dedo destrozado tocando su mano, un leve roce, rozando la parte superior de su mano, solo por un instante, sin que lo vieran las cámaras, más íntimo que un beso, y él respiró hondo dos veces más y se quedó quieto, y su halo púrpura se disolvió, y Dominika luchó contra las lágrimas, y luego oyó pasos que avanzaban por el pasillo mientras las piernas de Blokhin sobre las baldosas rosáceas no paraban de crisparse.

* * *

Dominika sintió el soplo de aire casi indetectable de la boquilla del vórtice de aire de su lámpara de escritorio situada en la esquina de la mesa del despacho de la directora del cuartel general del SVR en el pinar de Yasenevo. Indicaba que acababa de llegar un mensaje de Benford. Colocó la pantalla flexible, activó el sistema alineando el ojo con el lector óptico integrado que autenticaba con tecnología biométrica el patrón de su iris y empezó a proyectar el breve mensaje en un holograma direccional sobre la base plana de la lámpara. Las letras desplegables eran invisibles para cualquiera que no estuviera alineado con la lámpara, y podían apagarse con un simple gesto de la mano.

Aunque antes se mostraba escéptica ante el artilugio, Dominika se maravillaba ahora de la eficacia del dispositivo COVCOM. Esa misma mañana había utilizado, sin ser detectada, la lente digital de la lámpara para fotografiar y transmitir a Washington un boletín ultrasecreto de lectura y respuesta del Consejo de Seguridad, mientras el mensajero del Kremlin esperaba con total respeto a un metro de su mesa para que lo firmara. Había, incluso, una función de autodestrucción que fusionaba los componentes en caso de emergencia. El edificio del cuartel general del SVR, tal y como predijo Hearsey, estaba demostrando ser una antena eficiente y enorme.

El mensaje de varios párrafos no era de Benford, sino de Forsyth. Extraño.

> 1. Para tu información, MAGNIT condenado a cadena perpetua en la prisión Supermax en Florencia, Colorado.
>
> 2. Solicito información sobre la situación actual de Nash, incluida, cuando sea posible, la iniciativa diplomática de traerlo a casa. Por favor, indica la posibilidad de intercambio.
>
> 3. El jefe de Contrainteligencia, Simon Benford, se retiró. Recibe su profundo agradecimiento y saludos.

Nate y Gable se habían ido, Benford se había retirado. No había conocido a ningún otro agente de la CIA desde su reclutamiento en Helsinki, eran su familia, y su reconfortante presencia mitigaba la dura soledad de su vida como espía. Ahora se sentía sola, a pesar de estar en la cumbre. Empezó a redactar una respuesta, espaciando los caracteres a medida que tecleaba en la pantalla flexible mientras su garganta se cerraba con fuerza por la desesperación.

> 1. Contacto con el presidente dos noches por semana. Comparte opiniones de *siloviki* Patrushev ahora en desgracia. Habla de las alianzas clandestinas de Rusia con Irán y Corea del Norte. Lo aconsejaré.
>
> 2. Lamento informar que el agente Nash murió a consecuencia de las heridas sufridas durante un interrogatorio no autorizado.
>
> DIVA
>
> FIN FIN FIN

Con los ojos encendidos y los labios temblorosos, Dominika pulsó «enviar» y el mensaje fue transmitido. Recordó lo que había dicho Agnes: «Nate vino a rescatarte y yo vine a ayudar a Nate. Así que supongo que todos perdimos». En efecto, todos habían perdido, pero Dominika dirigía el SVR, y se trasladó al interior del Kremlin, y a horcajadas sobre el presidente Putin, irónicamente de vuelta a sus odiadas raíces de gorrión en un mundo sin esperanza y horrible sin su Neyt. Suspiró y se estremeció.

Entonces DIVA volvió al trabajo en su gran despacho con la vista panorámica del pinar y el horizonte infinito de su querida Rodina.

Agradecimientos

Con cada libro terminado, la lista de personas a las que debo dar las gracias crece de manera exponencial.

Mi agradecimiento en primer lugar a mi agente, Sloan Harris, responsable de guiar mi segunda carrera: como novelista (que en ocasiones ha resultado más delirante que la primera) y que sigue aconsejándome, animándome e inspirándome como colega y amiga. Añado mi agradecimiento al equipo de ICM, incluidas Esther Newberg, Josie Freedman en Los Ángeles, Heather Karpas, Heather Bushong (por si el presidente Putin me demanda) y Alexa Brahme, por su apoyo eónico.

Doy las gracias a mi editor, el supranatural Colin Harrison, sin cuya perspicaz visión novelística y agudeza literaria, este libro no existiría, y punto. Muchas gracias también a toda la familia Simon & Schuster, incluidos Carolyn Reidy, Susan Moldow, Nan Graham, Roz Lippel, Brian Belfiglio, Jaya Miceli, Jen Bergstrom, Irene Lipsky, Colin Shields y Gary Urda. Un agradecimiento especial a Sarah Goldberg por su incesante apoyo, a Katie Rizzo y a Valerie Pulver por su infalible corrección de estilo. En S&S Audio, gracias a Chris Lynch, Elisa Shokoff, Tom Spain, Sarah Lieberman, Tara Thomas, Elliot Ramback y Jeremy Bob, que narraron todos los audiolibros de la trilogía *Gorrión Rojo*.

Agradezco a los colegas del Comité de Revisión de Publicaciones de la CIA su apoyo constante y oportuno en la revisión del manuscrito. Cualquier error de hecho o de lenguaje es del autor, y cualquier parecido de los personajes de la novela con personas reales es mera coincidencia. Se trata de una obra de ficción.

Mi agradecimiento, también, a todos mis compañeros de la Dirección de Operaciones, en especial a la promoción de CT de noviembre de 1976, por toda una vida de recuerdos y frecuentes muestras de apoyo. Entre ellos, debo mencionar al difunto Stephen Holder, que nos proporcionó una libreta de términos operativos auténticos y oscuros utilizados por el Servicio de Inteligencia chino, y al difunto Jack Platt, que nos instruyó, blasfemando, sobre dobles esquinas y vigilancia de seguimiento. Alasdair y DT, antiguos compañeros y amigos íntimos de un servicio aliado, asesoraron al autor en diversas ocasiones, incluida la transmisión de varias recetas familiares excepcionales, por lo general más escondidas que las actas del politburó.

Como de costumbre, los amigos y la familia contribuyeron sin cesar. La yogui Alison me introdujo en la sublime esencia del yoga; Steve y Michael me revelaron los misterios de Nueva York y Staten Island, estos últimos a veces más sublimes que el yoga. Kelly demostró los antiguos y silenciosos gestos en clave del abanico plegado chino. Mi hermano William y mi cuñada Sharon leyeron el manuscrito e hicieron útiles sugerencias. William también continuó en su papel de asesor científico del autor. Por qué un profesor universitario de economía conoce los cañones de riel electromagnéticos es un enigma. Sospecho que tiene uno en su apartamento. Mis hijas, Alex y Sophie, continuaron en la tarea de Sísifo para aconsejar al autor sobre música moderna, moda actual y el uso popular del inglés.

Por último, doy las gracias a mi mujer, Suzanne, por ser la media naranja de un tándem en la CIA durante tres décadas, por criar como hijas a dos jóvenes independientes y realizadas, por sus horas de ayuda con el manuscrito y por su aplomo en los buenos y en los malos momentos.

CONCLUYÓ LA EDICIÓN DE ESTE LIBRO, A CARGO DE ALMUZARA, EL 1 DE FEBRERO DE 2024. TAL DÍA DE 1922 NACIÓ EN SEBASTOPOL MARÍA BAIDA, ASISTENTE EN EL 514.º REGIMIENTO DE FUSILEROS DURANTE LA SEGUNDA GUERRA MUNDIAL, QUIEN POR SUS HAZAÑAS DURANTE LA CONTIENDA RECIBIÓ EL TÍTULO HONORÍFICO DE HÉROE DE LA UNIÓN SOVIÉTICA.